倉田貞美著作集

倉田貞美著
倉田定宣編

著　者

学部卒業写真（後列右から三人目 倉田博士）

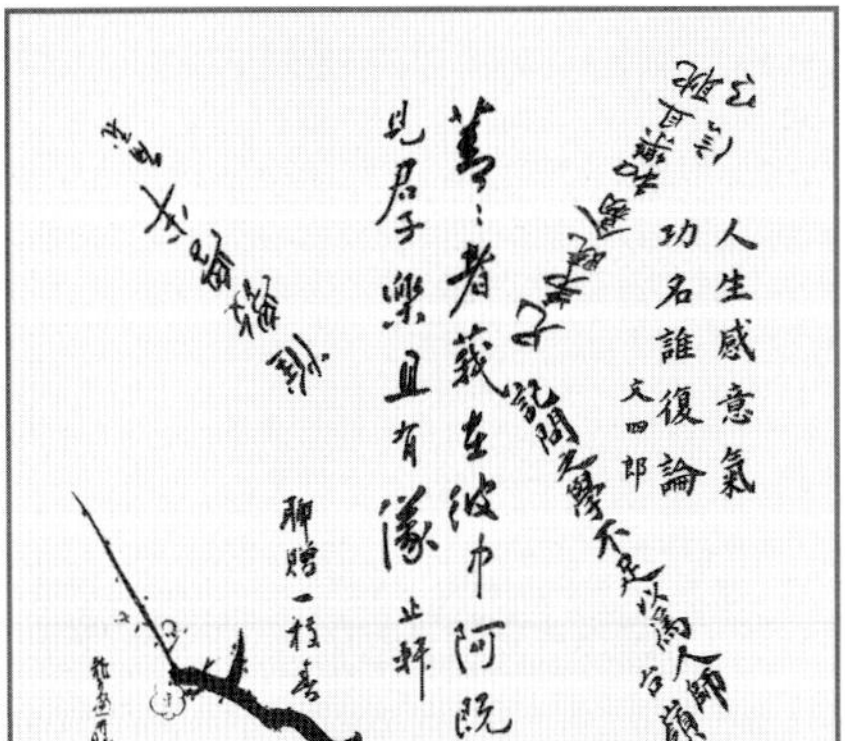

卒業記念色紙

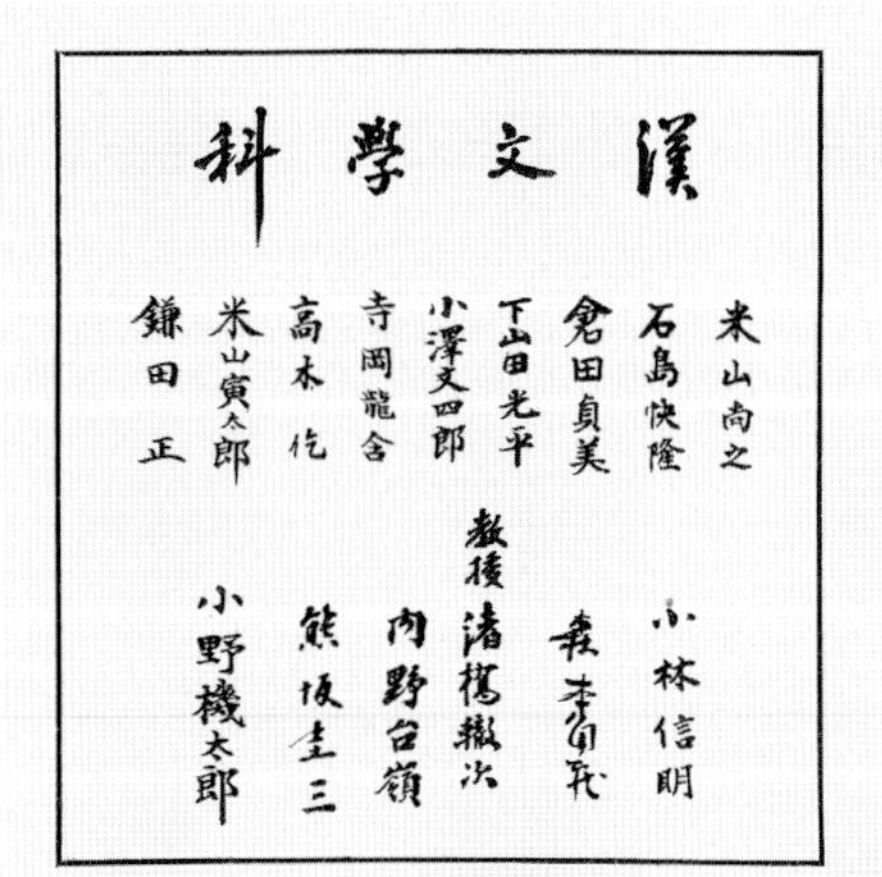

漢文學科

米山尚之
石島快隆
倉田貞美
下山田光平
小澤文四郎
寺岡龍含
高木 侊
米山寅太郎
鎌田 正

小林信明
森本角蔵
教授 諸橋轍次
内野台嶺
熊坂圭三
小野機太郎

卒業写真説明台帳

昭和45年７月31日　香川大学学長室で

昭和48年７月８日　香川大学退官記念講演

昭和50年６月21日　諸橋止軒先生と

（諸橋邸応接間にて）

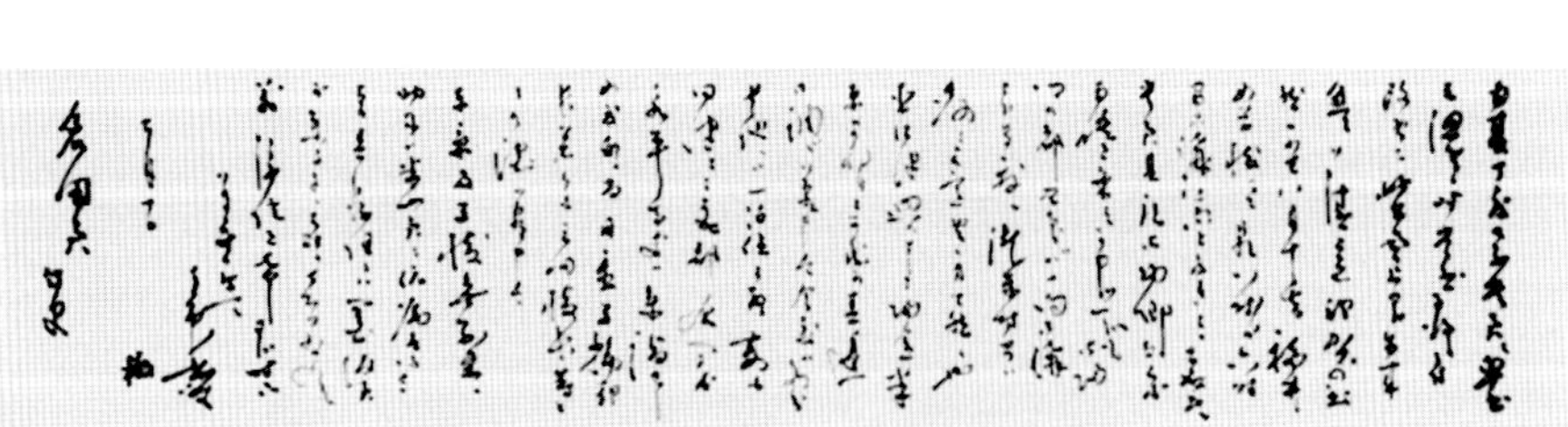

恩師　諸橋先生からの手紙

発刊によせて

斯文会理事長　石川　忠久

倉田貞美博士没して四半世紀、このたび倉田博士の未出版の論考を中心に『倉田貞美著作集』が発刊されることは慶賀の至りである。

倉田貞美博士は香川県出身。東京高等師範学校で諸橋轍次博士に学んだ。学部を卒えられるときに諸橋博士に提出した卒業論文が『中国現代詩史概観』。諸橋博士が「一編の詩史また一面の社会史と見るべし」と記したこの論文は倉田博士が生涯にわたり緻密な注釈を施した労作で、今回初めて活字化された。他にも勤務校の香川大学の紀要等に掲載された報告や折に触れて執筆された随筆等も収録。どの文章も味わい深い名文揃いである。

倉田貞美博士は出身の地である香川へと帰り、教授をへて香川大学の学長を務められた。その一方で諸橋博士の薫陶を忘れることなく、斯文会の先達の方々と交誼を結び続けた。人格まさしく高潔。研究者・教育者の範たる方である。斯文会の功労者として倉田貞美博士を讃えたい。

平成三十一年　春

倉田貞美著作集の発刊を祝す

香川大学元学長　近藤　浩二

この度、倉田貞美先生の遺作著作集が発刊の運びとなったこと、誠に喜ばしい限りであり心からお祝い申し上げる。親しくしていたご令息倉田定宣氏から数年前に、倉田先生の遺作集を刊行する準備を進めていると聞き、期待している旨を伝えていた。今年正月、突然の定宣氏の逝去の報に接し、氏の遺志であった遺作集の刊行が案じられていたところである。氏の遺志を引き継ぎ、この度の発刊に至るまで尽力された関係者の皆様に、心からの敬意を表するとともに感謝を申し上げる次第である。

小生と倉田先生との出会いは、昭和四十二年四月香川大学教育学部に助手として赴任して初めての教授会の席であった。国語科の先生方の席から少し離れて、背筋をピンと張り、身じろぎせずに座っておられる、古武士のような風格の先生が気にかかり、周りの先生に尋ねると、昔、学芸学部長もなさった、漢文学の偉い先生で倉田貞美先生だと教えられた。その後、昭和四十四年四月には再度教育学部長（昭和四十一年学芸学部から教育学部に名称変更）に就任された。この頃、全国の大学で学生による大学教育や管理運営に対する批判が相次ぎ、香川大学でも一般教育に関する全学集会が開かれるなど、「大学運営臨時措置法」反対運動とも連動して大学紛争の渦中に巻き込まれることとなった。若手教官は各学部で助手会を結成し、教授会への参加、教授会構成員とすることなどを要求していた。こうした状況のもとで倉田先生とも親しく話す機会を持てたことを懐かしく思い出している。

昭和四十四年七月に学長室占拠事件が起きた後、未だ紛争の渦中にあった昭和四十五年三月に香川大学学長に就任され、紛争の終息に向けて誠心誠意努力されていた姿には心打たれた。香川大学にとっては初めての教育学部出身の学長として、学生に対して正面から向き合い、彼らの意見を聴取しながら、大学の制度改革に向けての検討を急がれていた。

管理職としてのお立場での短いお付き合いであったが、小生にとっては専門分野を超えて尊敬の念を禁じ得ない、忘れがたい先生のお一人である。

書物の上での再会となるが、理解できないであろう論文や論考も含めて、懐かしく読ませて頂きたいと思う。

平成三十一年　春

出版にあたって

一、本著作集は倉田貞美博士の著作中、学位論文の『清末民初を中心とした中国近代詩の研究』（大修館書店刊）以外の著作を可能な限り収録した。

一、全体を【学術編】と【随筆編】に二分した。【学術編】は倉田貞美博士の学部卒業論文である「中国現代史の研究」、および倉田定宣氏の手許に保管されてきた博士手書きの原稿を活字化した。活字化にあたり博士が論文に施した注や詩文の口語訳等も出来る限り収録した。【随筆編】は生前に私家出版された『疚心集』を再録、一部原稿を追加した。

一、【倉田貞美博士の思い出】には生前の倉田博士を知る五人の先生方より頂いた文章を掲載した。

一、編集作業は倉田定宣氏指揮のもと明徳出版社においてすすめられた。定宣氏逝去後の編集および校訂作業は田山が継承して行った。

上梓するにあたり共立女子大学の宇野直人教授の指導をうけた。また難字解読は四国大学の太田剛教授に依頼した。宇野・太田両教授に深謝したい。

平成三十一年三月

本書校訂担当　田山　泰三

目次（倉田貞美著作集）

論　文

その他

【倉田貞美博士の思い出】

倉田貞美先生の思い出 …… 香川大学名誉教授 佐藤恒雄 … 848
倉田貞美先生「色紙」顛末など …… 広島県立大学名誉教授 石川 一 … 854
一期一会の御縁をいただいて …… 元香川県高等学校長会副会長 和田 浩 … 857
倉田定宣氏を偲んで …… 全国漢文教育学会評議員 田山泰三 … 860

【学術編】

中國現代詩の研究

活字化にあたって

一、本稿は倉田貞宣氏の手許におかれた貞美氏の学部卒業論文（手書き）を活字化したものである。

一、活字化にあたり用字は倉田貞美氏が用いた字体・仮名づかいをそのまま用いた。

一、論文中には貞美氏が後年加筆した内容が多く存在し、加筆箇所を「＊」として挿入した。判読不能の字は■であらわしている。

一、なお、内容については検討を要するもの、あるいは現在表現することが難しいものもあるが、貞美氏のオリジナリティを尊重し、そのまま掲載した。

（田山記）

倉田博士自筆表題「中国現代詩の研究」

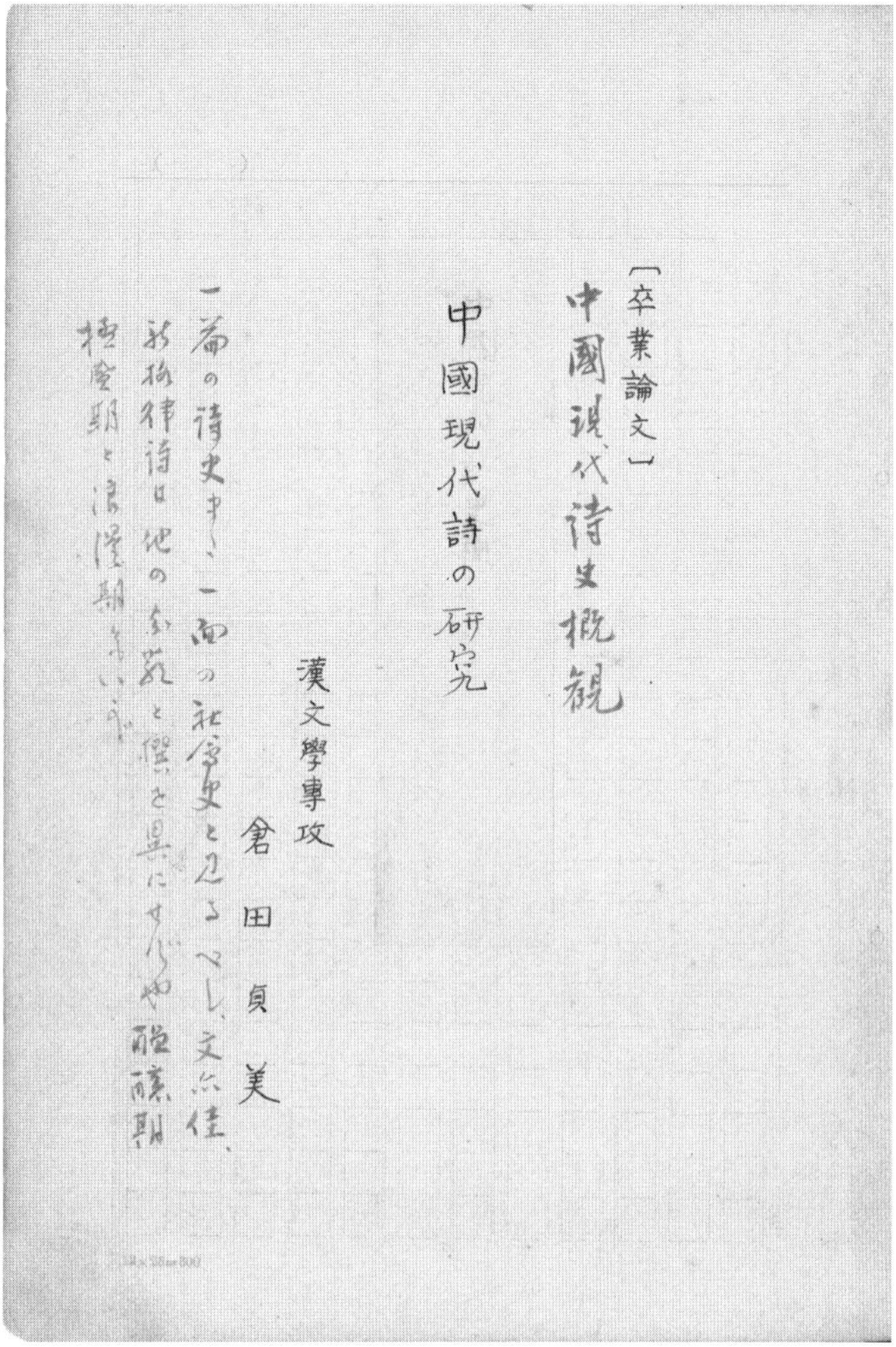

表題の右「中国現代詩史概観」、および左の評は諸橋轍次博士筆

論文表題

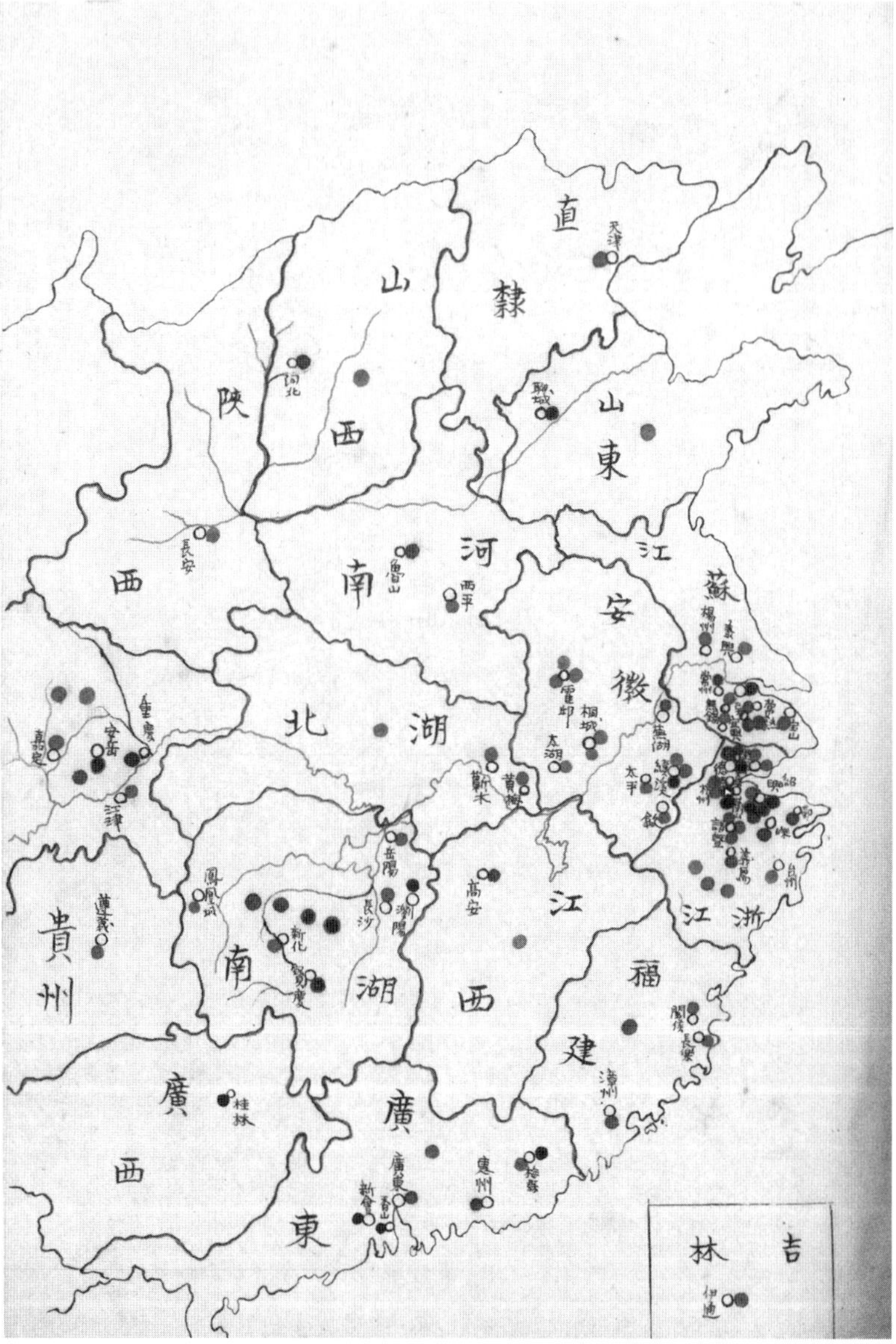
直隷
天津
山西
陝西
長安
山東
聊城
河南
魯山
西平
江蘇
揚州
泰興
安徽
霍邱
桐城
太湖
蕪湖
太平
歙
湖北
黄梅
蘄水
重慶
江津
遵義
貴州
湖南
鳳凰城
岳陽
長沙
瀏陽
新化
江西
高安
浙江
福建
長樂
漳州
廣西
桂林
廣東
新會
香山
惠州
吉林
伊通

関係地図（著者作製）

序

わが國と中國とは密接不離の關係に在ると云ふ。同文の國であるとも云ふ。併し、果たして我々は正當に彼等を認識してゐるであらうか？　目下中國では反帝國運動即抗日運動の如き狀勢を示してゐる。この現實を憂慮する識者はゐるであらう。併し、果たして彼等の思想感情を把捉せんとする努力を伴つてゐるであらうか？彼等とともに民族の運命を悲しんでやるだけの情熱を有してゐるであらうか？

詩人は予言者であり、喇叭手である。少くとも國民感情の最も端的な代弁者である。詩歌史はその感情の跡を辿るに外ならない。本論文の目的は其處にある。

併し、個人癖やら材料の不足等の爲、繁簡よろしきを得ず、未完粗雜のものとなつてしまつた。特に「新格律詩」の作者達を語ること餘りに攔く、滿洲事變後の詩壇の一瞥をも爲し得ざりしを遺憾に思ふ。又、譯詩方面を省略しては、詩史的考察は不完全なものとなるのであるが、これ又止むを得なかつた。

尙、時期區分は全くの一私案であるが、何が故にかく區分したかは、各章に於て明瞭にした積りである。

＊緒　言

中國現代詩とは何を指すかを先づ明にして置かなければならない。

ここでいふ現代詩とは民國六年に文學革命が提倡され所謂白話詩が嘗試されてから以后の所謂新詩を意味するのである。從つて民國六年以后の新詩を中心とした史的研究であるが、一先づ日華事變勃發直前までを研究對象とするものである。傳統的な舊詩形も尚その生命を保持してゐるので、それについても觸れてみたいと考へてゐる。尚、この新しい詩が生まれてきた淵源を先づ明にして論を進めたいと思ふので、西洋文化と接觸し、舊詩が革新され、新しい思想を盛るに至つた舊瓶新酒の時代、換言すれば新詩の啓蒙期、醞釀期とも稱すべき時代から說き進めたいと思ふのである。日華事變直前で一應終了したいと思ふのは、材料等の關係上やむを得ないからである。

時期の區分について、薛時進は、嘗試期（未解放時期）、自由詩時期（解放時期）、新韻律時期（歐化の時期）の三期に區分しており（「現代詩歌選序」）、趙景深は、草創期、無韻詩時期、小詩時期、西洋律體詩時期、象徵派時期の五期に分ち（「現代詩選序」）、沈從文は、嘗試期（民國六年より十年或は十一年まで）、創作時期（民國十一年より十五年まで）、沈默時期（民國十五年より十九年まで）の三つに區別し（「我們怎麼樣去讀新詩」）、蒲風は、嘗試期（一九一九―一九二三）、形成期（一九二三―一九二五）、驟盛期或は吶喊期（一九二五下―一九二七）、中落期（一九二八―一九三一）復興期（一九三一―一九三四）の五期に分けてゐる（「五四到現在的中國詩壇鳥瞰」）。鄭振鐸は新詩だけについてではなく、民國二十一年迄の文壇全般について、五四運動時代（民國六―民國十）、文學研究會與創造社時代（民國十―民國十四）、五卅時代（民國十四―民國十七）、茅盾時代（民國十七―民國二十）に分けて論じてゐる（「新文壇的昨日今日與明日」）。

これ等の時期區分について考へてみると、薛時進のは、民國二十二年における論であるが、第三期を新韻律時期とすることには無理がある。趙景深のは、小詩時期を無韻詩時期と區別し、西洋律體詩時期と象徵派時期と區別することには無理がある。沈從文の創作時期といふのも適切でなく、民國十五年以降を沈默時期といふことも首肯し難い。蒲風のは餘りにも細分の感があり、然も彼のは革命詩、現實主義の詩を中心としての論述であつて、これにもにはかに贊同し難いものがある。鄭振鐸のは、慣習的に云ひならされて來た、五四、五卅時代をとつてゐるが、茅盾時代は如何なものであらう。さう云へば五四時代を魯迅時代と呼ばなければならないであらう。このいづれもが、新詩（新文學）が提倡され、嘗試された時以后について論じて居り、その新詩發生の前夜については述べてゐない。勿論それはそれぞれの編著の目的にもよるのであるが、私は、少なくとも一應光緒二十年、卽ち日清戰爭からの詩界革命、新派の詩、西洋詩の譯詩等について考へてみる必要があると思ふ。換言すれば、新詩を提倡し、創作した人々の少年時代を回顧することから出發すべきであると思ふ。そこで日清戰爭（一八九四）から民國五年（一九一六）までの約二十年間を「醞釀期」と稱することとした。

次に文學革命が提倡され、白話詩が初めて世に出現した民國六年（一九一七）から民國九年（一九二〇）までを五四時代前期、文學研究會と創造社が活動を開始した民國十年（一九二一）から民國十四年（一九二五）の五月三十日までを五四時代後期、五卅事件（一九二五）から民國二十年（一九三一）までを五卅時代、上海事變があり、中國詩歌會が成立した民國二十一年（一九三二）から日華事變勃發まで（一九三七）を一二八時代、この五つの時期に區別したいと思ふのである。

1、清末民初の詩壇（一八九四―一九一六）
　醞釀期、舊體詩と新派の詩
2、五四時代前期（一九一七―一九二〇）
　嘗試期、新青年、新讀、自然主義
3、五四時代後期（一九二一―一九二五）

浪漫詩、文學研究會、前期創造社、自然主義、浪漫主義

4、五卅時代（一九二五―一九三一）

浪漫的革命詩、新格律詩、象徴詩、後期創造社、新月派、太陽社（革命浪漫主義、唯美主義、象徴主義）

5、一二八時代（一九三二―一九三七）

新月派、新詩歌派、現實主義、民族主義

第一編　醞釀期（光緒二十年頃――民国四年）と嘗試期（民国五年――「五四運動」）

第一章　醞釀期

第一節　時代背景

阿片戰爭（一八四〇）長髮賊の亂（一八五一）、さては英佛連合軍の北京占領と、相次ぐ戰亂を經驗して、次第に西洋各國の軍事武器の優秀さを認識し、自國の實力を正當視し出した清朝要路の人達が、先づ應急の策として採用したのは、外國語の修得であり、外國軍事の輸入であり、留學生の派遣であつた。同治二年京師同文館の設立を見、續いて上海廣東方言館設立され、船政學堂機器堂生れ出で、機器學堂には繙譯館が附設され、一方同治九年容閎學生を米國に派せん事を建議し、十一年（一八七二）李鴻章學生三十人を米國に赴かしむるに至つたのである。これが清朝政府が留學生を派遣した最初であり、爾後或は佛蘭西に赴いて船政を學習せしめ、或は獨逸に留學して陸軍を學ばしめ、更に英國露國へも出使大臣が學生を帶同して赴任するに至つた。勿論當時の留學生は數に於て甚だ少く、且つ軍事研究がその主要目的であつたから、中國の一般文化への影響が多大であつたとは考へられぬけれども、西洋文化との直接的な接觸が微溫的狀態の下に行はれつゝあつたと云ふ事に注意する必要があらう。

かかる折に日清戰爭が勃發し、彼等は敗戰の苦杯を喫しつつ、始めて我國の國力の偉大さに驚異の眼を見張り、明治維新後の急速な發展が、如何にして行はれ、何に歸因するかを考究したのである。その結果、留學國として、日本は路の遠近費用の多寡・文字の障礙等に於て西洋より遙かに便利であり、且又日本人は既に西學の切要ならざるものは刪節し或は改變して居る故、事半ばにして功倍すと考へ、光緒二十二年には政府正式に留學生を日本に送り、年と共にその數は激增した。

一面、堅甲利兵のみが國を隆盛ならしむる所以でない事を自覺し、教育制度の大改革政治の刷新が識者の間に叫ばれ、かの康有爲梁啓超の維新運動、孫文黃興の領導する處の革命運動を促起し、守舊派の大反動を激成したけれども、北清事變の大創痛、日露の滿蒙に對する角逐、列強の投資競爭等の爲に、立憲革命兩派の積極的進展を促し、遂には武昌革命軍の爆發となるのである。

教育方面に於ては、遂に光緒三十一年科擧制度廢止され、新式學校次第にその數を增加し、我國速成師範の卒業生達が教育界に於て絶大の勢力を有し、辛亥革命に對しても大きい力と爲つたのである。經濟について云へば、外國の經濟侵略日一日と激しく、本國の新式生產事業も亦漸次萌芽し始め、手工業も農業もその壓迫を受けて衰落せざるを得ず、鄉村より都市へ赴く傾向を誘致し、政治の變動と相俟つて、宗法社會も動搖を開始した。

かく、すべての舊きもの、政治であれ經濟であれ、社會も文化も一樣に動搖し始め、清朝の權威失墜し政治混亂を極めた當時の中國思想界はどうであつたか？

勿論、早期留學生達の影響を閑却する事は出來ぬけれども、今、當時の青少年達に最も感化影響のあつた者を擧ぐれば、先づ維新運動の中心人物であつた康有爲*・譚嗣同*・梁啓超*等について語らなければならない。殊に梁啓超を指導者とする人達は、變法維新の失敗後亡命客となつたが、尚從前の奮闘を經驗して政治革命を鼓吹し、同時に外國學説を輸入し、且つ力めて中國過去の善良なる思想の復活をも謀つた。當時彼等の機關紙「清議報」は一種新鮮なる氣象を表現し得て、如何に青年達を吸引した事であつたか!! 特に、梁啓超は中國の封建制度が資本主義に衝破される時に當つて、時代の使命を背負ひ、自由思想を標榜して舊思想舊風習と闘ひ、その振興氣鋭の言論は一世を風靡した。全く彼は當時の有力なる代弁者であつたと云つてよい。然も、彼の文章は明白曉暢の裡に眞摯な情熱をも帶びて居たから、當時の知識階級の青年達にして彼の思想の洗禮を受けなつかた者は一人も無かつたと云つても過言ではないであらう。

次に、英國留學生出身の嚴復*を擧げなければならない。彼は專ら英國功利主義の書籍の飜譯を爲し、西洋近世思想の紹介者として第一人者であつた。彼には、「天演論」「群己權界論」「群學肄言」等等の譯書がある。彼の文章が甚だ古雅であつて、青少年は充分に理解できなかつたけれども、赫胥黎(Huxley)の「天演論」の如きは全國に流行し、遂に中學生の讀物と成つた。當時の、劣敗の悲運に直面して居た中國社會に、「優勝劣敗、適者生存」の語が如何なる刺戟を與へ、青少年の心血を如何に湧かしめたかは想像に難くないであらう。「天演」「物競」「淘汰」「天擇」等の語はジャーナリズムの愛用熟語となり、やがて一般愛好者の口頭禪となるに至つたのである。

更に、考證學の出身者たる章太炎*があつた。彼は黃梨洲・王船山・全謝山等の影響を受くる事甚だ深く、專ら種族革命を提倡し、同時にまた考證學をば新しい方向に向かはしめんとした。清代考證學の集大成といふ近代學術史上に於る貢獻に比して、思想界への貢獻は僅少であつた。後の「國粹學報」は梁啓超等のもの程、青年達への影響が有つたとは考へられぬけれども、當時の有力なる思想界の重鎭の一人として、排滿興漢の思想を怒漲せしめたことは忘れられない。又、孫*文等の社會主義の提倡がある。彼は政治家であり、革命實行家であつて、近代思想史上に重要な地位を占めて居る。その民主政治、民權思想、民生主義、社會思想は、世界の思想源流に順ひつつ、中國固有の民族、歷史、文化を保存しようとするものである。そして當時に在つては彼の思想の影響は一般的とは云へなかつたけれども、一部新鋭青年達が彼の感化を受けたと云ふ事も亦認めなければならない。

かくて、思想界の中樞は次第に外來思想の吸受に移り、その氣運は旺盛を極めた。混亂極まるものであり、膚淺なものであつたけれども、それらの欠點は外來思想との接觸の初期に於ては、常に免れぬ現象であり、致方ないものである。

次に、當時の文學界に新空氣を注入し、青少年をして世界文學への眼を開かしめたものとして、林*琴南の蒞譯小説を語らなければならない。彼は小*仲馬（デュマ Dumas〈Fils〉）の「茶花女」を始めとして、ストー夫人の「黑奴籲天錄滑鐵盧及利俾瑟戰血餘腥記」（アンクルトムスケビン）、アーヴィングの「拊掌錄」（スケッチブック）、ディッケンズの「滑稽外史」（ニコラス・ニックルビー）、（ハガードの）「茵迦小傳」、スコットの「撒喀遜劫後英雄略」（アイバンホウ）、ラムの「英國詩人吟邊燕語」（シェークスピア物語）、セルバンテスの「魔狡傳」（ドンキホーテ）等等、英、美、法、俄、椰威、瑞士、比利時、西班牙、日本等の著名な作品一百五十六種にのぼる多數の長編を譯した。後年白話文學が提倡さるるに至つて、彼は白話文學・新文化運動の反對者として立ち、「妖夢荊生」などの小説を作つて風刺し、蔡元培に書をおくつて駁論の一矢を放つた爲、ともすれば當時の人々は一概に彼を抹殺せんとする傾向があつたけれども、よし「桐城の餘孽」であらうとも文學上に於ける彼の功勞は、梁啓超の文化批評上に於けると同樣、決して抹殺し得るものではない。新文學の提倡者達の幼少年の頃、文學の芽を培養し、浪漫精神を具象的に提示して呉たものは、彼の許多の譯書ではなかつたか!! 古文を以て譯出したとか、誤譯*が多かつたとかは別問題として、文學上に於ける彼の足跡は大きい。

＊ 康有爲（一八五五―一九二七） 原名は祖詒、字は廣厦、號は長素、又西樵山人と號す。戊戌后更生と稱す。廣東南海の人。淸の文宗咸豐五年に生れ、民國十六年に卒す。年七十三。（「桐城文派評述附表」には、道光二十八年、「教育大辭書」、「五十年來中國思想史」は、咸豐八年生れとなす。「中國文學史」は、五年に作る）十八、朱次鶬について學び、更に南海の西樵山に獨居して陸王、佛典、史學を學び、後、香港、上海で西洋の學を治めた。一八八九年、一書生を以て上書し、變法自強を倡う。事成らず、長興里に萬木草堂を築いて學を講じた。梁啓超、林旭、陳千秋などはこの時、彼の弟子となつた。日淸戰爭后、四年間に七度上書し、光緒二十四年四月二十八日、德宗に召見され變法の策を具陳す。西太后に阻まれ、失敗に歸す。有爲は梁啓超などと日本に亡命す。南洋に至つて同志を糾合して保皇黨を組織す。民國となつて復辟に參畫したりしたが、結局、民國十六年靑島にて卒す。その著には、「新學僞經考」、「大同書」、「南海先生詩集」、「文集」など甚だ多い。

彼の主張した「大同」の世界は「春秋」の所謂「太平の世」であり、又、孔子の理想社會制度である。「大同書」數十萬言を要約すると、(1)、無國家、全世界置一總政府、分若干區域。(2)、總政府及區政府、皆由民選。(3)、無家族、男女同棲不得逾一年、屆期須易人。(4)、婦女有身者入胎教院、兒童出胎者入育嬰院。(5)、兒童按年入蒙養院、及各級學校。(6)、青年後由政府指派分任農工等生產事業。(7)、病則入養病院、老則入養老院。(8)、胎教、育嬰、蒙教、養病、養老諸院、爲各區最高之設備、入者得最高之享樂。(9)、成年男女、則須以若干年服役於此諸院、若今世之兵役然。(10)、設公共宿舍、公共食堂、有等差、各以其勞作所入自由享用。(11)、警惰爲最嚴之刑罰。(12)、學術上有新發明者、及在胎教等五院、有特別勞績者、得殊奬。(13)、死則火葬、火葬場比鄰爲肥料工廠。

「大同書」數十萬言、その要點は人生苦樂の根原、善惡の標準、その關鍵は家族を毀滅するにある。私有財産が爭亂の源であり、家族が無ければ、誰かまた私産を持つを樂しまん。家族なければ國家なし。といふことを説明するに在る。（梁啓超「清代學術概論」）梁啓超は「新學僞經考」を「颶風」に、「孔子改制考」を「火山の噴火」に、「大同書」を「大地震」に比してゐる。これ等の書の中國思想界に及ぼした影響は甚大であつた。その一は、神聖な經典觀念を打破した。經典に對して懷疑的な態度を起させた。第二は、孔子一尊の觀念を推し倒した。康有爲の思想は、一方では宗法封建思想の沒落を反映しつつ、一方では資本社會の種をうゑつけたのである。後には舊社會の崩壞に伴つて、中國の傳統的な思想を擁護し、尊孔讀經を強調するように變はつた。

＊ 譚嗣同（一八六五―一八九八）　光緒二十一年、年三十一歳、康有爲を北京に訪ひ、遇はず、梁啓超からその學を聞く。後長沙に至つて熊希齡、黄遵憲と時務學堂を設け、梁啓超を主講となす。戊戌政變のため捕らへられて難に死す。時に年三十三歳。著に「仁學」、「莽蒼蒼齋詩」等がある。

譚嗣同は、康梁とその思想同じからず、彼のは新しい思想系統であり、中國初期資本社會の思想であり、資本社會思想の反映であり、中國思想史上の一大革命である。彼は中國初期資本社會の啓蒙思想家、一切の傳統的な思想を打破して思想の新體系を建設しようとした。梁啓超は彼を「晩清思想界の慧星」であると稱した。彼の根本思想は彼の「仁學」であり、彼は宇宙の本體は「以太」（エーテル）であり、宇宙に充塞して生ぜず滅せず、その表現が「仁」であると考へた。宇宙は無窮であり、時間は無盡である。一切の事物時々刻々と變移し、ただ宇宙と萬物は一體である。したがつて一切の事物は認識することが出來ない。吾々のいふ眞僞、大小などはすべて「對待」の名詞にすぎない。彼の理想の社會は「大同」であり、彼は中國數千年來遺留して來た「名教」―三綱五常や一切の虛僞の道德に反對し、「儉」に反對し「淫」禁を開き、專制政治に對して殊に痛根切齒して居る。然し、彼もやはり中國社會から出胎したものであるから、なほ孔子の看板をかけ、舊時の衣冠をかむつてゐる。卽ち尊孔立教を主張し、孔教のルーテルを以て自ら任じてゐる。

＊ 梁啓超（一八七三―一九二九）　字は卓如、號は任公、又飲冰室主人と號す。廣東新會の人。同治十二年に生れ、

民國十八年に死す。年五十七。康有爲の萬木草堂に學んで、從來の學を盡く棄て、一八九四年康に從つて北京に至り、譚嗣同、楊深秀等と變法維新運動に從事した。後、上海に至つて「時務報」を創弁し政治改革を鼓吹した。後二年、長沙で時務學堂に教へ、弟子に蔡鍔、范源濂等がある。一八五八年、また北京に至り、康有爲等と保國會を組織した。變法維新の失敗により日本に亡命し、一九九〇年、上海に歸つたが事敗れてまた日本に亡命し、「新民叢報」、「國風報」、「新小説」などを編集し、立憲政治、及び變法革新の旨を鼓吹した。民初に至つて、民主黨を組織し、天津で「庸言報」を刊行した。民國二年、進歩黨成立し、推されて領袖となる。熊希齡內閣に司法總長となり、一九一六年、袁氏帝と稱するに反對し、憲法研究會を組織したりした。一九一七年、財政總長。民國九年以后、政事を離れ著述と講學に專念し、一九二九年病沒した。「先秦政治思想史」、「清代學術概論」、「飲冰室文集」等、著述甚だ多い。

彼の思想は彼自ら云つてゐるように、「博くして淺い」。又時代に從つて變轉してゐる。彼は思想の自由を求め、眞理を重んじた。そこに康有爲の思想との差異がある。新民時代の彼の思想は、列強にあたるためには民族主義を行はねばならず、民族主義を行ふためには、「新民」によらなければならない。各國民族自立の道を考察してその長所をとつて、中國の短所を補ひ、政治學術技藝は勿論だが、民德民智民力こそその大原であるから、西洋各國の道德思想をとり入れて、中國の新思想、新道德、新精神を建設しなければならぬ。第一に中國民族の道德において最も欠けてゐるものは「公德」であるから、先づ公德を建立しなければならぬ。その德の標準は「利群」にあり、公德を實行する方法の第一は國家思想である。家族的觀念を打破して國家思想を建設することである。その次に欠乏してゐるのは「進取冒險」の精神である。次には奴隸的觀念を打破して國民の平等な權利を獲得しなければならぬ。彼は「自由」について、「自由でなければ死んだ方がましである」、この言葉は、實に十八、九兩世紀中、歐米諸國民が國を建てた本原である。……自由は、奴隸の反對である。歐米の自由發達史を綜觀するに、その爭ふ所は四端を出でない。一は政治上の自由、二は宗教上の自由、三は民族上の自由、四は生計上の自由である。……自由といふのは、團體の自由であつて個人の自由ではない。野蠻時代は個人の自由が勝つて、團體の自由が亡ぶ、文明時代は團體の自由が強くて、個人の自由が減ずる。辱は心奴より大なるはなく、身奴は末である。……若し眞の自由を求めんと欲すれば、必ず心中の奴隷を除くことから始めなければならない。一には古人の奴隷となつてはならない。……古人においては、時にして師とし、時にして友とし、時にして敵として、心に容るるなし、公理を以て衡となすだけ。二に世俗の奴隷となつてはならない。三には境遇の奴隷となつてはならない。四には情欲の奴隷となつてはならない。更に彼は自治の必要性を説き、一身の自治を求め、一群の自治を求める。國に憲法あり國民の自治であり、地方自治、凡そ善良な政體は自治より來ないものはない、とも論じてゐる。

彼の中國思想史上における貢獻は學術史上における貢獻の大に及ばない。思想史上における貢獻は康有爲に及ばず、破壞は譚嗣同に及ばない。その思想は多く康譚二氏から來ており、その思想は深刻でなく、一貫せず時に隨つて轉移し、前后矛盾してゐる。但し、その影響は甚だ大であつたのは、文筆生動し宣傳力が大であつたのによるのである。彼自ら、「啓超の思想界における、その破壞力は小さくなかつたが、建設では聞くべきものがない。晩清の思想界の粗笨淺薄は、啓超あずかつて罪あり。……述べるところ、多く模糊影響籠統の譏あり、甚だしき者は純然たる錯誤である。自ら發見して自ら矯正を謀らんとするときには、すでに前后矛盾してゐる。……梁啓超は新思想界の陳渉と謂ふべし。然し、國人が啓超に責望する所はこれに止まらず、その人本身の魄力及び三十年歷史上積む所の資格を以て、實にわが新思想界のために力めて一開國の規模を締造せんことを圖らんと。」（「清代學術概論」）陳獨秀かつて啓超の著述を評して「浮光掠影」といつた。

＊嚴復（一八五三—一九二一）　字は又陵（或は幼陵に作る）、號幾道、福建侯官の人。清の文宗咸豐三年に生れ、民國十年に卒す。年六十九歲。十四歲、船政學校に入學、光緒二年（一八七六）英國に赴いて海軍學校に學び、歸國后、北洋海軍學校教授となる。庚子拳匪の亂により、避けて上海に住すること七年、この時、重要な譯著が主として成つた。

吳汝綸について古文を學び、吳汝綸が「悝々として晚周の諸子と相上下する」「高文雄筆」と激賞した古文を以て西洋近世思想書を翻譯した。ハックスレーの「天演論」（ Evolution and Ethics and other Essays ）穆勒（ジョン・スチュアート・ミル）の「名學」（「論理學大系」）、斯賓塞爾（スペンサー）の「群學肄言」（ The Study of Socio logy）、斯密亞丹（スミス）の「原富」（An Inquiry into the Nature and Cause of the Wealth of Nations）、孟德斯鳩（モンテスキュー）の「法意」（The spirit of the law）、甄克斯（E.Jenks）の「社會通詮」（A History of Politics）、耶芳斯（W.S.Jevons）の「名學淺說」（Primer of Logics）衞西琴（Dr.Alfred Westharp）の「中國教育議」等がある。

＊章炳麟（一八六八―一九三六）　初名は學乘、字は枚叔、後、絳と改め、更に炳麟と改めた。號太炎浙江餘杭の人。一八六九年生れ（「五十年來中國思想史」）。十七歲、兪曲園に從つて學を治む。文字學、音韻學に深く、孫文、黃興と革命運動に加はる。「蘇報」「民報」によつて民族主義の宣傳につとめた。著作に「國故論衡」等あり、『章氏叢書』四十八卷。

＊孫文（一八六六―一九二五）　名は文、號は逸仙、別號は中山。廣東香山縣翠亨村に生る。十六歲、廣州博濟醫院に入り、また香港の英文醫學校に入る。卒業后、澳門、廣州で開業しつつ密かに革命運動を作す。一八九五年、事を廣州に起し、事漏れ逃げて日本に赴き、興中會を組織す。その后、歐州各國に遊歷しその政治風俗を考察して、三民主義の學說を倡へた。一九〇五年、同盟會を東京に開き、「民報」を發行し、武裝暴動を擧行して失敗す。一九一一年、暴動を擧行し、難に殉ずるもの七十二人、所謂黃花崗の役である。ついで、新軍武昌に義を起すにより、アメリカより歸國し、南京で臨時大統領となる。一九二五年三月十二日卒す。年六十。「孫文學說」、「三民主義」、「建國大綱」、「建國方略」等の書、及び演說論文などがあり、「中山叢書」に收められてゐる。

　彼の三民主義とは、民族、民權、民生であるが、その中心は民族主義に在る。彼の民族主義は、家族から宗族へ、宗族を聯合して國族へと推し進めて行くものである。そして、忠孝、仁愛、信義、和平のやうな中國固有の道德、固有の精神を保存し發揚しなければならない。「もとより中心は、君に忠ではなくて國に忠なるべく、四億の人の爲に忠をいたすべきで、一人のために忠をつくすより澍かに高尚である。だから忠といふよい道德もやはり保存すべきである。」民權とは人民が政治を管理することである。政權を人民の手中に置き、人民は充分な政權をなすべきであつて、直接に國事を管理することが出來る。この政權が卽ち民權である。一つは治權であつて、この大權を完全に政府の機闢の內にあたへ、政府は甚大な力を持ち、全國の事務をおさめる。この治權は卽ち政府の權である。ここに彼のいふ民權說と歐米の民權說との相違がある。彼のいふ民權思想は、中國民族の思想から出てきたものであつて、中國二千餘年すでに民權の思想を有してゐるといふのである。孔子の「大道之行也，天下爲公」とは、民權の大同世界を主張したものであり、孟子の「民爲貴、社稷次之、君爲輕」とか「天視自我民視、天聽自我民聽」「聞誅一夫紂矣、未聞弑君也」……中國人の民權に對する思想を見ることができる、といふのである。民生とは、人民の生活であり社會の生存、國民の生計、民衆の生命がそれである。民生主義は社會主義であり、また共產主義と名づけるか、卽ち大同主義である。民生主義に對しては二つの方法を定めた。第一は平均地權であり、第二は節制資本である。」これで、孫文の民生主義は彼のいふ社會主義であるが、西洋の社會主義とは違つてゐる。マルクスの社會主義は階級鬪爭で社會問題を解決しようとするが、彼のは平和的な方法で社會問題を解決しようとするのである。第一の最大の問題は土地問題であり、その究極目的は、「耕者有其田」といふことであることを強調してゐる。

＊　林紓（一八五二—一九二四）　原名は群玉、字は琴南、號は畏廬。別に冷紅生と署す。福建閩縣の人。清の文宗咸豐二年に生れ、民國十三年に卒す。年七十三歲。古文に工にして桐城派を以て自ら居る。

當時の文壇に對する眞正の貢獻は、その翻譯書に在つたが、詩歌についても佳作なしとせず、「閩中新樂府」、「畏廬詩存」（民國十二年四月、商務刊）の著がある。青年時代は「詩人多く人を恃みて自ら恃まず、……直ちに詩を以て市と爲すのみ」であるので詩を作る考へがなかつたが、三十以后、同鄉の李宗言（字は畬曾）李宗禕（字は次玉、また佛客）兄弟が「支社」を立てるのに參加したが、間もなく李兄弟が遠く官吏となり、紓もまた北京に出たので、以后三十年近く詩を作らなかつた。辛亥の春、羅惇曧（字は掞東、號は癭公、廣東順德の人）が同人を集めて詩社をつくり、名勝の地を選んで集合し、その度に畫を書くことを依賴されたので、又、少しばかり詩を作つた。革命が起つてから見聞するところ皆彼の心に適はず、悲涼激楚の詩となつた。「戀戀たるものは故君のみ」で集中の詩は「謁陵の作が多い。顧炎武の韈に効い名を好むに近いと譏るものがあつたが、自ら己の志を遂げ、自ら己の詩を爲り、必ず傳へようといふ心もなく、傳を助ける序をも求めず、唐宋などと境界を分つが如きも一笑に附す、といふ態度であつた」

（「畏廬詩存」自序）。石遺は、「題畫の諸絶句は突過して大いに雲林に痴するものがあり、いまだ盡く棄つべきでない」と評してゐる。彼もまた吳汝綸の影響を受けること甚だ大であり、桐城派に屬することは「皮相の談」ではない。「閩中新樂府」五十首は、當時の彼の新思想の具體的な表現であつたといふべきであらう。（陳子展「中國近代文學之變遷」）

＊ シェクスピア、デフオ、フィールデング、スウイフト、ラム、スティブンソン、ディケンズ、スコット、ハガルド、コーナンドイル、ホープ、（以上、英）、アーヴィング、ハリエット・ストー夫人（以上、美）、ユーゴー、大ジューマ、小ジューマ、バルザツク（以上、法）、イソップ（ギリシア）、イブセン（ノールウエー）、セルバンデス（イスパニヤ）、トルストイ、德富健次郎

＊ 彼は外國語をよく知らず、人をして譯せしめてそれを聞きつつ筆述したので、訛錯があつてもそれはみな不知より出たものである。

第二節　舊體詩の分裂

如上の時代背景を有する詩壇が新しい針路を見出さんとする事も亦當然過ぎる程當然な事であらう。勿論、當時詩の王國に君臨し赫赫たる盛名を有して居た者は、圓明園詞の王闓運*であり、同光體の詩人陳三立*、鄭孝胥*であり、或は易順鼎*、樊增祥であり、詩評家として「石遺室詩話」の著者陳衍あり、所謂宋詩運動の極盛なりし時代であつた。併し、彼等が如何に優れたる佳品を遺したとしても、私の當面の考究題目たる新詩とは消極的關連をしか持たぬものであり、如實に時代精神を反映したものとは云へない。時代精神とは、Hon. Harold Nicolson も云へる如く、ある時代に於ける最大多數の人間の思想感情の集成ではなく、古いもの不變なものよりも、新しいものの變化するものの中にこそ求めらるべきである。随つて、彼等を舊時代的と稱しても差

し支へないであらう。

外國文化との接觸と國內外の社會狀勢とを酵母として生れ育ち、著しくその詩情表現の內容に於て、異つた性向に變化して來た。所謂新派の詩の生成過程こそは、新詩に積極的關連を有するものであり、新詩への一段階であつたとも論斷し得るものと信ずる。以下新派の詩について語りたいと考へるのであるが、一言これ等の舊詩形を採るものに對してその將來を卜して見たいと思ふ。

この詩形が中國幾千年來の培養の結果であり、唯一の詩的表現の工具として今日に至つて居る以上、それは中國の語言文字に必然的なる根幹を有するものであり、舊詩形滅亡すべしなどと云ふ靑年者流の暴論は否定しなければならぬ。併し乍ら、同時にこの傳統詩壇に於ける所謂舊派新派の語が、早晚消滅すると云ふ事も予想される。淸朝的敎養深く、古典詩感に敏感な、所謂淸朝遺老の詩人達の相次ぐ逝去とともに、舊派の詩は一部骨董趣味の人達の玩具として、或は儀禮的贈答品として殘留する事はあつても、當來の詩壇に於ては一様に新派の世界となるであらうと推測される。否、現にかかる動向を如實に示して居り、舊派新派の別を立てる事は最早意味を持たぬとも考へられる。我國明治三十年前後の和歌革新運動とその後の過程を回顧するならば、思ひ半ばに過ぎるものがあらう。

＊王闓運　字は壬秋、一字は壬父。湘綺と號す。湖南湘潭の人。淸の道光十二年（一八三二）に生れ、民國五年（一九一六）に卒す。年八十五。成都の尊經書院、長沙の思賢講舍、衡州の船山書院などに學を講じ、光緒二十八年（一九〇二）南昌高等學堂も主弁す。後、湘綺樓において徒に授け、三十二年、特に翰林院檢討を授けられ、民國二年、國史館長に任じたこともある。人となり恬淡洒脫、言行警拔、門生天下に滿ち、擧世仰いで泰斗となす。當時、詩文

第一と稱せられた。「湘綺樓詩集」四冊をはじめ許多の著述がある。

彼の「發祁門雜詩」二十二首、「獨行謠」三十章、「圓明園詞」（同治十年作）などはすべて長篇大作であり、なかでも「圓明園詞」は最も有名で、一時盛んに傳承されたものである。彼の詩について陳衍は「湘綺五言古沈酣於漢魏六朝者至深、雜之古人集中、直莫能弁正、惟其莫能弁、不必其爲湘綺之詩矣。七言古體必歌行、五言律必杜陵秦州諸作、七言絕句則以爲本應五句。故不作其存者不足爲訓。蓋其墨守古法、不隨時代風氣爲轉移、雖明之前後七子、無以過之也。」（「石遺室詩話」）と評しておる。胡適は、「我們從頭讀到尾、只看見無數擬鮑明遠、擬傅玄廡、擬王元長、擬曹子建……一類的假古董；偶然發見一兩首『歲月猶多難、干戈罷遠遊』一類不痛不癢的詩；但竟尋不出一些眞正可以紀念這個慘痛時代的詩。」と言ひ、その原因は「詩を模仿してゐるだけで、彼等の住んでゐる世界が鮑明遠曹子建の世界であつて、決して洪秀全楊秀清の世界でないからである」と考へ、「獨行謠」についても、「二十年の時事を追寫し、その内には頗る大膽な謎評があるけれども、文章多く通ぜず、敍述多く明白ならず、ただ三十篇の笨拙な時事歌括であるとは云へても詩作とは云へない」（「五十年來中國之文學」）と論じてゐる。又、陳子展は「極端な古人摸仿で、殆ど『我』といふものがなく、彼が生活してゐる時代の空氣以外に跳び出してゐる。」「彼の詩は複製の六朝詩であり、近代に生きてゐたが、生きてゐる六朝人であるに過ぎない。」（「中國近代文學之變遷」）と評しておる。彼自身も、「學詩當遍觀古人詩、唯今人詩不可觀。今人詩莫工於餘、餘詩尤不可觀。以不觀古人詩、但觀餘詩、徒得其雜湊摹仿中、愈無主也。」（王志論文、答陳深之）と古人の詩を學ぶべきを強調し、自らの詩のすぐれておることを確信してゐる。錢基博は、「詩才尤牢罩一世、各體皆高絕。而七言近體則早歲尤擅場者。」「雅健雄深頗似陳臥子、有明七子聲調而去其庸膚。此其所以不可及也。」と言ひ、「圓明園詞」については「韻律調新風情宛然、乃敷唐元稹の連昌宮詞、不爲高古、於湘綺樓集爲變格。……」と論じてゐる。

＊　武林の詩人陳銳（字は伯弢）は闓運の弟子であり、闓運を「詩中の聖」と稱してゐる。

＊　「清末の鄭子尹、陳伯嚴、鄭太勇はよく各々一派を開いたけれども、自ら宋人に異ることは出來なかつた。」「鄭子尹、陳伯嚴、鄭蘇龕は詩中の射雕手であると云はざるを得ない。然しかつて西方教育を受けて深く西方文化の内容を

知るものから觀ると、終に其詩理不足を致すを覺えるのである。これは時代が然らしめるのであつて、初めよりこの數詩人の思力が薄弱であるからではない。」（胡先驌「評嘗試集」）

＊陳三立　字は伯嚴、江西義寧の人。金陵に室を築き「散原精舍」と署し、「散原老人」と稱す。故湖南巡撫寶箴の子である。光緒丙戌の進士、吏部主事となりしも、戊戌政變後、意を政治に絕ち、專ら詩作につとめた。（一八五八年生れ）その著に「散原精舍詩」（一九〇九年刊）がある。

陳衍は「散原爲詩不肯作一習見語於當代能詩鉅公嘗云、某也紗帽氣、某也館閣氣、蓋其惡俗惡孰者至矣。少時學昌黎學山谷、後則直逼薛浪語竝與其側高伯足極相似、然其佳處可以泣鬼神訴眞宰、者未嘗不在文從字順中也、而荒寒蕭索之景、人所不道寫之獨覺逼肖」（「石遺室詩話」）と評してをる。胡適は「陳三立は近代宋詩の代表者であるが、彼の『散原精舍詩』中にはまことに獨立すべき詩は甚だ少ない」（「五十年來中國之文學」）と述べてゐる。陳子展は彼の詩が「江西詩派の嫡傳」であると言ひ、「頗る矯揉造作の處があり、これこそ正に江西詩派の特色である」と論じてをる。（「最近三十年中國文學史」）又、鄭孝胥が、「經史の氣」があるといつたことは承認するが、「妙を得て解し易い」のを見られないとも云つてをる。（「中國近代文學之變遷」）陳三立の詩は豪放恣肆、山谷を以て門戸となして根は韓愈に極まる。（錢基博）

甲辰感春詩

雜置王霸書、其言綜治亂。慷慨一時畫、指列亦璀璨！
世運疾雷風、幻轉無數算。冥冥千歲事、孰敢恣臆斷！
況當所遭値、文野互持牛！垂示不遇物、道苦就羈絆。
又若行執燭、迎距光影判。倍譎勢使然、安能久把玩！
巍巍孔尼聖、人類信弗叛、劫爲萬世師、名實反乖謾。
起孔在今茲、舊說且黜竄。摭彼體合論、差協時中贊。
吾欲衷百家、一以公例貫。與之無町畦、萬派益輸滙。

國民如散沙、披離數千歲。近儒合群説、曉曉徒置喙！
　無當下民心、反脣笑鼻。『疴養本非我、我愛焉所寄。』

三立の諸子みな詩をよくし、長子衡格最も著はる。鉛山の胡朝梁（字は子方、自ら詩廬と號す、江西鉛山の人）あり、羅惇曧（字は掞東、號は癭公、廣東順德の人、癭庵詩集があり）、羅惇㬊（字は敷庵、順德の人）も散原の逸軌を追うものである。

「清末の鄭子尹、陳伯嚴、鄭太夷はよく各々一派を開いたけれども、自ら宋人に異なることは出來なかつた。」

「鄭子尹、陳伯嚴、鄭蘇龕は詩中の射雕手であると云はざるを得ない。然し、かつて西方教育を受けて深く西方の文化の內容を知るものから觀ると、終に其の詩理不足を覺えるのである。これは時代がしからしめるのであつて、初よりこの數詩人の思力が薄弱であるからではない。」（胡先驌「評嘗試集」）

＊陳寶琛（一八四七—）　字は伯潛、號は弢菴、又橘隱と號す。同治戊辰の進士、年は孝胥より先輩なるも詩名は及ばない。「滄趣樓詩」がある。孝胥の弟㮮（字は稚辛）も亦詩を能くす。

弟子の中、侯官の李宣龔（一八七五—　上海商務印書館經理）、字は拔可が最も早く弟子となつたものである。宣龔の詩友に夏啓觀（字は劍丞、江西新建の人、光緒甲午舉人、官は浙江教育庁長、有吷龕詩存）、諸宗元（字は眞長、一字は貞壯、浙江紹興の人、光緒癸卯副貢生、著に有吾暇堂類稿、秦鬢樓談錄、篋書別錄）の二人がある。梁鴻志（一八八二—　字は衆異、一字は仲毅、福建長樂の人）は陳衍の指導を受けたが、その詩は孝胥と同調である。

＊鄭孝胥　字は蘇龕、又蘇戡（堪）、太夷と號す。福建閩縣の人。一八五九年（文宗咸豐九年）生れ、一九三八年（民國二十七年）卒す。光緒八年（一八八二）解元、官湖南布政使に至る。上海商務印書館董事に任ず。滿州國成立後國務院總理となる。蘇軾の「萬人如海一身藏」の詩意を取りてその樓に名づけて海藏といひ、その詩集を「海藏樓詩」といふ。凡そ八卷。

陳衍は「石遺室詩話」に於て次の如く評して居る。「蘇堪詩少學大謝、浸淫柳州、益以東野、泛濫於唐彥謙吳融、以及南北宋諸大家、而最喜荊公昔趙甌北謂、元遺山專以精思健筆橫絕一世、蘇堪之精思健筆、直逼遺山。……蘇堪少長

都門、自具幽幷之氣。」胡適は、「近代の作家の中で、鄭孝胥も模仿性を脱してはゐないけれども、彼の魄力大でまだ全く模仿ではない。彼はかつて陳三立に贈つた詩の中に『安能抹聲靑紅、搔頭而弄姿？』の句がある。その實彼自身時にはかうした境界に近いものがあるが、陳三立はかへつてこの地步に到らない。」と論じて居る。陳子展は彼の詩について「比較的瑩徹ではあるが、」「石遺室詩話」中で言つてゐるやうに元遺山に比すべきものを見られないといひ、近作はやや淸切なものとなつてゐるとも述べてゐる。（「近代文學之變遷」）錢基博はその著「現代中國文學史」に於て三十歲以前は「五言古詩を專攻し、」「沈摯之思、廉悍之筆、一時殆無與抗手！」三十歲以后は力を七言に肆にし「閑適之作、夷烯沖淡、而骨力堅鍊、罔一字涉凡近！詩體百變、咸衷以法、語質而韻遠、外枯而中膏、吐發若古之隱淪：」と嘆賞して居る。錢基博は「鄭孝胥の詩は悽惋深秀、柳州を以て骨幹を掛けて、洗練するに孟郊を以てす。」と論じてゐる。彼は詩について最初は淸切を主とすべき說を持つてゐたが、後にはその說が後輩を誤ることを感じて取消して居る。即ち、陳三立の詩集の序で彼は

往有鉅公與餘談詩、務以淸切爲主。每有張茂先我所不解之喩。其說甚正。然餘竊疑詩之爲道、殆有未能以淸切限之者。世事萬變紛擾於外；心緒百態、騰沸於內；宮調不調而不能已于聲、吐屬不朽而不能已于辭；若是者、吾固知其有乖于淸也。思之來也無端、則斷如復亂者、惡能使之盡合？興之發也匪定、則倏忽無見、惝怳無聞者、惡能責以有說？若是者、吾固知其不期于切也。

と述べてゐる。「この序は表面上江西派のために弁護したものだが、その實江西派の短所を指出してゐる。彼自身の話は決してこの『不淸不切』の主張を實行しなかつたから、まだ讀むことが出來るのである。」（胡適「五十年來中國之文學」）この鉅公とは張之洞である。彼は江西派のために弁護しなければならず、張之洞の「淸切」說を聞かざるを得なかつた。然し後に「海藏樓雜詩」を作つて、從前の主張を改變した。

嘗序伯嚴詩、持論闢淸切、自嫌誤後生、流涙或失實、君詩妙易解、經史氣四溢。詩中見其人、風趣乃雋絕。淺語莫非天壤在毫末。何須塡難字、若作酸生活？會心可忘言、即此意已達。

＊光緒二十四年に、兩湖總督の張之洞に召に應じて、陳衍がその從事となつて、武昌に客となつてゐた時に、沈曾植

に謁した。その時に、陳衍が、「吾丙戌在都、聞鄭蘇堪誦君詩、相與歎賞、以爲同光體之魁傑。」といつたのが、同光體といふ稱呼の使はれた初めであるか。

＊沈增植（一八五〇―一九二二）　一に曾植に作る。字は子培、乙盦と號した。浙江嘉興の人。道光三十年に生れ、民國十一年に卒す。年七十三。光緒六年進士、官は安徽布政使に至る。當時、沈增植は兩湖書院で教育に從事してゐた。「自分は詩學深くして詩功淺し。」といつた。卽ち詩を見ること多く、詩を作ることが少いといふのである。陳衍は、彼の詩について「艱深を愛して平易をうとんず」といつてゐる。

＊陳衍　字は叔伊、一字は石遺。福建閩侯の人（侯官人）、一八五八年生る。光緒壬午の擧人。宣統の時、學部主事に歷任し京師大學堂經文科敎員、民國に入つて北京大學文科敎授、廈門大學國文敎授。著に「石遺室詩集」十卷、「文集」十二卷、「續集」、「三集」各一卷、「石遺室詩話」三十二卷、「近代詩鈔」二十四卷等がある。

衍の論詩宋を宗とし、宋詩の敝においても極言してゐる。「詩貴風骨，然亦要有色澤，但非尋常脂粉耳；亦要有雕刻，但非尋常斧鑿耳。有花卉之色澤，有山水之色澤，有彝鼎圖書種種之色澤。」「詩貴淡蕩，然能濃至，則又濃勝矣；詩喜疏野，然能精微，又精善矣。」「詩要處處有意，處處有結構，固矣。然有刻意之意，有隨意之意，有結構之結構，有不結構之結構。」「詩有四要三弊：骨力堅蒼爲一要，興趣高妙爲一要，才思橫溢，句法超逸，各爲一要。然骨力堅蒼，其弊也窘；才思橫溢，其弊也濫；句法超逸，其弊也輕與纖。惟濟以興趣高妙則無弊。」などによつて彼の詩論の立脚點が分るであろう。

＊易順鼎（一八五八―一九二〇）　字は實甫、又字は中實。自ら懺綺齋と署し、又自ら眉伽と號し、晚年哭庵と號す。湖南龍陽の人。淸の文宗咸豐八年に生れ、民國九年に卒す、年六十三。（「現代中國文學史」、年五十九）幼にして神童の目あり、稍長じて才子の稱あり、詩に巧みにして、寧鄕の程頌萬、湘鄕の曾廣鈞と「湖南三詩人」と稱せらる。光緒元年（一八七五）の擧人。

順鼎自ら聰明を負ひ、自ら張夢晉の後身と稱す。學において窺はざる所なし、生平詩萬首ならんとし、樊增祥と兩雄と稱せらる。生平足跡十數行省に及び、一地一集を作る。「丁戊之間行卷」、「摩圍閣詩」、「出都詩錄」、「吳船詩錄」、

「樊山沌水詩錄」、「蜀船詩錄」、「巴山詩錄」、「錦里詩錄」、「峨眉詩錄」、「春城詩錄」、「林屋詩錄」、「遊梁詩賸」、「廬山詩錄」、「宣南集」、「嶺南集」、「四魂集」、「四魂外集」、「靄園詩事」等がある。「樊山は始終その度を改めず、實甫は則ち屢〻その面目を變じ、大小謝をつくり、長慶體をなし、皮陸をなし、李賀をなし、盧仝をなし、而して風流自づから賞し、溫李に近きもの多きに居る。放言自恣、世に訾謷せらるるを免れずと雖も、いまだ才を易へざるなり。」（「石遺室詩話」）

＊　樊增祥（一八四六―一九三一）　字は嘉父、雲門と號す。別字は樊山、湖北省恩施の人。道光二十六年に生れ、民國二十年に死す。年八十六歲。光緒三年（一八七七）の進士。累官して猍西江寧布政使となる。早歲、淸詩人袁枚、趙翼を崇め、張之洞を知つてから悉く棄て去つた。李慈銘に從遊し、頗る心を中・晚唐に究め、吐語新穎はその獨擅であつた。好んで艷體をつくり、その前後「彩雲二曲」は尤も有名である。

「石遺室詩話」に「樊山平生以詩爲茶飯、無日不作、無地不作……論詩以淸新博麗爲工。工於隸事、巧於裁對。見人用眼前習見故實、則曰此乳臭小兒耳。萬餘首中、七律居其七八、次韻疊韻之作尤多、無非欲因難見巧也。」といふ。胡適は「樊增祥の詩、比較的最も聰明、最も淸切であるが、惜しいことに無內容であつて大家に數へられない」と評して居る。陳子展は「彼等の長處は才氣奔溢にあり、その短處も彼等の天才を弄み喜ぶに在り」「頗る滑稽の天才あり……よく之を詩に用う」「近作は漸く自然に赴き復刻鏤せず、甚だよく暮年蕭瑟の感、遺民哀憤の意を表現してゐる。」と評して居る。（「中國近代文學之變遷」）

＊　曾廣鈞　字は重伯、號は觙菴。湘鄉の人、曾國藩の孫。詩は李義山に學ぶ。宣統元年刊の「環天室詩集」及び「環天室外集」「文集」がある。（「學衡雜誌」による）

吳宓云ふ、「環天室詩は六朝及び晚唐を學び、典麗華贍、溫柔旖旎を以て勝る。典を用ふること甚だ豐か、典多く魏晉書、南北史より出で、或はヤソ教聖經より出づ。作る所最も重要なものは「庚子落葉詞」であり、珍妃を弔ふものである。秋瑾女士はその女弟子である。

＊　陳去病　字は佩忍、江蘇吳江の人。一八七三年生れ。著に「詩學綱要」「詩賦學綱要」「浩歌堂詩集」等がある。

＊胡韞玉（一八七八―一九四七）字は樸安、字を通用す。安徽涇縣の人。一八七八年生れ。上海大夏大學、特志大學教授、江蘇省政府政府委員兼民政廳長などを歴任す。著書に「詩經學」等がある。

＊潘飛聲　字は蘭史、廣東番禺の人。「蘭史有羅浮游記一滇、附詩十餘首、可與易實甫羅浮紀游詩競秀、……皆清響可聽。」（「石遺室詩話」）

＊宣統元年（己酉）、柳棄疾、陳去病、高旭（松江の人、字は天梅）などが發起人となつて、「南社」を創設した。東南の革命份子が組織したもので、政治を論じ盛んに革命を倡へたが、文學の上では傳統的な立場をとり、新味はなかつた。詩では主として唐音を唱へた。しかし、革命結社ともいふべきものであつて、「推倒滿淸」が中心で、特定の宗派といふものはなかつた。

それに參加した文人のうち、詩人としては、蘇玄瑛、諸宗壯（山陰の人、字は貞長）、黃節（順德の人、晦聞）、沈宗畸（番禺の人、太谿）、潘飛聲（蘭史）などがあり、慈利の吳恭亨（悔晦）、醴陵の傅熊湘（鈍根）、成都の吳虞（又陵）、吳江の陳去病（佩忍）、柳棄疾（亞子）、涇縣の胡韞玉（樸庵）等は詩文を以て、淳安の邵瑞彭（次公）、餘杭の徐珂（仲可）、無錫の王緼章（小說月報創刊（一九一〇・七）より二年まで編集した。翌三年一時期を除いて又再び編集にあたる。）（西神）は詞を以て、吳梅（一八七三―）は曲を以て有名である。それぞれその才の長ずる所を以て世に名を擅にし、文章の淵藪、儒者の林囿であつた。結社の目的が目的であり、世を憤り、時を慨した。慷慨悲歌の作が多い。「一派のものは龔自珍の體をよろこんで學んだが、徒にその貌を似せるだけで、その精神を失つた。その下れるものは、更に文辭も粗雜で、美しいものとはいへない。然し、そのうちで優れたものについて云へば、各々自づから一家をなしてゐる。」と錢基博は論じてゐる。柳棄疾は衆に推されて社長となつた。春秋の佳日には、必ず文酒の會をなし、その場所は多く上海の愚園であつた。南社叢刊を出し、詩文詞選の三種に分けて、二十餘集を刊行した。かの善化の黃璵（克強）、桃源の宋敎仁（漁父）、三原の于右任、廣東の汪兆銘（精衞）など、政界に活躍した人達も南社に籍を置いた人々であつた。

この南社の主宰者柳棄疾（字は亞子、通常字を以て行はれてゐる）は江蘇吳江の人で、柳無忌の父である。一八八六年生れ、南社を主宰しつつ革命運動に奔走し、辛亥革命後、國民政府中央監察委員に幾度かあげられ、又「文藝雜誌」（民國二十年四月創刊、上海文藝社發行）を主編したりした。「蘇曼殊全集」（一九二八）、「乘桴集」（一九二九）「明末史」などの著がある。太平洋戰爭後は民主運動に努力し、人民政府委員にあげられてゐる。

彼が幼年時代最初に接した舊詩は唐詩三百首であり、十三、四歳に至つて、彭甘亭の「小謨觴館詩集」中の間情の作品の影響を受けた。十六歳に至つて梁啓超の「飲冰室詩話」によつて詩界革命に熱心となり、「稼夫當嫁英吉利、娶妻常娶意大利、一點烟士披里純、願爲同胞流血矣。」などといつた調子の詩を作つたりした。同時に、又、龔定盦の詩集を讀んで、奇貨とした。「梁啓超と龔自珍とは、當時におけるわが腦中の兩尊の偶像であつたといへる」と回顧してゐる。「國民報」が排滿を提倡し、保皇に反對してより、「大陸報」も亦康有爲や梁啓超の私德をあばいてから、次第に梁啓超に反對するやうになつた。十八歳、夏存古（夏完淳、一六三一―一六四七）と顧亭林（一六一三―一六八二）の詩集を讀んで、その滿清に反抗し故國故都の風は非常に共鳴するものがあつた。二十歳、上海健行公學で高天梅を知つた。天梅の詩派は彼と同じでなかつたが、文學を以て挑滿を提倡するといふ點においては志を同じくし道合するものであつた。二十二歳以后、南社を創設した。當時の彼の詩は漸く定型となり、多大の變化がなかつた。

清末明初において舊詩を作る人は、大概三派に分けることがある。甲派は王闓運、乙派は鄭孝胥、陳三立、丙派は樊增祥、易順鼎である。彼のこの三派に對してすべて反對を表明し、明末の陳子龍（一六〇八―一六四七）、夏存古から上は唐風を追つて別に一派を創めたいと考へたが、失敗に終つた。この反旗を翻した原因の一は、彼等の思想に反對だつたことによつてゐる。彼は詩に對して「艱澀」をよろこばず、風華典麗を主張し、作詩苦吟に耐へず、俯拾をよろこんだ。更に、人を以て詩を論ずるといふ一つの「偏見」を存してゐた。思想が詩の根幹であるといふ考へ方であつた。林庚白の詩を偏愛したのも思想の共鳴によるのである。林庚白は容廳社會主義者にすぎなかつたが、舊詩人の中で容廳社會主義者を探し出すこともすでに容易なことでなかつた。吳又陵の詩にも非常に感服したものであつたが、彼が隻手で孔家店を打つ老將であつたからである。（「我對於創作舊詩和新詩的感想」、「創作的體驗」）

＊　黃節（一八七二―一九三五）　字は晦聞、廣東順德の人、民國二十四年一月十四日、北京に卒す。年六十二。著に

「蒹葭樓詩」二卷がある。弱冠にして同縣の簡朝亮に事へること數歲、歸りて佛寺に獨居して讀書す。上海で同學の實等と國學保存會を集め、「國粹學報」を作りて夷夏の義を弁ず。廣東教育廳長、北京大學教授等に歴任す。「自爲詩激印庸峻過之、漢魏六朝詩の箋釋を作る。最后に崑山顧氏の詩を好み、以て自ら擬す。」(太炎「黄晦聞墓誌銘」)陳衍は「其爲詩、著意骨格筆必拗折、語必悽惋、句如原草漸黄人亦悴、霜花曾雨晩猶存、意摧百感終橫決、天壓重寒似亂原。」(「石遺室詩話」)と評して居る。

第三節　詩界革命の提倡

梁啓超等の所謂戊戌維新の主要人物は新進政治家であり、新思想の啓蒙家であつたと同時に、青年文人であり、青年詩人であつた。彼等はただに政治革新、思想改革を企圖したのみならず、又、「詩界革命」を提倡し、後には「小説界革命」をも叫んで、「新小説」を刊行した。

當時の所謂「詩界革命」に關して、梁啓超は「飲冰室詩話」に於て次の如く語つて居る。

復生自憙其新學之詩。……當時所謂新詩者、頗喜撏撦新名詞以自表異。丙申丁酉間吾黨數子皆好作此體。提倡之者爲夏穗卿(曾佑)，而復生(譚嗣同)亦綦嗜之。其聽金陵說法云：『綱倫慘以喀私德(Caset)』，法會盛於巴力門(Parliament)。又贈予余詩四章，中有『三言不識乃雞鳴，莫共龍蛙爭寸土。』苟非當時同學者、斷無從索解。蓋所用者新約全書中故實也。其時夏穗卿、尤好爲此體。穗卿贈餘詩云：『滔滔孟夏逝如斯，亹亹文王鑒在茲。帝殺黑龍才子隱，書飛赤鳥太平遲。』又云，『有人雄起琉璃海，獸魄蛙魂龍所徒。』此皆無從臆解之語。當時吾輩方沈醉於宗教，視數教主非與我同類。崇拜迷信之極，乃至相約作詩非經典語不用。所謂經典者，普稱佛孔耶三教之經。故新約字面，絡繹筆端焉。

又、「穂卿に絶句十餘首有り、專ら隱語を以て教主を頌する者である。」と云ひ、『冰期世界太清涼。洪水茫茫下土方。巴別塔前分種經，人天從此感參商。』を掲げ、

當時在祖國無一哲理政法之書可讀，我党二三子號稱得。風氣之先，而其思想之程度若此。

と回顧して居る。この梁啓超の言葉によつて知られる如く、夏曾佑・譚*嗣同・梁啓超等は、科學の書も多少は讀み、西洋歴史の智識も多少はあり、新舊約聖書を愛讀し、それらのものを詩料と爲し新名詞を用ひる事を喜んだに過ぎず、梁啓超も「必非詩之佳者、無俟言也。」と評して居る如く、新奇であつたと云ふ以外、推奬すべき作品は殘さなかつた。併し、外來文化の輸入も貧弱であつた時代の事とて、當然であり、只彼等の幼稚にして大膽なる試みの中に、新しきものを欲求する彼等の革新の精神を感受する事が出來る。よし彼等の「詩界革命」の提倡が當時の詩壇に大した反響を喚び起こさなかつたにしても、詩史的重要性を有するものとして注目しなければならぬ。更に梁啓超は既に戊戌の年、「夏威夷遊記」に於て

歐洲之眞精神眞思想，尚且未輸入中國，況於詩界乎？此固不足怪也。吾雖不能詩，惟將竭力輸入歐洲之精

神思想，以供來者之詩料可乎？要之，支那非有「詩界革命，」則詩運殆將絶。雖然，詩運無絶之時也。今日者革命之機漸熟，而哥侖布瑪賽郎之出世，必不遠矣。

と論じ、「飲冰室詩話」に於て

過度時代必有革命。然革命者當革其精神，非革其形式。吾黨近好言詩界革命，雖然，若以堆積滿紙新名詞爲革命，是滿洲政府變法維新之類也。能以舊風格含新意境，斯可以擧革命之實矣。

と述べて居る事は、今日から見れば極く普通の論說ではあるが、當時に於ては彼梁任公にして初めて爲し得る卓見であつた。彼の遠見に感服すると同時に、所謂新派の詩人達の目標が何處に在つたかをも知る事が出來る。若し、內容形式と云ふ言葉を使用するならば、新派の詩の提倡は實に內容の革新にあり、後の白話語の提倡は形式の解放に在つたとも云へよう。さて、當時「舊風格に新意境を含ましめ、革命の實を擧げ」た者は、「人境廬詩草」の作者黃遵憲であつた。

＊ 譚嗣同 字は復生、壯飛と號す。湖南瀏陽の人。戊戌政變に因つて殺された。所謂戊戌六君子の一人である。（一八六五〈同治四年〉―一八九八〈光緒二十四年〉、年四十四）著に「莽蒼蒼齋詩集」及び「仁學」がある。後に海寧の陳迺乾が輯して「譚瀏陽全集」八卷を刊行した。嗣同は彼の甲午以前の詩を「舊學」とよび、以後所謂「新學」の詩

を作つた。然し、「三十以后の學は三十以前の學にはるかに勝つてゐるが、三十以后の詩は必ずしも三十以前の詩にはるかに勝つてゐるとはいへない。」(啓超)

宣統年間、日本で作つた「雙濤園讀書詩六首」は呉宓が「清瑩深厚、格調陶潛韓愈の間に在り」と評し最も愛したものだといつてゐる。今その一を錄す。

回風吹海水、軒然起層瀾、吾生亙有涯、憂患亦以繁、生才爲世用、豈得長自間、何時覩澄清、一灑民生艱、強學可終身、羈泊非所歎、

＊　梁啓超は黃公度と夏穗卿と蔣觀雲(名は智由、浙江諸曁の人)を詩界の三傑と推賞した。夏は史學家であり、蔣は殊に平凡であつた。(呉宓「空軒詩話」)

第四節　新派の導師黃遵憲

黃遵憲*、字は公度、廣東梅縣の人、道光二十八年(一八四八)に生れ、光緒三十一年(一九〇五)に卒す。時に年五十八歲。彼は外交官として日英米南洋等に駐在し、又戊戌の變法維新に際しては該運動に參與す。著に「人境廬詩草」十一卷、「日本雜事詩」二卷、「日本國志」四十卷がある。

彼が「近世中國第一の詩人」(呉宓「空軒詩話」)であるか否かは尙論議の餘地があるとしても、「能く新理想を鎔鑄して以て舊風格に入れし者」として「黃公度を推す」(「飮冰室詩話」)事は妥當であり、後來學衡派の詩人を始め新派の詩人達が論詩作詩の宗旨と爲す、「新材料を以て舊風格に入れる」と云ふ主張が黃公度に本づいて居る事は、「鄭重に聲明する」(「空軒詩話」)までもなく明白な事實である。嘗て梁啓超が彼の詩を推頌し、

ついで學衡派の詩人達が宗師と仰いでより、近來ともすれば眞價以上にもて囃され勝ちな傾向がないではないが、ともあれ、晩清詩壇に於ける偉大なる存在であり、新しき詩國の黎明に、粲たる光芒を放つ曉の明星であつた。

外交官であつた彼が、外國文化の直接的な理解者であり、新思想の所有者であり、國際場裡に於ける中國の地位のより正當な認識者であつた事は云ふまでもなく、隨つて、彼の詩に異國の風物の歌唱があり、祖國を想う悲憤慷慨の聲、民族の覺醒を願ふ愛國の至情が溢れて居る事も當然である。

さて、彼の詩が幾何の詩價を有するものであるか？ 彼が如何なる佳品を詩壇への贈り物としたか？ 例へば、今別離四章が、「陳伯嚴が推して千年の絕作と爲し、」（「飮冰室詩話」）、梁啓超が「吾この因縁を以て、この功德を以て、冀くは詩界天國に生れんことを」（同上）と贊嘆した程のものであるか？ 或は「まことに平常なること甚しく、淺薄なること甚しき」（胡適「五十年來中國之文學」）ものであるのか？ 又、錫蘭島臥佛の長詩が「煌煌たる二千餘言、眞に空前の奇構と謂ふ可し。荷莎彌田（Homer Shakespeare Milton Jemyson である）諸家の作、餘未だ讀む能はざれば、敢へて妄に比鷺を下さず。若し震旦に在りては、吾敢へて謂ふ、有詩以來未だ有らざる所なりと。……中國文學界以て豪するに足る。因つて亟かに之を錄し、以て詩界革命の青年に餉らん。」（「飮冰室詩話」）と云ふ梁啓超の言が、果して正當な詩評であるかどうか。又、「聶將軍歌」が、「人境廬全集」中最佳の詩であり、聲有り色有り、句法及び韻律の變換を以て、戰士軍前の事實轉動を襯出し、兼ねて修辭學中の所謂 onomatopoeia（字音を以て實在の聲音を模仿す）を有し、誠に傑作なる」（「空軒詩話」）ものであるか否か。

私は今それらについて論評せんとして居るのではない。私がここに語らんと欲する點は、後來の新詩の生起に如何なる連續を有するかと云ふ事に在る。卽ち、彼の作詩態度を本位として考究したいと思ふ。

黃公慶は夙に二十幾歲の折の作たる「雜感」の詩に於て

少小誦詩書，開卷動齟齬。古文與今言，曠若設疆圉。
竟如置重譯，象胥通蠻語。父師遞流轉，慣習忘其故。
我生千載後，語音雜傖楚。今日六經在，筆削出鄒魯。
欲讀古人書，須識古語古。唐宋諸大儒，粉粉作箋注。
每將後人心，探索到三五。性天古所無，器物目未睹。
妄言足欺人，數典旣忘祖。燕相說郢書，越人戴章甫。
多岐道益亡，舉燭乃筆誤。
大塊鑿混沌，渾渾旋大圜。隸首不能算，知有幾萬年。
羲軒造書契，今始歲五千。以我視後人，若居三代先。
俗儒好尊古，日日故紙研。六經字所無，不敢入詩篇。
古人棄糟粕，見之口流涎，沿習甘剽佐，妄造叢罪愆。
黃土同搏人，今古何愚賢。卽今忽已古，斷自何代前。
明窗敞流離，高爐爇香煙。左陳端溪硯，右列薛濤箋。
我手寫我口，古豈能拘牽。卽今流俗語，我若登簡編。
五千年後人，驚爲古斑爛。

と所懷を率直に吐露し、更に「人境廬詩草自序」に於て

欲棄去古人之糟粕，而不爲古人所束縛、誠戞戞乎其難。雖然、僕嘗以爲詩之外有事、詩之中有人。今之世異於古、今之人亦何必與古人同。嘗於胸中設一詩境；一曰復古人比興之體。一曰以單行之神、運排偶之體。一曰取離騷樂府之神理、而不襲其貌。一曰用古文家伸縮離合之法以入詩。其取材也、自群經三史、逮於周秦諸子之書、許鄭諸家之注。凡事名物名切於今者、皆采取而假借之。其述事也、擧今日之官書會典方言俗諺、以及古人未有之物、未闢之境、耳目所歷、皆筆而書之。其錬格也、自曹鮑陶謝李杜韓蘇、訖於晚近小家、不名一格、不專一體、要不失乎爲我之詩。

と、自ら作詩の方法と旨趣とを明言して居る。

梁啓超が「中國の積習、今に薄く古を愛し、學問文章事業を論ぜず、皆古人を以て幾及す可からずと爲す。余平生最も此の言を聞くを惡む。」（「飲冰室詩話」）と言へると同じく、彼も亦古を尊び今を賤しと爲す歷史觀念の荒謬を攻擊し、一般詩人が單に古人を踏襲しその作品を剽盜するかの如き態度を難詰し、六經に無き所の文字であらうと流俗の語であらうと、どしどし詩に入れん事を主張し、「我手寫我口」の態度を採つた。彼の理想詩境は、古人比興の體を復し、單行の神を以て排偶の體を運び、離騷樂府の神理を取つて其貌を襲はず、古文の伸縮離合の法を用ひて以て詩に入れるに在つた。彼は詩料として、群經三史より周秦諸子之書、許鄭諸家の注に逮び、凡そ事名物名の今に切なる者は、皆采取して之を假借し、今日の官書會典方言俗諺を擧げ、以

て古人未だ有せざりし物、未だ闢かざりし境に及び、耳目の歴る所皆筆にして之を書せんとした。然も、彼は單なる主張者ではなく、熱意ある實行者であつた。かくて、彼は清末詩壇に異彩を放つ幾多の佳品を文學遺産として殘した。

尙、前掲の「人境廬詩草自序」は、「學衡雜誌」第六十期に登載されて、始めて世に現れたのであるが、自ら誌せる所に據れば、光緒十七年（一八九一）六月英京倫敦に在りし日の作であり、かの賈曾佑・譚嗣同・梁啓超達の詩界革命の提倡以前の事である。隨つて、彼こそは正しく詩界革新の導師であり、前述の彼の言こそは、最初にして力ある詩界革命の宣言であると稱しても不可無いであらう。

然も、この「わが手わが口を寫し、」流俗の語をも避けなかつた彼の主張、彼の信念こそは、後來の胡適・陳獨秀達の白話文學提倡の先驅を爲せしものであり、彼が能く民俗文學を賞鑒したのは、かの顧頡剛・劉復等の先導を爲せしものと云へよう。

周作人は「明末の文學が現在この度の文學運動の來源である、」（「中國新文學的源流」）と述べ、「胡適之の所謂『八不主義』も亦、公安派の所謂『獨抒性靈、不拘格套』とか『信腕信口、皆成律度』の主張の復活である。」と論じて居るが、私は彼の說に贊意を表する事は出來ない。勿論、獨り性靈を抒べ、格套に拘らずとか、腕に信せ口に信せ、皆律度を成すとか云ふ袁中郎の主張は、確かに胡適等の新文學運動提倡時の主張と、大いに相似たるものである事は認めるけれども、直ちに公安派の主張の復活と爲し、新文學運動の源は明末公安派に在りと爲す事が出來るであらうか？

すべて文學は（文學のみに限らないが）反動の波線を描いて變遷するものであり、傳統を固執するの餘り杓子常規の感を抱かしめ勝ちな所謂古典主義、擬古主義の文學の反動である事に於て、公安派の運動も新文學運動もその軌を一にして居り、随つて、傳統を無視し、清新の氣を欲求し、情熱の迸る侭に自由に唱ひ出でんとする共通の特長を有する事も亦當然である。然し、それは飽く迄も類似の現象であり、相似たる反動の波であるに過ぎず、相互の間に直接的な連續を認める事は出來ないであらう。勿論、周作人自身の唱道した所謂散文の領域内に於ては彼の源流説を首肯し得ようが。

舊きもの動搖を開始し、新しきもの生れ出でんとする新中國の黎明期に於て、新中國がうたはんと欲してうたひかねてゐた新感情をば詩に盛る可しと叫んだ詩界革命の提倡者達、その詩界革命の實を擧げた黃公度、彼等こそは新詩の意識的第一歩を印した者であり、戊戌維新が五四運動の前奏曲であつたと同樣、新詩の開端も亦彼等に在ると論斷し得ると、私は確信する者である。

＊「人境廬詩草」は梁啓超が日本にて印刷したもの、每部二册、黃公度先生詩箋（民國十六年、民智書局、古直作）黃遵憲の偉大崇高な理由五論あり、1、性情篤摯、忠厚惻怛、詩人の本質を具う。2、精力彌滿、學識廣博、古今內外の故に通じ、大にしては政治宗教、小は民俗瑣事、熟知理解せざるなし。取つて用つて詩に入る。故にその詩の材料精宏、新穎にして充實す。3、世界の大勢を洞明し、機に先んじて變を察し、國を愛し、種を保ち、乃ち時を識るの俊傑、年に英ずるの導師。その詩は特に志を言ふのみならず、且つ以て敎を立て、これを讀めば啓發に資するに足る。4、その詩多く國事を詠じ、私情を敍するもの少し。詩史たるに愧ぢず、民族詩人と稱すべし。5、新材料を舊格律に入れるといふ主張は、特に以前の千百詩人のいまだ言ふ能はず、いまだ敢へて言はざるところであり、また文學創造の正軌に合し、われわれ繼起するものの南嶠とみなすべきである。（「空軒詩話」）

＊「黃公度は近代の大詩人であるといへよう。彼の詩は大概みんな讀んだ」（「郭沫若詩作談」、「現世界」創刊號）陶王には却つて立體的な透明がある。近代詩人中においては、黃公度にはかうした風味がある。（同右）

第五節　譯詩の先驅

さて、國民性や時代精神の頽廢に陥つた際、或は草創の際、それに新空氣を注入するには他國文學の譯出に俟たねばならぬ事は、中世の英國、近世の露國、近代の獨逸を初め、わが明治時代に徵しても明白な事であり、中國に於ても亦然りである。林琴南の翻譯小説に就ては既に述べたが、譯詩壇に於ける先驅者は誰であつたか。此處で、西洋詩歌のいち早き紹介者として、私は馬君武と蘇玄瑛とを擧げたいと思ふ。馬君武は光緒七年（一八八一）廣西桂林縣に生れ、光緒三十二年日本京都帝大工科卒業、更に獨逸に留學す。宣統二年歸國後革命運動に從事し、第二革命失敗するや日本に亡命し、再び獨逸に留學、伯林大學より工學博士を授けられた。爾後學者として、又は政治家として活躍し、政治經濟・動植理科・文學等に關する多數の譯著がある。彼を文學者として考へる事は不當であり、詩人を以て自ら居るを肯んぜなかつたけれども、それは別問題である。私が語らんと欲するのは、留學當時の作集たる「馬君武詩稿」中の譯詩に就てである。

此寥寥短編、無文學界存在之價値。惟十年以前、君武於鼓吹新學思潮、標榜愛國主義、固有微力焉、以作個人之紀念而已。

とは、彼が自序に於ける述懷であるが、「新學思潮を鼓吹し、愛國主義を標榜する事に於て、固より微力有り、」の言に據つても、當年の彼が心境の那邊に在りしかを窺ふ事が出來よう。集中三十八首の譯詩あり、拜輪（By ron　一七八八―一八二四）の「哀希臘歌十六首」、貴推（Goethe　一七四九―一八三二）の「阿明臨海岸哭女詩八首」、「米麗客三首」、虎特（Thomas Hood　一七九九―一八四五）の「縫衣歌十一首」（The Song of the Shirt, 感傷的な人道主義の歌）を譯し、「縫衣歌」は五言古風體を用ひ、餘は皆七言歌行體である。嘗て胡適は彼の拜輪の哀希臘歌に就て、「頗る君武之を訛に失し曼殊之を晦に失せしを嫌ふ。訛れば則ち眞を失ひ、晦なれば則ち達せず、均しく善譯に非ざる者なり。」（「嘗試集」）と評し、自ら離騷體を用ひて譯を試みて居るが、彼の批評は單なる素人觀に過ぎず、「一種深摯人を感ぜしめる力量を具有し、想ひ見るに、決して原作者にそむかないもの、」（陳子展「中國近代文學之變遷」）とまでは云へずとも、「彼の氣魄を以て此等の詩を譯したるは、最も相稱へりと爲す、」（同上）とは考へられるし、胡適の譯詩より優る事數等である。

次に、蘇玄瑛*は、光緒十年（明治十七年）東京に生れ、民國七年五月二日上海に病沒した。年三十五。彼の父は宗郎（性不明）、母は河合氏、幼名を宗之助と云ふ。生後數ヶ月にして父沒し、母とともに當時日本に在住中であつた廣東香山の蘇某に養はれ、後養父の生國廣東に到つたが、養父の死後出家し曼殊と號した。この「行雲流水の孤僧」曼殊上人は、詩に小說に彼の數奇なる生涯を如實に反映させた。後年浪漫主義の文學が一世を風靡した民國十五年頃、彼は「一躍して時代の寵兒と爲り、」「生活様式の浪漫と自我表現の作風とを以て、當時種種の苦悶――性的、政治的、時代的――中に陷つて居た青年男女の靈魂上の一服の安慰劑となつた。」（蘇淵雷「序袁中郎全集」）小說方面は暫く措き、彼は「詩僧」の名に恥じぬ佳品を世に殘した。詩形の束縛は彼をして思ふ存分に「我手寫我口」さしめなかつたけれども、若し彼をして今少し後の世に生れしめたならば、中國現代詩史は堞才ある天性の浪漫詩人を得て、一段と光彩を放つた事であらう。

彼には光緒三十二年の譯なる「拜輪詩選」がある。〔時に二十三歲、出版は一九〇八年九月〕

比自秣陵遄歸將母，病起匈膈，擩筆譯拜輪去國行，大海，哀希臘三篇。善哉拜輪！以詩人去國之憂，寄之吟咏，謀人家國，功成不居，雖與日月爭光可也。嘗謂詩歌之美，在於氣體。然其情思幼眇，抑亦十方同感。如衲舊譯頌頌亦牆靡・去燕、冬日、答美人贈束髮䌌帶詩數章，可爲證已。

との自序及び、

西班牙雪鴻女詩人過存病榻，親持玉照一幅，拜輪遺集一卷，曼陀羅花共含羞草一束見貽，且殷殷勗以歸計。嗟夫！予早歲披鬀，學道無成，思維身世，有難言之恫，爰扶病書二十八字於拜輪卷首，此意惟雪鴻大家能之耳。

秋風海上已黃昏，獨向遺篇弔拜輪；詞客飄蓬君與我，可能異域爲招魂？

の詩に據つても、彼が如何に Byron を思慕し、その詩を愛讀したかを知る事が出來る。尙、前掲の「自序」の「頌頌亦牆靡」とは Robert Burns（一七五九―九六）の A Red Red Rose であり、「去燕」とは William Howitt の Departue of the swallow であり、「冬日」は Shelley（一七九二―一八二二）の A Song である。他に Goethe の題沙恭達羅、印度の女流詩人 Tora Dutt の詩をも譯して居る。

又彼は「與高天梅書」中に於て、

納嘗謂拜輪足以貫靈均太白，師梨足以合義山長吉，而莎士比・彌爾敦・田尼孫、以及美之郎弗勞諸子，祇可與杜爭高下。此其所以爲國家詩人、非所語於靈界詩翁也。……（中略）……納謂凡治文學，須精通文學。昔瞿德逢人、必勸之治英文、此語專爲拜輪之詩而發。夫瞿德之才、豈未能譯拜輪之詩、以非其本眞耳。太白復生、不易吾言。

と語り、「拜輪詩選」の「自序」で

按文切理、語無增飾。陳義悱惻、事辭相稱。

と述べて居るが、此等に據つて彼の西洋詩歌に對する見界及び譯詩態度を窺ふ事が出來よう。李思純*は「近人譯詩に三式有り。一を馬君武式と云ひ、格律謹嚴の近體を以て之を譯す。二を蘇玄瑛式と云ひ、格律やや疏なる古體を以て之を譯す。三を胡適式と云ひ、白話を以て直譯し盡く格律を弛む。余三式に於て皆是非を爭辯する成見無し。胡式は歐文の辭義を過重して漢文の格律を輕視す。惟蘇式の譯詩格律やや疏なれば原作の辭義皆達し、五七體を成せば漢詩の形貌失はれず。然れども斯れ固より偏見の及ぶ所、未だ敢へて當ると云はず。」（「仙河集自序」）と蘇曼殊の譯詩を上乘のものであると讚稱して居るが、胡適の譯詩の失敗は彼の詩才の貧弱に因るものであり、晦に失し善譯に非ざる者と曼殊の詩を評して居る事もその暴露に外ならぬが、ともあれ、蘇玄瑛の譯詩は既に創作の境に達し、譯詩そのものとしても相當の價値を有するものと考へる。

以上、馬君武蘇玄瑛の譯詩について略述し短評を加へたのであるが、譯詩そのものの價値如何とか、その影響が幾何であつたとかは別問題としても、西洋詩歌の最初の紹介として詩史的意義を有するものであり、世界的浪漫思潮と微かではあるが接觸して居る事に注意しなければならない。特に、バイロン・ゲーテ等等の所謂浪漫詩人の作品のみを譯してゐると云ふ事は、決して個人的嗜好にのみ因由するものではなく、辛亥革命前夜に於ける時代精神の反映に外ならない。

＊　蘇玄瑛（一八八四―一九一八）　字は子穀、香港において西班牙人羅弼、莊湘についてヨーロッパ文を學ぶ。後、或は上野に美術を、早稻田に政治を學んだこともあるが、皆成るなし。陳獨秀、章士釗に從つて遊び、「國民日々報」のためにユーゴの「慘社會」を譯す。獨秀これを刪潤す。黃侃とバイロンの詩を譯し、章炳麟潤色して篇をなす。その譯詩は、王闓運、章炳麟と同調であるといへよう。炳麟は「廣東の士、儒に簡朝亮あり、佛に蘇玄瑛あり、高節を跚くすといふべし。黃節の佳の如きは、亦その次なり。豈名を黨籍に錄し、矜りて名高しとなすものと同日に語らんや」と稱してゐる。

彼の著には、「燕子合龍遺詩」一卷、「焚劍記」、「絳紗記」、「碎簪記」、「斷鴻零雁記」等の小說、「文學因緣」、「英漢三昧集」、「拜輪詩選」、「悲慘世界」等の翻譯文學、「梵文典」八卷、「潮音」一卷、雜著隨筆若干卷等の雜文類がある。彼の詩については、王德鍾が「つくる所の詩、蒨麗綿眇、その神は則ち裳を湘渚に褰げ、幽幽蘭馨、其の韻は則ち天外雲璈、往きてまた極まるが如く、その神化の境は、蓋し羚羊角を掛けて迹づくべからざるが如し」と批評してゐるが、かうした浮泛な多くのことばは、清艷明雋の四字がよく曼殊詩の精神を涵蓋してゐるのに及ばない。彼の詩によつて、「詩境の清、人品の高潔、胸懷の洒落を見ることが出來る」と楊鴻烈は述べてゐる。（「中國文學雜論」）

過若松町有感示仲兄

契闊死生君莫問　行雲流水一孤僧
無端狂笑無端哭　縱有歡腸已似冰

東居雜詩十九首　錄一

流螢明滅夜悠悠　素女嬋娟不耐秋

相逢莫問人間事　故國傷心祇淚流

曼殊の詩は、近代中國詩壇において如何なる位置を占めるべきか。王德鍾は、「蘇子曼殊の詩は百代に俎すべきものである」といひ、楊鴻烈は、「元來好詩はすべて意味深長に「我がわが口を寫す」のを根本要素となし、ああした模仿的、雕琢の浮淺の詩は自づから曼殊のやうな永久不朽な價値はない。詩體の古いとか古くないとかいふことではないのである」といふ。また郭沫若は「蘇曼殊の詩は甚だ淸新、だが看たものはあまり多くない」（「郭沫若詩作談」、「現世界」創刊號）と述べる。

＊李思純　「字哲生、成都人。趙熙（字堯生、號香宋、四川榮縣人）之詩弟子。留法、肄業巴黎大學、治文學史學、嘗譯法國古今著名之詩凡七十篇、三百七十六首、爲一集、曰仙河集。」（全集刊、載「學衡雜誌」第四十七期）

吳宓曰、「譯筆精確而能傳神、卽論其篇幅數量之多、又代表法國文學史上各時代、前後完整一統系、亦吾國翻譯介紹西洋文學者所未見也。其創作詩亦登載學衡雜誌。」

「譯文は古典なること甚だしく、またかつて章太炎先生の潤色を經たかも知れない、だから眞に古詩のやうで、だが流傳は決して廣くない。」（魯迅「雜憶」）

「蘇玄瑛、字擬句放、譯するに五古を以てし、晦にして婉ならず、啞にして亮ならず、その氣體を衡るに原格を傷るに似たり。其のバイロンの星耶峰耶俱無生の譯一章は、ほとんど語を成さず。ただに譯學三事においてのみならず、皆いまだ周匝ならず。自作の詩、また譯詩の奧古ならず、七絕を以て最も工となす。然れどもまた僅かに司空表聖の「窈窕深谷、時見美人」の一格を備うるに足る。散文は蕭閒にして致あり、小品彌々、佳にして、長篇皆宂弱、結構なく、意憶なく、情趣なく、筆舌散漫、所謂儁人にして大才に非ざるなり。炳麟の推賞、嗜む所に中し過當なり。然れども玄瑛詞旨雅令、自ら儁才と稱す。」（「現代中國文學史」）

當時、バイロンの詩を靑年達が愛讀したのは「淸の末年、一部分の中國靑年の心中に、革命思潮が正に盛んで、凡そ復讐と反抗を叫喊するものがあつたから、即ち容易に感應を惹起した。」（魯迅「雜憶」）

＊

去國行

行行去故國，瀨遠蒼波來；鳴湍激夕風，沙鷗聲淒其。
落日照遠海，遊子行隨之　須臾與爾別，故國從此辭。
日出幾刹那，明日瞬息間；海天一淸嘯，舊鄕長棄捐。
吾家已荒凉，謭塖無餘烟；牆壁生蒿藜，犬吠空門邊。
（後略）

譯師梨冬日

孤鳥棲寒枝、悲鳴爲其曹。池水初結冰、冷風何蕭蕭。
荒林無宿葉、瘠土無卉苗。萬籟盡寥寂、惟聞喧挈皐。

第二章　嘗試期（五四時代前期）

第一節　新文化運動と文學革命運動の提倡

梁啓超等の自由思想の洗禮を受け、嚴復の英國功利主義の譯書の影響を蒙り、或は林琴南の翻譯小説を耽讀し、「富國強兵」なる時代潮流のまにまに、日本・米國等に留學の幾年かを送り、多量に新思想を吸收した青年達が、辛亥革命の勃發に狂喜して、次第に歸國する者その數を増すに至つて、袁世凱洪憲帝と稱したり、北洋軍閥が彼を承襲して自由思想を壓制したりしたけれども、それらの壓迫も、所詮自由思想の勃發を抑遏する力を有しなかつた。

而して、民國四年九月十五日上海に出現した、陳獨秀主編の「青年雜誌」（後に「新青年」と改稱す）こそは、かかる時代の使命を擔つて生まれ出でたものであつた。當時彼等は宣言して云つた、「我々は、世界各國の政治上道德上經濟上因襲せる舊觀念の中に、許多進化を阻礙し情理に合はざる部分の有る事を信ずる。我々は、社會の進化を求めんとすれば、天經地義を打破せざるを得ないと考へる。古より斯の如き成見は、きまつて一面此等の舊觀念を拋棄し、一面前代の賢哲、當代の賢哲と、我々自身の考へる所の創造上道德上經濟上の新觀念とを綜合し、新時代の精神を樹立し、新社會に適應せしめん事を計るものである。我々理想の新時代、新社會は、誠實な、進歩的な、自由な、平等な、創造的な、美しき、善き、平和な、相愛の、互助の、勞働して愉快な、全社會幸福なものである。かの虛僞な、保守的な、消極的な、束縛ある、階級的な、因襲的な、醜き、惡しき、戰爭的な、軋轢ありて不安な、懶惰にして煩悶ある、少數幸福な現象が、次第に減少して消滅するに至らん事を希望する。」（「新青年宣言」）と。かくて、陳獨秀も「人々が本誌を非難する所のものは、孔教を破壞し、禮法を破壞し、國粹を破壞し、貞節を破壞し、舊倫理（忠孝節）を破壞し、舊藝術（中國戲）を破壞し、舊宗教（鬼神）を破壞し、舊文學を破壞し、舊政治（特權人治）を破壞する、この幾條の罪案に非ざるは無し。この幾條の罪案は、本社同人の當然素直に認めて諱まざるものである。だが、本を追ひ源に溯れば、本誌同人には本來罪なく、只かのデモクラシイとサイエンス兩先生を擁護せんが爲に、そこでこの幾條滔天の大罪を犯したわけなのである。かのデ先生を擁護せんとすれば、卽ちかの孔教、禮法、貞節、舊倫理、舊政治に反對せざるを得ず、かのサ先生を擁護せんとすれば、卽ちかの國粹と舊文學に反對せざるを得ない。」（「新青年罪案之答弁書」）と述べて居る如く、民主主義と科學精神とを思想的根幹と爲し、すべての「舊きもの」を破壞し、新時代新社會を建設せんと企圖したのである。

更に七年十二月、陳獨秀達は又「毎週評論」を刊行し、次いで八年一月、傅斯年・羅家倫（一八九六―）等、「新潮」（The Renaissance）を創刊し、「新青年」のこの主張、世に所謂「新文化運動」を促進したのである。「新潮發刊旨趣書」を見ると、「今日出版界の職務、國人本國學術に對する自覺心を喚起するより先なるは莫し。今試みに、當代思想の潮流如何？　中國の此思想潮流中に於ける位置如何？　と尋ぬれば、國人は正に茫然昧然として、未だ天の高・地の厚を弁ぜざるが如くならん。其自用を敢へてする者は、本國學術は世界の趨勢を離れて獨立し得べしと謂はん。夫れ學術には元來所謂國別無く、更に方土を以て其質性を易へず。今中國を世界思想潮流より外にすれば、啻に自ら人生より絕つのみならず、既に現在に於て不滿とする所あり、自ら未來に於て努力獲求する能はず。此因循を長ずれば、何れの時か旦に達せん。其由る所を尋ぬれば、皆西土文化の美隆彼の如くなるを弁せず、又今日中國學術の枯槁此の如くなるを察せざるに縁る。人に於て己れに於て、兩つながら知る所無し、因つて其形穢きを自覺せざるなり。同人等おもへらく、國人宜しく最も先に知るべき者四事有りと。第一、今日世界文化如何なる階級に至れるや？　第二、現代思潮如何なる趣向に本づきて進めるや？　第三、中國の情狀現代思潮を去る遼闊の度如何？　第四、如何なる方術を以て中國をば思潮の軌道に納るるや！　この四者を持して刻刻心に在り、然る後本國學術の地位に對して自覺心有りと云ふべく、然る後漸漸とこの『塊然獨存』の中國を導引して、同じく世界文化の流れに浴しむ可きなり。これ本誌の第一責任なり。」（「新潮」第一卷第一期）と述べて居るが、當時に於ける「新文化運動」の目的が那邊にありしかを明白に知る事が出來よう。

勿論、彼等は積弊の艾除とともに、完成されたる善美なるものをも破毀したけれども、ともあれ、或意味に於て草創であり建設であつた事は否めない。

さて、この「新文化運動」に於て、孔教問題に繼いで着手され、最も反響を呼んだものが、かの「文學革命」の提倡であつた。胡適が「新青年」二卷五號（六年一月）に發表した「文學改良芻議」をその最初の投石とし、翌月陳獨秀「文學革命論」を掲げて、その主張を更に鮮明にしてより、所謂「文學革命運動」はその渦紋を擴大して行つた。

その主張を胡適に聽くに、*「文學改良は須らく八事より着手すべし。八事とは何ぞ？　一に曰く、之を言へば物有るべし。二に曰く、古人を摸仿せず。三に曰く、須らく文法を講求すべし。四に曰く、無病の呻吟を作さず。五に曰く、努めて爛調套語を去る。六に曰く、典を用ひず。七に曰く、對杖を講ぜず。八に曰く、俗字俗語を避けず。」と云ひ、又、第八項「俗字俗語を避けず」の下で、「今世歴史進化の眼光を以て之を觀れば、則ち白話文學が中國文學の正宗爲り、又將來文學必用の利器たる、斷言すべきなり。」と、白話文學を中國文學の正宗なりと斷言して居る。

陳獨秀*は、『文學革命軍』の大旗を高張し、以て最初に義旗を擧げたる急先鋒胡適の聲援を爲し、旗上吾革命軍の三大主義を大書特筆す。曰く、彫琢の阿諛の貴族文學を推倒し、平易の抒情の國民文學を建設す。曰く、陳腐な鋪張な古典文學を推倒し、新鮮な立誠な寫實文學を建設す。曰く、迂晦な難澀な山林文學を推倒し、明瞭な通俗的な社會文學を建設す。」と主張し、「今日吾國の文學悉く前代の敝を受く。所謂『桐城派』なる者は、八家と八股との混合體なり。所謂駢體文なる者は、思綺堂と隨園との四六なり。所謂『江西派』なる者は、山谷の偶像なり。」と、當時の文詩壇の牙城を攻擊した。

勿論、胡適は當時米國に在つて農科を修め、哲學を研究しつつあつた一青年學徒であり、陳獨秀もわが國に於て速成的教育を受けた者であつたから、深き文學的素養を有して居たとは云へなかつた。したがつて、これ等の論もかの梁啓超のそれの如く、文化批判者の立場から爲されたものであり、當時幼稚にして淺薄、論議すべき多くのものを有して居るが、すべて革命事業なるものは、かうした果斷な大まかな素人によつて草創の第一歩を踏み出す事が、多くの場合の通例であり、その論の當不當を問題にするよりは、新しきものを創造せんと意欲する、その青年的熱意を重視すべきであらう。

さて、同じく六年、陳獨秀は北京大學校長蔡元培に聘せられて文科學長と成り、胡適又米國より歸國し、同じく北京大學に講座を持つに至つて、同大學内の教授達、錢玄同、沈尹默、劉復、李大釗、周作人、魯迅等彼等と互に相呼應し、互に相討論し、學生傅斯年等また之に和し、次第にその主張も鮮明の度を加へ、理論も進歩した。錢玄同の「與陳獨秀書」、劉半農の「我之文學改良觀」等はやや進歩せる論であつた。併し、七年四月出版の「新青年」第四卷第四期所載の、胡適の「建設的文學革命論」を以て、この二年間の總結論と見做してもよいであらう。その中で、彼は「私の新文學建設論の唯一の宗旨は只十個の大字、『國語の文學、文學の國語』である。死文字は決して活文學を產出することは出來ない。簡單に云へば、三百篇より今に到るまで、中國の文學にして、凡そある價値を有し、ある生命を有するものは、すべて白話のものであり、或は白話に近いものである。中國が若し活文學を有せんと思ふならば、必ず白話を用うべきであり、必ず國語を用うべきであり、必ず國語の文學を作るべきである。」と述べて居るが、最も根本的な、適切な、文學革命の宣言であり、多くの論者の主張を歸納したものと稱して差支へない。

以上、私は白話詩の生起を語る準備工作として、「新文化運動」「文學革命運動」の提倡に就いてその主張を簡單に紹介したのであるが、次にいよいよ白話詩の生誕と、その乳兒時代について、概觀してみたいと思ふ。

＊ 胡先驌は胡適のこの八不主義についてかう反駁して居る。「陳套の語を用ひず、俗字俗語を避けず、須らく文法を講求すべし、無病の呻吟をなさず、須らくこれを言へば物有るべしの如きは、固より古今詩人の通許するところであつて、初めて胡君の獨創とするところではない。典を用ひず對杖を講ぜず、古人を摸倣せずに至つては、大いに討論すべき處がある。そしてその最後に主張するところの一切の法度を屏棄し、これと視て自由を枷鎖する枷鎖鐐拷となすのは、盲人のために燭を說くものだ。その新詩の精神を考へるに至つては、胡君が顧影自許するところの者を見るに、枯燥無味の教訓主義に過ぎない。」

＊ 陳獨秀（一八七九―一九四〇） 文學革命後、マルキシズムに接近し李大釗らとともに中國共產黨を組織し、最初

の中央委員長となつた。

第二節　新詩の嘗試と周作人

舊文學を破棄し、「國語の文學」を建設せんとした文學革命運動の、その建設方面に於ける第一着手が、所謂「白話詩の試驗」であつた。

ここで云ふ白話詩が何時頃から創作されつつあつたかといふ事は、尚詳細な研究を要するが、胡適が試みに白話詩を作つてみたといふ五年頃からだとしても、當たらずと雖も遠からずと云ふべきだらう。とにかく、それが刊物上に現れたのは、六年二月「新青年」第二卷第六期の、胡適の「白話詩八首」であつた。「朋友」「贈朱經農」「月三首」「江上」「孔丘」がそれである。だが、白話詩などと銘打つ程のものではなかつた。七年一月新青年第四卷第一期上に掲載された胡適の「鴿子」「人力車夫」「一念」「景不徙」、沈尹默の「鴿子」「人力車夫」「月夜」、劉半儂の「相隔一層紙」「題女兒小蕙週歳日造象」等を白話詩と稱すべき最初の作品と考へてよからう。今、胡適の「鴿子」と沈尹默の「人力車夫」を例示して、當時の新詩が如何なるものであつたかを知るよすがとしよう。

鴿子　　　　胡適

雲淡天高，好一片晩秋天氣！
有一群鴿子，在空中遊戲。

看他們三三兩兩，
　迴環來往，
　夷猶如意，
忽地裏，翻身映日，白羽襯青天，十分鮮麗！

人力車夫　沈尹默

日光淡淡，白雲悠悠，
風吹薄冰，河水不流。
出門去，雇人力車。街上行人，往來很多；車馬紛紛不知幹些甚麼。
人力車上人，個個穿棉衣，個個袖手坐，還覺風吹來身上冷不過。
車夫單衣已破，他却汗珠兒顆顆往下墮。

これ等の詩は既に胡適も云つた如く、(「談新詩」)胡適の詩には「詞調甚だ多く」、沈尹默の詩は「古樂府より化成したものであり、この『人力車夫』の詩も『孤兒行』一類の古樂府に力を得たものである事」は明白である。

當時、「新青年」・「新潮」等に新詩を發表した人々は、前三者の外、唐俟(魯迅)・兪平伯・陳衡哲・沈兼士・李大釗・周作人・葉紹鈞・羅家倫・傅斯年・康白情・顧誠吾等等があつた。

彼等は舊詩詞の教養を豐富に有して居たから、「はつきりと方向を見定めて、『解放』に向つて進まんと努力したけれども、舊詩詞の*鐐銬枷鎖を打破することは容易でなかつた。」（胡適「蕙的風序」）したがつて、新詩とは云ふものの、「大部分は只あるものは古樂府式の白話詩であり、あるものは撃壤集式の白話詩であり、あるものは詞式と曲式の白話詩であり、——すべて眞正の新詩であるとは考へられないものであつた。」（同上）過渡期的作品をして、詩史的興味はあるけれども、多くは非詩であり、駄詩であつた。勿論草創期的現象として容認すべきであらうが、彼等の多くが詩人的素質を有しなかつた事もその佳品を産まなかつた理由の一である。

當時、詩的經驗と堞才との所有者であつた清朝遺老の詩人達、及び艮き保守派であつた所謂新派の青年詩人達の手になつた舊體詩の方に、より優れたる作品を我々は發見する。彼等の詩に比すれば、當時の白話詩は詩と名付くべく餘りに貧弱であつた。後年彼等白話詩の嘗試者達の多くが、この頃攻撃の砲火を浴びせた舊詩へ逆戻りする悲喜劇を演じたのも、當然と云へば當然な現象である。

胡適は後に（九年三月）「*嘗試集」を亞東圖書館より出版し、詩人と稱せられたりしたが、元來彼は詩人たるの素質を有せず、「嘗試集」も最初の新詩集（舊詩をも合せ收む）としてのみ意義を持つものであり、何等藝術價なき作品の堆積に過ぎない。結局、彼は新文學運動のリーダーとして、白話詩のいち早き嘗試者として考へるべきであらう。

さきに私は、當時の新詩の作者を嘗試者の群と爲し、その詩は多く駄詩であり、非詩であると云つた。併し、ただ一人草創期の新詩壇に佳品を發表した人がゐる。周作人がその例外的存在である。民國八年三月發行の「新青年」第六卷第二期所載の「小河」の長詩は、當時最も傳誦されたものであり、現在に於ても名作として推稱を受けて居るものである。例へば、胡適は「新詩中第一の傑作」（「談新詩」）と激稱し、*鄭振鐸また、「その優美現在に到つてもまだ能く追求する人がない様だ。」（「痴僂集」）と讚辭を呈して居るが如き、その一例である。

小河

一條小河，穩穩的向前流動。
經過的地方，兩面全是烏黑的土。
生滿了紅的花，碧綠的葉，黃的果實。
一個農夫背了鋤來，在小河中間築起一道堰。
下流乾了，上流的水被堰攔着，下來不得，不得前進，又不能退回，水只在堰前亂轉。
水要保他的生命，總須流動，便只在堰前亂轉。
堰下的土，逐漸淘去，成了深潭。
水也不怨這堰，——便只是想流動。
想同從前一般，穩穩的向前流動。
一日農夫又來，土堰外築起一道石堰。
土堰坍了，水衝着堅固的石堰，還只是亂轉。
堰外田裏的稻，聽着水聲，皺眉說道，——
「我是一株稻，是一株可憐的小草，
我喜歡水來潤澤我，
却怕他在我身上流過。

小河的水是我的好朋友，
他曾經穩穩的流過我面前，
我對他點頭，他向我微笑。
我願他能够放出了石堰，
仍然穩穩的流着，
向我們微笑，
曲曲折折的儘量向前流着，
經過的兩面地方，都變成一片錦繡。
他本是我的好朋友，
只怕他如今不認識我了，
他在地底裏呻吟，
聽去雖然微細，却又如何可怕！
這不像我朋友平日的聲音，
被輕風攙着走上沙灘來時，
快活的聲音。
我只怕他這回出來的時候，
不認識從前的朋友了，——
便在我身上大踏步過去。

我所以正在這裏憂慮。
　田邊的桑樹，也搖頭說，——
「我生的高，能望見那小河，——
他是我的好朋友，
他送清水給我喝，
使我能生肥綠的葉，紫紅的桑葚。
他從前清澤的顏色，
現在變了青黑，
又是終年掙扎，臉上添出許多痙攣的皺紋。
他只向下鑽，早沒有工夫對了我的點頭微笑。
堰下的潭，深過了我的根了。
我生在小河旁邊，
夏天曬不枯我的枝條，
冬天凍不壞我的根。
如今只怕我的好朋友，
將我帶倒沙灘上，
拌着他捲來的水草。
我可憐我的好朋友，

但實在也爲我自己着急。」
　田裏的草和蝦哟，聽了兩個的話，
也都歎氣，各有他們自己的心事。
　水只在堰前亂轉，
堅固的石堰，還是一毫不搖動。
築堰的人，不知到那里去了。

私はこの詩を別に傑作だとは考へない。彼自身も「過去的生命」（民國十九年一月初版、苦雨齋小書之五）の序で、「これ等の『詩』の文句は、すべて散文的なものであり、內中の意志も亦甚だ平凡である。したがつて、眞正の詩として看れば當然非常に失望するであらう。」と云つて居るが、單に文句が散文的であるだけでなく、そこには何等詩情の昂揚も感ぜられない。勿論詩人の作ではなく、文學に造詣深き者の習作に過ぎない。併しながら、「私は能く當時の情意を表現し得て居ると信ずる。」（同上）と彼も云つて居る如く、自我に目覺めたる當時の智識階級の青年達が、牢固として拔く能はざる封建思想を前にして、傳統の中に無自覺に生活を營みつつある國人に憐憫の情を寄せ、自覺を切望し、反面自らの行手を眺めやる、その感慨が、象徵的に語られて居ると思ふ。尙、彼は當時の日本文學特に白樺派の文學の影響を受け、人道主義の文學の提倡者であり、當然彼の詩には人道主義の色彩が濃厚である。わが白樺派の同人にして、人類愛の詩人だなどと稱揚された、かの千家元麿の作品を譯した事もあり、元麿の影響などもあつたと云つてよい。
然も、この人道主義——周作人は、「決して世間の所謂慈善主義ではなく、乃ち一種の個人主義的人間本位主義である。」（人的文學）と云つて居るが、――は實に當時の「時代の聲であり、今に至つても新詩の特色の一である。」（朱自清「中國新文學大系詩集導言」）既に掲げた沈尹默の「人力車夫」によつても分る如く、胡適等の詩にもこの思想が多分に現れて居る。

五四事件以後續出した所謂「文學研究會」の詩人は、すべて周作人の亞流であると云つても差支へない。後年彼は、革命文學華かなる頃、人道主義の範圍を出でざるものとして、反革命者として、甚しくは資產階級の說教者として、非難され攻擊されたけれども、彼の中國文學界思想界に對する業績は莫大である。彼を忘れては、中國の現代文學を語る事は出來ないと云つても、決して過言ではない。單に詩界への貢獻について見ても、詩歌の自然主義時代を現出したのも、後述する「小詩」の流行も、すべて彼に源を發したものである。歌謠研究を提倡したのも彼である。彼は詩人ではなかつたけれども、深い鑑賞と豐富な文學的才能とを以て、諸外國の許多の詩歌を譯出し、中國詩壇に新空氣を注入した事は、わが上田敏にも喩へられよう。

＊　胡先驌は「嘗試集」について、「胡君の『嘗試集』は死文學である。その必ず死し必ず朽ちるからである。」「胡君の詩と胡君の詩論とは、皆一つの極めて大なる欠點をもつてゐる。卽ち、白話を以て詩をつくることを認定して、揀擇の重要を知らないで、ただ古人を勦襲することの厭ふべきを知つてゐるだけだ。そして遂に噎ぶに因つて食を廢するものだ。白話固より詩に入るべきも、文言が特に重要であることを知らない。」「何ぞ胡君の白話詩は、鄭子尹蘇龕の白話詩に及ばない。胡君はただ能く白話を以て、詩を作ることが出來ないからである。」「『嘗試集』中の『周歲』『上山』『我的兒子』『自題藏暉室芶記』『威權』『一顆星兒』『應該』……諸詩、皆僅かに白話であつて、白話詩ではない。」「『嘗試集』の眞正價値及びその效用究竟如何。苟も絕えて價値と效用とのないものに、どうして二旬の日時と努力を惜しまないで譊譊然として二萬數千言をつひやして之を評するか。それは『嘗試集』の價値と效用とは性に負くもの

である。それわが國の青年既に歐州文化と相接觸し、勢ひその影響を受けないでは居られない。そして青年の識力淺薄で他國文化の優劣に對して抉擇の能力がなく、勢ひ各派において皆摸仿しないで居れない。併し、頽廢派を摸仿するが爲に、かういふ樣な失敗があると、途に迷い入る少年が、或は能く偏激を主張するの非をさとつて、中道の尊ぶべきを知るやうになる。一切の法度を潰決する學説の謬妄を洞悉して、韻文には自らその天然の規律あるを知り、よく步を按じて力を班して上達を求めることを願ふ。且つ同時に、現世代の文學が尙いまだ產まれ出でず、舊式の名作も時にはわれわれの望みを盡く滿足させることが出來ないことを表示し、今日新詩人新詩創作の方法が錯誤してゐるけれども、社會は終に新詩の生れ出づるを求める心がある。苟も一般青年が社會の期待を知りて、勤めて創作の方を求むれば、『此路通ぜず』と雖も、終に他の路に通ずべき日がある。これ胡君が眞正詩人の前鋒で、亂を創むるものは陳勝吳廣となつて、その成を享けるものが漢高となるやうなものだ。此れが或は、『嘗試集』の眞正價値の存する所であらうか。」(「評嘗試集」、「學衡」第一期、第二期)

「胡先驌の『嘗試集』の批評は過苛であると感ずるが、初期の幼稚病は諱言を庸ゐるなきものである。」(仝右)

鄭振鐸は「嘗試集」について、「惜しむべきことは、舊詩の影響がなほ甚大で、完全に幼稚病を負棹し得なかつた。」(鄭振鐸「新文壇的昨日今日與明日」)と述べてゐる。

＊「この時期の作家を總觀して、われわれは先づ周氏兄弟を推さなければならない。散文方面において、周作人の成就は甚だ高い。その詩も亦稱すべきものが多い。『小河』の如き、初めて『新青年』に發表され、その優美現在に到つてもなほ能く追及する人がないやうである。」(鄭振鐸「新文壇的昨日今日與明日」)

第三節　當時の詩論

胡適の「文學改良芻議」、陳獨秀の「文學革命」等は、云ふまでもなく文學一般の改良意見であり、漠然とは詩歌に對する見界をも知り得るが、具體的に詩歌に對する建白を爲した最初の人は劉半儂であつた。劉半儂は「我之文學改良觀」（「新青年」第三巻第三期）の中で、「韻文の當に改良すべき者三」として、

第一曰、破壞舊韻、重造新韻。
第二曰、増多詩體。
第三曰、提高戲曲對於文學上之位置。

を擧げ、詳細に論じて居る。第三は戲曲に關する問題故、此處には論及する必要がないから、第一第二に關する論據を紹介すると、先づ第一では概略次の如く述べて居る。卽ち、「梁代沈約の造つた四聲譜が今日通用の詩韻であるが、それについては嘗て顧炎武も指摘した如く、旣に舊文學上に於てもその存在資格を失つてゐる。又韻の本義は叶であり、われわれはただ其叶と不叶とを問うて、舊譜の同韻であるか否か、相通ずるか否かを問題にはしない。西洋の作詩に於ても通韻があるが、聲音が決して相似ざる字を無理に一韻と爲してゐる事も、希臘羅馬の古音を用ひて今韻を押して居る事も聞かない。併し、舊韻が旣に廢せられたとしても、そこには一つの困難な問題が發生する。卽ち、讀音を統一する事が出來ないのがそれである。私はこの問題に對して、三

つの解決法を有して居る。(一) 作者は各土音に就て押韻し、作物の下に何處の土音なるかを注して明かにする。これは最も妥當でない方法だが、それにしても、今の土音には尙一つの落着く處があり、これを古音の全く把握する處が無いのに較べると、固より已に優つて居る。(二) 京音を以て標準と爲し、北京語に長ずる者が一新譜を造成じ、京語を解せざる者をして遵依する所有らしめる。これは前法に較べてやや妥當であるが、それでもまだ善を盡くしてゐるとは云へない。(三)『國語研究會』の諸君が、調査して得た所を以て一定譜を撰し、之を世に行はん事を希望する。それで初めて善を盡くし美を盡くすのである。」

次に第二、卽ち詩體を增多すべき所以を說いて、「嘗て私はかう考へた、詩律が嚴になればなる程、詩體は愈々少くなり、したがつて詩の精神が受ける所の束縛は益々甚しく、詩學は決して發達する望みが無いと。」と云ひ、英佛二國の詩について比較論を試み、「胡君白話詩中の『朋友』『他』の二首を私は新文學の韻文を建設する動機であると認める。尙將來更に能く自ら造り、或は他種の詩體を輸入し、竝びに有韻詩の外、別に無韻の詩を增せば、形式方面に在つては、既に無數の門徑を添へる事が出來、以前の如く不自由ではなく、その精神方面の進步も、自ら一日千里の大速率が有るであらう。かの漢人は既に自ら五言詩を造りし本領を有し、唐人既に自ら七言詩を造りし本領を有した。われわれにどうして五言七言の外、更に他種の詩體を造る本領が無いわけがあらう。」と述べて居る。

大體に於て彼の論は正しい。彼のこれ等の主張は當時に於ては創作に實現されなかつたけれども、後來の局勢は全く彼の主張の如くであつた。特に民國十四、五年頃の「新詩形式運動」に對しては、彼は先覺者としての位置を有するものである。彼には詩集「揚鞭集」(民國十五年十月出版) が有るが、作詩そのものは取るに足らぬ瓦礫の品である。併し、言語學的立場より爲されたる彼の詩論には、傾聽に値するものがあつた。

更に彼劉半儂は「新青年」第三卷第五期に「詩與小說精神上之革新」と題する一文を掲載し、詩の精神は「眞」を以て主と爲すべきを強調し、舊詩の最大欠點は不眞に在り、虛僞に在り、その大患を治療する唯一の方法は「眞」に在ると論じ、「時代に古今有り、物質に新舊有れども、この『眞』の字のみは唯一無二、時代に隨つて變化しないものである。」と述べた。當然な論ではあるが、大ざつぱな感想に過ぎない。「詩歌の精神の改造に對する正確な主張」(孫麼工「星海上」)と云ふべき程のものとは考へられない。

劉半農に次いで、錢玄同また「嘗試集序」を草し(七年一月作、「新青年」六卷五號所載)、「現在白話を用ひて韻文を作るには二つの緣故がある。(1)現代語を用ひて現代人の情感を達するのが、最も自然であり、かの古語を用ひるものが、如何に好く作られて居ようとも、結局彫琢硬砌の欠陷有るを免れないのとは較べられない。(2)舊いものを取り除いて新しいものを陳列せんと計る爲には、舊文學の腔套を全部刪除するのでなければ駄目である。」といひ、「現在白話の韻文を作るには、必ず當に全く現在の句調を用ひ、現在の白話を用うべきである。」と云ひ、「文選派」、「桐城派」をば、「白話文章を弄壞する二種の文妖である。」と痛擊して居る。前代の史的細部に無智な、文學の本質を弁へぬ暴論ではあるが、それだけによく新しき文學、新時代の詩歌を待望する熱意の程が看取されるとも云へよう。

次に、胡適の「談新詩」について語らねばならぬ。

彼は「中國近年の新詩運動は一種の『詩體の大解放』であると云へよう。」と云ひ、詩體の解放を主張する所以を說明して、「この詩體の解放あつてこそ、豐富な材料、精密な觀察、高遠な理想、複雜な感情が始めて能く詩中に表現されるのである。五七言八句の律詩は決して豐富な材料を容れる事が出來ぬし、二十八字の絕句は決して精密な觀察を寫すことは出來ず、長短一定の七言五言は決して高遠な理想と複雜な感情を傳達する事は出來ない。」と云ひ、更に「ただに五言七言の詩體を打破するのみならず、竝びに詞調曲譜の種々の束縛を推薹し、格律に拘はらず、平仄に拘はらず、長短に拘はらず、」と主張した。又、詩の音節は全く「語氣の自然の節奏」と「毎句の内部に用ひる所の字の自然和諧」とによるものであつて、「句末の韻脚」「句中の平仄」などは重要なものではないと説き、用韻に關して「新詩に三種の自由がある、」と云ひ、「第一、現代の韻を用ひ、古韻に拘泥せず。第二、平仄相押韻すべきは詞曲通用の例であり、單に新詩が此の如くであるだけではない。第三、韻が有るのはもとより結構だが、韻が無いのも妨げない。新詩の聲調は既に骨の中――自然の輕重高下、語氣の自然區分――に在るが故に韻脚の有無はすべて問題には成らない。」と云つて居る。尙彼は「詩は具體的な作法を用うべきで、抽象的な云ひ方を用ひてはいけない。」と、最善の詩法は具體的描寫法であるとの意見を述べた。又彼は「哲理の詩」をも提唱した。

この胡適の主張は當時に於ける新詩の作者達の共同の信條であつたと考へてよく、「新潮」「少年中國」「星期評論」の詩人達も、「文學研究會」の作家達も、大體かうした信念で作詩したのであつて、この「談新詩」は殆ど詩の創作と批評との金科玉律となつたものである。

第二編　浪漫期（「五四運動」――「五卅事変」）

第一章　浪漫前期

第一節　五四運動と新文學

民國四年、「新青年」が創刊されてより、「新文化運動」「文學革命運動」が提倡され、「毎週評論」「新潮」等の雜誌世に出で、それらの刊物上に白話詩が掲載され始めた事は、記述の通りであるが、當時論説を揭げ、創作を發表した者は、殆ど北京大學の教師學生に限られて居り、これらの雜誌も北京に於いてすら一小部分の學生の同情を博したに過ぎなかつた。

傳統的社會の一角に現れるべくして現れたこの新興の漣漪をして、全國的な狂瀾怒濤と發展せしめたものはかの所謂「五四運動」である。

「五四運動」は、形の上では云ふまでもなく外交の失敗を痛憤して起こつた學生の愛國運動であり、民族の自衛運動ではあるけれども、實質的には外國資本主義の影響を受けてより釀成し來たつた所の資本主義文化が――中國の資本主義は歐州大戰勃發の機會に乘じて短命なる花苞にも似て出現し、國內頻年の內亂を蒙りつつも、上海天津を初めとして各地に幾多の紗廠が簇生した。――舊有の封建社會に對して挑んだ抗爭であり、この數年來の革新運動が蘊積した所の火山の爆發であつた。中國の智識階級が近代文明に對して自覺を發生した一種の運動と云つてもよく、郁達夫の如く、「五四運動の最大の成功は第一に『個人』の發見が數へられよう。」（中國新文學大系散文二集導言）とも云ひ得る。而して、この運動より出發して全國各省各都會にすべて學生連合會が生れ、やがて全國學生連合總會の成立となるに及び、「新文化運動」も「文學革命運動」も全國的のものとなつた。

かくて前記諸雜誌の外幾多の新雜誌が現れ、在來の新聞雜誌もその面目を一新した。胡適は「五十年來中國之文學」（「胡適文存」二集）中で、「この一年（一九一九）の中、少くとも四百種の白話報が出た。中でも上海の「星期評論」、「建設」、「解放與改造」（現名「改造」）、「少年中國」の如きは、すべて甚だよき貢獻が有る。一年以降、日報も亦次第に樣子を改めた。これまで日報の附錄は往々俳優妓女の耳新しい話などを記載したが、現在は多く改めて白話の論文譯著小說新詩を登載してゐる。北京の晨報副刊、上海の民國日報の覺悟、時事新報の學燈はこの三年間に於ける三つの最も重要な白話文の機關であると考へてよい。」「民國九年以降、國內の幾つかの保守的な大雜誌、東方雜誌、小說月報……の如きもすべて次第に白話化した。」と云つてゐるが、それらの中「新青年」「新潮」「少年中國」の三雜誌と、「晨報副刊」「覺悟」「學燈」の三新聞附錄とが、このこの時期に於て最も新文學の進展に貢獻あるものであつた。

併し、「新青年社」と云ひ、「新潮社」と云ひ、「少年中國學會」と云ひ、それ等は決して純然たる文學團體ではなかつた。最初の純然たる文學團體は民國九年十一月正式に北京に成立した「文學研究會」である。周作人を筆頭に朱希祖・耿濟之・鄭振鐸・瞿世英・王統照・沈雁冰（一八九一—）・蔣百里・葉紹鈞・郭紹虞・孫伏園・許地山（一八九三—一九四一）等の發起したもので、「文藝をば高興時の遊戲とか失意の時のうさはらしと爲す時は、現在は既に過ぎ去つた。我々は文學も亦一種の工作であり、然も人に甚だ切要な一種の工作であると信ずる。文學を治める人は、又この事を以て彼の一生の事業と爲さねばならない、丁度勞農と同じやうに。」（「文學研究會宣言」、「小說月報」十二巻一期）と云ふ態度を表明した。

彼等は十年一月、舊體依然たりし「小說月報」を革新し、五月には時事新報副刊の一つとして「文學旬刊」を創刊し、活躍の第一歩を踏み出した。

又、當時日本に留學中であつた郭沫若・張資平・成仿吾・郁達夫等も、國內に純文學の刊物無きを遺憾に思ひ、「一種の純粹の文學雜誌を出し、同人雜誌の形式を採つて、專門に文學上の作品を收集したいと考へ、」（「創造十年」）十年七月初旬東京に於て大體の方針を決定した。「この會議を或は創造社の正式成立であると云ふ事も出來よう。」（同上）併し、彼等の同人雜誌「創造季刊」が世に現れたのは十一年五月であつた。

以上の如く「文學研究會」「創造社」は既に成立を見たのであるが、彼等が文壇の兩橫綱として、文壇は云ふまでもなく一般社會に絶大の影響を與へたのは十一年以降のことである。

＊　外國の學者で、中國の思想界に直接的に大なる影響をおよぼしたものにアメリカのデューイがゐる。杜威（John Dewey）は民國八年五月一日に上海に至り、中國で二年二ヶ月とどまり、奉天、河北、山東、江蘇、浙江、福建、廣東等の十省に及び、到る所で講演したが、北京における學術講演が長く、「社會哲學と政治哲學」「教育哲學」「思想の派別」「現代の三哲學家」「倫理講演」などの五大講演をなし、胡適がすべて國譯した。胡適の外、蔣夢麟、劉伯明、陶知行等もデューイの學說思想の紹介につとめた。デューイについで中國に來て學を講じた思想家に英國の哲學者羅素（Bertrand Russell）がある。一九二〇年十月、日本から中國に赴き、北京で「數理邏輯」、「物之分析」、「心之分析」、「哲學問題」、「社會構造論」などの講演をし、趙元任が國譯した。

次に中國思想に大なる影響を及ぼしたものに馬克思の思想がある。馬克思（Karl Marx）を最初に中國に紹介し、影響も大であつたのは、「新青年」で、民國八年五月に〝馬克思専号〟を初めとして多くの論文、翻訳を掲載した。人について云へば、陳独秀、李大釗、李達などが最初の紹介者であつた。陳獨秀については既に述べたところであるので、ここで李大釗について述べて置く。五四時代の思想界に甚大な影響を及ぼした思想家として、陳獨秀、胡適について大　が數へられる。彼は光緒十四年（一八八八）に生れ、民國十二年（一九二七）に死んだ、年三十九。彼はわが早稻田大學で政治經濟を學び、北京大學の教授となり、陳獨秀、胡適等と「新青年」を編集し、民國十三年一月、國民黨改組后、中央執行委員となり、民國十六年四月六日、北京のロシア大使館內で捕らへられ張作霖のために殺された。彼は「新青年」二巻一期に「青春」を發表したのを初めとして、民國八年五月、「新青年」に「我的馬克思主義觀」を發表し、「唯物史觀在現代史學上之價値」、「平民政治與工人政治」、「由縱的組織向橫的組織」、「物質變動與道德變動」などの論文を掲げて、マルクス主義の宣傳に努めた、この時期の一人の有力なる思想家であつたと云はなければならない。民國十六年以后の思想界の基礎を築き、その先例を導いたものと云はなければならない。ともあれ、五四時代の新文化運動のリーダーの一人であつた。一九二〇年、中國共產黨が組織せられると陳獨秀などと共に加入し、その領袖となつた。

第二節　當代詩人

さて、「五四運動」より民國九年十年にかけて詩壇に活躍しその處女作を公にした詩家は、前期より經續してゐる所謂「嘗試者の一群」の外、「少年中國」に康白情、田漢（一八九七—）、黃仲蘇、周無、左舜生、鄭伯奇、應修人、「新潮」に俞平伯、(康白情)、傅斯年（一八九五—）、「覺悟」や「星期評論」に劉大白、玄廬、「文學研究會」の詩人王統照、朱自清、葉紹鈞（一八九三—）、劉延陵、郭紹虞、鄭振鐸、（兪平伯）、「學燈」に日本より詩をよせた郭沫若等がある。

詩集としては、九年に「分類白話詩選」（許德鄰編、崇文書局發行）「新詩集」（新詩社編、新詩社出版部發行）の二總集と、胡適の「嘗試集」世に出で、十年には郭沫若の「女神」泰東圖書局より出版され、「白話文趣」（苕溪孤雛編、群益版）また詩詞の部に胡適・周作人・劉半儂等の詩を收めてゐる。

右の作家の中より主なる人々を論評すると、康白情は主として「少年中國」「新潮」に詩作をかかげ、當時最も喧傳された詩人であり、その年少詩人に及ぼした影響も少くなかつた。

送客黃浦，
我們都攀着纜——風吹着我們的衣裳——
站在沒遮攔的船樓邊上。
黑沈沈的夜色
迷離了山光水暈，就星火也難弁白。
誰放浮燈？——髣髴是一葉輕舟？
却怎麼不聞橈響？
今夜的黃浦；
明日的九江。
船呵，我知道儞不問前途，

儘直奔向那逆流的方向！
這中間充滿了別意，
但我們只是初次相見。

と云ひ、

我想世界上只有光，
只有花，
只有愛！
我們都談着——
談到日本二十年來的戲劇，
也談到『日本的光，的花，的愛』的須磨子。

などとも云つてゐる「送客黃浦」の詩は、梁實秋が「絕唱」と推賞し（「草兒在前集序」）、朱自清が「康白情氏の解放は徹底せるものと云ふべく、彼は能く我々の語言の好い音節を尋ね出だしてゐる、『送客黃浦』がそれだ。」（「新文學大系詩集導言」）と云ひ、趙景深も「現在でも忘れられないもの」として擧げてゐる。

併し、當時多くの人達が論じた如く、彼の詩の優れたものは所謂「寫景詩」に多い。例へば、

江南

一

只是雪不大了，
顏色還染得鮮艷。
赭白的山，
油碧的水，
佛頭青的胡豆圖土。
橘兒擔着；
驢兒趕着；
藍襖兒穿着；
板橋兒給他們過着。

二

赤的是楓葉，
黃的是茨葉，
白成一片的是落葉。
坡下一個綠衣綠帽的郵差
撐着一把綠傘——走着。

坡上踞着一個老婆子，
圍着一塊藍圍腰，
侉侉的吹得柴響。

三

柳椿上拴着兩條大水牛。
茅屋都鋪得不現草色了。
一個很輕巧的老姑娘
端着個撮箕，
蒙着張花帕子。
背後十來只小鵝
都張着些紅嘴，
跟着她，叫着。
顏色還染得鮮艷，
只是雪不大了。

の如きは、胡適が「『江南』の長處は顏色の表現に在り、自由に外界の景色を實寫するに在る。」「この種の詩は近來流行となつた。」（「評新詩集」、「讀書雜誌」第一期）と云ひ、葉伯和が「後來專ら寫生の詩筆と自然の音節とを重んじ、『江南』、『從連山關到祁家堡』等の詩が第二期に數へられよう。この時期の詩は多く排偶の句を用ひ、以て人をして整齊の美を感ぜしむるに足る。」（「草兒在前集序」）と評してゐる所のものであるが、梁實秋が*康白情をば「設色の妙手」と稱した（「晨報副刊」）所以も亦この「江南」の一詩によつて了解されよう。彼には十一年三月亞東圖書館出版の詩集「*草兒」（後「草兒在前集」と改稱す）がある。

兪平伯（一八九九—）も「舊詩詞の音節を白話に融かし込み、」（朱自清「大系詩集導言」）「精鍊の詞句と音律」（「冬夜」朱自清序）を以て當時出色の詩人と稱せられた。

小劫

雲皎潔，我底衣，
霞爛慢，我底裙裾，
終古去敖翔，
隨着蒼蒼的大氣；
爲什麼要低頭呢？
哀哀我們底無儔侶。
去底頭！低頭看——看下方；
看下方啊，吾心震蕩；
看下方啊，
撕碎吾身荷芰底芳香。

罡風落我帽，
冷雹打散我衣裳，
似花花的胡蝶，一片兒飄揚。
群仙都去接太陽，
歌啞了東君，惹惱了天狼，
天狼咬斷了她們底翅膀！
獨置此身于夜漫漫的，人間之上，
天荒地老，到了地老天荒！
赤條條的我，何蒼茫？何蒼茫？
　＊東君，迎日之歌

朱自清は、「この嘽緩舒美の音律が如何に婉轉として人を動かすものであるかを見よ。」「能く舊詩裏の情境を利用して新意を表現す。」と嘆賞してゐるが、「新意を表現してゐる」とは考へられぬ。當時多くの人々は彼の詩が甚だ晦澀であるのを非難した。爲に朱自清は「冬夜」の序で彼の爲に弁護したが、胡適も「讀書雜誌」第二期で論じた如く、兪平伯の詩が難解であつたのは事實であり、それも決して讀者の詩的教養の淺薄さにのみ由るものではなく、彼の表現力の不足に原因してゐるものである。ともあれ、彼の第一詩集「冬夜」（十一年三月、亞東圖書館發行）が當時多くの愛讀者を有した事は事實であつた。尚彼には「冬夜」の外、「西還」（十三年四月、亞東出版）「憶」（十四年十二月、北平樸社發行）の詩集がある。

次に「覺悟」の二詩人劉大白、玄廬も忘れられない人達である。劉大白は十三年に商務印書館より「舊夢」を出版したが排印裝丁の不良に憤し、「撕碎して」（「丁寧」等付印自記）「再造」（十八年九月）「丁寧」「賣布謠」（共に十八年十一月）「秋之淚」（十九年一月）の四集と改編し、開明書店より發行した。尙、「舊夢」以後の作品を集めた詩集に「郵吻」（十五年十二月、開明書店發行）がある。この頃の詩作は「丁寧」の中に收められてゐる。

盼月

我天天盼月華！
我天天盼月華！
不盼甚麼瓊樓玉宇，
不盼甚麼僊兎靈蟾，
總爲儞比日雖幽，
　比星却朗，
光明還大！

＊

挨過了黑瞢騰的月盡夜：
到初三才像個鉤兒掛；
到十三算像個鞠兒賽；
到廿三又像個弓兒卸。

儞怎圓得這麼難,
　欠得這麼快?
眞美滿的光明沒幾時,
長敎我心兒怕……怕也!

この「盼月」は「丁寧」の開卷第一の詩であるが、これによつても知り得る如く、彼の詩には舊詩詞の氣味が甚だ濃厚である。正に彼自ら「舊夢付印自記」で「私の詩には傳統の氣味が甚だ濃い。」と云つてゐる通りである。

玄盧（沈定一）の詩も亦詞曲調が甚だ多い。併し、

菜子黃,
百花香,
軟軟的春風,吹得鋤頭技癢;
把隔年的稻根泥,一塊塊翻過來晒太陽,
不問晴和雨,
箬帽簑衣大家有分忙,
偏是他,閑得兩隻手沒處放!

に始まり、

明月照着凍河水，
尖風刺着小屋霜，
滿抱着希望的獨眠人睡在合歡牀上，
有時笑醒，有時哭醒，有經驗的夢也不問來的地方。
破瓦棱裏透進一路月光，
照着伊那甜蜜蜜的夢，同時也照着一片膏腴墾殖場。

に終はる「十五娘」――十一節より成り、貧苦な一女子の寂寞たる生涯を敍述せるもの――は新文學中の最初の敍事詩として特筆しなければならない。

「文學研究會」の詩人劉延陵・朱自清・王統照・葉紹鈞・郭紹虞・徐玉諾・鄭振鐸（一八九七―）達も、「小說月報」「文學週報」などにその作詩を發表した。十一年六月文學研究會叢書の一として商務印書館より出版した「雪朝*」（新詩集）は當時の彼等（王統照を除く）の作品の合集である。

王統照には「童心」（十四年二月、商務印書館發行）「這時代」（二十二年、自費出版）の二詩集があるとのことであるが、未だ見るを得ざるが故に省略しなければならない。

朱自清*はこの頃の作品を「踪跡」（詩文集、十三年十二月、亞東圖書館發行）にも收めて居る。彼の詩には平和を讃美したもの、光明を追求するもの、暗黑を呪詛するもの等が多い。「羊群」の一詩はよく當時の社會に對する彼の感慨を吐露したものと云へよう。

羊群

如銀的月光裏，
一張碧油油的氈上，
羊群靜靜地睡了。
他們雪也似的毛和月掩映着，
呵！美麗和聰明！
狠們悄悄從山上下來，
羊兒夢中驚醒：
瑟瑟地渾身亂顫；
腿軟了，
不能立起，只得跪着了；
眼裏含着滿眶亮晶晶的淚；
口中不住地芊芊哀鳴。
如死的沈寂給叫破了；
月已暗澹，
像是被芊芊聲赫赫似的！

狠們終於張開血盆般的口，
露列着巉巉的牙齒，
像多少把鋼刀。
不幸的羊兒宛轉鋼刀下！
羊兒宛轉，
狠們享樂，
他們喉嚨裏時時透出來
可怕的勝利的笑聲！
　他們呼嘯着去了。
碧油油的氈上，
新添了斑斑的鮮紅血跡。
羊們縱橫躺着，
一樣地痙攣般掙扎着，
有幾箇長眠了！
他們如雪的毛上，
都塗滿泥和血；
呵！怎樣地可怕！
　這時月又羞又怒又怯，

掩着面躲入一片黑雲裏去了！

彼は「蕙的風」（汪靜之の詩集）の序中で、「我々が現在需要すること最も切なるものは、當然血と涙の文學であり、美と愛の文學ではない。呼籲と咒詛の文學であつて、贊頌と詠歌の文學ではない。併し、原則上より立論すれば、前者はもとより後者と竝び存する價値を有してゐる。何となれば人生は血と涙を要求し、また愛を要求し、呼籲と咒詛とを要求し、また贊嘆と詠歌とを要求するが故に、二者はもともと偏廢する事は出來ない。だが、現在の狀勢下に於ては、前者が需要される比例の方が大である。故に我々は切迫を感じて『先務の急』と爲すのである。」と云つてゐるが、作詩そのものからはこれ程の積極的なものを感受する事は出來ない。

郭紹虞はこの朱自清の言をば詩に表現して、

　　呪詛
　呪詛的詩，
呪詛的歌，——
呪詛的文學——
　怎能寫得盡呪詛的人生呢？

と云つてゐるが、實に「呪詛の文學」は當時彼等の共同の信念であつた。

葉紹鈞は、

夜

　爾將世界包裏！
雖然有煤鐙電火，
但一切都生了陰影、
顯見爾是幽晦的，嚴密的，
最高權威的包裏！
　在爾的王國裏，
恒河沙數弱小的心
各各在那裏跳動：
茫昧的恐啥，
生命的厭惡，
失望的嘆息，
如願的滿足，
別離的號泣，
狂歡的摟抱，
惡意的陷害，
標榜的讚揚，

沈湎的痛飲，
密戀的歌唱，
一一是跳動符號。
　衝決了儞的包裹！
毀滅了儞的王國！
光明的曙色和世界接吻，
弱小的心才『得救』呵！

の如き詩を創作した。茅盾は葉紹鈞の小説を批評して、「小市民智識分子の灰色の生活を反映してゐるもの、」と云ひ、又「灰色の人生を描寫してゐるけれども、併し最も多いのは、却つて『灰色』の上に少しではあるが『光明』の理想を點綴してゐる作品である。」（「大系小説一集導言」）と云つてゐるが、詩に對しても同樣の事が云ひ得るであらう。

劉延陵の詩について、朱自清は「李賀の詩を喜び、西方人の作に近いと考へ、頗る彼の影響を受けた如くである。」（「大系詩集詩話」）と云ひ、趙景深は「私は私自身の「荷花」中の早期の詩「企望」「桃林的童話」の如き、作風と韻味の上に於て、すべて劉延陵の「姊弟之歌」の影響を受けた樣であるのを發見する。私は覺えて居る、「河邊」の詩は、私は少なくとも十遍は讀んだことがあるのを。」（「現代詩選序」）と云つてゐるが、「悲哀」を唱ふ彼の詩風もさることながら、十一年一月以降月刊「詩」の主編者として活躍した彼の詩的業績こそ重視する必要がある。

徐玉諾は時に戀愛の詩も歌唱したが、大部分は故鄉（河南省魯山縣）の現實の相——土匪、賭博打、鴉片の中毒者、老官僚等等によつて描き出された一幅の地獄圖繪——に對する呪詛の詩である。

路上

從地獄到鬼門關那條路上，
塵埃翻天似的盪着，
太陽是黑灰的。
　鎮天鎮夜的往下走，
我們不論什麼，
茶亭宿棧，
且談且笑，
索性鼓舞着我們的勇氣。
　我們的同行者：
醉漢，娼妓，
大衙門裏的老官僚，
賭棍，煙鬼，土匪……
有的是露宿在大街上的女乞丐，
背着伊們未成形的孩子；

有的是南北奔波的政客，
軟骨媚態上儼然套着時髦的衣履；
有的是四十年來落魄的老教師，
在講臺上混生活的；
背跟着一群小學生，
一個個都帶着頑滑尖薄的臉皮。
　娼妓——至少也賞一個錢！
賭棍（焦削的冷笑）——那算什麼？一夜贏了兩千元，連明都又滾下去！
土匪——混帳東西，滾！（板開鎗機）儞的命還在我的手裏！
　醉漢脫下他那雙破鞋，
止不住一下一下地擲；
撞倒了煙鬼，
一陣掙扎，
鬧得塵埃更濃。
……………

鄭振鐸も詩作を發表したが、彼は外國詩歌の紹介者として記憶すべき人で、決して詩人ではなかつた。事實彼の「雜譯太戈爾詩」（「小說月報」第十二卷第一期より連載）と、周作人の「日本的詩歌」（「小說月報」第十二卷第五期）等とは、十一二年頃流行した所謂「小詩」の源泉であつた。

以上、康白情を始めとし當代詩人について短評を試みたのであるが、康白情・兪平伯・劉大白・玄廬達の詩には舊詩詞の影響が深く、感情も純中國風で新感情も激情もないものが多い。「文學研究會」の詩人達の作品は、流石に新時代の新感情があり、新中國の苦惱を描出してはゐるが、云はば周作人式とも稱すべき人道主義的なものが多い。勿論前期に比して一段の進歩がある事は認めるし、開放されたる明日への希望を夢み、自我の解放を叫び、根深き封建思想への破壞を試みんとした「五四時代」の國民感情をおぼろげに描いてはゐるが、この時代のエポックメーキングなものとしては、何と云つても、郭沫若の處女詩集「女神」を擧げねばならない。「女神」こそは最も卓れた當代感情の代弁であり、次なる時代への教本であり、浪漫詩の最初の美花であつた。

＊　鄭振鐸は康白情の「草兒」について「舊詩から脱胎したものが多く、成熟せる作品は甚だ少い」と評してゐる。（「痀僂集」）

＊　「文學研究會の作品雪朝の詩集などにも」「反抗時代の精神に富んでゐる」（鄭振鐸「痀僂集」）といつてゐるが、如何？

＊　朱自清（一八九八―一九四八）　北京大學卒業後、精華大學で國文學を講ず。散文作家としても有名。「背影」はその代表作である。

第三節　郭沫若の「女神」——浪漫詩の美花

郭沫若は光緒十八年四川省沙灣に生れ、日本に留學して一高予科六高を經て九州帝國大學醫學部に進んだ。「女神」は民國十年八月五日泰東圖書局より出版されたもの、主として八年九年の作品を收めており、詩の外三篇の詩劇をも載せてゐる。當時彼は留學生として九州博多灣頭に住んでゐた。母國を離れてゐた彼は、中國の現狀に對して深き理解を持たなかつた。學生であつた彼は——既に妻を持ち父となつてはゐたけれども——現實の人生苦に體驗の深刻さを有しなかつた。卽ち當時の彼は一個のロマンティストであつた。併し、ロマンティストと云へば、月明の夜感傷の涙を垂れ、花よ戀よと歌ふものだとのみ考へ易い通俗的見界を是正する必要がある。彼にも勿論愛戀の詩はあるけれども、そして彼の愛戀の詩には、中國古典の教養が或程度の融和を見せて、時に得難き佳品を殘したのであるが、それは極めて少數であり、「女神」をして史價を帶びしめる所以のものはこれを別處に求めなければならない。

「我是個偶像崇拜者」で、

我崇拜太陽，崇拜山岳，崇拜海洋；
我崇拜水，崇拜火，崇拜火山，崇拜偉大的江河；
我崇拜生，崇拜死，崇拜光明，崇拜黑夜；
我崇拜蘇彝士，巴拿馬，萬里長城，金字塔；

我崇拜創造的精神，崇拜力，崇拜血，崇拜心臟；
我崇拜炸彈，崇拜悲哀，崇拜破壞；
我崇拜偶像破壞者，崇拜我！
我又是個偶像破壞者喲！

と云つてゐるが如く、彼の詩には偉大なるもの、粲然たる太陽、浩蕩たる海洋等々に對する讚美があり、偶像破壞者への歌頌があり、力と反抗の宣言があり、近代資本主義文明の謳歌があり、新生活創造への希求がある。

祖國に對しては、

謗中煤

——眷念祖國的情緒

一

呵，我年青的女郎！
我不辜負儞的殷勤，
儞也不要辜負了我的思量。
我爲我心愛的人兒
燃到了這般模樣！

四

呵，我年青的女郎！
我自從重見天光，
我常常思念我的故鄉，
我爲我心愛的人兒
燃到了這般模樣！

と云ひ、又「浴海」の第二節で、

太陽的光威
要把這全宇宙來熔化了！
弟兄們！快快！
快也來戲弄波濤！
趁着我們的血浪還在潮，
趁着我們的心火還在燒，
快把那陳腐了的舊皮囊
全盤洗掉！
新中華底改造

正賴吾曹！

とも云つてゐる。當時の彼は青年中國の飛躍の確信者であり、その飛躍の爲さしめる者は、「我々」なりとの自信所有者であつた。

この反抗兒郭沫若*の明晰ではあるが單純な思想と、彼自ら「恢鐵曼式」と稱してゐる力強い簡單な詩型とが、よく釣り合いを保ち、そこに原始的な本質美をあらはしてゐる。彼がホイットマンに就いて「豪放なる詩調」と云ひ、「氣魄の雄渾、自由、爽直」（「創造十年」）と推讃してゐる言葉を、彼自らの詩への評語と爲す事も出來るであらう。同時に、ホイットマンの詩が單調であつた如く、彼の詩も單調である。彼はその詩的生涯に於て、或はタゴール、或はハイネ、或はホイットマン、或はゲーテ等の影響を受けたのであるが、このホイットマンの影響下に創作されたものが最もユニークなものであり、愛詩家のみならず一般青年達の目を奪ひ魂を撃つたものであり、次期への有力な貢獻を殘さしめたものである。

晨安

一

晨安！常動不息的大海呀！
晨安！明迷恍惚的旭光呀！
晨安！詩一樣湧着的白雲呀！
晨安！平匀明直的絲雨呀！詩語呀！

晨安！情熱一樣燃着的海山呀！
晨安！梳人靈魂的晨風呀！
晨風呀！徧請把我的聲音傳到四方去吧！

二

晨安！我年青的祖國呀！
晨安！我新生的同胞呀！
晨安！我浩蕩蕩的南方的揚子江呀！
晨安！我凍結着的北方的黃河呀！
黃河呀！我望徧胸中的冰塊早早融化呀！
晨安！萬里長城呀！
啊啊！雪的曠野呀！
啊啊！我所畏敬的俄羅斯呀！
晨安！我所敬畏的 Pioneer 呀！

三

晨安！雪的帕米爾呀！
晨安！雪的喜瑪拉雅呀！
晨安！Bengal 的泰果爾翁（Tagore）呀！
晨安！自然學園裏的學友們呀！

晨安！恆河呀！恆河裏面流瀉着的靈光呀！
晨安！印度洋呀！紅海呀！蘇彝士的運河呀！
晨安！尼羅河畔的金字塔呀！
啊啊！儞在一個炸彈上飛行着的 D'annunzio 呀！
晨安！儞坐在 Pantheon 前面的「沈思者」呀！
晨安！半工半讀團的學友們呀！
晨安！比利時呀！比利時的遺民呀！
晨安！愛爾蘭呀！愛爾蘭的詩人呀！
啊啊！大西洋呀！

四

晨安！大西洋呀！
晨安！大西洋畔的新大陸呀！
晨安！華盛頓的墓呀！林肯的墓呀！ Whitman 的墓呀！
啊啊！恢鐵莽呀！恢鐵莽呀！太平洋一樣的恢鐵莽呀！
啊啊！太平洋呀！
晨安！太平洋呀！太平洋上的諸島呀！太平洋上的扶桑呀！
扶桑呀！扶桑呀！還在夢裏裏着的扶桑呀！
醒呀！ Mesame 呀！

快來享受這千載一時的晨光呀！

この「晨安」は彼自ら「創造十年」で語れる如く、ホイットマンの影響顯著なものである。この詩によつても略〻當時の彼が如何なる思想を有してゐたかを知る事が出來よう。私はこの詩よりも、近代文明を謳歌した「筆立山頭展望」を佳品として推したいと思ふ。

筆立山頭展望

筆立山在日本門司市西，登山一望，海陸船纏，瞭如指掌。

大都會的脈膊呀！
生的鼓動呀！
打着在，吹着在，叫着在，……
噴着在，飛着在，跳着在，……
四面的天郊煙幕朦朧了！
我的心臟呀，快要跳出口來了！
哦哦，山岳底波濤，瓦屋底波濤，
湧着在，湧着在，湧着在，湧着在呀！
萬籟共鳴的 Symphony，
自然與人生的婚禮呀！

灣灣的海岸好像 Cupid 的弓弩呀！
人底生命便是箭，正在海上放射呀！
黑沈沈的海灣，停泊着的輪船，進行的輪船，數不盡的輪船，
一枝枝的煙筒都開着了朵黑色的牡丹呀！
哦哦，二十世紀底名花！
近代文明底嚴母呀！

最後にこの「女神」について更に注意すべき事が二つある。その一は集中の「歸國吟」についてである。十年四月一時歸國して上海の土を踏んだ彼の目に上海の眞實の相は如何に映じたか？　「上海印象」で彼は、

我從夢中驚醒了！
　Disillusion 的悲哀喲！

遊閑的屍，
　淫囂的肉，
長的男袍，
　短的女袖，
滿目都是骷髏，

滿街都是靈柩,
亂闖,
亂走。
我的眼兒淚流,
我的心兒作嘔。

我從夢中驚醒了!
Disillusion 的悲哀喲!

と、慨嘆し痛哭の聲を放つてゐる。この現實に直面して動搖し夢破られた彼の魂は、第二詩集「星空」に至つて更に深刻化するのであるが、それへの連續を考へる意味に於て、この「歸國吟」を忘れてはならぬであらう。

その二は、彼が「女神」中で或はマルクスを讚美しレーニンを歌ひ、「詩序」に於て「私は一個の無產主義者である。」とか、「私は共產主義者と成りたいと願ふ。」などと社會主義的口吻を洩らしてゐる事である。これに關しては、彼自ら當時を回顧して、「それは單なる文字上の遊戲であり、實際上は無產階級と共產主義の概念すらまだはつきり認識しては居なかつた。」(「創造十年」)と語り、「當時日本の新思想はすでに甚だ濃厚で、左傾雜誌もすでに頭を擡げてゐた。私個人に於ても當然非常に影響を受けた。」(「郭沫若詩作談」、「現世界」創刊號)とも述懐してゐるが如く、決して社會主義の理論に出發した哲學的思惟の抒情的發聲であるわけではなく、それは單に反抗を叫び、英雄を讚美するロマンティツクな精神の現れであり、漠然たる一種の憧憬であり、靑年の情熱的な夢想であり、大ざつぱな感懐に過ぎない。併し乍ら、やがてマルクス主義の信徒となり、或は「革命文學」を高唱し、或は共產軍に身を投じた後年の彼の思想的轉換が、極めて無自覺な狀態に於てではあるが、ここにその萌芽を現してゐると云ふ事も亦認めなければならない。

＊　沫若の詩は筆力雄勁、藝術上の雕蟲小技に拘はらず、まことに大きい人物である。（おおまかな）……短いものは、屈原の警句を讀むやうである。沫若の詩は、日本風に富む、更に千家元麿に比す。山宮允がかつて元麿の詩を評して、「眞摯質朴で、彼自身の主張とよく合つてゐる。技巧上から見ると幼稚であるが、一面それが又彼の長處でもある。彼はすべて歡喜と同情との眞摯質朴の感情から表現してゐる。ただそれが散文的であつて音節を講じないから、つひに施塌の弊を免れない云々」といつてゐるが、この評語を沫若の詩に移したいとおもふ。當たるか當たらないか知らないが。しかし、沫若はかへつて悲哀と同情から流露したものが多く、元麿と異なつてゐるところだ。（「北社新詩年選」、愚菴評）

第二章　五四時代後期

第一節　詩壇の大勢

「五四運動」を契機として新文學は次第に隆盛に赴いたのであるが、民國十年頃までは何と云つてもまだ作者も少なく發表機關も寥々たるものであり、文壇も詩壇も共に甚だ寂寞の感が深い。然るに、十一年以後となると、「文學研究會」は「小說月報」「文學週報」等によつて本格的に活動し、「創造社」も「創造季刊」（十一年五月創刊）「創造週報」（十二年五月創刊）「創造日」（「中華日報」附刊）等を以て「文學研究會」に對立し、その他各地に雨後の春筍の如く大小の文學團體が組織され、それぞれ機關雜誌を發行し、新文學の活動はいよいよ普遍的全國的となつた。

嘗て林琴南の駁論あり、この頃に到つて「學衡派」「甲寅派*」の反對運動が興つたけれども、それらは新文學進展の爲の拍車となつても抑壓する力とはならなかつた。

詩壇について云へば、文學研究會は定期刊行物の一として月刊「詩」を發行し、劉延陵・葉紹鈞これが編輯に當り、創造社の機關雜誌に創作を掲げる者に郭沫若の外、成仿吾・鄧均吾・洪爲法・鄭白奇・梁實秋・馮至、等々があり、「湖畔詩社」の潘潘華・馮雪峰・應修人・汪靜之等詩壇に現れ、于賽虞・焦菊隱・趙景深の三詩人、天津の「綠波社」に據り、英國歸りの美青年徐志摩プラトニックな愛戀の詩を歌い、聞一多「紅燭」を以て詩壇に見參し、佛蘭西に在つて李金髮・王獨清象徵詩の試作を爲しつつあつた。

印度の詩哲タゴール來國し、その詩集が翻譯され愛讀された。哲理の詩が提倡された。散文詩が討論された。特に周作人の日本の和歌俳句の紹介に端を發し、タゴールの Stray Birds 等の影響をも受けて、所謂「小詩」が流行した。冰心女士の「繁星」「春水」、宗白華の「流雲」等にはその佳品が收められてゐる。

又、陸志韋*（一八九六―）の「渡河」は後來の所謂「新格律詩」と關連を有しており、特にその序は注目に價するものである。

以上の如く、詩壇は色とりどりの花によつて飾られた開花期を迎へたのであるが、よしそこに自然主義的な詩歌があらうとも、思ひ深げな瞑想者めいた思想を盛つた詩があらうとも、又、創造社をば浪漫主義の提唱者と爲し、「藝術の爲の藝術」の立場を採るものとし、文學研究會をば「血と涙の文學」の鼓吹者と爲し、「人生の爲の藝術」の立場を採るものとする事が、當時竝びに今日に於ても、常識的文學史家の一の通論となつてゐる様であるが、此の如き派別的見界を捨てて廣く深く眺めたならば、この時期が浪漫詩潮の横溢時代であることを、我々は知るであらう。少なくとも私はさう見做す事が妥當であると信ずる。

併しながら、郭沫若の「女神」によつて代表せしめた前期とは、同じく浪漫期とは云ふものの、彼等の歌聲は相當の相違を示してゐる。そこに時代の相違がある。

歐州大戰が結末を告げ、歐州各國が安定の狀態となるとともに、再び、彼等中國人の所謂「帝國主義の爪牙」がより猛烈なる勢ひを以て中國に押し寄せ、内には軍閥互に相食み、奉直戰爭を初めとし絕へ間無く私鬪に流血の慘事を繰り返し、日一日と彼等を包圍する暗黑はその濃度を增して行つた。同時に、清末孫文・黃興等の提倡した共產主義は、露西亞革命の刺戟を受けて「新青年」の急進分子（陳獨秀・李大釗等）がその信奉者となつてより、九年には共産黨の組織あり、十三年に至つては中俄協定の成立を見、次第に青年達を吸引し始めた。これが十年以降十三年に至る間の中國社會情勢の輪廓である。

隨つて青年中國の飛躍を確信し、歡喜の聲をあげてその將來を祝福し、一方尚打破されざる封建思想に對して反抗を怒號し、自由を謳歌した浪漫詩人も、明日の來訪を期待する事が單なる夢ではないかと考へ始めた。明るい理想の爲の燃ゆるが如き爭鬪心は死灰への道を辿り、矛盾の心を抱いて、傷哀の悲歌を詠じ、遠き平和であつた過去にあこがれ、自然を讚美することによつてせめてその苦惱を癒そうとした。併し絶望してしまつたのではない。尚彼等には將來の夢があつた。その夢故に露西亞革命を讚美し、共產主義的色彩をさへ帶びたのである。

＊「甲寅」は章士釗（一八八二―）の主宰した雜誌。
＊陸志韋　吳興の人、米國シカゴ大學卒業。中國心理學界の權威。

第二節　「星空」時代の郭沫若の詩と彼の思想轉換

「女神」の作者郭沫若が「歸國吟」に於て醜惡なる現實を痛哭してゐることは既に述べた所であるが、それが「星空」（戯曲・散文を含む）の詩を創作した十一年前後の作品となると、そこには現實を凝視する者の哀感があり、墮落せる現代人への哀哭があり、平和にして自由なりし人類の幼年を夢描し、偉大なりし過去の偉人天才を追慕する事によつて、見果てぬ夢を滿たさんとする悲哀の希望がある。もう其處には、野性に充ちた絶叫もなく、反抗精神の高鳴りもなく、自我解放の宣誓もなく、まして近代文明の謳歌などは全くその姿を消して居る。

例へば「星空」の詩に於て、

美哉！美哉！
天體於我，
不曾有今宵歡快！
美哉！美哉！
我今生有此一宵，
人生誠可讚愛！
永恆無際的合抱喲！
惠愛無涯的目語喲！
太空中只有閃爍的星和我。

と、星の瞬く空に魂の故郷を見出し、大自然を讚美し、やがてその星光の中に古代の天才の姿を描き、

巴比論的天才，
埃及的天才，

印度的天才,
中州的天才,
星光不滅,
儞們的精神
永遠在人類之頭昭在!

と、その不滅の精神を讚美し、

涙珠一様的流星墜了,
已往的中州的天才喲!
可是儞們在空中落涙?
哀哭我們墮落了的子孫,
哀哭我們墮落了的文化,
哀哭我們滔滔青年
莫幾人能知
那是參商, 那是井鬼?
悲哉!悲哉!
我也禁不住滔滔流涙……

と墮落せる同胞を、文化を哀哭して涙を垂れ、

自由優美的古之人,
便是束草刈薪的村女山童,
也知道在恆星的推移中
尋覓出無窮的詩料,
呵,那是多麼可愛喲!

と平和自由の古代社會に憧憬し、

可惜那青春的時代去了!
可惜那自由的時代去了!

と嘆息し

唉,我仰望着星光禱告,
禱告那青春時代再來!

我仰望着星光禱告，
禱告那自由時代再來！

と、再び青春時代の來たらんことを祈つてゐるが如きによつても、十分に「星空時代」の彼の思想を窺ふ事が出來よう。

かれは「月下的故郷」で、

呵呵，大海已近在我眼前了。

我自從離却了我月下的故鄉，那浩擭茫茫的大海，我駕着一隻扁舟，沿着一道小河，逆流而上。

上流的潮水時來沖打我的船頭，我是一直向前，我不曾廻過我的柁，我不曾停過我的槳。

不怕周圍的風波如何險惡，我不曾畏縮過，我不曾受過他們支配，我是一直向前，我是不曾廻過我的柁，不曾停過我的槳。

我是想去救渡那潮流兩岸失了水的人們，呵呵，我不知道是幾時，我的柁也不靈，槳也不聽命，上流的潮水，把我這隻扁舟又推送了轉來。

如今大海又近在眼前了！

我月下的故鄉，那浩擭無邊的大海又近在我眼前了！


と云つてゐるが、「女神時代」の積極的態度と「星空時代」の消極的態度とをよく物語つてゐる。

さて、「星空」中の傑作として私は「哀歌」の一首を推したいと思ふ。

哀歌

月兒收了光，
蓮花凋謝了，
凋謝在汚濁的池中。

燕子息了歌，
琴兒絃斷了，
絃斷了枯井上的梧桐。

我便是那枯井上的梧桐，
我這一張斷絃琴
彈出一聲聲的哀弄：

丁東，琤琮，玲瓏，
一聲聲是夢，
一聲聲是空空。

この詩には、彼の中國古典の素養が滲み出で、音樂的効果によつて、よく當時の彼の心情が表現されてゐる。

此處で彼の思想轉換について語らなければならぬ。

既に「女神」に社會主義的口吻の有る事は述べて置いたが、以後年とともにその色彩は濃厚になつて行つた。十二年に創作した「前茅」の詩は、浪漫的感慨を基調としたものではあるが、中國に於ける「革命詩」（プロレタリア詩）の先驅であつた。それに就いては後に詳論する。「十三年の初頭レーニンが死んだ時には、私は悲哀を感じ、恰も太陽を失つた如くであつた。併し、マルクス・レーニン主義を私は決して明確に認識していなかつたし、さうした思想の內容を檢討したいと考へたのも當時感受した一種の憧憬に過ぎなかつた。」（「創造月刊」一卷二期、「致成仿吾書」）と彼が云つてゐるが、その頃はまだ思想的根據を有して居なかつた。

彼が根本的に思想轉換を行ひ、完全に共產主義者となつたのは、同年河上肇の「社會組織と社會革命」を荃譯した以後の事である。彼はそれについて、「この書の譯出は私の一生の中に於て一個の轉換の時期を形成した。半眠狀態の中から私を呼び醒ましたのもそれであり、岐路の彷徨の中から私を引き出したのもそれであり、死の影の中から私を救ひ出したのもそれであり、私は作者に對して非常に感謝するものである。」（同上）と云つて居る。

隨つて「文藝に對する見解も亦全盤的に變じ」、「今日の文藝は、我々現在革命の途上を行く者の文藝であり、我々壓迫さるる者の呼號であり、生命窮促の喊叫であり、鬪志の呪文であり、革命予期の歡喜である。」「今日の文藝は又ただ能く社會革命の促進上に於てのみ始めて文藝の稱號を受け得るのである。然らずんば、すべて酒肉の餘腥であり、痲醉劑の香味である。」「現在は宣傳の時期であり、文藝は宣傳の利器である。」（同上）と云ふ文藝理論を「固定した」のである。

第三節　「志摩的詩」

郭沫若が「星空」の詩を創作しつつあつた頃、即ち民國十一年、英國より歸國した徐志摩がその作詩を世に問ひ始めた。この頃二三年の作品を集めたのが、彼の處女詩集「志摩的詩」（十四年九月出版）である。

徐志摩は浙江硤石の人。光緒二十五年に生れ、民國二十年飛行機の墜落と運命をともにし、山東黨家莊の山下に沒す。時に三十有六。彼は最初「中國のハミルトンと成らうと云ふ野心を抱いて」（「猛虎集序」）「米國コロンビア大學に學び、後にラッセルに從はんと欲して英國に渡り、倫敦經濟學院に在ること半年、更にケンブリッジのキングス・カッレジに學んだ。」（「我所知道的康橋」）

この略歴を見ても分るが、「二十四歲以前には、私の詩に對する興味は遠く相對論や民約論に對する興味に及ばなかつた。」（「猛虎集序」）と云ひ、「二十四歲以前には、詩は新舊を論ぜず、私には完全に關係がなかつた。」と云つて居ることによつて、より判然と知り得る如く、徐志摩の詩人としての生涯は劍橋の生活を開始した頃より出發してゐる。「我所知道的康橋」の一文を見ただけでも、彼をして詩人たらしめたものが劍橋（廣く英國）であることを、我々は容易に知り得るであらう。彼はその貴族的な社會の裡で、理想主義の哲學を建立し、自然崇拜の理想を培養し、「生活は藝術である」と云ふ藝術的人生觀を培ひ、一面英國の世紀末的唯美主義印象主義の影響を多分に感受し、且つ又、貴族的浪漫主義の薰陶をも受けたのである。

かうした彼が半植民地にも似た混亂惡濁の中國に對する情熱の表白が、「志摩的詩」には随所に現れてゐる。そこには苦惱憤怒の「情感の闕闌なき泛濫」（「猛虎集序」）がある。

毒藥

今天不是我歌唱的日子，我口邊涎着獰惡的微笑，不是我說笑的日子，我胸懷間插着發冷光的利刃；

相信我，我的思想是惡毒的因爲這世界是惡毒的，我的靈魂是黑暗的因爲太陽已經滅絶了光彩，我的聲調是像墳堆裏的夜鴞因爲人間已經殺盡了一切的和諧，我的口音像是寃鬼責問他的仇人因爲一切的恩已經讓路給一切的怨；

但是相信我，眞理是在我的話裏雖則我的話像是毒藥，眞理是永遠不含糊的雖則我的話裏彷彿有兩頭蛇的舌，蠍子的尾尖，蜈松的觸鬚；只因爲我的心裏充滿着比毒藥更強烈，比呪詛更很毒，比火焰更猖狂，比死更深奥的不忍心與憐憫心與愛心，所以我說的話是毒性的，呪詛的，燎灼的，虚無的；

相信我，我們一切的準繩已經埋沒在珊瑚土打緊的墓宮裏，最勁冽的祭肴的香味也穿不透這嚴封的地層：一切的準則是死了的；

我們一切的信心像是頂爛在樹枝上的風箏，我們手裏䙡著這迸斷了的鷂線：一切的信心是爛了的；

相信我，猜疑的巨大的黑影，像一塊烏雲似的，已經籠蓋著人間一切的關系：人子不再悲哭他新死的親娘，兄弟不再來攜著他姊妹的手，朋友變成了寇讎，看家的狗回頭來咬他主人的腿：是的，猜疑淹沒了一切；在路旁坐著啼哭的，在街心裏站著的，在㒲窗前探望的，都是被姦汚的處女：池潭裏只見些爛破的鮮艷的荷花；

在人道惡濁的澗水裏流著，浮浮似的，五具殘欠的屍體，他們是仁義禮智信，向著時間無盡的海瀾裏流去；
這海是一個不安靖的海，波濤猖獗的翻著，在每個浪頭的小白帽上分明的寫著人欲與獸性；
到處是姦淫的現象，貪心樓抱著正義，猜忌逼迫著同情，懦怯狎褻著勇敢，肉欲侮弄著戀愛，暴力侵陵著人道，黑暗踐踏著光明；
聽呀；這一片淫猥的聲響，聽呀，這一片殘暴的聲響；
虎狼在熱鬧的市街裏，強盜在儞們妻子的床上，罪惡在儞們深奧的靈魂裏……

これは、理想主義者徐志摩の目に映じた中國社會の現實の相と、それに對する彼の悲憤の叫びである。「斯の如き混沌たる現象が、經濟の不平等とか、政治の不安定とか、或は少數人の放肆な野心に原因するものであると考へてはいけない。」「我々自身が我々の運命の原因である。」（「落葉」）と云ふ彼の思想は、この「毒藥」の詩によつても充分に理解出來よう。彼は實に一貫した民族の墮落、民族の破產の痛哭者であつた。彼自身この詩を「形を成さぬ呪詛の詩」と云ひ、その製作當時について、「先年奉直戰爭の折、私が過ごしたあの日々はまるで一團の黑漆であり、毎晩夜が更けた時、獨り頭を抱へて机に伏して苦しんだ。恰もこの時代の沈悶が私の頭のさきにかぶさつた様に。」（「自剖」）と回顧してゐる。
併し、彼はまだ絕望したのではなかつた。

嬰兒

我們要盼望一個偉大的事實出現，我們要守候一個馨香的嬰兒出世：——

儞看他那母親在她生產的床上受罪！

她那少婦的安詳，端麗，現在在劇烈的陣痛裏變形成不可信的醜惡：儞看她那遍體的筋絡都在她薄嫩的皮膚底裏暴漲著，可怕的青色與紫色，像受驚的水青蛇在田溝裏急泅似的，汗珠站在她的前額上像一顆顆的黃豆，她的四肢與身體猛烈的抽搐著，畸屈著，奮挺著，糾旋著，彷彿她墊着的蓆子是用針尖編成的，彷彿她的帳圍是用火焰織成的；

一個安詳的，鎭定的，端莊的，美麗的少婦，現在在陣痛的慘酷裏變形成魔鬼似的可怖：她的眼，一時緊緊的闔着，一時巨大的睜着，她那眼，原來像冬夜池潭裏反映着的明星，現在吐露着靑黃色的兇焰，眼珠像是燒紅的炭火，映射出她靈魂最後的奮鬪，她的原來朱紅色的口脣，現在像是謝底的冷灰，她的口顫着，撅着，扭着，死神的熱烈的親吻不容許她一息的平安，她的髮是散披着，橫在口邊，漫在胸前，像揪亂的麻絲，她的手指間緊抓着幾穗擰下來的亂髮；

這母親在她生產的床上受罪：——

但她還不曾絕望，她的生命掙扎着血與肉與骨與肢體的纖微，在危崖的邊沿上，抵抗着，搏鬥着，死神的逼迫；

她還不曾放手，因爲她知道（她的靈魂知道！）這苦痛不是無因的，因爲她知道她的胎宮裏孕育着一點她自己更偉大的生命的種子，包涵着一個比一切更永久的嬰兒；

因爲她知道這苦痛是嬰兒要求出世的徵候，是種子在泥土裏爆裂成美麗的生命的消息，是她完成她自己生命的使命的時機；

因爲她知道這忍耐是有結果的，在她劇痛的昏瞀中她彷彿聽着上帝准許人間祈禱的聲音，她彷彿聽着天使們讚美未來的光明的聲音；
因此她忍耐着，抵抗着，奮鬪着……她抵拚綳斷她統體的纖微，要贖出在她那胎宮裏動盪着的生命，在她一個完全，美麗的嬰兒出世的圪望中，最銳利，最，沈酣的痛感逼成了最銳利最沈酣的快感……

この「嬰兒」の詩も亦、「怨毒、猜忌、殘殺の空氣の中で」彼の「神經が名狀す可からざる壓迫を感受した」頃の作品である。

さて、この「嬰兒の出世」は何を象徵してゐるのであるか。我々は先づ彼自身の解釋を聽かう。「落葉」に於て、彼は前揭の「毒藥」及び「白旗」とともにこの詩を引用したる後、「これは無聊なる希冀であるかも知れない。併し、誰か生きんことを願はざる、卽ち絕望の最後の邊沿に到らしめたならば、我々も亦希望の手臂が黑暗の中より伸び來たつて我々を挽かんことを妄想するであらう。我々はこの苦痛なる現在が只一つのより光榮な將來を準備しつつあるものであることを望まざるを得ない。我々は一個の潔白な肥胖活發な嬰兒の出世を願ひたい。」と云つてゐる事によつて旣に明白である。卽ち彼は新しき中國、理想的な社會の出現を切望したのである。然らば、彼の腦裏に描かれてゐた理想的な社會とは？　彼は明言してゐないけれども、それが英國式なものである事を、多くの作品が暗示してゐる。

彼も亦革命を要求した。そして、「落葉」などでは佛蘭西七月革命や露西亞革命を讚美してゐるけれども、彼は決して流血の革命を歡んだわけではなく、物質主義の革命運動の如きは彼の反對する所であり、彼の「理想中の革命」は「靈魂の自由」を爭ふ事に在つた。彼自ら、「私の思想は——若し私に思想が有るとすれば——永遠に系統をなさぬものである。」「私の心靈の活動は衝動性のものであり、まるで痙攣性のものとも云ひ得よう。」（「落葉」）と云つてゐるが、佛蘭西革命露西亞革命をも讚美した事は何も彼に限つたことではなく、當時多くの人達も同様の思想を抱懷してゐたのであつて、混亂の世に生きて、現實を過重せんと衝心する者の無解決觀に過ぎない。

さて、既に述べた如く彼は世紀末的唯美主義文學の影響を受けたから、當然彼の詩には唯美的享樂的なものが多い。然もさうした所謂「情詩」の中に我々は多く佳品を發見するのである。

　　她是睡著了
　她是睡著了——
星光下一朵斜欹的白蓮；
　她入夢境了——
香讃裏裊起一縷碧螺烟。

　她是眠熟了——
澗泉幽抑了喧響的琴絃，
　她在夢鄉了——
粉蝶兒，翠蝶兒，翻飛的歡戀。

　停勻的呼吸：

清芬滲透了她的周遭的清氛；
　有福的清氛
懷抱著，撫摩著，她纖纖的身形！
　奢侈的光陰！
靜，沙沙的盡是閃亮的黃金，
　平鋪著無垠，——
波鱗間輕漾著光艷的小艇。

　醉心的光景：
給我披一件彩衣，啜一莩芳醴，
　折一支藤花，
舞，在葡萄叢中，顛倒，昏迷。

　看呀，美麗！
三春的顏色移上了她的香肌，
　是玫瑰，是月季，
是朝陽裏的水仙，鮮妍，芳菲！

　夢底的幽祕，
挑逗著她的心—純潔的靈魂——
　像一只蜂兒，
在花心，恣意的唐突—溫存。

　童貞的夢境！
靜默；休教驚斷了夢神的殷糿；
　抽一絲金絡，
抽一絲銀絡，抽一絲晚霞的紫曛；
　玉腕與金梭，
織縑似的精審，更番的穿度—
　化生了彩霞，
神闕，安琪兒的歌，安琪兒的舞。

　可愛的梨渦，
解釋了處女的夢境的歡喜，
　像一顆露珠，

顫動的，在荷盤中閃耀著晨曦！

この「她是睡著了」の詩には豐富な想像と甘美な情調が織り出されて居る。集中の白眉であらう。

又、

假如我是一朶雪花，
翩翩的在半空裏瀟洒，
　我一定認清我的方向——
飛颺，飛颺，飛颺——
這地面上有我的方向。

に始まり、

那時我憑藉我的身輕，
盈盈的，沾住了她的衣襟，
貼近她柔波似的心胸——
消溶，消溶，消溶——
溶入了她柔波似的心胸！

に終はる「雪花的快樂」も、

一陣聲響轉上了階沿
(我正挨近著夢鄉邊；)
這回準是她的脚步了，我想——
　在這深夜！

一聲剝啄在我的窗上
(我正靠緊著睡鄉旁；)
這準是她來鬮著玩—儞看，
　我偏不張惶！

一個聲息貼近我的床，
我說（一半是睡夢，一半是迷惘：）——
『儞總不能明白我，儞又何苦
　多叫我心傷！』

一聲喟息落在我的枕邊
(我已在夢鄉裏留戀;)
『我負了儞!』儞說—儞的熱淚
　　燙著我的臉!

這音響惱著我的夢魂
(落葉在庭前舞,一陣,又一陣;)
夢完了,呵,回復淸醒;惱人的—
　　却只是秋聲!

の「落葉小唱」も、ともに捨て難い佳品である。

徐志摩は印度の詩人タゴールの崇拜者であり、彼の所謂「哲理詩」にはその感化影響が濃厚である。併し、彼自身がこの「哲理詩」を得意としたに拘はらず、又、徐志摩崇拜者が彼に「詩哲」の稱號を獻じたけれども、朱湘も「中書集」中で評してゐる如く、「哲理詩」は大した價値あるものではない。大體彼は瞑想し得る人ではなかつた。

最後に彼の詩形について一言しなければならない。

前掲の幾首かの詩によつてもその一端が窺はれる如く、「志摩的詩」の中には、無韻體の詩、駢句韻體の詩、奇偶韻體の詩、章韻體の詩、變形の十四行體の詩、散文詩等があり、彼自ら當時は「何にも詩の藝術或は技巧などは論じなかつた。」（「猛虎集」）と云つてゐる如く、意識的な試みでもなく、まして英詩と中國詩との本質を検討した上でのものでなかつたにしても、又それが果たしてどの程度の成功を克ち得たかは別問題としても、この外國詩（特に英詩）の形式模倣は、「新格律運動」の實質的第一歩であり、彼の大膽なこの試作が新詩の格律問題に寄與した點は、何と云つても否定できない。

第四節　浪漫詩人王獨清

通常王獨清は「後期創造社の詩人」と呼ばれてゐる。彼が「後期創造社」の中堅人物として、詩壇文壇と深き交渉を持つに至つたと云ふ社會的意義を以てすれば、さう呼べない事はない。併し、民國十四年末歸國し、「創造月刊」「洪水」等の諸雜誌に發表した作品は幾年か前より創作されたものであるから、彼をこの時期の詩人と爲してよからう。穆木天も「五四より五卅に到る間、中國詩壇を代表する大詩人は、郭沫若・徐志摩・王獨清を擧ぐべきだ。」（「王獨清及其詩歌」）と云つてゐる。

王獨清は光緒二十四年古都長安の「零落せる官僚の家庭に生れた。」（「長安城中的少年」）嘗て日本に留學せしも例の二十二箇條問題に憤激して歸國し、救國日報の記者となつたり、勞働問題に興味を有したが、「自己の能力を培養して歸國後有意義の仕事に努力しようと云ふ心と、國內の打破されざる暗黑の空氣によつて厭世的となり他の社會に逃避せんと欲する心との、矛盾せる心理狀態を抱き、暴風後の倦怠をも帶びて」（當時の青年達の心理は多く此の如くであつた）渡佛したのは九年の春であつた。嘗て彼は救國日報に「吾人今後應努力者」なる一文を揭げて、マルクスの學說を客觀的な方法を以て研究すべき事を說いた事もあつたが、併し「それ等の來源は單に日本の諸雜誌から得た智識に過ぎなかつた。」彼は當時「空想的な熱狂せる感情に迷亂され」てゐた一個熱烈な民族主義者であつた。

さて、彼が渡佛した最初の頃は、中國文學の浪漫運動開始し、その使命を擔つたかの創造社が出現し、所謂「Sturm und Drang」の成分が醞釀しつつあつた時代である。從つて彼が拜輪・兩果・拉馬丁等の詩を愛讀し、「浪漫時代の一種の氣息の洩露である」浪漫詩を作つたのも當然である。當時佛國文壇には老いたるアナトール・フランスがをり、モーリス・バレスは國家主義の見地から祖國佛蘭西のためにペンを劍となし、人道主義の信奉者ロマン・ローランまた文壇の王座に粲光を放ち、バレスとローランとは國家主義と世界主義との立場から論戰の火花を散らしてゐた。王獨淸が彼等の影響を受けた事は云ふまでもないが、「近頃は、ロマン・ローランは私が敬意を表示する作家の一人であるが、あの時は却つてバレスに吸引されてゐた樣だ。」との彼の述懷に據つても、當時の彼の心情が想像されるであらう。隨つて、當時の彼の「詩の作法は全くバイロン式でありユーゴオ式であつた。」(「譚詩」)今さうした傾向濃厚なものの代表として「弔羅馬」の詩をあげ、少しく解說を試みたい。

一

我趁著滿空濕雨的春天,
來訪這地中海上的第二長安!
聽說這兒是往日許多天才底故家,
聽說這兒養育過發揚人類的文化,

聽說這兒是英雄建偉業的名都；
聽說這兒光榮的歷史永遠不朽……

我底胸中也像是被纔潮的淚在浸潤！
——惱人的雨喲，愁人的雨喲，
儞是給我洗塵，還是助我弔這荒涼的古城？
我要痛哭，我要力竭聲嘶地痛哭！
我要把我底心臟一齊向外嘔吐！
旣然這兒像長安一樣，陷入了衰頽，敗傾，
旣然這兒像長安一樣，埋着舊時的文明，
我，我怎能不把我底熱淚，我 nostalgia 底熱淚，
借用來，借用來盡性地灑，盡情地揮？

雨只是這樣迷誆的不停，
我已與伏在雨中的羅馬接近：
啊啊，偉大的羅馬，威嚴的羅馬，雄渾的羅馬！
我眞想把我哭昏，拚我這一生來給儞招魂……

二

我看見羅馬城邊的 Tiberis 河，
忽想起古代的傳說：
那 Rhea Silvia 底雙生兒
不是曾在這河上漂過！
那個名叫 Romulus 的，
正是我懷想的人物。
他不願同他底兄弟調和，
只獨自把他理想中的都城建作。
他日夜不息，
他風雨不躲；
他築起最高的圍牆，
他開了最長的溝壑……
哦，像那樣原人時代創造的英雄喲，
在今日繁殖的人類中能不能尋出一個！

我看見羅馬城邊的山原，
忽想起古代那些詩人：

他們赤着雙脚，
他們袒着半胸，
他們手持着軟竿
趨着一群白羊前進。
他們一面在那原上牧羊，
一面在那原上獨吟……
他們是眞正的創作者，
也是眞正的平民。
哦，可敬的人們，
怎麼今日全無踪影？
——原上的草喲，
儞們還在爲誰長青？

三

啊，現在我進了羅馬了
我底全神經好像在爆！
啊，這就是我要徘徊的羅馬了！
……………………………………

羅馬城，羅馬城，使人感慨無窮的羅馬城，
爾底遺跡還是這樣的宏壯而可驚！
我踏着產生文物典章的拉丁舊土，
徘徊於建設光榮偉業的七丘之中：
啊啊，我久懷慕的「七丘之都」喲，
往日是怎樣的繁華，怎樣的名勝，
今日，今日呀，却變成這般的凋零！
就這樣地任牠亂石成堆！
就這樣地任牠野草叢生！
那富麗的宮殿，可不就是這些石旁的餘燼？
那歌舞的美人，可不就是這些草下的腐塵？
不管牠駐過許多說客底激昂弁論，
不管牠留過千萬人衆底合歡掌聲，
現在都只存了些銷散的寂寞，
現在都只剩了些死亡的沈靜……
除了路邊行人不斷的馬蹄車輪，
再也聽不見一點兒城中的喧音！
愛國的豪傑，行暗殺的志士，光大民族的著作者，都隨着那已去的榮華，隨著已去的榮華而退隱；
榮華呀，榮華是再不能歸來，
他們，也是永遠地無處可尋！
看罷！表彰帝王威嚴的市政之堂
只有些斷柱高聳，殘堦平横；
看罷！奬勵英雄功績的飲宴之庭
只有些黄土滿擁，荒藤緊封；
看罷！看罷！一切代表盛代的，代表盛代的建築物，
都只留得些敗垣廢墟，擺立在野地裏受雨淋，風攻

………

哦，雨，洗這「七丘之都」的雨！
哦，風，掃這拉丁舊土的風！
古代的文明就被風雨這様一年一年地洗完，掃淨！
哦哦，古代的文明！古代文明是由誠實，勇力造成！
但是那可敬愛的誠實的人們，勇力的人們，
現代的世界，他們爲甚麼便不能生存？
哦哦，現代世界的人類是怎様不振！
現代的羅馬人呀，那裏配作他們底子孫！

Cato 喲，Cicero 喲，Caesar 喲，Augustus 喲，
唉，代表盛代人物底眞正苗裔，怎麼便一概絕盡！
…………………………

四

徘徊呀徘徊！
我底心中鬱着難吐的悲哀！
看這不平的山岡，
這清碧的河水，
都還依然存在！
爲甚開這山河的人呀！
却是一去不回！

這一處是往日出名的大競技場，
我記起了建設這工程的帝王：
Vespasianus 是眞可令人追想，
他那創造時代的偉績，
永遠把誇耀留給這殘土的古邦！

這一處是靠近舊 Forum 的凱旋門，
在這一望無涯的斷石壘壘中
我好像看見了 Titus 底英魂：
當他出征遠方的功業告定，
回國時，他回國時，
這直達 Via Sacra 的大道之上，
是怎樣的擁滿了群衆，在狂呼，歡迎！
這一處是矗立雲表的圓碑，
Trajanus 底肖像在頂上端立：
我看了這碑間雕刻的軍馬形跡，
我全身是禁不住的震懾，
震懾於他往日的蓋世雄威！
…………………………

徘徊呀徘徊！
過去那黃金的興隆難再！
但這不平的山岡，
這清碧的河水，

都還未曾崩壞！
我只望這山河底魂呀，
哦，速快地歸來！

五

歸來喲，羅馬魂！
歸來喲，羅馬魂！
儞是到那兒去遊行？
東方的 Euphrates 河？
西方大西洋底宏波？
南方 Sahara 底沙漠？
北方巴爾幹山脈底叢雜之窩？
哦，那一處不留着往日被征服的血痕？
難道今日儞爲飢餓所迫，竟去尋那些血痕而呑飮？
儞可聽見尼羅河中做出了快意的吼聲？
儞可聽見 Carthago 底焦土上吹過了嘲笑的腥風？
哦，歸來喲，歸來喲！
儞若不早歸來，儞底子孫將要長死在這昏沈的夢中！

——唉唉，Virgilius 與 Horatus 底天才不存！
Livius 底偉大名作也佚散殆盡！
這長安一樣的舊都呀，
這長安一樣的舊都呀，
我望儞再興，啊，再興！再興！……

この詩は浪漫詩人王獨清の面目を遺憾なく發揮してゐる。惱ましくもわびしい春雨のそぼ降る日、「地中海上の第二の長安」の過去を、過去の英雄の偉業と永遠不朽の光榮ある歴史を想起し、荒涼たる古城を弔ふのであるが、彼が羅馬の爲に招魂することは、同時に、彼の故鄕中國の故都長安の爲に招魂することである。そこには、英雄偉人天才への思慕がある。帝王の偉績と彼等の蓋世の雄威への讚美がある。富麗な宮殿、歌舞の美人等を有した古代への憧憬がある。又、それらのもの尋ぬるに由なき溜息があり、現在の沒落を哀嘆し、現代の人類の墮落不振を哀悼する者の痛哭がある。ノスタルヂヤの熱涙がある。

最後に彼は羅馬の再興を熱望してゐる。それは又、長安の再興への熱望であり、古代貴族社會の復活への希望である。「沒落せる貴族の家庭に生まれた」詩人王獨清の詩作の中に沒落せる貴族情緒が濃厚に反映してゐることは當然であり、彼が現代のバイロン爲らんと夢想した事も亦決して偶然な事ではない。王獨清はその著「獨清譯詩集」の前置（「給愛牟的一封信」）で、「我々は許多性格の特點上に於て甚だ相似てゐる。」「君の詩は當時の知識階級の現政治に對する不滿を代表し、したがつて、處々に反抗と破壞の感情を露出してゐる。私の詩は現政治に對してほとんど完全に灰心してゐる智識階級を代表してゐる。故に處々に流浪者の悲哀があり、又同時に弔古の情懷がある。」と云つてゐる。愛牟とは郭沫若を指してゐるのであるが、若し郭沫若の「女神」と彼の第一詩集「聖母像前」（十五年十二月、光華書局發行）とを比較すれば、彼のこの言を肯定しなければならない。併し、同時代の作たる「星空」と彼の詩との差違は資産階級的浪漫主義と貴族的浪漫主義との相違であつて、「現政治に對してほとんど完全に灰心してゐる知識階級を代表してゐる」ことは同一である。彼は象徴詩をも作つたが、彼の詩には浪漫的なものが多い。それらについては後述したいと思ふ。

＊　小詩の流行

一、日本の和歌俳句とタゴールの詩の影響

小詩といふのは一行乃至四行の新詩を指してゐるのである。かうした小詩は形式上では新奇なやうであるが、その實はただ一種の甚だ普通な抒情詩であり、昔から既に存在してゐたものである。然し、この時代の小詩の發達は、非常に外國の影響を受けたことは、明瞭な事實である。西洋にも小詩と呼ぶべきものがあるが、中國の新詩は各方面ですべて歐州の影響を受けたが、小詩だけは例外であるやうだ。その來源が東方にあるからである。そこにも又二つの潮流がある。卽ち印度と日本とであり、思想上においては瞑想と享樂とである。印度とはタゴールの詩であり、殊に「冥途之鳥」の中には、印度の代表的な小詩を見出すことが出來る。その中國詩上における影響は極めて著明なものである。冰心女士は、タゴールの影響を受けたものであると自ら説明してゐる。

周作人は民國十年五月、「小説月報」第十二卷第五期に日本の和歌や俳句を紹介し、更に十一年六月二十九日の「覺悟」に「論小詩」を發表して、和歌俳句について論ずる處があつたのは、小詩の流行を示す大きい力となつた。「日本の歌はまことに理想的な小詩であり、中國新詩上に略々影響がある。兪平伯の「憶游雜詩」（冬夜）の序で日本の短詩に説き及んでゐるが、實際上には別に關係のないものである。湖畔中の汪靜之の小説には却つて短歌の意思がある。」と周作人は述べてゐる。周作人は小詩の興起に對して、甚だ贊成し非常に興味を以てその成長を見て居ると述べ、一地の景色を一時の情調を寫すのに適し、眞實に簡鍊された詩である。とも述べてゐる。「小詩の第一の條件は實感を表現することである。」「篇幅短小な詩のうちでは、字句の經濟を講じなければいけない。」尚、論文中に、與謝野晶子と香川景樹、和泉式部の和歌が引用されてゐる。

合手了呪詛的歌稿、按住了黑色的胡蝶（與謝野晶子）

樵夫踏壞的山溪的朽木的橋上、有螢火飛看（香川景樹）

心裏懷念着人、見了澤上的螢火、也疑是從自已身裏出來的夢游的魂（和泉式部）

尚、周作人には「石川啄木的短歌」（「詩」第一卷第五期、一九二二、五、一五）「日本的小詩」（仝上、第二卷第一期、一九二三、四、一五）などがある。

成仿吾は、「詩之防禦戰」（「創造週報」第一號、民國十二年五月）で小詩について周作人に反駁して次のやうに論じた。

「和歌は……一個の固定した呆板な鑄型であつて、久しい後には必ず無用に歸す。和歌と俳句は、日本においても早くも既に過去の骨董となつた。正にわれわれの律詩と絕句のやうに。周君は彼等を紹介すること、日本の新詩でもあるかのやうで、われわれ翅のまだ豐かでない青年をして、彼等をば詩の王道となし、終にわれわれの王宮を彼の蹂躪にまかせた。これが、周君が何故日本の小詩を紹介したか了解出來ない第一點である。

その次は、俳句は既に多くは輕浮淺薄な詼諧であつて文藝上多大の價値がない。すくなくとも普遍的な價値がない。」「俳句は日本文特長の表現法であつて、少なくともわれわれの言語に應用することは出來ない。」更に模仿するに足らない二つの理由として、抒情の可能性がないこと、時代精神と反することをあげ、模仿すべからざる理由として、新文學建設時代に自由に新しい形式と新しい內容とを創造すべきで模仿させてはならない。新文學は眞摯な情熱を根底となすべきで、俳諧のやうな遊戯的態度は、斷じて許すべからざるものである。と論じてゐる。この二つの臭い皮袋は、日本人―俳諧と同様に淺薄無聊な日本人が、すでに彼等のために薤露の歌を奏したのに、周君は何のために彼等の殘骸を拾つて、彼等のために大に吹奏しようと欲するか分らない。これがわたしの周君が何故日本の小詩を紹介したか了解出來ないいま一つの點である。」

二、冰心の「繁星」と「春水」

謝冰心女士、原名は婉瑩、福建閩侯の人。一八九七年生れ、曾てアメリカに遊んで（衛斯萊大學碩士）文學を研究した。文學研究會の幹部、著作には「繁星」「春水」の詩集（後、合して「冰心詩集」）と、「超人」「往事」「南歸」などの小説、「寄小讀者」「冰心遊記」などの散文がある。北平燕京大學教授になつたこともある。呉文藻夫人。

「繁星」は民國十二年一月出版、「春水」は同年五月に出版したもので、十年の中秋から十二年にかけての作品が集められてゐる。「春水」には後に十四年の作も加へられてゐる。「冰心詩集」は二十一年八月に出版された。「春水」には英譯本がある。これらは多くの人に愛讀され、賞讚を受けたものであるが、女流作家の現れない初期の詩壇、文學界における晨星的存在として眞價以上にもてはやされた嫌ひがないではない。

冰心は「繁星」の自序でタゴールの「冥途之鳥（Strong Birds）」を愛讀したことを述べてゐる。宗白華は「哲理を詩に入れた」といひ、當時哲理の詩と呼ばれた。反面、教訓的であるとか格言式の詩などと非難されたものである。彼女の詩には母性愛、兒童の純潔、追憶の甘美などが充滿してゐる。然も、「熱い涙が充滿してゐる」（趙眞「冰心女士的繁星與春水」）といふよりは「冷靜な態度」（草川未雨）を感ずる方が強い。「中國の文壇上で、新詩を作つて最も先に成功を獲得したものに冰心が數へられよう」（趙眞）とは過譽である。彼女は海邊に成長したので（山東の）海を背景とした詩が多い。「自然の讚美」「母愛の頌揚」「人生の懐疑」「青春遊者の感傷」「藝術の歌詠」の範圍を出ない。社會に對しては、キリスト教的信奉者的な博愛同情が表現されてゐる。

梁實秋は、小說においてはその天才が現れてゐるが、詩の方面では比較的成功した作品がなく、「繁星」と「春水」も質の上から云つて小說と比較して遜色が多い。當代の詩家に比べても三舍を避くるを免れない。小說に長じて詩に短である原因として、1、表現力が強くて想像力が弱い。2、散文が優れて韻文技術が拙い。3、理智に富んでゐて感情の分子が薄い。といふ三點をあげてゐる。又、冰心の詩を讀んで最大の失望は、彼女が完全に女流作家の短を襲受して殆ど女流作家の長がない。卽ち感情の豐美、心境の靜幽、言行の韻雅などといふ長所がなく、氣力の欠乏、纖巧、萎靡などの欠點があるといふのである。陳西瀅も「冰心女士は一個の詩人であるが、兩本の小詩の內には、却つて多少晶瑩な寶石はない。小說のうちに常常優美な散文詩がある。」(「新文學運動以來約十部製作)と述べてゐる。趙景琛は「繁星のうちの二つの特點は、用字の淸新と■■の■■とである」といつてゐる。梁實秋も「藝術方面においてやや人意を強くせしめるものは、字句の美麗である」といひ「これは近來無數の繁星春水に倣う人達の企及し得ざる所のものである」「字句選擇の謹嚴美麗、謹嚴故に能く洽ねし、美麗故に能く人を動かす。だが、句法が甚だ散文に近いものであるといふ欠點がある。句法が散文に近いから、明顯流暢ではあるけれども、實は詩に合はないものである。詞法に至つては、殆ど善を盡くし美を盡くし非議すべきものがなく、現今の作家中において甚だ得難いものであることを認めてゐる。(「繁星與春水」十二年七月七日「創造週報」)

青年人呵！
爲着後來的回憶，
小心着意的描儞現在圖畫，

鄉的海波呵！
儞那飛濺的浪花，
從前怎樣一滴一滴的敲稱的磐石，

現在也怎樣一滴一滴的敲稱的心絃，

嬰兒
是偉大的詩人，
在不完全的完語中，
吐出最完全的詩句，

母親呵！
這零破的篇兒，
儞能看一看麼？
這些字，
在沒有我以前，
已隱藏在儞的心懷裏，

三、宗白華の「流雲小詩」

宗白華、名は之櫆、白華はその字。（一八九六―〈「現代詩選」、一八九七〉）江蘇常熟の人。ドイツベルリン大學卒業。民國八年から九年にかけて時事新報の「學燈」の編輯に當たつてゐた。郭沫若は自分の「創作欲を爆發させたものとして感謝すべき」人と考へてゐる。詩の投稿がもとで接近したのである。「白華氏は哲學研究者で、汎神論をこのむ傾向があり、これが二人を接近せしめた原因であるかも知れない。」と沫若は述べてゐる。（「創造十年」）沫若が田漢を知つたのも白華の紹介によるものであり、二人とも當時少年中國學會の會員であつた。上海の白華、博多灣頭の沫若、東京の田漢、この三人が九年の一月から三月にかけて往信した書簡は「三葉集」となつて九年五月、亞東圖書館から出版されてゐる。その中で、德國から書籍を送つてもらつて、「人生觀と宇宙觀」を作りたいと準備してゐると述べてゐる。「自分は從來讀むのは哲學科學の書であり、文學詩詞に對しては純然と消間解悶のための書となしてをる。然しそれに對して發生する直感的感想だけが多いのも奇怪である。所謂中國人の遺傳的文學腦經であらう。」とも述べてゐる。

一九二〇年の四、五月間、白華は德國に去つた。歸國後、中央大學文學院哲學系副教授などになつた。

彼は「藝術の生活は、卽ち同情の生活である。無限の同情は自然に對し、無限の同情、人生に對し、無限の同情、星天雲日鳥語泉鳴に對し、無限の同情、死生離合、喜笑悲啼に對し、これが卽ち藝術感覺の發生であり、これが藝術創造の目的」であると述べてゐるが、(「藝術生活」〈「少年中國」第二卷第七期、一〇、一、一五〉)彼の詩集「流雲小詩」は「學燈」上に發表したものを、十二年十二月に亞東圖書館から出版したものである。

彼はその序で「月下の水蓮がまだすやすやと睡つてゐる時に、東方の晨星はもう次第にめざめて來た。わたしの夢魂裏の心靈は詩藻の衣裳をひらき、音樂の脚步(ステップ)を踏みつつ、わたしに別れを告げた。わたしは低い聲で『早すぎはしませんか、人々はまだ睡つてゐるのに、』といつた。彼は『黑夜の影は去ろうとしてゐる、人の心のなかの黑夜も去ろうとしてゐる。わたしは晨光に乘つて淸くめざめた靈魂を呼び集め、初めて生まれた太陽を頌揚したいと思ふのです』といつた。」といつてゐる。

彼の詩は「自然對する無限の同情」である。(朱自淸「文學大系」)彼の詩は、當時、冰心女士の小詩とともに、小詩の代表の如く考へられ、同時に「哲魂詩」と呼ばれた。彼のもタゴールの影響を受けたといつてゐる。成仿吾は「彼等(宗白華や冰心)は他人に對して、當る可からざる引力を具有してゐるやうであるが、自分は、ただ宗君のは概念と概念とを聯絡したものにすぎず、冰心も亦少しばかり高尙な抽象的な文字をよせ集めたのにすぎない。」

集中「小詩」で、

生命的樹上
凋了一枝花
謝落在我的懷裏，
我輕輕的壓在心上。
她接觸了我心中的音樂
化成小詩一朵。

生命の樹上
凋んだ一枝の花
わたしのこころのうちに落ちて來た
わたしはかるくかるく胸をおさへた。
彼女は心中の音樂に接觸して
一朶の小詩と化した。

我們幷立天河下，
人間已落沈睡裏。
天上的雙星
映在我們的兩心裏。
我們握着手，看着天，不語。
一個神祕的微顫。
經過我們兩心深處。

「評」で

啊，詩從何處尋？
在細雨下，點碎落花聲！
在微風裏，飄來流水音！
在藍空天末，搖搖欲墜的孤星！

とも唱つてゐる。

趙景深は、「一首として美しくないものはなく、一首として抽象的な句が過多であるものもない。冰心の欠陥を彌補してゐるかのやうだ。ただ彼の詩は人を感ぜしめるが、量は既に冰心には及ばない。彼はすべて一點の氣力を用ひようとしてゐるやうであつた。冰心のは却つて、『文章本又成、妙手偶得之』たるなものである。」と評してゐる。（「現代詩選序」）

＊　冰心、白華の外、十一年、十二年頃、小詩を作つた人は多い。徐玉諾の「將來之花園」中にも小詩が多い。徐玉諾の家鄉は河南の魯山縣であり、兵と匪との巣窟で、彼が見聞するところのものは、彼の記憶は、非常に酸苦のものであり、「陰險と防備」の社會である。隨つて、彼は記憶を捨て去りたいと念願するのである。現實の境界中で、彼に滿足を與へるに足るものは、ただ『虛幻の平安』と『夢景の美麗』な自然の景物があるだけだ。彼は自然の景物とお互いに親密なのをこの上もなくよろこんだ。親密なだけでなく、彼はよく自然の景物の中に融化陶醉し、自己を忘れるに至つた。この寫景の詩は、異常に豐富に、すべて奇妙な表現力、微美な思想、繪畫のやうな技術と人心を吸引する句調が、この類の詩は侈美なのである。（葉紹鈞「徐玉諾的詩」）

宣言

我們將否認世界上的一切——記憶！
一切個將來都在特我們心裏；
我們將把我們的腦袋，同布一樣在水中洗淨，
更造個新鮮的自由的世界。

小詩

一隻失了舵的小艦在黑暗，暗濤湧騰的海上漂着。

「旅客的蒼前山」輕歌二首

細風吹，白雲踏過林梢走，林梢常依風擺動，白雲一去不回頭，

小詩
妙寶貴的鏡呀！
■■坐一個相憐的同伴。
枯草
人生如同懸心崖上邊的一枝枯草；
被風吹折，
顛顛連連的墮落下來了。

徐玉諾の小詩には、和歌、俳句の影響を受けたと思はれるものがある。
梁崇袋の「晩禱」の中にも小詩がある。
馮雪峰の「清明日」（湖畔）
插在門上的柳枝下，
彷彿地看見簪豆花的小妹妹底影子，
馥泉の「妹嫁」
誰還逐日開這小鐘呢！（十四）
好整齊的新婦——誰料是我底妹呀！
何植三の「農家短歌」の三
新穀收了，
田事忙了，
螢火蟲照着他夜歸了。
雜句

微風：
葉兒拍葉兒的聲音呵。
夏日農村雜句
放看送飯去的籃,
徘徊籬間,
捉蜻蜓的兒童呵。
何植らの小詩には和歌俳句の影響があることが感じられる。

＊　散文詩

一、散文詩論

十一年一月一日出版の「文學旬刊」に「西諦」は「論散文詩」の一文を載せて、モウルトンなどの新説を引用し「詩的情緒と詩的想像、それが詩の本質であるが、これを存して散文を用つて表現したものが散文詩であり」「散文詩の成價はすでに虫して詩的情緒と詩的想像を表現する工具となることが出來ないものでないこと證明するに足る。——しかも、韻文に比してまだ活潑であり完全であるかも知れない」などと述べ、「中國近來散文を作る人がまた極めて多い、近來の新詩（白話詩）がみな散文的ではないが。」「多くの人が『韻に非ざれば詩となさず』といふ主見をいだいて、『散文は詩といへない』とあへていふのは、實に不合理で且つ無知である。」と言ひ、最後に、「讀者がこの文章を看て後、再び散文詩の存在に對して疑問を發生しないであらう」と述べてゐる。

この西洋の「散文論」に對して、王平陵は、「西諦兄、文中の着眼點は詩が本質が情緒と想像との結晶であり、韻の有無は問題とならないものであり、詩の本質があつて散文で表示するものが詩であり、詩の本質がなくて韻文を用ひて表示したものは決して詩ではない……といふのだが、かういつた考へは自分は西諦兄と絶對に同じである。」「新詩は本、音を尙ばない、ただ一個の音を整理すれば、自然の美を增加することが出來る」「故に、韻文詩から進んで散文詩となるのは、詩體の解放であり、また詩學の進化である。中國の墟墓のやうな文學界上においては、正に甚だ喜ぶべき事である。料らざりき、多くの祖宗の位牌をいだいて、後へ百碼競走する靑年作家が、却つて謂はれなき悲觀を發生し、無病呻吟をなし、ここで「驢でなく、馬でなく」「根底甚だ淺い」こと（胡先驌の語）少女が布を補ふやうな「詩學研究號」も刊行された。

これは、アナクロニズム（時代錯誤）でなくて何であるか！　これはコンサーベイション（保守）でなくて何であるか！」などと、「文學旬刊」第念伍號で述べた。

滕固も「論散文詩」で「詩化の散文、詩の內容が散文の行間に亘るものである。刹那間の感情の衝動が從來の韻律の束縛するところとならない。毫も顧忌なき噴吐、舒適の發展で、自ら格調を成す。これが散文詩の態度である。」といひ、「中國には從前散文詩といふ名詞はなかつたが、散文詩は却つて甚だ優れてゐる。郭沫若が云つたやうに屈原の漁夫、卜居、莊子のうちのものは散文詩といふことが出來る。莊子中にたくさんあつて、ニーチェのツァラトストラ中のものと同じ調子の思想的散文詩である。」ともいつて居る。「わが國の散文は往々論文と一緖に論じてゐる。選文家がずつとおそうもので、小品文は見ることが甚だ輕い。多くの小品文は散文詩と稱すべきものがある。子書中の短吟の外、魏の酈道元の『水經注』中の山水を寫す處は、眞に一唱三嘆すべきである。」……「從前人あり、彼の文を評していふ、その法は則ち記、その材その趣は則ち詩であると。これが卽ち散文詩の略說である。」「散文詩は讀むべき詩である。」「わが國の新詩は、大部分は自由詩で、散文詩は極めて少ない。周作人の「小河」は彼自身散文詩でないと云つてゐる。ここでわたくしは、眞の散文詩が出現し、詩壇上に一新紀元を開くことを希望せざるを得ない。」と結んでゐる。

二、魯迅の「野草」

散文詩の一つのすぐれたものとして、魯迅の散文詩について述べて見たいと思ふ。彼の「野草」には「語絲」第三期（一九二四、一二、一）に發表した「野草」をはじめ、一九二六年四月十日までの散文詩が集められてゐる。随つて全體としては、五卅時代において述べるものであるかも知れない。然し、一九二四年の作が、五篇、一九二五年の五卅事件までのが、六篇ばかりあるので、更に云へば內容の約半分が五卅直前のものであるので、ここで「眞の散文詩」が出現したことを説きたいと思ふのである。

野草（題辭）

私が沈黙してゐる時には、私は充實を覺える。私が口を開こうとすれば、同時に空虚を感じる。過去の生命はすでに死亡した。私はこの死亡に對して大いなる歡びをもつ。これによつて私はそれの曾て存在してゐたことを知るからだ。死亡した生命はすでに朽腐した。私は朽腐に對して大いなる歡びをもつ。これによつて私はそれの空虚でなかつたことを知るからだ。

生命の泥土は地面に委棄されて、喬木を生ぜず、ただ野草を生じたばかりだ。これは私の罪過である。

野草は、根が深くない。花と葉とも美しくない、けれども露を吸いとり、水を吸いとり、陳き死人の血と肉とを吸いとり、各々は互いの生存を奪ひとる。生存してゐる時には、なほ躊踏に遭ふだらう、刪刈に遭ふだらう、死亡して朽腐するまでは。

だが私は心平らかに、心喜んでゐる。私は大いに笑ふだらう、私は歌唱するだらう。

私は自ら私の野草を愛でる。けれども、私は野草で裝飾されたこの地面を憎惡する。

地火は地底に運行し、奔突する。溶岩は一たび噴き出せば、一切の野草を焼き盡くし、喬木にまで及ぶだらう、かくて朽腐すべきものもなくなつてしまう。

…………

私はこの一叢の野草で、明と暗、生と死、過去と未來との際にあつて、友と讎、人と獸、愛するものと愛せざるものとの前に獻げて證とする。私自身のため、友と讎との、人と獸との、愛するものと愛せざるもののため、私はこの野草の死亡と朽腐とが、火の如く速やかに來ることを希望する。さうでないとすれば、まず私が生存したことはないことになる、それはまことに死亡と朽腐とより更に不幸である。（一九二四、四、二六）

「野草」英譯本（一九三〇年一一月五日刊）で、「大抵は僅かな時に應じてものした小感想である。その頃直言することは困難であつたので、時には措辭が頗る曖昧になつた。……當時、盛んに行はれてゐた失戀詩を風刺するために、「私の失戀」を作り、社會に傍觀者の多いことを憎惡したために「復讎」第一篇を作り、又青年の消沈を警＊したために「希望」を作つた。……だから、これもかく言ひ得る、大半は廢れ弛んだ地獄の沿邊の慘しくもささやかな花であり、勿論のこと美麗であるはずがない。けれどもこの地獄も必ずや失ひ去られるだらう。これは幾たりかの雄弁と辣手とを有し、しかも當時まだ志を得ていなかつた英雄達の顔色と語氣とによつて私に告げ知らされてゐたことである。私はそれ故「失はれた好い地獄」を作つた」「やがて、私はこのやうなものを作ることも出來なくなつた。日々變化してゐる時代には、もはやこのやうな文章、甚だしきに至つてはこのやうな感想の存在も許されぬ、それも結構なことであるか……」

この「野草」を貫くものは絶望的な暗い思想である。虚無的な様相さへも呈してゐる暗さである。然し英譯本の自序にもあつたやうに、それは決して單なる虚無的暗さではない、測り得ぬ深い絶望のどん底で、然もなほ中國民族の未來についてひしかれてもひしかれても消えぬ希望をもつてゐた。民族革命の熱情をもつてゐた。それが結晶的に表現されたものが、これらの散文詩であり、「野草」である。

一、「學衡派」の詩論

中國の傳統的な舊體詩は、依然として清朝遺老の人達の手によつて維持されて來たが、白話詩を嘗試した人にも彼が廢棄を宣言した舊詩の世界へ歸つて行くものが出て來た。一方で新詩を創作しつつ、一方では舊詩を創作するといふ人達もあつた。康白情の如きはその代表的な人物である。彼には舊詩を集めた「河上集」がある。十年、十一年頃、舊詩復活の聲が盛んとなり、「新詩人偶作舊詩問題」が論議された。例へば、民國十年に、「南京東大」月刊が「詩學研究號」を出して舊詩を提倡し、「上海時事新報」の副刊「文學旬刊」上で、斯提の「骸骨之迷戀」なる一文を中心に、吳文祺、許池山、王平陵、劉延陵などが討論した。民國十一年には、「新詩人倡作舊詩」が論議された。劉大白は「古典主義の作品にも、自づからその價値がある。決して全く抹殺することは出來ない。われわれは、かの頑固な老先生が極端に新詩に反對するものに對しては、彼等は骸骨に迷戀するといふことが出來、劇烈な攻擊をするが、新詩を作る人が偶々舊體詩を作るといふに至つては、決して大逆不道なものではない。格律の美は整齊和諧の美である。この種の美は美學上承諾する所のもので、深く非難することは出來ない。われわれが反對するのは、その流弊であつて、表現の自由を制限するからである。……だからわたしは新詩の作者が偶々舊詩を作るのに反對しない。」(「新浙江報學園」十一、九、二十八)といふ意見を述べた。新詩を作りつつ舊詩に對しても牽引されるところのあつた、草創期の新詩人達の態度を代弁してゐるといへよう。

この舊詩への復歸、それは又新詩に對する懷疑と不滿の現れとも考へられるのである。これを強調して、舊詩復活の中心となりその影響も甚大であつたのが、學衡派の詩人達であつた。これは決して「老先生」ではなくして、外國文學の研究も深い青年達であつた。「學衡雜誌」は民國十一年十一月に創刊され、吳宓が總編輯に當たつたもので、民國二十二年まで七十九期を出した。これに詩作を發表したものは、柳詒徵、胡先驌、邵祖平、吳芳吉、吳宓等であつた。新文學にとつては、林琴南の反對についだ、二回目の大きな反擊であつたと云へる。

その最初、反攻を試み、學衡派の論客として新文學者に反動の中心人物の如く考へられたのは、胡先驌であつた。即ち彼は民國八年三月、「東方雜誌」十六卷三號に「中學文學改良論」を發表して、「陳胡のゐる所は、固より精到採る可き處がないではないが、偏激にすぎ、遂に噎によつて食を廢するの譏を免れない」「簡易な文言を用ひないで、必ず駁して不純な口語を以て之に代へるか」「白話で詩を作つて、始めてよく實を描き、よく意を述べると考へて、初より白話を適用するか否かといふことは一つの事で、詩が詩であるか否かは又一つの事であることを知らない。」「白話で全く文言に代へることが出來ない、或はよくそれ代へても十分ではない」といふことを中西の例證を擧げて論じ、「今日に居つて新文學創造を言ふには、必ず古文學を以て根基となして、これを發揚光大にすれば、前途はまさに限量すべからず、さうでなければ徒に自ら苦しむだけだ。」と結論した。これについては、羅家倫等が駁論を試みて、更に十一年一月、「學衡」第一期及び第二期に「評嘗試集」をかかげて、胡適の詩に痛烈な評をあびせたことは既に述べた處である。

同じく「學衡」第一期に梅光蕓は「評提倡新文化者」をかかげ、「彼等は思想家ではなく詭弁家である、」「彼等は創造家ではなくして模仿家である」「彼等は學問家ではなくして、功名の士である」「彼等は教育家ではなくも政客である」の四項目をあげて激越な口調を以て非難した。「わが國數千年來、地理的關係で凡そその近鄰皆文化程度遠くおつてゐたから、孤行創造、外助を求めず、以てこの燦爛偉大な文化を成した、先民の才智と魄力と、その慘淡經營の功とは、吾人をして自ら蒙せしめるに足るものがある。今は東西郵通し、較量觀摩し、凡そ人の長は、皆以て吾が短を補ふに足る。乃ち吾が文化史上千載一時の遭遇で、國人の歡舞慶幸すべき所である。然し、わが文化既に此の如し。必ず發揚光大すべきものがある。久遠に摩滅すべからざるものが在る。……國有文化を改造し、他人の文化を吸取すると、皆先づ徹底的な研究があり、その上に明確な批判を加へ、精當な手續きで千百中西に融貫する通儒大師を合し、國人を宣導し蕞として風氣を爲せば、四、五十年後、成功必ず見るべきものがある。」と論じた。

「學衡雜誌」第四期には、吳宓が「論新文化運動」において、「文章は古今の大作を模仿することによつて成る」ことを中西文學者を例擧して「白話詩が、前人の詩を擧げて、悉く焚毀廢棄して讀まない如き」ものはないと論じた。

呉芳吉、又三度「吾人眼中之新舊文學觀」を論じ、胡適の八不主義、歴史的文學觀念について所見を詳細に具陳した。（「呉白屋先生遺書」巻二十）

＊　胡先驌、字は歩曾、江西新建の人。光緒二十年（一八九四）生れ、アメリカ、ハーバート大學科學博士、植物分類學者。梅光蔫、字は蔫生、安徽宣城の人。光緒十五年（一八八九）生れ、同じくハーバート大學碩士、英文學者。呉宓、字は雨僧、猍西翮陽の人。胡先驌と同年生れ、ハーバート大學碩士。彼等は三人ともアメリカ留學生であり、同じくハーバート大學に學んだ人達で、この當時は南京東南大學に一緒に職を奉じてゐた。北京大學に對する東南大學といつた狀況を呈してゐた。林紓は純然たる衞道の熱忱から出で、傳統的な立場に立つて、新文學に反對したのだ。然し胡梅遠は古典派の立場に立つて、西洋文藝の理論を以て論爭したから、林琴南の時とはその勢、その影響が比較にならず、彼等の主張に共鳴する青年達も相當あつた。東大月刊「詩學專號」を中心として何ヶ月かの論爭も彼等對新文學者との闘ひであつた。

彼等の所論、作詩態度は前掲の論文によつてもその一班を窺へるのであるが、更に詳しく呉宓の論ずるところを述べて見よう。その論詩、作詩の宗旨が黃公度に基づいてゐることは彼の「甚だ鄭重に聲明」してゐるところである。（「空軒詩話」）

「作詩の法、須らく新材料を舊格律に入れるべきである。卽ちなほ古近の各體を存して、舊有の平仄音韻の律から、その他の藝術規矩まで、悉く保存し、遵依すべきに、舊日の詩格を更張廢棄すべきでない」「新體白話の自由詩に至つては、その實竝に詩ではない、決して作つてはならない。」「凡そ詩を作る者は、首めに格律韻調は皆詩人を輔助する具であつて、天才を阻抑するものでなくして、わが友であつて敵でないことを知らなければならない。これを信じて後、詩を談ずべきである。今日、舊詩が世の詬病となる所以は、格律の束縛によるのではなくして、實は材料の欠乏によるのである。……文學創造家の責任は、須らくよく今の時、今の地の見聞する事物、思想、感情をも寫さなければならない。しかし又必ず歷來相傳の文章の規則に通じ、描き出して後、能く優美鍛錬な藝術となるのである。卽ち、新材料と舊格律とのこの二者を兼ねることは甚だむつかしい。しかし、これを兼ねて始めて文學創造の正軌に合するのである。今、わが國の詩を改良せんと欲すれば、よろしく杜工部を師とすべきで、新材料を舊格律に入るべきである。」(「論今日文學創造之正法」)「舊詩を作るものは、必ず嚴格に舊韻を遵守すべきである。」「作者個人を單位として、現代人及び各地の方言土語の讀者を遵守する」ことに反對であつて、「既有の公共標準を維持し韻本の區分するところ、規定する所に遵依し格律を嚴にして、藝術を尊ぶ」といふ態度であつた。(「詩韻問題之我見」)彼は「新舊材料格律を選擇してゐるものを次の四つに大別してゐる。」

甲　舊材料――舊形式　(例)鄭海藏

乙　舊材料――新形式　(例)某某等之語詩體

丙　新材料――舊形式　(例)黃公度　吳芳吉

丁　新材料――新形式　(例)徐志摩

但し、「現代極めて舊派の人が、表示するところのものも、亦現代人の思想感情であるから、右表には自づから欠點がある。但し、ここでは舊とは中國を指し、新とは西洋を指し、舊とはすでに曾て中國詩文中に既に見えてゐるものを指し、新とはなほ未だ見えずして、今始めて中國詩文中に見えるものを指す。」とことわつてゐる。彼自身は「竊かに自ら丙途の作者の後に附す」と述べてゐる。(「論詩之創作」)「新材料を舊格律に入れるには、格律は相當の變化があらざるを得ない。但しその變化は必ず自然に出で外より鑠するものではない。」(「評顧隨無病詞味辛詞」)「今世事變の繁、人情の異によつて體製變ぜざる能はず、」「民國の詩には民國の風味があるべきで、格調變ぜざる能はず、吳宓は、唐詩を尙び、胡先驌は宋詩を主として所謂江西派に屬するものであるが、新舊の詩に對する考へ方は概ね同じであるといへよう。さて、この學衡派の詩人の中で、最もすぐれた詩人としては吳芳吉を推さなければならない。

＊　吳芳吉、字は碧柳、別に白屋吳生と號す。四川江津縣の人。光緒二十二年(一八九六)に生れ、民國二十一年(一九三二)五月九日沒した、年三十七。時に江淮中學校長。「今の世に居り、高尙優美な行の開明活潑の際に適するものがなければならない、これ意境の變ぜざるを得ないのである。」「故事を典雅となし、僻異を淵博となし、出處を高古

となし、堆砌を縝密となす」が如きは不可であつて、「辭章の變ぜざる能はざるものである。」結局、彼の理想とする新詩は「中國の人、中國の語、中國の習慣により、處處新時代に合するものであり」、新派の詩と彼の所謂新詩とは、「源を一にして流を異にするものであり、因を同じくして果を異にするものである」（吳芳吉「白屋吳生詩稿自敍」）

文學に對する態度は、1、文學に從事することは終身の事業であつて、何時卒業すると決めるべきものでない。文學愛好の熱誠で、古人、今人、世界、冥冥に學習して永遠に小學生の態度である。2、文學の美一家一派のことごとく右すべき處なく、それぞれ短所があるから、その長をとつて、短を去り、自分の輔導とし一切を容受する態度をもつ。3、人倫の貴ぶべきは互助集樂生である。崇本守先の態度を有す。4、文學は政黨ではない。人我竝存の態度を抱く。5、文學の敗亂、今日に至つて極まる。復古固より無用、歐化亦全功にあらず……創新の道は、乃ち復古歐化の外に在り、愈〻難しい所以である。速やかに成功を求めない態度を有す。6、失敗を怕れない態度。7、文によつて德を進め、德によつて文を修める態度をもつ。8、永く改進向上の態度をもつ。（吳芳吉「再論吾人眼中之新舊文學觀」）

吳芳吉の詩について、陳詮は「中國近代詩人、新舊に論無く、われ未だ能く吳君に比擬するものを見ざるなり。中國近代文人、われ未だ藝術に忠にして萬苦千辛を經て悔いざる吳君の如きものを見ざるなり」（「大公報文學副刊」臺四十五期）と評して居る。吳宓は、「君幼より舊詩を作る、盛唐を以て宗となし、尤も力を漢魏樂府に得たり。才氣橫溢して、格律亦頗る深細。文學革命に値うに至り、新詩初めて興り、君亦多く新詩を作る。天性篤摯、感情に富み、又深く舊詩の格律を研す、故に作る所自づから特長あり、衆と同じからず。……その後また舊詩を作る。造詣宏深。ただし君の舊詩は終に人と異なる。蓋し、眞によく新詩舊詩の意境、材料、方法を一讃に熔合せるものであつて、近二、三年作る所更に新影響多し。その變化正に測るべからざるなり。」と評し、特に民國五年春、西安圍城の難に遭つた時の作品が最も佳いと推賞してゐる。（「吳芳吉傳」）

＊　1、黃師は詩學、詩教、詩法を兼ねて詩を作る。卽ちその全部の生活及び精力、悉く用ひて作詩の預備となす。……

作詩矜愼にして全力を以てこれに赴く、故に黃師の詩は精。2、黃師今昔の詩について比觀すれば、亦摸彷によつて創造に進むを見るべし。民國十三年以后の所作、完全に陳言を脫去し、蕪詞を删落し、句句字字、作者自己の情志を表現しており、その情志も亦日に益々高尙偉大堅實篤至、同時に技術已に熟諳精通して、運用靈活、表現意の如く、絕えて技術に窒累されてゐない。故に黃師匠十年中作る所尤も佳なり。（吳宓「空軒詩話」）

甲子（民國十三年）中秋　黃節

雲意深陰失月明、始知兵氣滿秋城、
十年北客惟傷亂、双柝南街不斷聲、」
嬌女別期方細數、故園安問更無程、
可憐萬里清輝夜、不見良時鼓樂生、
〔始知兵氣（時に奉直二次大戰將に起こらんとす）〕

己未（民國八年）次韻遜敏齋主人落花四首　陳寶琛

冶蜂痴蝶太倡狂、不替靈修惜衆芳、
本意陰晴容養艷、那知風雨促收場、」
昨宵秉燭猶張樂、別院飛英已命觴、
油幕彩拖竟何用、空杖斜日百廻腸、

後落花詩四首　錄一　仝右

驀地風來似虎狂、荃蘭曾不改芬芳、
誆誆留坐春三月、草草辭枝夢一場、」
含笑蜜脾從汝割、將離婪尾有誰觴、
無端更茹冬青痛、天上人間總斷腸、

この首、民國十三年、馮玉祥、兵を以て清帝の出宮を逼り、故宮の珍寶を劫取せしを指す。

于右任（號は騷心）の詩は、蒼涼悲壯、勁直雄渾にして、廻腸盪氣、人を感ぜしめること甚だ深く、今において自づから一格を成してゐる。「右任詩存」（世界書局）、「右任詩存箋」がある。

與王子元謁橋陵遇雨

路下雕陰灣復灣、鸞翔鳳翥見橋山、
彌天風雨傷今日、垂老崎嶇過此間、」
獨創文明開草昧、高懸日月識天顏、
干霄古柏摩挲遍、掛甲何人亦等閒、

（吳宓　この詩、民國七年の作、碧柳「游昭山詩」は卽ちこの詩の格調に倣ふ。）

民國十年の作である「民治學校園雜事詩前後二十首」については、「花草植物の色性を以て、英雄志士の懷抱に喩へ、自然と人事を融合して、又能く自我を表現し、その上、新名新意を舊格律に熔入し、乃ちわれわれが創造の正途であると認めるものである」と、吳宓は評している。（空軒詩話）宓の西征雜詩は多く民治園詩の格調に效ったものであると、彼自ら述べてゐる。

「後十首」の二を錄す。

一夕相驚已白頭、天荒地變見殘秋、
心如落葉飄難定、身似棲鴉繞幾周、」
豈料奇花爲敗醬、應憐異草亦含羞、
嗟予蓬轉無寧日、脷圃芝田何處求、

十月之交雨一犂、曹騰盤馬灞陵西、
東征大隊驅河洛、北伐偏師起晉齊、」

盡殪渠魁消闟閲、廣博文化到群黎、
荒鷄四唱天難曉、又夢鸞凰枳棘棲、

＊ 李思純　字は哲生、成都の人。榮縣の趙熙の詩弟子。パリ大學で文學、史學を修む。フランス古今著名の詩凡そ七十篇、三百七十六首を譯した。（「仙河集」仙河＝セーヌ河）呉宓評す、「譯詩精確にして能く神を傳う。卽ちその篇幅數量の多き、フランス文學史上各時代を代表し、前後完整して一統系をなす。亦わが國西洋文學を翻譯紹介するもの、いまだ見ざる所である。創作詩多く「學衡雜誌」にのせ、一時「學衡雜誌」の編輯にあたつたこともある。その詩については、「歐州旅途の風景を描寫し、新材料を以て舊格律に入れてその詩作成また甚だ工美、風情婉約、辭採明麗、人をして愛誦して釋くに忍びざらしむるもの、朋友中李思純に若くものなし。」

＊ 「風沙集」の著者、王越（字は士略）、「血涙集」の盧葆華女士、「反五苦詩」の蕭公權等がある。

＊ 蔣光赤（一九〇一―一九三一）錢杏邨と太陽社（中國最初のプロレタリア文學團體）を組織し、（一九二七）「太陽」「新流」「拓荒者」等を主宰したが、一九三一年、上海で病沒。年三十一。

第三編　極盛期（「五卅事変」――民国十九年）

第一章　革命詩派新格律詩派象徴詩派の分立

民國十四年より滿州事變に至る間の中國は、軍閥の惡勢力と、外國帝國主義の猛侵と、共產軍の暴擧とによつて織り成された、暗黑の高潮期であつた。

嘗て彼等の先輩は辛亥革命を敢行した。併し、それは只名のみのものであつて、實が伴はなかつた。清朝打倒には成功したとは云へ、軍閥は依然として不動の勢力を有し、却つて年とともにその實力を增大する傾向をすら示すに至つた。今、試みに民國十五年左右の軍閥の形勢を一瞥して見よう。湖北河南の兩省より直隸の保定大名に及ぶ一帶、京漢線の全部をその勢力範圍とする、直隸系嫡派の吳佩孚が居り、孫傳芳また南京を根據地と爲し、江蘇・浙江・福建・安徽・江西の五省を支配下に置き、かの張作霖も民國十四年頃にはその勢力遠く上海におよび、孫傳芳の蹶起によつて江蘇安徽を失ひしとは云へ、尙北方に一大勢力を有して居た。以上の三巨頭の外、國民黨の友軍的立場を保持する馮玉祥、山西に據ること多年なる閻錫山、彼等も亦一方の雄たる實力を持つて居た。

勿論、彼等軍閥がすべて世を毒したとは云へないが、（閻錫山の如き、善治を施し永く省民の感謝を受けたから）この群雄割據的狀態に對して、「久しく所謂中華民國無きに似たるを感じ」、「革命以前は奴隸であり、革命以後久しからずして、奴隸の騙りを受け、彼等の奴隸となつたと感じ」（「華蓋集」）たのは、魯迅のみではなかつた。ここに於て、再度の革命的現象が要求される事となり、國民革命軍の北伐（十五年六月）となり、やがて國民政府の成立（十六年四月）となつた。併し、國民政府が局部的にもせよ、實力を具備するに至つたのは、尚この期の末、次期の事に屬する。

一方、外國帝國主義の壓迫は、端を日本紗廠の勞働問題に發し、漢口事件黃州事變を誘起した、かの所謂「五卅慘案」（十四年五月三十日）となつて現れ、英國軍隊の機關銃火を蒙つた結果、排英運動が暫く一風潮を爲した。次に、十六年十二月には共產軍の廣州事變あり、「蘇維埃共黨政府」の瞬間的設立となり、國民政府の討共の端を開き、共產軍の暴擧に對する怨惡の情はやがて排蘇運動となつた。更に、十七年五月には例の「清南事變」の勃發あり、かくて排英排蘇から排日へと、國民感情は推移して行つた。

以上の如き國內外の重壓の下に於て、然も所謂世紀末的思想の洗禮をも受けた詩人たちは如何なる道を辿つたであらうか。

詩人は（特に青年詩人は）、激烈な感情の持主であり、尖銳な神經の所有者であり、善美の眞摯な探究者である。彼等の內、氣力に於て優り、反抗精神のより強烈なものは、この暗黑の重圍の裡に生きつつ、尚新人生創造の夢を捨てず、現實打開の斧を振り翳し、反抗のラッパを吹奏し、ついには藝術の園を降つて、ペンを劍ともなしたのである。所謂「革命的浪漫詩」の作者、「新興階級」の歌頌者達が、この一群である。

次に、彼等程強固な意志力を有せず、求めても焦つても理想は實現されず、熱情は徒らに發散してしまうので、遂に「あきらめ」の魂を抱いて、俗惡な社會を嫌惡し、逃避し、象牙の塔に閉じ籠つて、藝術の涅槃境に眞晝の夢を觀ぜんとし、彫心鏤骨の技に失するの餘り、時に造花の製作者ともなつた人達が居る。所謂「新月派」の詩人を初め、「新格律詩」の作者達がそれである。

第三に、藝術至上主義者たる點に於ては前者と同様であるが、彼等の多くが外國留學中であつた關係上、多分に所謂世紀末的思想の影響を受け、母國の混亂を思ふ悲哀絶望とが一つになつて、虛無頽廢へと沈澱して行き、刹那の歡樂に醉つては、醒めたる朝のより深刻な哀愁を味はつた。幻影の光明に過ぎぬと知りつつ、尚且つそれを求めざるを得なかつた程、光明の飽くなき追求者であつたとも云へよう。そこで彼等が心の糧と爲したものは、佛國象徵派の詩歌であり、頽廢の雰圍氣の中で、嘗て佛國の象徵詩人達が爲せし如く、胸に去來する幻想を、幽暗朦朧たる「音」と「色」によつて象徵することに、せめてもの生き甲斐を感じたのである。「象徵詩人」と呼ばれる人達がそれである。併し、「革命文學」が文壇の主流の如き觀を呈するに至つて、彼等の多くは思想的轉換を爲し、「純詩」の作者より革命の宣傳者へと轉身して第一者と合流した。

當時の詩壇を大體以上の三派に分類する事が出來る。勿論これは飽くまでも大體の分類であつて、純然たる單色のものもあれば混合色のものもあること、云ふまでもない。又、かうした分立はこの期に至つて突如として起つたのでなく、既に前期に於てその傾向のあつた事は、相當明瞭にして來た積りである。

第二章　革命詩

ロマンティシズムの多くの要素の中に、反抗的革命的精神の有ることとは、既に述べたのであるが、それが特に強調されたものが所謂革命的浪漫詩であり、自我の解放と云ふロマンティシズムの根本要素が階級の解放となる時、そこにプロレタリア詩が生れるのである。随つて、浪漫詩から革命的浪漫詩となり、或はプロレタリア詩となる事は、その當初より予約されて居たとも云へよう。

云ふまでもなく、革命的浪漫詩人はすべて反抗を高唱するのであるが、國家主義的立場に立つ者は、外國帝國主義を呪詛し、中國の再起を熱望する。したがつてその詩は愛國の熱情にふるへ、民族愛の高鳴りを傳へる。一方、世界主義（共産主義）の立場に立つ者は、資本主義打倒を叫び、新興階級への同情の聲を洩らし、現實を暴露する者の悲哀と新社會を熱望する者の怒號とがある。前者を愛國詩人と假稱すれば、後者を社會詩人とも名付け得よう。勿論これは比較的の言であつて、愛國詩人時に階級的反抗の叫びをあげる事もあれば、社會詩人また反帝愛國の熱情を吐露する時もある事は云ふまでもない。

さて、この革命的浪漫主義の道上に、一大ラッパ手の役目を以て登場し、主として愛國の激情を詩に盛つた者は、「新夢」「哀中國」の作者蔣光赤であつた。

第一節　愛國詩人蔣光赤

蔣光赤（後光慈と改名す）がソヴィエートロシアより歸國し、その「在俄の成績」（「記念碑」）と彼自ら語つて居る詩集「新夢」を、「東方の革命青年に獻じ」（「詩集序」）たのは、「五卅事變」直前の事であつた。彼は蘇俄留學生であつたから、當然左翼主義的思想の抱懷者であり、マルクス・レーニンの信徒である。そして、小說に於ては、相當濃厚にプロレタリアイディオロギーを發揮して居り、詩集の中でも、或は「十月革命」を謳歌し、或はレーニンの死を哭し、その墓前に於て熱烈な思慕の情を洩らして居るけれども、「新夢」一卷の根基を爲して居るものは、異境に在つて、帝國主義の蹂躪下に呻吟しつつある同胞民族を思ひ、その奮起を願ふ、熱烈火の如き民族愛の結晶である。

例へば、「太平洋中的惡象」の詩で、

仔細的聽呵！
「遠東被壓迫的人們起來罷，
我們拯求自己命運的悲哀，
快呵，快呵，……革命！」

と云ひ、「中國勞働歌」で、

他看，他的吶喊聲是多麼熱烈；
打破帝國主義的壓迫，
恢復中華民族的自主；
這是我們自身的事情，
快呵，快呵，快動手！

と言つて居るが如き、その一例である。
又、バイロンを懷いて、

拜輪呵！
儞是黑暗的反抗者；
儞是上帝的不肖子；
儞是自由的歌者；
儞是強暴的勁敵。
飄零呵，毀謗呵……
這是儞的命運罷，
抑是社會對於天才的敬禮？
（「懷拜輪」）

と詠じ、「詩人の偉大さは彼が能く一切の暗黑に反抗し得るに在る。帝國主義者が中國人を遇することは暗黑極まつた。私は反抗する、如何なる事があらうとも反抗しなければならぬ。」（記念碑）と悲憤し、「私は一個の革命詩人であり、私は一個の反抗者である。わが將來の生活はたぶん飄泊流浪であらう。」（同上）と語つて居る如く、結局彼は一個のロマンティストであり、我々は彼に熱烈な反抗兒バイロンの面影を見るであらう。

彼は「新夢」に次いで、同じく十四年に「哀中國」を世に送つた。歸國後の作品を集めた最初の詩集である。四十五年の飄零流浪の旅から歸つた、この愛國詩人蔣光赤、バイロン型の革命兒は、上海の現實社會に直面して如何に感じたか？「過年」の詩の第二節で、

今年我從那冰天雪地之邦，

回到我悲哀祖國的海濱；
誰知海上的北風更爲刺骨，
誰知海上的空氣更爲奇冷。
比冰天雪地更爲慘酷些的海上呀！
儞逼得無衣的遊子魂驚。

と彼は云ひ、『記念碑』中では、「上海は中國資本主義の最も發達せる土地であり、帝國主義が中國民衆を壓迫する事最も明顯なる區域であり、金錢の勢力、外國人の氣焰、社會の暗黑、……何一つ私の心靈と衝突しないものはなく、之に因つて私の反抗精神は大いに增加した。」と云つて居る。更に彼は「中國唯一の革命の領袖孫中山」（同上）の死に遭遇し、又所謂「五卅慘案」の勃發あり、益々その反抗精神革命精神を倍加して行つた。

『中國文學史綱要』の著者賀凱は、同書に於て、彼蔣光赤を「工農文藝の始倡者」と稱し、「彼の描寫の對象は、大半小資產階級の行動であり、プロ階級の生活ではない。故に彼の成功は只プロ文學の先驅をなした事である。」と云つて居るが、蔣光赤自ら、「群衆運動に對して充分の同情を表す。」（「記念碑」）と云つて居る如く、「工農文藝の始倡者」とか、「プロ文學の先驅」とか云ふ程のものではないと思ふ。少くとも試作の範圍內では、彼に「愛國詩人」の名を冠してよいと考へる。

滿國中外邦的旗幟亂飛揚，

滿國中外人的氣燄好猖狂！
旅順大連不是中國人的土地麼？
可是久已做了外國人的軍港：
法國花園不是中國人的土地麼？
可是不准穿中服的人們遊逛。
…………
滿國中到處起烽烟，
滿國中景象好凄慘——
惡魔軍閥只是互相攻打呵，
可憐小百姓的身家性命不值錢——
…………
我悲哀的祖國呀！
𠕇快興奮起來罷！
𠕇快振作起來罷！
𠕇豈眞長此的頽倒，
永遠地——永遠地受蹂躪嗎？
（「哀中國」）

この「哀中國」の一詩を以て、彼の詩作の代表とも見做してよく、同時に、當時に於ける國民感情の代弁であるとも云へよう。

彼には前二集の外、「鄕情」（民國十七年出版）「哭訴」（十八年出版）の二集がある。同様の作品であり、別に論及の必要もない。

さて、詩を通して見た彼の思想は以上の如くであるが、詩そのものの價値は果してどうであらうか？彼は當時の新詩の作者達に對して、「彼等の作品は眞に形を成さぬものであり、內容方面に於て彼等は固より取るに足らず、卽ち技術方面に於ても、彼等は幼稚極まるものである。詩と白話とを混淆し、何が白話であり何が詩であるかを判然と認識しない。勿論、新詩は白話體を用うべきものではあるが、併し決して一切の白話がすべて詩であるとは云へぬであらう。」（「記念碑」）とその欠點を指摘して居るが、この言葉をそのまま彼に返上してもよいかと思ふ。柳亞子は、「蔣光慈の詩は、彼を攻擊する人達が非常に多いけれども、私は却つて新詩界の一巨人であると認める。彼の思想と意識とは郭沫若よりも進步して居る。不幸若くして沒し、技巧上には十二分の完成が無かつたかも知れないが。」（「創作的經驗」）と云つて居るが、思想と意識とが郭沫若より進步して居るか否かはともあれ、彼が尙この世に生を續けたとしても、技巧上十二分の完成があつたか否かは甚だ疑はしい。沈從文が、「蔣光慈は彼の成績上に於て、決して彼の友人達があんなにも高く評價したいと感ずる程價値あるものではない。」（「現代詩歌論文選」、「我們怎麼樣去讀新詩」）と云つて居るのに同意する。

結局彼の詩は、當時多くの人々が批評した如く、標語口號式なるものであり、粗俗淺薄なものであると評していいと思ふ。同時に、柳亞子が、「以後詩壇上に頭角をあらはすものは、私の考へによれば、必ず光慈に繼いで起る一派の新詩人であらう。」（「創作的經驗」）と予想した如く、彼の影響は今日中國の最も尖端的な若い詩人の間に脈々として生きつつある事も肯定しなければならない。

第二節　思想轉換後の郭沫若の詩

郭沫若の左傾思想が既に「女神」に胚胎し、民國十三年に河上肇の著書を翻譯する事によつて、半意識狀態より意識的へと進展した事は既に述べた所であるが、十五年に至り、廣東大學の文學院長となつて、その左傾思想を宣傳し、更に蔣介石の下に政治宣傳科長として北伐軍に參加活躍した。爾後、或は共產軍に身を投じ、逮捕令を發せられては日本に亡命し、十九年中國左翼作家連盟結成されるや參加し、國民政府の大彈壓に遇つて再び日本に亡命した。民國十六七年頃隆盛を極めた「革命文學運動」の大本山は彼等の「創造社」であり、彼は所謂新興階級文學の最も有力な先驅者提倡者の一人（代表者と云つてもよ）であつた。

斯の如く一面實際運動に從事し、一面「革命文學」を提倡した時代に、彼が詩壇に贈つた詩集は「瓶」「前茅」「恢復」である。

「瓶」は民國十四年の作であり、翌十五年四月、「創造月刊」第一期上に發表されたもの。「獻詩」を除いて、四十二首より成る抒情長詩である。

我已枯槁了多少年辰，
我已訣別了我的青春，
我的心旌呀，
儞怎麼這般搖震？

我是憑倚孤山的水亭，
她是佇立在亭外的水濱，
我的心旌呀，
儞怎麼這般搖震？　（第四首）

と青春時代は既に過去のものとなつたと考へて居た者が、「放鶴亭畔の梅花」（第三首）にも譬うべき、「姑娘」に、「心の旗のはためき」を覺え、

呵呵，儞個有生命的
泥塑的女祇！　（第五首）

と寂しがり、出した便りの返信を待ちこがれては、

儞眞冷眞冷眞冷，比這寒天的深夜還冷！
我如今跨着一個火盆，嘔着我的寸心，
我這將破未破的寸心，總在我胸中作梗！　（第十首）

とかこち、便りが訪れては、

儞這玉緘一封
好像是騰黃飛下九重，
我要沒世地感思不忘。
（第十一首）

と喜び、又空しく便り來ぬ幾日かあれば、

北冰洋，北冰洋，
有多少冒險的靈魂
死在了儞的心上！
（第十四首）

と嘆じ、罪なき郵便配達夫に對してさへ、

哦，奇怪，無賴的郵差！
儞偏偏在和我們鬭才！
儞把她的信筒兒藏在報中，
空便我又飽受了一番心痛。
（第十五首）

と呪罵の聲を投げつけ、「慧心なる姑娘」より「清香」を放つ梅花を贈られては、

呵，姑娘呀，儞便是這花中魁首，
這朶朶的花　我看出儞的靈眸。
我深深地吮吸着儞的芳心，
我想——呀，但又不敢動口。

と云ひ、「われ若し死せんとする時、この花を胸に呑まん。」と感激し、そこで彼は幻想裡の人となる。梅花屍の中にありて五個の梅の實となり、やがて梅林となり、愛人琴を攜へて訪れ、その清繚なる琴の音に應じて梅花亂れ散り、あはれ識る春の風そを吹き寄せて一座の花塚となし、鶯飛び來りて歡びの歌を唱ひ、

清香在樹上飄颺，
琴絃在樹下鏗鏘，
忽然間一陣狂風，
不見了彈琴的姑娘。

風過後一片殘紅，

把孤坟化成了花塚，
不見了彈琴的姑娘，
琴却在塚中彈弄。
（「鶯之歌」）

と、鶯その歌聲を收めるに至つて現實の人となる。
以後、或は愛するおとめが信中で「あなた」と云へるに歡喜し、

我看她的來信呀，
有一個天大的轉徙
前回是聲聲『先生』
這回是聲聲『儞』。

啊，『儞』！啊，『儞』！啊，『儞』！
這其中含蓄着多麼的親意！
（第二十一首）

と云ひ、又苦惱の裡に沈んでは、

新鮮的葡萄酒漿

変性了一瓶苦汁，
姑娘喲，我謝儞厚情，
這都是儞賜我的。

人如要說癡愚，
我眞是癡愚到底，
我在這烯莽的沙漠裏面，
想尋滴清潔的泉澌。

我新種的一株薔薇，
嫩芽兒已漸漸瘦了，
別人家着見我的容顏，
都說是異常枯槁。

（第二十五首）

と云ひ、又

沈深的地獄化成天堂，
啊，晚風是這様的淸香，

無聲的音樂在空中盪漾，
歡笑笑滿了我的玻窗，
鄰舍的時鐘也發出悠揚的聲響。
啊，一瞬化成了久長。

（第二十七首）

と云ふ程の喜悦を感ずる日もあつたが、「お兄さま！あたしお便りを書く時に、かう貴方を呼びますし、これから貴方に會ふ時も、またかう貴方を呼びませう。貴方はいいと仰言るの、それとも惡いと仰言るの？」「ほんとに貴方の妹と、なるのがあたしは嬉しいの。いついつ迄も私を、貴方の可愛いい妹と、見做してほしいと存じます。」と云はれて、

呵，眼涙喲，儞又潛潛欲墜！
儞何不倒向心流，
熄盡我胸中的焦火！
淹死我這個無謂的哥哥！

（第三十五首）

と苦惱し、果ては

我羨儞青年臉上的紅霞，

我羨儞沈醉春風的桃花，
我怨儞怪不容情的明鏡呀，
我見儞便只好徒傷老大。

呵，我這眼畔的皺紋！
呵，我這臉上的灰青！
我昨天還好像是個少年，
却怎麼便到了這樣的頹齡！
呵，我假如再遲生幾時，
她或許會生她的愛意。
我與其聽她叫我哥哥，
我寧肯聽她叫我弟弟。

不可再來的青春喲，　啊，
儞已被吹到荒郊了。
不肯容情的明鏡喲，　啊，
儞何苦定要向我冷嘲！

（第三十九首）

と、取戻すに由なき青春に悲哀を感じ、ある夜明け方、彼女の最後の便りを讀み、「お兄さまよ、貴方にわたし率直に、お告げいたしてかまはない。わたしこれから獨身で、暮して行こうと決めました。さうする事が、貴方への、たつた一つのご恩返しでございます。」などとあるのに、歡喜して眼醒むれば、そは果敢ない夢。

呵，可惜我還不曾把信看完，
意外的歡娛驚啓了我的夢眼；
我醒來向我的四周看時，
一個破了的花瓶倒在墓前。

（第四十二首）

この「瓶」の詩については、郭沫若自身「當時私自身は頗る意にかなつた。まつたく寫實であり、決して少しの想像の成分もない。」（「郭沫若詩作談」、「現世界」創刊號）と云ひ、又『瓶』は『苦悶の象徴』なる言葉で解釋する事が出來よう。」（同上）と云つて居るが、誠實なる中年者が少女を戀ひ、その己れに對する愛敬の念をば戀情なりと思ひ過ぎ、歡喜と苦惱とを味ひ、結局「年齡」の悲哀を痛感し、「われ若かりせば」の嘆聲を發するに終る、その心的過程を深刻に描寫し、實感を以て讀者の胸を打ち、古典的教養が或程度の融和を見せた詩句もあり、捨て難い作品であると思ふ。錢杏邨が「前茅」と併せ論じて、「作つたもので、書き出でたものでない。」とか、「最も單純なものだ。」と云ひ、「心理描寫は深刻だが、私は『女神』中の『Venus』の一首を喜ぶ。」（「詩人郭沫若」）と評して居るが、私には同感出來ない。

尙、「瓶」の詩が戀愛詩である爲に、「青年に對して善からぬ影響を生ずるを恐れ、發表を躊躇した」（「郭沫若詩作談」）のだが、郁達夫達が「無理にそれを發表したものである。」（「瓶附記」）郭沫若は「戀愛」と「革命」との矛盾を感じたのである。それに就て、郁達夫はダヌンチオとダンテとを引列して、「君は自ら君の思想の矛盾を羞ずるには及ばない。詩人は元來二重人格を有する者である。ましてこれは過去の感情の痕跡であり、それ等を再現して、又一個の紀念と爲し得ないわけはない。」（「附記」）と述べて居るが、古來革命詩人と呼ばれ社會詩人と稱せられた人々の多くは、この矛盾（果して矛盾であらうか？）の所有者であつた。

次に「前茅」は十六年の出版であるが、實は十二年卽ち思想轉換以前の作品である。併し、その序で「これは革命時代の前茅と云ふ事が出來よう。」と云ひ、郭沫若自身「前茅」に就いて、「前茅の產生は思想轉換以前であつたが、大略の意識はすでに左傾して居た。」（「郭沫若詩作談」）とか、「半端ものの寄せ集めであり、意識がまだ徹底的に覺醒しない前であり、それが提起される價値があるのは、只左傾の意識が有ると云ふだけだ。」（同上）と云ひ、又、「決して高妙なものではなく、只幾らか歷史的な意義を持つてゐるのみだ。」（「離滬之前」）と語つて居る如く、勞働者の痛苦に同情し、この不平等な社會を破壞して新しき世界を建設すべきを高唱し、「兄弟達よ!!前進だ、前進だ！」と叫んでゐる。我々はそこに蔣光赤の詩と相違したもの――愛國詩人と社會詩人との差異――を感ずるであらう。浪漫的感激ではあるけれども、所謂新興階級詩の最初の詩集として、歷史的意義を有するものである。「工農文藝の始倡者」は蔣光赤ではなくて郭沫若であつた、と私は論斷したいと考へる。

馬路上面的不是水門汀,
而是勞苦人的血汗與生命！

血慘慘的生命呀，血慘慘的生命！
在富兒們的汽車輪下……滾，滾，滾，……
兄弟們喲，我相信就任這靜安寺路的馬道中央，
終會有激烈的火山爆噴！

とは、「上海的清晨」の詩の言葉であり、

前進！前進！前進！
世上一切的工農，
我們有戈盾相贈，
把我們滿腔熱血，
染紅這一片愁城，
前進！前進！前進！
縮短我們的痛苦，
使新的世界誕生！

は、「前進曲」の一節であるが、「前茅」集中の詩はかう云つた風のものである。
「恢復集」（Reconvalation）は、彼が共産軍の敗戰後廣東より上海に歸つた、十六年の年末頃の作であり、

發表は「前茅」と同じく十七年であつた。作者沫若は「恢復」について次の如く語つて居る。『恢復』の產生は思想轉換以後であり、意識は比較的確定してゐるが、舊有の手法等等はまだ十分に清算する事が出來てゐない。」「『恢復』も亦多大の價値はない。革命は頓挫するし、私個人としては大病後ではあるし、病床上でねむる事も出來なくて流れ出でたものである。全體的に濃厚な感傷の情趣あるを免れない。」（「郭沫若詩作談」）と。これ等の彼自身の言葉によつても、「恢復」が略〻如何なるものであるかを知るかを知ることが出來よう。「前茅」と大同小異のものだと考へて差し支へない。

以後彼は殆んど詩作を爲さなかつた。「作詩と年齢と關係が有る様だ。三十四十過ぎて以後、人は必然的に散文化せんとする者である。」（「雜文」第三號）と、自らの詩的經歴を回顧して、彼が語つて居る通りである。尚、この作詩と年齢との關係については、アメリカのレーマン博士（オハイオ大學の心理學教授）が興味ある統計的研究を發表してゐる。それによれば、詩人が多く傑作を出すのは二十五歳乃至二十八歳であり、文學者は一般的に、四十一歳を過ぐれば次第に下降し、四十四歳以後急激に下降する事を示して居る。

さて、「前茅」「恢復」の詩を批評するに當つて、

藝術家要把他的藝術來宣傳革命，我們不能論議他宣傳革命的可不可，我們只能論他所藉以宣傳的是不是藝術。假使他宣傳的工具確是藝術的作品，那他自然是個藝術家。（「藝術家與革命家」、「文藝論集」）

と云ふ彼の論――は正しいと私は思ふ――を以て臨むとして、果して藝術的作品と稱するに足るものであらうか？　又、藝術作品だとすれば、どれだけの價値を有するものであらうか？　私がさきに蔣光赤の詩に與へた

評語は、やがて又郭沫若のこれ等の詩への評語でもある。藝術でないとも云へぬであらうが、甚だ不完全なものだとの非難を、彼等は甘受しなければならぬであらう。

第三節　革命詩の洪水

前記蔣光赤・郭沫若の外、幾多の革命詩人が輩出した。

我們要大佈革命的宣言了：
「推倒他底資本家；
推倒他底強暴者；
我們於是給他哀的美敦書道：
「我們來討爾了！
我們來討爾了！
（「革命」）

と、正義感的激情によつて革命を叫んだ、「梅花」（民國十八年五月初版）の作者李無隅。

把歌喉喊出人生的痛苦,
謳歌革命是詩人的超越！

把頭血換取人類的自由,
獻身革命是詩人的壯烈!
今後的詩歌是革命的誓師詞!
今後的詩歌是革命的進行曲!

(「誓詞」)

と主張し、新興文學の理論及び詩歌を紹介し、中國プロ詩壇に多大の影響を與へた、「中國青年」(「中國共産主義青年團」の機關紙にして「革命文學」を鼓吹す。)の代表詩人劉一聲。

彼等も亦、郭沫若・蔣光赤と同時代に反抗の詩歌を唱つた詩人である。併し、「革命」の歌頌者が亂出し、ヂャズ的喧噪を極めたのは、何と云つても、「革命文學」が提倡され、その風潮が狂風の如く文壇を風靡した、十六年以降の事である。

かの蔣光赤や、

我們不需要平坦的旅途,
祇有壓迫的下面才有道路.

(「壓迫」)

と云ふ、「荒土」(十八年出版)の著者錢杏邨等を中心とした「太陽社」の詩人達。

帝國主義　軍閥戰爭　荒年　租稅

蹂躪廣大的農村
　變爲貧窮
　變爲匪
　變爲兵
　人相殺　相食
　用生命去換生命
　　　　　　　　　　　　　　　（「報告」）

と詠じた李白英（詩集「沈悶」を二十三年十月出版す）達「前哨社」の詩人群。

　農村裏抑鬱的苦悶在難受,
　唯有這騒擾的廣大的都會才是我們鬪爭地。（「初來自農村的子弟」）

と云ふ、「火焰」（十八年初版）の作者西華。
「太陽社」の機關雜誌「拓荒者」に詩作を發表し、

　最高最強急的音節！
　朝陽的歌曲奏着神力！
　力！力！力！大力的歌聲！

死！勝利，決戰的赤心！
朝陽！朝陽！朝陽！
憧憬的旋律到頂點沸揚，
金光！金光！金光！

（「意識的旋律」）

と、力の藝術を求めた楊殷夫。
日本東京に在りて、祖國を思ひては

可嘆的我的祖國，
可悲的我的同胞，
可痛的我的故人，
可憂的我的自身。
不知何時，可愛的中華，
儞得盡除惡魔重復安寧？

看我們赤誠的青年，
已灑了多少熱血；
看我們堅忍的兄弟，

已消耗了多少精力；
可痛哉，軍閥財人，
還是依舊逞性横行！

（「弔T・T・君」）


と、民族の運命を悲哭した、「江戸流浪曲」（民國十八年六月初版）の著作者王文川。

その他、象徴詩の作者より急轉した、「創作社」の王獨淸・馮乃超・穆木天、及び胡也頻・姚蓬子達が居る。

彼等については後に詳述する。

かくて、この流れを酌む群小詩人達は、民衆愛や階級闘爭や勞働觀などが唱ひ込まれて居なければ、時代遅れの陳腐なものだなどと放言するに至つたのである。

だが、民國十九年三月、中國左翼作家連盟が成立する頃には、軍閥はその勢力次第に薄弱狹小となり、國民政府は相當に實力を具備し、嘗て兄弟的關係にあつた共產主義者を排斥し、世界的風潮の波に乘つてファッショ的色彩をさへ帶びる傾向を示して來た。隨つて該連盟も成立を見たものの、蔣介石の大彈壓を受けて、郭沫若日本に去り、蔣光赤上海に病死し、錢杏邨張若英と化し、胡也頻・楊殷夫捕れて死し、馮乃超姿を見せず、爾餘の作家黙して唱はず、革命詩壇は表面的沈靜へと下降して行つた。併し、それはどこまでも表面的であり、内面に於てはより深化し、より普遍化して行つたと見るのが至當であると考へる。

第三章　新格律詩

第一節　新格律運動

夙に民國六年言語學者劉半儂が、「舊韻を破壞し、重ねて新韻を造り、詩體を増多すべし。」と論じ、更に十二年頃心理學者陸詩韋また、「節奏はどんなことがあつても欠くべからず、押韻も怕る可き罪惡ではない。」との意見を開陳し、字數畫一の詩を試作した事は既に語つたところであり、又、徐志摩の外國詩形の模仿が「新格律運動」の實質的第一歩であるとも云つた。

併し、徐志摩・聞一多等所謂「新月派」の詩人達が、「新格律詩」の創作と理論研究に、本格的に、集團的に、活躍を開始し、詩壇に「新格律詩」の時代を將來したのは、十五年四月一日、聞一多・徐志摩主編の下に、晨報副刊「詩鐫」を創刊した頃からだと云つてよい。

徐志摩は「詩刊弁言」の中で、彼等同人の共同の信念を具體的に說明して、

我們信詩是表現人類想像力的一個工具、與音樂與美術是同等同性質的；我們信我們這民族這時期的精神解放或精神革命沒有一部像樣的詩式的表現是不完全的；我們信我們自身靈裏以及周遭空氣裏多的是要求投胎的思想的靈魂，我們的責任是替它們構造適當的體賣，這就是詩文與各種美術的新格式與新音節的發見；我

們信完美的形體是完美的精神唯一的表現；我們信文藝的生命是無形的靈感加上有意識的耐心與勤力的成績；最後我們信我們的新文藝，正如我們的民族本體，是有一個偉大美麗的將來的。（十五年四月一日「晨報副刊」）

と明言してゐる。卽ち彼等は、詩は音樂や美術と同性質のものであり、完美な形體が完美な精神の唯一の表現であると信じ、新詩の新格律と新音節とを發見しようと志したのである。

この「詩鐫」は六月十日までに十一期を出して、「劇刊」にその席を讓つたのであるが、その間、聞一多、徐志摩の外、饒孟侃・劉夢葦・朱湘・于賡虞・楊子惠・孫之濳等、詩會を催して討論し誦讀し、創作を揭げ詩論を發表し、その影響は甚だ大なるものがあつた。

特に聞一多は、徐志摩も「聞一多の家は一群新詩人の樂窩であり、彼等は始終相會し、彼此互に作品を批評し、學理を討論した。」（「詩刊弁言」）と云ひ、又、「一多はただに詩人であるのみでなく、又詩の理論と藝術との探究に最も興味を有する人物である。この五六年來我々幾人の作詩の友は、多少すべて『死水』（聞一多の第二詩集）の作者の影響を受けた、と私は思ふ。」（「猛虎集自序」）とも述べて居るが如く、彼等同人の盟主の如き位置を占め、「詩の科称」「句の均齊」を主張し、「音尺」（音尺は卽ち節であり、二字のものを二音尺と爲し、三字のものを三音尺と爲す。）「重音」「韻脚」を重要視し、詩は音樂の美（音節）、繪畫の美（詞藻）、建築の美（章句）を具有すべきを力說した。

かくて彼等が新詩の音節と格律とを討論した結果、

我們也感覺到一首詩應分是一個有生機的整體，部份的部份相連，部份對全體有比例的一種東西：正如一個人身的祕密是它的血脈的流通，一首詩的祕密也就是它的內含的音節的料整與流動。這當然是原則上極粗淺的比喩，實際上的變化與奥妙是講不盡也說不淸的，那還得做詩人自己悉心體會去。明白了詩的生命是在他的內在的音節（Internal rhythm）的道理，我們才能領會到詩的眞的趣味；不論思想怎樣高尙，情緒怎樣熱烈，儞得掌來徹底的『音節化』（那就是詩化）才可以取得詩的認識，要不然思想自思想，情緒自情緒，却不能說是詩。但這原則却竝不在外形上制定某式不是詩；某式才是詩，誰要是拘拘的在行數字句間求字句的整齊，我說他是錯了。行數的長短，字句的整齊或不整齊的決定，全得憑儞體會到得音節的波動性；這種先後主從的關係在初學的最應得認淸楚，否則就容易陷入一種新近已經流行的謬見，就是誤認字句的整齊（那是外形的）是音節（那是內在的）的擔保。實際上字句間侭儞去剪裁個整齊，詩的境界離儞還是一樣的遠着；儞車輛放在牲口的前面，儞那還趕得動儞的車？我們還可以進一步說，正如字句的配列有恃於全詩的音節，音節的本身還得起原於眞純的「詩感」。　（十五年六月十日「晨報副刊」）

と云ふ詩論に到達した。もちろん、この文は徐志摩の「詩刊放假」の一部であり、「我々は結局何を爲せしか」と、同人の工作に對して與へた自評の理論方面に關する言であるが、以て彼等の討論の總勘定と見做してよからう。

尙、陳夢家は「新月詩選」の序に於て、

我們不怕格律。格律是圈，它使詩更顯明，更美。形式是官感賞樂的外助。格律在不影響于內容的程度上，我們要它，如像畫不拒絕合式的金框。金框也有它自己的美，格律便是在形式上給與欣賞者的貢獻。

と云ひ、又

主張本質的醇正，技巧的周密和格律的謹嚴，差不多是我們一致的方向，僅僅一種方向，也不知道那目的離得我們多遠！我們只是虔誠的朝着那一條希望的道上走。此外，態度的嚴正又是我們共同的信心。

と、その所信を表明して居るが、所謂「新月派」の詩人達が如何なる態度を以て終始したかを判然と知り得るであらう。

斯の如く彼等は新詩の音節と格律との理論に關して研究討論し、具體的にその方式を探究し實驗したのであるが、この所謂「新格律運動」は、當時詩壇を風靡してゐた郭沫若の詩風、卽ち形式に拘泥せず、「詩は作るものではなくて、書き出づるものである。」（「三葉集」）と云ふ自由詩、及び、既に詩壇に於ける一風潮となつて居た、「詩と散文との區別は形式に在るのではない。」と云ふ所謂「散文詩」への反動であつた。仄音が多すぎて、とかく音律的効果の尠い從來の白話詩の最大欠陷を救助せんとした彼等の努力は、詩に忠實なるものの當然の所業であり、「革命詩派」「現實詩派」の人達が如何に論難しようとも、彼等の功績は偉大であると云はざるを得ない。後年「現實派」の詩人達が大衆合唱詩を提唱し、詩は吟ずべきものでなければならぬと主張するに至つたのは、「新月派」への詩的屈服とも云へよう。

彼等「新格律詩」の作者達は、徐志摩も「若し『新しい』と云ふ意味が『アナキー』の意味と分離することが出來ないと云ふのであれば、我々は我々が『舊派』である事を早速承認する。」（「詩刊放假」）と云ひ、梁實秋も、「無産文學理論家は常に、文藝は彼等の闘爭の『武器』であると我々に語る。文學を『武器』となすこと、この考へは甚だ明瞭である。卽ち、文學をば宣傳品と爲し、一種階級闘爭の工具と爲すと云ふのである。我々は、誰が文學を利用して他の目的を達せんとしようとも、それに反對はしない。併し、我々は宣傳式の文字が文學であると承認する事は出來ない。」（「文學是有階級性的嗎？」「偏見集」）などと論じて居る事によつても明かなる如く、當時喧噪を極めた革命文學の風潮をよそに、時流に拘せず、詩の花園の栽培にその熱情を集中したのである。

かの佛國のパルナシアン詩歌の運動の根本精神の特徴と甚だ相以て居り、嘗てパルナシアン詩歌がともすれば單なる形式の美に墮せんとする傾向を有した如く、彼等もその弊を免れなかつた。徐志摩は既に「詩刊放假」に於て、「云ふのも慚愧であるが、既に我々が標榜する所の『格律』の恐るべき流弊を發見する。誰でも皆白話を運用する事が出來、誰でも皆豆腐を切る如く字句を切齊する事が出來、誰も皆是に以て非なる音節の安排をなし得る。併し詩は、その影さへ見る事が出來ない。故に作詩を學ぶ第一步には兩層の危險がある。單に『內容』のみを講ずれば、惡濫なる『センチメンタリズム』或は『にせ哲理の唯晦學派』に落り易い。反對に、單に外表を講ずる結果は只無意義な事であり、乃至は無意義な形式主義である。我々は前者の弊病を指摘せんと欲して、後者の弊病を引起す傾向有るを免れ難い。これは我々の常に戒めと爲すべき事である。」と、內容重注の弊を救はんと欲して無意味な形式主義に陷らんことを恐れ、警告を發したのであるが、事實は後來次第にその弊を增し、所謂「豆腐干」なるレッテルを貼られたのである。

彼等は「詩鐫」についで、「新月月刊」（十六年三月創刊）「詩刊」（十九年十二月創刊）を發行し、邵洵美・方瑋德・陳夢家・卞之琳等等幾多の青年詩人を世に送り出し、「新格律詩」の極盛時代を現出した。

第二節　徐志摩と聞一多の詩

詩格律詩の作家として「死水」（十八年三月、新月書店發行）の作者聞一多、「翡冷翠的一夜」（十六年九月、現代評論社發行）「猛虎集」（二十年出版）「雲遊」（二十一年出版）の著者徐志摩、「草莽集」（十六年八月、開明書店發行）「石門集」（二十三年六月、商務印書館發行）「永言集」（二十五年四月、上海時代圖書公司發行）の作者朱湘、「晨曦之前」（十五年十月、北新版）「骷髏上的薔薇」（十六年、古城書社發行）の外數部の詩集を有する于賡虞、「夢家詩集」（二十年一月、新月書店發行）「鐵馬集」（二十三年一月、開明書店發行）等の作者陳夢家などは、特に一節を設けて議論すべき詩人であるが、此處には徐志摩聞一多兩人の作品をかかげてその作風と思想とを一言するに止める。

三月十二深夜大沽口外
今夜困守在大沽口外：
　絕海裏的俘虜，
　對着憂愁申訴：
桅上的孤燈在風前搖擺：
　天昏昏有層雲裏，

那掣電是探海火！

儞說不自由是這變亂的時光？
但變亂還有時罷休，
誰敢說人生有自由？
今天的希望變作明天的悵惘：
星光在天外冷眼瞅，
人生是浪花裏的浮漚！

我此時在淒冷的甲板上徘徊，
聽海濤遲遲的吐沫，
心空如不波的湖水；
只一絲雲影在這湖心裏晃動——
不曾參透的一個迷夢，
不曾參透的一個迷夢！

これが嘗て「嬰兒」を咏じ、光榮ある將來の訪れんことを願望し、信じてゐた徐志摩の「翡冷翠的一夜」中の一詩である。正に彼自ら「かつて單純な信仰を有してゐた者が懷疑の頽廢に流れ込んだ。」（「猛虎集自序」）

と云つてゐるが如く、ここには頽唐失望の歎息のみがある。
併し乍ら、これはまだ開端であるに過ぎない。「翡冷翠的一夜」中には餘り灰色でない詩もある。それが「猛虎集」となると、我々は全く光明を帶びた詩句を發見する事が出來ない。すべて悲哀の頽廢の描寫であり、時に神祕の世界に自らを慰めてゐることもある。

陰沈、黑暗、毒蛇似的蜿蜒，
生活逼成了一條甬道：
一度陷入，儞祇可向前，
手捫索着冷壁的粘潮。

在妖魔的臟腑內掙扎，
頭頂不見一線的天光，
這魂魄，在恐怖的壓迫下，
除了消滅更有什麼願望？

これは「生活」と題する詩であるが、理想主義者徐志摩の到達點を明示してゐる。穆木天は「猛虎集より雲遊に到る間の詩は、形式上に於ては特別に純正であるが、內容方面は只『殘破の思潮』であり、それは『暗黑と虛無』の追求である。」（「徐志摩論」）と云つてゐる。

聞一多の詩も亦「灰色の人生」の描寫である。彼の詩は不斷の煅煉不斷の雕琢の結果生れ出づるものである。次の「死水」の一首はよく彼の作風を代表してゐる。

死水

這是一溝絕望的死水
清風吹不起半點漪淪。
不如多扔些破銅爛鐵，
爽性潑儞的賸菜殘羹。

也許銅的要綠成翡翠，
鐵罐上銹出幾瓣桃花；
再讓油膩織一層羅綺，
黴菌給他蒸出些雲霞。

讓死水酵成一溝綠酒，
飄滿了珍珠似的白沫；
小珠笑一聲變成大珠，
又被偷酒的花蚊齩破。

那麼一溝絕望的死水，
也就誇得上幾分鮮明。
如果青蛙耐不住寂寞，
又算死水叫出了歌聲。

這是一溝絕望的死水，
這裏斷不是美的所在，
不如讓給醜惡來開墾，
看他造出個什麼世界。

尙簡單に聞一多の略歴を誌すと、彼は光緒二十四年湖北省蘄水縣に生れ、米國シカゴ藝術學院を卒業した。彼は「死水」を出版した後詩壇より離れ、目下清華大學にて中國古典の研究に沒頭してゐる。戰時、清華大學の移轉とともに奧地で中國古文學研究に沒頭する一方、民主同盟に加入、反國府運動の先頭に立ち、戰後、昆明で暗殺された。（一九四六）郭沫若、朱自淸らによつて「聞一多全集」が出版された。

第四章　象　徴　詩

第一節　佛國文學の輸入

佛國文學が本格的に中國に紹介されたのは何年頃からであつたか、佛國象徴詩潮が中國詩界に輸入されたのはいつ頃からであつたか。今それらについて語る前に、それらに重大關係を有する佛國留學史を簡單に回顧する必要がある。

光緒二年李鴻章が福建船廠製造學生十四名を派遣したのを公式佛國留學の最初とし、光緒十六年から英米獨露各國と同樣出使大臣が二名の學生を帶同して任に就いたが、當時は速成的な造船術の修得など主として富國強兵を目的として居たから、文化的に甚大な影響があつたとは考へられない。勿論、全然無かつたと云ふのではない。例へば、かの「馬氏文通」の著者馬建忠の如きも最も早き留佛學生の一人であつたし、生物學を專攻した李煜瀛が光緒三十一年 Lamark、Kropotkin の著作を譯し、互助學說を提倡した如き、國人に及ぼした影響も決して攔くなく、中國思想界への一種の貢獻であつた。

その後、民國元年に蔡元培・李煜瀛・吳稚暉等が留法儉學會を發起し、四年には留法勤工儉學會が成立し、更に民國六年華法教育會が創立した頃より、所謂去法儉學生及び勤工儉學生が漸次增加して行つた。而して、「改良社會、首重教育、欲輸世界文明於國內、必以留學泰西爲要圖。惟西國學費素稱浩大、其事至難普及、曾經同志籌思、擬興苦學之風、廣闢留歐學界。今共和初立、欲造成新社會新國民、更非留學莫濟、而尤以民氣先進之國爲最宜。茲由同志組織留法儉學會、以興尙儉樂學之風、而助其事之實行也。」(吳敬恆「論旅歐儉學」、「新青年」四卷二號)と云ふところに留法儉學會組織の趣旨があつたのである。更に九年に至ると留法勤工儉學學生會生れ、十年には中法大學を佛國里昂に設立し、勤工儉學の事失敗せし後も、この中法大學はなほ繼續した。

かくて、民國九年十月少年中國が法蘭西號を發行し、十年には李璜の「法蘭西詩之格律及其解放」(「少年中國」二卷十二期)、化魯の「法蘭西詩壇的近況」(「東方雜誌」十八卷七號)、田漢の「惡魔詩人波陀雷爾的百年祭」(「少年中國」三卷四期五期)現れ、十一年には李璜中華書局より「法國文學史」を出版し、雜誌「詩」に「法國詩之象徵主義與自由詩」(劉延陵)「法國的俳諧詩」(周作人)の二文掲載され、十二年には吳敬恆「學燈」に「法國近代詩人馬格勒的詩兩首」の一文を草して彼が生平及び著作の概略を述べ、王獨淸「學藝雜誌」を「詩人孟德斯鳩底周年祭」を以て飾り、黃仲蘇「詩人微尼評傳」(「少年中國」四卷一期)をものし、十三年に至つては、盧冀野「學燈」に「法蘭西十九世紀狄卞耽派先達詩人波特萊爾」を掲げ、小說月報は「法國文學研究專號」を出して、或は法國近代詩を概觀し(君彥)或は波特來耳を研究し(聞天)、王維克の「法國文學史」泰東圖書局より出版さるると云つた風に、佛蘭西文學が紹介され、佛國詩壇が語られ、象徵詩人の面影が傳へられた。

かかる折、象徵詩の家元佛國に在りて象徵手法の試作を爲しつつあつた二詩人が居た。李金髮と王獨淸がそれである。やがて李金髮は十四年十一月その第一詩集「微雨」を以て詩壇に現れ、王獨淸また同年年末歸國するや在歐時代の作品を續々と發表し、此處に中國象徵詩の一時的開花を見せる事となるのであるが、今彼等を論評するに先だち、李思純の法蘭西詩の選譯たる『仙河集』(「學衡雜誌」第四十七期附刊)について一言して置きたい。『仙河集』は新詩を以て譯したのではなく、「譯するところ悉く蘇玄瑛式に遵ふ者」(自序)ではあるが、法蘭西詩の最も早き譯詩集として一顧の價値はあるであらう。彼はこの小集の中に於て、中古より現代に至る迄の法國代表詩人の詩六十九首を譯し、一詩人每に其人格作風及び生卒年月を略述し、且つ一首每に簡單に詩意を説明して居る。一例を示せば、

波德萊爾 Charles Baudeire（1821—1867）
波德萊爾爲哥體野之弟子。十九世紀法蘭西詩界之一異軍。所謂頽廢派（De cadence）象徵派（Symbolism）之中堅也。生平感受其師哥體野之藝術思想。又能深刻觀察歐州近代物質繁富罪惡充盈之大城生活。遂成惡之花詩集。崇拜醜岬。歌頌罪惡。描寫獸性。刻畫汙穢。使人讀之。若感痲醉。若中狂疾。蓋純爲近代巴黎生活之寫眞。故凡萊思氏評之曰。『腦爲烟毒所薰。血爲酒精所沸。』足爲惡之花一集之確切評語。

凶犯之酒　Le vin de Lasassin　〔凶人心理之解剖也。〕
妻死吾自由。盡量飲不恤。當吾醉歸無一錢。彼呼使我腦體裂。吾今榮貴爲國王。空氣清冽天色美。當吾婚戀時。其景亦如此。嚴渴裂吾喉。急需飲爲先。墓中不識能飲否。此則不敢爲預言。吾將擲彼於井中。盡推井欄石壓之。吾能爲此否。吾忘不自知。溫柔發銘誓。安能解此危。吾儕安能復和好。儼如酩酊歡樂時。吾懇彼赴約。黑夜大道旁。可憐此豸竟如約。吾儕二人皆愚狂。（以下略）

の如き調子である。果して「やや良き方法を以て譯せし」（自序）ものであるか、「すべて甚だ中國詩の如くなるを覺え、こは彼が譯詩の一種創格であるに似て居る。」（陳子展「最近三十年中國文學史」）の評語が當を得たものであるかどうか、正に「討論の價値ある問題」（同上）であらう。にも關らず、私はこの譯詩集に就いて注

意しなければならぬと考へる。それは、不完全ながらも佛國詩人を紹介して居る事と、これに依つて所謂新派詩壇も新詩と同様な動向をとつて居る一の證左と為し得ると考へるからである。浪漫詩より象徴詩へ、この道行は中國全詩界の現象であつたと考へる事は出來ないであらうか？

第二節　象徴詩の最初の試作者李金髪

中國に於ける最初の象徴詩の試作者（敢へて私は試作者と云ふ）李金髪は、光緒二十七年黄公度の家郷廣東梅縣に生れ、彫刻研究を志して歐洲特に佛國に留學し、英佛獨伊四ヶ國語に通ずると云ふ。

彼の第一詩集「微雨」が十四年十一月「新潮社文藝叢書」の一として出版された事は前記の通りであるが、集中に收められた詩は主として十一年の作であり、最も早きものは九年のもある。年紀僅かに二十歳前後の習作ではあるが、是が中國象徴詩の最初の詩集であり、未熟ながらも象徴的異香を放つ早咲きの詩的一花であつた。

創作詩の外譯詩をも收めて居る。彼が如何なる詩人を愛慕し如何なる詩人の影響を受けたかの一の參考資料として、その譯詩に就き少しく語りたい。卽ち彼は、Byron の詩一首、Paul Fort の詩六首、Paul Verlain の詩三首、Ch.Baudelaire の詩三首、Tagore の詩十首、Frances Jammes の詩一首、Paolo Buzzi の詩一首、A Polazzeschi の詩二首を譯して居る。これに據つても、彼がポオル・フォール、ポオル・ヴェルレェヌ、シャルル・ボオドレエル、フランシス・ジャーム等所謂佛國象徴派の詩人達の影響を受けたと云ふ事を知り得るであらう。

彼は「微雨」の序文に於て

中國自文學革新後、詩界成爲無治狀態、對於全時的體裁或使多少人不滿意、但這不要緊、苟能表現一切。

と述べて居るが、「多少」ならず我々が——少くとも私が——「意に滿たず」と爲す所以のものは、決して「全詩の體裁に對して」ではない。蘇雪林が、「行文朦朧恍惚として驟に了解し難い」こと、「神經藝術の本色を表現して居る」こと、「感傷と頹廢の色彩を有す」ること、「異國の情調に富む」ことの四點を以て、李金髮の詩の特徵と爲した（「論李金髮的詩」、「現代」第三卷第三期）のは、大體に於て當を得た論だと考へる。併し、「朦朧恍惚として驟に了解し難い」ことは、「正に象徵派の作品の特色である」（同上）が、李金髮の詩は主として浪漫的な感激を基調とした新手法への試作の程度にしか過ぎなかつたし、何でもない事を殊に神祕めかして飾つて言つた言葉の虛僞があつた。後來、象徵詩と云へば直ちに「不可懂」なものであり、「曖昧說」であるとのみ考へられた責の大半は彼が負はねばならぬであらう。更に蘇雪林は、「觀念連絡の奇特を發見する」と云ひ、「善く擬人法を用ひ」、「省略法は象徵派の詩の祕密である」とも述べ、又、「李氏の作詩白話を用うと雖も頗る文言を夾雜するを喜び、『之』を用うること最も多く、其他の虛字亦少なからず。こは作者特具の風格であるとは云へ、而して又取るに足らざる句であるに似たり。」と評して居る。この文言の雜用に關しては、沈從文も「文言文の狀事擬物の名詞中より、種種優美なる處を抽出し」て居る事が「李金髮の詩の特點である」と爲し、「常に古典文字を借用して詞藻を誇張し富麗ならしめて居り、李金髮は時有つて語體文字に對する生疏に困し、驚訝を表示するのに、郭沫若王獨淸の如き、最も習慣的に用ひたのは『喲』の字『啊』の字であるが、李金髮に在つて却つて『吁』或は『嗟乎』の字の如きを用ひた。或は整句を採用して、自己が說明せんと欲するところに對する幫助としたのは、李金髮の作品の注意すべき點である。」(「我們怎麼樣去讀新詩」、「現代詩歌論文選」) と述べて居る。趙景深も現代詩選の序に於て「文白雜用」を特にあげて居る。例へば、彼の「下午」の一詩、

擊破沈寂的惟有枝頭的春鶯,
啼不上兩聲,隔樹的同僚
亦一齊歌唱了,讚嘆這媚的風光。

野榆的新枝如女郎般微笑,
斜陽在枝頭留戀,
噴泉在池裏嗚咽,
一二陣不及數的游人,
統治在蔚藍天之下。

吁!艷冶的春與蕩漾之微波,
帶來荒島之暖氣,
溫我們冰冷的心

與既汚損如汚泥之靈魂。

借來的時光，
任如春華般消散麼？
倦睡之眼，
不能認識一個普通的名字！

を見ても、所謂彼の「特長」（？）を知る事が出來よう。併し、白話に文言を雜用して居るとか、「之」・「亦」・「于」・「呵」を多く用ひて居るとか云ふ事は、必ずしも詩價をさげるものではなく、古語の適切な使用は却つて詩的香氣を高めるものであるが、彼に在つては長き在外生活の爲に母國語の驅使に欠くる所があり、古語の使用が適切でなかつた事が根本原因を爲して居ると見る可きであらう。彼の朦朧不可懂もこれから發した點もあり、必ずしも象徵手法の爲のみとは云へない。施蟄存は「李金髮先生徐志摩と時を同うし、彼は精練の詩人氣質を以て郭沫若先生の豪放を屏除し、文字の自然の節奏に着眼して中國象徵主義の自由詩を創造した。」（「我的創作生活之歷程」、「創作的經驗」）と稱贊して居るが、李金髮の詩がどれ程文字の自然の節奏を表現して居るか、この評は過譽に失して居ると考へる。

彼は「微雨」に次いで、十五年十一月「爲幸福而歌」を出版し、（文學研究會叢書の一）更に十六年五月「食客與凶年」（「新潮社文藝叢書」の一）を詩壇に贈り、少なからずその亞流が生れ出でた。かの「也頻詩選」の作者胡也頻の如きも彼の影響を受けた一人である。「爲幸福而歌」「食客與凶年」の二集は、「微雨」と同樣の體裁と單調なる詩句を用ひ、何等の新味も見出されない。此處に「爲幸福而歌」の弁言を掲げてこの節を結びたいと思ふ。

這集多半是情詩，及個人牢騷之言情詩的。『卿卿我我』，或有許多閱看得不耐煩，但這種公開的談心，或能補救中國人兩性間的冷淡；至於個人的牢騷，諒閱者必許我以權利的。

第三節　王獨清の象徵詩

さきに私は浪漫詩人王獨清が、現代社會の墮落を痛哭し、貴族社會の再興を熱望し、偉人天才を如何に追慕したかを語つたが、やがて「東方半殖民地の卑賤な運命を負へる」（「我在歐洲之生活」、以下括弧內同じ）母國を思ひ、一方には佛國に於て「目前接觸する所の社會と衝突を生じ」、「浪漫派の浪潮を推盪せし一人」であつた彼は「耽美派の奉行者」となつた。更に「出路なき頹廢」より轉じて、次第に顯著に「病態の悲觀」を帶び、「絕望の悲哀の展開を」促し、遂に「藝術の爲の藝術」の世界へ闖進した。かくて、ユーゴオ・バイロンへの熱情はヴェルレーヌ・ランボオ・ラフォルグ達への熱愛と變じ、象徵詩の創作となつた。李金髮の詩に防府な異國情緖と感傷頹廢の表白があると述べたが、それ等が當時の歐洲特に佛國巴里の頹廢的な雰圍氣、世紀末的思想の影響を受けたものであると同樣、巴里の空氣を忘却しては彼の思想彼の藝術を語る事は出來ないであらう。「巴黎は私にとつて、始終私の生命上に別の一境界を喚び起した都市である。」「巴黎は私をば過去の浪漫的行踪中より漸漸と大寶の雰圍に連れ込み、世紀末の殘病は猖狂に私の身邊に到つた。私は酒を飮んだ、意識的に酒を飲みに出掛けた。ラテン區のカフェには毎日私の足跡があり、そこで私は非常に興奮して文學の名著を讀み、或は詩歌を書いた。」と彼は當時を回顧して居る。「まつたくボヘミアンの生活であつた」とも語つて居る。

さて、彼の象徴詩であるが、彼自ら

我在法國所有一切的詩人中，最愛中位詩人底作品：第一是 Lamartine 、第二是 Verlaine 、第三是 Rimbaud 、第四是 Laforque 。（「譚詩」）

と言ひ、

我很想學法國象徴派詩人、把『色』（ Couleur ）與『音』（ Musique ）放在文字中、使語言完全受我們底操縱。吾們須得下最苦的工夫、不要完全相信甚麼 Inspiration 。（同上）

と述べ、

我理想中最完美的『詩』便可以用一種公式表出：

（情＋力）＋（音＋色）＝詩　（同上）

と論じて居る事に據つても、彼が如何なる詩人の影響を受け、如何なる立場をとつて居たかを知り得るであらう。特にヴェルレーヌに就いて、「私を最も早くヴェルレーヌを中國に紹介した者とするのは間違つて居ない。私がヴェルレーヌを紹介した時期は、ちょうど私が歐洲で流浪してゐた時であつた。今想ひ出すと、私がヴェルレーヌに對して感情を發生したわけは、決してヴェルレーヌそのものを尊敬したのではなくて、ヴェルレーヌの生活や藝術態度が恰も私自身のそれと接近した爲である。故につまりは又私自身を重く見たのである。」(「我和魏爾冷」)と言ひ、「私は最もヴェルレーヌの『秋歌』一類の詩歌を愛讀する。あんな風に極く僅かの字數で合諧の音韻を奏出して居り、私は最高の作品であると考へる。」(「譚詩」)と述べて居る如く、彼の詩にはヴェルレーヌの影響が多い。

我從 CAFE 從出來……
我從 Café 中出來,
身上添了
中酒的
疲乏,
我不知道
向那一處走去,纔是我底
暫時的住家……
呵,冷靜的街衢,

黄昏，細雪！
我從 Café 中出來，
在帶着醉
無言地
獨走，
我底心內
感着一種，要失了故國的
浪人底哀愁……
呵，冷靜的街衢，
黄昏，細雪！

この詩はヴェルレーヌの「秋歌」の暗示の下に創作されたものだが、彼自ら滿足の意を表し、穆木天も「甚だよく酒に醉つた者の動作を表出して居る」と云ひ、彼の作「鷄鳴聲」が「形式は當然獨淸の『從咖啡店出來』のあの詩が私に暗示を與へたものだ。」（「我的詩歌創作之回顧」）と述べ、寒星も「『聖母像前』中留る所の詩は『我從 Café 中出來』を以て最も好しと爲す。『我從 Café 中出來』の一詩は力を放威尼（Verlaine）技巧から得たものであり、格調甚だ相同じ。」（「流離」）と稱讚して居るが、集中の佳品であらう。尚、彼王獨淸はこの詩に關して次の如く自ら解說を爲して居る。

這種把語句分解、用不齊的韻脚表作者醉後斷續的、起伏的思想、……。這詩除了第一句與第二節末兩句都相同外、其餘第一節中第二第三第四第五第六行與第二節中第二第三第四第五第六各行字數相同。竝且兩節都是第二行與第五行押韻、第三行與第六行押韻、第四行與第七行押韻。這樣、故表形促管是用長短的分行表出作者高低的心緒、但讀起來終有一貫的音調。(「譚詩」)

次に、二十七歳にして夭折した、詩壇に於ける一個特異なハムレット型の存在とも稱すべきジユル・ラフォルグをば、彼は「わが精神上の mârtre である」と云ひ、「私の同調者であると考へられる」とも言つて居る。かのハルトマンの「無意識の哲學」とショーペンハワーに汲む厭世思想の深い影をもつラフォルグをしか考へた當時の彼の思想も了解し得るであらう。

唵！我好像看見『死』在緩緩地過去,
我眞好像看見『死』在緩緩地過去……
唉，這個天氣！唉，這突然的風！唉，這突然的雨！

………

唉，風，來在路傍的那些樹上騷擾，放肆，
又不停地向下擲着那些與樹離別的枯枝……
唉，雨，帶着那陰鬱的，沈重的惡勢，

來把那些市場上的房屋，工廠內的烟突，公園中的長椅，哦，一切，一切都淋得很濕，很濕……
哦，風！哦，雨！……

に始る「最後的禮拜日」の詩は全くラフォルグと「同調」なるものであり、

這又是遠遠的 Cors ——聽！聽！
遠處的 Cors，在用牠們野愁的音調來振動我底神經……
牠們也不管人家心中是怎樣的酸痛，
只是奏着 ton ton，ton taine，ton ton！……
呵呵，ton ton ton taine，ton ton！
——停止罷，儞們這些難聽的聲！

に至つては全く同一の手法である。（王獨淸が、ラフォルグの『 L'hiver qui vient 』を讀んだのはこの詩作以後であり、料らずも同様の描寫を爲したものであると言つて居るから、穆木天の如く直ちにこの詩をラフォルグの影響あるものと言はない。）穆木天も評せし如く、この詩には雨の聲風の音を聞いて死の來臨を感じ、より深き倦怠を醫すによしなき悲哀を味ひ、香消え色散じ正に最後の日の訪れをすら感ずる者の心情が如實に歌はれて居る。「佛蘭西の冬の日の Melancholia を表現せんと欲した、」（「譚詩」）彼の目的が相當の程度に成就されて居り、中國象徴詩中の一秀逸と考へてよからう。

以上、王獨清の象徴詩に就き略述したのであるが、彼の思想轉換後の詩集たる「埃及人」「II DEC.」「諢煉」等は云はずもがな、この期の作集たる「死前」「威尼市」の如きも、象徴詩を餘り收めて居ず、居ても佳作と稱すべきものは殆んど見當らない。彼自身何と駁そうとも、「聖母像前」を以て彼の代表詩集と見做して差支へない。而して該集中の作品が多く浪漫詩である事は既述の通りであり、結局彼を目して浪漫詩人と結論してもよからう。通常彼を象徴詩人の列に加へるのが詩史的常識の如くになつて居るが、彼が中國象徴詩の一時的開花に多大の貢獻を爲したものは、彼の象徴詩そのものよりも、「譚詩」を初め幾多の象徴詩人（佛國）の紹介文であつた。この點次に述べんとする穆木天に次いで彼を擧げねばならない。特に「譚詩」は「純詩」の提倡者たりし當時の彼の詩論を知る上に於て最も重要なものである。

×　×　×　×

第四節　穆木天と馮乃超

さて、前二節で論じた如く、李金髮は象徴手法の最初の試作者であり、王獨清はロマンティシズムからサムボリズムへの過渡期的體驗者であつた。眞正の象徴詩人と稱すべき者として、當時日本東京帝國大學の學生であつた穆木天と馮乃超とを、先づ擧ぐべきであらう。李金髮の「微雨」、王獨清の「聖母像前」をば、象徴詩國の春の訪れを語る早春の蕾的存在とすれば、穆木天の「旅心」、馮乃超の「紅紗燈」こそは、駘蕩たる春風の裡に薫香を放つ滿開の花とも譬へられよう。

穆木天は光緒二十六年（一八九三）吉林伊通縣に生れ、一九〇八年吉林より南開、一九一八年日本に留學、一九一九年一高特設予科、一九二〇年京都三高を經て二三年東大文科に學んだ。一九二五年冬東京を離れ、廣州中央大學教授。一九二九年夏故鄉吉林大學で教書。一九三〇年末故鄉に。上海に到る。一九五〇年北京に到り師範大學の教學工作に參加す。馮乃超は廣東の人、その生年は不明だが、「私より十歳位若いと思ふ」との郭沫若の談、及び穆木天の同學たりし所などより見て、穆木天と同年輩（多少若いか?）と考へてよからう。

穆木天は自ら「沒落せる地主の子」（「我的詩歌創作之回顧」、「現代」四卷四期、以下括弧內同じ）と云ひ、當時を追想して、「京都の三年の生活はただお寺を見て步いた。あの頃、私の意識の中に於て、ブルジョアの成分は次第に小ブルジョアの成分となつた。一方面崩潰せる農村を回顧しつつ、一方面刹那の官感の享樂、薔薇の美酒の陶醉を追求した。」と語り、又「一九二五年には、乃超が京都から東京に轉學し、私は學校內に一箇作詩の友人を增した。そこでカフェに行く度數も比較的多くなつた樣だし、創作に關する興趣も亦次第次第に濃厚となつた。」と云ひ、「不忍池畔、上野驛前、神田の夜店の中、赤門の竝木道の上、井頭公園の中、武藏野の道上には、いつも私の彷徨の脚印があつた。あの封建的な色彩の空氣の中で、私は默默として私のあれらの詩歌をしのびかに吟じ出でた。」とも云つて居る。

これ等の回顧の言によつても、當時の彼等の思想なり生活なりが想像出來よう。そして、李金髮・王獨淸に歐洲特に佛國巴里が閑却されないと同じく、大正十四五年頃の日本特に東京の享樂思潮、世紀末的不安頽唐の雰圍氣を忘れてはならぬであらう。極端に言へば、彼等の詩情を培養したものは、東京京都近郊の風物自然であり、銀座新宿のネオンの色であつたとも云へよう。

特に穆木天にとつて、大正十三年の暑中休暇、二箇月を過した伊豆伊東の海濱の生活は、彼に「少からざる興奮と刺激をあたへ、その興奮と刺激が直ちに」彼の「それ等の詩歌を造成し」、「原始に近い農村」を始め自然も人も彼に「深刻な印象と尖鋭な刺激を與へ」、彼をして「沒落を感ぜしめ、悲哀を感ぜしめ、哀歌の素材を感受せしめた」。彼が維尼（Alfred de Vigny）の詩集を愛讀したのもこの時であり、「恰も私の作詩者たる運命を決定したものの様である。」と彼は述懷して居る。

この伊東の生活が培養した「詩感」は、翌年多くの詩歌となつて現れた。彼の處女詩集「旅心」中の大部分の作品がそれである。次に、愛讀者及び熱愛せし詩人に就て、

我記得那時候，我耽讀古爾孟（Remy de Gourmont），莎曼（Samain），魯丹巴哈（Rodenbach），萬・列爾具爾克（Charles Van Lerberghe），魏爾林（Paul Verlaine），莫里亞斯（Moreas），梅特林（M.maeterlinck），魏爾哈林（Verhaeren），路易（Perre Lonijs），波多萊爾（Baudelaire）諸家的詩作。我熱烈地愛好着那些象徵派，頹廢的詩人。當時最不歡喜布爾喬亞的革命詩人雨果（Hugo）的詩歌的。特別地令我喜歡的則是莎曼和魯丹巴哈了。

と述べ、又、

讀着拉佛爾格（Jules Laforgue），希圖得着安慰，得着歸宿。可是怎麼樣呢?……我非常地愛讀聖伯符（Sainte Beuve）的詩歌。

と云つて居る。

かくて彼は上述の佛國象徴詩人達を師と仰ぎ友と爲して、彼自らの「表現の形式を探究した」のであるが、此處で彼の試作態度、彼の主張を少しく紹介して置きたいと思ふ。
穆木天は「譚詩」(「創造月刊」第一期)に於て、

詩是要暗示的，詩最忌説明的。

と云ひ、更に具體的に

我喜歡 Delicatesses。我喜歡用烟絲銅絲織的詩。詩要兼造形與音樂之美。在人們神經上振動的可見而不可見，可感而不可感的旋律的波，濃務中若聽見若聽不見的聲音，夕暮裏若飄動若不動的淡淡的光線，若講出講不出的情調纔是詩的世界。

と説明し、又、詩の形式つとめて複雜を求むべきを論じ、詩は「形式方面上説——一個有統一性有持續性的時空間的律動」であるべしと主張した。
尙、彼が同じく「譚詩」で、

我動乃超談到詩論的上邊，談到國內的詩壇上邊，談些我們主張的民族彩色，談些個我深吸的異國薰香，談些腐木朽城，Decadent 的情調，我們的意見大概略同。

と言つて居り、馮乃超も「略同じ」意見を有して居たと考へてよからう。

さて、上述の如き生活態度と詩的道案內と詩に對する主張とを有した彼等は、果して如何なる作品を創作したか？ 又それらはどれだけの詩價を有するものであるか？

王獨淸は彼等の詩を評して、「木天の詩は量は多くないけれども、併しそれは確かに一種特殊な流派を建立したものであり、その中の象徵の句法と色彩の運用とはすべて非常に成功して居るものである。乃超過去の詩は、中國過去の詩壇上に於てそれ獨特の地位を有して居る。乃超が詩の藝術に對する講求はわれわれ仲間の中で最も徹底せる一人であると考へられよう。彼は前には完全に『因作詩而作詩』の風格を貫徹した。」と云ひ、「われわれがどんな事があつても忘れてはならぬ二人の重要な詩人」と彼等を推讚して居る。（「獨淸譯詩集前置」）

趙景深は「馮乃超與穆木天」（「現代文學雜論」）なる一文の中で、「穆木天の詩は暗示の分子少く、馮乃超の詩は暗示の分子が多い。前者は淸晰、後者は朦朧。前者は多く明喩を用ひ、後者は多く暗喩を用ひて居る。恐らく、穆木天は心中象徵派に赴かんとしたが、その實彼自身の素質は決して象徵派でなく、自分自身をはつきり認識して居なかつたと云へよう。馮乃超は生れながらにして象徵派の素質を有して居た、だから曾て『譚詩』を書かなかつたけれども、人をして彼の詩に象徵派の意味あるを感ぜしめる。」と云ひ、三十首に過ぎぬ「旅心」中に二十四の「我願」があるから、「自分は穆木天を『我願詩人』と呼ぶ」と云ひ、「夏夜的伊東町裏」の詩二十八行の中に「我愛」が二十四個あるを數へ、「我は穆木天の詩が明白理解し易きを感ずる。一度讀めばすぐに了解出來、決して朦朧ではない。彼の詩集に於ては只鬆懈と不必要な重複の句を見出すだけだ。」と難じ、穆木天がラフォルグの暗示を受けて「運動の律」を表示させようとした重疊の詞を多數擧げ、「こんな風な書き方は作者の表現力の不足を表示するだけのものだ。」と言つて居る。更に馮乃超の「紅紗燈」に就ては、「暗示と朦朧、穆木天に比較してより成功して居る。『旅心』中の詩は一遍讀めば則ち餘味がないが、紅紗燈中の詩は、われわれが一度讀んだ後は甚だ模糊として居るが、再び二度三度と讀むとやや了解し得るが如くであり、この境地は解す可く解す可からざる間に在る。」と評し、彼の詩に「輕紗」「輕綃」「面綃」等の句が多いと云ふので、『輕綃詩人』と稱すと云ひ、「彼の詩はすべて美妙なる夢を見る樣だ。」と云ひ、更に「氤氳」「氛氤」の語を愛用して居る事に就いて、「この『輕綃』と『氤氳』を喜んで引用して居る事が、馮乃超の特別朦朧な境界を織り成して居る。」とも論じて居る。而して彼等兩人と比較して、「馮乃超が『譚詩』を書き出さずして穆木天が書き出した所以は、大約穆木天が比較的詩人氣質が少なかつたのに由つて居る。才情を論ずれば、どうしても穆木天は馮乃超に及ばない。前者は理知大いに感情に勝り、後者は感情甚だ理知に勝つて居る。」と論じ去つて居る。

今此處に私が王獨淸と趙景深との論評を略述したのは、穆木天馮乃超の詩に對する異つた二つの立場より爲された批評の代弁者として引用したのである。卽ち、前者は創造社の同人であり象徵詩の詩友であり、後者は象徵詩に對する理解の淺薄な詩人である。當時、趙景深の如き感を抱いた人達が、どちらかと言へば多數であつたけれども、さうした「我願」の數を數へるなどと云ふ事は――なんだか氣になる如く感ずるのも、象徵詩が何なるものであるかを十分に理解しない者には當然であり、又穆木天自身も佛國象徵詩を只形式的に模仿した如き弊が無かつたとは云へないけれども――全く無意味であり、素人觀に過ぎない。それよりも、如何にそれらがあらねばならぬ必然性を有して居るか否かを、詩情より或は中國言語の本質上から吟味すべきであらう。

王獨清の批評は多少過譽に失した憾みがないではないが、大體に於て承認してよいと思ふ。同時に、趙景深のそれにも傾聽すべき點がないではない。

穆木天は自ら頽廢派の詩を愛讀し、刹那的な官感の享樂や薔薇の美酒の陶醉を追求したと言つて居るけれども、それは當時の世紀末的な日本の社會の影響によつて時にさうした日もあつたらうが、彼の本來の性情とは甚だ遠いものであり、彼自身の魂の憩い場所は其處ではなかつた。彼の詩には時あつて頽廢の感情が現れて居る事もあるがそれは調和され薄められて居る。彼が佛國象徵派の詩人の中、得にアルヴェル・サマンとジュオョルジュ・ロダンバックの作品に喜びを見出した事は當然である。彼はしとしとと秋雨の降る黄昏の道を、孤獨の魂を抱いてとぼとぼと歩を運ぶ旅人であり、田園の平和と靜寂を愛し、あるかなきかの遠寺の鐘の音に、思ひを遠く故里に馳する詩人である。詩集に「旅心」と名付けた事によつても十分に彼の詩を、彼を知る事が出來る。女性的なやさしい魂を持つた秋と黄昏の詩人アルヴェル・サマンにも比する事が出來よう。彼が吉林伊通の人であると述べたが、彼の詩には北國人の暗い靜かな詩情が表現されて居る。

一縷一縷的心思
織進了纖萸的條條的雨絲
織進了浙浙的朦朧
織進了微動、微動、微動線選的烟絲
織進了遠遠的林梢

織進了漠漠冥冥點點零零參差的屋梢
織進了一條一條的電絃
織進了濾濾的吹來不知哪裏渺渺的音樂

織進了烟霧籠着的池塘
織進了睡蓮絲上一凝一凝的飄零的烟網
織進了無限的甞夢水裏的空想
織進了先年故事不知哪裏渺渺茫茫

織進了遙不見的山巔
織進了風聲雨聲打打在哪裏的林間
織進了永久的回旋寂動寂動遠遠的河灣
織進了不知是雲是水是空是實永遠的天邊

織進了今日先年都市農村永遠霧永遠烟
織進了無限的朦朧朦朧——心絃——
無限的澹淡無限的黃昏永遠久的點點
永久的飄飄永遠的影永遠的實永遠的虛線

無限的雨絲
無限的心絲
朦朧朦朧朦朧朦朧朦朧
纖蕢的織進在無限朦朧之間

一縷一縷的心絲
纖蕢的
織入
一條一條的
兩絲
之中間

これは「兩絲」と題する詩である。この詩は巧みな語句の使用と押韻とによつて素晴らしく音樂的效果をあげて居り、降り初めた雨の音、それはやがて胸に紡ぎ出されて行く心の絲であるが、それが最初は重く靜かに、やがて輕快に錯雜し、遂には音消え絲斷つに至る心象の轉移を朦朧と描き出して居る。趙景深も「確かに音樂と朦朧の美があり、語句雨聲の如きあり。」（「馮乃超與穆木天」）と云ひ、「實に一首聽覺の詩である。」（「現代詩選序」）と評して居るが、音樂の美を求め、幽暗朦朧を尊び、作者と讀者との間に存する幽玄微妙な心境の照應默契によつて、そこに詩歌の道を見出さんとする象徴派の詩法を、これまでに生かした點、中國現代詩史上に於ける輝ける存在と云はなければならぬ。

次に、彼が祖國を懐い故鄕を戀う詩には「野廟」「北山坡山」「蘇武」「薄暮的鄕村」「心響」「薄光」等があるが、ここには「薄暮的鄕村」を例擧する。

薄暮的鄕村

渺渺的冥濛
輕輕的
罩住了浮動的村莊
茅茸的草舍
白土的院牆
軟軟的房上的餘煙
三三五五　微飄飄的　寂立的白楊
村前
村後
村邊的道上
播散着朦朧的　朦朧的　夢幻的　寂靜的沈香
和應着梭似的渡過了的空虛的翅膀

漫漫在虛線般的空間的蜿蜒的徑上
編柳的柵扉
掩住了安息的牛羊
牧童坐在石上微微的低吟
犬臥在門旁
稚氣的老嫗虛虛的吸着葉菸
微笑着獃獃的對着兒孫
吭着院心的群鷄吃穀的塔塔的聲響
蝙蝠急急飛過的廻波
慢慢彈起來的喞喞喞喞蟲聲的叫涙
遠遠的
田邊的道上
溫和的鄉人斜依着
瞅着遙遙的天際綿綿的連山蕩漾
沈思着緩緩滑過的白帆在閃閃的灰白的蕢蕢的線上
村後的沙灘
時時波送來一聲的打槳
密密的柳蔭中的徑裏

斷續着晚行人的歌唱
水溝的潺潺　寂響……
旋搖在鉛空與淡淡的平原之間
悠悠的故鄉
雲紗的蒼茫

これは「雨絲」とは異つた意味に於て彼の詩を代表させてもよいであらう。平和な故鄕を、田園の靜寂を懷戀する者の心情が、靜かな歡喜が、極めて自然に描き出されて居て、又佳作の一である。長短句の使用も巧みなものである。尙、「心中祖國の過去に對し深切な懷戀を有して居た。現在回想すると、當時の情緒は則ち傳統主義的なものであつた。」と云ひ、この「薄暮的鄉村」をもあげて、「すべて多少かうした傳統主義の氣分を具有して居るものだ。」との彼自身の言葉を裏書きして居る。これは後年の彼の思想彼の詩を語る爲に特に記して置く必要がある。

次に、馮乃超とその詩について語らう。

彼が穆木天と同じく象徵派の詩人の影響を受け、詩に對する主張も略同樣である事は既に述べた通りであるが、杳かに馮乃超の詩には南國人の都會的強烈な官能が露れて居る。この點に於て「紅紗燈」一卷は中國詩壇に於ける特異的な存在であらう。彼は脂粉の香と紫煙の渦卷く紅燈の巷に、刹那的な歡樂と悲哀とに日を送り夜を過す、世紀末の生んだ一個のサムボルである。さきに私は穆木天をばアルヴェル・サマンに譬へたが、馮乃超は飲酒、友情、離婚、放浪、刃傷、入牢、信仰、貧困、病苦等德と不德を織混ぜた生涯を送り、それを如實に詩に反映させたかのポオル・ヴェルレーヌにも譬へられよう。誠に彼は弱き意志と強き感情の持主であつた。後年彼が辿つた道を思ふ時、この比喩の單なる比喩でない事を知り得よう。

春愁侵襲我心隈、蘇醒蟄伏的情愛——薔薇的焦思，歡樂的疲怠。不忍池畔，我悲着我的暗夜的悲哀——人生的灰色的悲哀。

を以て結んで居る「不忍池畔」の一詩は、當時の彼の心境をよく語つて居る。

酒歌

啊——酒
青色的酒
青色的愁
盈盈地滿盅
燒爛我心胸

啊——酒
青色的酒
青色的愁

盈我的心胸
澆我的舊夢

啊——酒
青色的酒
青色的愁
夜半的街頭無人走
我的心懷怎能够……

銀光的夜色
銀光的愁寂
合照着天涯落魄人
牽他臨終的喘息

絹絲的夜色
渺渺的虛寂
沒有樽酒在身傍
腥紅的哀怨無由息

青瑩的酒精在手
赤熱的哀怨在心頭
我的身心消滅後
榮華的夜夢也枯朽

榮華的夜夢也枯朽
玉姬的珠飾也陳舊
青史不錄艷情歌
芳塚翳翳無從究

啊——酒
青色的酒
青色的愁
盈盈地滿盅
燒爛我心胸

この詩によつても分る如く、彼の詩には「音」の外に豊富な色彩感がある。王獨清穆木天達は「力」と「音」

と「色」とを盛んに説いたが、詩にこれを表現したものは馮乃超であつた。王獨淸は穆木天の詩に色彩の運用が成功されて居ると言つたが、穆木天の詩には色彩感は乏しい。さきに私が「大體に於て承認する」と云つた意味はそれなのである。朱自淸が馮乃超の詩中の「色彩感は豐富なものだ。」と云ひ、「馮乃超氏は鏗鏘の音節を利用して、眠りを催される如き力量を得て居り、歌詠せるものは頽廢、陰影、夢幻、仙鄉である。」（「中國新文學大系詩集導言」）と言つて居るのは大體に於て當を得た評である。

　凋殘的薔薇惱病了我

月亮幽怨地欷伢
徘徊在情恨纏葵的廢墟
今夜沒有情痴的繾綣
剩下一朶凋殘的薔薇
凋殘的薔薇惱病了我
對着夢幻的往昔纏葵地吟哦

只因爲有塗朱的嘴脣
吸飲我多感的靑春
今朝蒼白的微笑凋殘
宵來的情熱成灰燼

只因爲有塗朱的嘴唇
烘熱我多感的青春
腥紅的情熱許凋殘
炎炎的戀慕怎能盡

但是凋殘的薔薇惱病了我
對着夢幻的往昔能不吟哦

沒有朝沒有夕
但有馨香氤氳的氣息
沒有朝沒有夕
但有胭紅鮮艷的顏色

青燒的瓶中夢魂殘
紅紗的燈下影珊珊
遺香殘影成追憶
零零的白露灑人間

凋殘的薔薇惱病了我
對着夢幻的往昔不住地吟哦

往昔委在東去的流水
今宵揮滴新鮮的眼淚
悲我沈黙的人生憔悴
哀我多感的青春告衰

凋殘的薔薇惱病了我
對着夢幻的往昔纏棲地吟哦

の如き、多感なる青春の追憶であり、歡樂の朝のより深刻なる溜息である。彼の詩には頽廢そのものよりも、その後に訪れる哀愁のせつなさを詠じたものが多い。

さて、以上に擧げた詩によつても知り得る如く、穆木天馮乃超ともに標點を撤廢して居る。これ又形式上に於ける彼等の詩の一特色と云はねばならない。

穆木天は嘗て「語絲」にその詩を載せた事もあるが、彼等兩人は創造社の同人であり、その詩作詩論外國詩人の紹介等殆んど「創造月刊」「洪水」等創造社の雜誌に掲載されたものである。沈起予も當時「創造月刊」

に詩を發表した一人である。「幾首を撰して當時の創造月刊上に發表した。然し當時は既にヴェルレーヌ等象徴詩人の作品中に陶醉し、異域に流浪する青年が常に有する所のセンチメンタルな心情に充滿して居た。」(「我寫過的創作」、「創作的經驗」)と云つてる沈起予の言葉に據つても、當時に於ける象徴詩潮の濃度の程が窺へよう。

第五節　戴望舒の藝術

戴望舒は光緒三十一年生れ、浙江杭縣の人。詩集に「我底記憶」(民國十八年四月一日發行)「望舒草」(民國二十二年八月十五日初版)がある。

彼が新詩の創作を開始したのは民國十二・三年頃であり、その頃の詩作の一部は「我底記憶」内の「舊錦囊」に收められて居るが、當時は「音律の美を追求し、努力して新詩をば舊詩と同樣に『吟』ずべきものと成さんとし、押韻は勿論のこと、甚しくは平仄さへも講究した。」(杜衡「望舒草序」)のであつて、所謂新月派と同じである。併し、戴望舒が詩壇に名聲を博し、後來所謂「現代派」の驍將として中國詩壇の一角に聳立するに至つたのは、「民國十四・五年頃ヴェルレーヌ、グウルモン、ジャーム諸人の作品を讀み」、(「望舒草序」)その影響を受けてより以後の事である。杜衡は「象徴詩人が曾て彼に對して特殊な吸引力が有つた所以は、あの特殊な手法が丁度彼の自己を隱藏するのでもなく、又自己を表現するのでもないあゝした作詩の動機に合したと云ふ理由であると云ふ事が出來よう。同時に、象徴派の獨特な音節もまた曾て彼に莫大な興味を感ぜしめ、再び中國舊詩詞の包含する所の平仄韻律の推敲を事としなかつた。」と語り、又當時の象徴詩人の「神祕」「看不懂」

の弊をば「力めて矯め、內容よりも形式を重視するが如き事はなかつた。彼のこの態度は始終變動なきものでである。」と云つて居る。而して、やがて彼は「詩は音樂の成分を去るべきである」（後出）などと云ふ形式無視の寵兒たらしめ、「雨巷詩人」の稱號を得しめた次の「雨巷」の詩は、今日の彼が愛惜しなからうとも、「望舒草」編集の際除外しようとも、音節の婉轉あり、幽微の情緒あり、「我的記憶」中の優れたる佳品であるのみのならず、中國象徵詩の最高峰に位すべきものの一であると考へる。

雨巷

撑着油紙傘，獨自
彷徨在悠長，悠長
又寂寥的雨巷
我希望逢着
一個丁香一樣地
結着愁怨的姑娘。

她是有
丁香一樣的顏色，
丁香一樣的芬芳，
丁香一樣的憂愁，

在雨中哀怨，
哀怨又彷徨；

她彷徨在這寂寥的雨巷，
撐着油紙傘
像我一樣，
像我一樣地
默默彳亍着，
冷漠，淒清，又惆悵。

她默默地走近
走近，又投出
太息一般的眼光，
她飄過
像夢一般地，
像夢一般地淒婉迷茫。

像夢中飄過

一枝丁香地，
我身旁飄過這女郎；
她靜默地遠了，遠了，
到了頹圮的籬牆，
走盡這雨巷。

在雨的哀曲裏，
消了她的顏色，
散了她的芬芳，
消散了，甚至她的
太息般的眼光，
她丁香般的惆悵。

撐着油紙傘，獨自
彷徨在悠長，悠長
又寂寥的雨巷，
我希望飄過
一個丁香一樣地

結着愁怨的姑娘。

戴望舒自身この詩に對しては、「比較的やや遲い作品に對する如くああは珍惜しなかつた。望舒自身「雨巷」を喜ばなかつた原因は甚だ簡單である。則ち彼が「雨巷」を書いた時には、すでに詩歌の彼の所謂「音樂の成分」に對して勇敢に反叛を開始して居た故である。」（杜衡「望舒草序」）

かくて彼は「我底記憶」以後作風を一變し今日に到つて居る。

我底記憶

我底記憶是忠實於我，
忠實得甚於我最好的友人。

牠存在在燃着的煙捲上，
牠存在在繪着百合花的筆桿上，
牠存在在破舊的粉盒上，
牠存在在頹垣的木莓上，
牠存在在喝了一半的酒瓶上，
在撕碎的往日的詩稿上，在壓乾的花片上，
在悽暗的燈上，在平靜的水上，

在一切有靈魂沒有靈魂的東西上,
牠存到處生存着, 像我在這世界一樣。

牠是膽小的, 牠怕着人們底喧囂,
但在寂寥時, 牠便對我來作密切的拜訪。
牠底聲音是低微的,
但是牠底話是很長, 很長,
很多, 很瑣碎, 而且永遠不肯休;
牠底話是古舊的, 老是講着同樣的故事,
牠底音調是和諧的, 老是唱着同樣的曲子,
有時牠還模仿着愛嬌的少女底聲音,
牠底聲音是沒有氣力的
而且還夾着眼淚, 夾着太息。

牠底拜訪是沒有一定的,
在任何時間, 在任何地點,
甚至當我已上床, 朦朧地想睡了;
人們會說牠沒有禮貌,

但是我們是老朋友。

牠是瑣瑣地永遠不肯休止的，
除非我淒淒地哭了，或是沈沈地睡了；
但是我是永遠不討厭牠，
因爲牠是忠實於我的。

この詩を戴望舒は「望舒草」の最初に置いて居る所より見ても、彼の「珍惜」の程が分るが、惟に彼の作風の一變した紀念品であるだけでなく、今日の中國象徵詩は全くこれより出直して居るとも考へられる。施蟄存は「戴望舒は新月詩風疲弊の際、李金髮詩材枯澀の餘、佛國初期象徵詩人の中から甚大の影響を得來つて、彼の新鮮な自由詩を作り出で、彼個人に於て相當に成功を得、中國詩壇に於ては一種新なる風格を造成した。今日に到つて、有意無意に彼を摸倣する青年詩人は、殆んどの詩を載せて居る刊物上にも見出す事が出來る。」（「我的創作生活之歷程」、「創作的經驗」）と云つて居るが、親しき友の言葉故、多少割引する必要はあるが、この新鮮な（?）自由詩の亞流が許多生じた事は事實であり、今日中國詩壇に於ける象徵詩はすべてこれであると云つても過言ではない。

尚、この「我底記憶」以後の詩は、嘗て馮夷も評した（「晨報副鐫」、「詩與批評欄」、二十二年十一月二日）如く、かの些かの矯飾もなく、寸毫の匠氣もなく、醇朴簡素を極めた詩風をもつ、佛國詩人フランシス・ジャームの模仿（馮夷は「脫胎」の語を使用して居るが）の跡顯著なものがある。

かうした詩について、「象徵詩派の通病は綺麗な詞句を用ひて內容の空洞を掩飾する事に在るが、望舒は却つて詩歌の中に彼の靈魂を寄託する者であり、これが則ち彼が其他の象徵詩人に異り、同時に又より優れて居る所以である。」（「中國文藝年鑑」、一九三二年「中國文壇鳥瞰」）と、讚辭を呈する評家もあれば、「作者は此の如く餘りに文字を浪費し放任し、一毫も吝惜と節制とを知らず、ただに未だ文字を馴制する事が出來ないのみならず、且は文字に左右されて居るに似て居る。冗散な瘖啞な句があり、ただに口に上す事が出來ないだけでなく、甚しくは讀者の眼に厭倦を感ぜしめる。これは修辭を以て美麗な詞藻と爲し、韻律をば叮嚀の韻律と爲す詩作者と同樣に誤謬に屬す。」（馮夷「晨報副鐫」）と論ずる評家もある。私は後者の說に全く同意する。蒲風は前者の評を引用して、「戴望舒の詩に其他の象徵詩人と異るものがあると云ふのが、若し彼の象徵詩が畢竟比較的分り易いと云ふ事を指して云ふものだとすれば、象徵派の崩潰は戴望舒によつて證明することが出來ないだらうか？」（「東方文藝」第一卷第一期、「論戴望舒的詩」）と論評して居る。成る程、中國の象徵詩には（嘗てわが國にもあつた如く）特異な感情も心象の飛揚もなく、只內容の空洞さを掩飾するが爲の「看不懂」や「神祕」の弊があつた。既に李金髮の詩を論じた際述べた通りである。併し、幽暗朦朧を尊び、ヴェルレーヌの詩法に所謂「何ものよりも先づ音樂を」の境地、「面紗のかげなる美しき眼」を尋ぬるをもつて、象徵派はその信條としなかつたか。「我底記憶」以後の戴望舒の詩が比較的分り易いと云ふ事は事實であり、それ迄の中國象徵詩人の作と異つて居るものだと云ふ事は出來よう。だが、それ故に彼が他の象徵詩人より優れて居るとの理由にもならないし、同時に象徵派の崩潰（？）の證明ともならない。

私は馮夷の所說に同意すると言つた。併し、斷つて置かなければならない。勿論我々は、佛國象徵詩が進展して、やがて內在律に立脚した自由詩の叫びとなつた事を記憶して居る。又、萩原朔太郎も云つた如く、我々の時代は、時代そのものが既に散文の時代であり、随つて我々の時代の詩人は、必然にこの時代の情操を特色としてゐる。卽ち現時の詩及び詩人等は、だれも皆著しく散文的な情操を多量に有して居る。既に詩人の情操そのもの、詩の內容そのものが、現時に於てはかく散文的である。したがつてその表現が、散文風なる自由詩の形式に歸するのは當然であらう。

それにしても、私は彼の詩に甚だ不滿を感ぜざるを得ない。それは單に自由詩なるが故ではない。

ここで私は作風一變後の彼の主張を紹介し、次にいささか私見を述べて見たいと思ふ。今彼の「望舒詩論」（「現代」第二卷第一期、創作增大號）十七項の內、比較的重要なものを擧げると、次の如くである。

○詩不能借重音樂，牠應該去了音樂的成分。
○詩不能借重繪畫的長處。
○詩的韻律不在字的抑揚頓挫上，而在詩的情緒的抑揚頓挫上，卽在詩情的程度上。
○新詩最重要的是詩情上的 nuance 而不是字句上的 nuance。
○韻和整齊的字句會妨碍詩情，或使詩情成爲畸形的。尚把詩的情緒去適應呆滯的，表面上的舊規律，就和把自己的足去穿別人的鞋子一樣。愚劣的人們削足的履，比較聰明一點的人選擇較合脚的鞋子，但是智者却爲自己製最合自己的脚的鞋子。
○祇在用某一種文字寫來，某一國人讀了感到好的詩，實際上不是詩，那最多是文學的魔術。眞的詩的好處不就是文字的長處。

この外、「新しき詩はまさに新しき情緒とこの情緒を表現する形式がなければならぬ。」と云ひ、「情緒は寫眞機で撮影するものではなく、そは當に巧妙なる筆觸を以て描出しなければならぬ。かうした筆觸は又活けるものであり、千變萬化するものである。」と云ひ、「必ずしも新しき事物を題材となすには及ばない。（私は新しき事物を題材と爲すのに反對するのではない。）舊き事物中にも新しき詩情を探し出す事が出來る。」「舊き古典の應用は反對すべきものではない、それが我々に新情緒を與へる時に於ては。」などとの當然の論もあるが、問題にならぬ愚論もある。自家撞著の言説もある。

ともあれ、彼が內容主義であり、內在律の主張者たる事は明白である。然も、自由詩の本質如何を論考する事は容易でなく、前述の如く時代の所產として必然的なものである以上、その存在理由を認めなければならない。

併し、現實を逃避し、自らの寂寞の回憶を、戀愛や秋の感傷を描き、夢の中に安慰を求めんとする彼にとつて、果して斯の如き表現形式が「最も自己の脚に合つた靴を製した」ものと云へるであらうか。又、「ただある一種の文字を用ひて描寫し、ある一國人が讀んでいいと感ずる詩は、實際上は詩ではなく、それは大部分文字の魔術である。」云云の論の如きは、言語藝術に於ける言語の位置の絕對なる事を忘却し、言語の洗煉が文字の適用を必須條件と爲すことを考へない暴言ではなからうか。

勿論、詩の音律的效果は必ずしも所謂韻律による必要はない。しかしながら、いやしくも音律的效果のない表現を、詩と呼ぶことのできないのは當然である。果して彼の詩は「詩の情緒の抑揚頓挫上」に於ける韻律を具現し、「詩情上の nuance 」を有して居るであらうか。

故に、「作者は此の如く餘りに文字を浪費し放任し、一毫も吝惜と節制とを知らない。」云云の馮夷の論評に同感の意を表する所以である。

第六節　「銀鈴」の作者姚蓬子

「銀鈴」の作者姚蓬子も時に佳品を殘した象徵詩人であつた。彼が「銀鈴」を世に送つたのは、民國十八年三月であるが、その自序で、

白天，我在圖書館裏找尋着古代的叛逆者之跡；如 Nietzsche，Schopenhauer，Baudelaire，Poe，Artzihaohaeu 等等，都是我當年神交的好友們。晚上，不是躺在床上，一盞昏沈的煤油燈下，追逐着莎寧與巴莎諾夫等人的影子，在橫文的書籍中；既是跑上墮落者之集合所，以感傷的享樂來滿足我變態的本能。這些詩，都是我變態的情緒的表現呵，我自信是如此。

と語つて居る彼の自割の言によつても、彼が如何なる思想の持主であり、これ等の詩が如何なる生活の裡から生產されたかを十分に知る事が出來よう。

尚、彼は上揭の自序の內で、ポオル・ヴェルレーヌを「神交的好友們」の一人に數へて居ないけれども、開卷の第一首「秋歌」とか「從此永別」とかの詩によつて、ヴェルレーヌの影響が多分に存在する事を知り得る。又、「在儞面上」の詩は、ルミイ・ド・グウルモンの「毛」の詩を想起するものであり、グウルモンの詩も愛讀したのではないかと思ふ。

朱自清は彼について、「彼は却つて自由詩體を用ひて製作し、感覺の鋭敏と情調の朦朧上に於て、時に他の幾人かより優れて居る。」（「中國新文學大系詩集導言」）と述べて居り、一九三二年の中國文藝年鑑では、新興階級の歌頌者とならない前の彼をば、戴望舒と竝稱して、「彼等は無韻詩の形式を以て、幻美な筆致の下に縹渺たる情思を寄託し、その人を動かす力量は、云ふ迄もなく其他のどの詩派より上にあるものだ。」と、讚辭を呈して居る。それ程の、戴望舒に比肩し得る程の成就があるとは考へられぬけれども、感覺の鋭敏さを有し、變態的情緒を有し、時に奇異な美しさを發揮した詩がある。

在儞面上

材儞面上我嗅到霉葉的氣味，
倒塌的瓦棺的泥郫的氣味，
死蛇和腐爛的池沼的氣味，
以及兩天的黃昏的氣味；
在儞猩紅的脣兒的每個吻裏，
我嘗到威士忌酒的苦味，
多刺的玫瑰的香味，糖砒的甜味，
以及殘缺的愛的滋味。

但儞面上的每一嗅和每個吻，

各消耗了我青春的一半。

この詩派グウルモンの「お前は乾草の匂いがする。お前は獸が寢たあとの石の匂いがする。」云云の「毛」の詩を想起させるとは云つたが、集中の佳品であり、彼の詩の特色を發揮してゐるものだと思ふ。

第七節　其他の象徵詩人

以上の諸詩人の外、「花一般的罪惡」の作者邵洵美、「良夜與惡夢」の著者石民等がある。邵洵美は「希臘の女詩人サッフォの神麗に驚異し、サッフォより彼の崇拜者スゥイン・バァーンを發見し、又彼等よりボオドレエル、ヴェルレーヌに接觸した。」(詩二十五首自序)併しながら、新月派の一員であつた關係上、「ただ艷麗な字眼、新奇な詞句、鏗鏘の音節を追求し、竟に更に重要なものに詩の意象がある事を忽略して居た。」(同上)石民の詩は李金髮のそれに近く、「良夜與惡夢」なる詩集の名の示す如く、「惡の華」の作者ボオドレエルの影響を多分に看守する事が出來る。集中譯詩もあり、最も多くボオドレエルの散文詩を譯して居る。

最後に、本國に於て全然知られて居ない一詩人に就き語りたいと思ふ。大正十五六年頃、詩に關心を持つて居た人々の中には、當時「日本詩人」等の詩雜誌で、黃瀛なる名を見た記憶を有して居る人もあらう。私が今語らんと欲するのはその黃瀛なのである。

黃瀛は光緒三十二年、四川省重慶に生れ、青島日本中學校を經て、日本に留學し、文化學院に學び、後陸軍士官學校を卒業した。彼のこの頃の詩は昭和五年「景雲」に收められ、後昭和九年ボン書店から「瑞枝」を刊行した際にも收録された。

彼は我々の國の詩壇で、我々の言葉を以て、その詩情を表現した詩人である。日本に咲いた中國の花である。木下杢太郎は「瑞枝」の巻頭を飾つて、「詩集『瑞枝』の序に代へて、作者黄瀛君に呈する詩」中で、次の如く云つて居る。

まるで考へられないことだ、こんなにも美しい詩の數々が
言語（ことば）を殊にするあなたの指先から咲き出でようとは。
ここに方言、ここに鄕土の倍音、
一瞬に消える影、二度と想ひ出せぬ匂、
それが此邦の人より鋭く、
深く、柔く、癢く、また些（ち）と酸つぱく、
言語（げんぎよ）、韵律の微かな網に捉へられて居る。
網の目に金銀の雨、
天門を滑る律動……

昔はわれわれの先祖たちも
むづかしいお國の韵語を藉りて

數世紀の間漢詩（からうた）といふものを作りました。
だが果して幾人か能く規矩の繋縛を脱し得たでせう。
誰か能くその國人の涙を促し得たでせう。
それをあなたはその詩に由り、
われわれの惱を惱み、
われわれの喜を喜び、
室（へや）の隅にすね、氷雨（ひさめ）の窗にわびる。
「デタラメのメ」を泣きはらし、
「やろんばう」の笑を笑ふ。
而もその詩品は尖端派中の尖端、
アンチ・ユウクリツトの情線、
構想粒子の搏擊。

誰ぞ、軍用鳩を肩にして、風をよけつつ香煙に火を點ずるは。
誰ぞ、馬に驅足、疇昔（さき）の夜のナヂアを憶ふは。
誰ぞ、ヴェランダの月に濡れつつ、故里の怙恃を忍ぶは。
誰ぞ、異國の首都、街路の柳、
時花歌（はやりうた）、點心鋪（かしや）の宵に、遠く來た幼妹を慈しむは。

……………………………………

彼の詩を讀む者は、何よりも彼の日本語の驅使力に驚異の眼をみはるであらう。そして、木下杢太郎のこれ等の言葉をそのまま評語としてもよいと考へるであらう。

風景

——郊外馬込村早春

雜木林に畫家は三脚を下ろし
犬の吠え聲を描きつつあり
青々と麥一寸の段々畠を行くは
かの赤屋根のマダムならむ
ふところ手して
タバコのむわが幸ひ——けぶり
あゝ養鷄場の午のざわめきよ

または都はなれし窓のギターの音よ
霜どけ道を行けば
梅の香り、我が身我がうなじを巡り

おう！
彼方薔薇なす春のうれしき雲よ

思慕

兩手を合はして兩手を見れば
さみしい靜物のやうな氣分である
遠く離れた人の心が
まろく納められたやうな圓空である
だからといつてひくい聲で
「我が船ハバナを立つとき」をうたへば
いやにしめつぽい春の宵である
部屋の中で男が一人女が一人
互にだまつて向ひ合つてるやうな感じである

窗にちらほら白う見える
あの頃の梅の蕾である
「我が船ハバナを立つとき」で迗られてからといふものは
引きつゞいて愛別の思念が
二月の光りのやうに白く輝いてゐるのである

この二つの詩によつてもその一端は窺れよう。日本の誰かの詩に似て居ると感じても、日本語によつてこれだけの詩作を爲した者は後にも先にも見當らない。(昭和十年に雷石楡が「砂漠の歌」を前奏社から出版したが、詩才に於ても、日本語の驅使に於ても、遠く黄瀛には及ばない。)

尙、中國に對する彼の感慨を詠じたものは、殆んど見出せない。ただ、「妹への手紙」(2)の中で、

可愛い I ren!
この二三日、私は『ピレニー守備隊の唄』を口にしてる
妹よ、國境ほど私を惹くものはない
局部的にふるへてる私達の國
『國を思ふと腹が立つ』
この言葉にこゝの國の藝術家は不健康な嘲笑をするのだ!

と云つて居るが、これだけで十分に彼の祖國に對する感情が知り得られよう。

ともあれ、黄瀛なる者があつて、異國日本の詩壇に於て、われわれの如く大和言葉を用ひて詩作してゐたと云ふ、この事は一顧の價値ありと信ずるのである。本國詩壇と何の交渉はなかつたとしても。

第八節　純詩の作者化して革命の宣傳者となる

李金髮の「微雨」現れ、王獨清佛國より歸りてその詩作を世に問ひ、穆木天・馮乃超の詩續々と創造月刊・洪水等の諸雜誌に掲載され、戴望舒の「雨巷」好評を博し、新月派の詩人邵洵美象徵詩人として詩壇にその第一歩を印し、石民の作語絲に現れ、胡也頻李金髮の影響を受け、姚蓬子の詩奇異の美を發散し、民國十四年より十六年に到る間は、象徵詩の極盛時代であつた。

然るに、世は再び革命の渦卷となり、創造社の郭沫若成仿吾等革命文學（プロレタリア文學）を高唱し、それが文壇を風靡するに從つて、象徵詩人の多くは藝術至上主義の壇を下つて、遂に革命の宣傳者となつた。

先づ革命文學の本據創造社の三詩人について語らう。

王獨淸は歸國後間もなく、ほかの創造社の中心人物とともに、革命の本源地廣東に赴いた。「その時幾人の中心分子が廣東に赴いたのは、益〻その傾向を實踐化せしめて來た。廣東に到つた後、先づ廣東大學文學院に於ける革新運動が、卽ち創造社の左傾の行動を表示した。當時革命澎勃たる廣東に於て、左傾の智識階級の青年は大部分廣東大學の文科に聚つて居た。故に、創造社が廣大文科を主宰した事は、甚だ有意義な一事體である。後來、郭沫若が北伐に參加したので、私が文學院を主持し、やがて廣東の政治が右傾するに至つて、始めてその使命を放棄した。」（創造社――「我和牠的始終與牠底總賬」）と獨淸自ら語つてゐるが、當時の彼の思想轉換は周圍の空氣に動かされたものであり、深き根據の無いものではあつたけれども、とにかく左傾的色彩を帶びて來たのは事實であつた。その後の彼の詩は浪漫的革命詩であり、「埃及人」「IIDEC」「諠煉」等に收められてゐる。

次に穆木天も、「最早東京の生活を經續するに忍びず、廣州に行き、更に北平に到つたけれども、一切均しく空虛なるを感じ、もう詩を多量に生產する事は出來なかつた。以後數年間の沈默が訪れた。」（「我的詩歌創作之回顧」）その後民國十八年に故鄕の吉林大學の敎師として迎へられ、そこで「東北農村の破產、日本帝國の鐵蹄日一日と壓迫の度を加へつつあるを知り、沈默を守りつつ、自らの墳墓を掘つた。」（同上）したがつて、これより以後の彼の詩には、「無限の血淚が隱伏して居る。」（同上）かくて、民國十九年年末、「吉林の農村益〻破產し、『九一八』の前兆益〻あらはとなるに及んで」、「故鄕に向つて永別の敬禮を致し」、遂に上海を永住の地とさだめた。彼が所謂現實派の重鎭として、一面帝國主義に反抗し、一面勞働者に同情の聲を洩らすに至つたのは、上海事變以後の事であるが、彼の詩は「帝國主義壓迫下の血淚の產物」（同上）であり、プロレタリアイデオロギーは極めて稀薄なものである。現實派なるが故に、又は、彼の詩に多少資本階級打倒の言辭があるが故に、新興階級の歌者と爲す事は全く當らない。民國二十三年に出版した、詩集「流亡者的歌」には、この頃の作品が「旅心」とともに輯集されて居る。

詩友穆木天が沈默し、やがて亡國の淚を以て、故國を弔ふ哀歌を唱ふに至つた時、馮乃超は如何なる道を辿つたか？　王獨淸は、「我々が驚異を感じたのは、彼が徹底的に新しき方向に轉變した事である。彼の現在の詩は完全に新興階級戰鬪の戰場を步んで居り、これはまことに甚だ愉快な事である。乃超の將來の中國詩壇上に於ける希望は確かに甚だ大なるものである。」（「獨淸譯詩集前置」）と云つて居り、郭沫若も、「彼の思想の激變には驚いた。極端から極端へ赴いたとも云へよう。」などと語つたが、彼は卒業間際に東大を退學し、所謂福本イズムの熱心な信者となり、極端から極端へ轉身した。現在彼は何處に在るか？　或人達は、思想的苦悶の爲に、自らその生命を絶つたとも云ひ、或人達は、尙生存しつつありと云ふ。郭沫若に尋ねしも、彼も馮乃超のその後を知らずと語つた。彼の死亡說が有力の樣であるが、とまれ、民國十七年以後暫く革命詩を發表し、「革命戲劇家梅葉荷特的足跡」を語つたりした後、完全に文壇からその姿を消した事だけは事實である。

「銀鈴」の作者姚蓬子は、既に「銀鈴」の自序で、「目下、時代は既に君が溜息をつく事を許さない。時代の車輪を押して前進せしめ、自己の力量を盡して、歷史が少しでも早くその使命を完成せん事を催促する事を除いて、それ以外にまた何の無駄話をする暇があらう。だから、私は沈默して已に三年になつた。」と云ひ、「願くは親愛なる讀者達がこのくだらない小册子を投げ棄てて、貴方達の戰鬪の武器を手にせられんことを。」と結んで居る如く、長き沈默の時代を經過し、後來所謂新興階級の歌頌者と變じた。

胡也頻また、革命の浪漫詩を歌詠したが、遂に民國二十年（「晨報」の「記丁玲」の文には、二十一年春となつてゐるが、今「中國新文學大系史料」の作者小傳に據る。）赤色の旗下に捕へられて、その短き生涯の幕を閉じた。

かく大部分の象徵詩人は沈默し、思想轉換を行い、革命詩の作者と化し、ただ李金髮時として、彫刻の餘暇昔日の如き詩をものし、戴望舒「ジャーム」式の自由詩を發表するのみにて、ここに中國象徵詩は、一時的開花を見せたまま、革命文學の暴風雨に散つてしまつた。すべては時代であり、民族の運命である。

結　語

民國六年新詩が提倡され嘗試されてより茲に二十年。時代は恰も全世界の人々が世紀末的不安の深淵に直面し、ファッショと共產主義との横行に魂を戰かし、餘りに散文的な時代ではあつたし、その上、中國社會は詩の花を開くべく餘りに混亂を極め、餘りに多端であつた。

詩壇には、新奇を好む青年たちが我物顏に勝手な氣焰をあげ、洋行歸りの人々が半知半解な外國詩を得意になつて紹介し、安價な模造品が市場に汎濫し、昔氣質の老職人の店頭には蜘蛛の巢が張り、時として少しは意を強くし得る時代もあつたけれども、現今に於ては全く衰微の極である。或は詩などを求め樣とする方が間違つてゐるのかも知れない。この狀態がいつ迄續くか？

日本に於ては最近詩が復活しつつある。同人雜誌などに於ても詩が以前には見られなかつた位置を占めつつあることは事實である。そこに、不安の時期の後に徐々に立直りつつある知識階級特に青年たちの精神的狀況を考へる事も出來よう。併し、だからと云つて、中國も同樣な現象を呈するであらうと卽斷する事は、中國の現狀を凝視する者の確信ある論だとは云へない。

中国現代文学雑考

活字化にあたって

一、本稿は詩文を倉田貞美博士が翻訳されている。貴重な翻訳なので二字下げて掲載した。

（田山記）

はじめに

私が東京文理科大學で漢文學を專攻してゐたころは、竹內好氏などが中國文學研究會を結成し、『中國文學』を發行したりしてゐた時代であつたが、たまたま京城帝國大學助教授であつた辛島驍氏が文理大の講師として來學され、中國現代文學の講義をされたりしてゐたので、それを聽講する機會に惠まれ、それによつて中國現代文學に興味をいだき、また當時は高等師範學校の特設予科にまだ相當多數の中國留學生が入學してゐたし、內山嘉吉氏御夫妻が東京郊外に新たに內山書店を開店されて新刊の中國國書や雜誌の購讀も容易になつたりしたこともあつて、卒業論文のテーマに「中國現代詩の研究」を選んだりしたことであつた。

終戰後、本務に歸り、研究生活に復歸できてから、再びそれを經續したいと考へ、二、三の論文を發表したりした。そのうち、その醞釀期ともいふべき時代の究明から始めなければと考へ、それに着手したところ、結局それが研究の中心となつてしまい、現代文學の研究はたうとう「日暮れて道遠し」との嘆を禁じ得なくなつた。

しかし、鷄肋棄てるに忍びない情もあつて、中國現代文學――今日では近代文學といふべきものであるが――に關する論文を集めて、「雜考」として上梓することとした。詩の翻譯はもともと不可能であるとの論を持しつつ、あへて拙譯を添へたのは、讀者の參考に資せんがためである。御批正を得ばまことに幸甚である。

昭和五十八年十二月二十二日　　倉田貞美

臧克家の詩について

一　序言

青島大學の學生であつた臧克家（一九〇五―）が、「幾年間の作品を選汰した結果」（「罪惡の黑い自序」）第一詩集『烙印』を自費出版したのは一九三三年の八月であつた。集中收めるところの詩二十二篇は、一九三一年の冬から一九三三年六月までの作であり、再版の際更に四篇を加へ、そのうち三篇は一九三三年十一月の作である。

次いで「最近期間の成績の總合」（同上）として、第二詩集『罪惡の黑い手』を出版したのが一九三四年の十月で、一九三三年夏以後一九三四年七月までの作十六篇を收めてゐる。なほ、一九三四年十二月出版の生活書店編輯所編の『彼女の生命』には、彼の詩六篇と「新詩について」とが收められてゐる。以上は彼の青島時代の作品である。

一九三六年には自傳的長編詩『自畫像』と詩集『運河』とを出版した。『運河』には一九三四年中秋以後一九三六年五月までの作二十四篇の詩を收めてゐる。これらの詩は彼が學校教師として臨清に在住していた時代の作品である。その後も詩作を繼續し、雜誌『文學』などに詩や詩論を發表してゐる。

私は『烙印』『罪惡の黑い手』『運河』の三詩集を中心として、彼が何を歌はんとしたか、いかに歌つたか、そして結局、彼の詩はいかなる特色をもち、いかなる意義を有するものであるか、を究明してみたいと思ふのである。

そのためには、時代背景とか當時の詩壇について一言觸れて置かなければならない。「九一八」「一二八」事變は後盧溝橋事件が勃發するまでの數年間の中國は、「日本帝國主義」の侵攻がいよいよ積極的となり、半植民地的様相はますます深刻の度を加へ、完全植民地と化した地方さへ生じ、しかもそれが次第に擴大しつつあつた。外國資本の重壓と連年不斷の內戰、相次ぐ大洪水大旱魃等、いはゆる「人禍天災のため、國民經濟は破產し、都市は動搖し、農村は崩壞しつつあつた。中國の民衆は、この暗黑の重圍の中で、流亡の慘苦を體驗しながら、あるいは絕望視、あるいは活路を見いださうと苦鬪していた。國民政府のたび重なる彈壓にもかかはらず、革命思潮は內面的により深化し、より普遍化しつつあつたし、反帝抗日の國民感情は日一日と高漲しつつあつた。

次に當時の中國新詩壇を一瞥してみると、そこには大まかにいつて三つの流派が存在してゐたといへる。

その一つは技巧の周密、格律の謹嚴などを共同の信條として、形式美を追求しようとした「新月派」の詩人たちである。だが徐志摩は不慮の死を遂げ、聞一多は古典の研究に沒頭し、朱湘は身を揚子江に投じ、陳夢家、卞子琳たちが注目すべき作品を發表したけれども、もはや往年の盛況を見ることはできなかつた。

その二はフランス象徵詩の影響を受けて、神祕的な特殊の風格を持つ自由詩を作つた詩人たちで、詩雜誌『現代詩風』などを創刊して、「象徵派」とか「現代派」とか呼ばれた人々である。李金髮は相變らず作品を發表してはゐたが、すでに詩材枯澀し、穆木天、姚蓬子などは革命詩の歌頌者となり、戴望舒がこの派の中心として年少詩人の模仿する者多く、一風潮をつくりあげてゐた。

その三は、一九三二年「中國詩歌會」を設立し、『新詩歌』旬刊を創刊して、「現實を捉へて新世紀の意識を歌唱し、大衆化詩歌を創造せん」（穆木天『新詩歌創刊號「發刊の詩」）として、現實主義の詩を作り、階級闘爭を歌頌し、「大衆合唱詩」を提唱し、試作しようとした。いはゆる「新興階級詩派」とか「新詩歌派」とか呼ばれた詩人群である。この陣營の主要人物は穆木天、楊騒、柳倩、蒲風、王亞塀などであつた。

二　題材と內容

臧克家自身も「烙印再版後志」の中で、「早くから心中作詩のための方針を定めた。第一は力を盡くして現實の暗黑な一面を暴露したい、次には人生永久性の眞理を描きたいといふことである。『烙印』中の二十六篇の詩は、たしかにこの範圍を出てゐない。」と述べてゐるやうに、『烙印』中の作品は嚴しい生活體驗、人生苦を歌つたものと、現實社會の暗黑面を描いた詩とでみたされてゐる。他の新月派の詩人や象徵派の詩人たちのやうに、戀愛や風花雪月などの「閑情」を歌つたものは一首も存在しない。

這可不是混着好玩、這是生活、
一萬支暗箭埋伏在爾周邊、
伺候爾一千回小心裏一回的不檢點、
災難是天空的星群、
它的光輝拖着爾的命運。

これは全くあそびなんかぢやない、これは生活だ。
一萬本の中傷の矢が君のまはりに埋められ、
君の千回の細心のなかの一度の不注意をねらつてゐる。
災難は空の星のむれだ、
その光りは君の運命につらなつてゐる。

に始まる「生活」や、彼が詩集にも名づけた次の「烙印」の詩などは、聞一多も言つたやうに、たしかに「集中の最も精彩ある作品ではないが、人に輕視させない價値があり、この價値がこの詩集全部の價値である。この一類の詩こそ、克家のすべての詩の基礎となつてゐるものだ。」（「烙印序」）と言へるであらう。

烙　印

生怕回頭向過去望、
吾狡猾的說「人生是個謊」、
痛苦在我心上打個印烙、
刻刻警醒我這是在生活。

我下住的撫摩這這印烙、

忽然紅光上灼起了毒火、
火花裏迸出一串歌聲、
件件唱着生命的不幸。

我從不把悲痛向人訴說、
我知道那是一個罪過、
混沌的活着什麼也不覺、
既然是謎、就不該把底點破。

我嚼着苦汁營生、
像一条喫巴豆的蟲、
把個心提在半空
連呼吸都覺得沈重。

烙　印

過去をふりかえるのはひどくこはい、
わたしはずるく「人生はうそだ」といふ、
苦痛はわたしの心に烙印を押し

これが生きてゐることだといつもわたしをいましめてゐる。

わたしは休まずにこの烙印をこすつてゐると、
突然赤い炎をあげて毒火が燃えあがり、
火花の中から一連の歌聲がほとばしる
どれもこれも生命の不幸を唱ひつつ。

わたしは悲痛を人に訴へたことはない、
それが罪過だと知つてゐるから。
ぼんやりと生きてゐては何も氣がつかない、
すべては謎だから解けるはずがない。

わたしは苦汁をかみしめながら生きてゐる、
巴豆を食つてゐる一匹の蟲けらのやうに。
心をば中空にかかげ
息をするさえ重苦しく感じてゐる。

克家はこのころを回顧して、「わたしはかつて驕傲に値する青春をもつたが、それはただ一瞬であつて、續いて來たものは果てのない惡夢であつた。かうして酸涙を流しつつ『變』を書いた。後に革命思潮に動かされて武漢に到り、そこで先鋒に加はり、生命を死線上に置き、つひにある秋の日國外に亡命した。これから革命戰線を離脱して卑汚に生きつつ、失敗後の悲哀が『流砂の如く』を書かしめた。この時期は苦痛の矛盾中に生き、不死の思想に迫られて『天火』『やがてそんな日がやつてくる』を書いた。だが、現在見てみると、この二篇ももはや更に偉大な現實にぴつたり合はないところがある。」（「烙印再版後志」）と述懷してゐる。

彼は誠實に人生を生きようとして、深刻な苦痛を感じ、「希望」は「結局眞實かそれとも幻か」「行けども果てしない一本の天の橋」（「希望」）「黑雲に閉じ込められた一縷の太陽」「病人の眼中の最後の靈光」（「生活」）と懷疑し、虛無的となり、「苦澀が多ければ多いほど、その中にそれ獨特の眞味がある」（「生活」）「苦澀をかみしめながら生を營む」といふ堅忍主義の人生觀に到達してゐる。穆木天も論じたやうに、「かうしたストア哲學は『烙印』中のあらゆる詩作を支配してゐる。」（『平凡集』「烙印について」）

『罪惡の黑い手』『運河』となると「わたしの身邊に一つの幽靈の影を釘づけにし、晝も夜もちょつともゆるめない。」「一本の黑い手がひねり殺した世界」（「窗のない部屋」）の中で呻吟しつつ、この世紀は、「惡魔が眞理の顔を引き裂き、なお揑造した無數の僞名を與へた」と痛感し、「二度とあんなでたらめな夢を見ず」「長くふりかへらず、前に向つて進む、一羽の大鵬が青空をかすめ、翼の下に一連の響きを出してゐるやうに。」「百錬の鋼條がわたしの骨をきたへあげ」「かまびすしい大河がわたしの生命だ」「わたしは熱情だ、一勺の沸水をそそぎ、宇宙の堅い氷を開く」「わたしはのどをあげて高らかに正義を歌ひ、ほほじろとならずひばりとなりたい」（「目白」）「一口に晴天を呑み下すことができ、一對の眼は鋭くひたすら人生の道を探檢し」「暗黑の雲がまつさきにわれわれの心をむちうち、まつかな心は一本の火箭《ひや》だ！」「自らの力を信じよう、われわれは青年である」(「われわれは青年である」)などと、ますます倍加して來る暗黒な生活を克服して、明日への希望に燃え、自らの力を確信し、積極的に人生を生きようとする熱情が高まつてゐる。『烙印』時代の「幻滅」「動搖」「虛無」から、「追求」へと進展して行つた心境がそこに表現されてゐる。

彼は『運河』の自序で「生活經驗が作品の鋼骨である」と言ひ、「新詩片語」においても、「時代は艱難の中にあり、われわれは大なる力を求めてゐる。力は空中から落ちて來るものではなくして、生活の中からみがき出されて來るものである。故に、一個の詩人は必ず眞面目な生活を得て、然る後に初めて能く詩句光芒四射し、キラキラと人に迫らしめ得るのである。」と述べてゐるが、誠實眞摯な人生に對する態度と、深刻な生活體驗は、終始彼の作品の源泉となり、彼の詩をして價値あらしめてゐるものといはなければならない。

『烙印』中にも、「難民」「炭鬼」「神女」「漁翁」「人力車夫」「當譾女」「販魚郎」など社會の暗黒面を描寫したものがあり、「これらの同胞に對して最大の同情を惜しまず、彼らの心と一つに連結してゐるやうに」(「烙印再版後志」)感じて作られたものではあるが、侍桁も論じたやうに「書くことがいかにも深刻でなく、ただ淡々たる一つの輪廓」(『現代』四巻四期、「文壇上の新人」)であるにすぎず、「狹隘な人道主義をもつて、朦朧と彼らを見つめてゐるにすぎない。」「主觀的に彼の堅忍主義の哲學を放入してゐる。」(「烙印に關して」)といふ穆木天の批評も認めなければならない。克家自身も『烙印』の詩は「初步」であり、「思想上においても一本の統一した路がなく、許多のところに觀察と表現とすべて正確でない。」と述懷してゐる。侍桁は「書休み」を「絕妙な好詩」と言ひ、「詩人が他人の苦痛のために不平を鳴らす描寫中に、いかに新鮮な生命力を彼が感じたかを見いだせる。」(「文壇上の新人」)と賞贊してゐるが、それは少し過譽であらう。しかし、「新詩歌の轉變のために一つの過渡的かけ橋を供給したものであり、」「詩の發展の新しい方向を暗示した」(同上)ものとして注目すべきものではあらう。『彼女の生命』中の「ぼろを繕ふ女」「炭團をつくるをとめ」などもこの一類の詩である。

『罪惡の黑い手』においては、「個人的堅忍主義を開放して實際に向つて着眼し」（「自序」）て「より偉大なもの」を描かうとし、大社會に題材をもとめ、個人的なものから社會的なものへと進んでをり、生活の歌詠は『烙印』より減じ、社會の暗黑面を描くものが增大し、且つ一段と深刻になつてゐる。都市の暗黑、農村の慘狀、すべて時代の苦惱を深刻に反映しており、大時代の作品と稱する價値がある。

當時最も喧傳されたのは百五十四行の長編敍事詩「罪惡の黑い手」である。都市の廣い空地に建築中の教會堂の含有する矛盾を描寫し、牧師や教徒たちの榮華な情形と、建築に從事してゐる勞働者たちの辛苦の情形とを描いて、教會の虛僞と罪惡とを暴露し、最後に

不過天下的事誰敢保定準？
今日的反逆也許是昨日的忠心、
誰料定大海上那剎起風暴？
萬年的古井也說不定會湧起波憔！
等這群罪人餓瞎了眼睛、
認不出上帝也認不清眞理、
強烈的叫囂如同沸水、
像地獄裏奔出夾一群魔鬼、

用蠻橫的手撕碎了萬年的積卷
來一個無理性的反叛！
那時、這教堂會變成他們的食堂或是臥室、
他們創造了它終於他了自己、
那時這兒也有歌聲、
不是神祕、不是耶蘇的贊頌、
那是一種狂暴的嘻嚷、
太陽落到了罪人的頭上。

それにしても、天下の事は誰がきめられて標準を保ち得ようか？
今日の反逆も、昨日の忠心であるかもしれない。
誰が、大海にいつ暴風が起るかを予測できるか？
萬年の古井戸も波がわき出さないとはいへない、
これらの罪人たちが飢ゑえて目が見えなくなり、
神も認め得ず眞理もはつきりしなくなつたら、
強烈なわめきは沸水の如く、
地獄から一群の鬼どもがはしり出してきたやうに、
横暴な手で萬年の書をこなごなに引き裂いてしまひ、

理性などないむほんをやるのだ！
その時、この教會堂は彼らの食堂か寝室に變つてしまふ。
彼らがそれを創造したのは、結局自分自身のためだつたのだ。
その時、ここに歌聲がうまれる、
神祕でなく、基督教の贊美でもない、
それは狂暴な喜びの叫びだ、
太陽は罪人の頭上に落ちたのである。

と、「奴隷」の反逆する日を予言してゐる。この詩はいろいろの制限下に、反宗教精神を吐露し、「外洋人に對する反抗を唱つたものであり、深刻な社會的意義を有するものである。「列強が中國を侵略するのに宗教といふ武器を用ひて、中國民衆を痲醉するといふ點を暴露してゐる。」（穆木天、「罪惡の黑い手に關して」『平凡集』）ことも注意すべき點であらう。「客觀的な現實の形象化」において、「正確を離れることなお相當の距離があり、」「類型化一般化の傾向」（同上）があるとしても、「更に偉大なものを描き、一つぶの彗星のやうに、光芒をひきつつ、到るところに世界大の轉變がやつて來ようとしてゐることを警告したい。」（「烙印再版後志」）と言ひ、「沈重な大時代の音節と、澎湃たる博大な思想と感情とを内容とすべきである。」（「新詩論」）と主張し、「外形上で過分の拘謹を脱出して次第に博大雄健なところに向つて進みたい」（「罪惡の黑い手自序」）と考へた彼の念願は、一應この詩によつて達せられたといへる。ともあれ、「罪惡の黑い手」は彼個人にとつても、當時の詩界にとつても、記念すべき作品であつた。

『罪惡の黑い手』の中にはなほ「小婢女」「生命の叫喊」「都市の春日」など悲しむべき社會の現實を詠じたものもあり、『運河』にも、淄川の日本人經營の炭鑛に起つた慘事を歌つた「八百の死者を弔ふ」や「狂婆」などがある。しかし、詩集『運河』の中では、何といつても、彼自身「最もよろこび、一般からも多くの贊辭を得て、自分の愛好がやはり偏見でなかつたことをよろこんでゐる（「自序」）長詩「運河」を推さなければならない。

我立脚在這古城的一列廢堞上、
打量着紺黃的儞這一段腰身、
夕陽這時候來得正好、
用一萬隻柔手攪住了波心。

わたしはこの古城のこはれた垣の上に立つて、
紺黃のお前のこの腰のあたりをじつと見つめてゐる。
夕陽はこの時丁度よくさしこみ、
一萬本の柔い手で彼の心をかき亂してゐる。

に始まり、「洪蒙を開いた」人を思ひ、「萬里の長城を吹起こした嬴《えい》姓の皇帝」を想ひ、「泥土の人」たる楊廣が「人間の一道の天河」をつくり出した當時の狀況を想起しては、

硬鐵磨薄了手掌、
磨白了頭髮
磨亮了眼睛、
也望不到家。
累死了的、隨着土雨實入了長堤、
活着的、夜夜夢見土坑陷落了三尺！
獨恨的眼淚、兩地的哀號、
終於興起了萬里波憔。
波濤老是挾着濁黃、
是當年的啃橫至今未消？

硬鐵で手のひらはすれて薄くなつても、
頭髮はすれて白くなつても、
まなこはとぎすまされても、
なほ家を望めない。
疲れ果てて死んだものは、土雨に隨つて長い堤の中身となり、
生きてゐるものは、夜な夜な土坑が

三尺も陥沒するのを夢に見る！
にくみ恨む涙、兩地の悲しい叫びは、
つひに萬里の波僬をまき起こした。
波濤はいつまでもきいろく濁つてゐる、
そのころの冤横が今に至つてもまだ消えないからか？

と、民衆の痛苦を歌ひ、更に乾隆帝が江南に下つて、雨を歇馬亭に避けた故事を思ひ出しては、その豪華を描き、長毛の亂の大虐殺、謝茂秦の「荒碑」を語り、眼前に運河を航行する船を眺めては、

一聲欸乃落一千滴汗、
船身似手不願意動彈、
一個肉肩抵一支篙、像在決負勝、
船載多重生活的分兩多量！
黑夜裏空中失了星斗、
一點燈火牽着船走、
黃昏的雨、涼宵的風、
風雨也阻不住預定的途程、
來往的風帆這樣飄着日夜、

我看見舟子的臉上老撥不開愁容！

一棹《さお》させば千滴の汗落ち、
船體は動きたくないかのやう、
一つの肩が一本の竿をささへ、勝負を決してゐるみたいだ。
舟はなんと重い生活の荷物をたくさん載せてゐることか！
暗い夜空には星も消え、
一つの灯火が舟をみちびく、
たそがれの雨、涼しい夜の風、
風雨も予定の路程をはばむことはできない。
往來する船の帆はかうして日夜風のまにまに翻つてゐるのに、
船頭の顔にいつまでも愁ひの色がとれないのが見えるよ！

と船頭の辛苦を想ひ、最後に

運河、儞這個一身風霜滴老人、
盛衰在儞眼底像一陣風
儞知道天陰、知道天晴

天人的豪華
奴隷的辛苦儞更是分明、
在這黄昏侵臨的時候、
立在這廢堞上
容我問儞一句、
我問儞、
明天早晨是那向的風。

運河よ、お前この風霜の老人、
盛衰はお前の眼には一陣の風みたいなものだ。
お前は天の曇るを知つてゐる、天の晴れるを知つてゐる、
天子の豪華、奴隷の辛苦を
お前はもつとはつきり知つてゐる。
このたそがれが偲び寄る時、
このこはれた垣の上に立つて
お前に一言尋ねるのを許せ、
お前に問ひたい、
明日の早朝はどちらへ風が吹くかを。

と運河に呼びかけてゐる。この詩も「沈重」「博大」な筆致をもつて、「天人の豪華」と「奴隷の辛苦」、人間社會の不合理矛盾を描き出し、「明日」に對する期待を藏してゐる。單に自然に對して回顧の情を寄せ興亡の感をなすものではない。

臧克家は山東省諸城縣相州鎭の人で、元來「田舍者」であり、「生來鄕村を愛する」(「罪惡の黑い手自序」)と言つてゐるが、『烙印』中には農村の狀況を詠じたものははなはだ少ない。しかし『罪惡の黑い手』では「元宵」「村夜」「農場の夏の夜」など農村を題材としたものがあり、その代表作は「客の問ひに答ふ」である。この詩は、農村から出てきた者の口吻を借りて、かつその日の農村の追懷と、兵亂や水災の下で平靜を失ひ飢荒に打ちひしがれた、現在の崩壞せる農村の慘況を描き、農民の窮狀を詠じてゐる。

………………………

我告訴儞、鄕村的莊稼人
現在正緊緊腰帶挨着春深、
他們竝不曾放鬆自家、
風裏雨裏把身子埋在坡下、
他們仍然撒種子到大地裏、
可是已不似往常撒種也撒下希望、
單就叱牛的聲音、

儞就可以聽出一個無勁的心！
他們工作、不再是唱嘔嘔的高興、
解疲勞的煙縲上也冒不出輕鬆、
這可怪不得他們、一條身子逐着日月轉、
到頭來、三條腸子空着一條半！
八十老媼嫗口中的故事、
已不是古代的英雄而是他們自己、
她說親眼見過長毛作反、
可是這樣的年頭眞個一回見！
憑着五穀換不出錢來、
不是鬧兵就是鬧水災、
太陽一落就來了心驚
頭側在枕上直聽到五更
飢荒像一陣暴烈的雨滴、
打得人心抬不起頭來
頭頂的天空一樣是發青
然而鄉村却失棹了平靜。

わたしは君に教へてやらう。
村里の農民は今丁度腰帯をしめて、春たけなはを逐つてゐる。
彼らは決して自分自身をゆつくりさせたことはない、
風の中、雨の中で身を坂の下に埋め、彼らは相變らず種を大地にまいてゐる。
だが、もう以前のやうに、種をまいても、希望はまけない。
ただ牛を叱る聲だけ、
君は力ない心を聽くことができよう！
彼らの仕事は、もう二度とはうれしさうに喜びをうたはず
疲れを解くたばこの煙りにさへ、くつろぎを、見いだすのは無理だ。
これは怪しむに足らない、彼らの體は日月を逐つて轉じ、
最後には三本の腸も一本半は空つぽになつてる！
八十の老婆の話す物語は、
すでに古代の英雄ではなく、彼ら自身のことだ。
彼女はその目で長髮賊が謀叛するのを見たと言ふ、
だがこんな年は眞に一回きりだ！
五穀によつて錢に換へられない、
兵亂でなければ、水害にかかるからだ。
太陽が沈むと、すぐびつくりすることがやつて來る、

頭を枕にそばだてて明け方までずつと聴いてゐる、
凶作は一陣の激しい雨滴のやうに、人の心をたたいて頭を上げさせない。
頭上の空は同じやうに青く澄み渡つてゐるが、
村里ではすつかり平静さを失つてしまつてゐる。

克家は「ただ恐怖に破砕せる農村の顔を描き出したに過ぎず、よく一本の出路を指示するに足りなかつた。たくさんの制限がこんな風にしたのである。『客の問ひに答ふ』の音節は自分でも喜びを感じてゐる。」(「罪惡の黑い手自序」)と述べてゐる。吳青は「音節はいかに自然で流暢であるか、いささかの作爲と停滯がない。」(『現代詩歌論文選』下、「罪惡の黑い手」)と評し、張文麟は「農村の衰落、疲弊を描き出し、農村のために一つの怖るべき身影を畫き、いきいきと讀者の虹彩膜を射る。彷彿として身を鄉村に置くが如く、自分の眼で農村の衰落現象を見、自分で農村の貧困生活を過してゐるが如くである。」(同上、「罪惡の黑い手」)と稱贊してゐる。過譽の感なしとしないが、佳作たるを失はない。

『運河』においては、農村や農民の狀況を歌つた詩が多く、殊に「春旱」「旱海」「水災」など大災のもたらす慘狀を描いてゐる。しかし、天災もまた人禍であるといふことを歌つたものはない。なほ、『運河』には「破題兒の失望」「踏龍門」「心の連環」など敎へ子への愛情を歌つた詩もあるが論ずるに足らない。

三　形式と技巧

臧克家の詩、殊に『烙印』中の作品には、

或許活着時都不相理、
現在一同飄零在這裏、
不是陌生也沒有嫌惡、
這墳上花開上那墳去。

生ける時かかはりはたとへなくとも、
いま共に落ちぶれてここに集まる、
見知らない仲でなく憎しみもない、
この墓に花開きどの墓に行く?

に始まる「萬國公墓の如き、「節の匀稱」「句の均齊」な、實に典型的な新月流の形式の詩もあり、「罪惡の黑い手」「運河」などにおいても、短詩には「新月派」の影響が多分に遺留されてゐる。

侍桁は『烙印』中の全部の詩に、「彼の詞調から彼の詩句の用法に至るまであきらかに徐志摩の影響を遺留してをり、しかもこの影響ははなはだ深く、自然輕薄な調子を露出してゐる。」（「文壇上の新人」）と論じてゐるが、「徐志摩の影響を遺留してをる」ことはもちろん否定できないが、その影響が「はなはだ深い」とは言えないであらう。臧克家自身は徐志摩について、

彼の影響は大いに一潮流を造成したが、良心に從つていへば、彼のこの影響は惡い面がよい面よりはるかに多い。志摩の詩は人に外形上の修飾を與へ、人に詩を作ることは決して容易でないことを知らしめた。これは良い點であり、また惡い點でもある。彼は英國から一種の形式を買つてきて、その中に閑情——愛と風花雪月とを一ぱいつめこんだ。彼のああした輕靈な調子もまたただ戀歌をうづめるのに適合し、偉大なものは裝い得ないものである。（「新詩論」）

と論じてゐる。彼のいふ「偉大なもの」が何であるかは既に明らかにしたところである。

更に聞一多に對しては、

聞一多の『花火』は新詩に一つのよい影響を與へた。彼の格律論は自ら主張の理由があり、必ずしも反對し得ないものである。何となれば、新詩に正確な方向のない時に、理論を創造する人があつて、「これを言ひて理を成し」さえすれば、參考とすべきものであるから。聞一多のいい所は、內容上において一種の健康な姿態を表現し、同時にまた自己の詩を創造しようと試みたことである。（これはすなはち外國の範圍を脱出することをいふのである。）（同上）

と論じてゐる。

この「新月派」の開山祖師とも稱すべき徐志摩、聞一多に對する所論――その當否は今論ずるところでない――によつても、彼の「新月派」に對する態度が明らかとならう。しかも、彼の作品はそれを如實に示してゐる。もちろん、そこには臧克家と聞一多とが特殊な關係にあつたことも考慮に入れる必要があらう。臧克家は一九三〇年の秋から一九三二年の夏までの二ヶ年間、青島大學で聞一多から英文學や中國文學の講義を聽き、「詩について談ずる時には、もはや師弟ではなかつた。」(「私の先生聞一多」)といふし、一九三二年の夏、青島大學にいはゆる「學潮」が發生し、聞一多が學生たちに排擊された時に、「聞一多を支持したたつた一人の學生が、窗の無い部屋の中で『生活の烙印』を苦吟していた臧克家であつた。」(馮夷『文藝復興』、「血の絲が混じつてゐる記憶」)といふことは、更にこの師弟の關係の深さを物語つてゐる。なほ、當時陳夢家も學內で聞一多の仕事を補佐し、三人で談を談ずる機會も多かつたといふことであり、しかも夢家や克家が多量に詩を生產していたころであつたから、當然聞一多や陳夢家から多大の影響を受けたことが想像される。從つて臧克家は「新月派」の詩人、特に聞一多や陳夢家などの影響下に詩人として育つたといふことができよう。

蒲風は「新月派」を更に二つに區分し、朱維基、邵洵美の一派を「香豔派」と呼び、別の一派を「格律派」と稱して、陳夢家、朱湘をもつて代表せしめており、陳夢家の『鐵馬集』について、「當然もはや新月派の內容ではないであらう。」(『詩歌』季刊一卷二期、「五四より現代に至る中國詩壇鳥瞰」)とも論じてゐる。「香豔派」「確律派」といふ名稱の當不當はともかくとして、概括的に二派に分類することは一應できるし、『鐵馬集』の內容が蒲風などが考へてゐる新月派の內容でなくなつてゐることも事實である。聞一多、陳夢家たちには人生に對する「眞劍」な態度があり、「健康な內容」を歌つた點においても、臧克家と相通ずるところがある。「一句の詩の一個の字に對して、眞正な詩人は決して心をゆるめてはならない。」「その匠心は玉人が一塊の寶石を彫刻する時の心よりも更に細かに、更に苦しみ、彼の詩句は全く心血をもつて塗りあげたものである。」（「新詩論」）といふ臧克家の言葉は、聞一多の作詩精神である。「苦錬」を繼承し、陳夢家の「百錬怠らない精神」（陳夢家「新月詩選序」）を別の言葉で表現したものに過ぎない。この形式の彫琢を輕視しないといふ態度こそ、彼の作品をして價値あらしめた一つの重要な要素である。

　しかし彼は、餘りにも形式的な「新月派」の形式主義に次第に不滿を抱き、「詩の善惡は內容上におけるものが形式上におけるものより重い」（「新詩論」）との確信を持ち、「外形の漂亮ではなくして、內在の『力』ある」（『文學』九巻二期、「新詩片語」）詩を求め、「一定の形式を求めることに贊成せず、形式が一度固定すれば一種の制限となる」ことを痛感するに至つた。また「外國を模仿するのでなければ、先人を模仿する」當時の新詩の音調にも不滿を持つたし、當時「一種の風氣」をなしていた「神祕派」の詩の形式に對しても、それが「一種の輕淡迷離な感情や意象をよく表現するものであるが、前途のないものであり、だれが面白がつて毒草の蔓延しつつあるのを見ていようか。」（「新詩論」）と痛擊してゐる。

　だが、彼は決して「技巧を輕視するものでなく、『語人を驚かさざれば死すともやまず』の精神のない詩人は藝術の最高峰によじ登ることは難しい。」「偉大な作品」は「技巧と內容との間に一點の不調和な空隙をも探し出せない」（「運河自序」）ものであり、「內容と技巧とは骨肉が分離できないやうなもので、一を欠いても生き生きとした一つの完美な藝術品とはならない。」（「新詩片語」）と論じてゐるやうに、決して形式技巧を輕視したものではない。事實彼の作品は、とかく內容を重視する詩人たちが陷りがちな「叫喚」や「標語號令」的なものに墮してはゐない。彼はいはゆる「口號詩」に反對して、「思想宣傳の道具としようと考へてゐるかも知れないが、しかし口號には力がない。滿紙の鮮血と爆彈とは人を感動させることができないものであり、まして詩そのものが既にその條件を失つてゐるのだから。」（「新詩論」）と非難してゐる。ここにも「新月派」のよき影響を見ることができよう。

彼は「形式はまさに內容によつて決定すべきである。大なる材料を用ひて長編を書かうとすれば、形式も從つて擴大し、字句の多少、行列の排布もまた內容氣勢と莫大な關係があり、革命情緒を書く詩と兒女纏《てん》綿を書く詩とは、決して同一の形式を用ひることができない。」（同上）と言つてゐるやうに、從來の「新月」的な形式は、彼の思想感情を表現するには全く不適なものであることを痛感し、彼自身の詩の形式を探究し創造しようとしたのである。既に述べたやうに、彼の思想が正路に上り、その題材が擴大し、內容が深刻化するに伴つて、次第に彼の筆は「開放し、」「罪惡の黑い手」となると、「過分の拘謹を脫出して次第に博大雄健の所」に進んだのである。目下中國は沈重な音節と博大な調子の新詩を求めてゐる。」「沈重な大時代の音節と澎湃たる博大な思想と感情とを內容となすべきである。」（同上）「詩句の音節は必ず時代の節拍にぴつたりあつたものでなければならない。」（「運河自序」）といつてゐるが、既に述べた「罪惡の黑い手」や「運河」の詩にそのよき例を見るであらう。

また彼は、「新詩の句は艱《かん》深にすぎ（私自身もこの欠點を犯した）、晦《かい》澀の地步に至つてゐるのに贊成しない。句は深刻でなければならないが、深い意味を淺い字面の上に藏さねばならない。この種『深入淺出』法は容易でない。」（「新詩論」）と言ひ、「字句は必ずすべて斬新な、ほとんど神奇に近いもので、しかもまた人々のよく理解するものである」べきことを自己勉勵の言葉とし、「『深入淺出』は最も上策であり、最も容易でない。」

（「運河自序」）とも言つてゐる。既に擧げた若干の例によつても、彼の詩が平明であり、それがまた彼の詩の一つの特色であることを知り得るであらう。また、用字についても注意に値するものがあり、「一隻黑手捏熬了世界（一本の黑い手が世界をつまみ殺した）」（「窗の無い部屋」）「用心做了一臉肅穆（心をつかつてつつましやかな顏をした）」（「罪惡の黑い手」）「一隻風芡縊死在電桿梢（一つの凧《たこ》が電柱のさきにくびれ死んでゐる）」（「都市の春日」）「蝙蝠翅膀下閃出了黃昏（かうもりの羽の下にたそがれがちらつき出した）」（「農場の夏の夜」）「鞭破了這客夜的寂寞（この旅の夜のしずけさをたたき破つた）」（「明るい影」）などの一例によつても、新奇にして特色ある彼の字法の一斑《ぱん》をうかがふことができよう。

四　結　語

以上、臧克家の詩について、便宜上「題材と內容」「形式と技巧」の二方面から、適宜「詩論」をも參照しつつ考究してみたのであるが、具體的に多くの作品をあげてこれを立證できなかつたことを遺憾に思ふ。

要するに、臧克家は「新月派」特に聞一多や陳夢家などの影響を受け、「苦鍊」の作詩精神を繼承し、新格律詩の長所を採り、徐志摩などの歐化の形式に滿足せず、朱湘や陳夢家などのやうな極端な形式美の追求者でもなく、自己の思想にふさはしい獨特の形式を創造しようと努力し、そしてある程度の成功を收めたといふことができる。「新月派」の詩人として特異な存在であつたといつてもよいであらう。蒲風は「臧克家は新月派の形式を一變した」とか、新月派は彼の手中から斷頭臺に上つた」（「五四から現代に至る中國詩壇鳥瞰」）とか評してゐるが、「新月派」を殊更否定しようとする者の言辭であり、中國の新詩に對する「新月派」の功罪は、もつと正當に評價されなければならないと考へるが、以上述べたやうな意味で、「新月派の形式を一變した」とはいへるであらう。臧克家の詩は、「新月派」の功罪を論定する、極めて重要な材料を提供してゐるものであるともいへる。

彼の詩には「新月派」の徐志摩、邵洵美や、「象徵派」の戴望舒たちの作品のやうな、戀愛や花鳥風月などのいはゆる「閑情」を歌頌したものはなく、頽廢的な、現實逃避的な色彩もない。誠實にして相當深刻な生活體驗を基調として、人生苦を歌ひ、現實社會の暗黑面を描寫したものがほとんどである。しかも、『烙印』においては個人的堅忍主義、人道主義的同情心が吐露されてをり、懷疑的虛無的色彩も濃厚であるが、『罪惡の黑い手』以後に至ると、更に大社會に題材を求め、都市の醜惡、農村の慘狀、勞働者農民の困苦などが描き出されてをり、たしかに「九一八」「一二八」時代の中國社會の矛盾苦悶を反映してゐる。ただに「眼前の慘狀を反映してゐるだけでなく、「未來を指示」(「新詩論」)するところもあつた。蒲風は「新月派の形式をぬけきらず、ついに大時代の核心を把握することができない。殊に時代の動態方面において」(「五四から現代に至る中國詩壇鳥瞰」)と論じてゐるが、もちろん現實社會に對する認識が皮相的であつた點も免れないし、蒲風たちと把握の仕方は異つてゐるにしても、時代の核心に觸れ、その鼓動を傳へてゐることは否定できない。しかも、「新興階級詩派」の詩人たちがややもすれば陷りがちであつた「單純な呼號」や「標語口號式」な欠點がない。

結局、臧克家は抒情に短にして敍事に長じ、平明にして博大雄健、「極新な姿態」の獨特な詩風を確立し、中國新詩の行く手に一つの道を提示した、「九一八」「一二八」時代における注目すべき詩人であつた。同時に、彼の詩は當時の詩壇が、流派のいかんを問はず、現實主義的傾向が次第に濃厚となり、長篇敍事詩への方向に赴いていた一つの論證ともなし得るであらう。

(一九五三、六、一〇)

象徵詩人戴望舒論

一　序　言

いはゆる「五卅慘案」以後日華事變が起こるまで、すなはち一九二五年ごろから一九三七年にかけて、中國詩壇における特色の一つは象徵詩潮の隆盛といふことであり、幾多象徵詩への輩出を見たのである。

戴望舒（一九〇五―一九五〇）もその中の、しかも代表的な一人であり、一九二九年四月にその第一詩集『私の記憶』を水沫書店から出版し、ついで一九三三年八月には現代書局から『望舒草』を世におくつた。更に、一九三七年一月には上海雜誌公司から『望舒詩稿』を發行し、その後も、『文學雜誌』などに「新作」を發表した。

殊に、穆木天・馮乃超・姚蓬子たちが「革命の歌頌者」となり、「新月派」が衰退しつつあつた一九三二年ごろには、いはゆる「現代派」の中心的な詩人として「意識的無意識的に彼を模倣する青年詩人は、ほとんど詩を掲載してゐるどの刊行物上にもすべて見いだすことができ（施蟄存「私の創作生活の歷程」、『創作の經驗』）た、とまではいへなくとも、少なくとも、當時の年少詩人たちに多大の影響を及ぼし、「一種の風氣を造成した」（『文學』三巻一期、臧克家、「新詩を論ず」）ことは、何人も否定できない事實である。

當時彼の詩について、杜衡は、「架空な感情は少なく、大げさに言つてはゐるが虛僞でなく、華美であつて法度があり、かへつて確かに詩歌の正路を行くものである。」（「望舒草序」）と評し、施蟄存は、戴望舒が「新鮮な自由詩を作り出し、彼個人においても相當に成功を得た」（「私の創作生活の歷程」）ことを認め、中國文藝年鑑社同人は、一九三二年の『中國文藝年鑑』において、象徵詩派のうち「見るべき成就あるものとして戴望舒と蓬子をあげ、「彼らは無韻詩の形式をもつて、玄美な筆致の下、縹渺たる情思を寄託し、その人を動かす力量は、いふまでもなく、どの詩派よりも上にある。」と述べ、特に戴望舒は「一九三二年の詩壇に不滅の光芒を放つた。象徵詩派の通病は綺麗な詞句をもつて內容の空洞をごまかすにあるのだが、望舒は詩歌のうちに彼の靈魂を寄託してゐる。これが彼がその他の象徵詩人と異なつてをり、同時に優れたるゆゑんである。」（「一九三二年中國文壇鳥瞰」）と賞贊した。また孟實は、「文字ははなはだ新鮮なもので特殊の風格を有するものである。」（『文學雜誌』創刊號、「望舒詩稿」）と論じ、胡紹軒の如きは、「完全に舊詩の一切を卑棄し、新詩の束縛を離脫し、一つの完全な『自由』を造成した。」（『文藝』二卷五・六期、「詩壇風景」）とさへ評した。

一方、臧克家は、戴望舒が「フランスから持つて來た、いはゆる神祕派の詩の形式は、ただよく一種輕淡迷離な感情と意象を表はし、」「前途のないものであり、」「誰が面白がつて一株の毒草が蔓延するのを見てゐるか。」（「新詩を論ず」）と非難した。蒲風は、「かうした難解な詩句、難解な內容はいかなる存在の理由があるか。」といひ、「現代に出現してゐるから現代詩であるけれども、實は古い事物と舊い意識の新裝である。」「戴望舒の作品中に大衆の怒吼、前進の謳歌を探し出さうと考へると、われわれは必ず百二十分の失望に出會ふだらう。」（『東方文藝』一卷一期、「戴望舒の詩を論ず」）と評した。伍蠡甫は、「色あせた外衣をつけて、まだ自分では最もよい扮裝であると思つてゐる。」とか「われわれをいきいきと生きてゐる現代から隔離するだけであり、面目をかへた舊詩中の陳句を欣賞するに過ぎない。」（『廿四年度中國文藝年鑑』、「一年來の中國文學界」）と論じた。また陶陶然は、古詩十九首や卞子琳の作品とともに彼の詩をあげて、「これらの思想は太陽に伴つて西に沈む詩人で、たとえ精到な藝術を持つてゐても、第二第三流の作家であるに過ぎない。なんとなれば、彼らには根本に前進の偉大な生命がないからである。」（『現代詩歌論文選』上、「偉大な詩人」）と評した。

かつて戴望舒は、「愚劣な人たちは足を削つて靴にあはせ、やや聰明な人は比較的足にあふ靴を選擇する。ただ知者だけは自分のために最も足にあふ靴をつくる。」（「詩論零札」七）と言つたが、彼が自分の「足」にふさはしい「靴」をつくらうとして歩んだ跡をたどりながら、彼の「足」がどんな「足」であつたか、どんな特色のある「靴」をつくつたか、また何が故にその「靴」が當時一部に流行したのであるか、などについて考へてみたい。そして、諸家の論評の當不當を明らかにしたいと思ふのである。

二　一九二二年――一九二七年夏

戴望舒が新詩の創作を開始したのは一九二二年ごろからであつた。以後、一九二四年ごろまでの作品は、第一詩集『私の記憶』の中に「舊錦囊」と題して十二篇収められてゐる。

このころの彼は、杜衡も、「當時一種の自我表現のいひ方が流行していて、作詩にも狂叫が流行し、直説が流行し、淡白奔放を標榜してゐた。われわれはかうした傾向に内心ひそかに反逆してゐた。」と言ひ、「當時われわれは一致して音律の美を追求し、新詩を舊詩と同じやうに『吟』ずべきものとしようと努力した。押韻はもちろんのこと、はなはだしきは平仄をさへ講究するに至つた。」（「望舒草序」）と述懐してゐるやうに、施蟄存・杜衡などとともに、當時詩壇を風靡してゐた郭沫若の『女神』的な行き方には反對であり、新月派の詩人たちとよく似た詩作態度であつたといへよう。例へば、次の「寒風中雀の聲を聞く」の詩によつても、いかに字句の齊整、音節の均一、押韻などに苦心してゐたかを知ることができよう。

枯枝在寒風裏悲嘆、
死葉在大道上萎殘、
雀兒在高唱薤露歌、
一半兒是自傷自感。

大道上寂寞淒淸、
高樓上悄悄無聲、
祇那孤岑的雀兒、
伴着孤岑的少年人。

寒風吹老了樹葉、
又來吹老少年底華鬢、
更在他底愁懷裏、
將一絲的溫聲吹盡。

唱亞、我同情的雀兒、
唱破我芬苦的夢境、
吹罷、儞無情的風兒、
吹斷了我飄搖的微命。

枯枝は寒風の中で悲しみ嘆き
死葉は大道の上でしおれ朽ち
雀は高らかに葬送の歌を
半ばは自ら傷み悲しみつつ。

大道はもの寂しく寒々と
高樓にはひっそりとして聲もなく
ただかの孤高なすずめだけが
孤高な若者を連れとして。

寒風は樹の葉を吹き枯らし
若者の鬢《びん》をも白くし
さらに彼の憂愁の胸中の

一すじの溫香をさへ吹き盡くした。

唱え、われと情《こころ》同じきすずめよ
わがかはしき夢境を唱ひ破れ
吹け、汝無情の風よ
わがうらぶれの微命を吹き斷て。

このころの彼の作品は、この詩にも見られるやうに、「細弱な靈魂」（流浪人の夜歌）の持主である「孤高な少年」の感傷で滿たされてゐる。「この寂々たる世間」（生涯）「暗黒が占領し、恐怖が人々の群を統治してゐる（流浪人の夜歌）社會を生きることの、「孤苦」「寂寥」の感、「煩憂」「悲哀」の情が常にうたはれてゐる。彼は「歡樂の追求者である。しかし、その「歡樂は一つの幻夢にすぎない（生涯）と嘆き、「ただ春日のうちで幾朝か生きんことを願ひ、」（Fragments）「舊時の歡樂も、思ひ出となつてはすべて悲哀と變じ、「以後歡びの日なきを恐れ、いよいよ過ぎた日の再び得難きを感ずる」（可知）のである。かくて、「ただ甘い甘い夢に慰められつつ」「いつまでも沈々と睡る」こと、「金色の空氣と紫色の太陽のある」「愛と死との夢の王國の中で睡る」（十四行）ことが、せめてもの彼の希望となる。そこには、明るい青春の歡喜や生への強い意欲などは少しも感ぜられない。

なほ、このころの作品には、阮籍の「詠懷詩」などに見受けられる語が多く用ひられてゐる。「寂寞」「芬芳」「徘徊」「悄悄」「飄搖」「微命」「傷感」「茫々」「傷心「愁苦」「歡愛」「自傷」「憔悴」などがそれである。單に詩語の上においてだけでなく、詩料、詩情の上においても相似たものがある。思想的にもある程度通ずるところがあつたといふことができる。

一九二五年ごろから、彼は直接ヴェルレーヌ、フォール、グールモン、ジャムなどフランス象徴詩人の作品を愛讀し、多分にその影響を受けた。中でも最初は特にヴェルレーヌに心酔して、その譯詩を杜衡、施蟄存と共同出版の旬刊『瓔珞』に發表したりした。彼に對して、象徴詩が「特殊な吸引力を有した」理由について、杜衡は「ああした特殊な手法が彼の自己を隱藏するのでもなく、自己を表現するのでもない作詩の動機にぴつたり合つたためであつたといへよう。同時に、象徴詩の獨特な音節もまた莫大な興味を感ぜしめ、彼をして以後再び中國の舊詩詞が閉じ込めてゐる平仄韻律の推敲に意を注がしめなかつた。」(「望舒草序」)と述べてゐる。確かに象徴詩は望舒の「足」にふさはしい「靴」であつた。だが「再び舊詩詞云々」の言は必ずしも正しかつたとはいへない。

フランスの象徴詩は既に李金髮などによつて中國に輸入され、李金髮はつぎつぎと象徴詩を詩壇に發表して、「神祕」とか「わからない」などといふ批評をかうむつてゐたし、創造社同人に王獨淸、穆木夫、馮乃超あり、姚蓬子もまた『語絲』などにその作品を發表してゐた。戴望舒は、李金髮などの象徴詩人の「身上からは、無論どうしてもこの一派の詩風の優秀性を見いだせないと考へてゐた。だから彼自身詩を作るのに、努めてこの弊を矯め、形式を内容以上に重視しなかつた。」(同上)といふことであるが、そのことは作品の上にもよく現れてゐる。

このころの作品は「私の記憶」の中に「雨巷」と題して六篇收められてゐる。この時期から一九二八年ごろにかけて、詩中に「ma chere enemie」「Aime un peu」「un peu d'amuur, pourmoi, cest deja trop」(心を取りもどさう」「spleen」（Spleen）「mandoline」（mandolime）「épanes」「romance」（夜は）などの外國語をまじへてゐるのが、一つの特色でもあり、またこれによつてもいかにフランス詩に傾倒してゐたかがうかがはれる。なほ、『望舒草』においては、「épaves」を「沈舟」に「romance と理想との夢の國」を「綺偵風光」に改めてゐる。

このころの作品のうちで、當時最も喧傳されたのは次の「雨巷」であつた。

雨　巷

撐着油紙傘、獨自
彷徨在悠長、悠長、
又寂寥的雨巷、
我希望逢着
一個丁香一樣地
結着愁怨的姑娘。

她是有
丁香一樣的顏色、
丁香一樣的芬芳、
丁香一樣的憂愁、

在雨中哀怨、
哀愁又彷徨；

她彷徨在這寂寥的雨巷、
撐着油紙傘
像我一樣、
像我一樣地
默默彳亍着、
冷漢、淒淸、又祕悵。

她靜默地走近
走近、又投出
太息一般的眼光、
她飄過
像夢一般地、
像夢一般地淒婉迷茫。

像夢中飄過

一枝丁香地、
我身旁飄過這女郎；
她靜黙地遠了、遠了、
到了頽唷的籬牆、
走盡這雨巷。

在雨的哀曲裏、
消了她的顔色、
散了她的芬芳、
消散了、甚至她的
太息般的眼光、
她丁香般的惆悵。

撐着油紙傘、獨自
彷徨在悠長、悠長
又寂寥的雨巷、
我希望飄過

一個丁香一様地
結着愁怨的姑娘。

雨のちまた
からかささして、ただひとり
さまよひ歩く
長い長い、さびしい雨の小路を、
丁子《ちょうじ》と同じやうに
愁ひにこころ結ぼれた
ひとりの娘に逢ひたいものと願ひつつ。

彼女は
丁子のやうな顔の色
丁子のやうな芳香
丁子のやうな憂愁をもち、
雨の中をうらめしげに
かなしみながらさまよつてゐる。

彼女はこの寂しい雨のちまたをさまよふ。
からかささして
わたしと同じ
わたしと同じやうに
ただだまつて歩みたたずみ
わびしく、寒々と、悲しみ嘆く。

彼女は靜かに黙つて近づき、
近づいては、ためいきのやうなまなざしをなげかけ、
夢のやうに
夢のやうに、あでやかに、ぼんやりと
ふわりと過ぎる。

夢の中をふわりと過ぎる
丁子のやうに
私のそばをふわりと過ぎるこの女
彼女は靜かに遠ざかつた、遠ざかつた
くずれた築地のまがきのところで

この雨の小路を去つてしまつた。

雨の哀しい調べの中に
彼女の顔色は消えた
彼女の芳香はうせた
消えうせた
彼女のためいきに似たまなざしも
丁子に似たうらがなしささへも。

からかささして　ただひとり
さまよひ歩く
長い長い、さびしい雨の小路を
愁ひにこころ結ぼれた乙女が
ふわりと通らないかと願ひつつ。

戴望舒が詩人として世に知られたのも、この「雨巷」によつてであり、以後彼は「雨巷詩人」と呼ばれるに至つた。當時『小說月報』編輯代理であつた葉紹鈞が、「新詩の音節のために一新紀元を開いたもの」として激賞し、その「有力な推薦が望舒をして『雨巷詩人』といふ稱號を得しめた。」（同上）と杜衡は述べてゐるが、必ずしも葉紹鈞の推薦にのみよるものではないであらう。「望舒自身『雨巷』に對しては、少し後の作品に對するやうにそれほど珍惜しなかつた。望舒自身『雨巷』を喜ばなかつた理由は比較的はなはだ簡單である。すなはち、彼が『雨巷』を作成した時には、既に詩歌の彼のいはゆる『音樂の成分』に對して勇敢に反逆してゐたからである。」（同上）と杜衡は説明してゐる。望舒は後に『望舒草』を編集した際には、「舊錦囊《のう》」も「雨巷」も、すべて完全に削除して收錄しなかつた。杜衡は、「全集形式上との不調和との理由で（また、彼が後來の主張と適合しない理由であるともいへるだらう。）」（同上）と述べ、馮夷は「作者の藏拙は聰明なもので、藏拙を知つたことは進歩である。」（一九三三年十一月二日『晨報』「詩與批評」）と評した。しかし『望舒詩稿』には再び「雨巷」以前の詩を收めてゐる。このことは彼がこれらの詩に再び捨て難いものを感じたことを示すものであり、同時に彼の詩に對する考へ方が更に變化したことを物語るものである。

このころの彼は、「纏綿煩瑣な希望」「驚醒された昔日の希望」の訪れを喜び（こんなに深刻に見てはいけない）、その「無情の願望と最大の冀希」は「Aime un peu!」（心を取り戻さう）であり、「ただ獨り、寂しい雨の巷を、さまよひつつ」「愁に心結ぼれた、丁子のやうな乙女に、逢ひたいものと希望し」（雨巷）、「心頭の春花すでに再び開かず、幽黑の煩變すでに歡樂の夢中に到る」を感じては、「去れ、人を欺くの美夢、人を欺くの幻想」と叫び、「頽唐と遲々たる朝夕を逐ひつつ、安息を待つてゐる、疲れ倦んだ人間」（spleen）である。彼は「mandoline」の詩の中で、「汝の咽怨の亡魂は、孤冷で纏綿、汝はその舊時の情を哭いてゐるのか」とか、「昔日の芬芳を尋ねられず、汝はなげきつつ鳴いた花間に到る」とか、「失望して涙に咽びつつ行く處」「かの頽唐哀然の音を啼きつつ」などとうたつてゐるが、これをそのまま彼の詩への評語とすることもできよう。彼の詩はまことに「頽唐哀然の音」である。

この時期の彼の詩は、「雨巷」や「mandoline」によつてもわかるやうに、ヴェルレーヌの影響を濃厚に受けてをり、趙景深もいつた如く（「現代詩選序」）、「音質婉轉」たるものであり、「整齊な音節を重視してゐるが、鏗鏘なものではなくて、輕清なものである。また朦朧たる氣分も少しは求めてゐるが、人が見て理解できるものである。色彩もあるが、馮乃超のやうにあんなに濃厚ではない。彼は幽微精妙な所を捉へようとしてゐる。」（『新文學大系』「詩集導言」）といふ朱自清の批評は、まず妥當なものといふべきであらう。

三、一九二七年夏――一九三二年十月

前述の「雨巷」作成後間もなく、すなはち一九二七年の夏、望舒自ら「傑作」と信じた「私の記憶」を作つた。

我底記憶

我底記憶是忠實於我的、
忠實得甚於我最好的友人。

牠存在在燃着的煙捲上、
牠存在在繪着百合花的筆桿上、
牠存在在破舊約粉盒上、

牠存在在頽垣的木莓上、
牠存在在喝了一半的酒瓶上、
在撕碎的往日的詩稿上、在哼乾的花片上、
在悽暗的燈上、在平靜的水上、
在一切有靈魂沒有靈根的東西上、
牠在到處生存着、像我在這世界一樣。

牠是膽小的、牠怕着人們底喧囂
但在寂寥時、牠便對我來作密切的拜訪。
牠底聲音是低微的、
但是牠底話是很長、很長、
很多、很瑣碎、而且永遠不肯休；
牠底話是古舊的、老是講着同樣的故事
牠底音調是和諧的、老是唱着同樣的曲子、
有時牠還模仿着愛嬌的少女底聲音、
牠底聲音是沒有氣力的
而且還來着眼淚、夾着太息。

牠底拜訪是沒有一定的、
在任何時間、在任何地點、
甚至當我已上床、朦朧地想睡了；
人們會說牠沒有禮貌、
但是我們是老朋友。

牠是瑣瑣地永遠不肯休止的、
除非我凄凄地哭了、或是沈沈地睡了；
但是我是永遠不討厭牠、
因爲牠是忠實於我的。

私の記憶

私の記憶は私に忠實です。
その忠實なことは最良の友人以上です。
それは火のついたたばこの上にあり、
それは百合の花をゑがいてゐる筆の軸の上にあり、
それはこはれた舊いお白粉箱の上にあり、
それはこはれた垣の木苺《いちご》の上にあり、

それは半分飲んだ酒瓶の上にあります。
ひき破つた過ぎた日の詩稿の上に、
押しばにした花びらの上に、
さびしく暗いともしびの上に、平静な水の上に
一切の魂のある、魂のないものの上に
それは到る處に生きてゐます、私がこの世界に在ると同じやうに。

それは氣が小さくて、人々のやかましいのをこはがつてゐます。
でもさびしい時には、すぐ私のところへこつそりとやつてきます。
その聲は低くかすかです。
だがその話は大變長く、大變長く、
大變多く、大變くだくだしくて、いつまでもやめようとはしません。
その話は古いもので、いつも同じことを語つてゐます。
その音調はやはらかでととのつてゐますが、いつも同じ調子です。
時にはそれは愛嬌のある乙女の聲に似てをり、
その聲は氣力がなく
その上なほ涙をまじへ、ためいきをまじへてゐます。

そのやつてくるのはきまつてゐません。
いつでも、どこででも、
もう床にはひひてぼんやりとねむらうと思つてゐる時にさへも。
人々は禮儀をわきまへないといふでせう。
でも私たちは友だちです。

それはくどくどといつまでもやめようとはしません。
私が悲しんで泣いたり、ぐつすり睡つてゐる時以外は。
でも私は永遠にそれをいやがりません。
それは私に忠實なものであるからです。

この詩は『望舒草』では多少改作してゐるが、ここにあげたのは詩集『私の記憶』所收のものである。

「この詩から望舒は無數の岐路の中に、浩々蕩々たる一つの大路を探し出し、しかもこんなに完成したとか、「望舒の作風は『我底記憶』この一首の詩によつて固定したといつてもよいであらう」(「望舒草序」)と杜衡は述べてゐる。「固定した」とはいへないが、確かにこの詩は「雨巷」以前の詩とはその形式を異にし、後來の彼の詩論と合致するところの多い作品である。すなはち、「詩は音樂をたよりにすることはできない。それはまさに音樂の成分を去るべきである」(「詩論零札一」)とか、「單に美しい文字の組合せが詩の特點ではない」(「詩論零札三」)とか、「詩の韻律は字の抑揚頓挫の上にはなくして、詩の情緒の抑揚頓挫の上にあり、すなはち詩情の程度の上にある」（「詩論零札五」）とか、「新詩の最も重要なものは、詩情上のニュアンスであつて、字句上のニュアンスではない」（「詩論零札六」）とか、「韻と整齊な字句は詩情を畸形なものにする。もし詩の情緒をこりかたまつた、表面的な舊規律に適應させようとするのは、自分の足で他人の靴をはくのと同様である」（「詩論零札一」）などといふかれの主張を、比較的よく具現した、記念すべき作品である。

彼は『新文藝』（上海水沫書店發行）第一巻第一號に「耶麥詩抄」を載せ、ジャムについて、

彼は一切虚夸の華麗・精緻・嬌美を拋棄して、自己の純樸な心靈をもつて彼の詩を書いてゐる。彼の詞藻のない詩の中から、われわれは日にさらされた野老の聲、初戀の田舍の少年の聲、禽獸の謙和な友だちとなつた聖フランシスと同じやうな聖者の聲、を聽いて、一種異常な美感を感じる。かうした美感はわれわれの日常の生活上に存在してゐるが、われわれには適當に藝術的にとらへられないものである。

などと記してゐる。

趙景深も戴望舒がジャムの詩を特に愛好したことを述べてゐるが（「現代詩選序」）、この「私の記憶」は、既に馮夷が詳しく指摘した如く（『晨報』「詩を批評」）、ジャムの「食堂」の詩を模して——馮夷は「脱胎」と言つてゐるが、それはいささか酷に過ぎよう——作つたものと考へられる。その他の作品中にもジャムの詩句を借りたもの、それに仿つたと思はれるものが多い。例えば「私の二十四歳のすべての心をもつて」（「私の素描」）「それは私に蜜の味、酒の味を與へよう」（路上の小語）などの如き、ジャムの「家は薔薇の花と……」の中から得て來たものであらう。このころの彼に及ぼしたジャムの影響の甚大であつたことを知ることができる。な

ほ、「路上の小語」は、フォールの「私は青い花を持つてゐる」に仿つたものであるといへよう。

さて、この「私の記憶」などの詩について、馮夷は「詩の文字を訓練するといふ」ことを「忽略してゐる」と言ひ、「浪費に過ぎ、文字を放置し、一毫も節制するを知らず、その上文字を馴制することができないだけでなく、文字に左右されてゐるやうである。」「詩情の上で諸家を模擬するところがあるだけだ。」(同上)と極論してゐる。

蒲風は、「私の記憶」の特色として、⑴整齊方魂詩ではなく、整齊一律の音節がない。⑵再び「雨巷」以前の詩のやうに、脚韻を重視しない。⑶首尾起應がある。の三つをあげてゐる。また、望舒の詩の特點として「詩意の單純と「首尾起應」とをあげ、前者については、「少なからざる詩は單純な思想の組合せである。零細な思想をそれぞれ獨立させると一首の小詩である。」と言ひ、それは「感情の纖弱による」ものだと論じてゐる。後者については、「よい幾首かの詩は、首尾連接してみると、すなはち一篇あるいは一段の精緻な散文である。」「望舒の詩がよく首尾相應してゐるのは一つのよいところである。『私の記憶』『私の戀人』『かた思ひ』はすべて用ゐることすこぶるよい。」(「戴望舒の詩について」)と評してゐる。

孟實は、「文字の駕馭に對しては非常に馴熟自然であるが過重の富裕は輕滑に流れて散文化に至つてゐることも免れないところである。『私の記憶』は最初の二段を除いてその他は大半プロザイックに近い。」(「望舒詩稿」)と評してゐる。

馮夷の論は過酷であり、「文字に左右されてゐる」とまではいへないであらうし、「詩情の上で模擬するところがあるだけだ。」といふより、むしろ形式の上において學ぶところがより多かつたと見るべきであらう。また、「文字の駕馭」に「非常に馴熟自然である」ことが、散文化に至つてゐる理由となす孟實の言も適切とはいへまい。蒲風の批評は確かに望舒の詩の特質の一面を論破してゐるものといへよう。もとより、「散文的」ではあつても、「散文である」とはいへないし、「單純な思想の組合せである」とも簡單にはいへない。

『望舒草』には「私の記憶」以後一九三二年十月ごろまでの作品四十一篇と「詩論零札」とが収められてゐる。『望舒草』も集末においては、「私の記憶」などとは明らかに詩風が變化してゐる。特に中國古典の語句、例えば「士は己れを知る者のために用ひらる」「仁者は山を樂しみ、智者は水を樂しむ」(「燈」)「無邊の木葉蕭蕭として下る」(「秋蠅」)などが用ひられてゐる。必ずしも一概に「不聰明に持ちこまれてゐる」(馮夷「望舒草」)とはいへないと思ふが、望舒自身、「必ず新しい事物を題材とするには及ばない。(新しい事物を題材とするのに私は反對しない。)舊い事物の中にも新しい詩情を探し出すことができる。」(「詩論零札」十)とか、「舊い古典の應用は反對する必要はない。それがわれわれに一つの新しい情緒を與える時には。」(「詩論零札」十一)と主張してをり、彼にとつては「新しい詩情」「新しい情緒」が感ぜられるものではあつたであらうが、それだけに、古典的傾向が強くなつたことを示すものといへよう。

さて、この時期は、同じく象徴詩人と稱せられた王獨淸、姚蓬子、穆木天、馮乃超たちが、「かうした自我の催眠と個人間の享樂は結局何の意味があるか。」(王獨淸「『ベェニス』代序」)「目下時代はもはやため息をつくのを許さない。時代の車輪を推して前進せしめ、自分の力を盡くして歴史が少しでも早くその使命を完成することを促すことの外、なほ何のむだ話をしてゐる暇があるか。」(姚蓬子『銀鈴』序)、「眞に帝國主義の侵略に反對することの外、なほ他の更に大きな使命があるか。」(穆木天『平凡集』「私と文學」)などと考へて、あるいは革命的浪漫主義の詩人となり、あるいは現實主義の作家として轉進して行つた時代である。

戴望舒はどうであつたか。それについて杜衡は、「この五年の間、望舒個人の遭遇は比較的複雑なものであるといへよう。人たるの苦惱、特にこの時代に中國人たるの苦惱は決して育ちのよい惠まれた環境のうちで成長した望舒が、もとより出遇ふやうなものではなかつたし、しかも時には世故を學んだけれども、遂に俗に從うことができなかつた、望舒などの決してよくあしらへるものではなかつた。五年の奔走努力は當然ことごとく徒勞の奔走と努力であり、ただ彼のためにうつろな心をかはりに持つて來た。」「苦難と不幸との間で、終始捨てなかつたのは作詩といふことである。」（「望舒草序」）と語つてゐる。彼は相變らず「健康な身體と病める心を持つた」「寂寞の生物」（「私の素描」）であり、「青春と愛の香味」（「夜」）を追求しつつ、「青春と衰老との集合體」（「私の素描」）「年若い老人」（「過時」）であることをますます痛感するに至つてゐる。

「青春と愛の香味」といへば、當然戀愛の歌唱も多い。「恥づかしさうな、桃色の頰、桃色の脣、紺色の心とを持つた」「溫柔」「しとやかな少女」（「私の戀人」）が彼の理想の女人であり、「沈思の眼」「憂愁な微笑」「花のやうな脣」を持ち、「寂しくはるかな生涯をわたつてゐる、」「懷鄕病の憐むべき患者である「百合子」（「百合子」）、「永遠に憂鬱で、」「無盡の寂寞な凄涼たる道を步いてゐる、」「沈思の眸」の「孤寂」な、「渺茫たる鄕思」の「八重子」（「八重子」）、「蜜漬けの心」「蜜漬けの乳房」を持ち、「甘えたり」「放肆になつたり」する「夢都子」（「夢都子」）、同氣相求めるといつたやうな、憂鬱な、頹廢的な女人像が描かれてゐる。「戀愛上で一個の低能兒であり」（「私の素描」）、「さらに一個の憐れむべきかた思ひものである」（「かた思ひ」）と自らうたつてゐるが、そこには健康な愛戀の歡喜も苦惱も見いだし難い。

かくて、「なやみ疲れた時には、常に暗黑な街頭のさすらひびと」となつて、「ざわめく酒場を步き廻り」（「かた思ひ」）、あるいは「最も古怪な」「夜あるき者」となつて、「靜かな冷々とした街上を重々しい足音」をたてながら、「黑茫々たる霧から、黑茫々たる霧へ」（「夜あるき者」）とさまよい歩くのである。まことに「わびしい夜あるき人」（「かた思ひもの」）である。

また彼は、「青色の大海の底に、深く藏されてゐる金色の貝」の「吐き出す桃色の珠《たま》」（「夢を尋ぬる者」）を夢みる、「遼遠な海の懷念」（「煩憂」）者であり、「遼遠な國土の懷念者」（「私の素描」）でもある。「少しの頭痛もなく、不眠の夜もなく、心の一切の煩惱もなく、安らかに睡つてゐられる」「青い天に對する、懷鄉病者である。」（「天への懷鄉病」）しかも、この天に對する希望さへもしだいに動搖して、「羽うるはしき樂園鳥、これは幸福な雲遊であるか、それとも永恆の苦役であるか。」「アダム、イブが逐はれてから後、かの天上の花園はもうどんなに荒れ果てたか。」（「樂園鳥」）と、深い疑念を懷くに至つてゐる。

四、一九三二年十月―一九三七年

戴望舒は一九三二年十月八日、上海を出帆してフランスに赴き、一九三五年三月十一日に歸國し、十月十日「世紀末詩人の寶庫」（楊晉豪「廿四年度中國文壇考察」《『廿四年度中國文藝年鑑』》）などと稱せられた『現代詩風』を主編創刊して再び詩壇に現れ、一九三二年十一月以來の長い沈默を破つて新作を發表した。しかし、

已矣哉！
採擷儞黑色大眼睛的凝視
去織我最綺麗的夢網！

手指所觸的地方；
火凝作冰焰、
花幻爲枯枝。
燈守着我、讓牠守着我！
曦陽普照蜥蜴不復浴其光、
帝王長臥、魚燭永恆地高燒
在他森森的陵寢。

やんぬるかな！
汝の黑い大きなひとみの凝視をつまみとり
わが最もうるはしき夢の網を織れ！
指の觸れるところ
火は凝りて氷焰となり、
花は幻にして枯枝となる。
燈《ともしび》はわれを守りてあれば、そをしてわれを守らしめよう！
太陽はあまねく照らすも、とかげはまたとはその光りに浴せず、
帝王はとこしへに臥ね、魚燭は永恆に高く燃ゆ、
彼の森々たる御陵に。

象徵詩人戴望舒論

などとうたつた「燈」（『現代詩風』第一册）や、『文學雜誌』創刊號（一九三七年五月一日發行）に發表した次の「寂寞」の詩などによつてもわかるやうに、『望舒草』の集末において變化を示した詩風は、その傾向を一段と顯著なものとしてゐる。すなはち、文語や舊い語句の使用がますますはなはだしくなり、再び「音樂の成分」を盛んにとり入れ、音律の諧和を求めてゐる。中國の傳統的詩の流れが、フランス象徵詩の流れの中をくぐつて、再び表面に現れて來たといふこともできよう。

寂　寞

園中野草漸離離、
托根於我舊時的脚印、
給牠披青春的綵衣；
星夜的盤桓從茲消隱。

日子過去、寂寞永在、
寄魂於離離的野草
像那些可憐的死者、
牠長得如我一般高。

我今不復到園中去、
寂寞已如我一般高；
我夜坐聽風、晝眠聽雨、
悟得天如何荒、地如何老。

寂　寞

園中の野草やうやく離々たり
根をわが舊時の足跡に託す、
そに青春の彩衣を着せしめよ、
星の夜の徘徊これより消へ失せぬ。

日は過ぎ行き、寂寞は永へに在り
魂を離々たる野草に寄す
かの憐れむべき死者の如くに、
そはわれと同じ高さに伸びたり。

われ今またとは園中に行かず、
寂寞すでにわれと同じく高し。

われ夜坐して風を聽き、晝いねて雨を聽く、
悟り得たり、天いかに荒れ、地いかに老いたるかを。

三年間にわたる外國での生活も、別に彼の思想にはなんら本質的な變化をもたらさなかつた。この時期は、日中事變の前夜ともいふべき時期であり、多くの文學者がますます切迫せる民族の危機を痛感し、新しい使命を自覺し、現實主義の立場に立つて、「民族革命戰爭の大衆文學」を提唱し、「國防文學」を叫んでゐた時である。しかし、戴望舒は「窓頭の明月枕邊の書」に歡樂を求め（「古意客問に答ふ」）、「鬢絲の零落を靜觀しつつ」、「霜花が裝ふ秋を迎へて」（「霜花」）、衰老の嘆を發し、「燈」や「寂寞」の詩などに見られるやうに、全く絕望するに至つてをる。「萬年後小花の輕呼が、夢もなく醒むることなき雲霧を透して、斑々たる彩翅を震撼する」ことを願ふ「蝴蝶」（「偶成」）であるに過ぎない。

五　結　語

「育ちのよい恵まれた環境のうちで成長した」「沒落地主の若だんな」（蒲風「五四より現在に至る中國詩壇鳥瞰」）である戴望舒は、「細弱な靈」「病める心」の持主であり、「歡樂」——「青春と愛の香味」——の追求者であつた。しかも、當時苦難の渦中を生きねばならなかつた中國民族の苦惱と、彼個人の「獨特な環境と境遇」とのため、現實の人生においては、その願望が「幻夢」にしか過ぎないことを常に深く感じ、そこで現實逃避的となり、虛無的となつた。

彼はその灰色の人生觀から生まれ出る「寂寞」「頽唐」「哀愁」などの情緒を、繰り返しうたひ續けた。そしてそれを表現するのに最も適した形式を求めて、「新格律詩」からヴェルレーヌ的な象徴詩へ、更にジャム的なものへ、さうして最後に再び中國的なものへと、その詩風は變遷して行つた。ある時は音律の美を求めようとし、ある時は完全にそれを捨て去らうとした。しかし、結局は「音樂的成分」を捨て得なかつた。またそこに彼の詩の一つの特長がある。象徴詩は彼の「足」にふさはしい「靴」であり、彼はその「靴」をつくることに「相當に成功した」ものといへよう。

確かに「詩意は單純」ではあつたが、「虛僞なもの」ではなかつた。內容が「病態的である」（王澌『中國新文學史稿』第七章「前夜の歌『新月派』と『現代派』」）ことは望舒自身も認めてゐるところであるが、決して「內容の空洞を掩飾してゐる」ものとはいへないであらう。朦朧たる點はあつても、必ずしも蒲風たちがいふ程「難解」ではなかつた。孟實のやうに、「文字ははなはだ新鮮なもの」とはいひ難いが、「特殊な風格を有するものである」ことは認めなければならない。胡紹軒の論の如きは全く不當な贊辭にしか過ぎない。ともあれ、彼は當時における優れた藝術家の一人であり、殊に敍情詩のうたひ手として異彩を放つ詩人であつたと評し得よう。

反面、彼の詩には當時の現實の社會、民族を襲つた國內的國際的幾多の大事件、都市の暗黑、農村の慘狀などをうたつたものは一首も見いだすことができない。まして社會改革への熱情の吐露や反抗の聲などはもとより聞かれない。「まさに現實の暗黑を感じて、しかも變革を願はず、あるいは光明の路をはつきり見なかつた」（同上）ものといへよう。あくまでもそれは個人的消極的回顧的なものであり、社會的積極的前進的なものではない。「詩歌をば時代社會の推進、時代の心聲となし、大衆の藝術とする」（蒲風「戴望舒の詩について」）立場から見て、「百二十分の失望」を感ずるのは當然である。「根本に前進の偉大な生命がない」ともいへるであらう。

だが、この時代における敏感にして心弱い人々、殊にインテリ青年たちの一つの生き方を示したものともいへるのではないか。それは確かに「當時一部分の彷徨中の知識分子の思想意識を反映し」（王瑤「前夜の歌『新月派』と『現代派』）たものである。それが「一株の毒草」的存在であつたにしても、「蔓延しようとする」力を持つてゐたことは、「蔓延」すべき時代的社會的素因を有してゐたからであり、彼の詩はやはり當時の民族的苦悶の一つの象徴であるともいへよう。同時に、古い昔から混亂暗黑の世、革命の時代を生きた中國詩人たちのうち、彼と相似た精神を持つた人々の作品と、相通ずるもののあることもまた當然である。だからといつて、「現代詩でない」とはいへないであらう。

結局、聞一多の言葉を借りて（「時代の鼓手」）、次のやうにもいへよう。詩人を鼓舞激勵する偉大な「鼓手」が要求され、その出現が期待されてゐた時代に、戴望舒は人々の心をめいらせ痲痺させるやうな、纖細微妙な哀音を奏する優れた「琴手」であつたと。

最後に彼の創作と詩論との關係について觸れて置きたい。彼の詩論については全面的には考察しなかつたが、「詩論零札」は一九三二年十月ごろのかれの主張を述べたものであり、彼の詩風が幾度か變異したことは既に明らかにした通りであるから、それをもつて彼の作品全般と對比して論ずることは無理である。蒲風は、「戴望舒の詩論と彼の詩の大部分とは口心相應ずるものであるかも知れない。」（「戴望舒の詩について」）といひ、柳倩は、「彼の創作と詩論とを總括してみると、また多大の矛盾がない。一歩を進めて創作と詩論とは合一するものであるともいへよう。」（『現代詩歌論文選』「望舒詩論の商搉」）と評したが、これらの論はもとより正確ではない。『望舒草』所收の作品について考へれば、大部分は詩論と合致するところの多いものとはいへよう。孟實は「詩論零札」の最初の二條をあげて、「彼の多くの訂形式の嘗試（「十四行」「雨巷」「記憶」「煩憂」の類のごとき）と多くの愛すべき描寫の句はこの二つの原則の反證ではないか。」（「望舒詩稿」）と言つたが、「十四行」や「雨巷」などが詩論と合はないのは當然であり、また理論と實際との完全な一致を望むことも困難であらう。いはんや、彼の詩論そのものに矛盾や不合理な點があるのだから、なほさらのことである。

（一九五四、一二、一〇）

東北（滿洲）の詩人穆木天

序　言

近代中國における著名な詩人のうち、東北――滿洲――出身者には、同治・光緒の間に清の宗室寶廷（一八四〇―一八九〇）、盛昱（一八五〇―一八九九）があり、清末の代表的詞人鄭文焯（一八五六―一九一八）、「雪橋詩話」の著者楊鍾羲（一八六五―一九三九）等は、辛亥革命以後もその遺老的情思を詩歌に託した。當代詩界に及ぼした影響も決して少なくない。彼等はいはゆる清流派の詩人として、それぞれ彼等が生きた時代の滿洲人としての苦衷悲哀を代辯する者であつたともいへよう。

「五四時代」以後の新詩壇に活躍した者に穆木天（一九〇〇―？）がある。彼については、後期創造社の代表的詩人として、フランス象徴詩派的一面を特に賞する者があり、滿洲事變以後の「新詩歌派」の中心的存在として高く評價しようとするものがある。評者の思想的立場、藝術觀等の相違に基づく差異である。しかし、當時の中國民族として最も深刻な苦難をなめた滿洲人の悲運を反映したところに、最大の特色があつたともいへるのではないか。彼が歩んだ跡をたどり、詩風變移の實態を明らかにし、彼の詩歌の特色を究明したいと思ふ。

一　事　略――文學者としての路

穆木天は光緒二十六年（一九〇〇）吉林省伊通縣に生まれた。彼の實家は祖父の時代には縣內で一、二に數へられる大地主であつたが、父の幼年時代に破産沒落した。日露戰爭後父親が大連におもむいて商賣をするようになつて、家計も相當豐かになつた。彼が吉林中學に入學したのはそのころである。一九一五年十月、天津の南開中學に轉校、一九一八年日本に留學、翌年第一高等學校特設予科に入學、一九二〇年京都第三高等學校に入學した。

三高時代に「近代文學十講」「文藝百科精講」「社會問題十二講」「近代思想十六講」等の文學・思想關係の講話書、ギリシャ・北歐・アイルランド・イギリスなどの童話、ダンセニーの神祕小說、ポーの詩、アナトール・フランスの作品などを愛讀した。熱心に童話を硏究してゐた時代である。

鄭伯奇等と交遊し、田漢や郭沫若を識つたのも三高時代であり、創造社の成立に當つては、發起人の一人として加入した。しかし「創造季刊」には一篇の散文詩「復活日」を載せたに過ぎなかつた。

一九二三年東京帝國大學文科に進學した。大學に入學後はフランスのグールモン、サマン、ロダンバック、ヴェルレーヌ、モレアス、ピエール・ルイス、ボードレール、ヴィニー、ベルギーのメーテルリンク、レンベルグ、ヴェルアーラン諸家の詩作を耽讀し、熱烈にそれら象徵派、頽廢的な詩人を愛好し、完全に象徵主義の世界にはひり、象徵主義の空氣の中に住んで、ますます現實と隔絕した。當時最も好まなかつたのはユゴーの詩歌であり、特別に愛好したのはサマンとロダンバックであつた。またラフォルグの作品を讀んで、慰安を得、歸宿を得ようと希圖し、また非常にサント・ブーヴの詩歌を愛讀した。

彼が多くの詩文を發表したのは一九二五年以後であり、『語絲』などに掲載したこともあるが、多くは『創造月刊』や『洪水』などであつた。一九二五年の冬、東京の生活にはもう我慢ができなくなり、廣州に到つて、中山大學教授となつた。更に北京に到り、牆子河畔に飄泊した。一九二七年四月一日、「創造社叢書」の一として、第一詩集『旅心』を創造社から出版した。一九二三年から一九二六年までの作品を收めたものである。大部分の作品は一九二五年の作。

一九二九年の夏、故鄕へ歸つて吉林大學教授となつたが、一九三〇年の年末、吉林の農村はますます破産し、滿洲事變の前兆がますます明らかにあらはれるに及んで、「亡者の苦痛」に堪へ得ず、故鄕に永別の敬禮をなし、賣文の生活をなさんとして、南方に漂泊し、上海に到つた。數ヶ月ならずして、萬寶山事件が起こり、やがて滿洲事變が起こつた。

一九三二年上海事變が勃發するや、九月同志楊騷、蒲風、森堡たちと「中國詩歌會」を發起し、翌年二月『新詩歌』を創刊した。一九三四年第二詩集『流亡者之歌』を「現代創作叢刊」の一として出版した。故鄕を離れようとして以後、一九三三年までの作を「去國集」と名づけ、『旅心』に同時代未收の作品をも加へて「旅心集」と名づけて編集したものである。（以上は主として穆木天の「わたしの詩歌創作の回顧」、郭沫若の『創造十年』などに據る）

主として一九三三年秋から一九三四年夏までの文藝に關する短編を集めたものに、一九三六年「新鐘創作叢刊」の一として出版された『平凡集』がある。なほ外に、「王獨清及びその詩歌（一九三四年一月三〇日作、『王獨清詩歌代表作』代序）」、「徐志摩論（同上五月二三日——六月六日作、文學者叢書『作家論』）」、「生命の微痕序」（同上六月九日作)、「詩歌の形態と様式」(『現代詩歌論文選』上卷)、「『夢家詩集』と『鐵馬集』」(『現代』四卷六期)、「『大板井』を讀む」(『東方文藝』一卷三期)、「何が象徴主義であるか?」(『文學百題』)などの論文もある。

一九三六年には「海夜」(『前奏』創刊號)、「ナポレオン二世」(『榴火文藝』創刊號)など、ユゴーの詩を翻譯してゐる。その他翻譯にはアナトール・フランスの『蜜蜂』(泰東圖書局發行)、『ワイルドの童話』(同上)、ゴーリキーの短編小説集『初戀』(一九三二年、現代書局發行)、フランス短編小説集『青年炭燒黨』(同上、湖風社發行)などがある。

一九五〇年北京に到り、師範大學の教學の仕事に參加したといふが、先年郭沫若を團長とする訪日文化使節團來日の際、祕書長として參加してゐた東大時代からの詩友馮乃超に、穆木天のその後について尋ねたが、馮乃超も詳しい消息は知らないといふことであつた。

二　象徴詩の作家

穆木天は自ら「沒落せる地主の子」(「わたしの詩歌創作の回顧」)と言ひ、留日時代を追懷して、

京都の三年の生活は、ただお寺を見て歩いただけだ。あのころ、私の意識の中において、ブルジョアの成分は次第に小ブルジョアの成分となつた。一方面では崩壞せる農村を回顧しつつ、一方面では刹那の官感の享樂、薔薇の美酒の陶醉を追求した。

と語り、また、

一九二五年には、乃超が京都から東京に轉學し、私は學校内に一人の作詩の友人を增した。そこでカフェに行く度數も比較的多くなつたやうだし、創作に關する興趣もまた次第に濃厚となつた。

と言ひ、

不忍池畔、上野驛前、神田の夜店の中、赤門の竝木道のほとり、井頭公園の中、武藏野の道上には、いつも私の彷徨の足跡があつた。あの封建的な色彩の空氣の中で、私は默々として私のそれらの詩歌をしのびやかに吟じ出した。

とも言つてゐる（同上）。

これらの回顧の言によつても、當時の彼の思想なり、生活なりを窺ふことができよう。同じく象徵詩人と稱せられた李金髮や王獨淸に、歐洲特に佛國パリーが閑却できないやうに、木天にとつて、大正末期の日本、特に東京の享樂思潮、世紀末的不安頽唐の芬《ふん》圍氣は忘れてはならないものであらう。極端にいへば、彼の詩情を培養したものは、東京・京都・伊豆などの風物自然であり、銀座・上野のネオンの色であつたともいへよう。

特に彼にとつて、一九二四年の暑中休暇に三ヶ月を過ごした伊豆伊東の海濱の生活は、彼に「少なからざる興奮と刺戟を與へ」、その興奮と刺戟が「直ちに」彼の「それらの詩歌を造成し」、「原始に近い農村」を始め、自然も人も、彼に「深刻な印象と尖鋭な刺戟を與へ」、彼をして「沒落を感ぜしめ、悲哀を感ぜしめ、哀歌の素材を感受せしめた。」彼がヴィニーの詩集を愛讀したのもこの時であり、「あたかも私の作詩者となる運命を決定したもののやうである。」（同上）と述懐してゐる。この伊東での生活によつて培養された「詩感」は、翌年多くの作品となつて現はれた。『旅心』中の大部分の詩がそれである。

彼が大學時代に多くのフランス象徴詩人の作品を愛讀し、貴族的浪漫詩人、世紀末の象徴詩人を師友としたことは既に述べたが、彼は「譚詩」（『創造月刊』一期）で、「詩は暗示を必要とするものであり、詩は最も説明を忌むものである。」と言ひ、更に具體的に、

私は煙草や銅線で織つた詩を喜ぶ。詩は造形と音樂との美を兼ねなければならない。人々の神經上に振動する見るべくして見るべからず、感ずべくして感ずべからざる旋律の波、濃霧中聞こえるがごとく聞こえないがごとき音聲、夕暮にひるがへるがごとく動かないがごとき淡々たる光線、説明できるやうなできないやうな情調こそ詩の世界である。

と述べ、詩の形式はつとめて複雜を求むべきことを論じ、「形式方面上から言へば、統一性があり、持續性のある時空間の一つの律動」であるべきを主張した。

なほ、同じく「譚詩」で、

私は乃超と詩論上に話が及び、國内の詩壇上に話が及ぶと、われわれが主張する民族色彩を語り、われわ

れが深く吸つてゐる異國の薫香を語り、腐水朽城、デカダントの情調を語り、われわれの意見は大概ほぼ同じかつた。

と、馮乃超もほぼ同じ意見を有してゐたことを語つてゐる。

さて、上述の如き生活態度、詩的道案内、詩に對する主張を有してゐた彼は、果たしていかなる作品を創作したか。

彼は自ら「復活日」はオスカァ・ワイルドを模仿したものであると言ひ、「薄光」はサント・ブーヴの「黄光」の影響を受けたものであると言ひ、「雞鳴聲」は形式的には、王獨淸の「カフェから出て來る」が暗示を與えたものであると言つてゐる。彼は

細かな雨の中で、薄い霧の中で、夕暮の鐘聲の中で、暗夜の燈光の中で、さびしく、孤獨に、私の悲哀を吐き出した。晝間は喫茶店に行つてコーヒーを飲み、煙草を吸ひ、毎日二十分間詩歌を讀み、一二篇心愛の作品を探し出し、精しく鑑賞した。

と述べ、

小資産階級化した沒落地主の私は、一方では印象的唯美の陶醉を追求しつつ、他方では、心中に祖國の過去に對して深切な懷戀を起こした。……今回想してみると、當時の情緒は、傳統主義のものであつた。

とも述べてゐる。

王獨清は彼の詩を評して、「量は多くないけれども、しかし、それは確かに一種特殊な流派を建立したものであり、その中の象徴の句法と色彩とはすべて非常に成功してゐるものである。」と言ひ、馮乃超とともに「われわれがどんなことがあつても、忘れてはならない二人の重要な詩人である。」と推崠してゐる（「獨清譯詩集前置」）。

趙景深は、
穆木天の詩は暗示の分子が少なく、馮乃超の詩は暗示の分子が多い。前者は清晰、後者は朦朧。前者は多く明喩を用ひ、後者は多く暗喩を用ひてゐる。恐らく穆木天は心中象徴派に赴かんとしたが、その實彼自身の素質は決して象徴派ではなく、自分自身をはつきり認識していなかつたといへよう。

と論じ、三十首に過ぎない『旅心』中に、二十四の「我願」があるから「我願詩人」と呼ぶと言ひ、「夏の夜の伊東の町なか」の詩二十八行の中に「我愛」が二十四個あるのを數へ、「私は穆木天の詩が明白理解し易いのを感ずる。一度讀めばすぐに了解でき、決して朦朧ではない。彼の詩集にはただしまりがないのと、不必要な重複の句を見いだすだけだ。」と難じ、穆木天がラフォルグの暗示を受けて、「運動の律を示そうとした重疊の詞を多數擧げ、「こんな風な書き方は、作者の表現力の不足を表示するだけのものだ。」と言ひ、「馮乃超が『譚詞』を書き出さないで、穆木天が書き出したゆゑんは、大約穆木天が比較的詩へ氣質が少なかつたのに由つてゐる。才情を論ずると、どうしても穆木天は馮乃超に及ばない。前者は、理知大いに感情に勝り、後者は感情甚だ理知に勝つてゐる。」と論じてゐる（『現代文學雜論』、「馮乃超と穆木天」）。

朱自清は、「後期創造社の三詩人も、フランス象徵派に傾向するものである。……穆木天氏は情を幽微遠渺の中に託し、音節また頗る整齊を求め、却つて力を色彩感を表現するに致さず。」（『中國新文學大系』、「詩集導言」）と評してゐる。

蒲風は、「穆木天は地主沒落の悲哀を唱ひ出し、頗る音樂的清晰の美がある。」と言ひ、「三人（穆木天・王獨清・馮乃超）は、早くもよく革命詩潮激盪澎湃中の他の一面を代表した。彼等の口中より言ひ出したのは、正に過去の貴族・地主・官僚階級の悲哀であり、かうした悲哀と革命潮流の澎湃とは正比例するものであらう。」（『現代詩歌論文選』、「五四より現代までの中國詩壇鳥瞰」）と評し、王瀣は「これらの人の書いた內容は大半は情詩である。ただし情感は全く頹廢病態的であり、新詩發展途中の一逆流である。」（『中國新文學史稿』、第一編第二章、三、形式の追求）と評してゐる。

王獨清は同じく創造社の同人であり、ともに象徵詩の作家であり、その評は過譽に失してゐる。趙景深の木天・乃超對比喩には首肯すべき點も多いが、木天に外國象徵詩をただ形式的に模倣しようとする弊があつたにしても、詞句の重複重疊を殊更に取り上げ、非難評價せんとしたのは、必ずしも妥當とはいひ難い。朱自清の評は簡潔ではあるが、よく木天の詩の特色を明らかにしたものといへよう。蒲風は「新詩歌」派の同志、このころの作品に對しても好意的な批評をなしたものといへよう。王瀣の論は毛澤東の「延安文藝座談會上の講話」を基調とするものである。

穆木天は自ら頹廢派の詩を愛讀し、刹那的な官感の享樂や薔薇の美酒の陶酔を追求したと回顧してゐるが、それは當時の世紀末的な日本社會の風潮に影響されたもので、時にそうした心情にもなつたらうが、彼本來の魂の憩い場所はそこではなかつたと考へられる。彼の詩には時に頽廢の感情が現はれてゐることもあるが、それは調和され薄められてゐる。彼は自らも言つてゐるやうに、しとしとと秋雨の降るたそがれの道を、孤獨の魂を抱いて、とぼとぼと歩を運ぶ旅人であり、田園の平和と靜寂を愛し、あるかなきかの遠寺の鐘の音に、思いを遠く家鄉にはせる詩人である。詩集に「旅心」と名づけたことも、自らをよく知るものといへよう。彼がフランス象徵派の詩人のうち、特にサマンとロダンバックの詩を酷愛したのも當然である。女性的なやさしい魂を持つた、秋とたそがれの詩人と稱せられたアルヴェル・サマンに比することもできよう。吉林の人にふさはしく、北國人の暗い靜かな詩情が、彼の詩にはにじみ出てゐる。

雨　絲

一縷一縷的心思、
織進了纖々的條々的雨絲、
織進了淅々的朦朧、
織進了微動、微動、微動綫々的烟絲。

織進了遠々的林梢、
織進了漠漠冥冥點點零零參差的屋梢、
織進了一條一條的電絃、

東北（滿洲）の詩人穆木天

織進了濾濾的吹來不知哪裏渺渺的音樂。
織進了烟霧龍着的池塘、
織進了睡蓮絲上一凝一凝的飄零的烟網、
織進了無限的獃夢、水裏的空想、
織進了先年故事、不知陳哪渺渺茫茫。

織進了澍不見的山巔、
織進了風聲雨聲打打在那裏的林間、
織進了永久的回旋、寂動、寂動、遠遠的河灣、
織進了不知是雲、是水、是空、是實、永遠的天邊。

織進了今日、先年、都市、農村、永遠霧、永遠烟、
織進了無限的朦朧、朦朧——心絃——
無限的澹淡、無限的黃昏、永久的點點、
永久的飄飄、永遠的影、永遠的實、永遠的虛線。

無限的雨絲、

無限的心絲、
朦朧、朦朧、朦朧、朦朧、朦朧、
纖纖的纖進在無限朦朧之間、

一縷一縷的心絲
纖纖的
織入
一條一條的
雨絲
之中間。

雨　絲

一すぢ一すぢの思ひ、
織つて行く、細い一本一本の雨の絲、
織つて行く、しとしととぼんやり、
織つて行く、かすかに動く、かすかに動く、かすかに動く細かに煙る絲。
織つて行く、はるかな林のこずゐ、

東北（滿洲）の詩人穆木天

織つて行く、さびしく暗く、ぽちぽちと静かに、まちまちの屋根、
織つて行く、一本一本の電線、
織つて行く、澄んだ、どことも知れぬかすかな音樂。

織つて行く、霧たちこめる池の堤、
織つて行く、睡蓮の上にたまつてはこぼれる煙る網、
織つて行く、無限の愚かな夢、水中の空想、
織つて行く、昔のでき事、どことも知れずはるかに遠く。

織つて行く、かなた見えない山頂、
織つて行く、風の音雨の音がたたいてゐるどこかの林間、
織つて行く、永久に旋回し、寂しく動く、寂しく動く、遠い遠い曲がる河、
織つて行く、雲か水か、空か實かわからぬ永遠の天のほとり。

織つて行く、今日、往年、都市、農村、永遠の霧、永遠の煙、
織つて行く、限り無くぼんやり、ぼんやりと――心の弦――
無限に淡く、無限のたそがれ、永久にぽちぽち、
永久にさまよひ、永遠の影、永遠の實、永遠の虚線。

無限の雨の絲、
無限の心の絲、
おぼろに、おぼろに、おぼろに、おぼろに、おぼろに、
細々と織つて行く、限り無くおぼろの間を。

一すぢ一すぢの心の絲
細々と
一本一本の
雨の絲の中に
織り込む。

この詩は巧みな語句の使用と押韻とによつて、すばらしく音樂的效果をあげてをり、降り初めた雨の音、それはやがて胸につむぎ出されて行く心の絲であるが、それが最初は重く靜かに、やがて輕快に錯雜し、遂には音消え、絲斷つに至る心象の轉移を朦朧と描き出してゐる。趙景深も「確かに音樂と朦朧の美があり、詩句雨聲の如きあり。」（「馮乃超と穆木天）と言ひ、「人をして讀んで淅々零々たる雨聲を聞くやうにさせる。實に一首聽覺の詩である。（「現代詩選序」）とも評してゐる。

次に木天自ら「傳統主義の情緒を表現してゐるものとして、「江雪」「野廟」「北山坂上」「薄暮の鄉村」「心

響」「薄光」等を擧げてゐる。

薄暮的鄉村

渺渺的冥濛、
輕輕的
罩住了浮動的村莊。
茅茸的草舍
白土的院牆
軟軟的房上的餘煙
三三五五　微飄飄的　寂立的白楊
村前
村後
村邊的道上
播散着朦朧的　朦朧的　夢幻的　寂靜的沈香
和應着梭似的渡過了的空虛的翅膀
漫漫在虛線般的空間的蜿蜒的帕上
編柳的柵扉
掩住了安息的牛羊

牧童坐在石上微微的低吟
犬臥在門旁
穉氣的老嫗虛虛的吸着派菸
微笑着獃獃的對着兒孫
吮着院心的群鷄吃穀的塔塔的聲響
蝙蝠急急飛過的廻波
慢慢彈起來的唧唧唧唧蟲聲的叫泿
遠遠的
田邊的道上
溫和的鄉人斜依着
樺着澍澍的天際綿綿的連山蕩漾
沈思着緩緩滑過的白帆在閃閃的灰白的纖纖的線上
村後的沙灘
時時波送來一聲的打槳
密密的柳蔭中的徑裏
斷續着晚行人的歌唱
水溝的潺潺　寂響……
旋搖在鉛空與淡淡的平原之間

東北（滿洲）の詩人穆木天

悠悠的故鄉
雲紗的蒼茫

薄暮の郷村

はるかにくらく
そろそろと
浮動せる村里がとざされる
かやぶきの草屋
白壁の塀《へい》
弱々しい屋上の殘りの煙
三々五々　かすかに搖れる　寂しく立つてる白楊《はこやなぎ》
村の前
村の後
村のほとりの道
ぼんやりと　ぼんやりと　夢のやうな　靜かな沈香を播き散らしてゐる
をさのやうに過ぎる空しい羽にこたへつつ
虚しい絲のやうな空間のうねうねとしたこみちにみなぎる
柳で編んだ扉《とびら》

安らかにいこへる牛羊をかこひ
牧童は石の上に坐つてかすかに低く歌つてゐる。
犬は門のそばに臥し、
子供のやうな老婆は無心に煙草を吸つてゐる。
ほほ笑みながらぼんやりと孫に向つて。
庭で飼つてゐる群雞のゑさを食べるこつこつといふ音
かうもりのあわただしく飛び廻る波
ゆつくりと彈き起こる集まり鳴く蟲の聲の浪
はるかな
田圃のあぜ道で
溫和な村人はもたれかかつて
はるかな天際に連なる山なみのうねりを見つめつつ
ゆつくりと滑つていく白帆がちらちらするうすねずみ色の細い線上に思ひに沈んでゐる。
村の後の河の洲
時々波はかぢを漕ぐ音を送つて來る
茂つた柳の木陰の小道で
斷續してゐる夕方を行く人の歌聲
小川のせせらぎ　寂しいひびき

東北（滿洲）の詩人穆木天

鉛色の空と淡々たる平原の間をめぐつてゐる
遠い遠い故郷
雲薄絹の天廣し

この詩は「雨絲」とは異つた意味で、彼の詩を代表させてもよいであらう。平和な故郷を、田園の靜寂を懐戀する者の心情がよく描き出されてゐる。また、佳作の一つといへよう。

東京を去つて後は作品も少なく、廣州では「弦上」等の三首、北京では「薄暮小曲」等の二首を作つたに過ぎず、吉林に歸郷するまでの數年間は沈黙するに至つた。

さて『創造月刊』には郭沫若の「革命と文學」（第三期）、成仿吾の「革命文學とその永遠性」（第四期）「文學革命から、革命文學へ」（第九期）等の論文が掲載され、創造社が革命文學を提唱し始めた時代である。穆木天も「寫實主義文學論」（第四期）を執筆した。王獨清は當時の創造社について、「それらの主張に錯誤があるなしにかかはらず、それらの論文を書いた人が同時にまた自己の主張と極めて相反する創作をした（たとへば穆木天は一面「寫實主義文學論」の論文を書き、一面ではサマンとグールモン式の象徴詩歌を作った如き）にかかはらず、これらの畸《き》形的表現こそ、正しくこの集團が新しい方面に努力しようとする傾向の事實を證明したものである。」とか、「第一巻第八より第十に至る各期の『創造月刊』は、實に創造社轉變の過渡期を代表するものである。成仿吾の『文學革命より革命文學へ』等の論文はすでに發表され、同時に穆木天の批判性のない『ヴィルドラックの紹介』がなほ甚だ多くの篇幅を占めてゐた。」などと述懐してゐる（『獨清文藝論集』、「創造社——私とそれとの始終とその總決算」）。

しかし、既に述べたやうに、穆木天が『創造月刊』上に發表した詩歌は、ほとんど東京在住中の過去の作品であり、また、主張と創作との間に矛盾があつたにしても、この時代に寫實主義を提唱したことは、後來彼が歩んだ道の出發點として注目すべきものと考へられる。なほ、「甚だ多くの篇幅を占めた」のは、「ヴィルドラックの紹介（第十期）ではなく、「アルフレッド・ド・ヴィニーとその詩歌」（第五期―第九期）であつた。

三　現實主義詩歌の提唱者

『旅愁』以後の作詩について、穆木天は次のやうに述べてゐる。

『旅愁』より後、外界の各種の條件は、私をして歌ふ餘裕を無くさせた。だが東北と永訣《けつ》してから後、哀歌を唱つて故國を弔ふ情緒は常に私の心頭にわきあがつた。適當な形式を探し出せない理由のためかも知れないし、東北の現實の樣子が變幻すること甚だ人の意想外に出る理由のためであるかも知れないが、私はいつも私の悲哀を抑えてもらさなかつた。私は「流亡者」はお弔ひの時のやうな泣き顔は決してすべきものではないと感じてゐた。處置を考へることができれば方法を考へ、できなくても少しはストイックの精神を持つべきである。何ぞ必ずしも哀歌して「亡國の音」をなさうか。そのため多くの詩情を抑へたのである。

しかし、抑へていても情感は結局飛び出そうとする。そこでたまたま一二首の詩を作つた。しかも統制が嚴重な理由のために、最近のこの少量の生産の中には、比較的客觀性が多くなつており、また『旅心』

時代のああした輕々しいお弔ひの時の泣き顔のやうなものではない。私は何とかして杜甫が唐代の社會生活を反映したやうに、東北のこの幾年來の民間の艱難困苦の情形を、詩の中に高らかに唱ひ出したいと熱望してゐる。

近三年來作つたこの幾首の詩は、私の「流亡者」の心情を反映してゐるものである。……『旅心集』は現在と同じやうな情緒はないが、ああした地主階級の沒落の悲哀も、また隱に亡國の涙を含んでゐるものであり、もし透視する顯微鏡で看れば、どこに「流亡者」の心情が暗伏してゐるかいないか、ああした農村沒落の哀弔のうちに、帝國主義經濟の壓迫が暗伏してゐるかゐないか。二つの時期を代表し、それらには同じくない點があつても、一種有機的な持續を反映してをり、しかも、すべて帝國主義壓迫下の血涙の產物である。

『新詩歌』を創刊するや、穆木天はその「發刊詩」において、

われわれは歷史の殘骸を弔はない、
それはもはや過去となつたからだ。
われわれは現實をつかまへ、
新世紀の意識を歌はう。

「一・二八の血がまだ乾かないのに、

熱河の砲火はすでに天を照らし、
黄浦江上には帝國主義の軍艦がとどまり、
呉淞口外には星條旗と日章旗がいつも翻つてゐる。

千金寨の數萬の坑夫は生き埋めにされた、
だが、抗日義勇軍は壓迫に屈しない。
勞働者と農民は不法に搾取されてゐる、
だが、彼らの反帝の熱情はますます高漲してゐる。

壓迫、搾取、帝國主義の屠殺、
反帝、抗日、あの一切の民衆の高漲せる情緒、
われわれはかうした矛盾とその意義を歌ひ、
かうした矛盾の中から偉大な世紀を創造しよう。

われわれは俗言俚語を用ひ、
かうした矛盾を民謠、拍子歌、童謠に書きあげよう。
われわれはわれわれの詩歌を大衆の歌調となし、
われわれ自身が大衆の一人とならう。

東北（滿洲）の詩人穆木天

と詠じ、「詩歌と現實（『平凡集』）」の中で、

眞實の文學は、現實の眞實な反映でなければならない。自ら眞實の詩歌もまた現實の眞實な反映であるべきだ。……詩歌の特殊性を理解して、然る後詩歌上の現實主義を理解し得るに至る。詩歌上の現實主義に對して懷疑があるのは、それは詩歌の特殊性を忘却してゐることを證明するものであり、詩歌中の現實の表現が小說中の現實の表現と同一であると誤解するものである。……現實に對するわれわれの情緒をば、比較的直接的に表現するのが、詩歌の特殊性である。……詩人の眞實な感情は、詩歌中必要とする所の要素である。無論いかに忠實に、いかに客觀的に、現實の生活を描寫しても、詩歌とはなり得ないものである。現實の生活に對して自己の心中に情緒を喚起して、さうした情緒を高揚し、表現して、はじめて詩歌である。……眞實の詩人はその詩中に彼の獨特な崇高な情緒を表現すべきである。さうした獨特の情緒は、その時代の本質的な情緒を代表してをり、その情緒を導き得る、さうした歷史的進步性の中でますます波浪を捲き起こし、かくてその詩人はいよいよ最もすぐれた詩人となるのである。……詩人は自己の感情に對して忠實であるべきものだ。だが、自己の感情が現實の根據を有するか否か、詩人が常に追求すべき所のものである。……もし作品中に表現する所の感情が、作者自身についていへば、いつはりのないものであり、眞實なものであつても、客觀的現實に對して欺騙《へん》僞造の感情であるといふことであり、正確な現實認識のない空想的な感情といふことであれば、客觀的眞實性と進步性を失つたものである。……詩人が自己の感情の根據がどうであるかを追求しないために、中國現代の詩歌は、十に九は「風花雪月」でなけれ

ば「標語口號」である。各種の公式主義、空想主義の詩歌が生産されるゆゑんは、詩人が感情に欠乏してゐるのではなくて、感情があつてもその感情に客觀的な眞實性がないからである。要するに、もし偉大な詩歌を生産したいといふことであれば、われわれの詩人は客觀的眞實性を有する崇高強烈な感情を具有してゐるものでなければならない。

などと論じてゐる。また「歌謠の創作について」（同上）の中で、

新詩運動は相當に成功したが、新詩は幾人かの享受品たるに留まつて、能く大衆性を獲得することがないのも、一種の失敗と言はざるを得ない。新詩はまだ廣範に民衆に接受されず、詩人は勝手に新詩を作り、大衆はなほ封建的な五更調を唱つてゐる。これはわれわれ新詩人たちの反省に値することである。新しい詩歌は大衆の娯樂であるべきだし、大衆の食糧であるべきだ。詩歌は音樂と結合して、民衆が歌唱する所のものとなるべきものだ。……時代の不斷の變化は、われわれをして詩歌の歌謠化が一日一日と必要になつてゐることを感ぜさせる。もちろん、われわれは決してどの詩人も歌謠を作り、どの詩歌もすべて歌謠であることを要求するものではない。もし、そんなに主張する人があれば、それは詩の形式の多様性を否定することを表明するものである。……しかし、歌謠の創作は、どうしてもわれわれの努力の主要な方向の一つである。……各地の民衆の抒情感のために、各地の民衆にその眞正の要求意見をあらはさせるために歌謠を制作し、民衆自身をして歌謠を制作させることは、非常に必要なことである。……詩歌の歌謠化は生きてゐる歌謠形式を採用すべきである。もし現實離脱の傾向、卑俗化の傾向、詩の殘骸の形式中に退

却する傾向をあらはせば、それはこの道通じないものとなるであらう。新しい歌謠はそんなものであつてはならない。活發な新しい歌謠を造り出すべきである。もちろん、過去の山歌・俗謠等々は、この歌謠運動中において參考にすべきものである。新詩の歌謠化は、どうしても新詩運動の目標の一つであるといふべきだ。

と、詩歌の大衆性、歌謠化について論じた。更に「詩歌の形態と様式」(『現代詩歌論文選』上卷)で、

現在、さうした歌唱のために作る詩によつて、特別なのは大衆合唱歌の様式であり、集團的大衆的な基礎の上に立脚した詩歌様式である。勞働者階級の詩人たちは、階級の必要によつて、個人主義の詩歌の內容と景色を放棄し、この集團主義的詩歌の內容と形式とを創造し、彼らは從來の歌の歌情性と事事性との狹隘性を解放して、完全に新しくすぐれた様式を創り出した。この新しい様式は大衆合唱歌である。……大衆合唱歌は若干の人々が一つの大きな部屋に集まつて、君唱ひわれ和す的に相互に唱ふ集團主義の詩歌である。それら新しい詩人たちは、大衆合唱歌の中に、社會の現實の複雜な姿態を把握し、集團的に、力學的に表現し、これによつて、大衆合唱歌は濃厚な劇的要素を具へてゐる。朗讀歌の律動と舞臺の效果とが結合し、それは眞に強力な交響樂となる。新しい勞働階級には歌唱に便なために、一切の詩歌はすべて音樂の性質を具へ、歌唱し易いのが、勞働者の求める條件であり、大衆合唱歌は勞働階級の詩歌の支配的な様式である。

と、プロレタリア階級の社會では、歌ふための詩、大衆合唱歌こそその必要とする様式であることを強調した。

以上の如き所論をもつて、滿洲事變・上海事變以後、「中國詩歌會」の有力な發起人として、いはゆる「新詩歌派」の中心的存在として、新しい詩歌運動の推進、現實主義詩潮の發展に、指導的役割を果たしたのである。當時の中國詩壇において、陳夢家たちの「新月派」、戴望舒たちの「現代派」に對して、「新詩歌派」がいかなる立場に立ち、いかなる詩論を展開し、いかなる目標に向つて進まうとしたかも、これらの主張によつて明らかとならう。蒲風は、「現今唯一の道路は『寫實』である。大時代とその動向を生き生きと反映することだ。われわれは忘れてはならない。これは史詩を産生する時代であることを。われわれは偉大な史詩を需要するのだ。穆木天の『哈拉巴嶺上で』(『千秋』二卷一期――一九三四年夏)は、すなはち一つの試みであり、新しい育成はなほわれわれの努力に待つものである。」(『現代詩歌論文選』上卷、「五四より現在に至る中國詩壇鳥瞰」)と述べてゐるが、長篇詩「哈拉巴嶺上で」は、當時各方面の好評を得たものである。

穆木天は許幸之の詩集『大板井』について、

作者は五州文學の開山時代の人物の列に屬する者であつて、彼が過去に受けた教育は、自ら世紀末的象徴主義の惡氣を含有してゐる。しかし、別の一面では、一種の新しい推進力を接收してゐる。だからわれわれが彼の詩作に感じるのは、行進曲と挽歌とである。(『東方文藝』一卷三期、「『大板井』を讀む」)

と評したが、この時期の穆木天自身への評語とすることもできよう。彼は「頽廢的象徴主義者となることではない。象徴主義の中に到つて、薔薇の美酒の陶醉を尋ね、伽藍《がらん》の鐘聲の懷郷病を探したりすることは、大いにいけないことだ。」と言つたが、「象徴主義の手法は相當に應用するのはよいことだ。」とも言つてゐる（『我と文學』、「われ多く學習することを主張す」）。また、

一個眞正な詩人は現實の認識がなければならない。現實上に礎石を定めた眞摯な感情がなければならない。更に自己の感情をば培養し、激揚して、浪漫的奔放な狂波怒浪たらしめることが必要だ。かうした浪漫主義と現實主義との緊密な結合こそ、はじめて藝術の眞實である。（「『大板井』を讀む」）

とも主張した。

かつて留學時代に最も好まなかつたといふユゴーの長編詩「ナポレオン二世」などを、一九三六年に翻譯したことは既に述べたが、許幸之の「血を賣る人」について論評した場合にユゴーの「ノートルダム・ド・パリ」と對比し（『平凡集』、「『血を賣る人』について」）、「『大板井』を讀む」の中でも、三回もユゴーを引用してゐる。象徴詩人サマンから浪漫詩人ユゴーへ、その共鳴心酔の情が轉移して行つたといふこともできよう。

四　結　語

穆木天は中學時代に數學が得意で、技師となつて工業界で活躍したいといふ夢を抱いて日本に留學した。ここには「五四」前夜の中國資本主義の發達による時代思潮の反映が見いだされる。視力の關係上、その素願を斷念せざるを得ず、文學の路を歩むこととなつたが、それは「五四時代」に新文學運動の影響を多分に受けた

結果である。

三高時代に熱心に童話を研究し、大學時代にフランス象徴詩を耽讀し、憂鬱悲哀、慕異懐郷の情をその詩歌に託した。そこには祖國東北の崩壊しつつある農村とともに、當時の世紀末的頽廢享樂の日本の思潮、文學界、特に詩壇の風潮の影響が考へられる。日本の象徴詩潮の中から、彼の詩歌が生まれたともいへよう。

歸國後の彼は、故國の植民地的實態、特に故鄕吉林の日本帝國主義、いはゆる滿洲軍閥の鐵蹄下における悲慘な現實を見聞し、亡國亡者の苦痛に堪へず、故國を哀弔し、亡者の悲歌を唱つた。

吉林を去つた後、滿洲事變・上海事變後は現實主義に立脚した新詩歌を提唱し、詩歌の大衆化を強調し、大衆合唱歌を力說した。かつての退嬰的態度は積極的となり、回顧的情緒は鬪爭的となつた。時代の轉變、民衆の悲運は、象徴主義の詩人をして、現實主義の作家たらしめた。しかし、彼自身も言つたやうに、そこには一貫したものがある。それは純樸な精神、愛國憂世の情であり、民族主義を基調とする詩歌である。

彼の詩は「五四時代」から日華事變に至る間、東北を故鄕とし、日本に留學した「沒落地主の子」である一詩人が歩んだ人生記錄である。彼の詩歌は量において必ずしも多くなく、質においても必ずしも特に傑出した作品ともいい難いかも知れない。だが、後記創造社の詩人として象徴詩の作家として、現實主義詩潮の推進者として、何よりも長年禍難の中に苦惱した中國東北の民衆の無限の酸痛を反映した、東北出身の代表的詩人として記憶されるべきであらう。

（一九六七、五、三一）

六高時代の郭沫若先生

このたび、郭沫若先生を日本にお迎へするにあたり、九州大學で『郭沫若先生記念特輯號』を出版されるとのことで、六高時代の先生について、何か書いてほしいといふご依頼を受けた。もちろん、わたくしなどよりもつと適當な方がをられるはずである。しかし、岡山大學の林秀一博士のご意見もあり、期日も既に切迫してゐるので、今から他に交渉されることもご計畫上お困りであらうとも考へたし、また、かつて張香山君の紹介で、市川のお宅にお邪魔したことのあるわたくしとしては、いささか先生に感謝の微意を表はしたといふ氣持も動いたので、あへて筆を執ることにした。

一

郭沫若先生が留日學生として、初めて東京に來られたのは、一九一四年の一月十三日であつた。大塚に下宿されて神田の日本語學校に通ひ、日本語の學習に沒頭された。六月、中國の留學生のために設けられてゐた一高の特設予科に入學されて、官費留學生となつた。

一高特設予科一ヶ年の課程をおへられて、六高の第三部（醫科進學コース）に入學されたのは、一九一五年の九月十一日であつた。先生數え年二十四歳の年である。一年上級に成仿吾氏――後に先生とともに創造社を設立し、その幹部として大いに活躍した文藝評論家――が第二部甲（工科進學コース）に在學中であつた。醫科や工科を選んだといふことも、當時の「富國強兵」といふ時代潮流の影響によるものである。

先生は入學後間もなく成仿吾氏と知り合ひ親交を結ばれた。高校時代の二年間をともに岡山で過ごし、先生をして「空漠たるこの世界上で、君のやうに永遠に忘れられない人がまたとあらうか」と嘆ぜしめた深い友情を培はれたといふことは、先生たち個人にとつてはもちろん、創造社にとつても、まことに意義深いものがあるといへよう。

さて、そのころの日本の「つめこみ主義」の教育には、少なからず閉口されたやうであるが、その苦痛から先生を救ひ、文學者として成長する上にも大きな力となつたものは、週二十時間にも及ぶ外國語の授業であつた。外國語の授業といつても、擔任教師は大概帝大出身の文學士であり、文學上の名著を選んで購讀したから、文學の授業ともいへるものであつた。そこで、西洋文學に親しみ、大いに文學的傾向を助長されたのである。

先生はかつて當時の成仿吾氏について、「語學の天才で、外國語に對する記憶力は全く驚異的であつた」と述べられたことがあるが、成仿吾氏が外國語に優れてゐたことは、六高の成績表――一つの外國語を更に日本語といふ今一つの外國語に翻譯するといふ困難さがあつたことを考慮に入れなければならない――にもよく現はれてゐる。だが、成績表の上では、その外國語においても、先生の方が成仿吾氏よりもやや良く、全體の成績ははるかにすぐれてゐる。

先生が學校で學んだ外國語は英語・ドイツ語・ラテン語であつたが、ドイツ語の時間が特に多く、當時先生が最も敬愛されたのは、ドイツ語の立澤剛教授であつた。ある時立澤教授に、その身の上を告白されたら、是非先生をモデルにして小説を作りたいといはれたことがある。冗談であらうと思つたし、冗談でないにしても、結局は異邦人であるから、自分のざんげの心事をはつきりと表現することはできないであらう。さう考へてあまり希望もしなかつたといふことである。この立澤教授は、その後一九二二年に一高に轉任され、今日では故人となられており、ご遺族は兵庫縣にお住まいのやうである。

外國文學については、既に一高予科のころからタゴールの崇拜者であつたし、ドイツ文學特にゲーテやハイネなどの詩歌を愛讀したのは六高入學後のことである。タゴールの詩から印度の古詩人カビルを知り、印度古代のウパニシャッドの思想に接近した。また、ゲーテからスピノザを知り、直接間接に讀んだスピノザの著書は少なくなかつた。かうして外國の汎神論の思想に接近したために、中學時代から愛讀してゐた莊子の思想に、「一旦轄然として貫通するに至つたとの自信を持たれた。「莊周評論」を作りたいといふ野心を起こしたりしたのも、六高の三年生のころのことである。

さて、先生がこれら外國の文學者・思想家たちを知つたのは、主として縣立圖書館――そのころは石關街の亞公園内に在つた――においてであつた。先生が、「自分の青年時代の一部分はここに埋葬されてゐる」と感ぜられ、岡山を去るに當たつて、「無限の惜別の情を起こした」ほど、この圖書館は先生にとつて新思想を吸收する大切な場所であつた。圖書館といへば、先生が九大入學のため、いよいよ岡山を去らうとする前日、斷ち難い愛惜の念を抱きながら、科學の道に專念しようと決意されて、『庾子山全集』と『陶淵明集』とを寄贈されたのもここである。果たして登錄されたかどうか、讀む人もなく蟲にくわれてゐるのではないか、などと、先生はこの「親友たち」のことを案ぜられたりしたこともある。圖書館はその後一九二三年四月に現在地に移轉し、一九四四年六月の戰災によつて、ほとんどの圖書と關係書類を焼失してしまつたし、一九一九年の藏書目錄を見ても、殘念ながらその點を明らかにすることは困難である。

ともあれ、六高時代の先生は西洋の思想や文學に強く吸引されながら、なほ中國傳統の文化遺産からも滋養分を吸收し續けてゐたのである。文學か科學かの岐路に立つて苦惱してゐた時代でもあつたし、また詩人としての先生にとつては、「詩の修養時代」から「詩の覺醒期」へと進んで行つた時代でもあつた。かくして、やがて九大時代の「詩の爆發期」を迎へるのである。

二

一九一六年の八月、一高在學中の陳龍驥といふ友人が肺を患つて亡くなつた。先生はその友人の療養中から死後にかけて、深い友情をもつて何かと面倒をみられたのであるが、その際聖路加病院で看護婦をしてゐた佐藤さんを知つた。初めて會つた時に、佐藤さんの「眉目の間に一種不可思議な潔光を感ぜられ、日とともに愛慕の情が深くなつていつた。八月から十二月にかけて、東京と岡山とで、毎週三四通の手紙をやりとりされたといふことである。

そのうち、先生は自分の學費をさいて、佐藤さんを女子醫專に進學させたいと考へられるやうになつた。それには、看護婦をしながらでは思ふように受驗準備もできないと心配され、冬休みに上京して、病院勤めをやめて岡山で受驗準備に專念することを、佐藤さんに勸めた。こうして岡山で同居することになつたのである。

先生は既に一九一三年に、郷里で結婚してゐた。そのことは佐藤さんも十分承知であつたが、同居後間もなく、先生の言葉を借りれば、「柔弱な靈魂はついに一敗地にまみれて」、兄妹の域を越えてしまつた。佐藤さんは入學試驗に無事合格して、市ヶ谷の女子醫專に入學されたが、「罪惡が具體的な表現を得て」、五月には退學せざるを得なくなり、十二月十二日に長男和生君が生まれたのである。

　當時の家庭生活はどうであつたか。夫として父としての先生はどうであつたか。奥さんを深く愛されながらも、時に「摧殘」の嘆きを發し、「巣無き鳥」の悲哀をかこち、「死の誘惑にさそはれてはよく街をさまよひ、奥さんをして悲嘆の涙に暮れさせたこともあつた。「純潔無垢な天使」を愛し、すこやかなその成長を祈りつつも、鳴くと狂怒してよくたたいたり、うるさがつてよく怒鳴つたりした。後ではいつも深く後悔されながら。悲喜愛憎、感情の起伏のはげしい「瘋狂狀態」の夫であり、父であつた。

　純情で極度に感情的であつた當時の先生の心情、愛戀の歡喜と苦惱、自責の念、苦悶痛哭の狀などは、「尋死」「夜哭」「別離」などの詩、『三葉集』などによつてもうかがふことができる。當時の中國の現實については深い認識があつたとはいへないが、

　　おろかなる心家國を思ひ、
　　忍んでまたちまたへ歸る

とか、

　　國在るも零に等しく、
　　日に干戈のみだるを見る。

と詠じた詩句によつても、憂國的民族的であつた一面を知ることができよう。

　先生は佐藤さんを迎えてから岡山を去るまでの一ヶ年半ほど、「偏ぴな横町」に同棲してをられたが、その近所に二木といふ中學校の漢文の教師が住んでゐた。二木さんの家庭には一男三女があり、未亡人になつてゐ

た長女と、十六歳ぐらいのウタさんといふ次女と、十三歳ぐらいの末娘の三人が家にをり、長男は東京帝大に在學中であつた。

漢學者の家庭ではあつたし、佐藤さんが日本人であるといふことで、當初二木さん一家の人々は格別厚意を寄せ、佐藤さんの留守の時などよく掃除や炊事をしてくれた。二木夫人と未亡人の長女とは、先生と佐藤さんとの關係に特別關心を持ち、その眞相を知りたがつた。「八歳の時に兩親が上海で死んだので、自分の父が養女として育てたのだ」と、うそをついてごまかしてゐた。ところが、和生君が生まれるようになると、二木家の人々の先生に對する態度はすつかり變つてしまつて、まるで罪人同様に取り扱ひ、時には白眼視した。そんな風に先生は感ぜられたといふ。

ただ、ウタさんだけは終始「笑容掬すべき態度」を改めなかつた。「膝頭が接觸する時、一種溫暖な感覺が交流するのを覺」えながら、一緒に試驗勉強をしたこともあるし、ともに月明の旭川に舟を浮かべて遊んだこともあり、肩を竝べて月蝕を眺めたこともある。いよいよ岡山を去ろうとする時、驛頭で別れを惜しみつつ先生を見送つたのも、この二木ウタさんであつた。中國に歸られてから後も、よく先生たちの話題にのぼつたことがある。岡山時代における最も忘れ難い人であらう。

三

岡山付近の自然からどんな印象を受けられたか。どんな思ひ出を持たれてゐるであらうか。

先生は六高時代の前半、東山の近くに住んでをられたので、東山邊りはよく散歩されたといふ。月の夜、東山の山かげを獨り漫歩する時、自分の足音が周圍の靜寂を破るのを恐れて、いつも下駄を脱いではだしで歩かれたとか。そのころの作品に「晩眺」「新月」などの五言絶句がある。

六高の背後にある操山は、東山よりも少し高かつたし、散歩に努力がいつたから、餘り行かれなかつたといふことだが、六高入學後間もなく、初めて登つた時の印象は非常に深いものがあつたやうである。山頂の巨岩、奇古な深林、血のやうに紅い夕映え、落日と新月、その光景に動かされて、何かインスピレーションを感得したやうに、氣狂ひのやうにこをどりしながら、口から出まかせに歌ひ出したといふ詩もある。

後樂園は學校への往復に朝夕必ず通られたところで、「清麗」な感じを與へられたといふ。旭川は、成仿吾氏や奥さんやウタさんなどと、よく舟を浮かべて樂しいひと時を過したところである。「後樂園と岡山城の天守閣との間にはさまれてゐる川面は、非常に詩趣に富んでゐた。」と、その印象を語つてをられる。「別離」と題する詩は、早朝の旭川の橋上で生まれたものである。

殘月は黄金の櫛《くし》
われこれをとりてかのよき女《ひと》に贈らんと欲す。
かのよき女《ひと》見るべからず、
橋下流泉聲むせぶが如し。

曉日は月桂の冠
青天にのぼりこれをとらんと欲すれども難し。

青天なほのぼるべきも、
生き別れわが情をしてなげき悲しましむ。

二年目の春休みに成仿吾氏と宮島に遊び、さらに船で瀬戸内海を巡遊して高松に上陸し、栗林公園にも遊んだ。宮島では、コバルト色の海水中の赤い大鳥居と島の鬱蒼たる姿態とには非常に魅力を感じたが、參拜客の雑踏と商店の凡俗さとには少なからず失望したといふことである。

瀬戸内海の風景は確かに日本の自然のプライドの一つに數へる價値が在る。諸島の姿態が、日光の向背によつて起こる色彩の變化は、まことに「絢爛」などといふ言葉ではよく形容し盡くせるものではない。日本の「錦繪」の類が生み出される理由も、大半はこの内海の存在に負ふものであるかも知れない。そんな風に感ぜられたといふことである。中國の巫《ふ》山三峡と日本の瀬戸内海とは同じく自然界の傑作であり、三峡の奇峭、警抜、雄壯を、もし北歐的悲壯美であるといふことができれば、瀬戸内海の明朗、玲瓏、秀麗は、南歐的優美であるといふことができよう。とも贊美されてゐる。

早朝の靜寂な栗林公園を訪れ、紫雲山に登臨された。輝く朝日、きらめきつつ動く海、自然の雄大さに感じて、蝸牛角上の爭ひのやまないこの世界を悲しみ、長嘯し狂歌した。その時の感懷を詠じた詩が、この時の愉快であつた巡遊のたつた一つの記念品としてのこされてゐる。

先生はこのころ、中國の詩人の中では特に陶淵明や王維などを崇拜してゐた。かつて、「陶淵明や王維の如きは、大自然の優れた歌手である」と評し、「陶淵明や王維の詩には深度の透明があり、その感觸は玉のやうである。李白等の詩はただ平明な透明であり、陶・王のは立體的な透明がある。」と談ぜられたこともある。

この時代の日本の自然に對する歌詠や述懐のなかに、「純然たる東洋情緒を基調としてをり、自然をば友人とも、愛人とも、母親とも、みなしてゐた」當時の先生の自然觀がうかがえるとともに、そこに陶淵明や王維の影響が考えられるであらう。ともあれ、遠く故國を離れた、多感な留學生であつた先生の魂を、これら日本の自然がいかに樂しませ慰めたかを知ることができる。

この時代の作品はほとんど舊詩形の詩であり、「若年の未成熟な作品」であるとしても、當時の先生の「生活の鏡」であり、あるいは「日本の自然に對する追憶の最も適當な羅針盤」であるとはいへよう。

（一九五五、七、八）

参考文献

郭沫若著『創造十年』
〃　『離滬の前』
田漢、宗白華、郭沫若共著『三葉集』
郭沫若著「自然の追懷」（『現代』四卷六期）
「郭沫若詩作談」（『現世界』創刊號）

日本留學時代の田漢と新劇

田漢はいはゆる五四時代からおおくの作品を發表した新劇作家である。また、南國社・南國電影劇社などを創設して、新劇界・映畫界の發展に多大の貢獻をした新劇運動の指導者である。彼が日本に留學して東京高師に學んだのは一九一七年ごろから一九二一年にかけてであつた。今、手持ちの資料によつて、新劇作家、新劇運動の指導者への道を中心として、留學時代の彼について考へてみたいと思ふ。

一

田漢は留學の當初から特に劇を研究しようとか、劇作家にならうなどとは考へてゐなかつた。もちろん、留學する前から演劇に興味はもつてゐた。長沙師範時代「京劇」を觀たり、「京劇」を改編した脚本を作つてみたりしたことがあり、梁啓超の『新羅馬《ローマ》傳奇』の影響を多分に受けてゐた。

さうした田漢が日本に來てみると、ちやうど島村抱月と名女優松井須磨子たちの藝術座が華々しい活躍をしてゐたし、上山草人と山川浦路の近代劇協會も盛んに活動してゐた。そこで彼はよく有樂座などで近代劇を觀たり、神田の映畫館で映畫を鑑賞したりした。

彼が松井須磨子たちの演ずるスーデルマンの「故郷」——その時は「神主の娘」と改題されてゐた——を觀たのは一九一八年の九月五日であつた。彼はその劇から深い感銘を受けたし、島村抱月のその譯本劇の序言を

讀んで、

われわれは必ずかうした理解と批評眼とがあつて、初めてよく新劇を談ずることができ、初めてよく一切の學問を談ずることができる。われわれは一種の藝術品に對して、もし理解することができず、鑑賞することができなかつたら、藝術品にそむくものである。

と考へたりした。島村抱月といへば、抱月はそのころ彼が最も敬愛した人であり、抱月から近代劇について多くのものを學んだのである。新劇指導者としての田漢を育成する上にあづかつて力あつた者として、先づ第一にわが島村抱月を擧げるべきであらう。

彼がネオ・ロマンティシズムの戯曲を觀たのは、ハウプトマンの「沈鐘」が最初であつた。

もし藝術家となるのであれば、一面人生の暗黑面を暴露し、世間一切の虚僞を排斥し、人生の基本を打ち立てることであり、一方面は人々を一種の藝術の境界に引き入れ、生活を藝術化せしめるべきである。人生を美化し、人々に現實生活の苦痛を忘れさせ、一種陶醉法悦、渾然一致の境に入れて、初めてその能事を盡くしたといへる。

そんなことを考へたりした。

彼が有樂座で民衆座の人々によつて上演された「青い鳥」を觀たのは、一九二〇年の二月十六日であつた。

かつて英譯の脚本を讀んだことがあつたが、ちよつとも親しみが感ぜられず、本當にどう演出すればよいのかわからなかつたといふ。しかし、この晩は多くの見識が助長され、多くの情緒が添加され、多くの異想がかき立てられた。その晩の「チルチル」の水谷八重子も、「ミチル」の夏川靜江も、「光明」の吾妻光も、みな大變よかつたと印象を語つてゐる。

それにつけても、上海共舞臺で觀たことのある小香紅たちが演じた「宏碧緣」を思ひ起こして、彼女たちはみんな素質は惡くないが、彼女たちに演じさせるよい脚本もなく、どう演ずるかを教へるよい指導者もなく、更に彼女たちが演ずるものが何であるかを理解するよい觀劇階級もないのが殘念であると思つた。そして、今後自分たちの責任が眞に重いことを自覺した。

彼は遊樂座で四五回劇を觀たが、「ベニスの商人」を觀た時も、「ウインダミア夫人の扇」を觀た時も、「伯父のワーニャ」を觀た時も、「青い鳥」を觀た時も、歌舞伎座で「沈鐘」を觀た時も、いつしよに觀てゐる日本人が、「何をやつてゐるのかわからない」と、みんな言つてゐるのを聞いて、文藝上の素養のない人は、彼がどんな情緒劇、神祕劇、問題劇について語らうとしても、人にわかることを求めるのは非常にむつかしい。だから、新劇を隆盛にしようとすれば、先づよい觀劇階級を養成しなければならない。そのためには一般國民に文藝思想を普及することが急務中の急務であることを痛感した。

これらによつて、田漢がいかに近代劇に引きつけられて行つたか、何を學んだか、新劇指導者としての識見がどんな風に養はれて行つたか、さうした點について知ることができよう。

二

當時は、菊池寛が新進作家として文壇に登場し、地位を確立した時代であつたが、田漢は日本の劇作家の中では、最も菊池寛の作品を愛讀した。「父帰る」や「屋上の狂人」などの劇を觀て、深い感動を覺えたものであつた。「日本の文豪」の一人として、菊池寛は中國でもよく名の知られた作家であり、初期の戲曲や短編小説から、後の通俗的長編小説に至るまで、多くの作品が中國に翻譯紹介され、中國の青年たちに愛讀されたものである。彼の作品を最初に翻譯したのは魯迅であり、その作品は雜誌『新青年』第九卷第三期（一九二一、七、一）に登載された「三浦右衞門の最後」ではなかつたかと思ふ。しかし、彼の戲曲を翻譯したのは田漢が最初であり、彼は「父帰る」「屋上の狂人」「海の勇者」「溫泉場小景」を翻譯して、『日本現代劇選』として出版した。ただ翻譯しただけでなく、中國で「父帰る」「屋上の狂人」などを上演し、殊に「父帰る」は數回上演したといふことである。

上海藝術大學で「藝術魚龍會」を開催した時にも「父帰る」を上演した。日本の衣裳や背景を準備する方法がなかつたのと、劇中の筋が日本と中國とは大差がなく、且つ宋穰丞が演出したためもあつて、彼の本意――劇本の精神と情調とは多く特殊な自然と風習との決定するところであり、翻案の方法は原劇の神味を失ひ易く、やはりその原型を保持する方がよい――ではなかつたが、この時には中國的に改作して上演した。その配役は、父を陳凝秋、母を周存憲、賢一郎を左明、新二郎を陳征鴻、おたねを唐叔明女史がつとめた。田漢はこの時のことを回顧して、「全體的にははなはだ成功であつて、父親に扮した陳凝秋の成功は最も記錄すべきものがあつた。恐らく菊池のこの劇あつて以來、すなはち日本で父親を演じた者もまた凝秋に過ぐるものはない。後來唐槐秋も上手に演じたが、凝秋の影響を受けたに過ぎない。」と述懐してゐる。

南國藝術學院時代、公安局の中止命令を受けながら、苦心の末演劇會を開催した時にも、發表した劇の一つは「父歸る」であつた。南國電影劇社を南國社と改組した後も、紹介した外國劇三つのうちその一つはやはり「父歸る」であつた。

以上によつても、田漢がいかに菊池寛の作品を愛したか、また「父歸る」の演出に自信を持つてゐたかを知ることができよう。菊池寛の劇を中國の人々に親しませたのは田漢であつた、といつても必ずしも過言ではないであらう。

もとより菊池寛だけでなく、當時彼は秋田雨雀、佐藤春夫などを始め、多くの日本の文學者とも交遊し、廚川白村の「教訓」に感激し、石川啄木の作品なども愛誦した。後に、大革命前期の小資産階級の青年が「農村へ行く」幻想を描ゐた「民間へやつて來た」といふ映畫のシナリオを作つたが、それは啄木の「はてしなき議論の後」の詩をもとにしたものである。

三

かうして田漢は日本の文壇・劇壇の影響を受け、また中國の文學革命運動の新潮にも刺激されて、いよいよ眞劍にドラマティストとならうと考へ、本格的な劇文學の研究に志したのである。特に西洋近代劇の研究に沒頭したのであつた。

ヘッベルの「マリア・マグダレーナ」、ズーデルマンの「名譽」、ハンキンの「最後のド・ムラン家」、ホートンの「村の祭」、ゴールズワージの「長子」、イブセンの「海の夫人」「ヘッダ・ガブラー」、ハウプトマンの「沈鐘」「ハンネーレの昇天」、ロスタンの「シャントクレール」「シラノ・ド・ベルジュラック」「遠方の姫君」、メーテルリンクの「マレーヌ姫」「青い鳥」「ベレアスとメリザンド」「モンナ・ヴァンナ」、ホフマンスタールの「エレクトラ」「癡人と死」、イェーツの「キャスリーン伯爵夫人」「心願の國」「幻の海」「無の國」、グレゴリー夫人の「ハイアシンス・ハルヴイ」「月の出」、シングの「聖者の泉」「西國の人氣者」「海へ乗りゆく者」「悲しみのデアドラ」など、多くの有名な戲曲を讀み、これらをすべて中國に紹介したいと考へたりした。重要な近代劇の脚本を五十餘點搜集し、百種に滿ちたら記念會を開きたいと考へてゐた、とも言つてゐる。ルゥイゾーンの「近代劇」を忠實に中國に紹介して、近代劇を研究する人々に一つの指針を與へたいと考へたりもした。「A Budding Ibsen in China」などと自署したりしたこともあつたが、それによつても、當時における彼の念願、抱負をうかがふことができよう。

當時の中國ではいはゆる「文明劇」が盛んで、近代劇を研究する人はまだ少なかつた。四ヶ國語に通じてゐるといはれた宋春舫が、そのころの中國における新劇研究の大家であつた。田漢はこの宋春舫に對して、「藏書も多く、ロンドン、パリ、ベルリン、ローマなどに在住し、機會に惠まれてゐるのと、學殖の豐富さとをもつて、中國の新劇界に貢獻することが必ず多からう」といふことは認めてゐたが、不滿もまた大きかつた。すなはち、「非常に獨斷的で、深く近代精神をよく理解してゐるやうではない」と考へ、「その批評眼も疑はざるを得ない。その選集した『泰西名劇百種』も多くの混交遺漏の恨みがある」と感じてゐた。この宋春舫に對する不滿の感は、島村抱月に對する敬愛の情と相表裏するものであつたといへよう。

彼はゲーテやハイネ、ワイルドなどの詩をも愛誦し、創作として『少年中國』に最初に發表したのは詩で、一九二二年に詩集『江戸の春』を出版した。宗白華が田漢に、郭沫若とともに「東方未來の詩人」とならんことを希望したのは、そのころのことである。

劇作としては、ある歌女とその琴師との戀愛を描ゐた「歌女と琴師」といふ、デモクラティックな藝術を鼓吹する新浪漫主義の戲曲を作つたりした。當時上海で「黎花大鼓」を唱つてゐた劉翠仙をモデルにしたものである。この劇の筋を鄭伯奇に話したら、大變贊美してくれた、と言つてゐる。結婚後の男女の貞操問題を描ゐた「正義か人情か」などといふ脚本を作つたりもした。江西省の某縣にあつた非常に深刻な一つの實事であるといふ。かうした腹稿時代の後、彼は處女作「ヴァイオリンとばら」を『少年中國』第二巻第五期（一九二〇、一一、一五）に發表して、一つの反響を呼び起こした。それに勵まされ、續いて友人李初梨の體験を題材として、一九二〇年に出世作「カフェーの一夜」を創作し、『創造季刊』第一巻第一期（一九二二、一一）に發表した。これからいよいよ「戲劇創作の廣々とした大道」にのぼつたのである。「カフェーの一夜」について、彼自身も「事實上比較的よくわたし自身を紹介する『出世作』であるから、創作生活の出發を記念するに足るものと認めてゐる。これは東京銀座の「カフェーの情調」を「深く研究するところがあつた」からこそ生まれたものである。

なほ、このころワイルドの「サロメ」を翻譯して『少年中國』第二巻第九期（一九二一、三、五）に、「ハムレット」を同じく第十二期（一九二二、六、一五）に發表してゐる。

四

以上によつて、田漢が新劇作家としての道を歩まうと決意し、その力を培ひ、そして華々しい第一歩を踏み出したのが、留學生として東京に在京中であつたことを知ることができよう。かつて彼は、「わたしはなぜ文學部門の中で戲劇文學を自分の主要な研究對象としたのかわからない。わたしの性情が特別にそれと近ゐためであるかも知れない。同時に客觀環境も確かにわたしを助成してかうさせた。」と述べたことがあるが、彼の言ふ「客觀環境」の最も重要なものとして、當時の日本の社會、東京の風氣を考へるべきであらう。そして、いかに彼が當時の文壇、劇壇、特に島村抱月や菊池寛などの影響を受けて、新劇運動の指導者として、新劇作家として育つて行つたかを明らかにできたかと思ふ。

彼はそのころロシア文學を紹介し、「詩人と勞働問題」（『少年中國』第八・九期）などを論じたりしたが、それも、郭沫若が言つたやうに、「日本文壇の影響を受けたものであり、同時にいふまでもなく、また間接にロシア革命の影響を受けたものである」といへよう。

新劇作家としても、史劇をもつて文壇に一つの位置を占める郭沫若も、反帝意識を明白に表現した「抗爭をもつて喧傳された戲劇電影作者鄭伯奇も、このころ日本に留學中であり、田漢と親交を結んだ間柄である。

詩劇「琳麗」を代表作として、女流劇作家と稱せられた黃白薇女士も、そのころ東京女高師理科に在學中であつた。彼女は田漢の愛人易漱瑜女士と同居してゐた關係で、田漢を知り、田漢によつて文學の世界へ導かれたのである。彼女はイプセンの「人形の家」「海の夫人」「民衆の敵」を讀んで深く感激したのも田漢の指導によるものであり、文學上の「導師」として田漢の影響は多大であつた。もちろん、田漢の外、中村吉藏などの影響も少なくなかつた。彼女が初めてゴールズワージの戯曲を知り、「銀のはこ」「闘争」の社會意識の濃厚さに非常に感動したのは、中村吉藏の指導によるものであつた。

田漢にとつて留學時代は新劇の研究修養時代であり、新劇作家として記念すべき門出をした時代であつた。同時に、中國の新しい戯曲の世界が、少なくとも一つの世界が、このわれわれの國において、田漢、郭沫若、鄭伯奇、黄白薇たち留學生によつて開かれつつあつたことは、中國新劇史上においてはもちろん、日中文化交流史上においても、意義深いものがあるといへよう。

（一九五五、八、三〇）

参考文献

田漢著「創作經驗談」
〃「南國社史略」
〃「田漢戯曲集自序」
田漢、宗白華、郭沫若共著『三葉集』
郭沫若著『創造十年』
黄白薇著「我投到文學圈裏的初衷」

一九三五年ごろの留日中國文壇

一　當時の留學生の狀況

一九三六年六月出版の『申報年鑑』は教育部の統計を摘錄し、「最近數年度出國留學生の狀況」を表示してゐる。それによると、わが國への留學生は次の通りである。

年度	留日學生數（費別）公費	私費	計	出國總學生數に對する比率
一九二九	一一	一〇一四	一〇二五	六一・九
一九三〇	三四	五五六	五九〇	五七・三
一九三一	四	七九	八三	一・八
一九三二	二	二二五	二二七	三九・四
一九三三	八	二一一	二一九	三五・三
一九三四	七	三四〇	三四七	四二・七
計	六六	二四二五	二四九一	四八・〇

また『申報』(日本の『國際評論』の譯載)の「わが國留日學生の現況」によると、

年度	留日學生總數	內東北出身者	備考
一九二九	二四八四	六一〇	三月二十八日、濟南事件協定調印。
一九三〇	三〇六四	六九八	
一九三一	三〇九六	五七八	七月二日、萬寶山事件起こる。九月十八日、滿洲事變勃發。
一九三二	一四二一	三一一	一月二十八日、上海事件突發。三月一日、滿洲國建國宣言。
一九三三	一四一七	三〇九	五月三十日、塘沽會議開會、七月五日協定成立前後歸國する者六十人、實數は一三五七人。

となつてゐる。なほ、一九三三年の留學場所として、東京一一〇九人、京都六四人、福岡四九人などと記してゐる。

これらの數字がどれだけ正確なものであるかについては、疑念なしとしない。だが、滿洲事變後は留日學生が激減し、塘沽停戰協定調印後はまた增加を見、東北出身者が多かつたことも事實だが、盧溝橋事件發生ごろまでなほ相當數の留學生が在日したことはたしかである。中國留學生のために設けられてゐた東京高師の特設予科にも、このころ毎年數十名の留學生が在學してゐた。

日本は僞國學生に對して、全く日本學生と待遇が同じく、寄宿舍のある學校は、日本學生と僞國學生と、同室で起居する。だから僞國學生は日本に留學しても、決して遠く異國に行つたといふ感じはない。(『申報』)

などと報じてゐるが、それは全く形式的表面的な言であつて、實情を識る者の言ではない。

わたしが大學時代三年間、お世話になつた竹早館といふ下宿には、常に數名の東北出身の留學生がゐた。親しくなつて率直な心情を聽くことが出來るようになると、彼らはいはゆる滿洲國の實態と、それに對する不滿、といふより憤恨の情を語つた。滿洲國は日本人がつくつたものであり、日本人が支配の實權を持つ、傀儡國である、日本人と滿洲人との待遇上の差別、同じ學校の卒業生でも比較にならぬ程の格差がある、などと、ただ下宿の人たちが、わたしたちに對すると少しも變らない態度で、溫かく接してゐるのを見ることが、せめてものわたしの心の救ひであつた。

わたしが大學を卒業する時、その中の一人鄭君は、色紙に

曾伴山公習醉吟
池樓經歲有棲禽
落花獨自羞年髩

種樹誰知惜路陰

の詩句を書き、「倉田仁兄雅囑　丁丑江戸初春　松潭と署し、惜別の意を表はしてくれた。當時わたしはそれが東北の著名な近代詞人鄭文焯の「城西の官園を過《よぎ》り感憶」と題する詩の句であることを知らなかつた。原作は

曾て山公を伴ひて醉吟を習ふ
池臺歳を經て棲禽有り
花に對しては猶自ら年鬢《びん》を羞《は》じ
樹を種《う》ゑては誰か知る路陰を惜しむを

となつてゐる。それはともあれ、鄭君を始め東北の友人たちは、その後どうなつたことであらうか。

二　日本で出版の雑誌

『東　流』

一九三四年八月創刊。一九三六年七月第三卷第一期出版。東流文藝雜誌社發行、神田神保町渡邊印刷所。編集者林煥平、二卷以後は陳達人。同人二十餘人。小説・戲曲・詩歌・散文・論文・翻譯等よりなる總合的文藝

雜誌。

小說では歐陽凡海、斐琴、雍夫、雍鴻謨、洪爲濟などが作品を發表し、郭沫若も特別寄稿（「賈長沙痛哭」）した。詩では紗雨、陳子鵠、蒲風、林煥平、魏晉、雷雨前、散文では魏猛克、陳達人、論文では魏晉、林煥平、張香山、陳北鷗、孟式鈞などがあつた。

しかし中心は外國文學特にソヴィエト文學に關する翻譯紹介が主であり、それも日本人の論著の重譯が多かつた。「ゴーゴリからドストエフスキーへ」（除村吉太郎作、曼之譯、創刊號）「ゴーゴリの寫實主義」（岡澤秀虎作、林煥平譯、同上）「ドストエフスキーの方法」（岡澤秀虎作、博文・魏晉共譯、同上）「ホイットマン詩の現實主義」（林煥平譯、第二期）「大衆語文學の建設問題」（冥路、同上）「ドストエフスキーのロシア文學上における位置」（魏晉、第三四期）「プーシキンの文法」（林煥平、同上）「タチャーナの告白」（プーシキン作、林煥平譯、同上）「ヤソ生誕節」（ピリニヤーク作、魏晉譯、同上）「ジイドと小說技巧」（クレミュー作、魏晉譯、第一卷第五期）、「カラマゾフ兄弟」（ジイド作、斐琴譯、同上）、「ドストエフスキー百年祭」（ジイド作、如鵬譯、同上）、「枯葉」（ガーランド作、孟式鈞譯、同上）、「不滅の印象」（德永直作、林林譯、同上）、アンナカレーニナの構成と思想」（佻桐華、第一卷第六期）、「現代の現實主義と心理主義の表現」（ヌーシノフ作、歐陽凡海譯、第二卷第一期）、「トルストイと現實主義」（メーリング作、斐琴譯、同上）、「パピソを悼む」（ゴールキー作、老遠譯、同上）、「ジイドのゾラ觀」（王一葦、同上）、「ロマンローランのトルストイ觀」（兪念遠、同上）、「中日文化の交流」（郭沫若講演、同上）。第三卷第一期は「革新號」と稱し、「風刺文學特輯」を行なつてゐる。張香山の「風刺文學論」、陳北鷗の「風刺文學に關する二三の感想」の外、「トルストイの文學論」（陳達人譯）、「風刺詩人ベードヌイ」（壷井繁治作、戴何勿譯）、「愚かな妻（ゾーシチェンコ作、魏晉譯）、「癲」（島木健作作、張香山譯）などがある。なお、ユーゴー、ジイド、パクニ、ゲーテ、ハイネ（林林譯、森山啓「ハイネ詩集」より重譯）などの詩の譯も載せた。

『詩　歌』

一九三五年五月創刊。十二月第四期印刷、警視廳に沒收されて夭折した。詩歌月刊社發行。編者は雷石楡、第四期は魏晉、同人約二十人。執筆者は雷石楡、林煥平、林林、林蒂、黃風、陳子鵠、魏晉、江岳浪、覃子豪、新波、戴何勿、易斐君、紫秋、夢廻、秀沅、阮夫などであつた。

論文には「われわれはホイットマンから何を學び取るか」（林煥平、第一期）、「『五四』より說き始む——新詩歌の展開」（黃風、同上）、「ソ連の詩歌（戈白）、「作品の題材と主題とを論ず」（同上）、「詩の音樂性について（林林）「ハイネとその詩について」（同上、第四期）、「大衆合唱詩について」（戴何勿）、「詩歌の大衆化と實踐」（蒲風）、「ベズイミョンスキー」（紫秋譯、李春潮、第四期）などがある。

譯詩には「ホイットマンの詩」（楊任譯）、「ハイネ詩鈔」（煥平譯）ファーズワース（向日葵譯）、ベズイミョンスキー（林林譯）、後藤郁子（夢迴譯）、「ヒューズ詩鈔」（楊任譯）、「明信片詩集選譯」（雷石楡、小熊秀雄合作）などがあつた。

柳擧は「東京詩壇情況」（『現代詩歌論文選』下）の中で、「東京詩歌座談會」の「新詩歌に對する努力情況」を報告し、「詩歌三期」までに、紹介では、ホイットマン、ベズイミョンスキーの「運轉開始の前夜」、ハイネの「贊歌」「祕密」、デェメルの「勞働者」の紹介を注意に値するものであるといつてゐる。次に、過去の詩壇には、詩に對する理論が大變欠乏してゐた。この欠點を補ふために、この方面の紹介と著述は忽視できないものがある。だから、煥平の「われわれはホイットマンから何を學び取るか」、黃風の「『五四』より說き始む—

──新詩歌の展開」、戈白の「ソレンの詩歌」、林林の詩の音樂性について」などは、やや詩の理論の欠乏を補救したと言はざるを得ない。第三には、創作では洪圓の「五月の風景」、淑侶の「そばを賣るもの」、新波の「流」、戴何勿の「彼女」、林林の「子供」と「鹽」、易斐君の「進行曲」、これらの作品は內容と技巧上でそれぞれその表現が成功してゐるところがある。と、述べてゐる。また、座談會の席上で每回必ず詩歌の重要な問題、例へば、「抒情詩の問題について」「詩の音樂性」「風刺詩について「詩歌の大衆化などを提出して、みんな大變活發に熱心に討論し、最後にはみんな正確な結論を得た。とも記してゐる。これは、一九三五、九、三〇に書いた「報告の性質を帶びてゐる」文章である。

『雑　文』

一九三五年六月創刊、第四號は『質文』と改稱、出版後發禁。雜文雜誌社發行。編者初めは杜宣、後勃生。同人十餘人、小品文藝の小型月刊誌。

作品としては魯迅の「孔夫子在現代中國」(第二號)、郭沫若の「孔夫子吃飯(同上)「孟夫子出妻」(第三號)、田漢の「苦囚之歌(第二號)等の特別寄稿が登載された外は、主に雜論と紹介であった。

論文には沈基繁の「文學遺產問題」(第一號)、孟式鈞の「文學遺產論」(同上)「現代主義の基礎」(第二號)、辛人の「『文學遺產』について胡風先生に答ふる」(第一號)「創作方法から說き起こす」(第二號)「藝術自由論」(質文)、北鷗の「文學遺產の認識」(第二號)「創作技術と現實主義」(第三號)、魯迅の「何が『風刺』であるか」「補佐から氣まぐれへ」(同上)、郭沫若の「詩の問題について(同上)、茅盾の「文學遺產繼承に對する意見(同上)、任白戈の「作品の題材と主題に論及す」(同上)「農民文學の再提起」(質文)等があった。

紹介には張香山の「風刺文學とイリフ・ペトロフ」（第一號）「通俗文學とプリボイ」（第二號）「批評家T・M・マリ」（第三號）「時代烙印作家――島木健作」（質文）、孟陶譯の「ゴーリキーがチェーホフに與えた手紙」（第一號）、林煥平の「行動主義の文學理論」（第二號）、陳君涵の「現代新戲曲の姿態」（同上）、止揚の「『偶然論』の流行」（第三號）などがあつた。ゴーリキーの「詩の主題論」（林林譯、同上）、アンドレ・ジードの「一つの宣言」（魏蟠譯、同上）、マヤコフスキーの詩（紫秋譯、同上）などもあり、陳子鵠、林林、煥平、秀邃等は詩作も載せた。秋田雨雀も「日本三人の演劇改革者」（第一號）「文學遺產繼承の二つの方向」（第二號）を寄稿してゐる。

三　詩集等の出版

『瑞　枝』

黃瀛著。一九三四年九月二十日、ボン書店發行。日本語の詩集。高村光太郎序、木下杢太郎序詩。「窗を打つ氷雨」「眼ニ描ク繪本」「カンナの花」「愛愁歌」「朝の展望」より成る。著者は『日本詩人』にその作品を登載したこともある。

著者は一九〇六年十月四日、四川省重慶市に生まれた。幼兒父を喪つて以來、北京、天津、青島、東京等の各所を轉々。青島日本中學校を經て、文化學院に學び、後、陸軍士官學校卒業。以後軍務に就く。

高村光太郎は「序」で、

つつましいといへばつつましいし、のんでゐるといへばのんでゐる。黄秀才は少しどもりながら、最大級を交へぬあたりまへの言葉でどこまで桁はづれの話をするか知れない。黄秀才の體內にある尺度は竹や金屬で出來てゐない。尺度の無數の目盛からは絶えず小さな泡のやうなものが對外へ向つて立ちのぼる。泡のはぢけるところに黄秀才の技術的コントロオルが我にもあらず潛入する。まことに無意識哲學の裏書みたいだ。……黄秀才は實に畏るる所無き者である。それは生れて已み難い詩人を意味する。わたくしは世に已み難いものにのみ心を動かす。「瑞枝」一卷をかけめぐる自在力。わたくしの所謂一傳的新。

といひ、木下杢太郎は「詩集『瑞枝』の序に代へて作者黄瀛君に呈する詩」で、

まるで考へられないことだ、こんなにも美しい詩の數數《かずかず》が
言葉《ことば》を殊にするあなたの指先から咲き出《い》でようとは。
ここに方言、ここに郷土の倍音、
一瞬に消える影、二度と想ひ出せぬ匂《にほひ》、
それが此邦の人より鋭く、
深く、柔く、癢《かゆ》く、また些《ち》と酸つぱく、
言語《げんぎよ》、韻律の微《かす》かな網に捉へられて居る。
網の目に金銀の雨、
天門を滑る律動……

昔はわれわれの先祖たちも
むづかしいお國の韵語を藉りて
數世紀の間漢詩《からうた》といふものを作りました。
だが果して幾人か能く規矩の緊縛を脱し得たでせう。
誰か能くその國人《くにびと》の涙を促し得たでせう。
それをあなたはその詩に由り、
われわれの惱を惱み、
われわれの喜を喜び、
室《へや》の隅にすね、氷雨《ひさめ》の窗にわびる。
「デタラメのメ」を泣きはらし、
「やろんばう」の笑を笑ふ。
而もその詩品は先端派中の先端、アンチ・ユウクリットの情線、
構想粒子の搏擊。

などと歌つてゐる。なほ、「詩集の題名は萬葉の中から一寸借用した」(作者後記)ものである。

『砂漠の歌』

雷石楡著。一九三五年三月二十日、前奏社發行。日本語の詩集。遠地輝武、新井徹、後藤郁子序。棟方志功裝丁。

雷石楡は廣東臺山の人。小學時代に舊詩を試作し、中學へ入學後白話文學に熱中して小説等を創作、新聞に發表した。又自ら學校の半月刊を主編した。中學卒業のころから、初めて新興科學理論を亂讀しつつ、三年間程はそれが持續して、文藝の興味もあつさりと消えてしまつた。一九三三年四月、日本に留學、日本語をならつていて、文學書を讀むようになつてから、この消えてしまつた興味は再びわき起こつてきた。一九三四年秋ごろから『詩精神』の同人となつた。

彼自身も、

最近一年間世界名詩選や日本の詩集を買つて讀んで來たし、詩の理論をも多かれ少なかれ選讀してゐる。そして最近幾ヶ月詩作をしきりに試みてゐるが、日本にゐた歳月はあんまり短いし、言葉については未だなかなかむづかしい、内心から發揮すべき表象をあらはさうとしても十分あらはされないのに、困難してゐるのである。この詩集は練習詩作課程の作品に外ならないので、いふまでもなく、やつぱりあさましいものだ。（自序）

と言つてをり、遠地輝武は「序」で、「有爲な進歩的青年詩人である」と言ひ、

雷君の詩を見ると、それが日本語ではかかれてゐるが如何にものんびりとした、ユニークな特色が感じら

れて、讀みながらにつこりと微笑まされるものが多い。詩の內容が既に私をうれしくさせるのみならず、その未だ充分でない日本語の使驅が、かへつて日本語に新しい現實を與へ、われわれ日本詩人に多くの用語上の暗示を與へるものではないかと考へられるものだ。
しかし雷君の詩はうれしい詩ではあるが、決してあまい詩ではない。雷君の詩のうれしさは、彼が暗い陰慘な現實をうたひながらも、鋭くその暗さや陰慘さと對立して、新しい世界への翹望に、愛欲的に燃え上つてゐるところにある。……雷君の詩で又すぐれてゐるのはその敍事性の面白さであらう。……彼はただ客體をつかまうとするのだ。それに喰ひ入り、しかもあせらず、しめつけられず、のんびりと歌ひながら敵を刺しころす抒情詩人だ。

と言ひ、新井徹はまた「序」で、

來朝後、年月さして長からぬことであるから、雷石楡君の日本語はまだ充分柔軟性を瀛ち得て居るとは言へまい。而も同君は少しも恐れることなく、その不自由な言語を驅つて、詩藝術を創造する。……その鷹揚な大陸人獨自とも云ひたい歌ひぶりの中に鈍角的な、ねばり強い――それでゐて微笑まずには居られない情緒がただよはされてゐる。非情に眞劍な題材を選びながらどこかにゆとりのある思惟感情があつて、少しのことにも青筋を立てやすい日本人にとつて羨やましいほどのものがある。……「砂漠の歌」は實に不安の現代に、みんなを元氣づけ、足竝を高ならせてくれる行進曲に外ならない。

と言い、後藤郁子も同じく「序」で、

日本へ來て、まだ日の淺い雷さんの生活が機織《おり》なす詩語は廣東語と日本語の混血兒であり、そこには、新しい機械の響音や、今ひらいたばかりの花の匂ひに似た藝術的形象化がなされてゐる。……雷さんの詩は、その情感の深さが、洗練された感覺に伴つて、鋭い電線の原素となつてゐるやうにおもはれる。抱擁性あるレアルな表現は物象のすべてに生命をふきこんで、生誕《よみが》へらせ、一つの宇宙を象づくる。今までの我國プロレタリア詩人がまだ充分歌はなかつた資本主義機構内の上層社會の生活暴露を試みたり、又生産面だけでなく、ブルジョアジーの腐敗した消費場面に犧牲的な勞働をしなければならない女性の惱みを生き生きと摘出して來てゐる。……雷さんの詩は優れた感受性、自由なユーモアによつて、一つの風穴をあけてゐる。

などと言つてゐる。

『宇宙之歌』

陳子鵠著。一九三五年七月十五日、東流文藝社發行。詩集、東流叢書の一。「狂歌」「眞理の探究」「聖誕戰後」「情懷」等より成る。

著者は廣東省汕頭市の人。香港、南京、北京等を遍歷して東京に至る。彼は「詩歌の價値は眞正の安城に在り、感情の價値は眞正の言行に在る」(「論詩人」)「私はすでに過去の不羈な外衣を棄て、東方式のすでに腐化した詩人の姿態を脱し、代うるに人生壯健勇敢な活潑な精神、戰士の辛苦を含有する勞働の身體をもつて、鮮血斑々、白骨點々たる社會の戰場にうごめき始めたと信じてゐる。言ひかへると、私はすでに間接的な敍情の叫びを拋棄して、まさに直接的な力の實踐に代へやうとしてゐる。」「詩歌が音樂と同じやうに大衆に朗誦に供するに足り、繪のように自分たち詩人の欣賞に供してはならないと希望してゐる。」（「後記」）と述べてゐる。

郭沫若は『宇宙之歌』について、

君には眞摯な情緒、洗練された辭藻、明白な認識がある。君が言ふところの「詩歌が音樂と同じやうに大衆の朗誦に供するに足る事を希望する」のは、私の懷いてゐる希望でもある。……「狂歌」の二はこの點で非常に合格するものである。……「論詩人」「人生の發掘」は、すべて極めて精粹の見解があるが、君はなぜそれらをエッセイで書かないのか。私はさうした形式を採れば更によく君の思路を不羈の軌道に載せられると感ずる。

などと所感を寄せてゐる。（『詩の問題について』子鵠宛通信）

『六月流火』

蒲風著。一九三五年十二月二五日、黃飄霞發行、渡邊印刷所刊。長篇敍事詩。秋田雨雀題字。著者は廣東省梅縣の人。一九三二年九月、穆木天、任鈞、楊騷たちと「中國詩歌會」を組織し、一九三三年二月『新詩歌』を創刊して、詩歌の通俗化、大衆化を提唱した。

この詩は農村の道路修理を背景とし、中間何回か大衆合唱詩をはさんでゐる。蒲風は詩集後記「『六月流火』について」で、

決して流行に學ぶのではなく、私がこの長篇故事詩を書くわけは、中國ではまだ前車に供するに足る姉妹がないからである。だが、決して私個人の性癖、固執でもなく、われわれに客観的要求をするのは時代である。動亂多難の中、萬千の老怪陸離たるのも又すべて一の時代に歸するのである。……實際上「文學の王」に位する詩歌は、必ず現實暴露の責任を小説に譲り、詩歌の社會を予言し、社會を指導し、社會を鼓舞する職責を僅かに神經質な簡單な詩句に頼ると言ふのは、言ふまでもなく、效果を收める上で欠乏するものであつて、われわれの職責上において、詩人の職責の背違である。……現今偉大な時代の下で偉大な現實を包含してゐる。たれか言ふ、われわれ詩を用ひてこれを表現すべきでないと。たれか言ふ、われわれは長篇の敍事詩、故事詩、史詩といつたものを開發すべきでないと。

私は非常に恥ぢてゐる。私の技術の貧弱に由つて、正に開發中の長篇故事詩、敍事詩、史詩の建立に影響しないかと心配してゐる。だが、「六月流火」は前に姉なくて、正に前に姉がないがために、私は心配しないではおれない。

私は去年故郷に歸つてこの「六月流火」のもととなつた悲慘な故事を聽いてから、何度かこれを寫し出したいと企圖した。だが、當時は適當な機會がなく、結局延び延びになつて今年の夏となつた。


と言い、根本的な改造を三回行つた經過を詳述してゐる。

なお、「東流叢書」として、兪鴻謨の短編小説集『錬』（「錬」と「人の價値」二編を收む）、陳達人、斐琴合譯のドストエフスキーの『白夜』が刊行された。聞梵は「本年中注目に値するもの」として『六月流火』を擧げ、「この種の形式は國內詩壇ではまだ餘り見ないやうである。『六月流火』の運用も十分成功してゐないが、どうあらうとも詩の集團化への新しい出發は、注目に値し得るものである。この刊行で、蒲風はかつて警視廳の少なからぬ妨害を受けた。」と述べてゐる（「中國文壇在東京」）。

四　本國文壇への影響

一九三五年『中國文藝年鑑』（楊晉豪編、民國二十五年五月、北新書局發行）において楊晉豪は「卄四年度の中國文壇考察」の中で、「本年度の文藝論戰」について、『質文』第四號の任白戈の「農民文學の再提起」について、

過去のプチブルの見地を離脫して現實社會の觀點に基づき、現段階の中國文學は、中國社會發展の主要な力の一つである農民の描寫は更に深刻に表現する必要があることを表白した。

と評し、同じく辛人の「藝術自由論」についても、林悟堂や第三種人の理論家たちの「淺學虛僞の見解は、はつきりとまだ完全に死滅してゐないだけでなく、機會に乘じてまた再燃して來た。基本理論上からかうした意見を肅淸することは、どうしても必要なことだ。辛人の『藝術自由論』は、この任務を具へてゐるものである。」

と評した。

「文學遺產の論爭」の項では、『雜文』第一號上で「それを中心問題として討論を提出し、幾つかの異なつた意見を發表した」ことを報じ、沈其繁の「文學遺產問題」、孟式鈞の「文學遺產について」、辛人の「文學遺產について胡風先生に答える」等について相當の紙面を費やして紹介してゐる。

「雜文問題の爭論」の項では、『雜文』一號上の杜宣の「雜文について」と魏蟠の「雜文」の二編を「參考すべきもの」として、その論旨を節錄し、「題材と主題との爭論」の項では『雜文』第三期上の任白戈の「作品の題材と主題とを論ず」、『質文』第四號の孟克の「止めよう――題材と主題について」を詳しく紹介し、後者によつて「題材と主題」に關しては、ここに到つて結末を告げたといへよう、と論じてゐる。

「幾種文藝雜誌」の項では、最初に『雜文』を擧げてその「緣起」を錄して出版趣旨を說明し、次に『東流』を擧げ、「內容はやや前進したが、『雜文』の戰鬪意義に富んでゐるのには及ばない。」と評してゐる。

左衣夢は「今年中國における詩歌は、最も消沈してゐるといへよう。詩刊出版甚だ少なく、……比較的充實してゐるのは、おそらく海外出版の『詩歌』をあげるべきだらう。……詩集も甚だ少なく、私の見たところではただ『宇宙の歌』がやや人意を強くするに過ぎない。」と言ひ、「戲劇創作方面で、今年成功したといへるものは一部もない。……しかし、昨年作られた『雷雨』が、本年日本東京神田で、日本に流浪してゐる戲劇愛好の青年たちによつて上演され、成績が甚だよかつたといふことだ。この外、戲劇刊物も、日本で出た『劇壇學術』がやや見るべきものがある。」と論じ、「留日青年の『東流』『雜文』は、すべて前進の雜誌である。」と評してゐる。

「廿四年度の中國文藝理論」の代表的なものとして辛人の「藝術自由論」と任日戈の農民文學の再提起」を

収錄し、「新詩」の部には何勿の「我們出發」（東流二卷一期）、雷雨前の「馬末路工歌」（同上）を載せてゐる。

聞梵は『雜文』の「國內への影響は頗る大である」といひ、『東流』については、「紹介方面もあまり系統がなく、……創作方面もまたあまり充實してはいない。この一面はもとより現實の條件の制限にも出るものであるが、主觀方面にも恐らくは問題があらう。（「中國文壇在東京」）と評してゐる。

胡紹軒は、

近年來、日本に留學してゐる中國學生が出すところの文藝刊物は頗る多く、『東流』の如き、『雜文』の如き、國內でも一般人の注意を引き起こしてゐる。上述の二者を除いた外にも『詩歌月刊』がある。該刊の中には郭沫若の作品も發表されてゐる。內容は平々。（『文藝』二卷、五・六期、「詩壇風景」）

と評してゐる。

五　本國文壇への登場

一九三六年に至ると、同人たちは次第に本國で發行の諸雜誌にその作品を發表し、本國文壇で活躍するやうになつた。

例へば『東方文藝』創刊號（一九三六、三、二五、上海東方文藝社發行）には、辛人の「ドストエフスキー評價の再檢討」（ブリューソフ作の譯）、蒲風の「戴望舒の詩を論ず」、張香山の「新神祕主義作者ヘルマン・シュドルマン」、歐陽凡海の小說「敗北」、覃子豪の詩、譯詩（ベルハーレン作）、第二期には、歐陽凡海の小說「三朋友」、張香山の「ソ聯農民文學の一考察」、覃子豪の詩、魏晉の譯詩（小熊秀雄作）、林蒂の譯詩（ホイットマン作）、蒲風の詩評「『黎明』と『未明』」、プーシキン特輯欄では林蒂、林林、雷石榆、任鈞などが翻譯してゐる。第三期には雷石榆の小說「地理課」、洪爲濟の小說「結局」、張香山の「ソ聯農民文學の一考察」、任鈞、魏晉、洪遒、電子豪等の詩、歐陽凡海の隨筆が登載されてゐる。なほ該刊には中國文藝家協會加入會員として、任白戈、任鈞、辛人、邢桐華、林林、雷石榆、歐陽凡海、魏猛克などが錄されてゐる。

『詩歌生活』創刊號（青島「詩歌生活社」一九三六年三月五日出版）には、詩論に林蒂の「詩人まさに何を反映し表現すべきか」、林林の「風刺詩を提唱す」、詩の創作に林煥平、覃子豪、洪遒、林蒂、李華飛、征軍、征夫、蒲風、馬甦夫、陳子鵠たち、譯詩に菡亭（千家元麿作）、邢桐華（ネクラーソフ作）、林林（レールモントフ作――藏原惟人の『惡魔詩集』より）たちの作があつた。

詩雜誌『前奏』創刊號（上海「前奏詩社」一九三六年四月十五日出版）には、雷石榆がゴーリキー編輯發行の雜誌『文學研究』所載の一讀者に對する編輯部回答の「作詩法の文獻について」（日本の『詩人』創刊號より重譯）を譯載し、馬甦夫も東京から作品を寄せてゐる。『詩歌什誌』創刊號（「詩歌什誌社」編、一九三六年六月出版出版）には雷石榆の「『國防詩歌』まさに行くべき道」、駱駝生譯の「詩歌の內容と形式」（森山啓著）の論文、蒲風、新波の創作、林林の譯詩（森山啓、エセーニンの作品）などがあつた。

その他、雷石榆は『夜鶯』第一卷第三期、『多樣文藝』創刊號等にも詩作を發表し、『慘別』（中編小說、新鐘創作刊の一）、『大肥漢』（ゴーリキー著、多樣叢書の一、翻譯）などを出版した。「新鐘創作創刊」には、歐陽凡海の『三朋友』（短編小說集）もある。蒲風は、詩集『生活』（詩歌叢書の一、詩人俱樂部發行、一九三六年九月一日）

を出版した。

任白戈は、「セラフィモウヴィチ論」（ルナチャルスキー著譯、『春光』一卷二號）、「レオーノフとその作品」（スミルノフ著譯、『春光』、一卷三號）、林煥平は「中國新詩壇はどこへ往くか」（『文藝』一卷一期）、「日本演劇の近狀」（『芒種』創刊號）、「藝術創作の『意識』問題」（長谷川如是閑作譯『芒種』二期）、魏晉は「西洋の詩と東洋の詩」（荻原朔太郎作譯、『詩歌季刊』創刊號）、林林は『文學界』創刊號に、林蒂、濺波は『文藝叢報』第三期に、陳北鷗は『文藝月報』創刊號に、その詩を發表したりした。

六　結　語

留學生を中心とした日本における中國文壇は、異國日本に在るといふ制約と、祖國に居ないといふ自由さとの表裏二面の理由から、そこにはおのづからその特色があつた。一つは對日的民族意識、國民感情の表白であり、一つは革命精神、社會的共產的思想の吐露である。

またそこには、當時の日本文學界の影響も考へられる。プロ文學が次第に低調となり、いはゆる轉向作家が現出したし、行動主義文學論が提唱されたりしたが、彼等に影響を與へたのはやはり主としてプロ文學であつた。ロシア文學の翻譯や紹介が中心であつたといへよう。當時の中國文壇ではなし難かつた一面の役割りを果たしたともいへるのはないかと思ふ。本國文壇がこの小冊子の文學雜誌に與へた評價もさういふ意味であつたと考へられる。

丁度わが國では竹內好氏たちが、「中國文學の研究と日支領國文化の交悱を目的」として、中國文學研究會を結成し、月報『中國文學』を發行し、現代中國文學の研究が青年學徒の間に盛んになりつつあつたころでもあつた。この新しい文化交流の氣運は、不幸にして日華事變の勃發によつて中絶したけれども、戰後様相を變じつつ再び隆盛に赴く基となつた。

聞梵は「中國文壇在東京」（『文藝月刊』第八巻第六期）の中で、

現實が眼前の中國民衆に課してゐる任務と同じやうに、文藝界の面前にも二本の大きな路がある。すなはち、反帝と時代社會の動亂を反映し提示することである。事實上後者はまた前車に包括され、しかも前車は留日文壇上では絶對に處理できない。警察の注視、追跡、檢束、發禁の下で、人々がなし得るのは、あるいはその發禁にまかせて抑鬱の沈默を保持するか、當面最も重要な課題を避け、內容の水準を遞減するかである。前車は一種量の制限であり、後者は一種質の破壞である。この二つの重壓の下で、おのづから留日文壇の開花を希望することはできない。

と言ひ、また

おほまかに見ると留日文壇は近頃劇團方面以外は、一般的に非常に不振である。主觀的原因も當然あるが、最も困難なのはやはり客觀的政治環境の問題である。少なからざる熱心な青年は、すべて留日文學の歴史上の開花期にあこがれてをり、創造社の創造時代をなつかしがつてゐる。もちろん現在の時代は創造社の時代よりも更に偉大で嚴肅な課題のある時代だが、また正にこの極端に文藝生産の自由と可能が制限されてゐるから。

とも述べてゐる。

もとより創造社の同人たちのやうな華々しい活動はできなかつたが、本國文壇に對しても少なからぬ問題を提供し、特異な注目すべき存在であつたといへよう。

（昭和四八、七、八）

論文

南社文學と「詩界革命」

序　言

南社は、一九〇九年に柳亞子・陳去病・高天梅などが發起人となつて上海に創設した、清末民初における一つの文學團體であるが、文學上における共同の信條に基づいて結成されたものではなく、革命思想を中心として結ばれた文學團體であつた。同人たちは文筆をもつて大いに革命思想を鼓吹したし、多くの者が直接革命運動に參加したのであるが、もとより同じく革命思想とは言つても、「清朝打倒」といふ當面の目標は一致してゐたが、必ずしも同じやうな思想ではなかつた。ともあれ、南社文學は革命家の文學とも言ひ得るものであり、民族的、革命的、浪漫的な特色を有し、辛亥革命時代の時代精神を最も如實に反映した文學であつたと言ふことができよう。

この南社の同人たちは、いはゆる「詩界革命」——梁啓超たちが提唱し、黄遵憲などが優れた作品によつて具現した——に對して、いかなる立場をとつたか。「詩界革命」から陳獨秀・胡適たちの「文學革命」への途上において、詩歌革新の上にいかなる寄與をなしたか。さうした點を明らかにしてみたいと思ふのである。

一

南社の同人は、發起人の陳去病・高天梅・柳亞子を始め、黃節・諸宗元・馬君武・王毓仁など、多くの者が、同時に國學保存會の會員であつた。殊に黃節・陳去病はその主要なメンバーとして、「國粹學報」上に多くの論說詩文を掲載したし、諸宗元・劉季平・高天梅・吳梅・胡樸安・龐樹柏なども、その作品を發表してゐる。したがつて、「國粹學報略例」（「國粹學報」第一期）において示した、「發明國學、保存國粹爲宗旨。」とか、「於泰西學術、其有新理精識、足以証明中學者、皆從闡發。」といふ主張を、一應共通的なものと考へても、必ずしも不當ではないであらう。

彼等がかくの如き態度を執るに至つた理由は、「南越の詩人」黃節が、「國於吾中國者、外族專制之國、而非吾民族之國也。學於吾中國者、外族垃制之學、而非吾民族之學也。」「不自主其國、而奴隸於人之國、謂之國奴。不自主其學、而奴隸於人之學、謂之學奴。」「日本遂奪泰西之席、而爲吾師、則其繼尤慕日本。嗚呼、亡吾國學者、不在泰西而在日本乎。」（「國粹學報」第一期、國枠學報敍）「學者怵於萬有新奇論、既結舌而不敢言。其言者不出錮蔽、卽出於附會。錮蔽固非、附會尤失。嗜新之士、復大倡功利之說、以爲用卽在是。循是而叫囂不已。吾恐不惟名節道德掃地而盡、卽寸札短文、求之弱冠後生、將來亦有不能弁者。嗚呼、國學之亡、可立而待。」（「國粹學報」第四十期、社說）などと、痛憤慨嘆しつつ論じてゐるところによつても自ら明白である。

陳去病も「また攘夷の志を抱く」（「國粹學報」第十三期、劉光漢、節孝君陳母傳）者であつたが、彼が「南社詩文詞選敍」（南社第一集卷頭）で、「古へより覇人貶臣、寡婦進臣、才子狂生、遺臣逸士」が「心情を抒寫した」

ものは、「いまだ卷を終へずして悲しみ來たり、涕先づ臆を霑す」ゆゑんの「やむを得ざるもの」三をあげ、「南社之作得毋類歟。然而語長心重、本非無疾以呻唫。興往情來、畢竟傷時而涕泣。寥寥車轍、不同幾復當年。落落襟懷、差比河汾諸老。弁足音于空谷一二跫然、追逃社于前盟、數人而已。」と述べたのは、またよく南社文學の向ふところを明示したものと言へよう。劉光漢が「題陳去病拜汲樓詩集」の詩で、「松陵詩學有宗派、魯望雲林昔擅名。擅坫主盟誰繼起、漢槎哀怨稼堂清。」（「國粹學報」第七期）と詠じ、陳去病また柳亞子を評して、「吾友柳棄疾、今夏存古也。篤好幾復遺著、網羅頗富（「國粹學報」第三十二期、夏瑗公候納言傳跋）と言ひ、柳亞子も、「復社雋流置酒高會、其意氣亦不可一世。迨乎兩京淪喪、閩粵經覆、其執干戈以衞社稷者、皆壇坫之雄也。事雖不成、義問昭於天壤。執謂悲歌慷慨之流、無裨於人家國也。」「微吾徒其誰与歸。」（「磨劍室文初集」、神交社雅集圖記）と述べてゐる。高天梅も「復社風流証夙盟、看去竜蛇傷亂世。」（「未濟廬詩集」、楚傖以詩先施和此爲報）とか、「風痺枉哭陳同甫、禾黍深悲屈大均。」（同上、次均答仲穆）などと詠じ、龐樹柏も「張揚風采渺然。」（「南社」詩錄、十月南社雅集於虎溪張公祠到者十七人）とうたつてゐる。黄節また鄭所南・屈翁山・顧亭林の詩を愛し、蘇曼殊も「嶺海幽光錄」（「曼殊大師全集」詩文集、筆記）において、屈翁山の詩詞を引用しつつ、明末亡國の際、難に殉じ節に生きた男女十七名の事跡を記してゐる。

　これらによつて、南社が幾社・復社・驚隱詩社などの後を追ふものであり、祖國への熱愛や亡國の痛恨に滿ちた先人の作品を、いかに愛誦したかを知ることができる。同時に、彼等が「發明國學」「保存國粹」を強調したとは言つても、重點的に取り上げたのは、いはゆる「文字の獄」によつて埋もれてゐた、宋末明清の烈士遺民の禁書焚書を世に出すことであり、その遺風を顯彰することによつて、民族思想を鼓吹し、民族感情を喚起しようと努めたのであり、眞の目的はいはゆる「排滿興漢」に在つたと言ふこともできよう。

さて、「力を竭して歐洲の精神思想を輸入して、詩料に供せん」（梁啓超「夏威夷遊記」）とし、「能く舊風格に新意境を含ましめて、ここに革命の實を擧げることができる。」（梁啓超「飮冰室詩話」）と考へ、「わが國人の新學に志ある者、なんぞまた日本文を學ばざるか。」と「大聲疾呼して同志に告げた、」（梁啓超、東籍月旦、論學日本文之益）梁啓超たちの歐化的革新的な「詩界革命」に對して、以上のやうな國粹的復古的な思想の持主であつた南社の同人たちはもちろん反對であつた。かつ、梁啓超や黃遵憲が保皇黨であつたことが、革命的な立場に在つた彼等の「詩界革命」に反對する一つの、しかも重要な理由であつた。

高天悔は「可憐亡國產文妖」（「末濟廬詩集」、感懷）と嘆じ、林萬里は、「近人猶復盛持文界革命詩界革命之說、下走以爲此亦季世一種妖孽、關于世道人心靡淺也。」（高天梅「願無盡齋詩話」引）と論じた。特に詩界革命論者やその亞流の詩人たちが、好んで外國語の翻譯語や日本製の漢語などをむやみに使用する風潮に對しては、殊に反對であつた。黃節が、「今日黃冠草履、空山歌哭、語吾國語、文吾國文、哀聲悲吟、冀感發吾同族者、僅僅見也。」（「國粹學報」第一期、國粹學報烜）と嘆き、「國粹學報略例」（既出）で「其文純用國文風格、務來淵懿精實、一洗近日東瀛文體粗淺之惡習。」と述べてゐることにも明瞭に示されてゐる。林萬里が、「顧自棄國粹、而規仿文辭最簡單之東籍單詞片語、奉若邱索。此眞可異者矣。」（「願無盡齋詩話」引）と論じ、高天梅もそれに「わが心を得たり」と同意してゐる。沈礪が「古道萬難爭末俗、新聲一派競侏儷。」（「南社」詩錄、簡道一幷鈍劍亞廬）と詠じたのも、同樣の感懷を吐露したものである。

しかし、半面彼等が、濃淡の差はあるにしても、「詩界革命」の影響を受けたことも否定できない事實である。

柳亞子は當時を回顧して、「十六歲の年になつて、梁啓超の新民叢報內の飮冰室詩話、詩界潮音集を讀んで、詩學革命に熱心になり、以前作つたものを一炬に付した。」とか、「梁啓超と龔自珍とは、當時におけるわが腦中兩尊の偶像であるといへよう。國民報が排滿を提唱し、保皇に反對し、大陸報また康梁の私德を攻許してから、わたしの信仰心もしだいに動搖した。十七歳に上海愛國學社で讀書し、章太炎・鄒威丹を識り、これより梁氏に反對した。しかし彼の詩は今に至るもなほ幾句喜ぶものがある。」(「創作的經驗」我對於𠛬作舊詩和新詩的感想)と述べてゐるが、たしかに彼の作品には、比較的後のものにも、梁啓超の影響を遺留してゐる。

國粋的復古的であつた同人の多くは、當時の舊派の詩人たちを許容するといふ態度——いや同調者もゐた——であつた。そのことは、「國粹學報」上に王闓運・鄭孝胥・陳三立などの作品を收錄してゐる一事をもつてしても明らかである。しかし柳亞子は、當時舊詩壇を支配してゐた王闓運たち魏晉派、鄭孝胥・陳三立たち江西詩派、樊增祥・易順鼎たちの中晩唐派に對して、「すべて反對を表示し、別に一宗を創めたいと考へ、明末の陳子龍・夏存古から、上は唐風を追つた。」(同上)もとより多大の成功を收めることができず失敗に終つたが、彼にも詩界改革に關する一つの企圖があつたことは、同人たちと異なるところである。

二

高天梅は「新民叢報」の「詩界潮音集」にその詩作を發表したこともあり、「世界日新、文界詩界、當造出一新天地、此一定公例也。黄公度詩、獨闢異境、不愧中國詩界之哥倫布矣。近世洵無第二人。然新意境新理想新感情的詩詞、終不若守國粹的用陳舊語句、爲愈有味也。」と言ひ、「今之作者有二弊。其一病在背古、其一病在泥古。要之二者、均無當也。苟能深得古人之意境神髓、雖以至新之詞采點綴之、亦不爲背古。謂之眞能復古

可也。故詩界革命者、乃復古之美稱。」（「願無盡齋詩話」）と論じてゐる。すなはち高天梅は、時代の進歩に伴い詩界もまた新天地を開拓すべきことを當然と認め、黄遵憲に對しては梁啓超の批評（「飲冰夜詩話」）をそのまま是認し、「近世まことに第二人無し」と讚辭を惜しまなかつた。だが、國粹的復古的な立場を離れてゐないことも明らかである。彼は「古人の意境神髓を得る」ことこそ、眞の復古であると考へ、「己の本色、己の氣概がなければ僞詩人にすぎない。」（同上）ことを強調し、古人の糟粕をなめる極端な復古に反對し、李滄溟・李空同の復古の如きは「詩道の大厄なり」と極論してゐる。

更に、「如鼓吹人權、排斥專制、喚起人民獨立思想、增進人民種族觀念、皆所謂止乎禮儀、而未嘗過也。」（同上）と述べ、新思想新感情をうたふことが、決して傳統的な詩道に背くものでないことを論じてゐる。彼の詩には、たしかにかうした傾向が顯著であり、單なる弔古傷今的なものではなく、當時の貪官汚吏の腐敗墮落、政治の貧困、人民の苦痛を詠じたもの、人權女權を強調したものなどがある。また、梁啓超などの影響も看出される。例へば、「詩中八賢歌」「後詩中八賢歌」の如きは、梁啓超の「廣詩中八賢歌」（「新民叢報」第三號）を模倣したものと考へられる。

次に蘇曼殊は、友人陳獨秀や章太炎などに作詩を學び、（「曼殊大師紀念集附錄」、柳亞子記陳仲甫關於蘇曼殊的談話）一九〇四年には保皇黨の首魁康有爲を暗殺せんと決心し、友人陳少白に阻止せられるといふことさへあつた（「曼殊大師全集」、曼殊大師年譜）が、「譚嗣同寥天一閣文、奇峭幽潔。古意兩章、有絃外音。」（「燕子龕隨筆」）と、譚嗣同の作品を賞讚したこともあり、必ずしも「詩界革命」には反對でなかつた。

殊に「衲嘗謂拜輪足以貫靈均大白、師梨足以合義山長吉。而沙士比彌爾頓田尼孫、以及美之郎弗勞諸子、與祇杜甫爭高下。此其所以爲國家詩人、非所語於靈界詩翁也、近世學人、均以爲泰西文學精華、盡集林嚴二氏故

紙堆中。嗟夫、何吾國文風不競之甚也。」と論じ、更に「前見辜氏痴漢騎馬歌、可謂辭氣相副。」と辜鴻銘の譯詩を推賞し、「惜夫、辜氏志不在文字、而爲宗室詩匠牢其根性。」と嘆き、（「曼殊大師全集」、致高大梅書）「秋風海上已黃昏、獨向遺編弔拜倫。詞客飄蓬君與我、可能異域爲招魂。」（同上、詩集、題拜輪集）「丹頓拜倫是我師、才如江海命如絲。朱絃休爲佳人絕、孤憤酸情欲語誰。」（同上、本事詩）などと詠じてをることによつても、西洋詩歌から滋養分を吸收し、殊に Byron に學ぶところが大であり、西洋文學を解せざる「靈界の詩翁」や「宗室詩匠」に對しては、ともに語るに足らないと考へてゐたことがわかる。郁達夫が「彼の詩は定庵より出で、その上に一脈清新な近代味を加へたものである。」（「曼殊大師全集」附錄、雜評曼殊的作品）と評し郭沫若も「蘇曼殊の詩ははなはだ清新。」（「現世界」創刊號、郭沫若詩作談）と語つたが、その清新な近代味は、西洋詩歌に負ふところが多大であつたと言ふべきであらう。

馬君武は既に述べたやうに國學保存會の會員でもあり、孫文に從つて革命運動にも從事したのであるが、「新民叢報」や「新小說」などにその詩文を發表し、梁啓超が「飲冰室詩話」の中で、しばしば彼に言及してゐることによつても、梁啓超たちとも親しい關係にあつたことがわかる。

彼は「十九世紀二大文豪」（新民叢報第二十八號、歐學之片影）において、「非荀特 Goethe、非許累爾 Schiller、非田尼孫 Tennyson、非下黎爾 Carlyle、十九世紀之大文豪亦多矣。其能使人戀愛、使人崇拜者、何以故。因彼數子之位格之價值、止於爲文豪故。至於雨苟 Victor Hugo 及擺倫 Byron 則不然。雨苟法蘭西之大文豪也。而實愛自由之名士也。國事犯也、共和黨也。擺倫者、英倫之大文豪也。而實大軍人也。大俠士也、哲學者也、慷慨家也。若二子者、使人戀愛、使人追慕、使人太息。」と讚嘆してゐるが、彼もまた Byron を始めとして、多くの西洋詩人の影響を受けた者であり、彼が西洋詩歌を攝取した態度は、この一文によつてもうかがふことができる。

後年「馬君武詩稿」に序して、「此寥寥短篇、無文學界存在之價值。惟十年前、君武於鼓吹新學思潮、標榜愛國主義、固有微力焉。」と回顧したが、たしかに彼の詩は、革命思想を鼓吹し、新學思潮を推進する上において、當時少なからざる影響を及ぼしたものである。高天梅が特に「清新詩句題上頭」（「未濟廬詩集」、後詩中八賢歌）と詠じたゆゑんも、彼に西洋文化との深い接觸あつたがためと見るべきであらう。

後年「打孔家店的老英雄」（胡適、吳虞文錄序）をもつて有名となつた吳虞も、「不佞丙午遊東京、曾有數詩、（題爲中夜不寢偶成、載飮冰室詩話。）注中多『非儒』之說。歸蜀後、常以六經、五禮通考、唐律疏義、滿清律例、及諸史中『議禮』『議獄』之文、與老莊、孟德斯鳩、甄克思、穆勒約翰、斯賓塞爾、遠藤隆吉、久保天隨諸家之著作、及歐美各國憲法、民、刑法、比較對勘。十年以來、粗有所見。拙撰辛亥雜詩、（見甲寅七期。）李卓吾列傳、（見進步九卷三四期。）略有發揮。」「章行嚴曾語張重民曰、『辛亥雜詩中「非儒」諸詩、思想之超、非東南名士所及。』不佞極媿其言。然同調至少。」（「吳虞文錄」、家族制度爲專制主義之根據論、與陳獨秀書）と追懷してゐるやうに、既に一九〇六年ごろから「非儒」的思想を抱き、それは南社同人中において異色のものであり、たしかに「同調至つて少なかつた」のは事實である。南社文學の一隅に、文學革命時代の芽が現れてゐたとも言へよう。

更に、「大膽詩人」と稱せられた林庚白は「早慧逸才、十幾歲にして國事に奔走し、」（「近代詩鈔」二十四、「石遺室詩話」）「兒女風懷階級感、憐渠四海有呻吟。」（「革命家詩鈔」、偶感）とか、「來往心頭貧富感、不平物候未焚書。」（同上、麗娃栗姐岈紀遊有感）などと詠じ、柳亞子も言つた如く、「彼は一個の客廳社會主義者に過ぎないが、舊詩人の中で客廳社會主義者を探すことも、すでに容易な事ではないであらう。」（「創作的經驗」、我對於創作舊詩和新詩的感想）鄭子瑜は、彼こそ「眞に『舊瓶裝新酒』の實行家であり、彼の『往來長笛汽車聲』の如きは、多くの人に傳誦されたものだ。」（「魯迅詩話」、舊瓶裝新酒）と述べてゐるが、彼もまた南社詩人中の特異な存在であり、舊形式に新思想を盛つた「詩界革命」の實踐者であつた。

三

一九〇二年ごろから一九〇九年ごろにかけての日本、殊に東京は、梁啓超・孫文・黄興・宋教仁・章太炎等、いはゆる亡命家を中心とし、年とともに激增した留學生たちによつて、中國革命の震源地的樣相を呈してゐた。同時に新思想新文化の吸盤的役割りをも果してゐたし、「留學生界には外國書の翻譯が非常に流行し、少しでも文理に通ずる者は競ふて翻譯に從事してゐた。」（「曼殊大師紀念集附錄」、馮自由、蘇曼殊的眞面目）かうした風潮の中で、いち早く外國の詩歌を翻譯し、中國詩壇に清新の氣を注入したのが、前述の馬君武と蘇曼殊であつた。

もとより、彼等より以前に西洋詩歌を翻譯した人はあつた。すなはち、王韜が「普法戰紀」の中でドイツ、フランスの國歌を譯し、辜鴻銘が「痴漢騎馬歌」を譯し、――胡適は、「その實」辜鴻銘の學生であつた「姚康侯とその幾人かの同門が改修潤色したものである。」（「四十自述」）と言つてゐる。――梁啓超も「新中國未來記」の中で、Byron の「渣阿亞」「（Giaour）の詩、「端志安」（Don Juan）の一節を譯したことがある。

しかし、王韜に「外國詩歌を紹介しようといふ考へがなかつた」ことは陳子展の言つた通りであり、（「中國近代文學之變遷」、翻譯文學）辜鴻銘の「志が文學になかつた」ことも蘇曼殊の言の如くである。（既出、致高天梅書）ただ梁啓超は彼等と異なり、「著者不以詩名、顧常好言詩界革命。謂必取泰西文豪之意境之風格、鎔鑄之以入我詩、然後可爲此道開一新天地。謂取索士比亞彌兒頓擺倫諸傑構、以曲本體裁譯之、非難也。吁、此願偉矣。」（「新中國未來記」）と、西洋文豪の意境風格を取り、これを鎔鑄して作品の中に入れることによつてのみ、「詩界革命」のために一新天地を開き得ることを確言し、西洋詩歌譯出の必要性を強調し、「惟以不失其精神爲第一義。」と主張した。なほ、Byron の詩について、「これはギリシャ人を激勵するために作つたものであるが、われわれが今日聽くと、かへつて幾分は中國のために言つてゐるやうだ。」（同上）とも述べてゐる。この梁啓超の「偉大な念願」を一應實現し、詩界に貢獻したのが、馬君武と蘇曼殊であつたとも言へよう。

錢基博は「歐詩之譯、自玄瑛始。」（「現代中國文學史」、上編）と言つてゐるが、馬君武が譯詩を發表したのは一九〇二年ごろからであり、蘇曼殊が Byron の詩を譯したのは一九〇六年ごろであつたから、馬君武の方がやや早かつたと言ふべきである。

馬君武の譯詩は「馬君武詩稿」の中に、Byron の「哀希臘歌」十六首、Goethe の「阿明臨海岸哭女詩」八首、「米麗客」三首、Thomas Hood の「繼衣歌」十一首、計三十八首が收められてゐる。なほ「新民叢報」に「フィリピンの愛國者」黎沙兒（Rizal）（第二十七號）や雨苟（Hugo）（第二十八號）の詩を載せてゐる。

蘇曼殊の譯詩には、Byron の「留別雅典女郎」「贊大海」「去國行」「哀希臘」「答美人贈束髮䘿帶詩示彈艾人」「星耶峯耶俱無生」、（拜輪詩選）Burns の「頌頌赤牆靡」、Howitt の「去燕」、Shelley の「冬日」、Goethe の「題沙恭達羅詩」、印度の女詩人 Toru Dutt の「樂園」（秦西名人詩選）などがある。

蘇曼殊は「拜輪詩選」の自序において、「善哉、拜輪以詩人去國之憂、寄之吟詠、謀人家國、功成不居、雖與日月爭光、可也。嘗謂詩歌之美、在乎氣體。然其情幻眇、抑亦十方同感、如衲舊譯頌頌赤牆靡去燕冬日答美

人贈束髪㲪帶詩數章、可爲証已。」「今譯是篇、按文切理、語無增飾、陳義悱惻、事辭相稱。」と述べ、「潮音自序」の中で、「Both Shelley and Byron's works are worth studying by every lover of learning, for enjoyment of poetic beauty, and to appreciate the lofty ideals of Love and Liberty.」と記してゐる。これらと前にあげた「與高天梅書」や、馬君武の「十九世紀二大文豪」などによつて、彼等がこれらの詩を譯出し、國人に贈らんと欲したゆゑん、譯詩態度などをうかがひ知ることができる。そして、ともに愛國的革命的であり、自由を熱愛する者ではあつたが、蘇曼殊の方がより浪漫的であり、より文學的であつたことも知ることができよう。

彼等の譯詩そのものについて、胡適は、「頗嫌君武失之訛、而曼殊失之晦。訛則失眞、晦則不達、均非善譯者也。」（「嘗試集」附錄、去國集、哀希臘歌序）と評し、李思純は、「馬式過重漢文格律、而輕視歐文辭義。」「蘇式譯詩、格律較疏、則原作之辭義皆達、五七成體、則漢詩之形貌不失。」（「學衡」第四十七期、仙河集自序）と蘇曼殊式の譯詩を最良のものと推賞した。陳子展は馬君武の譯について、「具有一種深摯感人的力量、想來總不致於辜負了原作者。」（「中國近代文學之變遷」翻譯文學）と讚へ、錢基博は蘇曼殊の譯詩に對して、「晦而不婉啞而不亮、衡其氣體、以傷原格。其譯拜輪星耶峯耶俱無生一章、則幾不成語矣。」（「現代中國文學史」上編）と難じ、文公直は「極忠實貼切、眞能完成其按文切理、語無增飾、陳義悱惻、事辭相稱之使命。」「一經與原文對讀、卽見其詞氣湊泊、絕不增減、且有雅麗遠勝原作者。務求切合、絕不牽強、精審直譯之精神、與乎必使事情無乖、思想恰當、意譯之神妙、尤可爲翻譯界放一異彩。」「曼殊之譯筆、洵足以爲師法。」と稱揚してゐる。

もともと馬君武は七言五言の古詩體をもつて、蘇曼殊は五言七言四言の古詩體をもつて譯したのであり、殊に蘇曼殊は「章太炎の影響を受け」て、「多く常人の識らない古字を用ひた」（「曼殊大師全集」、文公直、曼殊大師傳、曼殊大師之壯年時代）のだから、魯迅も言つたやうに「古典」であり、「古詩のやうである」（「魯迅全集」第一卷、雜憶）ことは當然である。「訛悔」であることも免れず、「原作にそむかないもの」とまでは言へないが、「人を感ぜしめる力を具有して」ゐるものとは言へよう。錢基博の論は過酷であり、文公直の言は過譽に失してゐる。

しかし、譯詩の困難さ、傳統的詩形の制約を考へる時、當時においてこの譯業を成したことは高く評價さるべきであり、彼等が質的にも量的にも譯詩界の先驅者として、世界的浪漫詩潮の本格的な最初の輸入者として、中國詩壇に貢獻するところが大であつたことは認めなければならない。しかも、彼等が Byron, Goethe, Hood, Shelley など浪漫詩人の作品を愛讀し翻譯したといふことは、彼等の個人的な嗜好にのみ因るものではなく、辛亥革命前夜における、當時の革新的な青年たちの思想感情を反映したものであつた。

結　語

以上によつて、南社の同人たちが「詩界革命」に對していかなる態度を執つたか、詩歌革新の上にいかなる貢獻をなしたか、といふことについて一應明らかにできたかと思ふのである。

すなはち、南社の同人たちの中には、同じく革命的であつたと言つても、狹い民族主義——種族革命——の立場に立ち、國粹的復古的であつて、漢民族の光榮ある過去により多く眼が向けられてゐた人々がゐた。彼等は黃節も「子尤滋愧泰西學術萬朶、予未之覩。」（「國粹學報」第三十期、亡兒綬華壙志）と反省してゐるやうに、西洋文化に對する理解に乏しく、外國思想輸入のもたらす害毒を排撃するに急であつた。したがつて、新思想を内容とし、新名新詞を使用する「詩界革命」に反對であり、殊に日本語を模仿する風潮には極めて反對であつた。しかし、無意識的に「詩界革命」の影響を受けたことも否めない。黄節・陳去病・諸宗元・呉梅・胡樸安・柳亞子などがそれである。ただ柳亞子は、梁啓超たちの影響を受けること深く、かつ舊派の詩人たちに反對であつたといふ點において異なるところがある。この人々は辛亥革命以後、多くは古典研究に沒頭し、それはそれとして見るべき業績を收めたのであるが、現代文學から言へば、學衡派の詩人たちに影響を持ち、また呉梅のやうに、新詩人に「詞曲から新詩へ」の道を示した程度に止まつたのである。

一方、同じく「清朝打倒」を叫んだが、民主革命の思想の抱懷者であり、世界的革新的であつて、過去よりは未來へ、近代國家の建設を理想とし、新しい社會の實現に熱情を傾けた同人たちがゐた。馬君武・蘇曼殊・呉虞・林庚白などがそれであり、高天梅の如きもこれに屬せしめることができよう。彼等の多くは外國に留學あるいは居住したことがあり、外國文化に對する認識も比較的深く、新思想の熱心な吸收者であつた。したがつて、積極的消極的の差はあるにしても、實質的に「詩界革命」の道を推進したのである。殊に馬君武・蘇曼殊たちは西洋詩歌を翻譯し、中國詩壇に新奇な空氣を導入した。それは林琴南の翻譯小説ほど影響が大きかつたとは言ひ難いが、詩歌革新の上に寄與するところが大であり、現代詩生誕の一つの動力となつたとも言へよう。

かつて魯迅は「革命を希望する文人が、革命一たび到るや、かへつて沈黙して行つた例」として南社をあげ、「民國成立以後、倒寂然無聲了。」と言ひ、「我想、這是因爲他們的理想、是在革命以後、『重見漢官威儀、』峨冠博帶。而事實竝不這樣、所以反而索然無味、不想執筆了。」(「三間集」、現今的新文學的概觀)と講じたが、南社同人の中、前者に對してはかう評することができても、後者に對してこの論は當らないであらう。馬君武が

「赫克爾一元哲學」を、蘇曼殊が「碎簪記」を、吳虞が「家族制度爲專制之根據論」など多くの論文を、「新青年」に發表したことによつても、すべてが「寂然無聲」となつたとは言へないであらう。

なほ、この魯迅の講演は、當時創造社の同人たちが盛んに提唱してゐた、「革命文學」に對する批判を中心としてなされたものであり、學衡派の詩人吳芳吉も、「激刺之文學、在前清末葉、固已有人行之。其成效爲滿清一姓之推翻、而其罪惡則在全國人心之迷亂。」(吳白屋先生遺書、卷二十、雜稿二、再論吾人眼中之新舊文學觀)と論じてゐる。論旨もとより異なるけれども、創造社の前車的存在として南社を考へたことは相似てゐる。今、これらの論の當否を問題としてゐるのではなく、そこにも南社文學と現代文學との一つの連關が考へられる、といふことを一言して置きたいのである。

(一九五五、一、一二)

呉虞の詩について

序言

呉虞又陵は、もともと法政を學んだ人であるが、胡適や陳獨秀たちが文學革命を唱へ始めた民國六年ごろ、「家族制度爲專制主義之根據論」（「新青年」第二卷第六期）「讀荀子書後」（同上、第三卷第一期）「消極革命老莊」（同上、第三卷第二期）「禮論」（同上、第三卷第三期）「儒家主張階級制度之害」（同上、第三卷第四期）「儒家大同之義本於老子說」（同上、第三卷第五期）などの論文をもつて、思想革命を強調し、特に儒教を攻擊すること最も激烈、「隻手打孔家店的老英雄」（胡適、呉虞文錄序）などと稱せられたりしたものである。たしかに彼は陳獨秀とともに思想改革の有力な健將であつたし、その論文集「呉虞文錄」（一九二一年十月、亞東圖書館發行）は當時の思想界における一箇の記念品である。

同時に、呉虞は十五六歲のころから作詩を學び、壬辰（光緒十八年、一八九二年）以後の詩を集めて、民國二年（一九一三）「秋水集」を刊行した。丙辰（民國五年、一九一六年）更にこれを補錄し、丁巳（民國六年、一九一七年）十二月、「悼亡妻香祖詩二十首」、陳碧秀の「朝華詞」などを附錄として刊してゐる。

彼の詩については餘り論ぜられてゐないやうであるが、清末民初の詩壇を考へる場合、彼の詩についても一考する必要があるのではないかと思ふ。今、「秋水集」によつて、呉虞は何をうたはんとしたか、過去のどんな詩人たちからいかなる影響を受けてゐるか、當時の詩人たちとの關係はどうであるか、などについて考へてみたいと思ふ。またそれによつて辛亥革命時代における中國詩界の一面を明らかにすることもできるかと思ふのである。

一　憂國慨世の詩

吳虞は民國二年五月、自ら「秋水集」に敍して、「不佞年十五六、始學爲詩、壬辰以來、略有存稿。慈親見背、漂泊流離、飲泣墜心、生人道盡、履霜之禍、極於辛亥。於時偉人大儒、支離跋扈、造作黑白、淆亂是非、所好生毛羽、所惡成瘡痏、植黨呼朋、跳梁社會、卒至山岳黯然、江湖潛沸、棟折榱崩、殆幾弗免、誰之咎歟。不佞辟地空山、讀書論世、於敎化之文野、風俗之隆汚、法律之因革、政治之損益、人群之蕃變、犆有所見。而於當時偉人大儒之言行、文告報章之論議、詳爲審校、又皆知其去事實之眞際、人民之心理、絕遠而不可信、感慨憤懣、悉寄之於詩。」と述懷してゐる。

光緒十八年（一八九二）に母を失ひ、翌年父が妾を納れて後、祖の遺田を授けて自立を求められたので、妻曾香祖と新繁韓村に歸つた。その時吳虞は二十一歲であつた。それ以後新繁に住み、更に居を成都に移し、光緒三二、三年（一九〇六、七）ごろには日本に留學し東京に居たこともある。辛亥革命のころには成都に歸り、儒教や家族制度に反對する論説によつて逮捕令を發せられたりした。「慈親に背かれ」て以後辛亥ごろまでの「漂泊流離」の概況である。

當時の政界思想界の指導者たち、いはゆる「偉人大儒」と稱する人々の、黑を白といひくるめ、是非を亂し、はなはだしく徒黨的であつたその言行こそ、社會を混亂に陥れ、國家を衰亡の危機に追ひ込むものであることを痛感した。その言行、公文書新聞紙上の論議などを詳しく檢討してみて、皆事實の實際、人民の心理を去ること甚だ遠くして信ずべからざるを知つて、憤慨に堪へず、ことごとくこれを詩に寄せた。といふのである。もとより、すべての彼の詩が、ここに彼が強調してゐるやうなものばかりであるとはいへないが、たしかに彼の詩には、當時の社會の現實に對する憤懣、憂國慨世の情を吐露してゐるものが多い。

例へば、庚子（一九〇〇）七月の作である「贈別楊載之」の如き、

我落人間少同調。獨抱孤懷向蘭芷。仙骨消磨傷墨翟。奇氣摧殘羞尹喜。乾坤慘淡鵷鳩鳴。坐惜嚴霜彫衆卉。

〔謂戊戌六君子〕

と、時俗と異なる思想を懷いて同調少なきを嘆じ、あるいは譚嗣同たち戊戌維新の殉難者を悼み、

卽今碧海飛紅塵。慷慨相看同撫髀。陰風颯颯日月旗。乾淸門外胡笳起。詔書已說赦黃巾。渡河更聽呼蒼兕。姑蘇臺畔游麋鹿。銅駝陌上生荊杞。陸沈誰與問神州。風景新亭淚如洗。

と、義和團事件によつて、八國連合軍の占領下に置かれた北京城など破國の現狀に對して、悲憤慷慨、「神州陸沈」の嘆を發してゐる。

また、

微塵世界眞浮漚。我居其間逍澍游。胸中浩蕩九萬里。眼底慘澹三千秋。

に始まる「贈周癸叔」においては、「少年同學皆奇桀」「香草芳菲尤愛國」と詠じ、思想界學界の現狀に對する不滿を、

同調相逢堪拂衣。狷狂原不碍精微。蒙縣莊休聊自恣。蘭陵孫況謾相非。碔砆見容卞和陋。支頤坐看雞虫門。孔尼有道泣麒麟。墨翟無端笑禽獸。道裂應悲繆種興。〔學校校長、類似翰林主事中書孝廉方正充之、不問所學。〕吹竽雖濫市人聽。〔或剽竊宋元明諸儒語錄爲講義、號稱人倫道德、遂自附於儒、謂有正誼明道之功矣。〕叔孫時務方希世。夏侯靑紫媿明經。螾螘龍蛇佪用合。濡林未足兼游俠。縱饒孟軻談仁義。詎害蘇秦傳捭闔。善惡參差判兩家。是非彼我正無涯。屈子離憂寄蘭若。陶潛身世感桃花。競將婉媚承歡愛。獨持慷慨增疑怪。

と詠じてゐる。

「辛亥雜詩」においても、例へば七月一日鐵道國有政策に反對して、各處に學校休業、閉店などが行はれたのに對して、

瓜分豆剖事如何。恩怨難平恨轉多。到此併成家國淚。灑來紅遍好山河。

と詠じてゐる。
辛亥革命後の現實に對しては、

深山多豺虎。中原多盜賊。猛虎猶可防。大盜能移國。人權重宣言。斯理世所識。自由當保障。固弗限南北。奈何文奸言。蛙聲而紫色。蕭牆起干戈。箕豆煎不息。驪山土忽焦。昆池灰盡黑。幸福意如斯。會見人相食。當年若專制。小民尚能活。今尊爲主人。倉皇棄家室。流離數百萬、厥罪犯何律。(悼亡妻香祖詩二十一首の一)

と、革命とは名のみで、袁世凱などの大盜跳梁し、同胞相食み、國內いよいよ混亂し、無辜の民衆流離の慘苦をなめ、かへつて專制に苦しんだ革命以前の方が、まだ生き易く幸福であつた、と悲憤の情をもらしてゐる。「革命以前は奴隸であり、革命以後は間もなく奴隸の騙りを受けて、彼等の奴隸となつた。」(魯迅、忽然想到)といふ魯迅の感慨と同じものである。

當時革命家たちは宋末明末の遺民烈士を深く追慕し、その詩文を愛誦したものであるが、吳虞も同鄉の明末の遺民費密、字は此度を敬慕し、「謁此度費處士祠感而弔之」において、

那知世事難如意。常因慷慨成顑頷。萇叔違天劇可悲。夢夢幡憐帝終醉。從茲跛足走江湖。潦倒長嗟氣誼孤。未能肝膽報君國。聊將姓字混屠沽。

と、費密が當年の苦闘憂憤に思いを馳せ、「謁費此度祠」では、

老共蘇門賦采薇。羞言殺賊馬如飛。江湖滿地遺民涙。三百年中此布衣。

と詠じ、「新繁文學、自任叔本朱桃椎梅公儀及費氏後無著者」と注し、また「傳得二南風雅派。」（「謁費此度祠の他の一首」）とも詠じて、詩人としての費密の一面をも傳承しようとしてゐる。思想革命を提倡した吳虞にとつて、「大いに宋儒を抨撃し、實に思想界革命の急先鋒であり」（梁啓超「近代學風之地理的分布」、四川）「眞に時代精神の先驅者たるに愧ぢない。」（「胡適文存」二集、卷一、費經虞與費密）と考へられた費密は、たしかに同鄉の先達であつた。

「意氣已足傾九州。眼光直出牛背上。」（寄吳伯朅先生）「他年若化萇弘碧。定有英雄搵涙看」（吳鉄樵畫秋海棠爲周癸叔題）といつた豪氣熱血をもつて、國家の興隆民族の發展を祈念し、國魂の覺醒を熱望するものの、社會の混亂、瓜分の慘禍、國家の破亡的現象に對する悲憤慨嘆がある。「獨立孤根」（辛亥雜詩中の語）の悲哀をかこち、雄心壮志の挫折を悲しみ、前代遺民の血涙を繼ごうとするものがある。これは當時の憂國の士、殊に革命家たちの詩と調べを同じうするものである。ただ「身を空山に避け、讀書世を論ずる」といつた生き方をした彼には、革命運動に狂奔した人々の作品に見られるやうな、深刻な苦難の體驗をうたつたもの、同志殉難に對する悲痛な叫びなどは餘り聞かれない。

さて、彼は「不佞非賢、顧離讒憂國、差同古人。」（「秋水集」自敍）といつてゐるが、その「古人」はどんな

人たちであらうか。

「紅蘅碧杜澌臺遠。鴆鳥爲媒訴苦心。」（惆悵曲）「賸有離騷怨屈平。瀟湘蘭脷增嗚咽。」（寄呉伯堨先生）「一卷離騷乃古愁。瀟湘蘭脷慰相思。美人自昔如香草。不是靈均那得知。」（飲張星平先生齋中、晤呂脷仙索詩、因賦此贈之。）「衆姝蛾眉忍獨醒。」（同上）「碧杜紅蘅寄幽怨。爲君重詠左徒騷。」（呉鉄樵畫秋海棠爲周癸叔題）「香草芳菲尤愛國。」「屈子離憂寄蘭若。」（贈周癸叔）「秋士離騷易棖觸。」（得王聖游書譔此畣之）「屈夏高才幷寂寥。」（讀世說劉孝標注辨正王昭君事感賦）「屈平頓領悲紅蘭。」（新藏寺聽月泉彈琴）「司馬遺書謗太多。屈原揚己意云何。兩人若使生今世。論罪皆當大逆科。」（辛亥雜詩）「澌臺望娀女。出怨訴靈修。」「離騷正斷魂。」（曼與二十首）「屈子徒深美子愁」（愁懷）「屈子二姚空入賦。」（綺憶）などによつて、いかに離騷を愛誦したか、屈原の愛國憂愁の情、孤高獨醒の感といかに相通ずるものがあつたかを知ることができよう。

次に、彼は光緒二十年（一八九四）の作である「論詩絶句三十首」において、蘇武・李陵・班婕妤・蔡琰・曹操・曹丕・曹植・阮籍・張華・陸機・左思・張協・劉琨・郭璞・陶潛・顏延之・謝靈運・謝惠連・鮑照・謝朓・沈約・任雒・江淹・呉均・庾信・江總・楊素・盧思道・薛道衡の二十九家について詠じてゐるが、それによつても一應わかるやうに、漢魏六朝の詩人を愛し、その詩賦を好んだ。中でも特に陶潛・庾信・張華において深かつたと考へられる。陶潛・張華については後に論及することとし、今ここでは庾信について述べてみたい。

「暮年蕭瑟負高名。一代文章變兩京。杜老言原非確論。曼將詩學庾蘭成。」（論詩絶句）「蕭瑟江關恨未窮。」（呉鉄樵畫秋海棠爲周癸叔題）「蘭成身世多蕭愁。」（無題）「徐庾文章雅擅場。」（得王聖游書譔此畣之）「小園瑟賦庾蘭成。」（重遊槐軒）「一時物論殊難信。徐庾千秋有定評。」（答董漢蒼）「誰識淸新庾開府。江關詞賦亂離多。」（辛亥雜詩、

七月十八日聞成都亂）「江湖潛沸且垂竿。」（辛亥雜詩）「湖海元竜氣。江關庾信才。」（憂與）「庾信江關自蕭瑟。」（贈別楊載之）「爲誦庾郎枯樹賦。西風搖落不勝情。」（高等學校爲胡雨嵐所創建。地在城南、傍臨菜圃、有垂柳數十株、飄拂灔外。栖鴉流水、風景蕭然、暇時偶過、感賦此詩。）「枯樹婆娑庾信哀。」（答山腴見贈）などと詠じてゐるのは、杜甫の「清新庾開府。」（春日憶李白）「庾信生平最蕭瑟。暮年詩賦動江南。」（詠懷古跡五首の第一）などに基づくところがあることも明らかであるが、庾信の「江南賦」「小園賦」「枯樹賦」などを愛誦し、祖國騷亂の世に生きた庾信の蕭瑟たる身世、哀咽の音に深く共感するところがあつたことを示してゐる。また、その才、その文を高く評價し、これに學ばんと欲してゐる。最初に「秋水集」の自敍をながながと引用したが、一つには「江南賦」の影響が見出だされることをいひたいためでもあつた。

更に、杜甫については、「成佛生天盡可憐。解吟平等未離詮。卽今耆舊無新語。絕世風流莫浪傳。」（辛亥雜詩、題杜甫詩）と詠じ、「雲鬟玉臂風流甚。誰識蒼茫杜少陵。」（無題）「杜甫雲鬟句尙新。」（辛亥雜詩）「早知儒術終難起。好詠哀時杜老詩。（杜詩儒術終難起）」（同上）「禮樂攻吾未足悲。（杜詩　禮樂攻吾短）」（同上）「雨隨神女朝朝下。（杜詩雨隨神女下朝朝）」（同上）「新婚別與無家別。都付詩人和淚唫。」（同上）「萬方同槪杜陵羞。」（同上）「問柳尋花事久疏。幽棲擬釣錦江魚。杜陵老作諸侯客。愁對枇杷憶校書。」（同上）「杜陵淸譽浹龜沙。」（題杜柴扉關蜀山夫人海天獨立圖）「四海風塵杜陵老。綺筵愁見李龜年。」（贈陳碧秀）「寶馬香車訪杜祠。黃花翠竹正參差。鉤簾落日思嚴武。轉藉流傳數首詩。（嚴武詩數首附杜集）」（遊草堂作示碧秀）などとうたつてゐる。梁啓超は吳虞の「中夜不寢偶成」の詩に對して、「天下幾人か杜甫を學び、誰かその皮とその骨とを得たる。この詩これに近し。愛して釋くに忍びず。」（「秋水集」自注引）と評したが、これは過譽に失するとしても、杜甫に學ぶところが多かつたことは明らかである。憂時憂國の情をいだいて、戰亂のなかを漂泊の旅をつづけた杜甫、殊に蜀に流落して成都に住んでゐたころの杜甫に、特別の親近感を寄せたことは、呉虞の境遇からいつてもまことに當然である。呉虞の思想からいつて、杜甫が時としてもらした儒教をそしり孔子を罵つたことば、「儒術於我何有哉。孔丘盜跖倶塵埃。」（醉時歌）などに深く共鳴するところがあつたことも考へられる。

二　新學非儒の詩

以上のやうに呉虞はその詩に憂國慨世の情を吐露したが、ただ悲憤の涙を垂れるだけではなく、時弊匡救の策、民族新生の道を探求した。そして、それは思想革命をおいて他にないことを痛感するに至つた。すなはち、彼は乙巳（一九〇五）ごろから非儒思想をいだき、舊道德特に封建的家族制度に反對して、大いに時俗ともとるやうになり、（「秋水集」附錄、悼亡妻香祖詩自注）それ以後の詩にはさうした思想を端的に表現したものが多い。例へば、丙午（一九〇六）東京在住中の作「中夜不寢偶成八首」の一に、

萬物爲芻狗。無知惘衆生。孔尼空好禮。靡罕獨能兵。溝禍庸奴少。違時處士輕。最憐平等義。耶佛墨同情。

といふのがあり、「書宋元學案後」においても、

六家要旨難評論。百氏源流有異同。我自愛稱游俠傳。莫將儒說概英雄。

などと詠じてゐる。「辛亥雜詩」に至ると、ますます深刻激烈となり、思想革命の宣言ともいふべきものが多い。例へば、

大儒治國自恢恢。坐見中原幾劫灰。始信詩書能發塚。奸言多籍六經來。

と慨し、

不使民知劇可傷。恰如行路暗無光。秦皇政策愚黔首。黔首愚時國亦亡。

と、秦の始皇帝の愚民政策は孔子の思想に基づくものであり、それは亡國への道であると叫んでゐる。なほ、吳虞は自らこの詩に注して、「孔氏民可使由之、不可使知之、實秦始皇愚黔首政策之所本。程伊川言、譬如行路、須是光照。未致知、怎生得行。至王陽明、遂揭知行合一之說。今之尊孔子者、豈非郭象所謂世俗以多同爲正、期於相善、亦不問道理。故雖嚴幾道、不得不爲矛盾之論。蓋世皆至愚、乃更不可不從。從俗者恆不見罪坐也。嗚呼、此莊生所由有以天下惑之感歟。」と論じてゐる。

また、

平等尊卑敎不齊。聖人豈限海東西。若從世界論公理。未必耶蘇遜仲尼。

と詠じ、「劉廷琛謂、歐美主耶教、重平等、中國主孔孟、重綱常。餘謂、東西教義之優劣、於此見之。蓋尊卑貴賤之堦級既嚴、雖有公平之理不能行也。」と注してゐる。孔孟思想を捨てて自由平等思想を取るべきを強調したものであり、「儒家主張階級制度之害」などにおいて詳論したところと全く同じである。

かうした彼の思想はどこにその源泉があるのであらうか。これまでに示した例によつても知られるやうに、中國の傳統的な思想としては老莊の思想である。「扣角悲長夜。迷陽發短唫。英雄欺世慣。賢聖誤人深。地獄誰眞入。神州竟陸沈。始知稱盜跖。微意費推尋。」（中夜不寢偶成八首）「皇王帝覇付蒿萊。一映風雲劇可哀。讀罷莊周齊物論。酣眠鼻息便如雷。」（即事）「望思臺畔月孤明。道德淪亡百僞生。莫怪莊周言宥。何曾至禮近人情。」（辛亥雜詩）「茫茫禹跡久堪悲。宗法應同教義衰。止恐遺傳奴隷種。不明齊物更狐疑。」（同上）「宗法澍傳禍已深。睡謊擊欠自哀唫。栖栖爭羨封侯貴。誰弁當初盜跖心。」（莊子盜跖篇曰、妄作孝弟而僥倖於封侯富貴。）（餘嘗謂家族制度爲專制主義之根據、曾著文論之、同所譔李卓吾別傳、寄范皕誨上海。皕誨復書傳、快讀之下、未嘗不爲之擊缺唾壺。李卓吾別傳、誅奸諛於既死、發潛德之幽光、尤爲淋漓痛暢。因題此奉寄。）などと詠じており、詩集に「秋水集」と名づけたのも、「ひそかに莊子秋水篇の義に取つた」（「秋水集」自敍）ところから見ても、莊子の思想にいかに傾倒してゐたかを知ることができよう。しかも「その不屈の精神、自由思想の偉大さ、」「舊道德の欠點を勘破し、舊道德をもつて桎梏となし、放棄を主張した」（「吳虞文錄」卷上、道家法家均反對舊道德說）點などに特に學ぶところがあつたともいへよう。

一面、「廣從世界求知識。禮教何須限一方。」（辛亥雜詩）といふ考へで、外國思想、特に西洋思想の吸收につとめた結果である。中でも Jean-Jacques Rousseau や Montesquieu がその中核をなすものであつたことは、次の詩によつても知ることができよう。

すなはち、「讀盧騷小傳感賦」の詩四首の一で、

蒼茫政學起風焦。東亞初驚熱度高。手得一編民約論。瓣香從此屬盧騷。

と Rousseau に對する敬慕の情を示し、「辛亥雜詩」の中で Montesquieu の「法の精神」に題して、

自有高名擅五洲。卉年林野足優游。六經日月終何補。此是江河萬古流。

と感激し、同じく「辛亥雜詩」において、

盧孟歐西擅盛名。東洲孔墨亦分行。思潮新舊方衝突。付與通材細品評。

とも詠じてゐる。

しかし、かうした新思想を表明した詩は既に梁啓超たちの作品の中にも多く見出だされる。Rousseau や Montesquieu についても、例へば、梁啓超は「孕育今世紀。論功誰蕭何。華〔華盛頓〕拿〔拿破侖〕總余子。盧〔盧梭〕孟〔孟的斯鳩〕實先河。赤手鑄新腦。雷音殄古魔。吾儕不努力。負此國民多。」（壯別二十六首）とか、「我所思兮在何處。盧〔盧梭〕孟〔孟德斯鳩〕高文我本師。鐵血買權慙米佛。崑崙傳種泣黃羲。」（次韻酬星洲寓公見懷二首幷示幘庵）と詠じており、陳士芑も「孟鳩盧騷實先覺。爲民請命天所啓。民約狂論破天荒。」（甲辰二

十八初度自述一百韻、「飲冰室詩話」所載）とうたつてゐる。革命女俠秋瑾女士にも「盧梭文筆波蘭血。」（弔吳烈士樾、「革命詩文選」）といふ句がある。黃遵憲も、「ルーソー、モンテスキューの説をとつてこれを讀み、心志これがために一變せり。太平の世必ず民主に在るを知ればなり。」（「新民叢報」、壬寅論學箋）と述べてゐる。當時の革新的、革命的な人々が、Rousseauや Montesquieu などをいかに偉大な先覺者と考へてゐたか、いかにその思想の洗禮を受けたか、といふことは彼等の詩にも顯著に表現されてゐる。吳虞もまたその中の一人であつたと見るべきである。

しかも、「蓬萊同調久飄颻。〔謂譚壯飛〕海外金徽咽暮憔。〔謂梁啓超〕碧杜紅蘅奇幽思。爲君重詠左徒騷。」（吳鉄樵畫秋海棠爲周癸叔岸登題）とか、「三百年中見順民。桓溫劉裕竟無人。苛花夜雨談名教。始覺侯官〔嚴復〕理論眞。」（辛亥雜詩）「朝家興廢事無窮。愛國東西義不同。歐九漫修馮道傳。有人孤識慕揚雄。〔書楊度忠義之衰出於孝悌二語後〕」（同上）とかの詩、「政治儒教家族制度三者を連結して一となし、皆改革せざるべからざるを知るものは、嚴幾道諸人なり。」（「吳虞文錄」巻下、讀荀子書後）などの語によつて、嚴復・梁啓超・譚嗣同・楊度たち當時のいはゆる新學家の思想の影響を受け、あるいは同調者であつたことを知ることができる。同時に、その詩においても、いはゆる詩界革命の影響を受け、その實踐者であつたといふことができよう。特に「懷人絶句十二首」や「辛亥雜詩」には黃遵憲の「己亥續懷人詩」「己亥雜詩」に倣つたものと考へられる。

また、その師吳伯朅に寄せて、「相知四海定何人。前有朱公後壬老。」（寄吳伯朅先生）と詠じ、余姚の朱肯夫逌然と王闓運とをあげており、「王闓運謂以名尊孔子而師之者、猶哀公之誄丘。哀公殆已知儒可以爲戲而不可用矣。」（「吳虞文錄」巻上、儒教主張階級制度之害）などといひ、「秋水集」を編集するに當つても、「湘潭王氏の夜雪集の例に倣つた」（「秋水集」自敍）ことなどによつても、王闓運の思想や詩風の影響を受けたことが察せられよう。王闓運の弟子廖平に直接學ぶところがあり、その學について「經術眞横絕」(答董漢蒼)と稱讃してゐる。譚嗣同も王闓運の詩文を大いに賞揚し、(「譚嗣同全集」、巻四、論藝絕句)六朝や李義山の詩に學ぶところがあつたが、(同上、巻三致劉淞芙書)吳虞のいふ「同調」をさうした點においても見ることができよう。

吳虞は「書陳伯嚴散原精舍詩後」の詩で、「宗派江西幾廢興。詩流標榜信難憑。(謂鄭孝胥)玉珧終恨生風病。浪擬涪翁恐未能。」とか、「劉先(申叔師培)學勝馬(一浮浮)才高。今日東南數二豪。滄海横流矜宋派。(元遺山詩、止知詩到蘇黃盡、滄海横流卻是誰)幾人文字續風騷。」と詠じて、當時詩壇の主流をなしてゐた鄭孝胥・陳三立たち、いはゆる江西詩派に反對し、東南の二豪として劉師培と馬浮をあげてゐる。なほ、劉師培から贈られた三首の詩を附載してゐる。劉師培もまた漢魏六朝の文學を宗とし、杜甫の詩を愛好するものであつた。

さて、吳虞はその非儒的主張を述べるに當つて、「不佞常謂孔子自是當時之偉人、然欲堅執其學以籠罩天下後世、阻碍文化之發展、以揚專制之余焰、則不得不攻者、勢也。梁任公曰、吾愛孔子、吾尤愛眞理。區區之意、亦猶是耳。豈好辯哉。」(「吳虞文錄」巻上、家族制度爲專制主義之根據論、與陳獨秀文)などと、梁啓超のことば――光緒二十八年に作つた「保教非所以尊孔論」の結論中のことばである――を引用したりしてゐるが、梁啓超がかうした儒教排撃の説に反對であつたことは、次の「心史重印序」によつても極めて明瞭である。「今之少年發憤於國之積弱、詬龜呼天、或且遷怒以及孔子。然日本四十年前維新之業、彼中人士、推論自出、皆日食儒教之賜無異辭。吾讀所南先生之書、而歎儒教之精神、可以起國家之衰而建置之者、蓋在是矣、蓋在是矣。」これは乙巳(一九〇五)四月に記したものであるが、國家の衰亡を救ふものは儒教精神であることを確信し、孔子誹謗の論の誤れるを強く指摘したものである。儒教を當時の社會に適應するものとし、新しい生命を持つものとしようとした梁啓超たちと、舊道德に反對し孔教を打倒しようとした吳虞とは、ここに至つて道を異にしたといふべきである。したがつて、彼の非儒の詩は、吳虞自らも「章行嚴曾語張重民曰、辛亥雜詩中非儒諸詩、思想之超、非東南名士所及。不佞極媿其言。然同調至少。」（「吳虞文錄」巻上、家族制度爲專制主義之根據論、與陳鄒秀文）と述懷してゐるやうに、當時においては、革新的思想家の中においても、たしかに異色あるものであつたといふべきである。

三　閑情の詩

以上彼の愛國憂世の詩、新學非儒の詩について述べて來たのであるが、一方隱棲的寧靜な田園生活の樂しさをうたつたものもある。

茗盌香爐處士家。窺簾紫燕自橫斜。綠陰滿地春風靜。開到薔薇一樹花。（讀書畢、靜坐一二小時、覺靜中味甚長、頗有餘趣。諸葛公所稱澹泊偭靜、斯倘其小効歟。作示香祖。）

抗塵走俗殉浮名。何似貧家萬累輕。飮罷酒醒茶正熟。鳥啼花落引詩情。（漫成示妾劉長倩）

間從父老話桑麻。來往還隨薄笨車。朝日初升涼露滿。野田蕎麥遍紅花。（新繁作）

しかもかうした隱士的閑情の歌詠は、「淮南招隱士。冀北想孫陽。」（中夜不寢偶成八首）「欲仿淮南賦招穩。唯餘菆桂襲裾來。」（遊東湖弔衞公李文饒）「小山叢桂自堪攀。大隱金門未覺難。」（即事）「幾人招隱負初心。桂樹淮南未易尋。」（雜感十四首書寄舍弟君毅日本）などといつてゐるやうに、淮南小山の招隱賦に仿はんとするものであり、「高臥何曾與世忘。唯題甲子意堪傷。論詩合拜陶徵士。沖澹沈雄總擅場。」（論詩絶句陶潛）「種豆南山行樂耳。」「陶潛身世感桃花。」（贈周癸叔）「五柳從來怕折腰。」（雜感十四首書寄舍弟君毅日本）「陶潛夫婦能偕隱。炕向桃源洞裏行。」（讀書畢、靜坐一二小時、覺靜中味甚長、頗有餘趣。諸葛公稱澹泊甯靜、斯倘其小効歟。作示香祖。）「高名一代繼長沙。徵士風流史筆誇。惆悵用前五株柳。折腰今日媿陶家。」（辛亥雜詩）「好種陶潛五株柳。間情一賦古今無。」（與夏仲和夜談）「怪他陶隱士。何意賦間情。」（曼與二十首）「間情未必妨陶令。」（觀劇偶賦二十首）などと詠じてゐることによつて、陶淵明の高情を慕ひ、その生活態度に學びたいと願つてゐたことを知るのである。

さうして、かかる心境になつたのは、次第に「湖海元龍の氣を消除し」（辛亥雜詩）「英氣を消磨」（觀劇偶賦）するに至つたこともその一因であらうが、妻香祖が常に「張華・陸機は才華絶大であつたが、徒らに亂世權を貪つたために、遂に禍を免れなかつたのだ。」といひ、龐德公・陶淵明を師とすることを勸めたので、深く止足の戒をつつしんだ（悼亡妻香祖詩自注）といふことにも由るであらう。

閑情といへば、彼の詩にはいはゆる情詩、兒女の情を詠じたものも多い。壬辰（一八九二）の作である「惆悵曲」を始めとし、「憶舊」「寄婦曾香祖」「閨情十首」「與香祖小飲作」「同香祖愛智廬納涼」「無題二十首」「同香祖小飲定生慧室」「漫成示妾劉長倩」「讀友人詩戲題」「病中示香祖」「悼亡妻香祖詩二十首」などの詩がそれである。

彼は「小婦溫柔大婦賢。既成眷屬且隨緣。」（漫成示妾劉長倩）「有妾澆花妻煮茗。一家宜作畫看。」（即事）などといつてゐるやうに、妻曾香祖、妾劉長倩との生活を喜び、特に曾香祖に對しては深い愛情と信頼とを寄せ、いはゆる寄內の詩とも稱すべきものが多い。

沈水鑪香細細薰。双情端不解廻文。尊前攜手宜商榷。人比黃花瘦幾分。（與香祖小飲作）
花底匆匆擧玉杯。佳人原自解憐才。乾坤何限繁華夢。聊對嫣紅倦眼開。（同香祖小飲定生慧室）

などと、妻香祖との愛情生活をうたひ、「悼亡妻香祖二十首」においては、二十八年間「險難を共にした」亡妻の性情學德、內助の功、病臥中の細やかな愛情、歸葬の日の墓前の痛哭、思い出深い遺留品に對する長恨など、生前のなつかしい追憶、死後の耐へがたき悲哀を敍してゐる。「賢妻」にして「良友」でもあつた妻に對する不盡の思慕の情、無限の哀痛の念、まことに切々たるものがある。

樂府初莖子夜新。小家碧玉是情人。銷金帳底間斟酌。那管風波妒婦津。（讀友人詩戲題）
拗殘瑇瑁定情簪。薄命還成棄妾吟。覆水再收緣何事。小家碧玉重黃金。（辛亥雜詩）

などと、溫柔にして多情なる妾劉長倩について詠じてゐる。たしかに、「我似臨邛渴司馬。彈琴惟喜看文君。」（無題二十首）といつた一面がある。

さて、かうした彼の情詩には、「定情許作繁欽詩。」（惆悵曲）「品居季孟豈相輕。一體千篇累盛名。翡翠蘭苕苦華豔。更於兒女太多情。」（論詩絕句三十首、張華）「張華情本深兒女。」（寄婦曾香祖）「敢將心疾笑張華。」（無題）「張華枉作鷦鷯賦」（感事）「莫愁兩槳歸何處。聞道生兒字阿侯。」（同上）などによつて、繁欽の「定情詩」、張華の「情詩」、梁の武帝の「河中之水歌」などの影響が考へられる。「悼亡妻香祖詩二十首」は潘岳の「悼亡詩」に倣つたものである。

また、「曾從桃葉識桃根。」（無題）「打槳迎歸桃葉渡。」（讀友人詩戲題）「匆匆唱惱儂。」（曼與）「莫唱人間懊惱歌。」（綺憶）「樂府初莖子夜新。小家碧玉是情人。」（讀友人詩戲題）「碧玉芳年憶破瓜。」（無題）「絶勝廻身劉碧玉。」（觀劇偶賦二十首）「莫唱丁娘十索歌。」（同上）などによつて、「桃葉歌」「懊儂歌」「子夜四時歌」「碧玉歌」「丁六娘十索」などの古樂府もまた彼の詩の一源流たるを知るのである。

しかし、最も影響の大きなものが李商隱の詩であつたことは次の諸例によつても明らかであらう。「錦瑟年華散若塵。無聊恩怨負終身。虛傳書記翩翩好。卻使樊南作恨人。」とは「李義山集を讀んで」所感を吐露したものである。「憶舊」の詩中に、「茂陵鶼鶼病相如。」とか「小憐玉體夜横陳。」とかの句あるが、これは義山の「茂陵秋雨病相如。」（玉溪生詩、卷一、寄令孤郎中）「小憐玉體横陳夜。」（卷三、北齊二首）に據つたものと考へられるし、「無題二十首」中の「且看徐娘半面妝。」「便抵蓬山一萬重。」「宓妃偶露驚鴻影。費盡陳王八斗才。」「水精眠夢夢難憑。」なども、義山の「只得徐妃半面粧。」（卷三、南朝）「更隔蓬山一萬重。」（卷二、無題）「宓妃愁坐芝田館。用盡陳王八斗才。」（卷三、可嘆）「水精眠夢是何人。」（卷一、日高）に據つたものであり、「辛亥雜詩」中の「郭振淒涼寶劍篇。」「題林山腴明珠曲」の「前身自是梁江總。」なども、義山の「淒涼寶劍篇。」（卷三、風雨）「前身應是梁江硿。」（卷二、贈司勳杜十三員外）に據つたものであると考へられる。

なほ、晩唐の詩人では李商隱の外に杜牧をあげなければならない。「杜牧集」を讀んで、「罪言著就付誰傳。一覺揚州便十年。怨李黨牛非反覆。令人猶憶杜樊川。」（讀李義山杜牧之集感賦）と詠じ、また「小杜青袍清涙痕。」（綺憶）「輕衫穿袖濸妝梳。杜牧清狂識面初。小坐竝肩還爾汝。相憐原不碍生疏。」（贈陳碧秀）「禪榻觥船感鬢絲。

紫雲重費新詞。狂言軟語皆驚座。不負靑春杜牧之。〔謂柴扉也〕」（感事）「鬢絲禪榻悟浮名。」（憶西湖舊游十三首）

などと言つてゐることによつて、杜牧に對する共鳴の一班が窺はれよう。

「閨情十首」は、例へば

骨香腰細更沈檀。添盡羅衣怯夜寒。蟬髩髮鳳釵慵不整。憶來唯把舊書看。（第二首）

の如く、韓偓の「浣溪沙」、馮延己の「采桑子」、李環の「應天長」、韋莊の「浣溪沙」の句を集め、あるいは

萬般饒得爲憐伊。何事相逢不展眉。揎蔻花間趂晩日。倚郎和袖撫香肌。（第四首）

の如く、孫光憲の「浣溪沙」よりの二句、同じく孫光憲の「南歌子」、歐陽炯の「赤鄉子」より各一句を集めて一首の詩としてゐるやうに、唐五代の詞人たちの詞句を集めて、自らの情思を表現せんとしたものである。集められてゐる詞人別の句數は次の通りである。

孫光憲（七）　馮延己（五）　歐陽炯（四）　張泌（四）　李璟（三）　李煜（三）　顧瓊（二）　薛昭蘊（二）　韓偓（二）　和凝（二）　李白（一）　韋莊（一）　李珣（一）　鹿虔扆（一）

またもつて吳虞の情詩の傾向を知る一つの材料とすることができよう。

もちろん、「大江滾滾水空波。長夜漫漫付短歌。今古英雄浪淘盡。風流人物恨無多。」（辛亥雜詩）「倚欄愁唱大江東。」（同上）「人比黃花瘦幾分。」（與香祖小飲作）「沈園哀怨詩難寫。腸斷當年陸霧觀。」（辛亥雜詩）「消磨英氣仗名花。〔姜白石詩、仗酒祓清愁、花消英氣〕」（觀劇偶賦三十首）「酣眠鼻息便如雷」（卽事）などとうたつてゐることは、蘇軾・李淸照・陸游・姜夔・劉克荘など宋代詩人の詞をも愛好してゐたことを示してゐる。

結　語

以上を要約すると次のやうになる。

吳虞の詩には愛國憂世の情を吐露したものがある。それは屈原の愛國の熱情、庾信亂離の傷心、杜甫の憂世の至情、遺民費密の血涙を繼承しようとするものであり、辛亥時代における憂國の士、革命的な人たちの詩と調べを同じうするものである。ただし、直接革命運動に挺身した人々ほどの強烈悲痛な響きはない。

次に、一九〇六年以後の作品には、封建的な舊思想を排撃し、自由平等思想を強調するもの、思想革命の宣言ともいふべきものが多い。それは中國傳統の思想としては老荘、特に荘子の思想、外國思想としては Jean-Jacques Rousseau や Montesquieu などの思想の影響が顯著であり、當時のいはゆる新學家の思想と類を同じくするものがある。だが、儒教打倒を叫んだ非儒の詩は、進歩的と稱せられた人たちの中においても、異彩を放つものであつたといはなければならない。後年「新青年」などに發表した諸論文の內容は、既にこれらの詩に表明されており、文學革命時代の一つの先聲といふべきであらう。

第三に、彼にも閑情を詠じた詩がある。陶淵明の高情を敬慕し、隱士的閑居の平靜な生活を喜ぶものである。

それは英氣を消磨することにもよるが、妻曾香祖の切なる勸告によるところもあつたと考へられる。また兒女の情「艷想穠愁」（「過舊居作」中の語）を詠じたものもある。妻香祖や妾劉長倩の愛情生活、特に香祖に對する深い愛情をうたつたものが多い。呉虞の詩の一つの特色はかうしたいはゆる情詩に在るのではないかと思ふ。しかもそれは古樂府、李商隱の詩、晩唐・五代の詞などをその源流とするものであるといふことができる。

もちろん、彼は過去の多くの詩人たちから詩を學んだ。しかし、その中彼が特に愛好し、深くその影響を受けたのは、屈原の離騷、漢魏六朝の詩賦、杜甫や李商隱の詩、五代・宋の詞などであつたといへると思ふ。また當時の人たちとしては、漢魏六朝杜甫の詩を宗とした王闓運や、詩界革命を提唱し實踐した譚嗣同・梁啓超・黄遵憲などの影響が考へられる。反面、當時詩壇の主流をなしてゐた鄭孝胥・陳三立たち、いはゆる江西詩派の宋詩運動には反對であり、彼等の詩を好まなかつた。かくて呉虞の詩は、「湖外の詩、古體は必ず漢魏六朝、近體は盛唐にあらざれば則ち溫李。」（陳衍、「石遺室詩話」）と評せられた湖南詩派的一面を持つとともに、また「新理想を鎔鑄して舊風格に入れんとするもの」（梁啓超、「飲冰室詩話」）でもあつたといへよう。

（一九五七、三、三一）

清末民初の詩壇に及ぼした龔定盦の影響

序　言

光緒の中ごろから中華民國の初めにかけて、龔自珍字は璱人、號は定盦（一七九二―一八四一）の詩が多くの人々に愛誦されたことは、一つの注目すべき現象であつた。わたくしはこの小論で、當時どんな風に定盦の詩が流行し、當時の詩壇にどんな影響を及ぼしたか、またそれはいかなる理由によるものであるか、などについて考へてみたいと思ふ。

龔定盦の詩集には、「破戒草」「破戒草之餘」「己亥雜詩」「集外未刻詩」があり、詞集には、「無著詞」「懷人館詞」「影事詞」「小奢摩詞」「庚子雅詞」「集外未刻詞」がある。ここでわたくしが用ひたのは、一九三五年、世界書局から發行された「〈評校足本〉龔定盦全集」である。なほ、說明の便宜上、「己亥雜詩三百十五首」については、順序に從つて番號で示すこととする。

一　光緒年間

梁啓超は「清代學術概論」（二二）において、「自珍性詄宕、細行を檢せず、頗る法の盧騷に似たり。」と言ひ、「晩清思想の解放、自珍與つて功有り。」と述べ、「今文學派の開拓、實に龔氏よりす。」「今文學の健者、必ず龔魏を推す。」「後の今文學を治むる者、喜んで經術を以て政論を作すは、則ち龔魏の遺風なり。」とも論じており、「光緒間、いはゆる新學家は概ね人々皆龔氏を崇拜する一時期を經過せり。」とも回顧してゐる。その論の當否はともかくとして、少なくとも梁啓超たちにとつて、定盦はルソー的な存在として考へられ、思想解放の一先覺者として、いはゆる新學の勃興に多大の寄與をなしたことは確かである。

更に梁啓超は定盦の文章について、「俶詭連犿」と評し、「瑰麗の辭」(「清代學術概論」二二)と稱し、「清人頗る自らその駢文にほこるも、その實極めて工みなる者は僅かに一汪中のみ。次は則ち龔自珍譚嗣同。」(同、三一)と言つてゐる。譚嗣同も「論藝絕句」(「譚嗣同全集」卷四)において、「千年暗室任喧豗、汪魏龔王始是才。萬物昭蘇天地曙、要憑南嶽一聲雷。」と詠じ、汪中・魏源・王闓運とともに定盦の文を賞揚し、「獨往獨來、人の熱に因らず。」(同上注)と述べてゐる。梁啓超や譚嗣同たちが定盦の文を高く評價してゐたことを知ることができよう。

劉師培は、「龔氏の文、自ら異を立つるを矜り、語雷同を羞づ。文氣佶屈、卒讀すべからず。或は語艱深を求め、旨意轉晦、これただ玉川彭原の流のみ。或は以て周秦諸子に出づとなすも、則ちこれに擬すれば倫ならず。近歲以來、文を作る者多く龔魏を師とするは、則ち文律に中らず、放言に便なるを以てなり。然れどもその貌を襲ひてその神をわする。」(「國粹學報」第二十六期、論近世文學之變遷)と論じ、實も、今文の學が一世を風動した理由の一つとして、「今文は則ち詞義瑰瑋、蕩逸華妙、文士のこのむ所となる。故に今文を治むる者、文辭に工ならざるはなし。」と述べ、「今その文を讀むに、恢詭連犿、ひきて古誼を証し、諷して時弊に切に、耿思譚說、常に新理遠識あり。」(「國粹學報」第五期、社說)と評してゐる。李詳も章學誠・包世臣・周濟・

魏源とともに定盦をあげて、「本朝の文章一世に横睨なるを求むるに計數輩あり。その功徳をはかるに、恆に獨絕たり。遂に妄りに殷生を希ひ、頌を著して慕をのぶ。」（「國粹學報」第六十六期）と言ひ、定盦について、「環孕越紐、篤生文雄。鞭捎霆雷、鬼神嘯空。旁薄無朕、汗漫鴻詎。雺陰闓陽、元精貫中。春淒秋頳、霜露所叢、屑墨含鴆、積憂籠東。園令早[redacted]、求毖臣忠。罣如宰如、卿雲長虹。欲枰巫咸、招此一龔。」と頌してゐる。これらによつて、國學保存會の會員たちの定盦の文に對する評價、光緒末年におけるその流行の狀況などを知ることができる。

學衡派の詩人呉宓も、「蓋し清の中葉よりこのかた、士夫の言論文章、すでに漸く新思想の表見多し。餘の見る所最も著るる者兩人、一は龔定菴たり、一は卽ち趙甌北。定菴集は恢奇恣肆、人多くこれを知る。」（「呉宓詩集」、餘生隨筆二）と述べてゐる。

以上によつて、定盦の學問文章が光緒年間いかに影響したか、その趨勢を知ることができよう。それでは定盦の詩についてはどうであらうか。

晩清の最もすぐれた詩人として定評のある黄遵憲が定盦の詩を愛誦し、その影響を多分に受けてゐることについては、すでに呉宓が「空軒詩話」（「呉宓詩集」附錄）において論じたところである。すなはち、呉宓は、黄遵憲が「受けしところの古昔詩人の影響は四源を得べし。」と言ひ、漢魏樂府・杜甫・呉梅村とともに定盦をあげ、「不忍池晩遊詩」「海行雜感」などはその例であると注してゐる。近くは錢仲聯も「人境廬詩草箋註」において、定盦の詩句との關係を注記してゐる。なほ追加すべきものもあると考へられる。例へば、遵憲の「己亥雜詩」の「夢回小坐淚潸然」の如きは、定盦の「午夢初覺悵然詩成」（「破戒草之餘」）の「夢回清淚一潸然」に據つたものであるといへよう。

黄遵憲が定盦の影響をどんな風に受けたかは、

「不忍池晩遊詩」（「人境廬詩草」巻三）の、

萬綠沈沈嘒一蟬、迷茫水氣化湖煙。無端吹墜豐湖夢、不到豐湖已十年。（「己亥雜詩」二一一、萬錄無人嘒一蟬、三層閣子俯秋煙。安排寫集三千卷、料理看山五十年。）

「己亥雜詩」（同上、卷九）の

四百由旬海道長、忽逢此老怨津梁。沈沈睡過三千歲、可識西天有教皇。（「己亥雜詩」九〇、過百由旬煙水長、釋迦老子怨津梁。聲聞閉眼三千劫、悔慕人天大法王。）

などを定盦の詩と比較對照することによつて自ら明らかとなろう。他にも、「不忍池晩遊詩」に『百千萬樹櫻花紅、一十二時僧樓鐘。」（「己亥雜詩」一九六、一十三度嘟花紅、一百八下西嘟鐘。）、「放歌用前韻」（「人境廬詩草」巻八）に「猶能令我顏丹鬢綠、不復齒髮嗟凋零。」（「破戒草」、能令公少年行、我能令公顏丹鬢綠、而與年少爭光風。）、「己亥雜詩」に「後二十年言定論。」（「己亥雜詩」七六、五十年中言定盦。）など、定盦の詩句に仿つたと思はれるものがある。黄遵憲のこれらの詩の中、最も早い作品は「不忍池晩遊詩」であり、それは一八七八年の作である。

康有爲の詩にも、「出都留別諸公」（「南海先生詩集」汗漫舫詩集）の「高峯突出諸山妒、上帝無言百鬼獰。」（「破戒草之餘」、夜坐、一山突起邱陵妒、萬籟無言帝坐靈。）「安排行集成千卷、料理芒鞋出九州。」（「己亥雜詩」二一一、安排寫集三千卷、料理看山五十年。）「己丑上書不達出都作」（「飲冰室詩話」）の「英雄窮暮感黃金」（「己亥雜詩」三六、英雄遲暮感黃金。）「此去南山與北山」（「己亥雜詩」四、此去東山又北山。）などは明らかに定盦の詩に據つたものである。なほ最後の句は、「南海先生詩集」では「去國吟」の中に在り、「此去東山與西山」となつてゐる。
梁啓超は、「高峯突出諸山妒」の句について、「何といふ自負の語であらう。」（「飲冰室詩話」）などと賞讚してゐるが、實はこの句、定盦の詩に基づくものである。己丑といへば一八八九年である。

梁啓超は定盦の「己亥雜詩」中の五首を誤つて譚嗣同の作となし、後その誤りであることを指摘されて、「おもはざりき、すなはち十五年前舊雨の定广なりとは。」と言ひ、解嘲の二絶句をつくり、その中で「息壤飄零君莫問、今番重定定盦詩。」と詠じてゐる。（「飲冰室詩話」）これは注にも言つてゐるやうに、「破戒草」の「飄零行二首」の一に、「臣將請帝之息壤、慚愧飄零未有期。萬一飄零文字海、他生重定定盦詩。」とあるのを想ひ起して作つたものである。この「飲冰室詩話」の記述によつて、梁啓超が定盦の詩を初めて讀んだのは一八九〇年頃であつたといふこと、記憶違ひをするといふ程度の印象を受けてゐるに過ぎなかつたといふこと、記憶の誤りであつたとはいへ、そこに定盦の詩と譚嗣同の詩とに何か共通するものが感ぜられてゐたからではないか、などといふことが考へられる。

呉宓も論じたやうに（「呉宓詩集」附錄、餘生隨筆十五）、梁啓超の「記事二十四首」などには定盦の詩の影響がうかがはれるが、一般にいはれてゐるほどその影響が大きかつたとは考へられない。定盦の思想や文章について、あんなに稱揚した梁啓超が、その詩については、「嘉同間、龔自珍・王曇・舒位は新體と號稱せしも、則ち粗踈淺薄。」（「清代學術概論」三二）と評してゐることによつても、定盦の詩に對する彼の態度が知られるであらう。

譚嗣同は自らその詩作について、最初は李賀・溫庭筠、ついで李白、更に韓愈・六朝・李商隱に學ぶところがあつたことを述べており（「譚嗣同全集」巻三、致劉淞芙二書）、また清代の詩人の中では、呉偉業・王夫之・歐陽弁薑・王闓運・鄧輔綸・僧寄禪たちをすぐれた詩人として推し、中でも王闓運に對しては深く「欽服」の意を表してゐる（「譚嗣同全集」巻三、致劉淞芙書三。同、巻四、論藝絶句）。しかし、龔定盦の詩については特に稱するところがない。「梅村新城出で、救ふに清新を以てし、後すなはち流れて浮滑となる。」（前掲、致劉淞芙書三）と言つてゐるが、その「浮滑」の中に定盦の詩も含んでゐるとも考へられる。「感懷四篇」（「譚嗣同全集」卷四）などに定盦の詩の影響が感ぜられるが、一般にいはれてゐるやうにその影響は顯著ではない。

康有爲の門人、梁啓超の同學潘鏡涵の「丙申臘遊桂林舟中作」（「飮冰室詩話」）の、「沈沈心事着無邊、半壁寒燈照巨川。壯歳始參人我相、現身聊作水雲緣。」は、定盦の「沈沈心事北南東、一睨人材海內空。壯歳始參周史席、髫年惜墮晉賢風。」（「破戒草之餘」、夜坐）に倣つたものである。

翁同龢の「策馬獨遊花之寺看海棠」（「近代詩鈔」六）の詩に、「乾嘉以後詞流盡、莫問城南掌故花。」の句があるが、これは注にも明記してゐるやうに、「棗花寺海棠下感春而作」（「破戒草」）の「詞流百輩花間盡、此是宣南掌故花。」に據つたものである。

江標は定盦詩集を「尊信し」、（「破戒草之餘」、張一麐記）「題定盦詩集」（「龔定盦全集序」所收）の詩で、「清才深恐天涯少、艷福從來未必奇。若得河東君尚在、定教手寫公詩。」「不從俗熟矜奇句、峴嗜華鬘眡博綜。一笑眺坪相對處、茶煙正颺鬢雲鬆。」と詠じており、「題孫子瀟先生雙紅豆圖卷子應師鄭同年之屬」（「近代詩鈔」十七）の「嘉同風流在目前、一函贏得百詩篇。人間儘有雙紅豆、誰向東風祝妙年。」は、定盦「己亥雜詩」（二十八五）の「嘉慶文風在目前、記同京兆鹿鳴筵。白頭相見山東路、誰惜荷衣兩少年。」に倣つたものである。

詩僧寄禪にも一八九八年の作である「效龔定庵體二首」（「八指頭陀詩集」卷九）がある。

梁居士

坐破千潭水月痕、寒灰一寸偶然溫。空觀假觀中道觀、待與臺宗學者論。（「己亥雜詩」二二六、空觀假觀第一觀、佛言世諦不可亂。人生宛有去來今、臥聽荷花落秋半。）

念佛三昧世少信、惟有無爲子親証。〈君父仁山先生專修淨業有無爲子之風。〉樂邦消息近云何、爲我蓮臺一問訊。

楊葵園

曾習經の「春心」（「蟄庵詩存」）六首の一に、「自信飄零文學海」（「破戒草」、飄零行、萬一飄零文字海。）の句があり、「初夏崇効寺嘍集牡丹未開」（「蟄庵詩存」）に「卻於蕭寺問年華」（「破戒草」、棗花寺海棠下感春而作、又來蕭寺問年華。）といふ句がある。いづれも定盦の句に基づいたものである。

丁惠康の「將發江戸留別日本祭詩龕詩社四律」（「飲冰室詩話」所載）の、

聲聲拍枕下關潮、歴劫成塵恨不消。（「己亥雜詩」九八、塵劫成塵感不銷。）三五團圞輕惜別、萬千哀感及今朝。（「己亥雜詩」九六、萬千哀樂及今朝。）

とか、

燕頷虎頭空萬里、飄鸞泊鳳怨三生。（「破戒草之餘」、小遊仙詞十五首、天風鸞鶴怨三生。「己亥雜詩」二五五、鳳泊鸞飄別有愁。）阿誰識得臨岐感、更與殷紉唱渭城。

などの詩は定盦の詩に仿つたものであり、同じく「有憶四首甲辰客滬作」（「近代詩鈔」十六）の「南嫌北俊各專長」（「己亥雜詩」九十一、北俊南孅氣不同。）「長天縹渺一征鴻」（「己亥雜詩」二六五、今日簾旌秋縹渺、長天飛去一征鴻。）、「丁未南旋悵然有作」の「百輩詞流花事盡」（既出、「破戒草」、棗花寺海棠下感春而作、詞流百輩花間盡。）などによつても定盦の詩の影響がわかるであらう。甲辰といへば一九〇四年であり、丁未は一九〇七年のことである。

伍憲子は「春夜偶讀龔定广詩感賦」（「國粹學報」第十期、詩録）で、夢回何必謝靈簫、（「己亥雜詩」九十八、夢回持偈謝靈簫。）大造江山久寂寥。（「己亥雜詩」九十五、大宙南東久寂寥。）要待春冰來點染、英雄傳恨美傳嬌。

白馬黃金別一流、靑衫紅淚自江州。琵琶未識攄懷抱、亦替風花一代愁。（「己亥雜詩」一〇三、亦是風花一代愁。）

甘隷粧臺不是卑、（「己亥雜詩」二五二、甘隷妝臺伺眼波。）雄心直貫到蛾眉。多情人自多情識、奇語江淮生莫悲。（「己亥雜詩」一〇二、江淮狂生知我者。）

と詠じ、また「談明代遺臣有感」の詩で、「吹簫擊劍狂思俠、（「己亥雜詩」九六、少年擊劍更吹簫。「已亥雜詩」二八、亦狂亦俠亦溫文。）選色談空習結豪。（「己亥雜詩」一〇二、選色譚空結習存。）」ともうたつてゐる。憲子が定盦の詩、特に「己亥雜詩」のどんな詩に感銘深いものを感じたかを知ることができる。

于右任も早くから定盦の詩を愛誦した一人であつたと考へられる。すなはち、一九〇二年の作である「興平詠古」の一首に、

老抱靑山〈亦作東出關門。〉大放歌。亦和亦介亦英多。（「己亥雜詩」二八、亦狂亦俠亦溫文。）江湖俠骨無連〈魯仲連〉季〈吳季札〉。（「己亥雜詩」一二九、江湖俠骨恐無多。）曾傍要離願若何。梁鴻。

とあるのによつても明らかである。

以上、具體的な例を擧げて、黃遵憲・康有爲・梁啓超・譚嗣同・潘鏡涵・翁同龢・江標・寄禪・曾習經・丁惠康・伍憲子・于右任などの詩に、定盦の影響があることを明らかにしてきたのであるが、これらの人々はほとんどいはゆる新學家であり、當時においては革新的な思想の持主であつた。維新運動の推進者か、その協力

者ないし支援者である。詩についていへば、詩界革命を提唱したり實踐したりした人々であつた。この時代に定盦の詩を愛誦したのは、主としてかうした傾向の人々であつたといふことができる。

さうして、黃遵憲や江標などは比較的早くから定盦の詩を愛誦し、その影響を受けたが、一般に龔詩愛好の風潮が次第に盛んになつたのは、一八九〇年ごろからであつたと見るべきであらう。しかも、ここに擧げた例によつても知られるやうに、「破戒草」「破戒草之餘」「己亥雜詩」の詩はいづれも愛讀されたが、中でも「己亥雜詩」は、梁啓超も「近世文學者喜んでこれを誦す。」（「飮冰室詩話」）と述べてゐる通り、最も愛誦されてゐたことがわかる。

しかし、當時は定盦の學術思想に傾倒したのであり、文章の魅力に引きつけられ、その文體に倣ふといふ風潮の方が強く、その詩は必ずしも高く評價されてゐなかつたといはなければならない。

二　宣統民初

宣統時代から辛亥革命を經て民國五年ごろまでの詩壇に及ぼした龔詩の影響はどうであらうか。南社の發起人の一人である柳棄疾は、「十六歲ごろ龔定盦詩集を讀んで奇貨とし、梁啓超と龔自珍とが當時における兩尊の偶像であつた」ことを述べ、「後に『三別好詩』を作つたが、自分の敬慕する所が顧炎武・夏存古・龔定盦の三家に在ることを說明し、當然自分自身の作詩の方向を表示したものであつた。」とも回顧してをる。（「創作的經驗」、我對於叻作舊詩和新詩的感想）「三別好詩」といへば、これもまた定盦の「三別好詩」（「破戒草之餘」）に倣つたものである。十六歲のころといふと、一九〇二年梁啓超が日本で「新民叢報」を創刊したころのことである。

さて、當時の作品についてみると、例へば「贈楚傖」（「小説月報」第二年第八期）で、

艸艸光陰隨水逝、沈沈心事與天違。（「破戒草之餘」、夜坐、沈沈心事北南東。）江湖十載狂名老、（「破戒草」、同年生徐編修齋中夜集觀其六世祖健庵尚書邃園修禊卷子康灘三十季製也卷中凡二十有二人邃園在崑山城北廢趾餘嘗至焉編修屬書卷尾、十載狂名掃除畢。）花捋三生綺夢非。（「己亥雜詩」二五、三生花草夢蘇州。）

と詠じ、「題錢劍秋燈劍影圖」（「南社」第十四集、詩録）では、

肝膽崢傢伴此宵、中原南望夜迢迢。（「己亥雜詩」一三二、迢迢望氣中原夜。）秋燈自吐蒼虹氣、（「己亥雜詩」七四、秋燈忽吐蒼虹氣。）肯照儒生讀楚騷。

と詠じており、「陸郎曲贈子美」（「中華名人詩選」卷七）でも、「三生花草夢蘇州」（「己亥雜詩」二五）「好夢如雲不自由」（無著詞、無長相思）など定盦の句を借り、「十載名山絶業成」（「己亥雜詩」二七六、絶業名山幸早成。）の句もある。

また、「玉嬌曲爲鈍根賦」（「南社」第十二集、詩録）では「一自天鐘第一流」（「己亥雜詩」二五六）を、「和一厂題畫四絶卽寄燕市畫爲梅州王壽山先生遺墨今藏邑人黃篪如所」（「南社」第二十集、詩録）では「收拾遺聞歸一派」（「己亥雜詩」一一五）を借り、「哭陳蛻庵先生」（「中華名人詩選」卷七）に「少年攬轡志澄清」（「己亥雜詩」一〇七、少年攬轡澄清志。）「伐鼓撞鐘天下計」（「己亥雜詩」四九、伐鼓撞鐘海内知。）の句があり、「別吳門」（「中華名人詩選」卷七）の「猶有空桑三宿戀」（「懷人館詞」、模魚兒、空桑三宿猶生戀。）、「觀窮花富葉贈春航」（「中華名人詩選」卷七）の「頑福甘心讓一籌」（「己亥雜詩」二三八、頑福甘心讓虎邸。）、「海上別春航兼謝匪石劍華檗子蒓農道非可生連橫諸子卽步席上聯句韻」（「中華名人詩選」卷七）の「願求玉體長生訣」（「己亥雜詩」二六〇、勉求玉體長生訣。）、「偕

一厂楚傖子美觀春航貞女血一厂有卽事贈子美之什賦此奉和」（「南社」第十一集、詩録）の「菊影梅魂語豈癡」、「鈍根貽我玲瓏館主玉影爲題四絶」（「南社」第二十集、詩録）の「梅魂菊影都難比」（「己亥雜詩」二六一、梅魂菊影商量偏。）、「次韻分寄康弼大覺」（「南社」第二十集、詩録）の「槎枒肺腑走風雷」（「破戒草之餘」、三別好詩、高吟肺腑走風雷。）、「題民哀近著四絶卽以爲贈」（「南社」第二十集、詩録）の「文體高庳寧足論」（「破戒草之餘」、三別好詩、莫從文體問高庳。）、「寄鈍根」（「南社」第二十集、詩録）の「青山青史兩何心」（「破戒草」、寥落、青山青史兩蹉跎。）、「題瘦坡香痕奩影録」（「南社」第二十集、詩録）の「兜率何妨遲十劫」（「己亥雜詩」二六八、兜率甘遲十劫生。）など、みな定盦の詩句に基づくものである。

更に定盦の詩句を集めたものに「送黄季剛北上、集定公句」（「柳亞子詩詞選」）「環中集題詞集龔爲鈍根作」（「南社」第二十集、詩録）があり、黄復の「寱詞集龔聯句」（同上）にも參加し、二十二句を集めてゐる。林子夏は、柳棄疾について、「詩境愈々進み、龔定庵に迫似して、聲調はこれに過ぐ。」（「南社」第六集、文選、與柳亞子書）と評したが、それほどではないとしても、定盦に詩風を學び、その影響を深くかつ長く受けた一人であることは確かである。

同じく南社の發起人の一人である高旭にも、「題薛劍公像」（「南社」第一集、未濟廬詩集）に「一琴一劍平生意」（「破戒草之餘」、漫感、一簫一劍平生意。）、「石子招飲湖上酒樓醉歌」（「南社」第一集、未濟廬詩集）に「好教來作水仙王」（「破戒草之餘」、夢中述願作、他身來作水仙王。）、「自題花前説劍圖」（「南社叢選」、詩選卷九）に「眞風流亦眞雄武」（「庚子雅詞」、定風波、不能雄武不風流。）「金閨國士知多少」（「己亥雜詩」二六〇、留報金閨國士知。）、「崇效寺看牡丹分韻得花字」（「南社」第十二集、附録）に「門外間停油碧車」（「破戒草」、城北廢園將起屋雜花當楣施斧斤焉與馮舍人過而哀之主人諾馮得桃餘得海棠作救花偈示舍人、門外間停油壁車。）、「題紅薇感舊記爲鈍根作」（「南社」第十四

集、詩錄）に「簫心劍氣兩徘徊」（「己亥雜詩」九六、劍氣簫心一例消。）、「題亞子分湖舊隱圖」（「南社」第十四集、詩錄）に「東華塵土消除盡」（「己亥雜詩」一五三、洗盡東華塵土否。）、「哭太一次約眞韻與鈍根同作」（「南社」第十四集、詩錄）に「整頓全神拾簡編」（「己亥雜詩」二七五、整頓全神注定卿。）、「題葉中冷袖海集」（「南社」第十八集、詩錄）に「才人劍氣美人虹」（「破戒草之餘」、夜坐、美人如玉劍如虹。）「擊碎珊瑚吟萬遍」（「己亥雜詩」二一七、珊瑚擊碎有誰聽。）の句あり、「收輯亡友恫太一遺墨裝訂成册因題四詩以弁其書」（「南社」第十二集、詩錄）においては「一卷臨風開不得」（「破戒草」、補題李秀才夢遊天姥圖卷尾。）の句を借用してゐる。また「集定庵句寄巢南」（「中華名人詩選」卷七）といふ七絕二首がある。沈厚慈は「和天梅兩絕」（「南社」第十二集、詩錄）で、『羽琌山民舄飛去、東南壇坫屬誰人。忽啉雲間有高士、每對梅花輒想君。」と詠じてゐる。「羽琌山民」とは定盦のことであり、高旭を定盦の後繼者とみなしたものである。

陳去病にも「軺山懷餘瑾」（「國粹學報」第六期詩錄）に、「入關仍出關、斯語誰能信。」（「破戒草」、漢朝儒生行、坐見入關仍出關。）、「雜感」（「中華名人詩選」卷六）に「文體漸卑輸古味」（未刻詩、雜詩、文體漸卑庸福近。）の句があり、「秋海棠」（「中華名人詩選」卷六）の詩で、次のやうに詠じてゐる。

識得人間薄命花、（「破戒草」、城北廢園將起屋雜花當楣施斧斤焉馮舍人過而哀之主人諾馮得桃餘得海棠作敎花偈示舍人、救得人間薄命花。）秋來紅淚總如痲。遙知南國多幽恨、（「破戒草之餘」、漫感、東南幽恨滿詞箋。）不盡相思樹幾椏。

龐樹柏に定盦の「暮雨謠三疊」（「破戒草」）に仿つた「暮雨謠和定公韻」（「中華名人詩選」卷七）があり、「西冷雜詠」（「南社」第十集、詩選）に「一角湖山劫外天。」（「己亥雜詩」一五二、小別湖山劫外天。）、「韻珂春航既離復合喜而作此」（「南社」第十二集、詩錄）に「十分璧合有時有」（「破戒草之餘」、常州高材篇、珠聯壁合有時有。）、陳世宜の「席上偕劍華雅堂道非檗子聯句贈春航並送亞子還吳」（「南社」第十二集、詩錄）の中に、龐樹柏の「現身天

女多情種、小影人間薄命花。」（「破戒草」、既出、救得人間薄命花。）の句がある。定盦集句には、（1）「集定庵句寄家兄」（「中華名人詩選」巻七）、（2）「席上分贈同座諸子集定公句」（「南社」第十二集、詩錄）がある。

樹柏の兄樹松にも、「影事三首賦謝某姬」（「南社」第十四集、詩錄）の中に「羽琌安穩貯靈簫」（「己亥雜詩」二六八、羽琌安穩貯雲英。同二〇〇、靈簫合貯此靈山。）「頑福甘心讓後人」（「己亥雜詩」二三八、頑福甘心讓虎邱。）といふ句があり、「題鶯花雜誌集定庵句」（「南社」第十四集）といふ七絕四首がある。

高爕の「懷王景盤卻寄」（「南社」第十四集、詩錄）に「君是攤書閉戶人」（「己亥雜詩」八四、可有攤書閉戶人。）「贈了公」（「吹萬樓詩」巻三）に「非儒非佛亦非仙」の句があり、定盦の句を集めたものに、（1）「聞曼殊將重譯茶花女遺事集定公句成兩絕寄之」（「南社叢選」、詩選巻九）、（2）「懷人武林集定盦句」（「南社」第十八集、詩錄）、（3）「自題遊草集定盦句」（同上）などがある。高爕はかつて、唐の曹堯賓、清の彭湘涵・顧靈や定盦の遊仙詩について、「均しく能く抽思荾渺、擲筆芬芬、餘每にこれを愛讀し、おもへらく、これまた似て鈍根を剷除して、杞憂の鬱結を解くに足ると。」「然れどもこれ皆舊思想にして新思想にあらず、皆虛誕の思想にして眞實の思想にあらず。」（「新民叢報」第三五號、詩界潮音集、新遊仙詩序）と評したが、集句などによつて考へると、定盦の詩を後年まで長く愛誦したことが知られる。

傅專專にも「丁未生日述懷」（「南社叢選」詩選巻二）の「古愁莽莽成長恨」（「己亥雜詩」三一二、古愁莽莽不可說。）、「感秋八首用夜飲聯句韻寄亞子梨里」（「南社叢選」、詩選巻二）の「紅豆頻年抛逝水」（「己亥雜詩」一八二、紅豆年年擲逝波。）、「題亞子分湖舊隱圖四首圖爲陸子美作」（「南社」第十二集、詩錄）の「恐被北山猿鶴笑」（「己亥雜詩」二三四、又被北山猿鶴笑。）がある。「玲瓏館詞十首」（「南社」第十三集、詩錄）では、「駢文先撰女郎詞」（「己亥雜詩」一九二、駢文撰出女郎碑。）と詠じ、「分與胭脂一掬湯」（「己亥雜詩」二四〇）を借用してゐる。「雜詩後五十首

之十」（「南社」第十三集、詩錄）の「亦勇亦猛亦精進」（「己亥雜詩」二八、亦狂亦俠溫文。）、「補題亞子分湖舊隱圖」（「南社」第十五、詩錄）の「更憖將佪佪意、補向蒼蒼莽莽圖。」（「破戒草之餘」、吳市得舊本制擧之文忽然有感書其端、乍洗蒼蒼莽莽態、而無憖憖佪佪詞。）など定盦の詩に仿つたものである。「醉庵以章氏文始見遺報謝二絕」（「南社」第十九集、詩錄）においても、「一字源流奠萬譁」（「己亥雜詩」五八）の句を借り、「經生家法故非誇」（「己亥雜詩」一六七、經生家法從來異。）とうたひ、「寄醉庵長沙卽題所輯藝海」（「南社」第十九集、詩錄）で「七襄報我無窮意」（「庚子雅詞」、南歌子、七襄報我定何年。」、「乙卯除夕」（「南社」第十九集、詩錄）で「夢回燈炧一茫然」（「破戒草之餘」、午夢初覺悵然詩成、夢回清淚一潸然。）とも詠じてゐる。

傅尃には、（1）「歲莫幽居戲效龔定庵體補寱詞二十七章卽集其句」（「小說月報」第二年第十期文苑）、（2）「寱詞之餘七首仍集龔句」（同上）、（3）「自題寱詞集句後三首仍集龔句」（同上）、（4）「鈍劍索寄近作集定庵句以勝之」（「中華名人詩選」卷十）、（5）「三懷詩集定庵句」（「南社」第十一集、詩錄）、（6）「香國魂報出世濟父屬爲詩張之集定庵句」（同上、第十二集）、（7）「戲集定庵集外詩遺興兼示尊我」（同上）、（8）「戲集定庵句答癡萍問紅薇感記中本事」（同、第十三集）、（9）「自題近作後集龔一絕」（同、第十五集）などの集句の詩がある。また「羅敷媚〈重檢　詞舊稿讀之悵然有懷仍集龔句〉」（「小說月報」第二年第十期文苑）、「浣溪紗集定庵句」（「南社」第十三集、詞錄）のやうな詞もある。この「浣溪紗」も多くは「己亥雜詩」などの詩句を集めたものである。傅尃はこれら定盦の句を集めて作つた詩詞を一卷とし、「鈍庵詩」の中に收めて、「集龔一卷、己酉より癸丑に至るの作。凡て以て戲れとなす。定盦の俊語玉の如く、もと聯貫し易し。今の作者益々夥し。そのわが集に在りては附庸に等し。」（「南社」第十三集、文錄、鈍庵詩自序）と述べてゐる。己酉は宣統元年、一九〇九年であり、癸丑は民國二年、一九一三年である。

甯調元にも（1）「感舊集定庵句」（「南社」第六集、詩錄）、（2）「集定庵句柬鵷雛楚傖」（「南社叢選」詩選卷一）などの集句がある。沈坻にも（1）「追悼亡妻韞玉集定庵句」（「南社」第六集、詩錄）、（2）「讀南天痕書其卷尾集定庵句」（同上）、（3）「集羽琌句」（「南社」第十五集、詩錄）、（4）「年來所志百不遂而書籍庋藏日富寢饋於是差足擺脱一切不可謂非定山中幸事也集羽琌句十絶以自慰」（同上）、（5）「述二年來情況集羽琌句」（同上）、（6）「悼楊偭二君子集羽琌句」（同上）などがある。

葉葉の「將有所索戲贈鵷雛」（「南社」第十集、詩錄）の「浪得啼痕與酒痕、十載狂名收拾盡。」（「破戒草」、同年生徐編修齋中夜集觀其六世祖健庵尚書邃園修禊卷子康濰三十季製也卷中凡二十有二人邃園在昆山城北廢趾餘嘗至焉編修屬書卷尾、流連卿等多酒痕、十載狂名掃除畢。）、王鍾麒の「新年雜感示無畏」（「中華名人詩選」卷六）の「悔拋心力貿才名」（「己亥雜詩」三〇二、莫拋心力貿才名。）、潘飛聲の「戲題」（「中華名人詩選」卷五）の「恰貌風鬟陪我坐」（「破戒草之餘」、夢中述願作、乞貌風鬟陪我坐。）、「感賦」（「中華名人詩選」卷五）の「何事甘留薄倖名。」（「己亥雜詩」二四二、誰肯心甘薄倖名。）、沈宗畸の「將入都門留別南中諸友」（「近代詩鈔」十七）の「青山青史也蹉跎」（「破戒草」、寥落、青山青史兩蹉跎）、「長歌行題昭容集」（「南社」第十九集、詩錄）の「苦留鈿約將人誤」（「己亥雜詩」一〇〇、不留後約將人誤。）、邵瑞彭の「留別上海」（「南社」第十一集、詩錄）の「酒人零落詩人少」（「集外未刻詩」、秋夜聽俞秋圃彈琵琶賦詩書諸老輩贈詩冊子尾、詞人零落酒人貧。）、「天梅齋中見漢元萬里一首次韻和之」（「南社」第十四集、詩錄）の「三分屈宋七分禪」（「己亥雜詩」一三〇、二分梁甫一分騷。）、胡韞玉の「可生樓字韻詩匪石景瞻寄塵皆有和作即用其韻書懷」（「南社」第十二集、詩錄）の「著書權作稻粱謀」（「破戒草」、咏史、著書都爲稻粱謀。）、周實の「哭洗酲」（「南社叢選」詩選卷八）の「劍氣簫心誰與抗」（「己亥雜詩」九六、劍氣簫心一例消。）、「贈鈍劍」（「南社叢選」詩選卷八）の「與子消沈文字海」（「破戒草」、飄零行、萬一飄零文字海。）など、みな定盦の詩に基づき、あるいは仿つたものである。

徐自華は「和亞子觀春航貞女血郎事贈子美之作」（「南社」第十一集、詩録）で、

風華秀雅費人思、海內名流望見遲。亦俠亦狂亦嫵媚、（「己亥雜詩」二八、亦狂亦俠亦溫文。）是仙是幻是情癡。（「無著詞」、浪淘沙、是仙是幻是溫柔。）聯珠合璧稱雙絶、（「破戒草之餘」、常州高材篇、珠聯璧合有時有。）秋菊春蘭竟竝時。從此曉風殘月曲、不須更譜女郎詞。

と詠じ、（1）「哭新華妹集定庵句」（「南社」第十一集、詩録）、（2）「題子美集集定庵句」（同上）などの集句の詩もある。

蘇玄瑛は「破戒草之餘」の「漫感」の詩を愛し、（「蘇曼殊全集」、燕子龕隨筆）「東居雜詩」（「南社」第十三集、詩録）の中で、

猛憶定庵哀怨句、三生花捋夢蘇州。（「己亥雜詩」二五五）

と詠じ、「憩平原別邸贈玄玄」（「南社」第十三集、詩録）に「逢君別有傷心在」（「未刻詩」、紫雲廻三疊、別有傷心聽不得。）、「吳門依易生韻」（「南社叢選」巻三）に「輕風細雨紅泥寺」（「己亥雜詩」二〇七、難忘細雨紅泥寺。）などの句がある。

蔡守は「小進索和無題二首原韻」（「南社」第十三集、詩録）の詩で、

天花著體思迢迢、望斷星河絶鵲橋。卻笑定庵禪力薄、不能持偈謝靈簫。（「己亥雜詩」九八、未免初禪怯花影、夢回持偈謝靈簫。）

と詠じ、「小進索和夢中作原韻」（「南社」第十三集、詩録）の中で、

才思騷香兼艷漢、（「集外未刻詩」、題紅脷花詩册尾、讀罷一時才子句、騷香漢艷各精神。）丰姿菊影與梅魂。（「己

亥雜詩」二六一、梅魂菊影商量偏。）

とうたひ、「海素」（「南社」第二十一集、詩錄）にも「初禪猶怯斷心時」（「己亥雜詩」九八、未免初禪怯花影。）の句がある。また「和龔定庵寒月吟原韻五首」（「寒瓊遺稿」）や、「贈留春校書集定庵句六首（「寒瓊遺稿」）、「贈春兒集定庵句四首」（「南社」第十三集、詩錄）、「得留春手書集定庵句」（「寒瓊遺書」）といふ集句がある。但し內四首は重複してゐる。

兪鍔の「島南雜詩」（「南社」第十二集、詩錄）に、「紅是想思綠是愁」（「己亥雜詩」二五一、紅似相想綠似愁。又作紅是相思綠是愁）、「是醒是醉是渾屯」（「無著詞」、浪淘沙、是仙是幻是溫柔。）などの句がある。

姚錫鈞は「將去海上留別諸子各一首兼及雜事」（「南社」第十集、詩錄）で「人間無地署無愁」（「破戒草之餘」、夢中作四截句）の句を借り、「亞子見示近作依題繼賦」（「南社」第十二集、詩錄）で、「兩戒河山詞客老」（「己亥雜詩」三〇、自今兩戒河山外。）「傷春人也瘦三分〈上句用王夷甫手柄如玉事、下句用龔定庵詞春瘦三分人瘦三分句。〉」と詠じてゐる。注に述べてゐるやうに「無著詞」の「一剪梅」の句を用ひたものである。「新七夕註起信論數頁蓋有簡詩之意」（「南社」第十八集、詩錄）に「多爲風花一代愁」（「己亥雜詩」一〇三、亦是風花一代愁。）「消得罷揮間翰墨」（「己亥雜詩」二八七、從此不揮間翰墨。）の句があり、「江城一首疊詞韻」（「南社」第十八集、詩錄）の「商量定父耗奇法」や「似了公」（同上）の「借瑣消奇恰未安」は定盦の「奇氣一縱不可闔、此是借瑣耗奇法。」（「己亥雜詩」七三）に據るものである。「題大覺鄉居百絕」（「南社」第十九集、詩錄）で、

卻似定公初破戒、滿襟清淚渡河時。（「己亥雜詩」二七四、滿襟清淚渡黃河。）

と詠じ、「二月十六日作」（「南社」第十九集、詩錄）の「倦矣眞憐縮手時」（「己亥雜詩」一〇七、倦矣應憐縮手時。）など、みな定盦の句に基づくものである。姚錫鈞は「論詩絕句」（「南社叢選」詩選卷九）で、龔定盦について次

のやうに詠じてゐる。

艷骨奇情獨此才、時聞謦欬動風雷。論心肯下西江拜、卻共楊劉入座來。

馬駿聲の詩にも、「小遊仙詩十首之四」（「南社」第十二集、詩錄）に「罡風力大扇紅灰」（「己亥雜詩」三、罡風力大簸春魂。）、「畿輔先哲祠分韻得作字」（「南社」第十二集、附錄一）に「紅是香魂綠是魄」（「己亥雜詩」二五一、紅是相思綠是愁。）「文字光芒聚德星」（「己亥雜詩」一一二）、「元旦試筆」（「南社」第十五集、詩錄）に「寥落吾徒稱酒帝」（「破戒草」、寥落、寥落吾徒可奈何。）「說劍吹簫罵天下」（「己亥雜詩」九六、少年擊劍更吹簫。）等の句がある。「月夜觀劇贈女伶張小仙」（「南社」第十七集、詩錄）では、

斗牛奮角箕張舌、東抹西塗又一年。（「集外未刻詩」、雜詩己卯自春徂夏在京師作書十有四首、東抹西塗迫半生。）

愛作呢呢兒女語、不能雄武不神仙。（「庚子雅詞」、定風波、不能雄武不風流。）

珊珊涼月女郎天、玉想瓊思賦洞仙。（「集外未刻詩」、錢君惠書有玉想瓊思之語衍成一詩答之、玉想瓊思過一生。）

北俊南孊推彼美、（「己亥雜詩」九一、北俊南孊氣不同。）一回相見一生憐。

と詠じてゐる。また「輓黃詔平先生集定庵句六絕」（「南社」第十七集、詩錄）がある。

鄧萬歲の「紀得鄺湛若先生所遺唐綠綺臺琴」（「南社」第十三集、詩錄）に「吾心百不憂龔定庵詩、吾琴未碎百不憂。」とあるのは、注にも記してゐる通り、「集外未刻詩」の「題盆中蘭花」四首の一に據るものであり、「贈呂八平之」（「南社」第十六集、詩錄）二首の一つで、

親逢嵇阮得神交、詞有鋒芒見六韜。擬假定庵句持贈、陶潛酷似臥竜豪。（「己亥雜詩」一三〇）

と詠じてゐる。

古直は「雜感奇楚傖一厂」（「南社叢選」詩選卷四）で「古愁莽莽怒春潮」（「己亥雜詩」三一二、古愁莽莽不可說。）

「談兵撃劍更吹簫」（「己亥雜詩」九六、少年撃劍更吹簫。）とうたひ、「己酉七月感事二絶」（「南社」第十一集、詩録）で「人間無地署無愁」（「破戒草之餘」、夢中作四截句）の句を借り、（1）「戲贈集定庵句」（「南社」第十一集、詩録）、（2）「題小蓮傳後集定庵句」（同上）、（3）「挽岳麟書女士集定庵句」（「南社」第十二集、詩録）などの集句の詩がある。

姚光の「西冷橋畔有蘇小小墓而徐凝詩謂小小墓禾中不在湖上又其西有荒塚一坏相傳爲武松墓然亦不見志乘爲合賦一絶」（「南社」第十八集、詩録）に「亦狂亦艷亦多姿」（「己亥雜詩」二八、狂亦俠亦溫文。）の句があり、「題三潭泛舟攝影」（「南社」第十八集、詩録）では、「洗盡狂名消盡想」（「集外未刻詩」、雜詩己卯自春徂夏在京師作得十有四首。）と「溫柔不住住何鄉」（「己亥雜詩」二七六）の二句を借りてゐる。「憩冷泉亭集定庵句」（「南社」第十八集、詩録）といふ集句もある。

張光厚は「題扇贈日本小女二首」（「南社」第十四集、詩録）で、「絃柱金荧數歳華、風前笑看海棠斜。」（「己亥雜詩」二〇四、腰身略似海棠斜。）「莫因生小蓬萊種、認作人間薄命花。」（「破戒草」、既出、救得人間薄命花。）

姜胎石の「疊韻有贈」（「南社」第六集、詩録）の「鳳泊鸞飄別有情」（「己亥雜詩」二五五、鳳泊鸞飄別有愁。）、張素の「無題示可生」（「南社」第十集、詩録）の「是花是葉是嬋娟」（「無著詞選」、浪淘沙、是仙是幻是溫柔。）「商量菊影與梅魂」（「己亥雜詩」二六一、梅魂菊影商量徧。）、林百擧の「讀亞子夢春航詩次韻卻寄」（「南社」第十二集、詩録）の「東南金粉獨撐持」（「己亥雜詩」二四六、撐住南東金粉氣。）、江鏡清の「畿輔先哲祠分韻得南字」（「南社」第十二集、附録一）の「海棠一樹春如海、惱殺當年龔定庵。」、張昭漢の「甲寅春西湖小麥嶺弔吳子一粟〈卽孝弘任〉墓」（「南社」第十三集、詩録）の「千回帶淚看」（「己亥雜詩」一八、累汝千回帶淚吟。）、「秋日感懷和家君衡山舟中望月韻」（「南社」第十三集、詩録）の「哀感雄奇雜此胸」（「己亥雜詩」一四一、少年哀豔雜雄奇）、陳世宜の

「贈可生」（「南社」第十二集、詩錄）の「亦詩亦酒亦清狂」（「己亥雜詩」二八、亦狂亦俠亦溫文。）、孔昭綬の「東遊仙詩留別邦人諸友」（「南社」第十七集、詩錄）の「蘭姨瓊姊各霑裳」（「己亥雜詩」一八五、蘭姨瓊姊各霑巾。）などみな定盦の詩句に據るところあるものである。

姜可生は「無題」（「南社」第十二集、詩錄）で「梅魂菊影待商量」（「己亥雜詩」二六一、梅魂菊影商量徧。）、「碎紅詞三十首之十」（「南社」第十七集、詩錄）で、

小桃落盡水東流、燕子歸時春已休。難懺龔郎綺語戒、還將小影葬心頭。
美人憔悴有誰憐、紅粉飄零二月天。千古詞人幽恨幷、傷心難傍玉棺眠。（「己亥雜詩」一八七、許儂親對玉棺眠。）

と詠じてゐる。

陳子範の「贈畏友林子超」（「革命詩文」選卷四）の、

解鞘燈下看雙劍、擊筑庭前共浩歌。唱到國讎聲淚併、江湖俠客已無多。

が、定盦「己亥雜詩」（一二九）の

陶潛詩喜說荊軻、想見停雲發浩歌。吟到恩仇心事湧、江湖俠骨恐無多。

に倣ふものであることは極めて明らかである。

李雲夔は「題亞子分湖舊隱圖」（「南社」第十三集、詩錄）で、「無雙畢竟是家山」（「己亥雜詩」一五二）の句を借り、「和薛叔平先生六十初度」（「南社」第十五集、詩錄）にも「青山青史兩難幷」（「破戒草」、寥落、青山青史兩蹉跎。）「世事滄桑心事定」（「己亥雜詩」一四九）の句があり、定盦の詩句を集めた詩にも、（1）「別後寄劍華集定公句」（「南社」第十五集、詩錄）、（2）「題心俠素心蘭說部集定公句」（「南社」第十五集、詩錄）などがある。

蔣同超の「劇場卽事有感卽題子美集首」（「南社」第十一集、詩錄）に「東山絲竹亦蒼生」（「己亥雜詩」一二六、東山妓卽是蒼生。）の句があり、（1）「集龔十八絕句簡亞子」（「南社」第十四集、詩錄）、（2）「有感集定盦句十四絕」（「南社」第十八集、詩錄）、（3）「重有感集定盦句十四絕」（同上）、（4）「題鈍根紅薇感舊記集定盦句」（同上）などの集句の詩がある。

黃鈞も龔爾位・傅專たちとの聯句（「南社」第十二集、詩錄、與鈍根夢蘧夜談近事雜綴聯句十一首未盡之意容他日更爲之。）で「世事茫茫心事定」（「己亥雜詩」一四九、世事滄桑心事定。）、「題鈍根紅薇感舊記」（「南社」第十六集、詩錄）で「菊影梅魂待搜輯」（「己亥雜詩」二六一、梅魂菊影商量偏。）、「海上諸友」（「南社」第十六集、詩錄）で「著書豈必稻粱謀」（「破戒草」、咏史、著書都爲稻粱謀。）「綺思豪情消不得、商量出處到紅裙。〈借龔句。〉」と詠じてゐる。最後の句は「己亥雜詩」（二四一）の句である。

劉民畏に「題懷霜和定庵己亥雜詩」（「南社」第十三集、詩錄）といふ詩がある。懷霜とは廣東信宜の人、李葭榮である。

離騷一卷屈原恨、詩史千秋杜甫才。歷劫惟餘吾舌存、多窮肯放壯心灰。愁看狐鼠憑城社、忍令鸞皇困草萊。去國行吟歌代哭、感人文字走風雷。（「破戒草之餘」、三別好詩、高吟肺腑走風雷。）

顧无咎は「題亞子表叔分湖舊隱圖」（「南社」第十四集、詩錄）で、「世事滄桑心事定」（「己亥雜詩」一四九）、「五月四日酒後感懷寄南社諸子」（「南社」第二十集、詩錄）で、「古愁莽莽不可說」（「己亥雜詩」三一二）などの句を借用し、「憶夢一首」（「南社」第二十集、詩錄）で、

昨夢今宵細檢之、溫馨心上感何其。（「己亥雜詩」二四八、一番心上溫馨過。）風廻水面疑甄后、月墮花陰訝女夷。是怨是恩思縹緲、（「己亥雜詩」一九七、是恩是怨無性相。）一釵一佩憶參差。碧霞耿耿銀牆外、斗大榆星

倘卽伊。（「破戒草」、秋心三首、一釵一佩斷知聞、起看歷歷樓臺外、窈窕秋星或是君。）

と詠じてゐる。「立夏後四日南社雅集于海上愚園社長亞子表叔將赴焉賦詩送之」（「南社」第二十集、詩錄）に「吟鞭東指滬江濱」（「己亥雜詩」五、吟鞭東指卽天涯。）「酒社題三集」（「南社」第二十集、詩錄）に「眼前同志愜溫存」（「己亥雜詩」七〇、眼前同志只朱雲。）、「大覺來梨過開鑑草堂同人感以病蝶草堂無恙客重來七字爲起句餘亦賦一律」（「南社」第二十集、詩錄）に「高談肺腑走風雷」（「破戒草之餘」、三別好詩、高吟肺腑走風雷。）、「成園消夏社茗次口占」（「南社」第二十集、詩錄）に「夢回我欲謝靈簫」（「己亥雜詩」九八、夢回持偈謝靈簫）といった句がある。また「有贈集定庵句」（「民權素」第二集）七絕十首「題紈扇集定公句」（「南社」第二十集、詩錄）七絕一首がある。

胡先驌（一八九四—）の詩にも、「特別蕭叔絅燕京」（「南社」第十五集、詩錄）に「夜作雄文靈鬼泣」（「己亥雜詩」六二、古人製字鬼夜泣。）「別汪滌雲太學」（「南社」第十五集、詩錄）に「恥作蛾眉惜誓文」（「己亥雜詩」二、刪盡蛾眉惜誓文。）の句があり、「贈曉湘大梁集定盦句」（「南社」第十五集、詩錄）七首がある。潘有猷も、「乙卯立夏得亞子書知陸郎子美春日夭逝長歌哭之卽寄亞子」（「南社」第十六集、詩錄）で、「文人珠玉女兒喉〈借定庵句〉」（「己亥雜詩」一〇三）の句を借り、「一種春聲出碧霄」（「破戒草之餘」、三別好詩、一種春聲忘不得。）「廻腸盪氣眠不得」（「己亥雜詩」二二七、廻腸盪氣感精靈。）なども詠じてゐる。

劉鵬年は「送別涂楊兩君」（「南社」第十九集、詩錄）で、「文字緣同骨肉深〈借定庵句〉」（「己亥雜詩」三六）を借り、「乙卯十月既望爲予十九歲生日賦絕句十九首自壽」（「南社」第十九集、詩錄）で「他生願化水仙花」（「破戒草之餘」、夢中述願作、他身來作水仙花。）、「題家叔戊午集」（「南社」第二十一集、詩錄）で「一卷臨風未忍開」（「破戒草」、補題李秀才夢遊天姥圖卷尾、一卷臨風開不得。）と詠じてゐる。劉澤湘も「梯雲閣分韻得梯字」（「南社」第十九集、詩錄）に「中年客感添絲竹」（「己亥雜詩」一一六、中年才子躭絲竹。）「何事更揮問涕淚」（「己亥雜詩」一

〇七、今日不揮間涕涙。）の句があり、劉謙も「同鈍根韻寄酔庵」（「南社」第十九集、詩録）で、「清標我自憐龔勝、怪腹甯曾謗始皇。落拓一身誰共語、平交百輩幾知郷。（「己亥雑詩」二七〇、平交百輩悠悠口。）儘教哀樂陶絲竹、況有珠璣拾晉唐。也抵百城書生擁、不須南面更稱王。」（「破戒草」、投末于庭、擁書百城南面王。）と詠じてゐる。朱慕家にも「題大覺郷居百絶」（「南社」第二十集、詩録）に「江湖俠客已無多」（「己亥雑詩」一二九、江湖俠骨恐無多。）がある。

朱爾には「初五夜紀事」（「南社」第十八集、詩録）三首の一に、「去時出處決紅裙、（「己亥雑詩」二四一、商量出處到紅裙。）愛我情如嶺上雲。（「己亥雑詩」二八、送我情如嶺上雲。）」の句があり、「春風謠三疊」（「南社」第十八集、詩録）では「破戒草」の「暮雨謠三疊」に仿い、最後の一疊で、

想見明燈下、（暮雨謠）湘簾一桁輕。（暮雨謠、簾衣一桁單。）春風太無頼、（暮雨謠、春陰太蕭瑟。）吹瘦縞衣人。（「己亥雑詩」二〇九、臨風遞與縞衣人。）

と詠じてゐる。また「雨窗雑憶」（「南社」第十八集、詩録）八首の中で、

可惜南天有此花、秋涼露重葉交加。相看十日妝臺上、濕透紅綃滿鏡霞。（「己亥雑詩」二〇五、可惜南天無此花、麗情還比牡丹奢。難忘西掖歸來早、贈與妝臺滿鏡霞。）

とも詠じてゐる。「冶遊四章」（「南社」第十八集、詩録）に「何須詞我到山中」（「己亥雑詩」二六二、無須詞我山中事。）「卻替玉兒深惋惜」（「己亥雑詩」一〇三、我替尊前深惋惜。）の句があり、「春暮雑詩」（「南社」第十八集、詩録）において、

歳歳傷春復送春、啼花恨草倦遊身。（「無著詞」、菩薩蔓、嘱花恨草無重數。）銀燈聽雨廻腸夜、誰識劉郎遲暮心。（「己亥雑詩」、二一七、此是劉郎遲暮心。）

と詠じ、「酒次和張雲林」（「南社」第十八集、詩録）に「少年説劍吹簫意」（「己亥雜詩」九六、少年擊劍更吹簫。）、「復園」に「今生後起縁」（「破戒草之餘」、猛憶、亦是今生後起縁。）、「題擷芳閣卽贈雲林」（「南社」第十八集、詩録）に「卽將方法遣今生」（「己亥雜詩」二七五、更何方法遣今生。）、「題高天梅變雅樓三十年詩徵」（「南社」第十八集、詩録）に「文字醰醰古所尊」（「己亥雜詩」三一、文字醰醰多古情。）、「感事三絶句」に「誰怨誰恩忘不得」（「無著詞」、太常行、記不起誰恩誰怨。）の句があり、「五月初九日作」（「南社」第十八集、詩録）で、

妝臺花路鎭相隨、好夢還憐有醒時。誓不多揮閑翰墨、（「己亥雜詩」二八七、從此不揮閑翰墨。）那堪重集定盦詩。

自懺頑才恐未眞、啼花恨草隔香聞。（「無著詞」、菩薩蔓、嚦花恨草無重數。）那知只有空王諒、（「己亥雜詩」二四三、勞人只有空玉諒。）恨海回頭過幾春。

と詠じ、「夕陽一首酬愛常」（「南社」第十八集、詩録）においても、

吟鞭西指夕陽紅、（「己亥雜詩」五、吟鞭東指卽天涯。）沼遞河山一夢通。尙有心期懷舊雨、（「己亥雜詩」二七七、客心今雨暱舊雨。）可容吾老競南風。詩成白日青天下、（「未刻詩」、客春住京師之丞胡同有丞相胡同春夢詩二十絶句春又深矣因燒此作而奠以一絶句、檢點青天白晝詩。「未刻詩」、嗚嗚硜硜、白日青天奮臂行。）才盡銀簫劍中。（「破戒草之餘」、夜坐、方盡廻腸盪氣中。）從此中原成底事、不教屠狗伍英雄。

とうたひ、「述願四章」（「南社」第十八集、詩録）でも、

金粉東南署姓名、（「破戒草」、咏史、金粉東南十五州。）天花十丈夢中生。春山欲妒無從妒、輸與紅裙自在行。

〈用定盦詩意。〉

と詠じてゐる。「定盦の詩意を用ふ」と言つてゐるのは、定盦の「春山不妒春裙紅」（「破戒草」、能令公少年行。）

を指すのであらう。「述願四章」にはなほ「蘭因絮果溯從頭」(「無著詞」、醜奴兒令、蘭因絮果從頭問。)の句がある。「入春閉門數十日得詩二首」(「南社」第十九集、詩錄)にも、「稻粱還爲謀」(「破戒草」、咏史、著書都爲稻粱謀。)、「自判香蘭誤」(「己亥雜詩」一二〇、香蘭自判前因誤)などの句がある。

王德鍾(一八九七—)の詩には、「乙卯新春遊魏塘東園五章」(「南社」第二十集、詩錄)の最後の章に「梅魂菊影費商量」(「己亥雜詩」二六一、梅魂菊影商量徧。)、「遇亞子」(「南社」第二十集、詩錄)に「急寫新詩記勝事」(「己亥雜詩」二四〇、新詩急記消魂事。)、「海上觀劇苦憶陸郎寫成長歌卽柬亞子」(「南社」第二十集、詩錄)に「紅是相思緣是愁」(「己亥雜詩」二五一、紅似相思綠似愁。)があり、最後に

君不聞定公達觀語、人難再得始爲佳。(「己亥雜詩」一八三)吾以斯語告亞盧、亞盧當謂非詼諧。紅淚淋浪一旦爲我揩。(「己亥雜詩」一八三、紅淚淋浪避客揩。)

と詠じてゐる。

「十九歲述懷十章」(「南社」第二十集、詩錄)の中に、「擊劍吹簫是丈夫」(「己亥雜詩」九六、少年擊劍更吹簫。)「深宵悄向竜泉誓」(己亥雜詩七、悄向竜泉祝一回。)「書感十章」(「南社」第二十集、詩錄)に「忍向粧臺伺眼波」(「己亥雜詩」二五二、甘隸妝臺伺眼波。)の句があり、「次韻答悼秋」(「南社」第二十集、詩錄)の「秋心入夜復如潮。」(「破戒草」、秋心三首、秋心如海復復潮)、「乙卯重陽南社社友雅集于愚園予以事喵身弗克躬逢其盛賦此爲寄幷示亞子」(「南社」第二十集、詩錄)の「無須調我江頭事」(「己亥雜詩」二六二、無須調我山中事。)、「酒社第十二集次亞子韻」(「南社」第二十集、詩錄)の「別有樽前流涕語」(「己亥雜詩」三六、別有樽前揮涕語。)「劍氣簫心收拾盡」(「己亥雜詩」九六、劍氣簫心一例消。)「簫心劍氣未消沈」(同上)、「呈十眉幷示席間諸同志」(「南社」第二十集、詩錄)「寥落吾徒意豈平」(「己亥雜詩」、寥落、寥落吾徒可奈何。)、「紅薇感舊記題詞」(「南社」第二十集、詩錄)の

「兌得風花一段愁」（「己亥雜詩」一〇三、亦是風花一代愁。）「前度雲屏夢裏人」（「己亥雜詩」二七八、不似雲屏夢裏人。）「側身天地嘆蹉跎」（「己亥雜詩」六五、側身天地我蹉跎。）、「傷春」（「南社」第二十集、詩錄）の「名山絕業苦相期」（「己亥雜詩」二七六、絕業名山幸早成。）「一種風情忘不得」（「破戒草之餘」、三別好詩、一種春聲忘不得。）、「沙湖釣月圖題詞爲劉筱墅作の「一片劉郎遲暮心」（「己亥雜詩」二二七、此是劉郎遲暮心。）、「立秋夜有作索了公鵷雛和」（「南社」第二十集、詩錄）の「捫心清夜門心法」（「破戒草之餘」、小遊仙詩、捫心清夜清無寢。）、「八月十五日夜夢中忽得一律醒後誦之鬱而能暢起而寫諸扇頭」（「南社」第二十集、詩錄）の「來照空山夜夜門」（「己亥雜詩」三、來叩空山夜雨門。）「贈姚民哀同亞子作」（「南社」第二十集、詩錄）の「可有風雷老將心」（「己亥雜詩」六一、中有風雷老將心。）など、みな定盦の詩に據るものである。

定盦の句をそのまま借りたものに、「東亞子」（「南社」第二十集、詩錄）の「勉求玉體長生訣〈借龔句〉」（「己亥雜詩」、二六〇）、「丙申春作客斜塘得新交數輩別後追贈人各一絕」（「南社」第二十集、詩錄）の「樸學奇材張一軍〈借龔句〉」（「己亥雜詩」一三八）、「乙卯八月集磨劍室聯句」（「南社」第二十集、詩錄）の「連宵燈火讌秋堂」（「己亥雜詩」三三四）などがある。「寱詩集龔聯句」（「南社」第二十集、詩錄）でも、王德鍾は定盦の句二十四句を以て聯句をなしてゐる。

姚錫鈞は「題大覺鄉居百絕」において、

王郎詩膽誠奇絕、苦茗向甘耐我思。卻似定初破戒、滿襟清淚渡河時。（「己亥雜詩」二六五、滿襟清淚渡黃河。）

と詠じ、王德鍾自らも、「鄉居百絕、定庵の破戒を以て相況ふるに至る。」（「南社」第二十集、文錄、與鵷雛書）と述懐してゐる。

黃復は「題亞子分湖舊隱圖」（「南社」第二十集、詩錄）において、「塵劫成塵感不銷定公句」（「己亥雜詩」九八）

の句を借り、「別雲抱三載矣乙卯秋君自明州歸淮辱蒙枉顧寓齋闊別數年無端歡衆酒酣縦談前事惘然若不勝情因賦七絶四首似誌感慨卽送其返車橋鄉時七夕前二日也」（「南社」第二十集、詩録）でも、「休被北山猿鶴笑」（「己亥雜詩」二三四、又被北山猿鶴笑。）と詠じ、「忽然擱筆無言說」（「己亥雜詩」三一五）の句を借りてゐる。「次韻和大覺」（「南社」第二十集、詩録）に「選色談空志未灰」（「己亥雜詩」一〇二、選色談空結習存。）、「酒社第七集」（「南社」第二十集、詩録）に「十載狂名收拾盡」（「破戒草」、同年生徐編修齋中夜集觀其六世祖健庵尚書遂園修禊卷子康湍三十季製也卷中凡二十有二人遂園在山城北廢趾餘嘗至焉編修屬書卷尾、十載狂名掃除畢。）、「六月二十六日偕荖子集開鑑草堂雜談時事幷憶亡友子美聯句簡亞子二首」（「南社」第二十集、詩録）に「文字交情逾骨肉」（「己亥雜詩」三六、文字緣同骨肉深。）、「雪夜雨生招同篔孫集素雲妝閣賦贈雨生一首」（「南社」第二十一集、詩録）に、「啼花恨草從頭數」（「無著詞」、菩薩蔓、啼花恨草無重數。）がある。

なほ定盦の句を集めた詩に、（1）「淮上客次得亞子來書驚悉子美以病卒于海上哀感塡胸百無聊賴枕上集定公句成五絶夜起桃燈寫之以代一哭幷簡亞子梨里」（「南社」第二十集、詩録）、（2）「題芷畦柳溪竹枝詞幷簡亞子」（同上）、（3）「寱詩集龔聯句」（同上）、（4）「清史館總裁趙公次珊屢顧寓齋敬射一首集定公句」（「南社」第二十集、詩録）、（5）「公園社集薄暮歸來感集龔句」（同上）などがある。

凌景堅は「旋里未果詩以誌之」（「南社」第二十集、詩録）で、「一事避君君匿笑」（「己亥雜詩」二一五）の句を借り、「欲將文字換狂禪」（「己亥雜詩」一四七、莫將文字換狂禪。）と詠じ、「寄十眉」（「南社」第二十集、詩録）で「應被故山猿鶴笑」（「己亥雜詩」二三四、又被北山猿鶴笑。）と詠じ、「雜詩似病蝶」（「南社」第二十集、詩録）でも「美人如玉劍如虹」（「破戒草之餘」、夜坐）「電笑何妨再一回」（「己亥雜詩」二六七）の句を借り、「吩咐藕花衫子婢」（「己亥雜詩」一九〇、拉得藕花衫子婢。）「更有上淸諸女伴」（「破戒草之餘」、小遊仙詞、別有上淸諸女伴。）「海紅簾底

月如眉」（「破戒草之餘」、夢中四截句、叱起海紅簾底月。）などの句もある。「海上示病蝶」（「南社」第二十集、詩録）にも「絶色秋花各斷腸」（「己亥雜詩」二三四）の句を借り、「柬亞子」（「南社」第二十集、詩録）に「難忘秋草紅泥寺」（「己亥雜詩」二〇七、難忘細雨紅泥寺。）「別有上淸諸女伴」（「破戒草之餘」、小遊仙詞）の句がある。「八月十四日夜金鏡湖泛舟聯句」（「南社」第二十集、詩録）に「劉郎遲暮到而今」（「己亥雜詩」二二六、此是劉郎遲暮心。）、「答嘯樓」（「南社」第二十集、詩録）に「此是紀遊作、（「己亥雜詩」六八、此紀遊耳非著作。）千回帶涙吟。（「己亥雜詩」一八、累汝千回帶涙吟。）」などの句がある。「爲十眉輓其夫人胡淑娟女士五首」（「南社」第二十集、詩録）にも「小屏紅燭注靈芬」（「己亥雜詩」二五〇、小屏紅燭話冬心。）などの句があり、特に次の二首の如きは定盦の詩の影響の甚大さを如實に物語るものである。

天荒地老感平生、雙負簫心與劍名。（「小奢摩詞」醜奴兒令）不分江湖搖落後、（「己亥雜詩」二五〇、誰分江湖搖落後。）又揮閒涙悼傾城。

美人經卷葬年華、（「集外未刻詩」、逆旅題壁次周伯恬原韻）好夢如雲大可嗟。（「無著詞」、長相思、好夢如雲不自由。）此後鬟絲禪榻畔、有無情緒憶瓊花。

「花朝」（「南社」第二十一集、詩録）にも「何人花底祝長生」（「己亥雜詩」二二三、有人花底祝長生。）、「閲月復赴銅里酒邊茶畔乃有是作」（「南社」第二十一集、詩録）にも「觚稜尺五城隅近」（「己亥雜詩」三〇一、漸近城南天尺五、廻燈不敢夢觚稜。）などの句がある。集句の詩には、（1）「集定庵句」（「南社」第二十集、詩録）、（2）「集定公句分贈席上諸友」（同上）、（3）「贈吳鳴岡集龔」（同上）、（4）「玉峯道中集龔示病蝶」（同上）、（5）「愚園社集歸賦集龔」（同上）、（6）「悼虞山龐檗子八首卽題其遺著集定公句」（同上）、（7）「寱詞集龔聯句」（同上）などがある。

以上の外、定盦の詩句を集めたものに、楊銓の（1）「感事十絶集定庵句」（「南社」第十集、詩錄）、（2）「遣興集定庵句」（「南社」第十三集、詩錄）、宋一鴻の「即事集龔與醉庵聯句」（「南社」第十二集、詩錄）、龔爾位の（1）「即事集龔醉庵聯句」（同上）、（2）「爲劉三題筱湘雲小照集龔」（「南社」第十三集、詩錄）、（3）「題白玉梅小照集龔」（同上）、餘一の（1）「集定公句贈芷畦」（同上）、（2）「題夷峙紀遇詩册後集龔」（「南社」第十五集、詩錄）、（3）「悼亡妻淑娟集龔句」（「南社」第十九集、詩錄）、（4）「■詞集龔聯句」（「南社」第二十集、詩錄）、周明の「秋感集定公句」（「南社」第十三集、詩錄）、劉筠の（1）「贈馮春航三首集定公句」（「南社」第十四集、詩錄）、（2）「題春航集二首集定公句」（同上）、黄埜の「答鈍根用原韻集定盦句」（「南社」第十五集、詩錄）、張烈の「題亞子分湖舊隱圖集定盦句」（「南社」第十六集、詩錄）などがある。

莊羲も「季爰病中出示胡小石所書便面一詩甚好歸後雜書所觸寄之」（「近代詩鈔」二十四）の中で、「終嫌傷性靈、才盡功力微。詩庸人可想、龔語攖我思。」と詠じてゐるのは、自ら注してゐるやうに、「定盦己亥雜詩」（六五）の「詩漸凡庸人可想」を用ひたものである。「清明日郊行感賦」（「近代詩鈔」二十四）に「年年濁酒何曾奠、枉説飄零未有期。」（「破戒草」、飄零行、慙愧飄零未有期。）とあるのも、定盦の詩に據るものである。

學衡派の詩人呉宓も癸丑（一九一三）の夏、胡文豹から贈られた「定庵集句四首」を「餘生隨筆」（「呉宓詩集」附錄）に載せており、呉宓にも「定庵己亥雜詩」の句を集めた民國三年の作「集定菴句寫懷」（「呉宓詩集」巻三、清華集下）四首があり、同年の作である「贈君毅」（「呉宓詩集」巻二、清華集上）に「■雅憑君數論心」（「己亥雜詩」三六、多君■雅數論心。）、民國五年の作である「春日感事」（「呉宓詩集」巻三、清華集下）に「餘生忍作稻粱謀」（「破戒草」、詠史、著書都爲稻粱謀。）の句がある。呉宓が定盦の影響を相當深くかつ長く受けたことは、民國二十四年の作である「懺情詩三十八首」（「呉宓詩集」巻十三、故都集下）の（七）で、「中西文體問徵遍、絶少蕭娘謝罪書。〈龔定菴詩傳、六朝文體間徵遍那有蕭娘謝罪書。〉」、（十九）で「淩波仙子藝嵴神、詞句風華効瑶人。〈龔定菴詩傳、藝是嵴神貌洛神。〉」と詠じてゐることによつて更に明らかとなろう。謝冰心も定盦の詩詞を愛好した一人であり、「集龔定菴句得走韻詩一首」（「革命家詩鈔」）があり、「これは少時遊戲の作たり。清代の大詩家龔自珍の句を集めて成れるもの。正にその走韻に因る。頗る[redacted]を發するに堪ふ。」と注してゐる。「寄小讀者」の中でも、「湘月」（「小奢摩詞」）の「只説西洲清怨極、誰分者般穠福。」を引用してゐる。劉燧元も童年時代——辛亥革命以前——に「文學の路に赴かしめたもの」の中に「龔定庵の七絶雜詩」を擧げてゐる。（「我與文學」、我對於文學的理解與經驗）

呉宓の詩友陳家慶にも「第四次海上社集集龔定盦」「弔修梅女士集龔」（「南社湘集」第五期、詩錄）などの集句の詩があり、趙意城にも「集定庵詩」五首（「西北風」第三第四期）がある。もちろん後年の作であるが、龔詩流行の一つの參考資料とすることができよう。

かうみて來ると、定盦の詩は、宣統時代から民國五年ごろにかけて、南社の同人たちを中心として益々愛誦され、その影響は愈々甚大となつたことがわかる。思想家としての定盦、文章家としての定盦は、詩人としての定盦におおはれるに至つたといふことができる。

錢基博は南社の同人について、「また一派はこのんで龔自珍の體を學んだが、徒らにかたちだけ眞似てその勝概を失つた。」（「現代中國文學史」上編（四）曲）と論じ、蘇淵雷は、「やや後南社の諸君子の如きも、また龔氏を仰慕しないものはなかつた。一時やや吟詠を解し、あるいは國事に奔走する青年は、多少すべて定庵の氣息を帶びてゐた。」（「袁中郎全集序」）と述べてゐるが、「仰慕しないものはない」とまではいへないが、「一派」

といふのも適當ではなく、南社同人の多くは定盦の詩を愛好しその影響を受けたといふべきであらう。中でも柳棄疾・高旭・傅專・姚錫鈞・顧无咎・朱爾・王德鍾・黃復・凌景堅などにおいて殊にはなはだしかつたといふことができる。また後年學衡派の中心的な詩人となつた吳宓や胡先驌・陳家慶なども多分に龔詩の影響を受けた人々であつたことが知られるのである。しかも、すでに擧げたやうに、彼等は定盦の詩體に仿ひ、または詩句をそのまま借用し、あるいは。詩句に基づくところがあり、詩意を用ひるものがある。殊にこのころにおける一つの特色は、定盦の詩句を集めて詩を作るといふことが流行したことである。もちろん集句の詩はひとり定盦の詩についてのみ行はれたのではないが、定盦の詩ほど集句されたものも少ない。

　集句の詩は、傅專や古直・謝冰心なども言つてゐるやうに、「戲れに」作るといふ傾向のあつたことも否定できないが、「戲れに」といふことは必ずしも集句に限つたことではなく、定盦集句は感懷・悼亡・寄柬・題記の詩などであるが、その多くは世を憂へ時を哀しみ、肉親知己の死を悼むの情を吐露せんとしたものであり、一概に單なる遊戲の作とはいへない。周斌は餘一の「悼亡妻淑娟集龔句」に對して、高江村の悼亡獨旦集の朱竹垞の序を引用して、「古人の言ふ所、後人の言はんと欲する所に先だちてこれを言ふものあり。その材を取りてこれを用ふれば、以て竭きざるべし。詩を善くするもの句を集めて以て詩となす。皆言情に工みなるものなり。」（「南社」第十九集、文錄、十眉神傷集序）と言ひ、朱慕家も「一字一淚、人をして卒讀するに堪へざらしむるものあり。」（「南社」第二十集、詩錄、詩題中）と嘆じ、沈昌眉も「廿首定庵凄絕句、一篇大覺好文章」（「南社」第二十集、和十眉悼亡十二絕）と詠じてゐる。傅專も友人陳尊我の集句に對して、「祕を抽し妍を騁せ、一に己れ出だすが如く、もつとも稱ふなり。」（「南社」第十二集、詩錄、戲集定庵集外詩遺興兼示尊我序）と言ひ、黃復も「定公の句を集めて七絕四章を成し、以て題詞に當て」て、「他人を綴拾すと雖も、然れども自ら謂へらく、よく芷畦の心事をいへりと。これを亞子に質す、以て何如と爲す。」（「南社」第二十集、詩錄、題芷畦柳溪竹枝詞竝簡亞子序）とも述べてゐる。これらの言は集句の詩が眞情を表現し得るに足るものであり、集句者自身の創作であるかの如くにさへ感ぜられるものがあり、またさうあることがすぐれた集句であるゆゑんを強調したものである。それにしても集句の流行は、多くの人々が歌はんと欲するものを、既に定盦が歌つてゐたことを如實に示すものである。一面、傅專も言つたやうに、定盦の詩句が「俊語玉の如く、聯貫し易い。」（既出、鈍庵詩自序）といふことも、その一つの大きな理由をなしてゐるであらう。

さて既に擧げた當時の人々の集句を、定盦の詩詞集別に集計してみると、次の如くである。

集名	破戒草	破戒草之餘	己亥雜詩	集外未刻詩
句數	一一七	一七三	一、二三九	六四
比率	七％	一一％	七四％	四％

無著詞	懷人館詞	影事詞	小奢摩詞	庚子雅詞	集外未刻詞	計
二六	一八	二	三	二三	一	一、六五六
			四％			一〇〇％

備考　句數は延べ數である。

また、六回以上使用されている句を、回數の多いものから順序に擧げると、次の通りである。

十五回　梅魂菊影商量偏（「己亥雜詩」二六一）
十三回　世事滄桑心事定（同一四九）
十二回　江湖俠骨恐無多（同一二九）　歌泣無端字字眞（同一七〇）
十回　更何方法遣今生（同二七五）
九回　胸中靈氣欲成雲（「破戒草」秋心）　風雲材略已消磨（「己亥雜詩」二五二）
八回　東南幽恨滿詞箋（「破戒草之餘」、漫感）　不是逢人苦譽君（「己亥雜詩」二八）　文人珠玉女兒喉（同一〇三）　少年攬轡澄清志（同一〇七）　安排　寫集三千卷（同二一一）　廻腸盪氣感精靈（同二一七）　甘隸妝臺伺眼波（同二五二）
七回　窈窕秋星或是君（「破戒草」秋心）秀出天南筆一枝（「己亥雜詩」二七）　今日不揮閒涕涙（同一〇七）
　閱盡詞場意惘然（同一一〇）　別有狂　言謝時望（同一二六）　少年哀艷雜雄奇（同一四二）　撑住南東金粉氣（同二四六）　恐是優雲示現身（同二五七）　好夢如雲不自由（無著詞、長相思）
六回　長吟未免心肝苦（「破戒草」、京師春盡夕大雨）　人間無地署無愁（「破戒草之餘」、夢中作四截句）　刪盡蛾眉惜誓文（「己亥雜詩」二）　累汝千回帶涙吟（同一八）　文字緣同骨深（同三六）　側身天地我蹉跎（同六五）　美人才調信縱橫（同一〇一）　詞鋒落月互縱橫（同一二二）　樸學奇材張一軍（同一三九）　小別湖山劫外天（同一五一）　流傳鄉里只詩名（同一七八）　賸水殘山意度深（同二三七）　商量出處到紅裙（同二四一）　鳳泊鸞飄別有愁（同二五五）　整頓全神注定卿（同二七五）

もとよりわたくしの見た範圍內についてではあるが、當時における定盦詩愛好の一般的傾向は、これによつても十分うかがふことができると思ふ。すなはち、「己亥雜誌」が最も愛誦され、次が「破戒草餘」「破戒草」、更に「集外未刻詞」「詞選」といふ順序となる。特に光緒年間と異なるのは「集外未刻詩」である。傅専は民國二年（一九一三）に、「顧ふに定庵集外詩知るもの尚尠し。」（「南社」第十二集、詩錄、戯集集外詩遣興兼示尊我序）と言つてゐるが、民國元年十月一日出版の「南社」第六集に收錄されてゐる佪調元や沈坻の集句中に、「集外未刻詩」の句が採られてゐることなどから考へると、宣統二年（一九一〇）神州國光社から「龔定庵別集詩詞定本龔孝珙手定本附集外未刻詩詞」が發行されて以後、民國元年ごろから次第に廣く愛誦されるやうになつたとみるべきであらう。

三　總合的にみた影響

以上によつて、光緒の中ごろから民國五年ごろにかけて、定盦の詩がどんな人々に、どんな風に愛好されたか、龔詩流行の實態を明らかにすることができたかと思ふ。同時に、個々の人々の作品が、具體的にどんな影響を受けてゐるかについても考察したわけであるが、それらを綜合すると全般的にどんな影響が考へられるであらうか。またそれはどんな理由によるものであらうか。

(1) 詩界革命の先聲

李慈銘は定盦について、「詩もまた覇才を以てこれをつくりて、家を成す能はず。」とか、「その下れるものは竟に公安派と成る。然れども能令公少年行、漢朝儒生歌、常州高材篇は、また一時の奇作なり。」（「越縵堂詩話」巻中）と論じ、譚獻も「詩佚宕烯邈にして、毫も律をなさず、終に當家に非ず。」（「復堂日記」）と評した。江標が「俗熟に従はず奇句に矜る」と詠じたことは既に述べたが、陳衍も金天羽の詩について、「才調縱横……近代中龔定菴と頗る相似たり。」（「石遺室詩話」）と言つてゐる。これらの論は褒貶は異なるが、ひとしく定盦の詩が自由奔放で形式にとらはれないものであることを、その最大の特長と認めたものである。確かに定盦の詩は才氣にまかせて、思い感ずるままに自由に歌つたものであり、新奇な詩であつた。それは公安派的であつたともいへるであらう。「亦狂亦俠亦溫文」「是仙是幻是溫柔」「紅是相思綠是愁」「梅魂菊影商量徧」「美人如玉劍如虹」「文人珠玉女兒喉」「好夢如雲不自由」「不能雄武不風流」「救得人間薄命花」などの句が特別に愛好され、それに倣ふものが多かつたことは、さきに述べた通りであるが、斬新特異にして輕妙なその表現が、大きな魅力でもあつたと考へられる。

詩界革命を提唱し實踐した人々が定盦の詩を愛誦し、殊に黄遵憲の詩に定盦の影響が極めて顯著であることは既に述べたところであるが、定盦の詩は黄遵憲が「わが手わが口を寫す、古へ豈に能く拘牽せんや。」（「人境廬詩草」巻一、雜感）とか、「われの詩たるを失はざらんことを要す。」（「人境廬詩草」自序）とかいつた傾向のものであつた。黄遵憲らの詩作態度を表明した——それは詩界革命の一つの宣言ともいひ得るものである——「雜感」や「「人境廬詩草」自序」などにも、定盦の「雅俗同一源、盍向源頭討。汝自界限之、心光眼光小。萬事之波瀾、文章天然好。不見六經語、三代俗語多。」（「破戒草」、自春徂秋偶有所觸拉雜書之漫不詮次得十五首）などといつた主張の影響が考へられはしないかと思ふ。梁啓超も邱倉海の詩について、「民間流行の最も俗、最も不經の語を詩に入れて、能く雅順溫厚乃ち爾り。詩界革命の一鉅子と謂はざるを得んや。」（「飲冰室詩話」）

と評してゐるが、定盦の意見と同じであつたともいへよう。定盦のかうした詩作態度は、西洋の思想文學との接觸を契機として、詩界革命へと發展して行く可能性を持つてゐたといふことができるのではないか。いはゆる詩界革命の先聲をなしたものと考へることは必ずしも不當ではないであらう。

（2）劍氣簫心――革新的革命的詩人の共鳴

定盦は、「莊屈實は二、以て併すべからず。これを併せて以て心と爲すは、白より始まる。儒仙俠實は三、以て合すべからず。これを合して以て氣と爲すも、また白より始まるなり。それこれ以て白の眞原となすのみ。」（「定盦文集補篇」最錄李白集）と論じ、また、「莊騷兩靈鬼、盤踞肝腸深。」「出人仙俠間、奇捍無等倫。」（「破戒草」、自春徂秋偶有所觸拉雜書之漫不詮次得十五首）とか、「六藝但許莊騷鄰、芳香惻悱懷義仁、荒唐心苦餘所親。」「爲儒爲仙無滓塵、萬古只似人間寅。」（「破戒草」、弁仙行）などとも詠じてゐる。彼が李白の特色とみたところは、また彼の念願とするところでもあつた。屈原と莊子、儒と俠と仙、それはまた、「來何洶湧須揮劍、去尚葳綿可付簫。」（「集外未刻詩」、又懺心一首）「我亦頻年彈琴說劍、憔悴江東風雨。」（「懷人館詞」、臺城路）「怨去吹簫、狂來說劍。兩樣消魂味、兩般春夢。」（同上、湘月、壬申夏泛西湖述懷）といつた說劍吹簫の境地ともなる。定盦は吳梅村・方百川・宋左彙に學ぶところが多かつたことを述べ、中でも吳梅村の詩を酷愛し、「吳詩口授に出づ、故に尤も心に纏綿たり。われ方に莊にして獨遊し、これを一吟する每に、宛然幼小匒下に依る時のごとし。」（「破戒草之餘」、三別好詩序）と言ひ、吳梅村の詩に倣ふところが多かつたが、亡國の際に苦惱した梅村の心情に共感するところも多かつたといへるであらう。

清末民初の革新的革命的な人々は、「亦狂亦俠亦溫文」「是仙是幻是溫柔」「少年擊劍更吹簫、劍氣簫心一例消。」「雙負簫心與劍名」「吟到恩仇心事湧、江湖俠骨恐無多。」「高吟肺腑走風雷」「少年攬轡澄清志」「風雲材略已消磨」等等の詩句を特に愛誦した。現代社會の暗黑を打破し、光明の世界を將來しようとして、その熱情を傾けた彼等は、まさしく俠者であつた。しかし、現實の暗黑の壁は厚く堅い。そこに雄心の挫折がおきる。幻滅の悲哀が湧く。絶望の念も動く。俠と仙、劍と簫、をれは個人個人によつてもとより差異はあるにしても、彼等の内包する二面ではなかつたか。しかも多くの場合、事ならずして憂悶し悲泣する時にこそ、より深刻な詩が生まれる。定盦の詩に、彼等が深く共鳴したことも、まことに當然であつたといへるであらう。

また文筆を以て社會を改革し世に貢獻せんとする者には、「悔著新書近十年」「流傳鄉里只詩名」「枉負才名三十年」「莫拋心力貿才名」などといつた、ただ單なる文人、詩人として終ることに對する深い不滿や悔恨がある。しかし、「萬一飄零文字海、他生重定定庵詩。」といつた心境ともなり、「詩漸凡庸人可想、側身天地我蹉跎。」「文格漸卑庸福近、不知庸福究何如。」（「集外未刻詩」、雜詩）「詞人零落酒人貧」（同上、秋夜聽俞秋圃琵琶賦詩書諸老輩贈詩册子尾）といふ嘆聲ともなるであらう。「避席畏聞文字獄、著書都爲稻粱謀。」といつた保身の念も湧くであらう。定盦の詩に、變革の時代を生きようとした文學者、特に革新的革命的な文人の心境に相通ずるものがあつたことも、龔詩が愛誦された一つの理由と考へられる。

更に、定盦は杭州に生れ、浙江江蘇は殊に愛する土地であつた。彼は、「東南不可無斯樂」（「己亥雜詩」一七六）、「不是南天無此花」「金粉東南十五州、萬重恩怨屬名流。」「撐住南東金粉氣、未須料理五湖船。」「東南幽恨滿詞箋」「不論鹽鐵不籌河、獨倚東南涕淚多。」（「己亥雜詩」一二三）、「秀出天南筆一枝、爲官風骨稱其詩。」「東南文獻嗣者誰」（「破戒草」、同年生徐編修齋中夜集云云）、「東南詞客愀然愁」（「未刻詩」、懷沈五錫東莊四綬甲）、

「南風愁絶北風狂」（同、詠史）、「江左吟壇百輩狂」（「己亥雜詩」二八四）などと詠じてゐる。南社の同人たちが、多く東南の人士であつた。試みに前に擧げた人々について言へば、江蘇二三（柳棄疾・高旭・陳去病・龐樹柏・龐樹松・高燮・葉葉・周實・俞鍔・姚錫鈞・姚光・姜胎石・張素・陳世宜・姜可生・蔣同超・顧无咎・朱慕家・朱爾・王德鍾・黄復・凌景堅・宋一鴻）、浙江九（沈坻・邵瑞彭・徐自華・江鏡清・李雲夔・潘有猶・餘一・劉筠・張烈）、湖南一〇（傅尃・偭調元・黄鈞・劉鵬年・劉澤湘・劉謙・張昭漢・龔爾位・孔昭綬・黄埜）、安徽二（王鍾麒・胡韞玉）、福建一（陳子範）、江西二（楊詮・胡先驌）、四川一（劉民畏）、廣東九（潘飛聲・沈宗畸・蘇玄瑛・蔡守・馬駿聲・古直・林百擧・鄧萬歲・周明）、猻西一（于右任）となる。したがつて、多くは東南の詩人であり、東南の幽恨を懷き、南天の風物を愛する人々であつた。このこともまた龔詩流行の一因と考へられる。

（3）禪心佛語——一種風潮の釀成

定盦は梁啓超も、「龔自珍佛學を紹升に受け、晩に菩薩戒を受く。」（「清代學術概論」三十）と言つたやうに、佛教を好み、自ら「先生讀書盡三藏、最喜維摩卷裏多淸詞。」（「破戒草」、西郊落花歌）、「歷劫如何報佛恩、塵塵文字以爲門。澍知法會靈山在、八部天竜禮我言。」（「己亥雜詩」八十一）、「忽然閣筆無言說、重禮天臺七卷經。」（「己亥雜詩」三一五）などと詠じてゐる。したがつて、李慈銘が「また好んで釋家の語を爲し、毎に偈讃に似たり。」（「越慢堂詩話」卷中）と評してゐる一面が彼の詩の特色でもある。定盦自身も「偈の如く亦喝の如し。」（「集外未刻詩」、戒詩五章）と言つてゐる。定盦は、「吳市得題名錄一冊、乃明崇禎戊辰科物也、題其尾一律。」（「集外未刻詩」）において、「資格未高滄海換、半爲義士半爲僧。」と詠じてゐるが、民族衰亡の時代に自ら信ずる道を歩もうとするものの生きる道は、義士たるか僧たるかであつたといふ感慨である。

「今文學家は多く兼ねて佛學を治め」、「晩清のいはゆる新學家は、殆んど一として佛學と關係の無いものは無かつた。」（梁啓超「清代學術概論」三十）といつた風潮を起したのも、定盦の影響によるところが多い。黄遵憲・寄禪・蘇曼殊・藩鏡涵等が、かうした定盦の詩風に仿ふところがあつたことは既に論及した通りである。夏穗卿・譚嗣同・梁啓超たちが詩界革命を唱へた當初、「相約するに詩を作るに經典の語に非ざれば用ひざるを以てするに至る。所謂經典とは普ねく佛孔耶三教の經を指す。」（梁啓超「飲冰室詩話」）といふ狀態であつたことを思ふと、ここにも詩界革命の關係が考へられる。梁啓超は「美人香草、寄託澍深なるは、古今詩家一普通の結習なり。空を談じ有を説き、口頭禪となすも、又唐宋以來詩家一普通の結習なり。狄楚卿の詩、殆んどこの兩種の結習を兼ねて和合し、毎詩皆幽怨と解脱との兩異原質を含有し、亦佳構なり。」と評し、「この體殆んど譚劉陽より出づ。」（「飲冰室詩話」）と言つたが、譚嗣同から出たといふより、龔定盦から出たといふべきであらう。狄楚卿とは「平等閣詩話」などを著はした狄葆賢である。なほ、梁啓超は狄葆賢の「萬山無語看焦山」の句を嘆賞してゐるが（「飲冰室詩話」）、これは定盦の「此山不語中原」（「己亥雜詩」八）に仿つたものではなかろうか。

（4）艷情綺語――辛亥以後の詩壇を風動

「甘隸妝臺伺眼波」「恥爲嬌喘與輕顰」（「己亥雜詩」二五三）、「梅魂菊影商量偏」「商量出處到紅裙」「渡江只怨別蛾眉」「窈窕秋星或是君」「不如歸侍妝臺側」（「破戒草之餘」、春日有懷山中桃花因有寄）、「美人如玉劍如虹」

とか、「杭州追悼する所有りて作」つた十六首――表妹の死を悼んで作つたものとも言はれてゐる――の中の句、「紅涙淋浪避客揩」「藝是崞神貌洛神」「雲英未嫁損華年、心緒曾憑阿母傳。償得三生幽怨否、許儂親對玉棺眠。」など、女人を詠じ、綺思艶情を歌つた詩句が、多くの人々に愛誦され、しかも辛亥以後において殊に隆盛を極めたことは、既に明らかにしたところである。また、江標が「定盦詩集」に題して、「艶福從來未だ必ずしも奇ならず」と歌ひ、伍憲子が定盦の詩を讀んで、「英雄恨を傳へ美は嬌を傳ふ」とか、「雄心直ちに貫いて蛾眉に到る」と詠じ、姚錫鈞も「艶骨奇情獨り此の才」と歌つたことも既に述べた通りである。

定盦は清の高宗の玄孫奕繪の側室、美貌の詞人顧春と私通し、事敗れて南に遁れ、道に刺されたとも傳へられ、揚州の美妓小雲を愛し、「能令公愠公復喜、揚州女兒名小雲。初弦相見上弦別、不曾題滿杏黃裙。」(「己亥雜詩」九九)、「坐我三熏三沐之、懸玥撒手別卿時。不留後約將入誤、笑指河陽鏡裏絲。」(同一〇〇)、「美人才調信縱橫、我亦當筵拜盛名。一笑勸君輸一著、非將此骨媚公卿。」(同一〇一)などと詠じてゐる。これらの詩もまた當時の人々に愛好されたものである。小雲は放誕殊に甚だしく、辛丑の年に定盦が丹陽で急病のために死んだのも、小雲が毒殺したのだとも傳へられてゐる。事實か否かはともあれ、かうした事が傳へられたといふことは、定盦の一面を物語るものといへよう。定盦はこの上もなく女人を愛し、その心境や愛欲生活を大膽率直に詩に表現した。既に述べたやうにことばの美しさも大きな魅力ではあつたが、愛情の自由な表現を求めた青年たちの心に共感を呼び起したのも當然である。彼の詩句が悼亡の詩に用ひられることが多かつたのも、またここにその大きな理由がある。

(5) 浪漫詩潮の一源泉

龔定盦は自ら「性儻蕩」（「破戒草」、漢朝儒生行）とか、「多情誰似汝、未忍託禳巫。」（「破戒草」、賦憂患）、「我生受之天、哀樂恆過人。」（「破戒草」、寒月吟）などと詠じ、「狂者」を以て自ら許してゐる。確かに彼は不軌奔放多情多感な性情の持主であつた。常識を澌かに超越した狂者であつた。しかも時代は國内外漸く多事、阿片戰爭は外國資本侵入の端を開き、封建的官僚的な國家の基礎が動搖し、解體の兆候が現はれ始めた時代であつた。洪秀全が太平軍をおこしたのも、定盦死後九年のことである。彼は進歩的な思想をもつて、現實政治に對して積極的な改革を唱へ、「恥ずべく憂ふべき」（「定盦文集補篇」卷四、與人箋）事態を憂憤し、それを詩に托した。「國家治定功成日、文士關門養氣時、乍洗蒼蒼莽莽態、而無懲懲佪佪詞。」（「破戒草之餘」、吳市得舊本制擧之文忽然有感書其端）と定盦も詠じたように、時代は狂者をして更に一層狂者たらしめた。劍氣簫心といひ、逃禪談空といひ、英雄美人といひ、麗想綺語といふ。すべて彼が浪漫精神の持主であり、得がたい浪漫詩人であつたことを示すものである。

清末民初はいふまでもなく革命の時代であり、浪漫詩潮の隆盛を極めた時代であつた。その浪漫詩潮は、既に灘論じたやうに、梁啓超が西洋の文豪の意境風格を攝取すべきことを強調し・馬君武や蘇曼殊が西洋詩歌を蓬譯して、世界的浪漫詩潮を輸入したことによるものである。同時に、中國傳統の詩の中にもその源泉を求めなければならない。その源泉の一つをこの定盦の詩に見出すことができる。しかもそれは相當に大きな影響を與へたものであつた。そんな風に言ふことができると思ふ。

結　語

以上述べて來たところを要約すると、次のやうに言ふことができる。

龔定盦の詩は光緒の中ごろから江標・黄遵憲・康有爲たちに愛誦され、その詩に影響するところも甚大であつたが、龔詩愛好が一つの風潮をなすに至つたのは一八九〇年ごろからであつたと考へられる。しかもそれは當時のいはゆる新學家と稱せられた人々を中心としたものであり、「己亥雜詩」を最も愛誦した。寄禪・曾習經・丁惠康などにその影響が顯著である。しかし、當時は定盦の學術思想に傾倒し、文體に倣ふといふ風潮の方が強く、それに比して詩は必ずしも高く評價されてゐなかつた。

宣統から民國初年になると、南社の同人たちの間に定盦の詩が流行し、その風潮はいよいよ盛んになつた。思想家としての定盦、駢文家としての定盦は影が薄くなり、詩人としての定盦が大きく浮かびあがつて來た。南社の同人は多くその影響を受けたが、中でも柳棄疾・高旭・傅専・姚錫鈞・顧无咎・王德鍾・黄復・凌景堅などの受けた影響は極めて大きい。また後年學衡派の中心的人物となつた吳宓や胡先驌なども多分に龔詩の影響を受けてゐる。

彼等は定盦の詩體に倣ひ、あるいは詩句をそのまま借用し、または詩句に基づくところがあり、詩意を用ひたりした。特にこのころの一つの特色は、定盦集句の流行である。傅専・沈坻・蔣同超・餘一・凌景堅・黄復などは多くの集句の詩を作つてゐる。彼等が歌はんと欲するものを既に定盦が歌つてゐたことを如實に示すものである。「己亥雜詩」が最も愛誦され、「破戒草之餘」「破戒草」がそれにつぎ、更に「集外未刻詩」「詞選」

といふ順序であつた。「集外未刻詩」は民國元年ごろから次第に廣く愛誦されるやうになつたと考へられる。

次に、當時の詩壇に及ぼした主要な影響とその理由について考へると、先づ第一に、定盦の詩は才氣にまかせて歌つた、形式にとらはれない新奇な詩であつた。斬新特異にして輕妙なその表現も、當時の人々に大きな魅力であつた。詩界革命を提唱し實踐した人々は定盦の詩を愛好し、定盦の詩作態度の影響もうかがはれ、詩界革命の一先聲をなすものと考へられる。

第二に、定盦は、莊子屈原を併せ、儒仙俠を合してゐるのが李白の特色であると考へたが、定盦自身もさういふ傾向を持つものであつた。彼の詩には儒仙俠、說劍吹簫の境地を詠じたものが多く、淸末民初の革新的革命的な人々の共感を呼び起した。文筆を以て社會を改革せんと欲する者の悔恨の情、寂寥の感、保身の念は、變革の時代を積極的に生きようとした文學者の心境に通ずるものがあつたし、彼等の多くが定盦と同じやうに東南の詞客であつたことも、龔詩が彼等に愛誦された一つの因をなしてゐるであらう。

第三に、定盦は佛教を好み、その詩に禪心を詠じ佛語を用ひたものが多い。新學家と稱せられた人々が殆んど佛學ををさめたのも、定盦の影響によるところが多いが、詩の上においても定盦の體に倣つて一つの風潮をつくりあげた。梁啓超のいはゆる「幽怨と解脫との兩異原質を含有する」詩體は、定盦から出たといふべきであらう。

第四に、詞人顧春、美妓小雲との情事の眞相はともあれ、定盦はこの上もなく女人を愛し、その愛欲生活、綺思艷情を大膽率直に詩に表現した。愛情の自由な表現を求めた青年たち、悼亡の悲境に遭遇した人々が、彼のかうした詩句を愛好し使用し、然も辛亥以後に特に盛んであつたことも當然である。

第五に、定盦は不軌奔放多情多感な性情の持主であり、しかも時代は狂者をして更に狂者たらしめた。以上に述べたところも、すべて彼が浪漫精神の持主であり、得がたい浪漫詩人であつたことを示すものである。清末民初は浪漫詩潮の隆盛を極めた時代であつたが、それは西洋の浪漫詩の輸入によるところもあるが、中國傳統の詩の中にもその源泉を求めなければならない。その一つの、しかも有力な源泉として、定盦の詩を考へるべきではないかと思ふ。

（一九五九、五、二五）

「飲冰室詩話」について

序　言

「飲冰室詩話」は、梁啓超が光緒二十八年（一九〇二）から三十一年（一九〇五）にかけて、「新民叢報」に發表したものである。當時「新民叢報」が多くの愛讀者をもち、中國の政治・思想・文學の上に、極めて大きな影響を及ぼしたことは、餘りにも有名な事實である。したがつて、「飲冰室詩話」も當然多くの人々に愛讀され、當時の詩壇はもちろん、更に後來の詩界にも影響するところが大きかつたのではないかと考へられる。

然るに、「飲冰室詩話」の一部分を引用してゐる書は多いが、「飲冰室詩話」そのものについて特に論じたものを見ない。少なくともわたくしは寡聞にして知らない。例へば、胡適は「五十年來中國之文學」（「胡適文存」二集）において、夏穗卿・譚嗣同たちが、最初に詩界革命を提唱した當時に對する回顧の一節を借用してゐるに過ぎず、陳子展もその著「中國近代文學之變遷」（詩界革命運動）や、「最近三十年中國文學史」（詩界的流別及其共同傾向下）において、胡適が引用した部分の外、梁啓超の詩界革命についての主張の一端、及び啓超自身の作詩體驗を語つた一節を引用してゐるに過ぎない。錢基博も「現代中國文學史」（下編、新文學新民體）において、詩界革命や梁啓超の詩につ論じてゐるが、「飲冰室詩話」に關しては、陳子展とほぼ同じ程度である。

わたくしは、晩清詩風の變遷の上からいつても、更に廣く中國現代詩史の上からいつても、この「飮冰室詩話」は極めて重要な位置を占めるべきものであると考へる。なぜそんなに重視しなければならないか。わたくしはこの小論で、「飮冰室詩話」が（一）詩界革命運動展開の中核であつたこと、（二）革命詩潮勃興の一つの推進力となつたこと、（三）黃遵憲の詩の稱揚―詩人黃遵憲論の基點をなしてゐること、などを中心として考究してみたいと思ふ。

一　詩界革命運動展開の中核

一般に當時のいはゆる詩界革命について論ずる場合、梁啓超が「詩話」の中で、「丙申（一八九六）丁酉（一八九七）の間、わが黨の數子、皆好んでこの體を作る。これを提唱せし者は夏穗卿たり。而して復生（譚嗣同）も亦はなはだこれを嗜む。」と回顧してゐるのに基づいて說き起すのを常とする。また、黃遵憲の同治七年（一八六八）の作である「雜感」（「人境廬詩草」卷一）の詩や、光緒十七年（一八九一）に記した「人境廬詩草自序」（遺稿、「學術雜誌」六十期）などを、「詩界革命の宣言」として取上げる者も多い。正にその通りだと思ふ。が、わたくしは更に龔自珍や王韜なども、詩界革命の一先驅者として考へるべきではないかと思つてゐる。龔自珍と詩界革命との關係については、「淸末民初の詩壇に及ぼした龔定盦の影響」（「香川大學學藝學部研究報告」第一部第十二號）において論及したが、王韜ついてもいづれ詳論したいと考へてゐる。

ともあれ、詩界革命はその因つて來たるところ古く、黃遵憲などには新しい詩の世界を創建したいといふ念願もあつたやうだが、（「人境廬詩草箋註」、黃公度先生年譜、同治七年戊辰）それはなほ個人的希望の域を出ず、一つの文學運動として活動を開始したのは、やはり一八九六・九七年ごろからであつたといふべきであらう。もちろんそれは小さなグループの間におけるささやかな試みに過ぎなかつた。

その後、清議報の「詩文辭隨錄」などに、彼等のいはゆる新詩が登載された。梁啓超は、「清議報の群報に特異なる諸端」の一つとして、「美人香草、別に會心あり。鐵血舌壇、幾多の健者、一讀節を擊ち、つねにわが情を移す。千金の國門、誰か同好なからん。かの彫虫の小技、餘事詩人のごときは、則ち卷末錄する所の諸章、おほむね皆詩界革命の神魂を以て、斯道の爲に別に新土を闢く。」(「清議報」一百册祝辭、竝報館之責任乃本館之經歷、第四期淸議報之性質)と贊辭を呈してゐる。それは「新民叢報」の「詩界潮音集」へと繼續發展して行くのである。

梁啓超は「詩話」で、詩界革命提唱當初のいはゆる新詩について、「頗る新名詞を撏撦して以て自ら異を表はす。」「この類の詩、當時沾沾として自ら喜ぶ。然れども必ず詩の佳なるものに非ざるは、言ふを俟つ無し。」「今に至つてこれを思へば、まことに笑ひを發すべし。」とか、「當時祖國に在りては、一哲理政法の書の讀むべき無く、わが黨の二三子、風氣の先を得たりと號稱せしも、しかもその思想の程度かくの如し。」などと反省述懷してゐる。

そこで、眞の詩界革命とはいかなるものであるべきかを、作品を例示しつつ、その本旨を解明しようとしたのである。

梁啓超は、「中國の結習、今に薄く古を愛し、學問文章事業に論なく、皆古人を以て幾及すべからずとなす。餘、平生最もこの言を聞くを惡くむ。竊かに謂ふに、今より以往、その進歩の遠く前代に軼すること、固より蓍龜を待たず。」と言ふ。彼は崇古的保守的ではなく、革新的前進的であり、文學も時代とともに進歩すべきものであることを確信してゐた。

しかも彼等の時代は、今や大きく變革しようとする時代であつた。だから彼はまた、「過渡時代に必ず革命あり、しかれども革命とはまさにその精神を革むべくその形式を革むるに非ず。」「能く舊風格を以て新意境を含ましめて、ここに以て革命の實を擧ぐべし。」とか、「新理想を鎔鑄して以て舊風格に入る。」とも言つてゐる。革むべきは詩の形式ではなくて、その內容に在る。舊い格律の中に新しい意境、新しい理想を歌ひこむことが詩界革命の眼目である。と主張するのである。

「若し滿紙の新名詞を堆積するを以て革命となさば、これ亦滿洲政府變法維新の類なり。」などと言つてゐるが、「儕輩中新名詞を利用する者、麥孺博最も巧みとなす。」と言ひ、その近作四句を「皆工絕の語なり。」と評してゐる。麥孟華字は孺博、同じく康有爲の門に學んだ。師康有爲も門人中特に詩にすぐれた一人としてあげてゐる（審安齋詩集序）。「平等閣詩話」の作者狄葆賢（字は楚靑、號は平子）の詩についても、「皆未だ人の道ふを經ざるの語」と言ひ、日淸戰爭後臺灣において割讓反對軍副總統となつたりした邱逢甲（字は仙根、倉海と號し、仲閼と號す）の詩に對して、「蓋し民間流行の最も俗、最も不經の語を以て詩に入れて、よく雅順溫厚乃ち爾り。詩界革命の一鉅子と謂はざるを得んや。」と評してゐる。內容の刷新が根本だが、新語俗語もまた新詩の一つの特長と考へてゐたといふことができよう。

さて、彼のいふ新意境、新理想とはいかなるものであつたか。それはいふまでもなく、康有爲・譚嗣同・梁啓超たちを中心として深くなり廣くなつて行つた、當時のいはゆる新學である。そこには今文學や佛學の如く、傳統的な思想の新しい發展があり、西洋文化の吸收による新思想新知識がある。それらは當時としては進步的革新的な思想といふべきものであつた。

例へば、康有爲の「己丑出都作」について、「南海の人格ここにおいて見るべし。時に先んずるの人物、その氣魄固よりまさに爾り爾り。」と評し、譚嗣同の「感舊」の詩を録して、「遣情の中、字字皆道を學びて得る有るの語、亦瀏陽の瀏陽たる所以、新學の新學たる所以か。」と嘆賞し、黃遵憲の「以蓮菊桃雜供一瓶歌」について、「半ば佛理を取り、また參ずるに西人の植物學・化學・生理學の諸説を以てす。實に詩界のために一新壁壘を開くに足る。」と評し、長沙の志士唾莽の「滅種吟」に對しても、「樂府體を以て、進化學家の言を鎔鑄して、毎章皆寄託あり。眞に詩界革命の雄なり。」と述べてゐるが如き、彼のいはゆる新思想が何であるかを明らかに示すものといへよう。

梁啓超は「新中國未來記」で、「必ず泰西文豪の意境、の風格を取り、これを鎔鑄して以てわが詩に入れ、然る後この道のために一新天地を開くべし。」と、西洋文學の攝取を強調してゐるが、詩話においても、ホーマー・シェークスピア・ミルトン・テニスン等の詩の雄大さを讃へ、「偉なるかな、文藻に論なく、その氣魄固より已に人を奪ふ。」と言ひ、それらの外國詩歌に劣らない長篇の生まれることを熱望した。「泰西文明史を讀むに、何れの代に論なく、何れの國に論なく、文學家の賜を食まざるはなし。その國民、諸文豪において、また頂禮してこれを尸祝す。中國の詞章家のごときは、則ち國民において豈に絲毫の影響あらんや。」と、外國における文學者と國民との關係と、自國のそれとを對比し、「今日に至つて、詩詞曲三者、皆陳設の古玩となり、詞章家は眞に社會の蝨なり。」と慨嘆してゐる。西洋文學を吸收し、西洋文學者を範として、世界文學的視野に立つて――もとよりそれは淺薄であつたにしても――新らしい詩を創造したいと考へてゐたことも、詩界革命の一つの重要な點である。

すでに擧げた例によつてもうかがはれるやうに、當時の新學家といはれた人々は多く佛學ををさめるといふ風潮があり、梁啓超は佛教思想がよく現はれてゐる詩を喜ぶといふ傾向が強かつた。

例へば、當時中國佛教界における第一流の人物であつた宗仰上人（黄宗仰）について、「詩はその人となりに肖たり。」と言ひ、譚嗣同の佛學について語り、「金陵聽説法」の詩を擧げてゐる。狄葆賢の詩についても、「純平として道を學びて得る有るの言なり。」とか、「毎詩皆幽怨と解脱との兩異原質を含有し、亦佳構なり。」とも評してゐる。楊文會に佛學を學び、日本に長く留學した桂念祖（字は伯華）の詩詞についても、「綺語を以て法を説く、感均しく頑豔。」と喜び、王闓運の弟子楊度（字は皙子）の詩についても、「以て皙子道心の增進を知るなり。」と言つてゐる。同學の潘鏡涵・同族の伯雋などの詩詞を稱揚したのも、彼等が「内典に耽り、」その詩のよく道心を表現してゐるがためであつた。海陵釋塵居士の七律についても、「蓋し有道の言なり。」と評してゐる。

次に、彼が特に重視したものに愛國憂世の情がある。康有爲について、「先生最も杜詩を嗜み、よく全杜集を誦して一字遺さず。故に刻意學ぶ所有るに非ずと雖も、然れども一見殆んど杜集と楮葉を亂すを見る。」と言ひ、丁日昌の子丁惠康（字は叔雅）について、「卓犖遠志あり、國を憂ふることを痗むが如し。」と述べ、その「感事」の詩について、「餘はなはだこれを愛す。二十八字を以て當今の時局を寫盡して自ら懷抱を見はす。仁言藹如、未だ能くこれに及ぶ者有らざるなり。」と評し、「將歸嶺南留別」についても、「はなはだ劍南の杜に學ぶの諸作に似たり。」と言つてゐる。一時傳誦された庚子傳信錄の作者李希聖（字は亦元）の「感事」についても、「芳馨悱惻、湘纍の遺なり。」と言ひ、狄葆賢の「舟中四絶」を「酷愛し」たのも、それが「離騒の音」たるがためであつた。清の宗室壽富の詩について論じたのも、「その天性厚く、その識抜、愛國の心、面に盎晬し、」「庚子八月、身を以て國恥に殉じた」からである。

何藻翔（字は翽高）についても、「篤行熱誠、故にその詩その人となりに肖たり。その風格直ちに杜集に逼る。」と評し、藝子についても、「その詩は則ち杜を學びて得る有り。且つ愛國憂種の誠、楮墨に溢る。」と言つてゐる。鄕人珠海夢餘生についても、「熱誠愛國の士なり。」と言ひ、その作「新解心」に對して、「芳馨悱惻、離騷の意あり。」と評し、鄕人東莞生の「無題八首」に對しても、「哀艷直ちに玉谿を追ひて、言外の美人芳草、字字皆湘纍の血淚なり。」と評してゐる。某君の「歲暮雜感四章」を錄して、「天性の言、純に少陵に肖たり。」とも言つてゐる。王韜の譯した獨佛の國歌を紹介したのも、それが「兩國の立國精神に大いに關係するものがあり、王氏の譯筆もまたはなはだよくその神韻を傳へ」てゐると考へたからである。「孔雀東南飛」について、「詩は奇絕なりと雖も、亦ただ兒女子の語、世運に於て影響無きなり。」と言つてゐる。この論必ずしも當らないが、彼が國家社會に寄與すべきものを、特に重視しようとしてゐたことを示すことばと考へてよかろう。これらによつて、彼がいかに愛國憂世の情に富むものを酷愛したか、またそれは常に屈原や杜甫の作品を評價の據り所としてゐたかを知ることができよう。

また彼は「蓋し國民の品質を改良せんと欲すれば、詩歌音樂は精神教育の一要件たり。」などと言ひ、音樂教育の切要なるゆゑんを強調し、小學唱歌の刻本を見て「狂喜」し、康有爲・黃遵憲や彼自身の作品などを作曲して歌はせようとした。特に、「中國人尙武の精神無きは、その原因甚だ多きも、音樂靡曼も亦その一端なり。」とか、「わが中國さきに軍歌無し。その、一二有るも、杜工部の前後出塞の如き、蓋し多く見えず。しかも蹈蹦の氣を發揚するに於て尤も缺く。これただに祖國文學の缺點なるのみならず、抑々亦國運升沈の關るなり。」と論じ、黃遵憲の「出軍歌」を擧げ、「詩界革命の能事ここに至つて極まる。」とさへ強調してゐる。「江蘇」第七號に揭載された軍歌校歌に對して、「中國文學復興の先河」とも稱してゐる。康有爲の「由明陵出居庸關」について、「これを讀めば尙武の精神油然として生ず。」と言ひ、乃木將軍の「金州城作」、乃木將軍一家を詠じた「三典歌」を錄したのも、「能く日本武士道の氣概を寫し出し、」「日人戰勝の名譽を享くる所以」を知り得ると感じたからである。民心を改革し、尙武の精神を振起するために音樂を重視し、唱歌・軍歌の創作を提唱したのも、詩界革命の一要素であつたことが知られるであらう。

以上、梁啓超が「飲冰室詩話」において力說した詩界革命の目標、具體的なその內容について述べて來たのであるが、それではそれはいかなる反響を呼んだであらうか。

「近くわれ詩話を作るの故を以て、海內の名士、頗る故人の詩を以て寫し寄する者あり。」と、「新民叢報」第十八號の「詩話」で彼も記してゐるやうに、光緒二十八年の中ごろから、多くの人々が、彼が賞讚し論評した人々の作品を寄せて來たし、第三年目、すなはち光緒三十年にはいつてから、「東莞生」「雪如」「江蘇の一少年」（葉夢梨）「袖東」「冼華」「藝子」「嘉應の健生」（廖道傳）「悔晦」（吳恭亭）「蘧伊」「海陵の釋塵居士」「楚北迷新子」「少瘦生」「震生」（陳士芑）「公耐」などと自署する者、「名を署さざる某君」など、未知の人々の寄せた詩を次々と載せ、それについての感懷を述べてゐる。「箋を投ずる者」が、「公、熱血を灑瀝し、國魂を喚起す。愛國の傑、今古推敬す。」「附列の詩歌、最も深省を發せしむ。」と言つたのは、當時における愛讀者の彼に對する敬慕の念を代弁したものともいへよう。

南社の發起人柳亞子や高旭などが「飲冰室詩話」を愛讀し、詩界革命に熱心になつたことは、すでに「南社文學と詩界革命」（「東京教育大學漢文學會會報」第十六號）の中で論じたところだが、學衡派の詩人吳宓の如きも、「幼にして梁任公の飲冰室詩話を讀み、」（「吳宓詩集附錄」、空軒詩話）、「新材料を以て舊格律に入れる」ことが「作詩の正法」であるゆゑんを強調した（「學衡」十五期、論今日文學創造之正法）。「飲冰室詩話」が當時の人々、殊に青少年たちにいかに大きな影響を與へたか、詩界革命の說がいかに多くの共鳴を得たかを知ることができよう。

後年、文學革命が提唱された際、胡適が「文學改良芻議」（「新青年」第二巻第五期）で主張した、「須らくこれを云へば物有るべし」「古人を模倣せず」「俗字俗語を避けず」などは、すでに梁啓超が強調した所であつたと言へよう。當時錢玄同は、「梁任公先生は實に近來新文學を創造せし一人たり。その政論の諸作、時に因つて變遷し、國人全體の贊同を得る能はず。卽ちその文章も、亦未だ盡く帖括の蹊徑を脫する能はずと雖も、然れども日本文の句法を輸入し、新名詞及び俗語を以て文に入れ、」「これ皆その識力の人に過ぐる處なり。鄙意、現代文學の革新を論ずるに、必ず數へて梁先生に及ぶ。」（「新青年」第三巻第一期、寄陳獨秀書）と論じたが、詩においてもほぼ同樣のことが言へると思ふ。內容の改革、新語俗語の使用から、詩體の解放へと進展して行つたとみることができ、「新派の詩」から「白話詩」の嘗試へといふのも、自然な一つの流れであつたともいへよう。詩界革命の提唱は、文學革命の前奏曲であつたといふことができる。

二　革命詩潮の一推進力

梁啓超は「詩話」の中で、譚嗣同・林旭・劉光第・康廣仁など、いはゆる戊戌維新の六君子たちの遺詩について語ることが多かつた。もとより彼等は革命家とはいへないが、少なくとも革新的な思想をもち、その素志に殉じたといふことができる。梁啓超も康廣仁の詩について、「その一身を犧牲にし、後來の國民のために幸福を謀る心、紙上に活現す。讀み竟りて愴然たり。」と言つたが、革命家たちの生き方と相似たものがあり、革命人士の共感を喚び起すものを多分にもつてゐたといへよう。

また、庚子漢口の役に殉難した唐才常の諸作、何來保の「絶命詩」、蔡鍾浩の「獄中詞」、田邦璿の遺詩數章、辛丑の夏服毒自殺した舒閏祥の「感懷詩」などを錄したのは、「烈士の志節文章」の一ぱんを廣く傳へんと欲したからである。もちろん、これらの人々の多くは、かつての同志か知友であり、友情による哀悼の念から採錄したとも考へられるが、彼等が烈士であつたがために、その詩を推賞するといふ傾向が強かつたことも明らかである。

更に、太平天國運動の中心的な人物の一人であつた石達開について、「その用兵の才は、盡く人これを知るも、しかもその文學に嫻ふを知らず。」と言ひ、曾國藩がかつて彼を招降しようとした時、これに答へたといふ詩をあげ、「前後四章、皆下里巴人の誚りを免れず。獨り第三章は、則ち詩を以て論ずれば、亦作者の林に媿ぢず。且つ仁人の言藹如たり。その帝王思想を抱懷し、民權の大義を知らざるは、則ち以て數十年前の人物を責むるに足らざるなり。」と評し、「豈に徒らに武夫を以てこれを目するを得んや。」とも言つてゐる。このことは、太平天國運動そのものに對しても深い理解を持つてゐたことを示すものであり、彼等の革命的行爲を是認するものであつたともいへるのではないか。

また當時の革命詩人たちは、宋末明末の烈士遺民を敬慕し、その作品を愛誦し、その精神、その文學に學ぶところが多かつたが、梁啓超も「詩話」の中で、宋の遺民鄭所南について、「われこれを古今東西の人物中に求むるに、ただ日本の吉田松陰もこれに似たり。昔、荀卿子に儒效篇あり。所南のごときは、大儒の效と謂ふべきのみ。このごろその鐵函遺著心史原本を校印し、その詩を誦し、愛して釋くに忍びざる者あり。散句を綴錄し、以て仰止を寄すといふ。」と述べ、散句の外、更に「集中尤も人を感ぜしむる作」として、「書前後臣子盟檄後」「勵志二首」「十一抵」「十二礪」を錄し、「先生の志事は、その文に備はる。詩は末技のみ。古體尤も卓絕、近體はまた末技の末技のみ。」と言ひ、「普天下先生を崇拜する人のために一たび紹介するのみ。」と述べてゐる。なほ、心史重印に際して長文の序を作り、（乙巳四月）その中で、「十二礪」の詩を誦して、「咿嚶として小兒のごとく啜泣の聲を作せり。」と言ひ、「ああ、啓超古人の詩文辭を讀むこと多し。未だ嘗て餘が心を振蕩すること、この書のごとく甚だしき者有らず。」と感激し、「全國人心を超度して以て光明俊偉の域に入れ、乃ち數千年の國脈を援拯して、以て層雲暗霧の中より出でしむる所以なり。」とも述べてゐる。

明末、十七歳の弱年を以て國に殉じた烈士夏存古に對しても、「その時の忠義鯽の如し。先生の如く妙年を以て大局に關係する者に至つては、蓋し千古有ること罕れなり。以て孫伯符・唐の太宗に視ぶれば、成敗轍を殊にすと雖も、而も才略志節は且つこれに過ぐ。遺集凡そ詩文數百篇あり、名を匿くしてこれを讀めば、以て耆宿の構と爲さざるはなきなり。ああ、この人才有りて、乃ち國を亡ぼせるか。これがために三歎す。今次散句を錄して以て景仰を寄す。」と言ひ、擧げてゐる詩句の中には、「卽事三首」の、

戰苦難酬國、仇深敢憶家。一身存漢臘、滿目盡胡沙。

の如き、排滿興漢的民族感情を湧きたたせるものがある。

さて、梁啓超が石達開について述べたのは、「新民叢報」第十二號（光緒二十八年六月十五日發行）においてであり、殘山剩水樓主人（高旭）が編集した「石達開遺詩」――「飮冰室詩話」所載の詩を除いて、すべて高旭の擬作であるといふ――が刊行された光緒三十二年（一九〇六）より四年前のことであつた。また、鄭所南・

夏存古の詩を推賞したのは、「新民叢報」第三年第十九號（光緒三十一年三月十五日發行）においてであつたし、所南心史を校刊したのも光緒三十一年であつた。黄節が「國粋學報」に「鄭思肖傳」（第三期史篇、黄史列傳）を發表したのも光緒三十一年であり、所南の詩文を載せたのは光緒三十三、三十四年であつた。（第三十二期より第三十九期、附錄）侯元涵の「夏允彝傳」（第十四期、撰錄）は光緒三十二年、王山史の「夏孝子傳」（第三十二期、撰錄）は光緒三十三年に登載された。したがつて、石達開・鄭所南・夏存古たちの詩を賞讃したのは、大體國學保存會の人たちに先行しており、啓蒙的役割りを果たしたとみて差支へなかろう。よしそれは愛國精神や憂國の情を強調することが主眼であつたとしても、種族的革命思想を啓培し、革命詩潮を隆盛ならしめる一つの資料を提供するといふ結果をもたらしたといふことができよう。

更に當時の革命家、後に革命的文學團體「南社」の同人となつた馬君武・呉恭亨・藩飛聲・蔣萬里などについて語り、その詩について論じてゐる。梁啓超と呉虞との關係についてては、「呉虞の詩について」（「香川中國學會會報」第二號）の中で觸れて置ゐた。梁啓超が揭げた彼等の作品は、必ずしも革命的な思想や感情を詠じたものではなかつたけれども、これらの人々との間に存在した理解や友情もまた、當時の梁啓超の一面を物語るものといへるのではないか。

いはんや、「詩話」の中には、革命詩ともいふべきものが多く採錄され、賞揚されてゐる。例へば、蔣智由の「弔鄒慰丹容死上海獄中一首」を錄し、「觀雲のこの詩、まさに益々慰丹をして死せざらしむべし。」と感慨をもらしてゐる。「革命軍」の一書によつて捕へられ、遂に獄中に死んだ鄒容を悼んだこの詩は、明らかに革命詩といふべきものである。同じく觀雲の「挽羅孝通」をあげ、「佛塵（唐才常）以後、これ第三次の沈痛たり。觀雲の一詩、讀者その人となりを彷彿すべきのみ。痛ましいかな。」と嘆じてゐる。

武壯公長慶の子呉保初（字は彦復、號は君遂）の「懷人詩八首」を載せてゐるが、その中、章太炎について、「吧使非種鋤去、壘壘來茲大穰。」と詠じ、蔡元培について、「恥幷腥羶民族、裂此塗炭衣冠。」と歌ひ、劉師培について、「東方盧騷有幾、申叔夫子最賢。」などと詠じてゐるのは、革命家の言動を讃美したものである。そのころの劉師培は熱烈な革命家であつた。

江蘇の少年葉夢梨の詩について、「これを讀めば穆然としてその人を想見す。」と言つてゐるが、「江陰懷閻應元」の、

陰山鐵騎縱横入、天地無情江自流。痛哭千家思故主、兵戈三月賦同仇。地連東海羞秦帝、手執南冠似楚囚。
合與文山參帝闕、兩行血淚話神州。

とか、「與客談中國邊事有感」の、

南望珠崖惟一慟、北來胡騎又干重。荒魂夜嘯銅標冷、大漠秋高古壘空。地起崑崙亘河嶽、書傳秦漢數英雄。
情絲萬轉無人識、獨上危樓望斷鴻。

などは、宋末亡國の際を想起し、排滿興漢的な情思を吐露したものである。

藝子の詩を錄して、「愛國憂種の誠、楮墨に溢る。」と言つたことは既に述べたが、「金陵述感」で、

盤竜山勢接南徐、偉業豊功夕照余。碧血晴依芳草現、黄狐晝穴古墳居。石城在昔稱雄鎭、天塹於今屬子虚。
英魂有靈猶應恨、尙留非種未驅除。

と詠じてゐるが如きも、種族的革命思想をうたつたものといへよう。

梁啓超はそのころ保皇黨の首領的人物と考へられ、革命家たちから盛んに攻擊されたものであつた。李劍農も、「甲辰（一九〇四）乙巳（一九〇五）以後、彼は極端に排滿に反對したが、癸卯（一九〇三）以前に在つては、排滿の民族思想、常に彼の筆端に流露してゐた。」（「最近三十年中國政治史」、第三章、維新運動的再起、言論界的驕子梁啓超）と論じてゐるが、「飮冰室詩話」に關する限り、乙巳のころにもなほ、排滿的民族思想を抱懷してゐた、少なくとも、革命的な思想が彼の腦裏の片すみに存在してゐたとみることができる。

以上によつて、「飮冰室詩話」は、梁啓超の意志いかんに關らず、「國粹學報」や「南社」の時代に至つて隆盛を極めた革命詩潮を啓培增進する上に、一つの大きな力となつたことを認めなければならない。

三　詩人黄遵憲論の基點

梁啓超は「飮冰室詩話」を書き始めるに當つて、「われは朋友を愛し、また文學を愛す。つねに師友の詩文辭に於て、芳馨悱惻、輒ちこれを諷誦し、以て腦に印す。自ら忖るに古人の詩に於て、能く誦をなす者は寥寥。而して近人の詩は則ちこれに數倍す。殆んどいはゆる昵に豊かなる者か。」と述べてゐる。まさに彼の言つた通り、彼が語り論じた人々、賞讚した詩は、やはり師友の關係に在つた人々やその作品が中心である。「飮冰室詩話」は冒頭の書き出しを除いて、百七十項、もちろん長短さまざまであり、一項の中でも必ずしも一人について述べてゐるといふわけでもないが、一應百七十項とし、語るところ多いもの十人を擧げると、次の通りである。括弧の中の數字は項數であり、他の人と併せ論じてゐる場合をも含んでゐる。

黄遵憲（二三）　康有爲（一三）　譚嗣同（一一）　狄葆賢（九）　蔣智由（五）　夏穗卿（五）　楊度（五）
吳保初（四）　唐才常（三）　寥道傳（三）

ちなみに、「詞章家は眞に社會の蝨なり。」と言つた彼は、當時一般に名聲赫々たりし詩壇の宗匠たち、王闓運・樊增祥・易順鼎・鄭孝胥などについては全く觸れるところがなく、ただ陳三立について述べ、その「贈黄公度」の詩を錄してゐるだけである。

さて、右によつても明瞭なやうに、師の康有爲よりも澍かに多く語つたのは黄遵憲についてであつた。彼は「その理想の深邃閎遠」なるが故に、夏穗卿・蔣智由とともに「近世詩界の三傑」と稱したが、中でも「最も傾倒した」のが黄遵憲であつた。「能く新理想を鎔鑄して舊風格に入れ」たものとして絕讚したのである。「獨り境界を闢き、恊然として二十世紀詩界中に自立し、群推して大家となす。公論誣ふべからざるなり。」と述べ、「人境廬集中、性情の作、紀事の作、說理の作、沈博絕麗、體殆んど備はる。」とも評しており、「公度の詩は詩史なり。」とその特色を強調した。

「錫蘭島臥佛」（「人境廬詩草」卷六）について、「煌煌として二千餘言、眞に空前の奇構といふべし。」「有詩以來未だ有らざるなり。」「その意象一として昔賢を襲ふなく、その風格また一として昔賢に讓るなきなり。」

と激賞し、「詩界革命軍の青年に餉らん。」と欲した。「今別離（同上）についても、「陳伯巖推して千年の絶作となす。殆んど公論なり。」と言ひ、「すみやかにこれを人間世に流通せしめ、われこの因縁を以て、この功徳を以て、詩界天國に生れんことを冀ふ。」とまで讃嘆してゐる。

その他、「酬曾重伯編修」（同上、卷八）、「罷美國留學生感賦」（同上、卷三）、「香港潘蘭史題其獨立圖」（「人境廬詩草」未收）、「夜泊」（卷五）、「以蓮菊桃雜供一瓶作歌」（卷七）、「都踊歌」（卷三）、「三哀詩」（卷十）、「朝鮮嘆七解」（「人境廬詩草」未收）、「流求歌」（卷三）、「越南篇」（未收）、「臺灣行」（卷八）、「己亥雜詩」（卷九）、「己亥歲暮懷梁任甫」（同上、第八十三首）、「甲辰冬病中紀夢述奇梁任甫（卷十一）、「夜泛秦淮和實甫」（卷八、題又和實甫）、「實甫出魂南北集囑題成此二首」（第一首同上、題立秋日訪易實甫遂偕遊秦淮和實甫作、第二首未收）、「丙申丁酉間公度相贈作」（卷八、題贈梁任父同年）、「日本四君詠」（卷三、題近世愛國志士歌）等の詩を錄して推賞し、梁啓超・吳鐵樵・陳師曾に贈つた「金縷曲」、潘蘭史の羅浮記遊圖に題した「調寄双双燕」などの詞、「出軍歌」「軍中歌」「旋軍歌」「幼稚園上學歌」「小學校學生相和歌」（以上、皆未收）等に及んでゐる。以上の中には、注記したやうに、「人境廬詩草」にも收められていず、「飲冰室詩話」によつてのみ傳へられてゐるものがある。ただ、「日本雜事詩」については一言も言及せず、もちろんその詩もあげてゐない。

かくの如く、梁啓超は黃遵憲を當代第一の詩人と目し、その作を詩界革命最高のものとして、極めて高く評價した。他の人々の作品を評する場合にも、それを理想的な規範として用ひた。黃遵憲の詩弟子楊惟徽について、「人境傳ふる人あり。」と言つたのは當然として、鄉人寥道傳（字は叔度）の詩について、「五古、はなはだ人境廬に肖たり。豈に淵源あるか。」と言ひ、蔣萬里の「新遊仙二章」について、「殆んど人境廬の今別離を追ひ、また傑構なり。」と述べ、楚北迷新子と署するものの「新遊仙八首」についても、「理想公度の今別離に比すべし。」と評してゐるが如き、その例である。

潘飛聲は、「近人撰著の詩話、爭つて公度先生の遺作を收めざるはなし。」（「在山泉詩話」）と述べてゐるが、さういふ狀況にまで黃遵憲の詩が廣く傳誦されるやうになつたのは、「飮冰室詩話」において梁啓超が稱揚した結果であつたといへよう。少なくともそれによる所が大であつたといはなければならない。

例へば、狄葆賢が黃遵憲について、「先生まさに詩歌を好み、近來詩界三傑の冠となる。」（「平等閣詩話」卷二）と言ひ、潘飛聲が「京卿は魏然たる大宗、詩界維新の鉅子に推さる。」（「在山泉詩話」）と言ひ、何藻翔が「今別離四章、舊格調を以て新理想を運らす。千古の絕作、二有るべからず。」（「嶺南詩存」）と評し、高旭も「黃公度の詩、獨り異境を闢き、中國詩界のコロンブスに愧ぢず。近世洵に第二人なし。」（「南社」第一集、願挖盡齋詩話）などと述べてゐる。これらの論、みな「飮冰室詩話」に基づいたものであることは明らかである。

胡適が當時の「詩界上に一點の新光彩を放つたもの」として、黃遵憲と康有爲とを擧げ、黃遵憲をして「この一時期を代表せしめ、」（「五十年來中國之文學」）大いにその詩を稱したのも、「飮冰詩話」に據るところがあると考へられる。吳宓が、「近世の詩人能く新材料を以て舊格律に入るる者、まさに黃公度を推すべし。むかし梁任公すでにこれを言へり。」（「學衡」十五期、論今日文學之正法注）と言ひ、「中國近世の大詩家」とたたへ、「二十餘年前、梁任公嘗てその最も能く新思想事物を以て鎔鑄して舊風格に入るるを稱し、推して詩界革新の導師となす。」（書人境盧詩草自序後）などと述べてゐるのは、全く梁啓超の說に贊同したものである。賀凱も「近世詩人能く新理想を鎔鑄して以て舊風格に入るる者、まさに黃公度を推すべし。」の語を借りて黃遵憲を評してゐる（「中國文學史綱要」、第三編帝國主義侵入後的文學轉變、第一章戊戌政變與文學的新趨向、（一）詩人黃遵憲）。

林庚白が「遵憲近體詩に工みならずして、その五七言古體は、百年來罕觀の作多し。錫蘭島臥佛、八月十五夜太平洋舟中望月作歌の諸篇の如き、みな前に古人無く、且つ今の詩を學ぶ者のために一徑を開闢し、眞に乃ち今詩なり。」（「今詩選」凡例）などと言つてゐるのも、「飲冰室詩話」の流れを酌むものといへよう。

近くは王澌も、「舊民主主義時代の代表詩人であり、彼の詩中には反帝愛國の精神が極めて富んでゐる。」といひ、梁啓超が「最も成功せる新派の詩と認めた」こと、「詩史」と稱したこと、「出軍歌」に對して、「この詩を讀み、起ちて舞はざる者は、必ず男子に非ず。」と言つたことなどに同意してゐる。（祖國十二詩人、黄遵憲）

もちろん、梁啓超の黄遵憲論に反對する者がないではなかつた。例へば胡先驌が、「元氣淋漓、卓然たる大家」（「清代學術概論」）といふ梁啓超の言をあげ、「この語大いに以て任公の詩に於て實に淺嘗なるを証明するに足る者なり。」（「學衡」七期、讀鄭子尹巢經巢詩集）と評し、徐英も「金和・黄遵憲・康有爲の詩、謬戾乖張、醜怪すでに極まる。而るに梁啓超の元氣淋漓、卓然たる大家と謂ひしは、その好む所に阿り、通論に非ざるなり。」（「論近代國學」）と論じ、呉芳吉も「始めて能く新名詞を用ひる者を以て新詩となす。黄公度の人境廬詩の如きこれなり。」、「これ詩の本體徒らに新名詞のために蔽はる。詩の眞僞、新舊名詞に關はるなきを知らざる者なり。」とか、「黄公度の今別離、氣象薄俗、これを時髦に失す。」（「學衡」四十二期、四論吾人眼中之新舊文學觀）と言つてゐる。これらの論はもとより當らない所が多いが、一面からいへば、民國十二、三年ごろにおいても、黄遵憲の詩を論ずる場合、なほ梁啓超の論評が最高の權威として考へられてゐたことを立証するものである。

しかも、これらの反論にもかかはらず、黄遵憲が清末の偉大な詩人として、不動の地位を占めてゐることは、もはや論定されたとみるべきである。しかもそれは、「飲冰室詩話」における梁啓超の論説を中心として、發展して來たものであるといへよう。

結　語

梁啓超は「飲冰室詩話」で、すでに提唱され實踐されてゐた詩界革命について反省し、眞の詩界革命は內容の改革に在つて形式の改革になく、新理想を舊風格の中にうたひこむことを主眼とするものであることを強調した。彼のいふ新意境新理想は、當時のいはゆる新學である。そこには傳統的思想の新らしい發展があり、西洋文化の吸收による新思想新知識があつた。佛教思想、愛國憂世の情、尙武の精神、それらも新詩の內容として重視したものである。外國文化との接觸を契機として生れた革新的な思想と、衰亡に瀕した祖國に對する愛國の熱情とを根幹とするものであつたともいへよう。同時に新語俗語の使用もその一つの特長であつた。この詩界革命の說は當時の人々、特に青少年たちに大きな反響を呼び、それまで一部の人々の間に行はれてゐた詩界革命を、一つの大きな文學運動として展開せしめる中核となつたのである。それは後年の文學革命の前奏曲をなすものであつたともいへる。

次に、革命的な思想や感情を吐露したいはゆる革命詩は、庚子（一九〇〇）のころから次第に盛んになつたのであるが、梁啓超が「詩話」の中で、戊戌維新の六君子、庚子殉難の諸烈士、江達開・鄭所南・夏存古たちの遺詩を讚賞したことは、よしその愛國精神、憂世の情を強調しようとしたものであつたにしても、種族的革命思想を啓培し、革命詩潮を隆盛ならしめる一つの推進力となつたことは否定できない。いはんや、「詩話」の中には革命詩と稱すべきものを採錄し、それを推賞してゐる。革命家であり、後に南社の同人ともなつた馬君武・潘飛聲・吳恭亨・蔣萬里などについて語つてゐることも、當時の梁啓超の一面を物語るものである。

「飲冰室詩話」に關する限り、梁啓超は光緒三十一年ごろにも、なほ革命的な思想をその腦裏の一隅に保有してゐたといへるやうである。

第三に、彼は多くの師友の詩について語り、もとより「昵に豐か」であるといふ傾向のあつたことも否めないが、特に彼が傾倒し、詩界革命最高の成就者として、口を極めて稱揚したのは黄遵憲であつた。他の人々の詩を評するにも、黄遵憲の作品を規範とさへした。多くの人々が黄遵憲の詩を傳誦し、「詩話」において語るといふ風潮を將來したのも、梁啓超が推賞した結果である。もとより時として、人によつては反論を試みる者もあつたし、黄遵憲の詩に對する評價は、必ずしも梁啓超のいふところと一致したものであつたとはいへないが、黄遵憲が晩清詩界の明星的存在であり、その作品が當時の時代精神をよく反映し、不朽の價値を有することは、もはや論定されたとみなければならない。しかもそれは、この「飲冰室詩話」の梁啓超の論評を中心として發展して來たものである。「飲冰室詩話」は詩人黄遵憲論の基點をなすものであるといへよう。

梁啓超は自ら「われさきに詩を作る能はず、戊戌東徂よりこのかた、始めて強ひて學ぶのみ。然れどもこれを作ること甚だ難辛、往々近體律絕一二章をつくるに、費す所の時日、新民叢報數千言の論說を撰すると相等しい。」と「詩話」の中で告白してゐるが、その詩才は問はず、詩を學ぶこと必ずしも深くなく、詩作體驗必ずしも豐富とはいへなかつたから、個々の詩評には論議すべきものも多い。また彼は人によつて詩を說き、思想によつて詩を評するといふ傾向が強く、偏愛の誹りも免れがたい。しかし、一面からいへば、それ故にこそ、この、當時としては大膽な革新的な論をなし得たともいへる。そしてそこにこそ、「飲冰室詩話」の詩史的意義があると考へられる。

晩清の詩人袁昶について

一　その生涯

袁昶（一八四六―一九〇〇）字は爽秋、一の字は重黎、漸西村人と號し、佩弦齋・安般簃・芳郭鈍叟などとも稱した。浙桐廬の人。十九歳杭州に游學し、同治六年（一八六七）郷擧に合格、光緒二年（一九七六）進士となり、戶部主事に用ひられた。しかし、時事非にして患多きに感じ、終隱せんと欲したが、師友の勸めにより都に入り、光緒九年總理衙門章京にえらばれ、外交業務に從事した。光緒十九年、特旨によつて皖南觀察に任命され蕪湖に駐した。蕪湖在任五年間、農桑を勸め、堤堰を修繕し、百姓を視ること家人の如く、また中江書院を修理擴張し、名士を聘し、士風日に盛んとなつた。光緒二十四年夏、猍西按察使の命を受け、江寧布政使に擢んでられたりしたが赴かず、光祿寺卿・太常寺卿を以て外交業務を視ることとなつた。（「續碑傳集」卷十七、譚廷獻、太常寺卿袁公墓碑）光緒二十六年義和團の變に當り、三たび上疏して、「目前の危迫せる局勢」のために「補救の法」を「披瀝直陳」した。（第一疏中の語）

第一疏では、義和團が「邪教であり、亂民である」ことを強調し、「教堂を焚毀し、各使館を攻擊し、縱橫恣肆、放火殺人」などの罪惡は、「萬、赦すべからず」、「民心を撫定し、洋情を定慰する」ために、「匪首」を捜捕し、「根株淨盡すれば、餘は解散する。」などと、勦匪の計を具陳した。

第二疏では、「數萬の匪徒を以て、四百餘の洋兵守る所の使館を攻め、二十餘日の久しきに至つても、なほいまだ破る能はざるは卽ちその伎倆も亦槪見すべし。」「在京の洋兵は限りあるも、續來の洋兵は窮り無し。一國を以て各國を敵とす。臣愚おもへらく、獨り勝敗の關はるところなるのみならず、實に存亡の繫るところなり。」などと、主として外國と戰ふことの重大な結果について獻言した。第三疏は許景澄と連名のもので、前山東巡撫毓賢、直隸總督裕祿、大學士徐桐、軍機大臣協辦、大學士剛毅、軍機大臣禮部尙書啓秀、軍機大臣刑部尙書趙舒翹を、「釀禍の樞紐となし」、「時、今日に至りて、間、髮を容れず、拳匪を痛勦するに非ざれば、以て洋兵を止むるに詞無し。拳匪を祖護するの大臣を誅するに非ざれば、以て拳匪を勦するに足らず。まさに旨を請ひて徐桐、剛毅、趙舒翹諸人をもつて、先づ治むるにまさに得べきの罪を以てすべし。庶くは、各國、從前の縱匪肇衅は、皆謬妄の諸臣の爲す所にして、竝びに國家の本意に非ざるに恍然となり、棄仇尋好、宗社恙無く、然る後に臣等を誅して、以て徐桐、剛毅諸臣に謝せられんことを。臣等死すと雖も、亦まさに笑を含みて地に入るべし。」と、釀亂の大臣を嚴該した。

これらの上疏はすべて奏に及ばないで、庚子(一九〇〇)七月二日捕へられ、翌日處刑せられた。十二月原官階に復せられ、二十七年二月、西湖の畔りに葬られ、宣統元年(一九〇九)忠節と追謚された。

庚子事變に關する詩詞・散文・小說などにおいて、多くの人々が、袁昶を殉難者として哀弔し、痛恨歎憤してゐる。例へば、張之洞は、「過蕪湖弔袁漚簃」(「廣雅堂詩集」金陵遊賢詩)で、

七國連兵共叩關、知君峴敵補青天。千秋人痛晁家令、曾爲君王策萬全。〔帝王之道出萬全、晁錯言兵事書中語。〕

と、漢の晁錯に比し、

民言呉守治無双、士道文翁教此邦。白叟青衿各私祭、年年万涙咽中江。士民祠之於中江書院。

と、呉の士民がその遺徳を追慕敬仰してゐることを述べてゐる。

焚増祥は、

一日遂亡双烈士、炎霜晝下使人愁。和戎利大翻爲罪、博物書成枉見收。龍比相從遊地下、犢華遺恨指河流。銀僬白馬之江路、腸斷胥潮八月秋。（「樊山續集」巻十一、執殳集、一日）

と詠じてゐる。第四句は、雜記遺言が匪人に攫去されたのを指すものであらう。袁昶と許景澄を龍逢比干に譬へたのである。鄭孝胥も、

瘈狗無不噬、弊木無不摽。重黎卒死難、勁節殊皎皎。許子盜所憎、要領安得保。異哉立聯徐、駢首豈同道。袁許吾傷之、決去胡不蚤。何人與湔雪、未可恃蒼昊。（「海藏樓詩」感慨詩）

と詠じてゐる。立聯徐は、戸部尚書立山、內閣學士聯元、兵部尚書徐用儀であり、同じく漢奸と目せられて刑

せられた人々である。

胡思敬は「驢背集」の中で、

報國何人捋虎鬚、漸西忠憤世間無。諫章直猷風霆走、血面朝天一慟呼。

と詠じ、「太常卿袁昶、別號は漸西老農。拳匪を招撫して後、連りに三疏を上る。第一疏は榮祿の勦匪を責成せんことを請ひ、昶獨りこれを上る。第二疏は使館を保護せんことを請ひ、第三疏は首禍を嚴懲せんことを請ひ、みな昶の主稿、許景澄と聯名會奏す。（以下略）」などと注記してゐる。また、

吏部清臞對奉常、九原攜手見先皇。銜冤更比金陀慘、合葬西湖配岳王。

と詠じ、「載漪天津陷ると聞くや、許景澄、袁昶必ず賊に降りて內應をなさんと言ひ、濳かに騎を遣はしてこれを捕へしめ、步軍統領衙門に監禁す。あるひと奔りて王文韶に訴へ、その論救を求む。文韶大いに駭いて曰く、このごろ散直の時、毫も消息を聞くなし。安んぞ從つて旨を得んやと。次日、已に縛せられて西市に赴く。刑に臨むの時、故人僚友みな往きてこれを哭す。昶、目を張り叱して曰く、都城破れ、諸公まさに難に死すべく、地下に相見えんこと期あり、何ぞ哭するやと。景澄、從容として冠帶を整へ、北向叩頭して恩を謝し、怨色なし。次日、詔を下して二人の罪をあらはし、ただ洋務を辦ずること善からず、朝廷の恩に負くとのみ言ひて、他語なし。」と注記してゐる。黃宗仰の「庚子紀念圖題詞」、及びそれに和するの詩、みな冤罪を悲しみ、

その死を悼むものである。

特に黄遵憲は「三哀詩」（「人境廬詩草」巻十）で、

士生板蕩朝、非氣莫能濟。岡家有妖孼、尤貴養正氣。公官典客時、正値艱難際。初言義和擧、本出大刀會。

先皇鑄九鼎、早既斥魑魅。明明白連教、遺孽傳苗齋。邪術金鐘罩、不過弄狡獪。宗社三百年、豈可付兒戲。

繼言諸大國、各有白馬誓。預儲大萬金、始可戮一士。矧持英蕩來、堂堂大國使。一客不能容、反縱瘈犬噬。

問罪責主人、將以何辭對。封事兩留中、痛哭再上疏。彼賊敢横行、實酞朝貴勢。奈何朝廷尊、公與匪人比。

盲師糊塗相、驕將堰蹇吏。擲國作孤注、作事太憒憒。速請黄鉞誅、無得議親貴。幸清君側惡、斧鉞臣不避。

當璧天子父、不敢爲尊諱。天潢盜弄兵、語直斥王字。嗚呼批鱗難、況觸投鼠忌。朝衣縛下獄、衆口咸詒詈。

白刃露霜鋒、黄巾走塵騎。阿師呼大兄、紅帶夾道侍。讓譁殺二毛、萬頭相傾擠。公甫下囚車、拜問臣何罪。

刑官縱馬來、大罵囚無禮。豈容發口言、指天復書地。呼天聲未終、滾地頭已墜。惡耗四海傳、何人不雨涙。

識公十數年、相見輒倒屣。追述潘鄧說、許我以國器。同輩六七賢、推公最強記。喜談佛老學、語我求出世。

知公眞名士、不獨善文藝。未知比干心、竟爲直諫碎。我實知公淺、負負心內媿。馬關定約後、公來謁大吏。

青梅雨脩々、煮酒論時事。公言行篋中、攜有日本志。此書早流布、直可省歲幣。我已外史達、人實高閣置。

我笑不任咎、公更發深喟。今日讀公疏、倘得行公意。四百五十兆、何至貽民累。不獨民累祛、中國咸受惠。

卽彼附賊徒、亦緩須臾斃。斥公助逆人、黄泉見亦悔。蒼々天九重、今尚浮雲蔽。痛公不言隱、開卷輒流涕。

盜首既伏誅、知公不爲屬、定爲社稷憂、騎龍謁天帝。

と三回の上疏の內容、刑に臨んでの態度、その生平學德、自分との交情などについて縷述し、その先覺者としての明、殉國の節義を深く讚へ、痛恨哀惜してゐる。

南社の詩人陳去病も、

漸西村人大佳士、手把芙蓉上玉京。時不運兮天帝醉、廣陵一曲奏哀聲。(「浩歌堂詩鈔」卷三、夢中過桐廬作)

と詠じ、同じく姚錫鈞も、

佶屈微達袁伯業、五言疏儁轉勁絕。齊名勔日非等倫、老子韓非詎何契。(「南社叢選」詩選卷九、論詩絕句)

と詠じてゐる。辛亥時代の革命詩人たちにも、敬慕されてゐた例証とすることができよう。

最近では、義和團運動を「反帝國主義、反資本主義のものであり、反封建統治階級の性質をも具有してゐる農民革命」(「庚子事變文學集」、阿英、關於庚子事變的文學)と考へ、民衆運動として正當視しようとする立場から、「那拉氏政府、義和團に對して四派があつた。一は反對派。この一派の人は半植民統治階級の穩固な立場を竪持し、內に對しては嚴吅鎭壓、外に對しては屈辱退讓、絲毫もこの傳統方針を動搖することを許さなかつた。京官は袁昶・許景澄を以て首となし、外官は李鴻章・劉坤一・張之洞・袁世凱を以て首となす。これらはすべて滿洲の、また帝國主義の精幹奴才である。反義和國運動中に於て、十分に彼等の殘忽性をあらはした。袁昶は維新派の叛徒である。那拉氏は言つてゐる、袁昶は戊戌の年に、かつて康有爲の陰謀を自分に奏して知らしめたと。」「袁・許は京官であつて、兇心は持つてゐたが、決して實力がなく、人を殺そうと思つて、卻つて自分を殺してしまつた。」「袁昶・許景澄二人は陰險な小人である。」（范文瀾「中國近代史」）などといふ批評が行はれてゐる。

しかし、當時においては、孫文でさへ義和團を、「妖言衆を惑はし、亂を煽り邦を危くし、禍を釀すの奸民」（「人境廬詩草」巻十、初聞京師議和團事感賦、錢萼孫箋注）と考へてゐたのであるから、彼をこのやうに論難することは酷に過ぎないであらうか。長く外務に從事し、諸外國の事情に精通してゐた彼が、外國の、しかも多數の連合軍の前に、自國の非力さを痛感し、義和團を利用しておのれの勢力を保持しようとした、いはゆる頑固派の權力者を激烈に非難したことは、國家を破亡から救おうとする憂國の情から出た、一つの建策であつたとみることもできるであらう。ともあれ、「晩晴簃詩匯」（巻一七一、詩話）で「忠節、久しく譯署に在り、周ねく四國を知る。庚子の變に、權貴に附和せず、直言忌に觸るるを以て、倉猝として禍を被り、中外嗟惜す。」といつてゐるが、さきに擧げた幾人かの詩によつても、當時の一般有識者の通論がどんなところに在つたかを知ることができよう。

二　その思想

さて、袁昶には、「漸西村人初集」十三巻、「安般簃集」十巻、「于湖小集」五巻、「袁昶節遺詩」などの詩集がある。袁昶は、陳衍も「冰堂高足三子を得たり。」（「石遺室詩話」巻一、送實甫之官）といつてゐるやうに、樊增祥・易順鼎とともに張之洞高足の弟子であつた。李慈銘が、「乾嘉以來百餘年、二妙一時尊宿を壓す。」（「樊山集」巻十五、京䔥題襟集上、評鷺袁樊兩家詩格、以山水花木茗果爲喩）といひ、樊增祥が、「晩歲名を齊しふして袁子に遇ふ。」（同上、无伯師評鷺袁樊兩家詩格以山水花木茗果爲喩。敬答一首、東袁爽秋、兼柬子培。）といひ、易順鼎が「近來海內詩筆を論ず、漸西樊山皆第一。」（「近代詩鈔」十、讀漸西樊山兩家詩、如遊名山、如讀異書、如聞鈞天廣樂之音樂而忘死。雖有駟馬高蓋、不如坐進此道也。兩家集中、相唱和有此篇。暇日輒仿其體、用其韻、即題其集。）と詠じてゐるやうに光緒末年、樊增祥と竝び稱せられた詩人であり、狄葆賢が、「氣節文章、一世推仰す。而して尤も詩を以て名あり。」（「平等閣詩話」巻二）と述べ、金天羽が、「晩清の詩、袁爽秋、范伯子を以て兩傑となす。」（「天放樓詩集」、雷音集巻四、虞山三友詩注）とか、「三子（江歎・鄭子尹・范當世）の外に於て、尤も漸西を稱す。」（「天放樓文言」巻十、再答蘇戡先生書）と稱揚し、胡先驌も、「光宣の世に詩を以て名あるもの」として、「不朽の作家」の一人に擧げてゐる（「學衡」第十八期、評胡適五十年來中國之文學）やうに、彼の詩を高く評價する者も少なくなかつた。

彼の詩の特色を明らかにするために、先づその內容をなす思想について述べてみたい。

彼自ら「まま漆園吏の寓言をつぎ、次いで抱朴子の自敍に及ぶ。蓋し泱洋として志に適い、ただ窮年の身、汝の有に非ず、ただ委蛻たるに取る。」「陸沈の署に逍澍し、衡氣の機に食息す。」（「漸西村人初集」敍）とか、「ただ取りて儒墨を剽剝し、情僞を忖度し、蕭寥獨步の趣を寫し、已れを虛しくし世に遊ぶの指を寄するのみ。」（「于湖集」題詞）「一大事の因緣未だ澈せず、速かに牛鼻を穿ちて挽き將ち來れ。」（同上、跋）などと述べており、黃遵憲が、「喜んで佛老の學を談じ、我に語りて出世を求む。」（既出、三哀詩）といひ、徐世昌が、「平生博く群書を極め、仙釋に出入す。」（晩晴簃詩匯」巻一七一）と評してゐるやうに、彼は道佛の學を好み特に莊子を愛した。

また、自ら「まま亦世變の邅屯に感じ、龠搁の術攔きを憤り、九流の湛濁をうれへ、群策の柱へ難きを睹るも、綆短くして以て深きを汲むべからず。故に雌を守りて以て短刺を樑用す。」（「于湖集」題詞）といひ、「頭を廻らせば五十一年非にして、道を求むるも尚未だこれを見ず、且つ既に命を受けて外吏となる。吏の職を治むるに當つては、日をぬすみ、時をむさぼるを戒むるも、汝懲る勿きか。乃ちこの鏤冰畫脂を作りて、虚しく日を費し事に力め、而して一毫の戒愼恐啥の艮知なきか。」（同、跋）などと述懷してゐる。一面では隱棲自然を友とするの境地を愛し、陸沈者としての生活に甘んずるとともに、一面では、混濁衰微の世を憂憤し、官吏として積極的にその職責を果さんと自省してゐる。

したがつて「姑溪集隘く、端叔未だ必ずしも坡公の禪を發かず。落木庵空しきも、徐波或は蒙叟の詠を柱くるを許す。」「魏疎處士、篭紗の句に乏しく、犂眉老人、覆瓿の編に署す。」（「漸西村人初集」自敍）とか、「頗る阮籍・孫綽・許詢・帛道晉・高允・顏黃門・王無功・柳子厚の徒を宗尚す。」「甫里椒人、もと祿仕に情無く、瞿研の拙吏、その名姓を標するを欲せず。」（「于湖集」題詞）とも述べてゐるやうに、晉の阮籍・許詢・帛道猷・瞿研先生、後魏の高允、梁の顏子推、唐の王績・柳宗元・陸龜蒙・宋の李之儀、明の劉基、清の徐波・魏耕などを宗尚し、あるいはその生き方に共鳴してゐる。

例へば「卜居」（「漸西村人初集」卷四）の詩で、

濯足八功德水、栖心二定林間。問我言歸何許、槁梧小隱藏山。

と詠じ、「劉石庵相國有談禪雜咏、戲和其八題。」（同上）の一首で、

生非汝有物常櫻、胞似甘蕉只暫榮。知否諸天方便力、堅牢須向止觀生。

と詠じ、「幽居四首」（同上、巻十二）の一で、

世途劇險巇、使我心魂驚。善哉莊生語、厚貌而深情。風波起方寸、彈指變枯榮。我欲逃世去、何方養殘生。
委運南北齊、忘懷得喪幷。虛舟世我宥、海漚我世忘。雨來修竹暗、雲去高槐明。晦明有代謝、淹留竟何成。

と詠じ、「漆園」（同上、巻十二）で、

漆園吏傲身將隱、沔上聲鎖語轉諧。觸處似人皆可喜、如卿所論亦良佳。松肪明滅書殘架、石髮縱橫葉墮階。
漸喜市塵吹不到、叢篁圍處結茆齋。

と詠じてゐる。これらの詩によつても、佛老思想への傾倒の一端が窺へよう。
また「地震詩」（同上、巻四）は「犂眉公集二鬼詩に仿ふ」（同上、注）ものであり、「西山隱者」（同上、巻十二）
で、

犂眉叟多傷世語、羊鼻公有述懷篇。山林欲往即長往、何事俗客強周旋。

と詠じ、「將掾于典客署書懷三絕」（同上）で、

無功方欲辭丞簿、阮籍何心乞步兵。風篠一回招凍雀、腥膻餘粒強偸生。

と詠じ「東皋子」（同上、巻十三）で、

鳳不憎山栖、龍甯恥泥蟠。能處蕿若淨、至人養天全。何必治榮名、爭校輊與軒。濁世已矣夫。吾師東皋賢。

と詠じてゐる。劉基や王績などに學ぼうとした所以を知ることができよう。

しかし、國家多事、憂患深刻となるに從つて、感時憂憤の作が多くなつてゐる。特に甲午以後において顯著である。すなはち、日本軍が朝鮮に侵入したのを慨して、「近事書憤和友人作」十二首、「重有感」四首（「干湖小集」巻三）を作つており、日清戰爭に關するものに、「聞金州陷」（同上）「哀旅順口（甲午十有一月失守）」「哀威海衞（乙未正月失陷）」「馬關四首」（同上、巻四）などがある。例へば、「哀旅順口（甲午十有一月失守）」で、

金州鏁鑰東地維、三面掎海背負巘。戈船作刃軍器監、九攻九距輸墨機。漆城蕩々無不有、一旦雷轟資虜守。虜嗤主者先遁逃、利器盡入倭奴手。嗚呼海沸神怒號、奔軍廰伏杜郵刀。虵盤鳥櫳天險失、奪還何日卩腥臊。

と、天険の要塞金州城の陥落を悲しみ、敗軍の將の自決を叫び、奪回して日本軍を掃蕩する日を祈念してゐる。また「馬關」の一首で、

萬古如斯公案無、高那肱以此情輸。讕䟾判擲塡仇壑、牛耳讕言保帝都。颯爽萊公原欠術、森嚴南董豈逃誅。

蜻蜓洲上千奴笑、辱酒從汚宰相鬚。

と、李鴻章の屈辱的な態度に憤激し、馬關條約に強い不滿の意を表はしてゐる。高阿那肱は北齊の人。周師が平陽に逼るや、節度諸軍を從へ、專ら欺罔を事とし、尋いで降り、長安に至つて大將軍を授けられた。萊公は宋の寇準。眞宗の時、契丹の入寇に眞宗の親征を請ひ、盟して還つた。みな李鴻章を指すものである。

徐世昌が、「この詩遂に讖兆と成る。」（「晩晴簃詩匯」）といつた「和友人吳山水仙王祠」では、

巫史傳芭進酒巵、長筵吹徹玉參差。千年蘿碧終難化、八月怒潐空爾爲。配以逋仙薦秋菊、從驂水伯閃朱旗。

江流不盡興亡恨、抉眼蘇臺鹿上時。

と、伍子胥の痛憤寃恨、永遠に消し難きを哀弔してゐる。楚辭九歌の遺ともいふべきか。

彼が三たび上疏して用ひられざるや、「髀を撫して自ら嘆き、その志をあらはした」（胡思敬「驢背集注」）という「幽憤」の詩では、

朝與蝮虵游、暮與豺虎居。劫掠長安中、官軍不留餘。黃巾勢合離、朝市成荒墟。燔燒及城闕、閶闔震綺疏。九陌夜無人、出則防擊狙。念我平生友、換酒脫金魚。塗窮各竄逸、蒺藜塞中衢。阿誰　飯問、跰躃困子輿。獨有于侍郎、〔若晦。〕再顧華門廬。壯我猛將援、飴我行胥疏。患難情倍親、促坐願須臾。皇天況甘雨、灑我園中蔬。憂虫日以甦、槁苗日以蘇。摘蔬更沽酒、留公解飢劬。

と、義和團の變による北京城中の混亂慘危の狀を描き、知友の逃竄を悲しみ、于式枚の顧念の深情に感激してゐる。また、

月暈知將風、礎潤知雨至。及彼未雨時、綢謬桑土悴。傾僥易新棟、敗甓圩早治。何以危堂下、魚龍陳百戲。在位姑謀樂、棲苕無遠思。不知火將燃、不預庀戎器。一朝青藉群、盜弄禁壖地。鬼丘請助我、藉殲翎候使。豈有垂天翼、資彼群蝗翅。豈有神武朝、借力五斗米。名言失正順、敵釁挑攜盎。瓜剖而豆分、危亡運自致。

と、要路の人々が衰亡の兆を覺らず、危殆の狀況下になほ一時の愉樂に耽り、遠思なきを慨嘆し、亂民妖道者の力を借りて外國と衅を開くの擧が、領土分割の危亡な國運を自ら將來するものであることを悲憤してゐる。更に、

泰伯爲讓王、采藥適蠻鄉。開國稱至德、周道日以昌。禮烈貝勒長、讓位有耽光。奉曼珠應身、神武天稱揚。

故鞭笞四裔、探芘卜世長。不敢先天下、老子三寶章。何憂掃氛祲、枉矢貫天狠。天眷有讓德、艮維降之祥。

三陵望鬱葱、佳氣方未央。柹附誓翊戴、葦衞于苞桑。齊心奉聖主、長御萬年觴。兵氣繇政秕、亂萌繇志荒。

叛眠治昌披、胡兵懲陸梁。立國自有本、濟時豈無芳。尼父曰正名、聖者道其常。立石與橿柳、先誅畦議郎。


とも詠じてゐる。清開國創業のころを追想し、太祖の第二子代善が太祖をたすけて偉大な功業をたて、しかも弟太宗に位を讓つた德行を讚へ、帝室の一門族戚協力して天子を補翼することこそ、繁榮の基であることを強調し、兵亂の因、治叛懲敵の途、治國の根本對策を說き、滅亡に瀕せる國家の再起を願はば、先づ妖言にまどへる漢の畦弘の如き者を誅せよ、と叫んでゐる。詩中、莊子・老子の語を引用し、論語・荀子に據つて「尼父は名を正さんと曰ひ、聖者はその常を道ふ。」といつてゐる。かうした感時の作には、彼の積極的な憂國慨世の情、匡時救危の念があふれてゐる。杜甫や陸游の詩を愛した一面があらはれてゐるともいへよう。

三　その詩

袁昶は自ら、「漸西村人初集」敍中において、「句、律に入らず、故に支離多し。その詞、意、工を求めず、連犿の製を傷る無し。」「故に知る、繩削を煩はさざるは、ただ夔州を數へ、後、詩風超然雅重を致すを。」「一邑の酒、古人九醞の醇を去ること、亦以て遠し。然れども猶閑言日を送り、炊嫗も解すべく、庸音曲とするに足り、蹇淺自ら娛しむ。これを舂者相歌ひて、秋蟲の砌に吟ずるに和し、牧童の晚箋、疏鐘の澗を度るに答ふるに譬ふ」「集中寓言、或は時にこれ有り、妄語は則ち力めて戒しめ、芟除して未だ敢て出ださざるなり。」などといひ、「于湖集題詞」においても、「物に觸れて興を厲し、偶々韻語を拈す。率ね胸臆を逞うし、工律を求めず」。「詞俺にして隱すが如く、誼婉にして方に顯はる。」といひ、「跋」において、「これ正に憨山云ふ所の文字習氣の魔か。以後綺語を剗滌し、鮫雜无實の詞を作る勿きを硯戒す。」「刻琱の萬言は、一杯の水に値せず、門を閉ざして熟睡するに如かず。」などとも述べてゐる。彼の詩作の態度、反省といつたものが窺へよう。また、陸機の「文賦」、白居易・黄庭堅などの主張、態度に共鳴する所があつたことも知ることができる。

さて、袁昶の詩について、李慈銘は、「名雋味ふべし。」といひ、「字字新警」と評し、（「越縵堂詩話」巻上之下）最も荊公の詩を愛す。」（「于湖小集」詩一注）といひ、樊增祥の詩と比較して、「袁子清言冰玉を啄き、樊子秀語山綠を奪ふ。」「これを山に譬へんか、袁は峻崖冰瀑を裂くが如く、樊は白雲澗曲に生ずるが如し。これを水に譬へんか、袁は清湍に盤渦激するが如く、樊は明湖に碧波翻へるが如し。これを木に譬へんか、袁は奇松地に偃して覆ふが如く、樊は黛柏天に參じて秀ずるが如し。これを花に譬へんか、袁は苞紫丁香を含むが如く、樊は猩豔海棠開くが如し。これを果に譬へんか、袁は脆梨寒かにして齒に泌みるが如く、樊は蒲桃爽かにして滓無きが如し。これを茗に譬へんか、袁は岕茶の清にして妍なるが如く、樊は越芽の翠且つ鮮なるが如し。譬罕にして既に窮しこれを食に譬へ、雋永兼ねて味と色とを論ぜん。一は則ち江珧蝤を兼ね、一は玉鱠金虀の溲、世間奇味常には有らず、安んぞ日々膳羞に供するを得ん。南能北秀肩を竝べて出で、〔爽秋の詩に「誰かこれ南能誰か北秀」の語あり。〕獅吼龍唫善知識。謬つて蘇學を推して秦黄と稱す、〔君の詩、秦黄を以て喩となす。〕敢て韓門に比して歟籍と論ぜん。」（評騭袁樊兩家詩格、以山水花木茗果爲喩。）と詠じてゐる。

樊增祥はこれに答へて、「袁詩は欖を食らふが如く、我が詩は薦をかむが如し。世に味を知る者あり、甘は乃ち苦の下に居る。袁詩は黍稷の馨、我が詩は桃李の花。古人また言へるあり、秋實は春華に勝ると。袁詩は帛たり我は錦たり、袁詩は酪たり我は茗たり。袁は冰柱たり雪車たり、我は丹曦たり紫霞たり。袁詩の好處は人愛する無く、我が詩は愛好し皆驚嗟す。」（忎伯師評隨袁樊兩家詩格、以山水花木茗果爲喩。敬答一首、柬爽秋兼柬子培。）と詠じ、「世に爽翁に効ふの詩多きも、百に一似たるものなし。」（「樊山續集」巻十八、鰈舫集、再哭許袁二公詩の注。）といひ、「清は露下の蓮の如く、勁は雪中の竹の如し。幽は石罅の蘭の如く、淡は霜後の菊の如し。剽は蒼鷹の擧がるがごとく、重は巨象の伏するがごとし。華は衣黼の繡のごとく、質は霈布の栗のごとし。」とか「君の詩は岕茶の如く、飲むこと多ければ寢ぬる能はず。冷、肝鬲の間に積もり、軒然として雪焦沸く。缺月屋角におち、金缸黑翠を照らす。玄は道家の言たり、深は佛理と會す。中夜咿唔の聲、風蟬の嘒よりも幽かなり。」（「樊山集」巻十七、西山集、夜宿挹翠山房、讀爽秋詩集。）とか、「一編の終始于湖に在り、風雅の咀含道と俱にす。詩裏周公ただ子美、文中鳥獲これ江都。（「論衡」に見ゆ。）涪翁曾て看し竹を補裁し、琴高かいし所の魚を食らふに懶し。今日廉頗趙土を思ひ、また江左夷吾を念ふが如し。」（「樊山續集」第九、北臺集、題爽秋水明廔詩集。）とも詠じてゐる。

張之洞は、「江西魔派吟ずるに堪へず、北宋淸奇これ雅音雙井半山君一手、傷ましいかな斜日廣陵の吟。」（「廣雅堂詩集」、金陵遊覽詩。漚簃過蕪湖弔袁）と詠じ、易順鼎は、「樊は桃源人境窮まるが如く、袁は箭括天門通ずるが如し。樊は錦帆苕淞に泛ぶが如く、袁は靑鞋攝鍾に登るが如し。樊は珠光蚌童吐くが如く、袁は劍氣袁公騰るが如し。樊は霜は楓林を酔はしむの楓の如く、袁は雪は葱嶺を壓するの葱の如し。樊は春、竹葉春を澆ぐが如く、袁は冬、麥門冬を飲むが如し。樊は金鋪綠蕪合するが如く、袁は石磴蒼苔封ずるが如し。」（讀漸西樊山兩家詩、如遊名山、如讀異書、如聞鈞天廣樂之音樂而忘死、雖有駟馬高蓋、不如坐進此道也。兩家集中、相唱和有此篇、暇日輒仿其體、用其韻、即題其集。）と、樊增祥の詩と對比して論詠してゐる。

周壽昌は、「虛處は事外の致を得て、枝游曼衍の談なく、實處は元氣を含み無間に入りて、晦澀艱深の病なし。壬申（一八七二）以前の作は遣詞閎麗閎にして、趣猶顯らかなり。丁丑（一八七七）戊寅（一八七八）に入りて後の詩は、則ち模擬の迹を脫去し、動もすれば古と會し、漸く簡淡に入りて指殊に深し。この功、年力にまつの異にして、強ひて爲すべからざるなり。」（「漸西村人初集」敍）と述べ、譚廷獻は、「重黎奇秉を負ひ、少にして喪亂にあたり、その楹書を失ひ、僅かに存するをつつしんで守り、則ち已に讀みて要を擧ぐ。故に相見淵湛にして、敏銳の氣を畜へ、同好傾倒し、老成嘆異す。君益々節を折りて博く群言に涉り、體用に折中す。冠して壯なるや、四方に游び、秣陵江都、師友取益し、學ぶ所大いに就る。公車山海を往來し、衿袍に納る。時事に通知し、鬱律未だ試みずして詩歌に發す。また主客尙書を佐け、四洲志を典す。將に南牀に入り、惠文に冠せんとし、旋に浮湛し、久しく戶曹に次す。文筆矜重、その言淵乎として、測識し易からざるなり。閣椽つて出でて外吏となり、中外の窾を曲折し、消息の鑰を宏攬し、論者の迹を匡して、持斡するに虛を以てす。虛且つこれを徵し、これを徵するも亦その詩に於てす。淵乎としてそれ益々深し。」「固より夙昔の見る所、少壯のいたる所を推大す。然り而して要を秉り本を執り、清虛以て自ら守る。その言に味はひあり、その道に游ぶが如く、物に感じて端をなし、材深美を知り、與に事を圖るべし。則ち文はその人の如く、則ち人はその文の如く、波瀾二なし。殆んど一人の私言に非ざるか。」（「漸西村人初集」後敍）「樊詩は跌宕、材に華なる者、道に幹す。袁詩は懿美、默存する者は道にして、卷舒する者は才。」と述べてゐる。

狄葆賢は、「一を漸西村人集といふ。邸樊に擁膝し、及び曹部に廻翔せし時の作たり。一を于湖小集といふ。皖南に游官せし時の作たり。前集は排奡、多く山谷に似、またまま柳に似たるものあり。後集は閒放、東披。臨川の間に在り。」（「平等閣詩話」二卷）と評し、陳衍は、「作詩冷澀生典を用ふ。樊・易二君と、皆抱冰堂の弟子なり、而して詩派は迥然として同じからず。葉損軒嘗て晩翠軒集に況ふ。」（「石遺室詩話」巻一）と述べてゐる。葉損軒は名は大莊、損軒はその號、「寫經齋初稿」四卷、「續稿」がある。「晩翠軒集」は、戊戌六君子の一人林旭の詩集。葉大莊の詩は「冷雋」、林旭の詩は「苦澀幽僻」をもつて稱せられた。陳衍は更に、「爽秋の詩、僻澀苛碎、肯て人のごとき語を作さず。然れどもまた妍秀喜ぶべきもの多し。」といひ、「爽秋の五言古は、實は、潘・陸・顏・謝の骨格を以てし、輔くるに北宋諸賢の面目を以てす。故にその僻澀苛碎を覺ゆ。然れども工力甚だ深く、終に雅音に愧じざるなり。」（「石遺室詩話」巻十二）とか、「爽秋の詩、鮑・謝に根柢して用事遣詞、力めて僻澀を求むるは、則ち挑唐抱宋者より純なり。」（「近代詩鈔」十一、「石遺室詩話」）とも評してゐる。

金天羽は、「能く山谷より太白にさかのぼりて、蒙莊の神を得たり。凡そ藝事獨至あれば、必ず直率互にあらはる。喬松怪石、その醜を掩はず。漸西好んで道藏佛典を用ひ、乃ち累を爲すのみ。乃ちこれを採すること益々甕に、これを嗇すること彌々雋、文を隱にし義を彰はし、標倫卓伍のごときは、まことに及ぶべからず。蓋し天翮は昭烯閎偉の作を喜び、而して執事は沖夷鬱栗の體を愛す。」（「天放樓文言」巻十、再答蘇戡先生書）と述べてゐる。「執事」とは鄭孝胥をいふ。諸祖耿は、「間に嘗て清季諸賢の詩を讀む。內籀する者は漸西より工みなるはなく、外籀する者は人境より侈なるはなし。人境は粗放を免れず、而して漸西はいささかその細碎を嫌ふ。然れども二子沒して嗣音また絕ゆ。」（「天放樓詩續集」序）と評してゐる。

李慈銘・樊增祥・易順鼎たちが、比喩をもつて樊增祥の詩と比較論詠したところは、比喩の仕方は異つてゐるが、感じた特色は概ね一致してゐる。それは、寒冷淸勁、苦澀怪奇、質實深玄といつたことばで表現されるものであり、樊增祥とは極めて對照的で、異色あるものと認めてゐることである。彼等の感想はよく袁詩の特徴を捉へてゐるといへよう。

周壽昌のやうに壬申以前と丁丑以後の作との間に明確な變化の跡を見出すことは困難であり、「晦澀艱深の病なし」とはいひ難い。周壽昌の序は、全體的に過譽に失してゐる。譚廷獻の序は、袁昶が歩んだ道をあとづけるに足るものであるが、「漢書藝文志」の道家、詩賦の序のことばをもつて評語としてゐるのは、當らないともいひ難いが、一般論的であり過ぎる。「後の藝文に志す者」への告示的意圖が強すぎた結果であらう。狄葆賢は、「漸西村人集」と「于湖小集」との差異を述べたが、必すしも適切な評とはいひ難い。陳衍の「僻澀苛碎」、金天羽の「昭烯閎偉」は、いづれも袁詩の特色の一面を評した妥當な語であり、諸祖耿が晩清における歸納・演繹の代表的な最も優れた詩人として、袁昶と黃遵憲とを推擧したのは、金天羽とともに好む所を強調したものであり、「細碎」「粗放」をそれぞれの欠點として指摘したことは正しいといへよう。

袁昶が道佛の學を愛好したことは既に述べた通りであり、老莊佛典の語を詩中に多く使用してゐることも、例示した作品によつて十分にわかろう。また、隱棲枯禪、自然を愛した詩人たちを宗尚したことも既に觸れたところであり、陳衍がいつたやうに、潘岳・陸機・顏延之・鮑照・謝靈運などを根抵としてゐるともいへようが、更に王績や柳宗元をも加へるべきであらう。しかし、諸家が評してゐるやうに、過去の詩人の中、彼が最も學効したのは北宋の諸賢、特に黃庭堅・王安石・蘇東坡であつた。あるいはその體に効い、あるいはその韻を用ひ、あるいはその句を借り、あるいは追慕の情を歌詠してゐる。中でも黃庭堅に關するものが最も多い。

「題黃文節戎州以後詩」(「于湖小集」巻二)で、

綺語皆涵眞實語、忘機略示杜權機。無窮文句雕鎪出、病卽俄室一祖衣。

と詠じ、「半山今有寺、豈卽荊公故宅、後捨爲報佪寺之遺阯耶。作詩用公集送孫正之韻。」（「漸西村人初集」卷七）五首の第一首で、

山石巃嵸碧成圍、如牛飮澗熊登陴。陂廻徑轉至者誰、獨與眞宰相邀嬉。高詞絯俗古所悲、字說誰識衷之旗。〔公晩作字說謂形聲皆有義、敎必自此始。知此者則於道德之意、已十九矣。黃庭堅稱其交簡義深、許氏說文之見重於世、自公始發之。觀土山示蔡天啓詩、東京一祭酒云云、可知。〕靈湫之泉涸無時、窮源孤往吾行規。

と詠じてゐる。黃庭堅や王安石に對する欽仰の念を窺ふことができよう。陳衍が特に佳作として擧げた（「石遺室詩話」卷十一）「和友人夜出至湖堤小橋上望月」（「于湖小集」卷一）では、

水南鬱森沈、滙木秋氣歛。微茫辨遠岫、薄煙霏冉冉。搴擕淸夜游、佳氣欲泛灩。潭馨荷蓋殘、村火松明閃。裵略彴上、璧月吐復掩。塀雲合鱗皴、龕燈射星點。奔泉注江閣、㴑㴑穿蘆崦。卽目娛淸景、意行脫拘檢。惠能雕萬物、莊亦離諸染。何似濠梁語、會心應不減。

と詠じ、譚延獻は「これ山谷の老境に入る」（同上、注）と評してゐる。また彼の詩風を知るに足るものであらう。

さて、當時の人々に對する贈答懷念などの作では、樊增祥・龍繼棟に關するものが最も多く、ついで李慈銘・

許景澄・張之洞、己丑（一八八九）以後では梁鼎芬・黄遵憲などに對するものが多い。袁昶と竝び稱せられた樊增祥は、とかくの批評はあるにしても、晩清詩壇の一大宗匠として認められてゐるし、黄遵憲の如きは、近代中國における最も偉大な民族詩人として盛んに稱揚されてゐる。梁鼎芬も嶺南の一大詩人として、その遺詩を愛誦する者が多い。然るに、ひとり袁昶は一概に抹殺され、その詩について語る者もほとんどゐない。彼が「反議和團運動」のより直接的な提唱者であつたことが、彼を論定する根據となつてゐる。しかし、黄遵憲たちもほぼ相似た思想を抱懷してゐたことは「三哀詩」などによつても十分知ることができよう。もし黄遵憲を偉大な民族詩人と稱し得るならば、袁昶もまた。衰微混亂した國內情勢と、外國帝國主義の侵攻の中から、中國が近代國家として新生しようと苦惱してゐた時代の、一箇の犧牲者として、異色ある詩人として、考へるべきではなかろうか。少なくとも彼の作品は、清末特に甲午庚子時代の中國民族の苦悶を反映したものとして、もつと重視すべきではないかと思ふ。

（一九六四、六、三〇）

民初における前清遺老の詩

一　遺老と詩社

武昌における英命軍の勝利の報に驚愕し、ひきつづいての各地の戰亂に畏怯難を避け、宣統帝の退位の詔に悲涙を流し、中華民國となつて後も共和を忌疾し、前代故君を忘れ得ない人々がゐた。いはゆる前清の遺老たちである。あるいは、陳寶琛・梁鼎芬・徐坊などの如く、幼帝の傅育に力を盡くす者があり、あるいは、康有爲・李瑞清・胡思敬などの如ぐ、ひそかに恢復の業を成さんと奔走する者もあつた。鄭孝胥・陳三立・林紓・馮煦・鄭文焯・兪明震などの如く、詩文書畫を賣つて生活する者。曾習經・勞乃宣の如く、農耕に從事して生を送ろうとする者。沈曾植・朱祖謀・繆荃蓀・汪兆轡・楊鍾羲等の如く、著述に生きがひを見出す者。その生き方もさまざまであつたが、多くは貧窮困苦の生活であつた。

彼等の中にも、陳衍が言つたやうに「樂観悲觀の兩派」（「石遺室詩話」巻十七）があつたし、「一人には一人自立の地位あり。老は則ち老のみ、何の遺かこれあらん。」（同、巻二十九）といつた異議を持つ者もあり、彼等の心境、處世の道も、もちろん人によつて差異があり、時の經過に伴つての變化もあつた。ここでは、自ら遺老と稱し、また遺老と目せられた、代表的な人々の作品を中心として、その特色を明らかにしてみたいと思ふ。辛亥革命時代の文學の一面を語るものとして、考慮を拂ふ必要があると考へるからである。

彼等の中には、郷里に歸居する者、外國に逃避する者などもあつたが、最も多く避難隱棲したのは上海附近であり、次が天津・北京周邊であつた。しかも、陳三立が、「海濱の流人遺老、番市樓壁の中に跼蹐し、類ね足跡境外を窺はず」（「俞觚庵詩集」序）と言ひ、劉炳照が、「淞南ふたたび兵火を經、淞北の僑民庇を外人の宇下に託し、媮安食息す。逋臣窮士みなここに集まる。」（「晨風廬詩存序」）と言つてゐるやうに、上海や天津に難を避けた者の多くは、外國人の租界内に寓居した。もちろん、世情が平靜に赴くに從つて、轉居移住する者もあつたが、革命後しばらくの間は、さうした狀態であつた。

さて、陳三立は、「世に生まれて就す所なく、賊殺すを得ず。瑰意畸行、天壤に顯はるるに足るなく、僅かに區々命をその所謂詩なるものを治むるに投じ、朝營暮索、精を敝り氣を盡くし、これを以て給を取り、生を養い死を送るの具となす。その生くるや、これを藉りて業となし、その死するや、これに附して名を獵る。また天下の至悲なり。」（「俞觚庵詩集序」）と嘆いたが、かうした生活態度は、詩詞の宗匠としてすでにその名が喧傳されてゐた人々の一部であつて、多くは必ずしも詩を生活の糧とせず、また詩を以て傳はることを欲しない人々もゐた。しかし、その遺老的情思が自ら發して詩歌となり、感慨を詩に託することが、彼等の大きな、人によつては唯一の、慰めであつた。彼等は相攜へて橋畔に立ち、流水を觀、興亡の陳跡をかたり、喪亂のやまないのを悲しみ、人紀の壞散を悼んだり、（陳三立「清道人遺集序」）よく往來しては、しばしば詩を賦して相唱酬したり、（馮煦「悔餘生詩序」）故老相集つて縱飲聯吟したり、（「散原精舍文集」卷十一、沈敬祐公墓誌銘）たびたび西湖に遊び、遊宴竟日、往事を縱談し、長歌を哭にかへたりした。（餘肇康「悔餘生詩序」）

當時、上海に流寓中の瞿鴻禨・陳三立・馮煦・沈曾植・陳夔龍などが主となつて、民國二、三年のころに「超社」、民國四年以後「逸社」といふ詩社を結成した。それらに參加した者に、繆荃蓀・吳慶坻・沈瑜慶・王仁東・餘肇康・楊鍾羲・朱祖謀・樊增祥・左紹佐・沈曾桐・呉士鑑などがあり、梁鼎芬も「超社」の集に加はつたことがある。「逸社」は、陳三立の南京歸去、瞿鴻禨・沈瑜慶・王仁東の死去（民國七年）などによつて一時中絶し、民國九年陳夔龍が再開したりした。

上海にはまた「淞社」があつた。周慶雲を中心とし、その晨風廬によく參集唱和した。劉炳照は、「夢坡坐客常に滿ち、樽酒空しからず、孔北海の遺風あり。」「身世濩落の感、邦國殄瘁の憂に至つては、今の昔を視ること、殆んど甚だしきものあり。まさに亦淞社の諸子の聲を同じくして永歎する所なり。」（「晨風廬詩存序」）と述べてゐる。夢坡は周慶雲の字である。趙湯も「題辭」の詩で、

遺老群居海谷多、憂時涕淚發狂歌。一編體格追長慶、四座風流紹永和。重見耆英開洛社、果然行市奪蘇坡。憑他世外滄桑變、文字從來劫不磨。

と詠じてゐる。劉炳照の序は癸丑（一九一三）七月の作であるが、「晨風廬唱和詩存」六卷には、壬子（一九一二）重陽から乙卯（一九一五）立秋までの唱和の詩が集錄されており、その中には、繆荃蓀・呉慶坻・鄭孝胥・李岳瑞など遺老と稱すべき人々の作品もあるが、潘飛聲・王藴章・龐樹柏・陳世宜・徐珂・丁立中・葉楚傖など、南社同人の詩詞も收められてゐる。東晉の永和蘭亭の會、宋の洛陽耆英會のあとを追ふものとはいへても、「身世濩落の感、邦國殄瘁の憂」を抒寫した、「憂時」の「狂歌」と稱すべき程のものは極めて少ない。

北京には、宣統二年（一九一〇）の春、陳衍・江洸・趙熙・胡思敬・曾習經・溫肅。羅惇曧・胡琳章・江庸たちが創設した詩社があり、辛亥（一九一一）には、更に陳寶琛・鄭孝胥・冒廣生・林紓・梁鴻志・林思進な

どが加つた。革命後も陳寶琛・羅惇曧・曾習經・林紓等によつて繼續され、民國四年には、陳衍・樊増祥・左紹佐・周樹模・江洸・易順鼎・兪明震・吳士鑑・梁鴻志・黃濬たちが「春社」をつくつたりした。

民國元年十二月一日、天津日租界の庸言報館から創刊された雜誌「庸言」は、梁啓超を主幹とし、吳貫因が編輯に當り、選述人には、林紓・嚴復・陳衍・羅惇曧・夏曾佑・梁啓超・麥孟華・林長民・湯覺頓・周善培・梁啓勳・徐佛蘇・丁世嶧・吳貫因・魏易・張嘉森・藍公武・麥鼎華たちが名を列ねてゐる。當時、林（紓）・嚴・陳（衍）の三名は六十歳前後であつたが、羅・夏・梁（超）は四十代、麥（孟）・林（長）・湯・周・梁（勳）・徐・丁・吳・陳（家）・魏はいづれも三十代、張・藍・麥（鼎）の如きは二十五、六の青年であつた。また、嘗て梁啓超たちとともに維新運動に從事した同志も多く、若い人々はほとんど日本や歐米に留學した人々であつた。從つて、この雜誌そのものを遺老的色彩の濃厚なものとすることは間違つていよう。

しかし、「詩錄」にその作品を登載したものは、樊增祥・羅惇曧・曾習經・楊增犖・陳三立・易順鼎・鄭孝胥・陳寶琛・陳衍・王式通・潘博・黃濬・張謇・康有爲・方爾謙・李宣龔・何藻翔・李稷勳・梁鴻志・兪明震・趙熙・沈瑜慶・胡思敬・林志鈞・陳詩・黃孝覺・麥孟華たちであり、その詩は多く遺老的心情の流露したものであつた。陳衍の門人黃濬の如き青年の作さへさうである。遺少と稱すべき人たちも少なくなかつたことを示してゐる。なほ、陳衍は「石遺室詩話」を、易順鼎は「詩鐘說夢」「琴志樓摘句詩話」を連載した。「庸言」を、民初における遺老たちの作品發表の代表的な一つの機關とみなすこともできよう。

二　傷亂憂世――危苦憤恨

陳三立は、「辛亥の亂興り、義紐絶へ、禹田沸き、天維人紀、寖く以て壞滅す。兼ねて兵戰連歲定まらず、劫殺焚蕩、率獸よりも烈し。農は野をすて、賈は市を輟む。骸骨邱山よりたかく、流血江河を成す。寡妻孤子、酸呻號泣の聲萬里に達す。」(「俞觚庵詩序」)と述べてゐるが、直接戰渦の中に在つた者はもとより、風聞による者も、ひとしく身の危險を痛感し、難を逃れることに苦辛した。從つて彼等の作品には、亂裏の慘狀を描き、危苦の念、憂怨の情を吐露したものがある。

例へば、武昌圍城中に困しみ、年餘にして脱出することができた顧印伯は、

別難序遽更、書阻愁無那。江湖徹關塞、天地入兵火。一炬豈由人、百罹逝逢我。冥行安得塗、枝梧自右左。避兵古亦有、蹈地奚趟可。躄躄爸仰閒、臨皋付危坐。檐角揹夜霧、硝丸墮如雨。頗賴近社安、徹宵聽更鼓。(武昌城行保安社、此戶醵錢鳩丁、每夕柝聲幃舍不絕。鎗礮聲亦不絕、橫飛迭落、幸未穿屋而下。聞柝則近街中尚無警、又一夕苟免也。)十口合髦悼、(老母八十一歲、幼孫芝苗七歲。)食息且棟宇。脫衣易斗升、鹽薪亦悉數。稍儲旬日糧、餘事委聾瞽。枵中殘字在、捫腹餒自煮。(近代詩鈔十一、答洛生七弟汴梁見懷十首、兼懷豫生陳生。)

などと詠じてゐる。陳衍は、「十首中多く少陵の詩事を用ふ。情景同じきを以てなり。」とか、「少陵の孤身長

安大雲寺に逃避し、半歳にして遂に行在所に奔りし者にくらぶれば、危苦まさにこれに過ぐ。」と言ひ、具體的に杜甫の詩と對比し、「用事恰切」と評してゐる。（「石遺室詩話」卷二十二）

林紓は、武昌の變を聞いて天津の英人租界に避難し、やがて北京に歸つたが、その聞見聞する所の北京・天津・長沙・福州等の騒亂災禍の狀況を詳細に描寫し、悲啥憂憤の情のにじみ出てゐる作品が多い。例へば、北京亂裏の體驗を、

酒人聞變杯齊覆、樓下礮聲過爆竹。十夫力鑠鐵闌干、火光已射闌干角。閉窗滅燭覘微隙、噤聲如啞奴廝伏。武冠數猛聚樓下、鎗刃力與鐵扉觸。再攻不克舍我去、月中移影犯鄰屋。居人爭効猢猻蹲、叛軍直作老熊樸。燭光暗處影塞扉、劍聲鏘然刃破櫝。萬聲雜動呼開門、掠索旋過舍五六。斗然鎗止不聞聲、趣行頗似鬼相逐。人人握刃手巨火、非燈非炬燄深綠、僅半炊許光絳天、棟摧瓦覆觚棱燭。城中火聚十二屯、前後驚盼罷吾目。對門一卒挾火入、心知禍至氣爲促。昊天似憫一樓人、幸非縱火但冥索。更沈鼓寂月如水、駝卒沿街拾珠玉。得大遺小賊弗校、屑屑轉爲細民福。平明樓下見行人、賊亦雜行果其腹。汝曹一夕恣捆載、吾民百室空儲蓄。大帥充耳若弗聞、擁賊作衞謬鈴束。利熏心癢那卽已、都門行見一路哭。（「畏廬詩存」卷上、壬子正月十二日、同劉資潁及高㭌稔、飮于小有天三層樓上。某將軍所部兵潰、縱火攻剽、火發可十二處。樓高鐵欄固、盆以鐵扉。賊止弗攻、飛彈流空、厥聲達曉。余亦幾瀕于險。）

と詠じてゐる。林紓自ら杜甫の詩史を以て自負し、陳衍は「工みなる者二三、未だ工みならざる者七八。」（「石遺室詩話」卷五）と評してゐるが、必ずしも當らない。

羅惇曧は、「吾生非隱亦非出、」（「癭庵詩集」、歲暮吟次晦聞韵）「亂亦不必避、時亦不必傷。」（同上、病起作）などと言ひ、「情を鞠部に馳せ」（黄節「癭庵詩集序」）たりしたが、北京革命時の狀態について、

夜半驚聞戍卒呼、咸陽一炬變榛蕪。飽颺今識鷹難養、非種誰言蔓易圖。輦下已成胠篋盡、道傍空見墀鉤誅、九門禁夜行人斷、蕭瑟春城冷月孤。（「庸言」第三號、壬子正月十二日作）

と詠じ、黄濬もほぼ相似た感慨をもらしてゐる（同、八月十六日の一首）。高望曾は、杭州附近の戰禍の悲慘な狀況を描いて、

鄕人荷擔來、纍纍此何物。前肩挂髑髏、後擔束骸骨。爲言荒村中、狼藉無人卹。官局論斤買、易米計亦得。敗骼攙牛羊、眞僞孰能別。山南淨慈旁、山北棲霞側、荒塚何紛紜、千魂共一穴。（杭城收復後、官紳設局、收買屍骨、每斤八文。於南山淨慈寺旁、北山棲霞嶺、各瘞十餘塚、八百斤爲一塚。）豈無忠與貞、豈無豪與傑。身後誰得喪、都付一邱貉、府首念妻孥、淚下衣襟濕（「晚晴簃詩匯」卷一六八、還鄕雜詩）

と痛恨してゐる。

陳三立は一時難を上海に避けたが、後南京の故居に歸り、南京の狀況について、

鐘山親我顏、鬱怒如不平。靑溪繞我足、猶作嗚咽聲。前年恣殺戮、屍橫山下城。婦孺蹈藉死、委塡溪水盈。

誰云風景佳、慘淡弄陰晴。檐底半畝園、界劃同棋枰。指點女牆角、鄰子戕驕兵、買菜忤一語、白刃耀柴荊野。側跪髮母、孥嬰哀哭幷。叱咤卒不顧、土赤血崩傾。夜樓或來看、月黑燐熒熒。（「石遺室詩話」巻十四、由浥還金陵散原別墅雜詩）

と詠じてゐる。陳衍は陳三立の詩について、「辛亥亂後、則ち詩體一變し、杜・梅・黄・陳の間に參錯す。」と言ひ、この詩を評するに、三立の「鬱怒嗚咽」の二語を用ひてゐる（同上）。王賡も、「辛亥以後、君の詩境一變し、閔亂傷時、變雅の作多し。」（「今傳是樓詩話」四五頁）と評してゐる。「一變した」といふより、憂傷淒咽、ますますその激越深刻さを加へたといふべきであらう。

趙熙は、一時上海に流寓し、民國二年蜀に歸つたが、重慶の變に、彼の名を假りて事を肇める者があり、不測の禍に遭おうとしたが、梁啓超たちの辯護によつて辛うじて難を逃れた。

無名死近不才身、一髮餘生賜老民。寡識迗將禰處士、反騷留得楚靈均。眼中南海應無恙、郪下平陽計適人。地獄故應求我佛、出墻紅杏一番春。（「近代詩鈔」十八、上任父）

とは、その時の感慨を詠じたものである。陳衍は「反騷用ひ得て趣あり。」と言ひ、歸鄕後の作品について、「語意沈痛、皆肺腑中より迸出し、薄俗輕儁の子の能く勉託する所に非ざるなり。」とも評してゐる（「石遺室詩話」巻十六）

梁鼎芬は、民國二年、超社第五集の席上で、

何時兵火都爲櫝、柏邪松邪亦蜉蝣。公今登山須鋤耰、祈神助聖必雪仇、誕降麟鳳敎貔貅、潛心黙禱告所由。

群兒嘻嘻撞金甌、群賊狺狺弄戈矛。貴人名士爲倡優、屠沽走卒多王侯。邪臣傾邦甚于賕、大盗移國置之■。

重者誅夷餘幽囚、出民水火散以鳩。河山再造四海謳、日月重光百怪庾。神若有靈如我求、有申及甫病卽瘳。

正直感通誰敢倫、敬告詩史勤雕鎪、斗南文華區薰蕕。彼哉紹術徒咆咻、主人所學盧陵歐。（歐詩、紹術權備爭咆咻。）我詩寫願以銷憂、此園此夜成千秋。（「節庵先生遺詩」卷六、癸丑浴佛日、伯嚴於樊園招餞林侍郎遊泰山、題詩何詩孫圖上。）


などと詠じてゐる。林侍郎は林紹年、伯嚴はいふまでもなく陳三立である。梁鼎芬の詩について、陳三立は、「憤悱の情、噍殺の音、亦頗る時々呈露して、復自ら遏まず。」（「梁節庵詩序」）と評し、陳衍は、「佳處は多く悲慨超逸の兩種に在り。」（「石遺室詩話」卷一）と述べたが、變革後の世態に對する深い憂憤、再興への強い意欲と悲願が流露してゐる。胡思敬は、「晦若臨別貽箋、有僥倖不死冀得再見之辭、因賦長句奉慰。」（「晩晴簃詩匯」卷一八二）で、

昔賢憂亂惟祈死、身死猶存耿耿心。今日天將留碩果、吾儕禍不到東林、信陵醇酒餘孤憤、杜甫麻鞋託苦吟。

他日南歸作流寓。崑山猶可託知音。


と詠じてゐる。胡思敬は、「大盗國を移し、賊を討つに人無きはわれわれの辱である。」と慨嘆し、各地を奔走

して大義を說き、遺臣故老を歷訪し、天下の奇士を求めたといふが、（「碑傳集補」卷十。劉廷琛、胡公漱唐行狀）その詩には「激楚の響が多い。」（「晚晴簃詩匯」卷一八二、詩話）晦若は于式枚、難を上海に避け、崑山に至つて亭林の墓を拜し、歸途舟中に歿した。

楊鍾義は、「蓄藥乃成毒、悔心今始崩、苦求不死藥、乃自促其生。豈惟促其生、毒乃徧斯世、輕言變法人、百害无一利。」（「聖遺詩」甲、蓄藥乃成毒）と詠じ、陳三立も、「今日禍變の極、肇端一轍ならずと雖も、而も高位厚祿の士大夫、この漸を遏めず、その幾を審かにせず、揣摩求合、特立の節なきに由ること、蓋し十にして六七なり。豈に痛ましからずや。」（「散原精舍文集」卷七。庸盦尙書奏議序）と嘆じてゐる。しかし、林紓のやうに、「宗輔初將責地承、臣民洗眼望中興。忽傳璽綬收昌邑、從此危疑甚竟陵。侭有人將時政議、從無才足国屯勝。景皇志事終難就、可亦廻思戊戌曾。」（「畏廬詩存」卷上、辛亥十月十六日感事）と、光緒帝が變法維新の策を採用し、庶政を刷新しようとした意志が實現できなかつたことを、辛亥革命勃發の禍根として遺憾に思つてゐる者もある。辛亥革命と戊戌政變との關係について、二通りの悔恨があつたことを語つてゐる。

三　窮居哀命――沈鬱幽愁

以上、亂を傷み世を憂へ、危苦憤恨の情を抒べた若干の例を擧げたのであるが、その人の性格や思想により、人でもその時により、個人的消極的な心境を歌詠し、自己の身世に對する哀愁の色彩が濃厚なものがある。陳衍が遺老と呼ばれることを好まず、必ずしも悲觀的でなかつたことは、すでに述べた通りであるが、

豺虎冤魂滞北方、東南魑魅亦猖狂。一家轉徙空皮骨、百折乖張有肺腸。豈敢妄爲杜工部、祇堪歸作孟襄陽。
尙疑疏雨微雲外、松月虛窗夢未涼。（「石遺室詩話」巻十一、秋夜讀杜工部孟襄陽詩）

と、亂を憂へ艱苦を歎き、杜甫となるより孟浩然の如く生きたいと願つてゐる。孟浩然の「永懷愁不寐、松月夜窗虛。」（歲暮歸南山詩）に共感したことも窺へる。

勞乃宣は、辛亥後淶水に隱れ、さらに曲阜・青島を經て上海に移り、「死して故君の義を抱き、書を作つて共和を詆つたり」（「畏廬詩存」巻上、五君詠）したが、その詩は「禾黍を倦懷して、しかも促數噍殺の音を爲さず、」（「晚晴簃詩匯」巻一六五）「歸耕釜麓出都感賦」（同上）で

南雲望斷故山蒼、且荷犁鋤倚太行。漁父笑人殊楚澤、居民愛我卽桐鄉。漫將食藿歌空谷、便擬搴薇步首陽。
廻顧觚棱天尺五、臨岐惟有淚浪浪。

とか、「和沈盦守歲感賦、用元遺山甲午除夕詩韻。」（同上）で、

發憤誰能識史遷、無言我欲効焦然。浮雲身世離群雁、逝水光陰下瀨船。舊歲幾人思漢臘、寒宵有鶴話滄年。
山中甲子今何日、醉讀離騷獨問天。

と詠じてゐる。世を逃れたわびしい生活の中で、常に前代を懷い、今を悲しむものといへよう。徐坊は、慨然

として殉國の志を有し、門を閉ざして客を謝し、憂傷憔悴、來だ嘗て一日も國事を忘れず、召されて毓慶宮行走となり、「異日陸丞相となる者はそれ我か。」と言つたといふ。（「碑傳集補」巻七、何劭瑄、誥授光祿大夫勞公墓志銘）その詩は、「蒼涼深婉、黍離麥秋の音あり。」（「晩晴簃詩匯」巻一八〇）と稱せられてゐるが、

飛鳥語燕有哀音、背郭堂成百感侵。窗外秋聲黃葉下、門前殘照綠苔深。悽悽茹苦含辛意、落落逃名憤世心。千古斜川同抱痛、欲書往事淚沾襟。

などと歌つてゐる「志隱堂成」（同上）の詩には、變革に遭遇しての悲哀沈痛がある。

鄭孝胥も、「殘春」（「庸言」第一巻第四號）の詩で、

孤抱曾何惜、殘春絕可哀。不成依斗室、復作攬高臺。心與驚鴻逝、書憑夢蝶廻。司勳休刻意、意盡恐難裁。近水生惆悵、看天抱苦辛。一閑成落魄、多恨失收身。又作江南客、還逢白下春。春風太輕別、無地著愁人。

と詠じてゐる。李商隱は、「刻意傷春復傷別、人間惟有杜司勳。」（「玉谿生詩」巻二、杜司勳）と歌つたが、この詩にも身世に對する悲傷哀怨の情深いものが表現されてゐる。

兪明震が困窮の生活の中で詩作に耽つたことは、すでに擧げた陳三立の「兪觚庵詩集序」によつても明らかであるが、晩年の作について、「近く益々體を簡齋に託し、句法まま錢仲文を追ひ、當世頗るこれを稱す。」とも言つてゐる。「壬子元日」（「近代詩鈔」十八）で、

念念皆成劫、生生各有因。一年更始日、雙鬢暫時人。猿鶴哀同調、滄桑幻早春。風輪彈指轉、何處覓酸辛。

と、急激な時世の轉變を悲しみ、世の無常を感じ、生き難い鬱悶の情をもらしてゐる。

曾習經は國變後田を楊漕に買ひ、力耕自給し、藏する所の圖籍書畫陶瓦の類を斥賣して米に易へたりして、往往宿飽することができなかつたが、斗室に高歌し、怨みず尤めず、歆せず畔かず、といつた境地で世を送つた。（梁啓超「曾剛父詩集序」）彼は自ら遺民と稱し、

梧葉霜黃蓼穗紅、秋光都在蕩搖中。枯禪閲世餘殘喆、歸燕將雛傍露叢。長夜醉鄉愁失日、楞伽心海故飄風。凡夫未有安禪法、對此茫茫百感生（「庸言」第一卷第三號、蟄庵詩存、感興）

などと詠じてゐる。彼の詩について、梁啓超は、「峻潔遒麗、芳馨悱惻、時に幽咽淒斷の聲をなす。」「晚歲に及び、淵微を直湊し、自然に妙契し、神、境と會し、得る所往々陶柳の聖處に入る。」（「曾剛父詩集序」）と稱し、徐世昌は「意を託すること深微にして、出すに淡雅を以てし、溫厚淸遠。」（「晚晴簃詩匯」卷 七七）と評し、王賡は、「志潔く行芳ばしく、竝世兩なし。晚に淨土を修め、頗る精勤を著はす。詩境を以て論ずれば、固より摩詰に同じ。」（「今傳是樓詩話」二三四頁）と言つてゐる。この詩にもさうした彼の世變についての幽愁が歌はれてゐる。

康有爲は、「われ戊戌海外に遁れ、元遺山詩集を攜へ、身世に感傷し、日にその金亡都破の諸作を諷し、心

髀に惻惻たり。意はざりき、十數年にして、竟にわが身において親しくこれを見んとは。」（「審安齋詩集序」）と回顧してゐるが、

十年來居我堪驚、五酌檳榔嶼水清。大地遊頻經似夢、神州劫後變多更。歸魂縹緲關山黑、身世飄流著述成。蒙難整冠問箕子、陳咠待訪可憐生。（「庵言」第五號、己酉七月朔、重還居檳榔嶼。自庚子七月望來居、于今五度十年矣。）

と、他國に飄流して、故國の動亂を憂傷してゐる。また康有爲が、「わが門、詩を能くすることを以て海內に名ある者」（「審安齋詩集序」）として擧げた麥孟華は、かつて「任公書來規慰至摯、然區區之意、似有未盡深知者、賦此奮之。」（「唐言」第九號）で、

鬱鬱孤懷不可寬、天廻地動總無端。定知憂患是何物、坐閱飛沈賸古悱。半局敗棋驚劫急、九州放眼覺才難。著書合是窮愁事、敢怨空山薜荔寒。

と詠じ、同じく潘博も「楷詼谷登江亭」（同、第三號）で、

劫後還爲悯悯游、江亭長夏景深幽。川原寂寂閑車馬、蘆葦蕭蕭隱鷺鷗、樽酒朋儕眼前事、銅駝荊棘夢中秋。興亡草草何人管、留付西山一抹愁。

と詠じてゐる。羅惇曧もまた南海の門人である。曾習經も梁啓超の友人であり、かつて「清議報」にその詩を載せ、梁啓超が「飲冰室詩話」の中で、彼の作品を盛んに賞讃したものである。往年變法維新を唱へ、保皇黨と稱せられた人々のうちにも、その深淺強弱の差はあるにしても、遺民的感慨を抱懐してゐたものが少なくなかつたことを示してゐる。かねてから存在してゐた梁啓超たちとの思想上の差異は、ここにも現はれてゐるといへよう。麥孟華が梁啓超に對して、「區區の意、未だ盡くは深く知らざる者有るに似たり。」と歎いたのも、當然といへば當然である。

陳衍は、沈雲沛の「春寒感事、贈楊泗洲。」と、「甲寅三月、春寒特甚。東海相國、自青島來、呈詩見意。」の二詩を擧げ、二次革命の後に當つてこの悲觀をなす。卒讀するに堪へず。」と言つてゐるが、(「石遺室詩話」卷十七)もともと遺老的心情にも差異があり、しかも、歳月はその心境を變化させ、感情を沈靜ならしめはしたものの、長く懷舊傷今の情を持ち續けた者も少なくなかつた。例へば、陳寶琛は民國八年の作である「己未次韻遜敏齋主人落花四首」の第二首で、

冶蜂凝蝶太猖狂、不替靈修惜衆芳。本意陰晴容養艷、那知風雨促收場。昨宵秉燭猶張樂、別院飛英已命觴。
油幕綵拖竟何用、空枝斜日百廻腸。

と詠じ、民國十三年ごろの作である「後落花詩四首」の第一首で、

恨紫愁紅又一時、開猶濺涙落滋悲。世塵起滅優曇幻、風信蹉跎苦楝遲。水面成文隨處可、泥中多日自家知。
綠陰回首池塘換、忍覆長安亂後棋。

と詠じてゐる。これらの詩は廣く愛誦され、これを模仿する作も少なくなかつたが、王國維が自沈數日前に、門人のために扇に書いて、その殉國の志を示したのも、陳寶琛のこの「前落花詩」の二首であつた。（「吳宓詩集」卷末、「空軒詩話」十三）

四　懷舊思君——孤忠苦志

陳寶琛は、「後落花詩四首」の第四首で、

底急韶華不我留、餘春惜取曲江頭。縱橫滿地誰能掃、高下隨風那自由。幾樹棠梨差可館、舊時花萼豈無樓。
夜闌猶剔殘燈照、心戀空林敢卽休。

と詠じてゐる。吳宓は、「この首、清帝津に居り、及び作者忠愛の意を言ふに似たり。」（「吳宓詩集」卷末、「空軒詩話」十三）と注してゐるが、「溫柔敦厚の教を失はず、」（陳三立「滄趣樓詩集序」）婉約な表現によつて思君の情を歌つたものといへよう。梁鼎芬は、

負盡恩知到此時、尙留殘命賦新詩。興亡豈盡關天意。自是臣愚有未知。（自責之詞。）（「節庵先生遺詩」巻六、題子申畫春心秋心冬心圖巻八首）

と詠じ、「天心未悔將何問、臣罪難言只自知。」（同、丁巳十月二十夜寅初過口子門）とも歌つてゐる。生涯「文字によつて忠肝をあらはした。」（吳慶坻、悔餘生詩巻一、除夕簡乙盦節庵）といへよう。彼等の作品には、「君恩捨て難く江湖を捨て、」「ただ闕を戀ふに因り未だ鄉に還らず、」「天心留つて帝王の師と作る」（「節庵先生遺詩」巻六、題陳師傅聽水齋圖十首）「純忠苦志」（陳三立「滄趣廔詩集序」）が、隨所に見出される。

鄭孝胥も、民國十二年に、

世棄天留等可哀、黍離荊棘更能來。還從銅輦尋殘夢、早向昆明辨劫灰。呑炭漆身殊未避、觸山逐日漫相猜。兩朝國士虛名在、駿骨聊堪比郭隗。（「近代詩鈔」十三、餘以戊戌九月出京、至庚戌七月復入京、凡十三年、有詩紀之。辛亥九月出京、至癸亥七月入京、亦十三年。且出京皆以九月、入京皆以七月。悟而嗟歎、自念生逢世亂、窮老無所就、復爲此詩。後世或有悲之者。）

と詠じてゐる。陳三立は彼の詩を、「激急抗烈、指斥して留遺なし。」（「蒼虬閣詩序」）と評したが、確かにさうした一面があつた。清朝の遺臣として生きようとする強い意志、執念ともいふべきものが感ぜられる。詩人としての彼を高く評價しつつ、溥儀に隨つて滿洲國創建に關與した晩年を惜しむ者が多いが、「銅輦に從つて」滿洲に「殘夢を尋ねる」ことが、彼にとつて最後の悲しい道であつたともいへよう。

馮煦も上海に漂泊し、

國非主辱足悲辛、忍向東籬漉酒巾。萬劫難回天亦夢、二親安在我何辰、霜梅自撫前朝樹、土室空愁後死人。北望觚稜同一慟、反顔半是爪牙臣。（「吹萬樓詩」巻四、北望、次庸庵韻、寄吹萬學兄正句、怨亂之音、不足當大雅一映也）

と、遺臣として悲咽してゐる。陳三立は、馮煦について、「亂を滬瀆に避け、椽を僦りて棲息し、髯鬢皓然、跼天嘣地の孤抱、與に語るべきなし。輒ち間に詩歌に託し、以てその伊鬱煩毒無聊の思を抒ぶ。宛然として屈子澤畔、管生遼東の比なり。」「今日よりこれを視れば、亦たまたま叢憂積痛をなすの具と成るのみ。」「吐辭結體、一に沖淑爾雅、盎然粲然たり。」（「蒿庵類稿序」）と評し、陳衍は、「喪亂を經て後作る所、悽咽の音多し。」「舊作の眞摯に及ばざるに似たり。」（「石遺室詩話」巻十三）と言つてゐるが、必ずしも及ばないとはいへない。

黃濬も、

健兒身手國殤魂、功罪崢嶸待史論。大樹可曾思讓爵、幽蘭終竟忌當門。生全首領朋儕愧、死錫銘旌禮遇尊、成敗一邱狐貉耳、漫從屠醢說疏恩。（「庸言」第三號、八月十六日作）

と、君國に殉ぜんとの熱情を披瀝してゐる。彼の「感事詩一百十韻」を、陳衍は「詩中の過秦論・哀江南賦」と評してゐる。（「石遺室詩話」巻二）

陳曾壽についても、陳三立は、「繁冤極憤、鬱結侘傺、幽憂の情、一にはこれを詩に寓し、その悲憤は鄭孝胥と同じきも、中沈鬱を極めて、而も澹遠溫邃、自らその跡を掩ふ。」（「蒼虬閣詩序」）と言ひ、陳衍は「勃鬱蒼奔、遏抑すべからず。」（「石遺室詩話」巻二十五）と稱し、胡先驌は、「遺黎を以て終老するに甘んぜず、時に興復の志を抱き」「激急ならずと謂ふを得ず、」「その幽憂卒讀する能はず。」（「學衡」第二五期、評陳仁先蒼虬閣詩存）などと評し、詳論してゐる。

曾無一溉蘇窮壤、欲乞九河湔涕痕。胞與斯民原妄念、孑遺末世自煩冤。髓乾猶迫誅求令、代改方知湛濊恩。水澀山枯夕陽盡、夢魂悽惻住荒村。（「近代詩鈔」二十二、潼山村宿）

と詠じてゐるが、懷舊傷恨の情が窺へよう。吳慶坻も、

宣統今年第四春、神州極目莽風塵。舊傳令典青幡迓、夢入朝斑綵仗陳。東郭衣冠原幻相、（舊時迎春有所謂春官者。朱衣烏帽以乞丐爲之。）南天歌哭有遺民、滄江一臥驚殘臘、忍說編詩甲子新。（「悔餘生詩」巻一）

と、前朝を戀ひ變革を悲傷してゐる。

林紓は「畏盧詩存」の自序において、「この歲九月革命軍起り、皇帝政を讓る。聞聞見見、均しく餘の心に適はず。因つて事に觸れて詩を成し、十年來下る每にいよいよ況へ、窮まる所を知らず。蓋し亡國に非ざれば止まざるなり。而して餘が詩の悲涼激楚は、乃ち三十の時より甚だし。然れども幸に寵を宰相に希い、傖父を

責難するの作なし。ただ戀々する所の者は故君のみ。集中の詩謁陵の作多し。譏る者、餘を以て顰を顧怪に効い、名を好むに近しとなす。嗚呼、何ぞ餘の心を諒せざるの甚だしきや。顧怪謁陵の後、遂に第二人これを爲すを許さず。顧怪道ふに足らず。譬へば孔孟を學ばんと欲する者も、亦將に好名を以てこれを斥けんとするか。天下果して人の言を畏れて、敢へて綱常の轍に循はざるは、これ已れを忘るるなり。」と述べてゐる。この序は壬戌（一九二二）十月に記したものであり、辛亥以後の彼の詩の特色、所懷を窺ふに足るであらう。同時に、遺老の詩の一つの特色を強調したものともいへよう。

彼は「癸丑上巳後三日、謁崇陵作」（「畏廬詩存」巻上）を始めとし、辛酉（一九二一）まで崇陵に參拜すること十回、その都度何篇かの詩を殘してゐる。丙辰（一九一六）の作である「十月廿一日先皇帝忌辰、紓齋於梁格莊清愛室、五更具衣冠、同梁鼎芬毓廉至陵下。」（同上）の一首で、

模糊陵樹尚如春、巷陌鳴鷄漸向晨。車馬仍隨殘月影、衣冠竟類早朝人。依依先帝疑非分、孑孑餘生恨不辰。五度隆恩墀下拜、失聲慟哭兩微臣。

と詠じてゐる。梁鼎芬生存中は、林紓は常に鼎芬に隨つて謁陵した。梁鼎芬は、林紓が「光宣歷歷數朝士、盡誠竭節推髯梁。梁髯貧病忍自惜、泣血奔走思先皇。釀金萬數佐方上、席藁累月朝便房。」（同、癸丑上巳後三日謁崇陵作）と歌つてゐるやうに、光緒帝に對する忠誠追慕の情は特に深厚であつた。しかし、謁陵の作は「節庵先生遺詩」中には餘り見當らない。「無題」（「節庵先生遺詩續編」）の詩で、

秀夫赴海心難滅、正則沈湘志可哀。悵望千秋吾涙在、崇陵橋下有人來。

と、孤臣故君を思ふの情を詠じてゐる。

曾習經にも「十一月七日、德宗帝后奉安崇陵、泣紀。」（「蟄庵詩存」）があり、吳慶坻にも「己酉六月、德宗誕辰、廣州梁鼎芬在籍、倡率紳商、集學宮明倫堂行禮。與者五六百人。頃出示當日所爲箋啓、竝啓告父老詩一章。讀之感泣、謹紀以詩。」「節歷提刑於乙卯孟陬、徧謁東西陵、旋奉詔涓吉、種崇陵樹株。謹賦四詩奉寄。」（「悔餘生詩」卷一）などがある。王國維にも、「頤和園詞」「蜀道難」「隆裕皇太后挽歌辭九十韻」（「觀堂集林」卷二十四）などがある。王國維は辛亥革命後、羅振玉に從つて日本に渡り、京都に寓居し、民國五年春歸國した。これらの作品は日本在住中のものである。憂憤の情を以て興亡の跡を詳述し、先帝后を追慕傷恨した長篇詩である。「回首神州劇可哀。漢土由來貴忠節、至今文謝安在哉。履霜堅氷所由漸、麋鹿早上姑蘇臺。興亡原非一姓事、可憐恷恷京與垓。」（同上、送日本狩野博士遊歐州）「此去朝先帝、相將訴昊天。秋茶知苦味、精衞曉沈寃。道路傳鳥啄、宮廷諱馬肝。生原虛似寄、死要重於山。擧世嫌濡足、何人識仔肩。補天愁石破、逐日恨泉乾。心事今逾白、精誠本自丹。山河雖已異、名節固難刊。誄德詞臣少、流言穢史繁。」（隆裕皇太后挽歌辭九十韻）などといつた詩句によつてもその心境が窺へよう。吳宓は「頤和園詞」について、「高古純摯、直ちに唐賢に法り、梅村の『永和宮詞』に勝過す。」と言ひ、「蜀道難」は梅村の「松山哀」に、「隆裕皇太后輓歌辭九十韻」は、同じく梅村の「思陵長公主輓詞」に、はなはだ似てゐると言つてゐる。（「吳宓詩集」卷末、空軒詩話十一）いづれも梅村の體に學んだものと思はれる。郭曾炘に「德宗景皇帝實錄尊藏皇史宬禮成恭紀」（「晚晴簃詩匯」卷一七二）があり、汪兆響に「十一月王（船澌）以詩見寄。適（兆響）亦同拜御書福之賜。以韻寄答。」「正月十三日、九龍城外槃園祼蝦、同集者十二人、禮成恭紀。」（「徵尚齋詩續稿」）などがある。楊鍾羲にも「萬壽節集海日樓」「聖壽節集海日樓、聘三詩先成、依韻奉和。」（「聖遺詩」丙）を始め、遺臣故君を思ふの作が多い。

沈瑜慶も孝定皇后の喪、崇陵奉安の際には躬ら赴き、（「散原精舍文集」卷十、沈敬裕公墓誌銘）鄒嘉來も孝定景皇后の梓宮、崇陵に謁して、身舊臣に列して、國難を救ふなきを哀しみ、（同卷十四、清故外務部尚書鄒公神道碑銘）許玨も崇陵奉安の日、邑中の耆老と約し、闕を望みて再拜し、淚下りて襟を沾したといふ。（「碑傳集補」卷十三、馬其昶、清故出使義國大臣許公墓誌銘）

陳衍は「前清の革命よりして、舊日の官僚、伏處して出でざる者、頓に許多の詩料を添へ、黍離麥秀、荊棘銅駝、義熙甲子の類、筆を搖かせば卽ち來り、滿紙みなこれなり。その實、この局あきらかに故實なく、典を用ひること恰切に難し。前清の鐘虡移らず、廟貌故の如し。故に宗廟宮室、未だ禾黍とならざるなり。都城未だ戰事あらず、銅駝未だ嘗て荊棘中に在らざるなり。義熙の號改まると雖も、未だ王と稱し、帝と稱するの劉寄奴あらざるなり。舊帝后、未だ瀛國公・謝道清とならざるなり。出處去就、人の自便にまかせ、文文山・謝疊山の事なきなり。」「故に今日の世界、亂離は公共の戚たり、興廢は乃ち一家の言なり。」（「石遺室詩話」卷九）と論じてゐる。陳衍の辛亥革命に對する所懷が明瞭に語られており、確かに、遺臣としてこの感慨を抒べた作には、既に擧げた例にも見られるやうに、黍離麥秀、荊棘銅駝、義熙甲子の類が多く用ひられてゐる。文天祥や、謝枋得無きを慨嘆してゐるものもある。しかし、それらの使用が適切でないと、簡單に言ひ去つてしまへないであらう。

民國六年、張勳の復辟運動に參畫し、瞿鴻禨は大學士、周馥・陳寶琛は內閣議政大臣、沈曾植は學部尚書、勞乃宣は法部尚書、康有爲は弼徳院副院長となり、梁鼎芬は張勳の命を受けて總統府に遊説に赴いたりしたが、それは彼等の空しい夢であつたにしても、多くは故國故君を思ふ眞情に基づくものであつたとみるべきであり、時代感覺の欠如、過去に迷戀する者の、誠實故の悲劇ともいへよう。梁實秋はかつて、「われわれが文學の種類派別を區分するのは、最も根本的な性質や傾向に基づくものであり、外在の事實、革命運動、復辟運動の如きは、すべて借りて文學を衡量する標準とすることはできない。偉大な文學は固定的普遍的な人生に基づくものであり、人心の深い處から流れ出た情思にしてはじめてよき文學であり、文學の得難いものは忠實――人性に忠なるものである。」(「偏見集」一、文學與革命)と論じたが、人性に忠實であることはもちろん肝要であるが、復辟運動を起さしめた思想や感情を中心として、文學を論ずることもまた當然であらう。

五　前代遺民の嗣響――貞心悲咽

林紓が顧炎武の後を追ふ者であることは、すでに明らにしたところだが、林紓はなほ、「不死已慚王友石、頻來枉學顧亭林。」(「畏廬詩存」巻下、種樹廬題壁)とか、「信君終始如程濟、老我畸零類謝翶。同戀餘明封殘月、不知苦語近離騷。」(同巻上、寄葵霜)と詠じてゐる。元が亡びて後山中に屛居し、明の太祖が召さんとしたが、自刎して死んだ王翰に慚じ、顧炎武に學ぶ所多く、宋の遺民謝翶に類することを自ら語り、梁鼎芬を明末恵帝に隨つて出走した程濟に比したのである。趙熙は林紓に對して、「遺民汐社偕陳鄭、列國虞初鑄馬班。」(「近代詩鈔」十八、懷畏廬叟)と詠じてゐる。林廬や陳玉琛・鄭孝胥たちを、謝翶たちの汐社の同人にたとへたものである。

梁鼎芬は「杜本谷音吾所屬、黄衷海語若相鬬。」（「節庵先生遺詩」巻六、王檢討闓運回湘賦別）と詠じてゐる。杜本は元の清江の人。その著「谷音」一巻は、宋の遺民の詩を輯したものである。黄衷は明の南海の人。その著「海語」は、海中の荒忽奇譎の狀を詳細に述べたもの。梁鼎芬はまた、「辛亥五十三歲初度、劬兒畫双松壽我。今日見之慘痛於心。口占二十八字、寄劬兒。（甲寅六月六日）（「節庵先生遺詩續編」）で、

我生此日我清朝、（謝文節、至元二十五年、自稱曰我宋。可以爲法。）痛絶餘年到此朝、手把我兒畫松扇、羅横詩在涙如潮。（昭諫松詩、陵遷谷變須高節、莫向人間作大夫。王伯厚稱之。）

と詠じ、「須眉惆悵王伯厚、詩酒縱横陸劍南。」（同上、自題昔年小象）とも歌つてゐる。甲寅は民國三年。謝枋得や陸游、凌儀遺民と號した同じく宋の王應麟などに學ばんとするものであることを示してゐる。羅隱、原名は横、字は昭諫、五代唐梁の間の人。

楊鍾義は、「耳語舊曾輕不識、心情難遂愧山松。（亭林詩、兩世心情知不遂、詩誰更奮魯陽才、爲武陵楊公子山松作也。」（「聖遺詩」甲、卽事、用庚戌長至詩韻示遜翁。）と詠じ、また「亭林同志惟青主」（同上、元旦試筆和孝笙）とか、「松莊局嘣感周餘、端木天懷契古初。不盡平生溫飽志、未須持較孟津詩。（翁正三跋謂、未能與王孟津抗衡）」（同、乙、傅青主書列禦寇書端木叔語一則）とも詠じてゐる。顧炎武・傅青主など明の遺民に共感するところがあつたことを表はしてゐる。翁正三は翁方綱、清大興の人。また、「編摩共賞瓊琚辭、中州集就怛胸臆。」（同上、遜翁書示病夫一章、依韻奉和、竝示身雲籀園節菴。）「苦行平生黠自持、學書人笑凍蠅痴。屠鯨歸佛都無意、日寫中州一

巻詩。」（同、泊園索題唐人寫經殘巻）と詠じてゐる。元好問の編した「中州集」に同調を見出してゐたことを知ることができる。更に、「魯公賓客浮雲散、誰是西臺慟哭人。」（同、甲、遊仙詩八首）とか、「人疑皐羽過蛟門。」（同、身雲節菴籀園訪遜齋新居、用遜齋移居詩韻。時僕亦將移寓。）と、自ら謝翶に比し、「相期心史留眢井、不羨頭銜署玉霄。」（同、身雲再疊前韻、垂賀新居、遜齋亦有詩、見及疊韻奉答。）と、鄭所南たらんことを期してゐる。陳詩は、鍾義晚年の作について、「遺山の鑄史、汐社の聯吟、その芳徽を播き、その貞志を闡く。」（「聖遺詩序」）と言ひ、李宣龔は、「近代に於ては亭林・謝山・籜石・筍河を喜び、論詩は石州詩話を喜ぶ。晚、囏屯に遘い、致光・皐羽に似たり。然れども作る所は、亦殊に相類せず。（「聖遺先生詩跋」）と述べてゐる。「殊に相類せず」といふより、温厚と激越との差異があるといふべきであらう。なほ、その著「雪橋詩話」の中で、明末の遺士孤臣について多く記述し、特に顯彰してゐることは、吳宓も言つたやうに、「志を現はす所以であらう。（「吳宓詩集」附錄、空軒詩話一）

吳慶坻は、「讀晞髮集疊前韻」（「悔餘生詩」巻一）で、「樂府鐵崖應退舍、淋漓元氣沁人肝。」と歌ひ、「顧亭林先生象（象爲道光辛丑江陰吳毖畫）」（同上、巻三）で、「焚山隱介推、碎竹慟皐羽。閹媚羞城狐、飽死笑倉鼠。」とか、「哭汪淵若同年洵」（同上）で、「汐社悲吟骯髒身、惆悵須眉同伯厚。」などと詠じてゐる。また、

一老江東鬢雪疏、苦搜遺獻拾秦餘。南雷詩歷稀傳本、先覺祠堂有廢墟。（西湖有先覺祠堂。黎州詩注云、祠爲劉念臺先生所吵。）澆酒曾過蒼水墓、證人宜續蕺山書、橫雲史筆今誰屬、俯愧衰慵一歎伢（同、巻一、次韻答張讓三美翊。）

と詠じてゐる。郭曾炘も、「秋暑索居、案頭惟亭林南雷兩家詩。時復展玩、各題一首。」（「晩晴簃詩匯」卷一七二）において、

桑海多傳變徵音、鉅篇誰解讀亭林。依然清廟明堂體、未肯亡明一寸心。
忠孝艱屯萃一身、黎洲世不數詩人。刊餘華藻無価拙、掬盡衷腸只是眞。

と詠じ、兪明震も、

袖中亭林詩、（挈先攜亭林集。）應向西臺讀。杖策追光武、（亭林句。）群雄亦粥粥。（「近代詩鈔」十八、次韻和散原遊桐廬、至七里滝釣臺紀事詩三首。）

と詠じてゐる。顧炎武や黃宗羲の同調者であつたといへよう。郭曾炘には「自題集遺山律句百首後」（「晩晴簃詩匯」卷一七二）もある。陳寶琛は郭曾炘の「匏廬詩存」の序で、「婉至は遺山に類し、沈厚は亭林に類す」と評してゐる。康有爲が元遺山集を愛誦したことは既に述べたが、門人陳濤の詩について、「沈痛飛驚、歌泣葳營、哀畖幽清、何ぞその遺山に類するや。その『新秋』『傷春』『感秋』『和叔雅孝方扶萬』の諸律、一唱三歎、哀感頑豔、遺山の金亡都破の諸作と奚ぞ異ならんや。」（「審安齋詩集序」）と評してゐる。

王式通の「題所南翁畫蘭爲樊山作」（「庸言」第一卷、第二號）沈曾植の「鄭所南畫蘭卷、樊山所藏。元明題者三十餘人、未有張文襄題詩。樊山自題七言長篇一、絕句八。皆丁未都中作也。」（「晩晴簃詩匯」卷一七三）は、

いづれも鄭所南の高節とともに謝翺西臺の痛哭を嘆詠してゐる。王賡は王乃徵の詩を評して、「苦語多く、乃ち晞髮谷音の遺なり。」（「今傳是樓詩話」四〇一頁）と言ひ、徐世昌は周景濤の詩を、「沈痛なる處は、乃ち汐禮諸賢と近しとなす。」（「晩晴簃詩匯」卷一七八）と評してゐる。曾習經は梁鼎芬に對して、「媿爾西臺晞髮叟、年年寒食哭冬青。」（「蟄庵詩存」、卽事、呈葵霜閣。）と詠じ、「書何蔚高獾詩後」（「蟄庵詩存」）でも、「慟哭西臺記、淒涼北狩編。」と詠じてゐる。「北狩見聞錄」は、宋の曹妳が徽宗に從つて金營に赴いた時の北行の記録である。

餘肇康は「題杜茶村先生遺像」（「近代詩鈔」十五）で、

勝國黄岡一遺老、蔣山鬱鬱寄孤骸。孝陵風雨詩魂在、可有梅村與牧齋。

と詠じてゐる。黄岡の杜濬、號は茶村。明亡びて地を金陵に避け、貧窮の生活に甘んじた。卒して後、以て葬をなすなく、陳鵬年江寧府の知となるに及んで、始めて蔣山の北梅花村に葬つた。刻意詩を作り、詩文豪健と稱せられた。

汪兆響は、

西臺慟哭舊如何、一卷詞人鬢已皤。今日披圖感身世、淚痕應比墨痕多。（「徵尙齋詩續稿」、壬戌六月、蘇選樓屬題宋臺圖詠）

とか、

三百年來濠鏡郝、流風猶憶屈陳何。亂離身世詩人涙、今古傷心一浩歌。（同上、題崔伯越是詩篋図）

と詠じてゐる。明の遺民屈大均・陳恭尹・何鞏道の流風を慕ふものである。なほ、汪兆鏞は「元粤東遺民録」を著はし、繆荃蓀にも「明遺臣傳」の著がある。ともに自ら寓するところがあつたといへよう。

以上によつて、遺老たちが前代の遺民、特に宋の謝翶、金の元好問、明の顧炎武たちに共感する所が極めて大であり、その作品もその遺風を繼承するといふ風潮が一般的に強かつたことを知ることができる。辛亥時代の革命詩人ともいふべき人々も、宋末明末の烈士遺民を深く敬慕し、その遺著を顯彰し、その詩歌を熱愛したが、兩者の間には、次のやうな相違點が見出される。第一には、前者は廣く殉難の烈士、守節の遺民にわたつてゐるが、後者はほとんどいはゆる遺民に限られてゐる。第二には、岡じ遺民についても、前者は狹義の民族的立場を根幹とし、異民族の支配に對する抵抗に重點が置かれてゐるが、後者は民族的意識は全然なく、變革の時期に遭遇した悲劇の主人公としての傷心の心境に共感し、境遇の類似を直接的な結びつきとしてゐる。第三には、前者は遺詩の中から不屈な精神、壯心雄志などを學びとろうとしたのに對して、後者は憂世悲哀の情、桑滄の感、現實逃避的な幽咽の吟を嗣ごうとする色彩が濃厚である。「幾社」「復社」のあとを嗣ぐものと、「汐社」のあとを嗣ぐものとの相違、さうもいへるかと思ふ。

（一九六四、六、一八）

未発表論文

活字化にあたって

一、本稿は倉田博士没後に発見された自筆原稿を活字化した。

一、発表先不明のため、題目をそのまま掲載した。判別不能の字は■であらわしている。

（田山記）

現代詩の醞釀期としての清末民初詩壇の一考察

序言

一九一七年、胡適、陳獨秀によつて文學論が提倡され白話詩が嘗試されてから、中國詩壇に新しい形式の詩が生れ育つたのであるが、勿論、現代詩といへば現代に生きてゐる詩は、新舊の如何を問はず、現代詩といはなければならないが、この新體詩をここでは現代詩と稱してゐるのである。

さて、この現代詩の生誕は一九一七年からであるが、これは外國文化の吸收を直接的動因として生れたためともいへる。維新運動の中心人物であつた梁啓超、譚嗣同、夏曾佑、黃遵憲達の詩界革命の提倡や、「わが手わが口を寫し」（雜感）「古人の糟粕を棄て去つて、古人の束縛する所とならざらんことを欲し」「古人いまだ有せざりし物」「いまだ闢かざりし境に及び、耳目の歷る所、皆筆にしてこれを書し」「我の詩たるを失はざらんことを」理想境とし、甲午戰爭前後の詩壇に異彩を放つ佳篇を殘した黃遵憲などにその先聲を求めることができ、その頃から以後文學革命運動の起る頃までを醞釀期と考へることが出來るのではないかと思ふ。

さて、梁啓超や黃遵憲などによつて提倡され顯現された詩界革命の道は、外國文化の輸入が盛んになつたことと革命思想が熾烈になつたことなどによつて、一段と進展して行つたと見ることができる。

さうした流れの中に一九〇九年、柳亞子、陳去病、高旭などによつて上海に「南社」が創設されたのであるが、今日は主として南社の詩人達を中心として當時の中國詩壇の一つの新しい動向を見てみたいと思ふのである。

日露戰争以後の中國の背景を一瞥してみると、一九〇九年の夏には、孫文、黄興、宋教仁、汪精衛達によつて中國同盟會が東京に成立され、「民報」を發行して革命宣傳を行ひ、一九〇六年、章太炎が蘇報事件によつて入獄中であつたが滿期出獄して渡日して「民報」の主筆となり、一九〇七年四月には饒平縣黄岡城で陳宏生達が清軍と血戰し、やがて黄花岡における七十二烈士の殉難を經て辛亥革命となりここに中華民國が生れたのであるが、それは眞に革命の實をあげたとはいへず、袁世凱の專横が次第に增長して、宋教仁は暗殺され（一九一三、三、二二）討袁を目的とした第二革命が黄興等によつて起されたが失敗し、袁世凱洪憲帝と稱せんとした。一方、一九一四年には第一次歐州大戰が勃發し、諸外國に變つて日本が中國に侵入する機會を捉へるに至つたのである。

文壇の大勢について考へると、梁啓超達の「新民叢報」、「新小説」などにひきつづき、「小説林」（曾孟撰、一九〇四）、「大陸報」（一九〇二）、「小説時報」（一九〇九、九）、「小説月報」（一九一〇、七）、「太平洋報」（一九一二、三）などの諸雜誌が現れ、やがて文學革命の牙城「新青年」（一九一五、九）の出現となり、二十年目睹の「怪現狀」（吳沃瀧、一九〇三）、「老殘遊記」（劉鶚、一九〇六）、「薛海花」（曾樸、一九〇七）、「斷鴻零雁記」（蘇玄瑛、一九一二）などの小説、林琴南の「茶花女」（一九〇二）などの多くの翻譯小説が出版された時代である。詩壇においては、漢魏六朝を模する「圓明園詞」の王闓運（一八三二―一九一六）、同光體の鄭孝胥、陳三立、易順鼎（一八五八―一九二〇）、樊增祥（一八四六―一九三一）、詩評家として「石遺室詩話」の陳衍などが詩の王國に君臨して、この三派が亞流であつたといへよう。これに對して、詩歌革新を唱へた黄遵憲沒し（一八四八―

一九〇六）、梁啓超等も保皇黨として青年達の支持をあつめた。

一　革命的浪漫詩の歌

南社は文學上の共同の信條を基として結成されたものではなく、革命思想を中心として結成された文學團體であつた。彼等の中には蘇曼殊のやうに直接革命に參加しなかつたものもあるが、多くは漢文學者といふよりは革命家であつた。その作品は革命家としての感慨を吐露したものに過ぎないともいへるであらう。しかもその革命思想においても、排滿といふ點では一致していたが必ずしも一樣ではなく、黃節などの如く章太炎流の種族革命を目的としたものもあれば、黃興、宋教仁、汪精衞、于右任、馬君武などのやうに孫文流の民主革命を目標としたものもあり、もつと廣く蘇曼殊、吳虞などの自由主義的な立場のものもあり、更には「大膽詩人」と稱された林庚白の如く社會主義的思想のものもあつた。

更に傳の流派の上から見ても、諸宗元達の如く江西派の流れを酌むものもあり、蘇曼殊、黃節のやうに魏晉派のものもあり、或は柳亞子などのやうに唐詩を祖とするものもあつた。次に民族革命の立場において、顧炎武、屈翁山、夏存古などの明末詩人を民族主義の先達として欣慕し亡國の痛悵とを盛つた詩を漢民族精神の糧とした。黃節が「崑山顧氏の詩を好み、以て自ら擬し」（章炳麟「墓碑銘」）、柳亞子が顧炎武の詩に「滿清に反抗し、故國故都の感少なからず、當時においては甚だわたしの氣質に合ふものであつた」（我對於創作舊詩和新詩的感想、創作的經驗）と述懷してをる。又、蘇曼殊も「嶺海幽光錄」において明末亡國の際難に殉じ、節に生きた男女を記し、翁山の顯彰をしてゐる。

さらにこの南社の詩人達が愛讀し多分に影響を受けたものに龔定菴の詩集がある。柳亞子が「龔定盦詩集を讀んで奇貨と視なした。梁啓超と龔自珍は當時におけるわが腦中兩尊の偶像であるといへよう」といつてゐることによつても崇拜の狀況を知ることができる。

もとより彼等は梁啓超等の詩の影響を受けたものである。柳亞子が「梁啓超新民叢報中の「飲冰室詩話」や「■■集」を讀んで、詩學革命に熱心になつた」といひ、その當時の代表作品として、「嫁夫當嫁英吉利、取妻女當意太利、一點烟士披里純、願爲同胞流血矣。」をあげてゐる。勿論、「國民報」が排滿を提倡し保皇に反對し、「大陸報」が康有爲や梁啓超の私德をあばいてから、その信仰心は次第に動搖したが。蘇曼殊も譚嗣同の「寥天一閣、奇峭幽潔。古意兩章、有絃外音。」文集を愛讀し、彼の詩を常に愛誦したことを述べてゐる（「蘇曼殊全集」）。高旭（天梅）は曼殊の詩を評して「其の哀は心に在り、其の艷は在骨、而筆下尤有奇趣、定庵一流人也。」（「願無盡廬詩話」）といひ、郁達夫が「彼の詩は定庵より出で、その上に一脈清新な近代味を加へたものである。」（曼殊大師全集附錄、雜評曼殊的作品）と評したのは妥當であらう。

當時の混亂した社會、革命の渦中に生きた革新的な人々、特に青年達は反抗の精神と奔放な熱情の持ち主であり、自由の追求者であつた。卽ち彼等は革命的ロマンチストであつた。從つて、近代の中國が生んだローマン詩人の作品に深い魅力を感じ、競つてその體に効ひ、一時の風尚を成したのである。

さて、彼等の詩（作品）について見ると、もとより悲憤慷慨、激越放肆し、誇而無實、濫而不精之弊、猶恐難免（胡適）がある。

まづ蘇曼殊の詩については、王德鍾が「つくる所の詩、蒨麗綿眇、その神は則ち裳を湘渚に褰げ、幽幽蘭馨、其の韻は則ち天外雲璈、往きてまた極まるが如く、その神化の境は、蓋し羚羊角を掛けて迹づくべからざるが如し」と批評してゐるが、かうした浮泛な多くのことばは、清艶明雋の四字がよく曼殊詩の精神を涵蓋してゐるのに及ばない。彼の詩によつて、「詩境の清、人品の高潔、胸懷の洒落を見ることが出來る」と楊鴻烈は述べてゐる（「中國文學雜論」）。錢基博は「七絕を以て最も工となす、然れども、また僅かに司空表聖の「時見美人」の一格を備ふるに足る」（「現代中國文學史」）と評してをる。章衣萍は曼殊の作品について「その詩と小品文とは、まことにその孤零の身世と淒涼の境遇とを表現するに足るものだが、瑣瑣碎碎、また大家と稱するに足らない」（「隨筆三種」杌上隨筆）、郁達夫は「用詞はなはだ纖巧、擇韻はなはだ淸諧、人をして讀んで行くと一種の快味を感ぜしめる」（「雜評曼殊的作品」）と評し、郭沫若も「甚だ淸新」（「郭沫若詩作談」）と稱してゐる。

彼の詩は、後年、一九二五、六年頃、植民地の中國靑年が祖國への愁思、ノスタルヂアの悲哀を抱き、感傷と頹廢、憂鬱な雲にとぢこめられた頃、盛んに愛讀され、曼殊は一躍時代の寵兒となつた。それはその作品によるよりもむしろ近代的ローマン精神を持つた彼のロマンチツクな生涯やその品格によるものであつたとも考へられる。周作人が「晚近淸高の人ははなはだ少なく卑汚の人がはなはだ多い」（章衣藻「隨筆三種」杌上隨筆）こともその一つの理由ではあつたろうが、彼の「浪漫氣質から來る行動と風度は彼の一切に比してよい」（「新評曼殊的作品」）といふ感を抱かしめたことであらう。彼自身のローマン史はすでに一首淒艶な詩であり、生活方式の浪漫と自我表現の作風とを以て、當時種々の苦悶――性的、政治的、時代的――の中に陷つてゐた靑年男女に對して一服靈魂上の安慰劑となつたのである。同時に、これによつても、浪漫主義文學の新奇な早咲きの一輪の花として――よし、それは絢爛たるものではなかつたにしても――後年のロマンチシズム文學への道を示したものであつたことを實證したものと云へよう。

黃節の詩については、章太炎は「激卬庸峻過之」（「黃晦聞墓誌銘」）と述べ、陳衍は「著意骨格、筆必拗折、語必悽拗、句如原草漸黄人亦悴、霜花曾雨晩猶存、意摧百感終横決、天壓重寒似亂原。」(「石遺室詩話」)と評してゐる。

于右任の詩については、學衡派の詩人吳宓は「蒼涼悲壯、勁直雄渾にして、廻腸盪氣、人を感ぜしめること甚だ深し。今において自づから一格を成す。昔の辛稼軒、陸放翁に比すべし」「自然と人事とを融合して、しかも能く自我を表現し新名新意を以て舊格律に熔入し、乃ちわれわれが創造の正途と認めるところである」(「空軒詩話」)と評し、自分の詩に右任の影響のあることを明らかにしてゐる。同じく學衡派の詩人吳芳吉は「今日以北人爲北音悲涼雄厚、眞能繼元遺山格調者、當數于公。他年若編民黨文學、亦以此爲第一。汪精衞等殊小巧矣」(「吳白屋先生遺書」巻十四、書札二)と推稱してゐる。

中國詩の正當派を以て自任してゐた學衡派の詩人達が、いかに黃節や于右任の詩を高く評價してゐたか、(勿論、後年の作品を主としてではあるが)を知ることができよう。

魯迅は「革命を希望する文人が、革命一たび到れば、反つて沈默して行く例は、中國においても曾てあつたことである。卽ち清末の南社の如きは、革命を鼓吹する文學團體であり、彼等は漢族の壓制せられるのを嘆き、滿人の凶横を憤り、『舊物光復』を渴望してゐた。だが民國成立以後、かへつて寂然として聲を無くした。私は想ふに、これは彼等の理想が革命以後『重見漢官威儀』峨冠博帶に在つたが、事實は決してさういふ風ではなかつたために、だから反つて索然として味無く、執筆しようと思はなかつたと」(「三閒集」現今的新文學的概觀)と論じてゐるが、これは南社の文人のある人々についてはあてはまるとしても全體的には不當な評であるといはなければならない。種族革命の立場で排滿興漢を唯一の目標とした人々はたしかに魯迅のいふ通りであつた。

だが、蘇曼殊の如きさへ抗袁宣言を發したし、柳亞子なども反袁であつたし、宋敎仁はそのために袁に暗殺された狀況であつた。更に吳虞は文學革命論の提倡された頃、文學革命の雜誌「新青年」誌上において「吃人與禮教」（「新青年」第六卷第六期　一九一九、一一、一）、「家族制度は專制の根據たるの論（家族制度爲專制之根據論）」（「新青年」第二卷第六期　一九一七、二、一）、「儒家の階級制度を主張するの害（儒家主張階級制度之害）」（「新青年」第三卷第四期　一九一七、六）、「禮論」（「新青年」第三卷第三期）、その他などの論文によつて、孔教打倒を叫んで「打孔家店的老將」となつた。すべてが寂然無聲とはいへないであらう。

なほ、この魯迅の講演（一九二九、五、二二　在燕京大學國文學會）は、當時創造社同人達が盛んに提倡してゐた革命文學——無產階級の文學についての批判を中心としてなされたものであるが、それとの關連において南社の文學についてかく論及したことは、南社の文學と後の文學、殊に創造社の革命文學とを「環境」の相違はあるとしても、一連のものとして考へる立場をとつたといへよう。魯迅の舊詩なども南社の詩人達の直接的延長線上にあるものといへる。吳芳吉も、創造社の同人について「彼等因受社會刺激甚深、多屬病態。浪漫瘋狂好爲過激之論。」（吳白屋先生遺書、卷十七、書札補遺、家書）、「激刺之文學、在前清末葉、固已有人行之。其成效爲滿淸一姓之推蓌、而其罪惡則在全國人心之迷亂。」（同、卷二十、雜稿一一、再論吾人眼中之新舊文學觀）と論じてゐる。その論據は自ら魯迅とは異るけれども、創造社の先驅として南社の同人を考えたものであり、病態があつたかどうかは別として、たしかに社會的刺激を深く受け浪漫瘋狂激越の論をなすことにおいて南社は創造社、太陽社などの先驅的位置にあつたといへるであらう。

柳亞子が「羅念生が郭詩は一つの狂犬であり、徐詩は一羽の雉であり、聞詩は一匹の猫である、といつたのに對して、自分はむしろ瘋狗に贊同するものである。それも大分やはり從來の偏見によるものであらう」といひ、蔣光慈の詩についても「人家攻訐多的很多、我却認爲是新詩界的一隹鉅子。多的思想和意識比郭沫若更進步、雖然不幸早死、技巧上面也許沒有十二分完成。以後在詩壇面露頭角的、照我想起來、應該呈維光慈而起的一派新詩人吧！」（「我對於創作舊詩和新詩的感想」）と述べていることによつても、相通ずるもののあることを物語るものと考えてよかろう。もとより同じく革命をいつても一は種族革命、共和、三民主義の革命であり、一は階級的革命、唯物史觀、マルクス主義による革命であるから、異質な內容のものではあるが、浪漫的革命詩としてこれを見ることができるのではないかと思ふ。「われわれは革命家であり、同時にまた藝術家である。われわれは自己の藝術の殉教者となろうとし、同時にまた正に人類社會の殉教者である」（關于革命文學）と主張した一九二三年頃の郭沫若の主張を清末といふ時代において實踐したともいへるであらうか。

二、世界的浪漫詩潮の注入

蘇曼殊の詩について郁達夫が「一脈清新な近代味を加へた」といつたが、これはどこから得たものであらうか。もとより龔定盦とは時代的、思想的な差異のあることは勿論であるが、その重要な要素として、外國文學、特に西洋との接觸を重視すべきであらう。

一九〇二年から一九〇七年ごろにかけての日本、特に東京は孫文、黃興、宋敎仁、章太炎等、いはゆる革命家を中心とし年とともに激增した留學生達によつて、中國革命の震源地的樣相を呈してゐたし、同時に新思想、新文化の吸盤的役割りをも果たしてゐた。正に留學界に翻譯書籍が風起雲湧の日で、留學生界には外國書の翻譯が流行し、少しでも文理に通ずるものは競うて翻譯に從事した（馮自由「蘇曼的眞面目」）。かうした風潮の中でいち早く外國の詩歌を翻譯し中國詩壇に清新の氣を注入したのが馬君武と蘇曼殊であつた。

馬君武は拜輪（Byron 一七八八―一八二四）の「哀希臘歌十六首」、貴推（Goethe 一七四九―一八三二）の「阿明臨海岸哭女詩八首」、「米麗客三首」、虎特（Thomas Hood 一七九九―一八四五）の「縫衣歌十一首」を譯し、「縫衣歌」は五言古風體を用ひ、餘は皆七言歌行體である。

蘇曼殊は譯詩には、拜輪（Byron）の「去國行」「大海」「哀希臘三篇」、バーンズ（Burns）の「頻頻赤牆靡」、シエリー（Shelley）の「冬日」、印度の女流詩人 Toru Dutt の「樂園」などを譯した。「拜輪詩選」の譯を開始したのが一九〇六年、その出版は一九〇九年九月であつた。

「曼殊譯詩中多用常人不識之古字、卽受章太炎之影響也」と述べているように章太炎の手を經たものである。

此寥寥短篇、無文學界存在之價値。惟十年前、君武於鼓吹新學思潮、標榜愛國主義。固有微力焉、■個人之紀念而已。（馬君武「君武詩稿」）

馬君武の譯詩については、蘇曼殊が既にその當時（一九〇七）、「友人君武、譯擺倫哀希臘詩、亦宛轉不離原意、惟稍遜新小説所載二章。蓋稍失粗豪耳」（「文學■」自序）と評してをり、後に胡適は「頗る君武之を訛に失し、曼殊之を晦に失せしを嫌ふ。訛れば則ち眞を失ひ、晦なれば則ち達せず、均しく善譯に非ざる者なり。」（嘗試集附錄、去國集、哀希臘歌序）と評してをるが、譯詩の困難さを考へて見るときこれは必ずしも當らないであらう。陳子展は「一種深摯人を感ぜしめる力量を具有し、想ひ見るに、決して原作者にそむかないもの」（「中國近代文學之變遷」）とまではいへなくも、「彼の氣魄を以て此等の詩を譯したるは、最も相稱へりとなす」とは考へられる。李思純は「近人譯詩に三式有り。一を馬君武式と云ひ、格律謹嚴の近體を以て之を譯す。二を蘇玄瑛式と云ひ、格律やや疎なる古體を以て之を譯す。三を胡適式と云ひ、白話を以て直譯し盡く格律を弛む。余三式に於て皆是非を爭辯する成見無し。胡式は歐文の辭義を過重して漢文の格律を輕視す。惟蘇式の譯詩格律やや疎なれば原作の辭義皆達し、五七體を成せば漢詩の形貌失はれず。然れども斯れ固より偏見の及ぶ所、未だ敢へて當ると云はず。」（「仙河集自序」）と蘇曼殊の譯詩を上乘のものであると讃稱してゐる。

郁達夫は「彼の譯詩は彼自身の詩よりもよい」胡適の譯詩の失敗は彼の詩才の貧弱によるものであり、詩人としての天稟において曼殊が優れている結果である。魯迅は蘇曼殊の譯詩について「譯文は古典なること甚だしく、またかつて章太炎先生の潤色を經たかも知れない、だから眞に古詩のやうで、だが流傳は決して廣くない。」（「雜憶」）と評してをる。

この曼殊の「拜輪詩選」は、章太炎の手を經たものであり、勿論舊體詩によつて翻譯したものであるから、今日から見れば必ずしもすぐれた譯といひ難いし、詩壇に及ぼした影響も大きかつたといへない。

ともあれ、先づ第一に彼等が西洋詩翻譯の先驅として、ここから本格的な西洋詩の吸收が開始されたといふことは現代詩史上特筆すべきである。第二に彼等は世界的ローマン思潮の注入者であつたといふことである。即ち彼等が愛讀したものがバイロン、ゲーテ、シェリー、フッド等のローマン詩人の作品であるということである。蘇曼殊が「Both Shelley and Byron's works are worth studying by every lover of learning, for enjoyment of poetic beauty, and to appreciate the lofty ideals of Love and Liberty.」（「潮音自序」）といつていることによつても彼のこれら西洋詩人達に對する態度を知ることができよう。然もこれは彼等の個人的嗜好にのみよるものではなく、摯烈な情熱の所有者であり、自由のための闘士であり、愛の遍歴者であり、理想社會の實現を夢み革命的思想の抱懷者であつた、これら異國の詩人達に共鳴するものを當時の革新的な青年が多分に持つていたともいへるであらう。當時、バイロン等の詩を青年達が愛讀したのは、「清の末年、一部分の中國青年の心中に、革命思潮が正に盛んで、凡て復讐と反抗を叫喊するものがあつたから、即ち容易に感應を惹起した」（「雜憶」）といふ魯迅の言葉はそれを證言しているものといへよう。

蘇曼殊の譯詩には、Byronの「留別雅典女郎」「贊大海」「去國行」「哀希臘」「答美人贈束髮𧄍帶詩示彈苂人」「星耶峯耶俱無生」、（拜輪詩選）Burnsの「熲熲赤牆靡」、Howittの「去燕」、Shelleyの「冬日」、Goetheの「題沙恭達羅詩」、印度の女詩人Toru Duttの「樂園」（秦西名人詩選）などがある。

蘇曼殊は「拜輪詩選」の自序において、「善哉、拜輪以詩人去國之憂、寄之吟詠、謀人家國、功成不居、雖與日月爭光、可也。嘗謂詩歌之美、在乎氣體。然其情幻眇、抑亦十方同感、如衲舊譯熲熲赤牆靡去燕冬日答美人贈束髮𧄍帶詩數章、可爲證已。」「今譯是篇、按文切理、語無增飾、陳義悱惻、事辭相稱。」と述べ、「潮音自序」の中で、「Both Shelley and Byron's works are worth studying by every lover of learning, for enjoyment of poetic beauty, and to appreciate the lofty ideals of Love and Liberty.」と記している。これらと前にあげた「與高天梅書」や、馬君武の「十九世紀二大文豪」などによつて、彼等がこれらの詩を譯出し、國人に贈らんと欲したゆゑん、譯詩態度などをうかがひ知ることができる。そして、ともに愛國的革命的であり、自由を熱愛する者ではあつたが、蘇曼殊の方がより浪漫的であり、より文學的であつたことも知ることができよう。

彼等の譯詩そのものについて、胡適は、「頗嫌君武失之訛、而曼殊失之晦。訛則失眞、晦則不達、均非善譯者也。」（嘗試集附錄、去國集、哀希臘歌序）と評し、李思純は、「馬式過重漢文格律、而輕視歐文辭義。」「蘇式譯詩、格律較疏、則原作之辭義皆達、五七成體、則漢詩之形貌不失。」（學衡第四十七期、仙河集自序）と蘇曼殊式の譯詩を最良のものと推賞した。陳子展は馬君武の譯について、「具有一種深摯感人的力量、想來總不致於辜

負了原作者。」（中國近代文學之變遷、翻譯文學）と讃へ、錢基博は蘇曼殊の譯詩に對して、「晦而不婉啞而不亮、衡其氣體、以傷原格。其譯拜輪星耶峯耶俱無生一章、則幾不成語矣。」（現代中國文學史、上編）と難じ、文公直は「極忠實貼切、眞能完成其按文切理、語無增飾、陳義悱惻、事辭相稱之使命。」「一經與原文對讀、卽見其詞氣湊泊、絕不增減、且有雅麗遠勝原作者。務求切合、絕不牽強、精審直譯之精神、與乎必使事情無乖、思想恰當、意譯之神妙、尤可爲譒譯界放一異彩。」「曼殊之譯筆、洵足以爲師法。」と稱揚してゐる。

拜輪（Byron　一七八八―一八二四）の「哀希臘歌十六首」、貴推（Goethe　一七四九―一八三二）の「阿明臨海岸哭女詩八首」、「米麗客三首」、虎特（Thomas Hood　一七九九―一八四五）の「縫衣歌十一首」を譯し、「縫衣歌」は五言古風體を用ひ、餘は皆七言歌行體である。嘗て胡適は彼の拜輪の哀希臘歌に就て、「頗る君武之を訛に失し曼殊之を晦に失せしを嫌ふ。訛れば則ち眞を失ひ、晦なれば則ち達せず、均しく善譯に非ざる者なり。」（「嘗試集」）と評し、自ら離騷體を用ひて譯を試みて居るが、彼の批評は單なる素人觀に過ぎず、「一種深摯人を感ぜしめる力量を具有し、想ひ見るに、決して原作者にそむかないもの、」（陳子展「中國近代文學之變遷」）とまでは云へずとも、「彼の氣魄を以て此等の詩を譯したるは、最も相稱へりと爲す、」（同上）とは考へられるし、胡適の譯詩より優る事數等である。

「蔣光慈の詩は、彼を攻擊する人達が非常に多いけれども、私は却つて新詩界の一巨人であると認める。彼の思想と意識とは郭沫若よりも進步して居る。不幸若くして沒し、技巧上には十二分の完成が無かつたかも知れないが。」（「創作的經驗」）

清末民初の詩と宋明末の烈士遺民

一、故國故都故宮の感

陳去病は、「詠史雜感」（「國粹學報」第六期、詩錄）で、

（宋）大宋《ノ》河山一旦淪《ミ》、中原《ノ》冠蓋屬《ス》二遺民《ニ》一。秦淮《ノ》水咽《ビ》鍾山冷《カニ》、九世《ノ》旃裘戴《ク》二女眞《ヲ》一。

（宋）蒼涼二帝竟《ニ》蒙塵《シ》、五國城蕪草不レ春《ナラ》。記得聖安遺事在、得功營是楚江濱。

和林那《ンゾ》復有《ランヤ》二眞人一、拭目濠梁景運新。辛苦江山還二故主一、阿誰容易畀《ユ》二珠甲《ヲ》一。

（明）不レ用《ヒ》二干戈《ヲ》一用《ヒ》二美人《ヲ》一、漢家《ノ》失策在《リ》二和親《ニ》一。如今龍種歸《シ》二砂漠《ニ》一、坐《シテ》見《ル》風雲擁《スルヲ》二愛親《ヲ》一。

と詠じ、「戊申三月十九日有レ事二於宋六陵一」（「浩歌堂詩鈔」卷四）で、

橋山《ノ》號劍杳《トシテ》無《シ》レ存《スル》、誰《レカ》向《ツテ》二昌平《ニ》一奠《セン》二一尊《ヲ》一。祇是《レ》六陵齊《シク》在《リ》レ望《ニ》、不レ嫌《ハ》三歌哭弔《フヲ》二湘魂《ヲ》一。

落花飛《ビ》盡《クス》暮春《ノ》天、麥飯親《シク》攜《フ》蜺玉《ノ》前。却有《リ》二滿山《ノ》紅躑躅一、血痕狼藉助《ク》二人《ノ》憐《レミヲ》一。

艱難王業啓二京闕一、悲喜纔《カニ》將頂骨還。未《ダ》レ信《ゼ》百年《ノ》遺恨在《リ》、闔宮同《ジク》殉《ジ》有《リ》二煤山一。

思陵猶自《ラ》長《ジ》㆓蒿萊㆒、奚似《タル》㆓昆明劫後《ノ》灰《ニ》㆒。脈脈《タル》九龍池畔ノ路、天南《ノ》遺老至《ルモ》㆑今《ニ》哀《シ》。

○旃裘＝毛織のころも。匈奴の服。　○蒼涼二帝＝徽宗・欽宗。蒼涼はものさびしいこと。　○皎然、「集衡湖上望微雨詩。蒼涼遠景中雨色緣山有」。　○五國城＝宋の徽宗が崩じた處。　○和林＝また和寧という。喀喇和林、蒙古土謝園汗庫倫の西南にあり。元の太祖かつてここに都す。　○記得聖＝靖康。　○珠甲＝水犀の皮にある甲。　○珠匣＝たまを入れる箱。　○橋山＝黄帝を祀る。　○煤山＝明・思宗、毅宗・莊烈帝、李自成京師を陥入れるに及び萬壽山に自頸す。　○煤山＝一名景山、又、萬壽山。北京舊皇城山に在る小山。　○思陵＝明の懐宗、愍帝の陵。河北省平縣の錦屏山。

と詠じてゐる。陳去病は「題明孝陵圖」（「浩歌堂詩鈔」巻二）で、

燕雲一夕悲茄多、匹夫濠上揮《フ》㆓金戈《ヲ》㆒。怒《ツテ》捉《ヘテ》㆓胡兒《ヲ》㆒大聲唾《ニス》、咄爾兮久《シク》居《ル》㆓漢土《ニ》㆒。將云何、爾胡自有㆓爾腥羶之舊俗㆒、爾胡自有㆓氈毳之行窩㆒。爾獨《リ》舍《テテ》㆑此《ヲ》而南下《シ》、久《シク》居㆓漢土《ニ》㆒。將云何、爾何不《ヤ》㆑聞、我漢自有㆓軒羲之種核㆒、蔓延糾結《スルコト》如㆓藤蘿㆒。爾胡不《ヤ》㆑聞、我彊我理、自有㆓完全之制度㆒、秩如㆓緒布㆒如㆓星羅㆒。以㆓我漢㆒兮治㆓漢土㆒、其成㆓國體㆒如㆓盤渦㆒。初非㆑勞《シテ》爾《ヲ》爲《ニ》㆑我《ガ》而操㆑柯、初非賴爾爲㆑我而梳爬、爾獨《リ》舍《キテ》㆓爾之沙漠《ヲ》㆒、久《シク》居《ル》㆓漢土《ニ》㆒。將云何、爾時胡兒噤《シテ》不㆑語、抱《イテ》㆑頭鼠鼠《トシテ》奔《ルコト》如《シ》㆑梭《ノ》。一朝大地剷蹄跡、光復舊物還淳和。掃㆓盪胡塵㆒歸朔漠、獨完民族奠風波。建㆓都《シテ》金陵《ニ》㆒勢雄壯、跨㆓越《シテ》江海《ヲ》㆒鞭《ツ》㆓咬鼉《ヲ》㆒。功成撤手竟長謝、崇封營此庄鍾山阿。迄㆑今《ニ》閱《スルコト》㆑世《ヲ》歷《タリ》㆓五百《ヲ》㆒、佳城鬱鬱何《ゾ》嵯峨《タル》。所《ハ》㆑憐《ム》王氣已《ニ》銷《シ》歇、蒙茸荊棘埋《ム》㆓銅駝《ヲ》㆒。卽今展《ベテ》㆑卷《ヲ》憶《ヘバ》㆓前事《ヲ》㆒、令《ム》㆓人《ヲシテ》

涕涙揮滂沱。吁嗟手玄武湖中生白荷、故宮魑魅逼人過、淒涼盡屬悲秋。況憑弔空憐壯志磨、侑磨壯氣奈何許、起舞横刀發浩歌。西望《ミ》墓門《ヲ》三《タビ》歎息、幾時還《カ》我舊山河。

○金戈＝金屬製の戈。兵器。　○爬梳＝韓愈、「送鄭尚書」序、「蜂屯蟻雜、不可爬梳。」

于右任も「孝陵（入長江後第一首詩）」で、

虎口餘生亦自矜、天留《メテ》鐵漢《ヲ》卜《ス》將《ニ》興《ラント》。短衣散髮三千里、亡命南來哭孝陵。

陳去病は「金陵雜詩」（『浩歌堂詩鈔』卷六）の中で、

帝京《ノ》風物《ニ》信繁華、故國《ノ》邱墟亦可《シ》嗟《ク》。欲《シ》向鍾山去《リ》憑弔《セント》、午朝門外屢迴《ラス》車《ヲ》。（初抵金陵）

黍離麥秀待《タン》誰《ガ》歌《ヲ》、潦水縱横版沒《シ》多。最是《モ》郎當《レ》聲過《グル》處、故宮瓴甓馬爭《ツテ》■《ス》。（偕曉公過明故宮、積潦縱横、宮■毀壞盡矣。感成三絕）

當年此地集《メ》群臣《ヲ》、肅穆冠裳拜《ス》聖人《ヲ》。今日空《シク》懷《フ》蘧伯玉、滿宮《ノ》車轍動《ク》■■《ト》。

觚棱金碧黯然《トシテ》收《リ》、極目荒茫《タリ》水國《ノ》秋。底事《ゾ》横流今未《ダ》已《マ》、陸沈眞箇屬《ス》神州《ニ》。

と詠じてをり、貞壯も、「過金陵」（『國粹學報』第二十七期、文篇、詩錄）で、

落日如レ灰風倒吹、廻舟江上晩行遲。川原莽莽人如レ此、三百年來事可レ知。

と詠じてをり、雷昭性は「金陵懷古」（「南社」第六集、語錄）で、

呉江春水生、蜀山春雪消。年年消不レ盡、化レ淚哭二南朝一。

と詠じ、林學衡も「春盡日出金陵」（同上）で、

衰柳連城接二暝烟一、夕陽花外不レ成レ妍。青山過雨晴逾好、戰壘經《テ》レ春《ヲ》草自《ラ》芊《タリ》。
轉レ眼兵戈紛《トシテ》萬變《シ》、疚心書籍要《ス》二重《ネテ》編《セント》一。竭來閱盡《ス》中原事、三《タビ》過《ギテ》二金陵《ヲ》一一《ニ》悃然《タリ》。

と詠じ、沈礪も「金陵懷古」（同上）七絕三首の一にいふ。

銅狄蒼涼萬壑哀、繫情祗有劫餘灰。青山流水英雄盡、一戰功成讓《ル》二蠢才《ニ》一。（謂曾氏也。）

高燮は、

落日紅雲燭半天、巍城凝望倚蒼然。興亡閲盡頽無レ語、萬古鍾山最可レ憐。（庚戌、一九一〇）（「吹萬樓詩」巻一、火事中望金陵感賦）、

南朝《ノ》遺事記《ス》從《リ》レ頭、擧目蒼涼不レ可《カラ》レ收《ム》。莫向に午潮一門外望、寒烟衰草總成レ愁。（庚戌、一九一〇）（同上、明故宮感賦）、

乘レ興《ジテ》來《ニリ》看《ル》建業《ノ》秋、孝陵謁罷《リテ》不レ勝《ヘ》レ愁《ニ》。（同上、金陵歸途口占）

と詠じてゐる。

二、宋の烈士・遺民・忠憤

一、岳　飛（一一〇三―一一四一）

金天羽は、

忠武當年志呑《ミ》レ賊《ヲ》、揮《ヒ》レ戈《ヲ》誓《フ》レ掃《ハンコトヲ》二中原塵一。中原轉戰《シテ》蹙《ヒ》二胡騎《ヲ》一、黄龍未《ダ》レ蹋《タ》氣已《ニ》振《フ》。軍聲傳播《シテ》虜膽懾《レ》、河洛響應多二義民一。乃心精白豈有異。忠以被《リ》レ謗《ヲ》伲《シ》二厥身《ヲ》一。金牌火急召歸去、鵬飛レ空負二垂天雲一、撼《カスハ》レ山《ヲ》猶《ホ》難《ク》撼レ岳易。風波獄底沈啃魂、江山半壁且偸レ活。二聖夢裏朝《シ》二寝門《ニ》一、不死安能顯忠烈。光復大義垂青烷。……河山重頭收拾起、神州再造六合新。（「天放樓詩集」、拜岳忠武王祠墓。）乙卯（一九一五）

談笑欲吸匈奴血、〔岳飛詞、笑談渇飲匈奴血。〕（「人境廬詩草」巻四、馮將軍歌）
弔古傷今幾覇才。（同上、巻五、到廣州）
延平郡王人中龍、〔鄭成功順治十五年延平王に封ぜらる。〕（同上、巻八、臺灣行）臺灣を開きしをいう。
是何鷄狗何蟲豸、〔「五代史」盧穀傳、據几駕罵曰、爾何蟲豸、恃婦家刀耶。〕（同上、巻八、慶遼將軍歌）

黄節は「朱仙鎭謁岳王廟」（「中華名人詩選」巻六）で、

百戰中原今見公、廟門檜柏夕陽紅。〔「宋史」岳飛傳、飛大喜、語其下曰、直抵黄龍府、與諸君痛飲爾。〕
黄龍山色餘二殘酒一、白馬河聲望二故宮一。入レ洛年華輸杖策、背レ嵬經略痛臨レ戎。功名三十人休レ笑、尚有二人間
鐵石忠一。

と詠じ、「岳墳」（「蒹葭樓詩集」）で、

中原十載拜《ス》二祠堂《ヲ》一、〔十年前余兩過朱仙鎭、謁岳王廟、均有詩。今不存。〕不レ及二西湖山更蒼一。大漢《ノ》天聲垂《ントシ》二
斷絕《ニ》一、萬方《ノ》兵氣此《ニ》潛藏《ス》。雙憤晩蟀鳴二烏石一、〔墳倚二烏石峰一。〕一市《ノ》秋茶說《ク》二岳王《ヲ》一。〔墳前茶肆數十家。〕獨《リ》有《リ》
二匹夫一憑弔《シテ》去《ル》、從來忠憤使《ム》二人《ヲシテ》傷《マ》一。

と詠じ、また「題岳墳」（「國粹學報」第四十四期、文篇、詩録）で、

老松南《ニ》向《ヒ》獨《リ》蒼蒼、墓道無《ク》端又夕陽。大好湖山《ノ》足《リ》悲嘆《スルニ》、動《カシ》人《ヲ》憑弔在《リ》荒涼《ニ》。雙墳《ノ》晚蟀鳴《ク》烏石《ニ》、〔墳倚烏石峰。〕一市《ノ》秋茶說《ク》岳王《ヲ》。〔墳前茶肆數十家。〕咫尺祠前春社地、左侯《ノ》遺廟自《ラ》堂堂。〔墳側湖山春社建左文襄祠於其間。〕

「岳鄂王墓」（法龐樹柏「南社」十一集、詩録）で

一杯應勝小朝廷、黃土高封草不靑。香火重瞻新廟貌、風波長想舊英靈。衣冠南渡空餘恨、烟水西湖猶帶腥。欲覓騎驢前度客、人間浩劫幾曾經。

高旭は、「謁岳王墳」（「南社」第一集、未濟廬詩集）で、

北人《ハ》狂笑《シ》南人《ハ》哭《ス》、駭《カシ》魄《ヲ》驚《カス》心《ヲ》三字《ノ》獄。報國《ノ》健兒何《レノ》代《カ》無《キ》、收《メテ》六州《ノ》鐵《ヲ》鑄《セン》大錯《ヲ》。神州《ノ》歷史黯《トシテ》無《ク》光、踐踏《シ》宗邦《ヲ》恣《マナリ》犬羊。岳家《ノ》軍出《デテ》外族懼《レ》、大《イニ》增《シ》異采《ヲ》揚《ゲ》軒黃《ヲ》。咄爾秦檜何《ノ》蟲豸《ゾ》、自《ラ》壞《ス》長城一萬里。男兒《ノ》末路絕《ヘテ》可憐《シム》、不死《セ》沙場《ニ》死《ス》西市《ニ》。墓門一抹雲如《シ》墨《ノ》、我來《リテ》對《シ》此《ニ》三《タビ》太息《ス》。陰森《タル》宰柏尚《ホ》排《シ》胡《ヲ》、葉葉枝枝不向《ハ》北《ニ》。天荒《レ》地老《イ》陵谷沈《ムモ》、萬古難《シ》消《シ》忠義《ノ》心。岳王寃死《シテ》已《ニ》千載、白骨永《ク》避《ク》蛟龍《ノ》侵《ヲ》。半壁《ノ》湖山宋《ノ》南渡、人自亡之豈天數。爲《メニ》傷《ミ》眼底無《キヲ》英雄、一瓣心香《シテ》拜《ス》公墓《ヲ》。

と詠じ、「虎林雜詞」（同上）にも「揭岳王墳」七絶五首がある。

南朝《ノ》帝子可レ憐《キ》蟲《ム》、降《リ》レ虜《ニ》甘心《シテ》拜《ス》二下風《ヲ》一。難《シ》レ得將軍工《ミニ》二翰墨《ニ》一、千秋《ノ》絶調滿江紅。

（宋の高宗、秦檜を相として岳飛を殺す。金と講和し、表を奉じて臣と稱す。）

我志難レ酬倍苦辛《ス》、黃龍飲到《ル》二而今《ニ》一。盡忠報國殊《ニ》稀少、寂寂《タル》青山笑《ス》二殺人《ヲ》一。

長城自《ラ》壞憤無《ク》レ涯《リ》、和議公能《ク》努力《シテ》排《ス》。撼《カスハ》レ岳誠《ニ》難《ク》撼《カスハ》レ山《ヲ》易《ク》、傷心一十二金牌。

罰跪階前好共看、蕭蕭落葉雨聲乾。千年唾罵天心快、頑鐵應留鑄漢奸。

墓門衰草正離離、古柏紛披異二昔時一。風會變遷誰料得、覓來無一向南枝。

呂志伊も「西湖岳忠武次荔秋韻」（「南社」第六集、詩錄）で、

扶桑浴レ日、掛二東海之歸帆一、春柳舒レ烟、泛《ブ》二西湖之畫舫一。千古英雄水逝喜、君《ガ》佳句驚《カス》レ人《ヲ》。（原詩有千古英雄悲逝水句、余甚愛之。）一時羊犬天驕使《ム》二我《ヲシテ》傷《マ》心《ヲ》一。弔古白雲間吟、豈《ニ》讓《ランヤ》二謝家《ノ》才女《ニ》一。青山有幸長埋漢族偉人。僕本逸民、生《レテ》丁《リ》二濁世《ニ》一、擬《シ》二賈生之惜逝《ニ》一、杯酒胸澆、續《ク》二宋玉之招魂《ニ》一。瓣香心祝、勉《メテ》和《ス》二陽春之曲《ニ》一。漫《リニ》將《テ》二巾幗《ヲ》一贈《ルハ》レ人《ニ》、非《ズ》レ效《フニ》二西子之顰《ニ》一。豈《ニ》畏《レンヤ》二湖山笑《フヲ》一レ我《ヲ》。爰《ニ》成《シ》二俚句《ヲ》一、敬《ンデ》弔《フ》二忠魂《ヲ》一。將軍閫外無《ク》二君命一、大義春秋筆《ス》二素王《ヲ》一。金虜未《ダ》レ伲《サ》身竟《ニ》死《ス》、何《ソ》如《カン》矯《ム》レ詔《ヲ》漢陳湯。

黄節にも「朱仙鎮謁岳王廟」（「中華名人詩選」巻六）「岳墳」（「蒹葭樓詩集」）があり、高燮にも「謁岳武穆墓」（「吹萬樓詩」巻一）などがある。

○一日降十二金牌召還。○金牌《パイ》＝黄金製のふだ。○金牌＝塞の名。福建省閩侯縣の東閩、江口の黄岐島の上。もと城あり。金門港ともいう。○孫文も「幾時痛飲黄龍飲」（「革命詩文選」巻四、輓劉道一）○秦鼎彝は「蠟夙雜感十首」（「革命詩文選」巻四）の中で、「蠻荒草不長忘憂（萱草）、猛憶昭王此舊皆遊。（明永曆帝死於緬甸）。卽門苞茅腸已斷（緬爲明之附庸）史編亡國溯從頭（自永曆死、而明祀遂斬矣）。○指北黄龍飲、（「人境廬詩草」巻一、香港感懷十首）六州誰鑄錯（同上）、鐵源櫻歌（同上巻一）○黄龍山＝安徽省貴池縣の北にある山。大江に臨む。浙江省縉雲縣の西にある山。○憑弔＝古跡などに立ち寄って弔う。○鐵鑄＝錯誤の甚だしいこと。『資治通鑑』唐紀昭宗三年、羅紹威悔曰「合六州四十三縣鐵、不能爲此錯也」（注）羅以殺牙兵之誤、取鑄錯爲喩。○滿江紅＝怒髪衝冠、憑闌處、瀟瀟雨歇。擡望眼、仰天長嘯、壯懷激烈。三十功名塵與土、八千里路雲和月、莫等閒白了少年頭、空悲切。靖康恥、尚未雪。臣子憾、何時滅、駕長車踏破、賀蘭山缺。壯志飢餐胡虜肉、笑談渴飲匈奴血。待從頭收拾舊山河、朝天闕。（岳忠武王文集）

萬古沈冤土一堆、卽看墓木亦堪哀。翦胡心事終難泯、肯屈南枝向北來。（「吹萬樓詩」巻一）

二、文天祥と謝翺（一二三六－一二八一）

劉光漢は「文信國祠」（「國粹學報」第二期、文篇、詩録）で、王氣消㆓京邑㆒、中原逼㆓寇氛㆒、有㆔光爭㆓日光㆒、無㆔會際㆓風雲㆒、壁壘千軍合、河山四鎮分、身先㆓貔虎士㆒、威掃㆓犬羊群㆒、儻使㆑遭㆓新運㆒、應㆑教㆑立㆓戰勳㆒、武侯躬盡瘁、陶侃志忠勤、國已更㆓新主㆒、人思㆑反㆓舊君㆒、降王終走㆑傳、都統罷㆓行軍㆒。翟義心忠㆑漢、周王墓表殷、賣魚灣畔路、望斷海天曛。

と詠じてゐる。林學衡も、「文相國祀題㆑壁」（「南社」第十三集、詩錄）の詩で、次のように詠じてゐる。

經過《シテ》憑弔《シ》酹《グ》㆓芳樽《ヲ》㆒、丞相《ノ》祠堂終古存《ス》。北地有《リ》㆑人哀《シミ》㆓故土《ヲ》㆒、南朝無《シ》㆔處《トシテ》哭《スル》㆓忠魂《ヲ》㆒。八千里外孤兒《ノ》涙、三百年來養士《ノ》恩。社稷夭亡《シ》臣死《ス》㆑節《ニ》、可《シ》㆑憐《ム》承旨舊王孫。

謝翺（一二四九－一二九五）、字は皐羽、宋の長溪の人。文天祥死すと聞くに及び、住を嚴陵に設け、竹如意を以て石を擊ち、招魂の詩を歌ひ、竹石ともに碎け、因つて「西臺痛哭記」を作る。元の元貞の初め、杭に卒す。自ら晞髮子と號し、「晞髮集」等の書あり。金天羽「西臺是謝皐羽慟哭處」（「天放樓詩集」雷音集、巻三、丁巳＝一九一七）に、

萬古唐衢哭《シ》、遺音到《ル》㆓謝翺《ニ》㆒。心《ハ》隨《ツテ》㆓如意《ニ》㆒碎《ケ》、節《ハ》伴《ニ》㆓釣臺《ト》㆒高《シ》。山鬼求《メ》㆓公子《ヲ》㆒、江神咽《ブ》㆓暮濤《ニ》㆒。國魂招《ケドモ》不㆑復《ラ》、登《リテ》㆑屋《ニ》此《コニ》長號《ス》。

と詠じてゐる。陳去病は、

嚴瀨謁二子陵祠一、登二釣臺一、西望二謝皋羽慟哭處一
子陵祠下暫停舟、料峭來披五月裘、太息先生一高踏、遂令三千載仰二風流一、臨レ江可レ惜西臺倒、晞髮如逢二
皋羽游一、安得二當年竹如意一、哀吟憑弔漢春秋。（「浩歌堂詩鈔」卷三）

三、鄭思肖（一二八九年前後在世）

黄節は「讀鄭二所南先生集一」（「國粹學報」第一期、詩錄）で、

沒齒竟爲《リ》二三外《ノ》客《ト》一、傷心還作《ル》十空經。倉皇本穴今何《レノ》世《ゾ》、萬樹《ノ》秋花向《ツテ》レ北《ニ》零《ツ》。〔甯有二枝頭抱香死一、不三曾零二
落北風前一、先生詠レ菊句也。〕

と詠じてゐる。鄭思肖、字は憶翁、又の字は所南。閩の連江縣の人。初名は某、宋亡び乃ち思肖と改む。思肖は思趙、憶翁、所南みな寫變といふ。三外野人と稱し、かつて居る所に榜して本穴世界と言つた。本の十を取つて穴に加へると大宋となる。また「大無工十字經一卷」を著はした。空の工を去つて十を加へるとまた大宋となる。寒菊の詩に「寧可枝頭抱香死、不曾零落北風前。」と詠じた所南の句に基づき、鄭所南と異つて現在の漢民族の多くが滿州人のために節を失つてゐるのを嘆いたものである。同じ詩で、

琴絶風高意早灰、先生厭《ヒ》レ世《ヲ》尚《ホ》徘徊《ス》。已《ニ》無《ク》三片土栽《ウル》二蘭蕙《ヲ》一、瑟瑟河山更《ニ》可《シ》レ哀《シム》。〔宋亡。先生畫レ蘭不レ寫レ根。曰無レ土根將焉託。〕（同上）

と詠じてゐるのは、所南はよく蘭を描いたが、宋亡んでより蘭を畫いて土根をかかなかつた。人がその理由を尋ねると、地はすでに蕃人に奪ひ去られた。汝はまだ知らないのか、と嘆いたといふ。（「國粋學報」第三期、史篇、黄節・黄史列傳）

また、「題二鄭所南詩集後一」（「兼葭樓詩集」）で、

交遊著作都《ベテ》應《ニ》レ絶《ツ》、惟有《リ》二傷心一鄭憶翁。早《クモ》悟《ル》此身原是累、孰《レカ》知《ル》吾道不レ能《ハ》レ同《ジキ》。孤懷痛在滄桑外、世事眞《ニ》隨《ツテ》二江海《ニ》一東《ス》。零落一編《ノ》亦何《ヲカ》補《ハン》、感《ゼシメ》レ人《ヲ》終古是聞《ク》レ風《ヲ》。

と詠じてゐる。この詩、「國粋學報」（第二十五期）では「寒夜敍所南集題一律」と題し、第一句のみ同じくして。他は全く變改してゐる。

陳去病も「讀二鄭所南心史一」（「國粋學報」第九期、文篇、詩錄）で、

而如二鄭憶翁一、耿耿《トシテ》尤《モ》奇特。恥レ爲二頂笠民《ルヲ》一、甚且崇《ブ》二犬德《ヲ》一。所以一卷書《ノ》、冽泉不二侵蝕《セ》一、天使《メ》レ起《サ》二鐵函《ヲ》一、一朝比二日出一、要《ス》レ爲《サント》二亡明徵《ノト》一、大禍陸沈迫《ル》、先レ機覺二斯民一、庶幾《クハ》示《サンコトヲ》二之的《ガヲ》一。

などと詠じてゐる。所南沒後四百年にして、呉郡承天寺の廢井の中から鐵函に藏した「心史」一卷を得たことを中心としてうたつたものである。

高天梅も「畫成蘭脷應無土、歴盡滄桑尚有情。」（「南社」第一集、未濟廬詩集、叔時若以寒隱社述意詩屬和依均應之。）とか、「鐵匣沈埋古井枯、不成遁世歲徂。」（同上、十月朔日南社諸子會於呉門……）「三十年來清響存。」（同上、虎林雜詞）などと詠じてゐる。「虎林雜詞」の句は、所南の「能令後三十年西湖錦繡山水、尚生清響。」（張玉田白雲詞敍）に據つたものである。黄節はこの所南のことばについて、「徒《ただ》にその詞を賞するのみにあらず、湖山昔に非ずして、これを歌哭するに人無きを痛むなり。」（「國粹學報」第十六期、文篇、五懿莊浮碧詞序）と述べてゐる。

汪兆銘も、「庭前偶見新綠口占一絕」（「南社」第六集、詩錄）で、

初日枝頭露尚涵、春光如《ク》レ酒《ノ》亦醰醰。青山綠水知何似、愁絕《ス》風前鄭所南。

と詠じている。これは、「此《レ》其《ノ》所三以《ノ》滿月青山綠水、垂《ルル》二笑《ヲ》於無窮無窮無窮一者也耶。」（「一百二十圖詩集自序」、「國粹學報」第二十一期、撰錄）といふ所南の言と、すでにあげた「詠菊」の「不曾零落北風前」等を用ひて、所南無限の痛恨を詠じたものである。また「爲二小隱一題二讀書圖一」（「南社」第六集、詩錄）に「西三風無地著二蘭根一。」の句がある。

蘇曼殊も「近く所南の『千金散盡還彈鋏、四海交空且碎琴』の句を讀み、感慨これに隨ふ」（「蘇曼殊全集」

答二高天梅柳亞子一書）と述べ、沈厚慈も「遺懷十首和游誦盤〔金銘〕步原韻」（「南社」第十二集、詩錄）の詩の中で、「婆婆劍影落二燈前一」（心史、中興集、八礪）の句を借てゐる。

陳去病は、「鄭所南の如きは、その胡元において、亦痛心疾首す。然れども著はす所の心史において、尙ほ表顯するを欲せず、これを眢井《わんせい》に沈め、これを鐵函に錮し、以て務めてその蹟を滅す。倘し天旱し井を濬《さら》ふに非ずんば、すなはち今に至るも幽霾《ばい》すと謂ふと雖も可なり、然り而うして卒に光顯せしは、寧んぞ所謂君子の道、暗然として日に章かに、千劫を歷と雖も磨滅すべからざる者に非ざるか。（「國粹學報」第三十二期、重輯史弱翁趙少文二先生遺詩敍）といひ、劉光漢も「若し夫れ故國を惓懷し、これを詩歌に形はす。所南心史の編、皐羽西臺の哭、則ち吳氏詩刊禁目、徐氏宗親を誅連す。文網の嚴、今に於て烈しとなす。」（「國粹學報」第九期、楊州前哲畫像期）と述べてゐる。

○北語＝北語を聞くと必ず耳を覆うて疾走し、坐臥北向せず。○陳去病の詩を評して、柳亞子は「事變を指陳するは、所南心史の倫、故人を憑弔するは、唏髮西臺の亞。」（「浩歌堂詩鈔」敍）といつてゐる　○眢井＝水がなくて使はない井戸。廢井。

三、明末遺民烈士の亞

鄧秋門は、「冬ノ日閲二國初諸家詩ノ一、因題二絶句八首一」（「國粹學報」第十七期、詩錄）の一で、

喬雅而還屈大均、手攜《リ》二蘭芷一弔《フ》二夫君《ヲ》一。茂陵十里西風路《ノ》、腸斷初明哭《ス》二墓雲《ニ》一。

と詠じ、黄節にも、「二月十二日、過二新汀屈翁山先生故里一、望二泣墓亭一、弔二馬頭嶺鑄兵殘竈一。屈氏子孫出二示先生遺像一。謹題二二首一。」（『蒹葭樓詩集』）と題する詩がある。

○屈大均（一六三七前後）、明末番禺の人。諸生、初名は紹隆、字は翁山、又介子と字す。清となつて僧となり、今種と名づく。中年、始めて大均と改む。詩に工みにして、陳恭尹・梁佩蘭と嶺南の三大家と稱せらる。著に『廣東新語』『四朝成仁錄』『翁山詩略』等がある。

林文、無題（同上）「鄭洪義擧斜陽冷、萬岳奇才碧水空。」

一、張煌言

陳去病は「九月初七日新安江上觀二水嬉一、竝爲二有明尚書蒼水張公一作二周忌一。」（『浩歌堂詩鈔』卷三）で、

北伐當年事大難、伊人曾《テ》此《ニ》下《ル》二寒灘《ヲ》一。者番《このたび》恰稱招魂祀、灯火樓船夜未《ダ》レ闌《ナラ》。

などと詠じ、「四月二十五日偕二劉三一謁二蒼水張公墓一、竝弔二永樂帝一。」（同上、巻四）で、

策《テバ》二馬《ヲ》高岡《ニ》一日色斜《ニ》、昆明南《ニ》望《メバ》涙如《シ》レ縻《ノ》。蠣灘鰲背今何《クニ》在《リヤ》、祇向《ツテ》二秋原《ニ》一哭《ス》二桂花《ヲ》一。

と詠じ、「九月初七日爲二明尚書張蒼水先生二百四十五年周忌一、用下丙午新安江上追二悼公一韻上。（同上、巻五）で、

莽然珠淚瀉淙淙《コト》、一念孤忠恨未レ降《ラ》。壯志莫《ク》レ酬《ユル》身遽《カニ》死《シ》、枉《ゲテ》敎《ム》三四度入《ラ》二長江《ニ》一。
廿年《ノ》搘柱總《テ》艱難、飮《ミ》レ血《ヲ》提《ゲ》レ戈《ヲ》旁《ス》二蠣灘《ニ》一。〔棃洲云、念昔周二旋鯨背蛎灘之上一、共二此艱難一。〕一線《ノ》人心倘《ホ》無《ク》レ死《スル》、
八閩豈《ニ》復角聲闌。
懸澳《ノ》潮流尚似レ環、漢官儀制隔二仙寰一。獨令《リ》三每歲重陽節《ヲシテ》、痛二哭《ス》西風落日《ノ》間一。

張煌言、字玄箸、又字蒼水、浙江寧波府鄞縣西北廂人也。甲辰九月七日害せらる。年四十五。遺民萬斯大等、煌言を南屛之陰に葬る。張蒼水集二巻。（「國粹學報」第五期、黃氏列傳、張傳）
癸巳十二月、金山に登り、石頭城を望み、遙かに孝陵を祭る。明年再び長江にのる。
甲辰六月、煌言遂に軍を散じて南田の懸嶴に居る。地孤にして海中に浮かぶ。

高爕は「謁二張蒼水墓一」（「吹萬樓詩」巻一）で（乙巳＝一九〇五）

光復卒《ニ》不レ就、天道眞無レ知《ル》。我公文山《ノ》流、魄力尤《モ》過《グ》レ之《ニ》。胡馬紛然《トシテ》來《リ》、明社忽解《ク》レ維《ヲ》。奮《ツテ》レ身《ヲ》倡《ヘ》二大義《ヲ》一、艱苦效《フ》二驅馳《ニ》一。爲《メニ》レ國《ノ》豈《ニ》愛《センヤ》レ死《ヲ》、深入奚《ンゾ》敢《テ》辭《セン》。名城下《リ》二數十《ヲ》一、一鼓殲《クス》二衆夷《ヲ》一。吏民賫《シ》二版圖《ヲ》一、儼然《タリ》王者《ノ》師。先聲相號召《シ》、駐《ムルニ》レ節《ヲ》以《テス》二龜茲《ヲ》一。何《ゾ》圖《ラン》鄭延平、全軍不レ克《ハ》レ支《フル》。我公熱益單、義旅難《シ》二久《シク》持《シ》一。縱橫海島《ノ》間、偉《ナル》哉眞男兒、長江曾《テ》三《タビ》入《リ》、屢躓《キ》奚云レ疲、得《テ》レ地《ヲ》復《タ》旋《リテ》失《ヒ》。崎嶇志不レ移。廿載存《シ》二漢臘《ヲ》一、齒劍從容而。公死國亦亡、哀哀竟《ニ》如《シ》レ斯《ノ》。峨峨《タル》南屏《ノ》峰、草沒《シ》二長松枝《ヲ》一。吾來《リテ》尋《ネ》二公墓《ヲ》一、哭《シ》レ公《ヲ》淚如《シ》レ絲《ノ》。鳳凰好山色、長《ク》繫《グ》二後人《ノ》思《ヲ》一。新朝謬《ツテ》褒榮《ス》、對《シテ》レ此《ニ》益生《ズ》レ悲《ヲ》。

と詠じ、「集二張蒼水句一、贈二北伐諸君一」（「南社」第十一集、詩錄）という集句の詩十首がある。「吹萬樓詩」（一卷）では「集二張蒼水句一」と題し、第一首を省いて九首を収めてゐる。今「南社集」から第二、第四、第十の三首を記す。

南國旌旂何處留、同天應已靖旃裘。遙知今夜關山月、首路軍聲胡騎愁。
萬里乘風七尺身、肯令胡騎飮江津。輿朝會合掄侯賞、蹀血憑レ誰破二女眞一。
青峰千折水千灣、胡馬相傳已不レ還。重與尊前說二破虜一、好傳露布到二陰山一。

柳亞子も「題二張蒼水集一」（「柳亞子詩詞選」）で、

廿年横海漢將軍、大業蹉跎怨二北征一。一笑《ス》素車東浙路《ノ》、英雄豈獨《ニリ》鄭延平《ノミナランヤ》。

と詠じ、沈礪も「展二張蒼水墓一」（「南社叢選」詩選、巻七）で、

青山碧血悵《ムコト》年年、蒼水孤忠《ノ》日月懸。于墓岳祠分《トチ》二鼎足《ヲ》一、西湖一勺峙《フ》二三賢《ニ》一。

と詠じてゐる。柳亞子や沈礪の詩は、張煌言の「國亡《ビ》家破《レ》欲《ス》二何《クニ》之《カント》一、西子湖頭有《リ》二我師《ガ》一。日月雙懸《ビル》于氏墓《ノ》。乾坤半壁岳家祠《ノ》。慚《ヅテ》將二赤手《ヲ》一分《ツテ》二三席《ヲ》一、敢爲《テシテ》二丹心《ニ》一借《ル》二一枝《ヲ》一。他日素車東浙路《ノ》、怒濤豈必《ニズシモ》盡《サン》二鴟夷《ヲ》一」（「張蒼水集」第三編、庚辰八月辭故里）といふ絶命の詩を想起したものである。

姜可生にも「甲寅秋初飢二驅《シ》南粤《ニ》一、憑二吊《ス》明故臣張公煌言遺祠《ノヲ》一、天末《ノ》書生慨《シ》二世衰《ヘ》道微《ナルヲ》一、思《ヘドモ》二古人《ヲ》一兮不レ見《エ》、中情悱發《シ》、遂《ニ》賦《ス》二此篇《ノヲ》一。」（「南社」第十四集、詩録）というのがある。胡寄塵は「蒼水集」を抱いて眠つた（陳訓思、與胡寄塵書、「南社」第十二集、文録）といふが、それは胡寄塵だけではなかつたことが明らかである。

黄節は「春寒貞明檢二校張蒼水集一、夜分不レ寢書以示レ之」（「國粹學報」第二十七期、斯文篇、詩録）で、

冰槎海上若爲情、汝亦蒼茫涕淚横。忽覺鬼神耿春夜、可三能收拾到二寒瓊一。孤臣賸草曾《テ》懸禁、荒嶼哀猨有《リ》二哭聲一。國恥僅《カニ》存《ス》文字諱《ノ》、不レ須《ヒ》三同異質《ヲ》二分明一。

と詠じてゐる。この詩、「蒹葭樓詩集」では「春寒夜校二張蒼水集一」と題し、相當改作してゐる。「南屏謁二張蒼水墓一」（「國粹學報」第四十四期、蒹葭樓詩集）という作もある。

柳亞子も「獨自《リ》傷《ラム》レ心《ヲ》蒼水句、中華依レ舊奉《ズ》二胡雛《ヲ》一」（「柳亞子詩詞選」、天心二首、爲二那拉載湉同殉一作）と詠じてゐる。

陳去病には、「斠二定長興伯遺集一卽題二其後一」（「國粹學報」第九期、文篇詩錄）四首がある。今三首を記すと次の通りである。

杜老文章數二八哀一、傷今懷古一時來、六公佳詠殊雄匹。〔朱竹坨云、啓禎之際、風雅凌替、古風尤置不レ講。日生奮二跡松陵一、誦二大公詠一。原本、杜老八哀之作。〕諸將當年洵〔浩歌堂詩鈔、作盡〕異材。板蕩餘生思二出塞一、〔如二紫騮馬、關山月、從軍行、胡無人、閱九邊圖等作。〕陸沈無レ計拯二奇災一。留都更謁功臣廟、〔有留都謁功臣廟作〕想見愁腸日九回。

落落中興議四篇、壯猶碩畫費二廻旋一。〔浩歌堂詩鈔、知君不減祖生賢。〕赤眉恨レ未《ミダ》摧《カ》二殘寇《ヲ》一、白狄驚《イテ》傳《フ》入《ルト》二朔邊《ニ》一。合沓樓船橫二一隊一、從容珠履納二三千一。〔案公當日幕府人才極盛、如夏完淳、亦其一也。〕何圖併作二青年哭一、笠澤雲間雨黯然。〔完淳南冠草有細林野哭、吳江野哭二詩。爲公輿臥子哀也。〕

英雄騷屑亦塡レ詞、十萬牢愁總繫レ之、鐵板鋼琶餘二激楚一、曉風殘月損二丰姿一、降レ胡獨和昭儀曲、亡レ國偏悲趙氏兒。〔有滿江紅王和昭儀、摸魚兒賦浙江潮曲。〕淒絕滿江紅四闋。那殊鵬擧北征時。

神山懷古

素雲已去蘭■逝、三百年來仙館留。丹井靈源何處是、危梯獨上一叩頭。
寥落荒原暮靄生、孤臣曾此往來頻。細木一哭千秋痛、落日尚聞嗚咽聲。（「吹萬樓詩」巻一）

夏存古の「吳江野哭詩」には、「三千珠履音塵絶。」などの句がある。また、陳去病は「自二武林一入二越道一、出二草橋門一、有下悼二吳長興一二絶上」（「浩歌堂詩鈔上」巻四、戊申の作）において、

帝死《シ》國滅《ビ》龍種絶《ユ》、人間死亦生何爲。朝來浩氣吟成《ツテ》後、想見《ス》英雄悟澈《ノ》時。〔公有泿陶沙絶命詞二首〕
頻年歌哭《シテ》弔《フ》二英雄《ヲ》一、零落《ノ》詩篇僅《ニ》保存《ス》。〔公集予已付刊於國學保存會。〕今日素車何《レノ》處《カ》是《ナル》、鬼花開遍望江門。
〔卽草橋門也。今名望江。〕

と詠じてゐる。草橋門は杭州にあり、吳易が節に殉じたところである。

陳去病は吳易の遺稿について、「その詩詞皆蒼涼悲壯、勁氣直達、頗る幽幷豪俠の慨あり。なかんづく六公詠・閲九邊圖等の作、尤も傑構と稱せらるる。篇長ければ具に錄せず。かれ東湖雜詩に『百代傷心地、風烟奔不レ收。江山一弔望、吳越幾春秋。鴻雁靑楓渚、芙蓉白露洲。霸才今寂寞、何處問二扁舟一。』『禹蹟今何在、蒼茫水國開。山趣二天闕一下、日湧二海門一來。笠澤橋如レ帶、吳江水似レ杯。東南輸輓盡、鴻雁有二餘哀一。』といひ、「傷春」に『分レ符列閭幾紛更、岔レ餉增レ兵祇擅名。荒艸八城生二戰骨一、哀笳三疊亂《ス》二春聲《ヲ》一、防レ邊翻待樓船《ノ》將、逐《ヒテ》レ虜《ヲ》還《ツテ》徵《スル》下レ瀨《ノ》兵《ヲ》。北望只今消息斷《チ》、東南《ノ》羽檄但縱横。』といふがごとき、句極めて佳妙、殊に少陵に類す。又句有りいふ、『但教三死去圖二麟閣一、不レ願三生還入二玉門一。』と。則ち尤も公の志節素裕を徵するに足る。」（「國粹學

報」第十五期、叢談、五石脂）とその詩を推奬し、「また長興の人を動かし欽慕せしむるゆゑんは、そのよく義に依り國に殉ぜしが爲なりと念ふ。」（同上、第三十二期、文錄、袍澤遺音敍）とも言つてゐる。

柳亞子も、「慷慨長興伯、曾揮落日戈。頭顱捐二草莽一、風雨黯二山河一。賴有二文章在一、煩レ君急網羅。遺函天賜レ汝、彝鼎未雲多。」（巢南書來、謂將刊長吳伯興公遺集……）とか、「一代人豪未二等閑一、樓船橫海甲親擐。白龍倘竟逃魚服、胡馬終應レ悔レ入レ關。」（讀松陵諸前輩遺集、尙論其人各系以詩）と詠じてゐる。

二、夏完淳

柳亞子は、「題二夏內史集一」（「柳亞子詩詞選」）六首の中で、

降旗夜竪石頭城、踏海孤臣《ノ》恥《ヅ》レ帝《トスルヲ》レ秦《ヲ》。國恨家仇忘レ不レ得、髫年十五便《チ》從《フ》レ軍《ニ》。

威虜（吳志葵）軍中帷幄籌、長興（吳易）幕府賦堂仇。春申（春申江、卽ち黃浦江）哭《シ》罷《リテ》吳江哭《ス》、不レ到新亭也淚流。

悲歌慷慨千秋《ノ》血、文采風流一世《ノ》宗。吾亦年華垂《ントシ》二二九《ニ》一、頭顱如レ許負二英雄一。

とうたひ、また、「巢南書來、謂將刊長興伯吳公遺集、先期得公眞迹小札一通、又得王山史先生所撰夏內史傳及爲內史營葬事甚詳、喜京■馳告、索詩紀之、應以四律」（同上）の中で、

雲間《ノ》夏内史、束髪便《チ》従《フ》レ軍《ニ》。江左龍飛飛誤、華亭鶴禮唳聞。遺骸誰護惜、后死屬王君。何《レノ》日《カ》攜《ヘ》鶏酒《ヲ》、相従《フ》義士《ノ》墳。

と詠じてゐる。また、「和二巣南九月十九日顧端木劉公旦錢彦林夏存古諸公三十餘人殉國大紀念節詩二首一」（同上）で、

平生私淑《ス》王樊堂、自向《ツテ》二雲間《ニ》一爇《ツ》二瓣香《ヲ》一。兩世成《ヲ》レ仁眞父子、一身餘技有二文章《ニ》一。髫年崛起稱《シシ》二豪俊《ト》一、幾輩同斂盡《ク》慨慷。風馬雲車雄鬼集《リ》、人間何《レノ》處《カ》奠《セン》二椒漿《ヲ》一。

と詠じ、「定庵有二二別好詩一、余仿二其意一作二論詩三載句一」（同上）の第一首で、

平生私淑《ス》雲間派、除二却《スレバ》　湘眞《ヲ》一便《チ》玉樊。哭過細林山下《ノ》路、詞家屈宋有《リ》二淵源一。（夏内史集）

と詠じてゐる。

陳去病は「書二黄門公集一」（「浩歌堂詩鈔」巻五）で、

逡巡只憾當機悞、歎息英雄遽網羅。若使二冥鴻早驚逝一、圖南容可レ奮二陽戈一。
松陵英蕩都銷盡〔謂吳長興〕、峰泖湖山豈尙存。我效二端哥一一長慟、粵王臺上見二精魂一〔端哥夏內史淳古小名也、爲二黃門公弟子一〕。
吾家自レ昔多窮阨、降逮二於今一怨未レ休。一樣雲間陳臥子、不レ堪三江表作二纍囚一〔時陶怡繫金陵獄中〕。

と詠じてゐる。

柳亞子はかつて、自ら「十八歲、夏存古と顧亭林の詩集を讀むことを開始した。存古は明末陳子龍の學生であり、神童を以て名を著はし、十五、兵を起して滿に抗し、十七、國に殉じた。作る所すべて激昂慷慨の音である。亭林は經學家と政論家であり、彼の詩は杜甫を脫胎し、敦厚深摯、一方面また滿情に反抗し、故國故都の感少なからず。當時に在りては甚だ我が氣質に合ふものであつた。われ後來『三別好詩』有り、わが瓣香の在る所が亭林・存古・定盦の三家であることを說明し、當然わたくし自身の作詞の方向を表示した。」(「創作的經驗」、我對於創作舊詩和新詩的感想)と回顧しており、陳去病も、「わが友柳棄疾は、今の夏存古なり。」(「國粹學報」第三十二期、夏瑗公侯納言傳跋)と評してゐる。

高旭に、「弔二亡友甯太一一、用二夏存古細林野哭原韻一」(「南社」第十一集、詩錄)があり、沈礪に、「讀二夏存古集一」(「南社」第十五集、詩錄)七絕四首がある。

嘔レ心攢聚《ス》奚囊《ノ》句、不レ數二元和長爪郞一。萬古騷壇兩年少、中原《ノ》旗鼓足《ル》二相當《ルニ》一。
每將《ニテ》二國破家亡恨《ヲ》一、鬱《トシテ》作二黃鐘大呂聲一。八斗《ノ》清才十斗《ノ》血、一齊《ニ》傾付《ス》二楮先生《ニ》一。

大哀一賦感千端、氷雪心《ノ》腸錦繍《ノ》肝。苦後十年蜚《ビ》碧血、衞官《トスルハ》屈宋《ヲ》正《ニシ》無《キコト》難。
乾坤牢落入雄辭、掩巻沈吟有所思。忽起酸風東海上、劍霜斜拂立多時。

陳去病も、「内史文章日月縣、南冠一草正重編。〔時予正編令嗣内史全集。〕考功遺墨猶矜貴、合付貞珉子細鐫。」（「國粹學報」第六期、文篇詩録、敬觀夏彝仲考功遺札）と詠じてゐる。

三、その他

陳去病には、「讀瞿稼軒蠟丸書」（「浩歌堂詩鈔」巻二）七絶二種がある。その一首に、

匈奴未《ダ》滅《ビ》功何《ゾ》論《ゼン》（「浩歌堂詩鈔」、功何論作恨何如。）、縱《ヒ》有《ルモ》天恩斷《ジテ》不《ラ》居。矢志未《ダ》成《ラ》徒《ニ》建《テ》節《ヲ》、那《ンゾ》堪《ヘン》重《ネテ》讀《ムニ》蠟丸《ノ》書《ヲ》。〔帝每論功行賞、公輒堅辭。書中述之頗詳。〕

と詠じてゐる。また、「十一月七日、爲瞿張二公殉節桂林之辰、慨然有作」（「浩歌堂詩鈔」巻五）で「桂林雲樹黯生涼、風洞山高墓木蒼。師弟百年留氣節、乾坤千古振綱常。當時雷電昭天變、此日英靈炳帝鄉。休羨孔家仁聖裔、即今誰憶定南王。」と詠じている。瞿式耜と張同敞二人、獄中にありて唱和した「粤中靖難囚中吟草」一巻がある。

呉梅は瞿式耜を主人公として「風洞山傳奇」を作ったが、「自題二風洞山傳奇一」（「南社叢選」詩篇、巻八）七絶八首がある。二首を録す。

一樹《ノ》冬青弔《シ》二國殤《ヲ》一、牛車泥馬指《ス》二南方《ヲ》一。漢官《ノ》遺制無《ク》二人識《ル》一、窄袖蠻靴時世《ノ》裝。
井水湯湯咽《ビ》二古愁《ニ》一、紅牙且《ツ》自《ラ》按二梁洲一。秣陵山色《ノ》珠江月、不レ抵二厓山一葉舟一。

劉光漢にも「題二風洞山傳奇一」（「國粹學報」第二十三期、文篇、詩録）七絶三首があり、その一に、

郁李花開《キ》杜宇飛《ブ》、孤臣泣血涙沾《ス》レ衣。鶴歸《リ》二華表一知《ル》二何處一、城郭人民半《バハ》是非《ナリ》。

と詠じている。
劉光漢に「詠二明末四大儒一」（「國粹學報」第四期、文篇、詩録）があり、顧亭林について、

壯懷久慕二祖士雅一、田牧甘隨二馬伏波一。精衛非レ無《キニ》二填《ムルノ》レ海《ヲ》志一、也應《ニ》三巧《ニ》避《ク》二北山《ノ》羅《ヲ》一。（先生有二聞レ鷄起舞詩一、又有二精衞詩一。）

と詠じ、黄梨洲について、

驚心西浙非王土、伺籍東林作黨人。畢竟艱貞成大節、晦明無復九罟陳。

と詠じ、王船山について、

井中心史鄭思肖、澤畔哀吟屈大夫。甄別華戎垂信史、麟經大義昭天衢。

と詠じ、顔習齋について、

自古儒文嗤武俠、紛紛經術惜迂疏。先生敎法師周孔、六藝昭重恥著書。〔先生以格物卽周禮三物乃六藝也〕

と詠じている。また「詠禾中近儒三首」(「國粹學報」第七期、文篇、詩錄)で、呂晩村について、

火竹簫疏帶草廬、行人爭指晩村居。而今怕說坑儒禍、萬卷楹書刼火餘。〔晩村書籍存者甚鮮。惟四書講義及所評詩文、尙有流傳於世者。〕

と詠じ、陸稼書について、

僞儒發冢緣詩禮、心性空言飾簿書。始信盜名猶盜貨、淸廉猶自說三魚。〔日知錄言、廉易而恥難。今觀於

稼書所爲、益々信其言之確矣。〕

と詠じ、朱竹坨について、

竹坨才名噴江名、著書避世類深寧。一從奏賦承明殿、晩節黄花慘不馨。〔竹坨早年因亭林靑主之流設隱居不出、不愧純儒也。〕

と詠じている。

憲子も、「詠明末諸儒」（「國粹學報」第[redacted]期、文篇、詩錄）で黄梨洲を詠じては、

手挽神州起陸沈、少年原自逞雄心。天敎老去成名士、一卷明夷直到今。

といい、顧亭林を詠じては、

生平足跡半《バシ》㆓天下《ニ》㆒、著述《ノ》餘間且《ツ》力耕《ス》。風雨故陵經㆓十謁《ヲ》㆒、孤臣《ノ》涕淚自《ラ》縱橫。

といい、孫夏峯を詠じては、

修■完城禦外兵、高風亮節最知名。平生得力多憂患、晩近蘇門善證成。

といい、王船山を詠じては、

竄狀窮山未許知、飴茶席棘老鬚眉。孤臣無限傷心事、晩出遺書晩更悲。

といい、李二曲を詠じては、

生我名兮殺我軀、關中轉恨有名儒。悲涼土室今何世、理學羞稱魏象樞。

といい、傅青主を詠じては、

沈淪俠骨意淒然、草履黄冠老佇禪。埋血千年碧不滅、霜紅龕裏傲霜天。

といつてゐる。

高爕も、「題姚石子所得明遺民傅青主畫山水尺頁」（「南社叢選」詩選、巻九）において、

姚生好レ事者一、愛好比二奇珍一。終日坐相對、傾二倒明遺民一。

とか、

我亦有二同癖一、感慨多二縁因一。緬想下レ筆時、天地皆胡塵。河山非我有、撥レ墨涙酸辛。

などと感慨をもらしてゐる。

柳亞子は顧亭林の遺詩について、

不レ為《サ》二嘆レ老嗟《クノ》レ卑語《ヲ》一、不レ作二流連光景詞一。一代耆儒儕《ク》伏鄭、更《ニ》留《メテ》二餘技《ヲ》一到《ル》二風詩《ニ》一。

と詠じてゐる。（「柳亞子詩詞選」、定庵者三別好詩、餘仿其意作論詩三截句）

黄節は「草左羅石傳因題兩絶」（「國粹學報」第一期、文篇、詩錄）で、

片雲南下《ス》孤臣《ノ》涙、碧血黄沙想見公。宣武城頭天似《タリ》レ墨、思陵無《ク》レ路哭《ス》二秋風《ニ》一。
休《メ》レ問《フヲ》二廢興《ヲ》一問《ヘ》二廉恥《ヲ》一、可レ憐《シム》諸將盡《ク》蟲沙。至《ルモ》レ今《ニ》誰《カ》食《ス》中原《ノ》粟、不二是《レ》呼蘭芍藥《ノ》牙《ナラ》一。

と詠じてゐる。左懋第（山東萊陽の人、字仲及、一字蘿石）が、兵部侍郎金之俊の「先生何ぞ興廢を知らざる。」の言葉に對して、「興廢は乃ち國運の盛衰、廉恥は乃ち人臣の大節なり。汝、興廢を知りて廉恥なきか。」とい

ひ、清王が「汝は明の臣、なんすれぞ清の粟を食らふこと一載にしてなほ死せざる。」と詰つたのに對して、憤然色をなして、「なんぢらわが朝の粟を食ひ、反つて我汝の粟を食ふと謂ふか。且つ古の力を中原に致す者、亦毎に夷狄の食を藉る。我が國家不幸、此の大變に罹る。聖子神孫、豈に人無しと曰はんや。今日ただ一死あるのみ。亦何ぞ多言せんや。」といつた。宣武門外に至つて、神氣自若として、絶命詩を題し、

漠漠黄沙少雁過、片雲南下意如何。丹忱碧血消難盡、蕩作寒煙總不磨。

と詠じ、南向四拜し、端座して刑を受けたといふ。(「國粹學報」第二期、詩篇、黄節、黄史列傳)

○　瞿式耜、常熟の人、字は起田、號は耕石齋、槐林居士、嗒は忠宣、萬曆の進士。福王の時、右僉都御史を以て廣西の巡撫となる。永明王を肇慶に立てたが、王奔るに及び、大學士を以て桂林に留守し、城破れて死す。(「明史」二百八十、「明史記事」辛九)

○　讀晞髮集　　王德鐘(「南社」第十一集)

黄龍入レ海國社レ墟、死節巍巍文興レ陸。恨塡二東海一有二遺民一、風骨嶙峋文卓犖。哀鴻叫後杜鵑鳴、痛勝二江湖諸老宿一。雲煙過眼時代移、殘編遺付我曹讀。讀二公遺集一悲二公志一、生際二艱難一死誰告。茫茫知己一文山、一族勤王生死逐。可レ憐丞相作二南冠一、我我周旋四海獨。西臺慟哭雲爲レ愁、陰風颯颯吹二巖谷一。天荒地老有レ所レ思、此情更異二唐衢哭一。人在二九天一血在レ紙、聲淚至レ今留二簡牘一。七里瀧水徹レ底清、流恨年年照二高躅一。生依二信國一生不レ辰、死傍二嚴陵一死亦足。交

游生死兩千秋、蹤跡如レ君亦不レ辱。此集長留二天地間一、此心證向二指南錄一。

○　重過二西臺一尋二謝皐羽墳一不レ得、返レ舟獲二巨鯿頭一、食レ之甚肥

重向二西臺一駐二客船一、高風寥落費二流連一。荒江但聽寒潮漲、頹宇誰將二碧血一鐫。黽勉文章搜二海甸一。（近與二友人鄧實一校二印先生遺書一）艱難香火拜二遺阡一、夕陽欲レ下溪山晚。怊悵空撈縮項鯿。（「浩歌堂詩鈔」卷三）

○　謝皐羽＝宋季に生れ、虜禍の烈を目撃し、布衣を以て文山の軍に參じ、輾轉流落、卒に亡國を救ふ無し。文山既に死して皐羽亦放廢自隱す。然れども故國の戚、時々忘れず隻身行遯、山川池榭、雲嵐草木、別るる所の處及び其時と適々相類するに遇へば、則ち徘徊顧盼、聲を失して痛哭し、勝國の事を談じ、輒ち悲嗚勝へず。爲る所の詩文、瘦辭隱語多く、人能く識る莫し、而して大抵皆傷心の作。嗚呼、皐羽の如きは、その遇ふ所の境愈々悲しむべくして、その文辭亦愈々苦し。これ予の皐羽の文を讀みて動ずる能はざる所以なり。……其れ皐羽謂ふ、阮步兵死して、空山哭聲なきこと、且に千年と。今皐羽の死を去ること、また將に千年ならんとす。而して空山の哭聲なきは故の如きなり。然りと雖も、神州陸沈、宗社邱墟の際に當り、吾は中原を恢復するの壯圖、必ず一哭を以て了るべき者に非ざるを知る。然り而して哭すら且つこれ無きは、亦重ねて哀しむべきにあらざるか。丙午八月。（鄧實、謝皐羽晞髮集後序、「國粹學報」第二十一期、文錄）

唐代文學（中國文學史概說〈下〉）

第一節　初　唐

いはゆる初唐の詩壇は、李淵以後の三王の時代に相當し、高祖武德元年（六一八）から弘道元年（六八三）にいたる六十餘年間である。陳隋の遺響に始まり、王楊盧駱におはる。武德の初め、李世民がその兄建成、弟元吉と位を爭ひ、各々儒士を招いて勢力を張つた。世民は秦邸において文學館を開き、杜如晦、房玄齡（五七八―六四八）、于志寧、蘇世長、薛收、褚亮、姚思廉（?―六三七）、陸德明、孔穎達（五七四―六四八）、李道玄（?―六二九）、李守素、虞世南（五五八―六三八）、蔡允恭（?―六二七）、顏相時、許敬宗、薛元敬、蓋文達、蘇勗など十八人を召して學士となし、時に十八學士と號す。世民が建成、元吉を殺して後、太子齊王二邸中の豪彥また朝に集つた。世民自身も好んで「豔詩」をつくつた。當時の風尙は、全く隋の時代と變るところがない。詩人の著るもの、陳叔達、虞世南、歐陽詢、李百葯、杜之松（六一八前後）、許敬宗（五九二―六七二）、褚亮、蔡允恭、楊師道たちは皆隋から唐に入つたものである。この外、長孫無忌、李義府、上官儀、魏徵などが出て詩壇の情形は非常に活潑であつた。

歐陽詢（五五七―六四一）、字は信本、譚州臨湘の人。隋に仕へて太常博士となり、唐に入つて「藝文類聚」を作つた。李百葯（五六五―六四八）、字は重規、德林の子。幼時奇童と稱せられた、唐に入つて中書舍人を拜し、かつて「齊史」を著した。百葯藻思沈鬱、尤も五言に長じ、樵童牧子といへども皆吟風した。詠蟬の「淸心自飲露、哀響乍吟風。未上華冠側、先驚翳葉中。」の如き、すでにさながら沈宋體の絕句のやうである。李義府（六一四―六六六）は瀛州饒陽の人。高宗の時中書令となり、後巂州に流された。彼の「堂堂詞」（「嬾整鴛鴦被、羞褰玳瑁。春風別有意、密處也尋香。」）甚だ有名で、梁陳の氣息を十分に具へてゐる。

長孫無忌、字は輔機、河南洛陽の人、唐の外戚たり（文德后の兄）。齊國公に封ぜられ、高宗の時、貶せられて黔州で死んだ。その「新曲」（「玉珮金鈿隨步遠、雲羅霧縠逐風輕。轉目機心懸自許、何須更待聽琴聲。」）もまた「豔詩」の流で、當時甚だ傳誦された。

上官儀（六一六？―六六四）も義府、無忌と同じく、その詩は綺錯婉媚、人多く之に效ひ、「上官體」と謂つた。彼の「早春桂林殿應詔」（「曉樹流鶯滿、春堤芳積。風光翻露文、雪華上空碧。」云々）は梁陳の作にはづるなし。字は游韶、狭州狭の人。貞觀初進士の第に擢んでられ、高宗の時、西臺侍郎となる。後梁王忠の事を以て獄死した。

魏徵（五八〇―六四三）の「述懷」は梁陳作風の能く拘束するところでない。「縱橫計不就、慷慨志猶存。……人生感意氣、功名誰復論。」の如き、その氣概豪健なもので、いはゆる「宮體」「豔詩」などと同類ではない。但し作品は多くない。字は玄成、魏州曲城の人、初め李建成に從つて太子洗馬となり、世民、建成を殺して諫議大夫（？―六四四）となり鄭國公に封ぜられた。

彼等の中で最も優れた詩人は王績（？―六四四）である。王績は魏徵とも同じくない、彼は淡遠を以て濃豔を糾正した。字は無功、絳州龍門の人。隋の大業中、揚州六合丞となり、好む所でないために、棄去つて顧みず廬を河渚に編んで琴酒を以て自ら樂しんだ。武德の初め、「門下省に待詔す、或人問ふ。待詔何をか樂しむ」と、答へていふ。「良醞戀ふ可きのみ」と。日酒三升を給し、陳叔達へ特に一斗をあたへた。かつて躬ら東皐に耕したので、時人號して東皐子となした。或は酒屋を過ぎ、動もすれば數日を使ひ往往壁に題して詩を作り、多く好事者のために諷詠す、死す時、予め墓誌をつくつた。その行事甚だ陶淵明に類し、その作風も淵明に近い。彼の最好の詩篇は、

野　望

東皐薄暮望、徙倚欲何依。樹樹皆秋色、山山唯落暉。
牧人驅犢返、獵馬帶禽歸。相顧無相識、長歌懷采薇。

過　酒　家

對酒但知飲、逢人莫強牽。倚鑪便得睡、横甕足堪眠。

などは、上は阮籍、淵明を繼承し、下は王維、李白を起すものである。梁陳の風格が固く詩壇ののどを撞している時、かうした風趣淡遠の詩人を產出したのは、頗る怪しむべきことである。顏謝の時に淵明が生まれたのと同じ情形であらう。一面は酒徒の本來の性格であり、一面はまた環境の關係である。彼はかつて何も文學待從の臣となつたことがない。だから「侍宴」「頌聖」などといふものを書いて彼の風格を損じ、あるいは己れを捨てて人に從ふ必要がなかつた。

「四傑」が現はれたのは、初唐詩壇上における一つの極めて重要な消息である。四傑も梁陳の風格を襲承したものであるが、意境が闊大深沈となり、格律が更に精工嚴密となつた。彼等は上は梁陳を承けて、下は沈宋

（沈佺期、宋之問）を起すものである。
王勃（六四七―六七五）、字は子安、絳州龍門の人。六歳にして文辭を善くし、九歳「顏師古注漢書」を讀み、その失を指摘した。朝散郎を授けられ、後出されて虢州參軍となり、又事に因つて除名さる。上元二年（六七五）交趾に至つて父を省せんとして、海を渡りて溺死した。年二十九。若年の作「滕王閣序」は極めて有名である。五言の詩が多く、非常に成熟した律體であり、既に律詩時代の格調を具へてゐる。「雜體」といつてゐるが、その實は「七絶」の流である。沈宋時代到來の黎明期である。

郊　興

空園歌獨酌、春日賦閑居。澤蘭侵小徑、河柳覆長渠。
雨去花光濕、風歸葉影疎。山人不惜醉、唯畏綠尊虛。

山扉夜坐

抱琴開野室、攜酒對情人。林塘花月下、別似一家春。

楊炯（六五〇―六九五？）は華陰の人。幼にして博學好文。崇文館學士となり、　事司直となる。才を恃んで簡倨、人これを容れず。武后の時、婺州盈川の令となり官に卒す。彼は詩人が四傑を以て稱するを聞き、「吾愧在盧前、恥居王後」といつたといふ。張說いふ、「楊盈川、文思懸河注水の如く、これを酌めども竭きず、既に盧より優れ、また王に減ぜず」と。「盈川集」がある。彼の詩「離亭隱喬樹、溝水浸平沙。左尉才何屈、東關望漸賒」（「送豐城王少尉」）も亦、律詩の前驅と稱するに足るものである。

四傑の生涯は皆不遇であつたが、殊に盧照鄰（六五〇？―六八九？）は甚だしかつた。彼は不治の病のために、艱苦つぶさに嘗め、遂に投水自殺を以て終つたのである。字は昇之、幽州范陽の人。博學よく文を作る。王府典籤を授けられ、後新都尉を拜し、風疾に傳染したために退官し、太白山中に居り療養に努むるも、次第に惡化し、足なえ、手又廢す。陽翟の具茨山下に徙り、園野十畝を買ひ潁水を疏して舍を周らしめ、また豫め墓をつくつてその中に臥す。「五悲」及び「釋疾文」を作り、讀者これを悲しまざるなし、病苦に堪えず遂に潁水に投じて死んだ。年四十。少年時の作品は王勃、楊炯と異ならず疾んだ後は境益々苦しく、詩もまた愈々峻。

釋　疾　文

歲將暮兮歡不再、時已晚兮憂來多。東郊絕此麒麟筆。
西山祕此鳳凰柯。死去死去今如此。生兮生兮奈汝何。

の如き、すでに死志を具有してゐる。

駱賓王（？―六八四？）は長篇の歌行を善しく、「從軍中行路難」「帝京篇」「哥昔篇」等の如きすべて彼の縱橫任意、拘束すべからざる才情を顯出してゐる。「哥昔篇」は自敍傳的長篇詩であるが、おそらく獄中の作であらう。この時代の偉大な作品の一つである。「帝京篇」を當時の人は絕唱と稱した。賓王は婺州義烏の人。王子喬とひとしく早熟で、少年時落魂して行無く、好んで博徒と伍をなし、初め道王府屬となり、後長安主簿となる。武后の時、獄に坐して臨海の丞に左遷せられ、怏怏として志を得ず、官を棄てて去る。時に徐敬業が揚州において兵を起し武后を討たんとし、賓王を府屬となす、軍中の檄はすべて彼の作である。敬業敗死し、賓王また亡命し終はるところを知らずといふ。

この時代に全く時代の風氣の外に獨立し、文壇の風尚いかん廟堂の倡導いかんにかかはらず、ただ自らの心を述べ一點も他の作家たちがどこかで何をしているのかを顧みなかつた、幾人かの詩人がゐた。その中、王梵志は最も重要な一人である。彼の詩は埋沒すること千餘年、近年敦煌寫本の發見によつて始めて知られるところとなつた。胡適はその年代を五九〇年より六六〇年頃と推定してゐる。彼の詩は教訓書は說理の氣味が非常に重い。「城外土饅頭、餡草在城裏。一人喫一個、莫嫌沒滋味。」厭世から享樂に逃れようとする考へは、われわれの詩の中に時〻あるにはあるが、梵志のやうに大膽にして痛快な表現はない。

王梵志の影響は非常に大で、やや後の寒山、拾得、豐干たちはすべて彼の感化を受けたものである。寒山、拾得、豐干の時代ははつきり分らないが、貞觀中の人といはれてゐる。顧況、杜荀鶴、羅隱たちも一つのつながりがあるものである。貴族達の周邊にあつた詩人たちが盛んに酬和してゐる時に、民間には彼等自身の詩人が存在して一派をなしてゐたことを知ることができる。

二　律詩の成立時代

中宗嗣聖元年（六八四）より先天元年（七一二）の三十年間に、律詩の基礎が定まつた。この時代の代表的二詩人は卽ち沈佺期と宋之問とである。沈約が四聲八病を倡へて律詩の先驅をなし、沈、宋出現して律詩の新體を創り出した。律詩中の五言律詩は四傑時代すでに流行したことは既に述べた通りであるが、その流れを大いに伸ばしたものは沈宋である。だが沈宋の律體の應用に對しては五言に限らず、當時流行の七言詩體の範圍内に及んだ。七言律の建立は後來に對する影響は極めて大なるものがある。沈宋の最も偉大な成功も卽ち此に在る。この方面における成功は、沈宋二人は提倡者の地位に居るべきものである。提倡の功は創作よりも更に重要であらう。

同時に絶詩の一體も律詩の發達に從つて大いに盛んとなつた。絶詩の起りは律詩の產生と不可分の關係がある。「漢魏の古詩、六朝の樂府の中には、五言の短詩が非常に多い。「五七言絶句は、七言短歌の變である。五言短句、漢魏詩中に雜見することあげて數ふべからず。唐人の絶體は實によつて來る所…唐の諸子に至つて、一變して律呂鏗鏘、句格穩順、語近體に半ばし、遂に百代不易の體となる。」（胡應麟「詩藪」）沈宋の前に、固より絶句の物に類するあり、ただ絶句が一個新體の物となり、かつ定格あるは沈宋時代に創始された。沈宋の五七言絶句佳作甚だ多い。宋之問貶後の作だも眞摯の情緒、悽楚の聲調に富んでゐる。唐代重要なる一新詩體はいはゆる排律である。排律の起つたのも沈宋の時である。排律はやや長い詩體であつた。これを運ぶに弘偉の才情を以て、これを出すに精工の筆力を以てしなければ不可である。沈宋は律詩を創造したのは、同時竝びに排律の一新局面を打開した。沈宋の排律は五言、最も多くまた最も好い。

沈佺期（?—七一三?）、字は雲卿、相州内黄の人。上元二年（六七五）進士の第、張易之等と特に昵近であつた。易之敗れ、遂に悱州に流され、後召見され、中書舍人、太子少詹事となり、開元初め卒す。宋之問（六六〇?—七一〇）、字は延清、一名少連、之問儀貌偉にて雄弁、彼も亦易之に附き、敗れるに及び、瀧州に貶せらる。之問逃れて洛陽に歸り、張仲之の家に匿れた。武三思復事を用ひ、仲之これを殺さんと欲す。之問變を上る。天下その行を醜とす。中宗の時、越州長史に遷され、窮して剡溪山を歷、置酒賦詩、京師に流布し、人々に傳諷した。睿宗立ち、之問を欽州に流し、また之に死を賜つた。

　宋沈は張易之に附いたがために聲名は頗る狼藉たり、然れどもその才名は掩ふことができない。佺期、悱州における作は、皆五言排律で、沈痛鬱結の中において、その流麗疎放の體を失はず、之問、二度も殺され、身世だも佺期より苦しく、故に作る所更に悲戚の聲韻が多い。遲暮投荒、徘徊注がんと欲する情緒を表示せざるはない。

　中宗の景龍二年（七〇八）、「始めて修文館に文學士四員、學士八員、直學士十二員を置く、是において李嶠、宗楚客、趙彥昭、韋嗣立を大學士となし、李適（六六三?―七一一ごろ）、劉憲、崔湜、鄭愔、盧藏用、李乂（六四七―七一四）、岑羲、劉子元を學士となし、薛稷、馬懐素、宋之問、武平一、杜審言、沈佺期、閻朝隱等を直學士となし、又、徐堅、韋元旦、徐彥伯（六八二前後）、劉允濟（六九八前後）等を員に滿たしむ」（「全唐詩話」）といつてゐるが、蘇味道、李嶠、杜審言、崔融、喬知之、崔湜、崔液、陳子昂、劉希夷などはすぐれた詩人と稱せられてをり、女流作家上官婉兒も、當時風雅を主持し文藝を提倡するに甚だ力あり。

　蘇味道、李嶠は沈宋と竝稱せられた。蘇味道（六四八―七〇五）は相位に居ること數載、神龍の時張易之の黨に坐し、遂に郿州長史となつて卒す。

　李嶠（六四四―七一三）字は巨山、味道と同郷、武后の時、鳳閣舍人となり、趙國公となる。睿宗立ち、出でて懐州に刺たり、玄宗の時貶せられて滁州別駕となる。嶠初め王楊と踵を接し、中は崔蘇と名を齊しくし、晩年諸人沒し獨り文章の宿耆たり。杜審言（?―七〇五以後不久）、字は必簡、襄州襄陽の人。高才を恃みて世に傲り、にくまる。崔融（六五三―七〇六）、字は安成、齊州全節の人。張易之の事に坐し袁州刺史に貶せられ、尋いで國子司業を拜す。從軍の作多し。頗る異域の風趣あり、この時代においては別調であるといへよう。文典麗、當時比類少し。

女流作家上官婉兒は儀の孫で、武后の時掖庭に入つた。中宗位に卽き大いに寵愛された。當時の文壇に與つて力があつた。臨淄王の兵起るや殺された。作、今存するもの二十餘篇、殆んど應制の作で、眞實の情緒を見出し難い。

崔湜、崔液兄弟の作、観るべきものあり、液の方勝る。歠（六六八―七一三）字は澄瀾、定州の人。しばしば相となり、明皇立ち嶺外に流され、遂に死を賜ふ。液（六七二ごろ―七一三以後不久）、字は潤甫、五言詩に工なり。閨情の作多し。

劉希夷と喬知之（?―六九七）の作は歌行が多い。知之、同州馮翊の人。武后の時右補闕、遷左司郎中、武承嗣に害せられる。希夷（六五一―六八〇?）、一名、庭芝、潁川の人。上元二年（六七五）時の進士、詞情哀怨、多く古調、體勢により當時の風尚に合はず。容姿美、談笑を好み、琵琶をよくし、飲酒數斗に至るも醉はず、落魄して常に横ぜず、「白頭翁」を作りて自ら不祥となる、果して奸人に殺される。或はいふ、その舅宋之問、年々歳々の句を愛し、その人に傳はざるを知り、これを求むるも許さず、土嚢を以て壓殺すと。之問もとより一代の宗匠何ぞ甥の作を奪はんや、この話は信ずべからず。その拓落疎豪の態度はすでに李白の一先驅であるともいへよう。

これらの詩人ののち、陳子昂（六五六―六九八）は一個異軍突起のものとして推さざるを得ない。齊梁風尚の轉變は子昂の詩中に十分あらはれてゐる。字は伯玉、梓州射洪の人。開耀二年（六八二）の進士、初年十八、未だ字を知らず、富家の子を以て任俠尚氣、弋博を好み、後郷校に入り、悔を感じ學に志す。武后の時麟臺正字を拜す。聖歴の初め、官を解いて歸り、縣令段簡に誣謗され捕へられて獄死した。年四十三。子昂「感遇詩」、王適見て、「この子必ず海内に文宗たるらん」と。今三十八章、その風格大いに阮籍の「詠懷」、「左思」の詠史に似たり、まさに彼等の啓示を受けて書いたものであらう。內容甚だ扼い、或は詠史、或は超脫、或は悲慨、痛快にその懷抱するところの情思をのべ、一點もいとはず、一點も宛曲廻避せず、直ちにいきいきと性褊躁、禍を招き易い詩人を現出してゐる。その格律、陳宋一群のものとは不同である。

登幽州臺歌、前不見古人、後不見來者、念天地之悠悠、獨愴然而涕下。

唐初の散文も詩壇の情景と同様に、梁陳風氣の支配を受けたものである。四傑の作も當時の風尙に殊ならず。六朝の際にはいわゆる「文筆」の分があつて、美文は多く駢儷を用ひ、公牘書記はなほ質樸の意を有してゐた。唐に至つて殆んどの公文奏牘も、すべて四六駢儷體を用ひ、四六文を公文の程式となし、實際上應用の定型の文體となつた。

ただ述ぶべきものに史籍の編纂がある。岑文本と崔仁師とが作つた「周史」、李百葯の「齊史」、姚思廉の「梁陳」二史、魏徵の「隋史」。李延壽、父の志に本づいて「北史」、「南史」の二書を著した。「晉書」百三十卷の編撰は群臣の合力によつたもので後世修史の一つの道を開いた。以後一代の百科全書的ないはゆる「正史」は、「合力」の選述となつて、再び個人の著作ではなくなつた。

この時代の重要な事業に、佛教の翻譯がある。玄奘（字、朗切）法師、姓は陳氏、印度及び西方の諸小國の各地を遍歷し、多くの佛典を持ち歸つた。その體驗を以て「大唐西域記」を著した。（玄奘口述、辯機和尙筆記）これは一部最好の散文の旅行記述である。その中に述べてゐる迷信、故蹟、民間傳說等、印度中世史の主要な資料である。更にこの書によつて多くの印度傳說をば中國的なものとした。有名な杜子春傳の如き明らかに「西域記」中の故事から改めてつくりあげたものである。玄奘は貞觀十九年（六四五）に都に歸つてから死するまで十九年間、佛典の翻譯に專念した。七十三部、千三百三十卷。多くの思想に及ぼした影響はまことに大なるものがある。また老子を譯して梵火となす。中印文化交流上に多大の力をつくした。玄奘西行の經歷は間もなく傳說となり、唐末以來種々の「西遊記」の中心人物となつた。

更に傳奇文の先驅的位置を有するものについて一言しなければならない。卽ち、王度のつくつた「古鏡記」がある。王度（?—六四四以後不久）は絳州龍門の人。太原和の人。王通の弟、詩人王績の兄である。隋の大業中御史となり、後出でて芮城の令となり、武德の中卒す。（「太平廣記」卷二百三十の王度）中に描いてある故事はすべて六朝故事集の中によく見えてゐるものであるが、一古鏡の線索でそれらを連ねて一篇としたものである。

又、「補江總白猿傳」（「太平廣記」卷四百四十四）作者は分らない、「廣記」には歐陽訖と題してゐる。梁將歐陽記の妻、白猿に奪はれ、救はれ歸つて一子を生む、親猿に記す。それが後に有名な王陽詢である。紇死して、詢は江總に養はれ、「補江總」白猿傳を名となす所以。これは「古鏡記」と同じからず、單一の故事で、描寫の情況は彼の傳奇文と似てゐる。ただこの作、注意すべき點は紇の妻が奪はれる事は印度旅行の拉馬耶那の傳說に似てをり、神猿もその中に出て來る。それらをもとにして中國の講談者がつくりあげたものであらうか。この故事は將來に及ぼした影響が極めて大であり、宋元間の「陳巡檢梅嶺失妻」の談本、戲文は皆それから敷衍せられたものである。

だが武后の時に、絕代の奇作、「遊仙窟」が現れた。これは張鷟（六六〇ごろ—七一四年前後）の作である。

鷟、字は文成、調露の初め（六七九）進士第に登り、長安の時に調せられ、開元の初め嶺南に貶せられ、終に司門局下郎に終つた。彼の作つた「朝野僉載」「龍筋鳳髓判」は世に傳つたが、ただ「遊仙窟」だけは中國では永く佚し、日本にのみ傳へられ、日本においては甚大の影響をおよぼした。「唐書」に「新羅日本使至、必出金寶購其文。」といつてをり、當時日本に流傳したものである。これは彼自身と武后との戀愛を述べ、幻想的描寫を以て描いたものである、といはれてゐる。ともあれ、中國文學史上における早期の戀愛小說である。文駢儷に近く、又多く詩歌を雜へてをり、更に通俗的な言葉を夾んでゐる。當時流行の一種文體であり、その文體はその運命甚だ長く、敦煌發見の小說は、その體裁また甚だこの作に近い。明人瞿佑、李昌祺、雷燮諸人の作る所、又明板の「國色天香」、「繡谷春容」、「燕居筆記」諸書中錄する所の通俗的傳奇人、「嬌紅記」等の如く、殆んど「遊仙窟」の親裔でないものはない。唐代の諸傳奇文、「周秦行記」、「秦夢記」等の如きその情境と「遊仙窟」と幾んど同じ、又その中詩歌を雜へてゐるのも大いに張鷟の影響があるに似てゐる。「遊仙窟」の身は中國では一千餘年埋沒してゐたが、その精神は永遠に存在してゐる。

第二節　盛　唐

一　詩の黄金時代

盛唐時代は又開元天寶時代ともいはれてをり、いはゆる唐詩の黄金時代である。短い五十年間であるが、詩壇上において種々の波濤の壯觀を展開し、種々獨特な風格が現出した。飄逸仙の如き詩篇、風致淡遠な韻文、壮健悲惨な作風があり、酔人の譫語、壮士の浩歌、隠逸者の間詠、寒士の苦吟がある。田園の閑逸、異國の情調、濃艶な閨情、豪放な意緒がある。まことに多彩な百花繚亂の花園の開花期である。五、七言の古、律詩體、この時代に至つて格律すでに全く備はつた。その中、七言の律絶ははじめて萌芽し、建安時代の五言詩、沈宋時代の五言の律絶の如く、新しい詩形を得たのである。

この時代の詩人たちには非常に多い。開元・天寶時代の老詩人たちには名相とうたはれた張九齢（六七三―七四〇）、賀知章（六五九―七四四）、姚崇（六五〇―七二一）、宋璟（六六三―七三七）、呉中の四傑と稱せられた包融（約七二七年前後）、張旭（約七一一年前後）、張若虛（約七一一年前後）。名相にして大手筆と稱せられた張説（六六七―七三〇）、蘇頲（六七〇―七二七）、李嶠（六四七―七一四）等がある。

張九齢の詩は直卒にして含蓄の餘話に乏しい欠點なしとしないが、後來の詩壇に影響を及ぼすこと大、その「感遇」の詩は陳子昂とも同じでない。張九齢とともに開元・天寶時代の名相であつた姚崇もまた詩をよくした。賀知章は性放逸、晩に尤も縱誕、自ら四明狂客と號した。その七言絶句、「詠柳」「回郷偶書」などは人々に喧傳されたものである。彼と包融、張旭、張若虛とは呉中の四傑と號した。張若虛の「春江花夜」の七言長篇は人に諷吟されたものである。張説と蘇頲も開元の名相で詩をよくした。

しかし、當時の詩壇の王座に位したものは、これらの作家たちではなくして新興の詩人たちである。その中最も重要な代表詩人として王維、孟浩然、李白、高適、岑參の五人をあげることができる。この五人の詩人たちの作風はすべて相じでない。當時の五方面の同じでない傾向を代表してゐる。

王維（六九九―七五九）の作風は、直接に陶淵明を繼承したものである。淵明の詩が澹泊で深遠の趣があるやうに、王維の詩もさうである。ああした田園詩、淺き如くにして實は深く、凡庸の如くにして實は峻厚、平淡の如くにして實は豐腴なのは、千百年間僅かに數人を得るだけである。彼は又畫をよくし、南畫の祖と稱せられてゐる。蘇廸が「維詩中有畫、畫中有詩」と稱したのは有名である。開元、天寶間、王維の詩名は最も盛んに流行したものである。「渭城曲」は盛唐絶句の冠であると推稱するものである。

田園樂

桃紅復含宿雨、柳綠更帶朝烟。
花落家童未掃、鶯啼山客猶眠。

王維の周圍に集つた詩人たちには、弟縉（七〇〇―七八一）、友人裴廸（七四一ごろ）、崔興宗（七四一ごろ）、盧象（七四一前后）、丘爲（七〇一―八〇四在世）等があり、殊に裴廸とは交友親密、廸の作風は甚だ王維に似てゐる。

孟浩然（六八九―七四〇）、少くして節義を好み五言に工にして、鹿門山下に隱れて仕へなかつた。彼が詩を作るのは、佇興して作り、造意極めて苦しむ、篇什既に成れば、洗削凡近、超然獨妙、氣象淸遠といへども采秀內映、藻思及ばざるところである。彼と王維の作風とは甚だ似ているやうに思はれるが、その實は根本的に不同な點がある。王維の最好の田園詩は夕光がとじこめてゐる山、湖の如く、鏡面のやうに、一絲の波紋も一寸も動かない。人と自然と會して一となり、詩人、彼自身はその中に融合してゐる。だが浩然の詩は、山を描き水を描き、大自然の美麗を描いても、その描く處の大自然は活躍して停らざるものがある。刻刻、動いてゐるものである。王維の詩で自然を描いたものは往々純客觀的であり、ほとんど詩人自身の影を見ない。或いは詩人自身でさへも靜物の一として、畫幅の中に書き込んでゐる。浩然はさうでなく、彼の詩は主觀的で、到る處に我が存在してゐる。王維は純客觀の田園詩人であるが、浩然は個性の非常に強い抒情詩人である。

高適（七〇〇—七六五）は五十になつて詩を學んだといふ。氣質自ずと高く、胸臆の間語が多い。一種壯激緻密な風度があり、王維や孟浩然にはないものである。彼は氣節を尙び、王霸を語り、時の多難に遭つて功名を以て自ら許した。したがつて、慷慨悲歌、風に臨んで懷古す。その詩も到る處に功名自ら許すの氣槪を露出してゐる。彼は「人生間」の詩人であり、一個顯達の作家である。開元以來凡そ詩人は皆窮し顯達なものは彼一人だけである。故に彼の作風は、のんびりしている中に壯烈の趣をにじみ出し、積極中に更に企勉の意を露してゐる。

別董大

十里黃雲白日曛、北風吹雁雪紛紛。
莫愁前路無知己、天下誰人不識君。

岑參（七一五—七七〇）は當時における最も異國情調に富んだ詩人である。唐代の詩人が邊塞を詠じた詩は非常に多いが、多くは自らは體驗に基かないものだが、彼の詩は句句體驗中から生れたものである。一面には高適の慷慨壯烈の風格を有し、一面には深刻雋削たり、奇趣新情に富んでゐる。彼は十餘年鞍馬江塵の間を往來し、征行離別の情を極めた。さうした環境の中から彼の詩は生れたのである。淸拔孤秀の風格は高適と同じであるが、その題材は異つてをり、この特殊な異國情調が、彼の詩に別の風趣と光彩とを與へてゐるのである。

蹟中作

走馬西來欲到天、辭家見月兩回圓。
今夜不知何處宿、平沙萬里絶人烟。

山房春事

梁園日暮亂飛鴉、極目蕭條三兩家。
庭樹不知人死盡、春來還發舊時花。

これは彼の作と甚だ異るが、彼の一面を知ることができる。

以上の五人の外、なほ「詩天子」と稱せられた王昌齡（?―七五六ごろ）、儲光羲（七四二前后）、常建（七四九前后）、王灣（七二二ごろ）、崔顥（?―七五四）、王之渙（七四二前后）、祖詠（七四一ごろ）、李頎（七四二ごろ）、などがある。それぞれ特殊な作風を具へてをるものである。

又、孫逖（?―七六一左右）、崔國輔（七四一ごろ）、盧象（七四一ごろ）、王翰（七一三ごろ）、綦毋潛（七四一ごろ）、崔曙（七四九ごろ）、薛據（七四二ごろ）、沈千運（七〇一―七六〇以前在世）、天寶から大曆の初めにかけて孟雲卿（七四九前后）、賈至（七一八―七七二）、劉長卿（七一八―七九〇）等がある。

二　李　白

李白（七〇一―七六二）、字は太白、隴西成紀の人、或はいふ山東の人と、或はいふ蜀の人と。少にして逸才あり、志氣宏放、初め岷山に隱れ、益州の刺史蘇頲見て之を異とし「是の子天才英特、相如に比す可し」といつた。天寶の初め長安に至り、賀知章に會つた。賀知章その文を見、嘆じて「子は謫仙人なり」といつた。玄宗に申し上げ、供奉翰林にあげらる。力士貴妃に讒し、自ら親近のいれざる所であることを知り、山に還らんことを請ひ、自由の身となつた。永王李璘の僚に投じた。その熱情にあつて抗景の道に至つたのである。璘、亂を謀りて敗れ、白は連坐して夜郎に流された。赦に會つて還るを得、族人陽冰に當塗によつた。牛渚磯を渡る時、醉後水中に入つて月を捉へんと溺死したと傳へられてゐる。

元の王伯成の「李太白流郎雜劇」、明の馮夢龍が編集した「警世通言」の中にも、「李謫仙醉草嚇蠻書」といふ小說がある。すでに久しく傳說的人物となつてゐる。李白には「與韓荊州（朝宗）書」があり、詳しく青年時代の生涯を述べてゐる。彼は縱橫擊劍を喜び、任俠をなし、財を輕んじ施を好んだ。かつて任城に客たり、孔巢父、韓準、裴政、張叔明、陶沔と徂徠山中に居り、日々沈飮し、竹溪六逸と號した。長安に在る時、李適之、李璡、崔宗之、蘇晉、張旭、焦遂と飮酒八仙人となり、晩年杜甫と交友尤も善かつた。

彼は天眞純樸、最も自由を愛するものであつた。傲岸な豪邁な氣慨を以て、庸俗の出息なき遠官貴人と四十餘年に亘る長期の斗爭の對象は少數の官僚貴族であり、斗爭の出發點も多くは自分が高官職を得られないからであつた。だが、人民の普遍の熱愛を受けたのである。傲慢と奇聞に充滿した生涯であつた。彼の詩は飄逸と稱されてゐる。が、それは適切な評語であらうか。それは止まるところを知らない想像力、大膽極まる表現、一點も何の拘束も受けず、一點も旣成の法を顧みず、まことに奔川海に赴く如くである。言大にして誇であるが如くだが、少しも嬌縱な誇大はない。古今の詩壇上に獨往獨來のものである。まことに天才詩人である。

彼の短詩には峻妙なものが極めて多く、一首として口に爽やかで耳を悅ばせないものはない。彼の詩には酒や月に關する歌詠が特に多い。酒は彼の心を慰めるものである。口中は樂しみをなすが、不愉快な情緒はもとのままに非常に嚴しく彼をおそつてゐる。月は彼の作品中においては一種高潔の象徴であり、彼が追及する「まと」である。鄭谷は「何事文星與酒星、一時分付李先生。高吟大醉三千首、留着人間伴月明。」（「讀李白集」）といつてゐる。

果して、彼は仙人であつたか。仙人は彼の如く狂放ではあり得ない。彼の詩の風格は豪邁であつて清逸をあはせたのである。彼こそは音樂的詩の奔放時代の董人を時代を代表してゐる。彼の詩は自由奔放、純美であり、音調の鏗鏘たるものである。「我本楚狂人、鳳歌笑孔丘」（「廬山謠」）といふ彼の言葉は、反抗兒李白、自由人李白を端的に唱つてゐるのではないか。

龔定庵は「最錄李白集」（「定庵文集補編」）において、「莊屈實二、不可以幷。幷之以爲心、自白始。儒仙俠實三、不可以合。合之以爲氣、又自白始也。其斯以爲白之直原也已。」といつてゐる。

三　杜甫

杜甫（七一二—七七〇）、字は子美、京兆の人、唐初の狂詩人、杜審言の孫。杜甫の一生は玄宗、粛宗、代宗の三朝を經歴してゐる。この五十年間は唐が太平盛世から分崩離析に轉入した時代である。先に安史の亂があり、後に吐蕃の侵入があり、その他刺吏邊將の叛變權謀に遑がない程で、終に中唐藩鎭割據の局面をつくりあげた。安史の亂は歴史の轉換點である。それ以前においては國內昇平、經濟富足り、唐の聲威は遠く國外に揚つてゐた。文化藝術も高度に發展し、日本、新羅、百濟、高昌、吐蕃各國はすべて留學生を派遣して唐に學んだ。だが、唐の統治者は豐富な賦税と貢納中に腐敗した。この帝國は對外侵略、軍費擴張、宮廷及び貴族の窮奢極欲、貧官汚吏も搜括によつて、敗政凋蔽し、民政に聊せざるに至つた。更に宰相林甫、楊國忠の專横跋扈、己に異なるものを排斥し、胡人と結んで個人の實力を培植し、安祿山叛變の機會を與へた。安史の亂の前後八年間、中國民族は戰亂の渦中にあつて深い苦惱を味はつた。生活の困窮、異民族の侵入、國家の興亡——歷史的、民族主義的な思想が盛んになつた。その時代精神、民族の苦惱を歌つたのが杜甫であつた。

杜甫は地主官僚の家庭に生れ、儒教的思想教育を受けたが、決して腐敗墮落した養尊處優な生活ではなく、貧困で亂離な生活を經過したので、深く人民の苦痛を知つた。

二十歲、彼は山西、江蘇、浙江などを漫遊すること三、四年、その間祖國の美麗な山川を見、歷史上著名な古蹟を見た。二十四歲、吳越より歸り專心試に應じたが、合格しなかつた。失敗後、二十五歲、齊趙に學ぶ。

二十九歲、又山東・河北・山西に遊び、三十歲、東都に歸り、騎馬射獵をよくした。「壯遊」の詩によつて少年時代の杜甫が狂放不拘であつたことが分る。

三十三歲、李白と會つた。杜甫は李白を敬慕した。李白の豪邁不羈に通ずるものあり、斬新な詩風に敬服した。三十歲以前の杜甫は放蕩と淸狂を以て人生の庸俗を鄙視するものであつたから、この點でも共鳴するものがあつた。杜甫は李白から新しい啓示を得て自分の詩作態度を決定したのである。

中年、岑參、高適、王維、賈至、等の諸詩人とも交つた。これらの作家は決して學問見解上において杜甫と完全に相じてはなかつたが、詩友としてお互いに唱和した。かつ、彼等も侵略戰爭に反對し、權威に反對し、作風橫突、詞藻を堆砌しないなどといふ點で杜甫の創作方向と一致してゐたものである。

三十五歲（七四六）長安に至つて、唐代政治の心臟に接觸し、唐代政治及び當時權貴生活の豪奢淫佚をはつきり見、再び以前のようにローマン思想を多分に有することなく、人道主義の現實主義に赴いた。この時、杜甫の生活も困難にあつた。「朝扣富兒門、暮隨肥馬塵、殘杯與冷炙、到處潛悲辛。」（「奉贈韋左丞二十二韻」）生活のためには富人のために詩を作らねばならなかつた。

四十歳以後、杜甫の健康は衰弱し始めて、かつて騎射をよくした放蕩壮健な青年は老衰多病の中年人となつた。彼は肺病となつた。また沈重な瘧疾——この二つの病氣は死ぬまで彼の身につきまとつた——さえおこり、以後彼の身體は一路下り坂となつた。彼は長篇詩「麗人行」によつて當時の顯貴（楊國忠、楊氏姉妹）に對して諷刺的手法を以て書いた。それは彼の創作過程中の新しい段階の最初である。又、「兵庫行」「前出塞」を書いて、政府が論なくして對外的用兵、人民の負擔を增加するのに正面的に抗議した。いはば、一般民衆の戰禍徵兵に對する眞摯なさけびである。貧困、飢饉の體驗、憂國愛民の至誠、熱情を端的に吐露したのである。人道主義者杜甫、苦難の渦中を生きた杜甫の眞實の嘆きと怒りは十分に表現せられた。

天寶十三年（七五四）以後、長安城東南角の杜陵に定居し、自ら「杜陵布衣」「少陵野老」と稱した。杜少陵と彼を呼ぶ由來はこれである。關中水旱連年、京城の物價昂貴、一家の生活を支へる力が無い者に妻子を奉先（陝西蒲城）に送つて生活させざるを得なかつた。四十四歳の時である。

前年の冬、右衛率府胄曹參軍の職を接受して後、長安から奉先に赴いて妻子を見た。これが彼の農村生活の實際を體驗する機會であつた。彼の農民生活に同情する心は更に明確となつた。當時彼はまだ中央政府の下級官吏であり、家庭生活の維持も困難であつた。門を出れば泣き叫ぶ聲を聞いた。それは幼兒が餓ゑて死んだ悲しみであつた。「朱門酒肉臭、路有凍死骨」とは貴族の豪奢と、貧民の困窮に對するいかりと悲しみの表白である。

「詩經」以後、杜甫以前において、詩人たちで人民の苦痛生活を主題としたものは少くない。詩中最も多いのは個人の牢騒であり、いふ處の憂患も個人的なものである。個人の憂患と人民の憂患とを結合し、一個の問題として提出したものは、杜甫を推して第一人となさざるを得ぬ。人が杜甫を詩聖と稱する眞の理由もここに在る。彼はただに己れを憂ふるだけでなく、國を憂へ民を憂ふるものである。彼の文學作品は眞實な生活の反映である。先にあげた「兵庫行」「麗人行」「自京赴奉先詠懷五百字」などはすべてこの期の代表的作品であり、彼の寫實主義の作風を確定し、浪漫的個人の抒情を主となす文學潮風の中に社會文學の新天地を開いたのである。

安史の亂は、天寶十四年（七五五）十一月に始まり、次年六月玄宗は出奔し、南京陷落し、代宗廣德元年（七六三）に到るまで八年を經過した。禍を被つた處は、陝西、豫州、山、冀、魯一帶に及び、唐代歷史上最も嚴重な事變である。その間肅宗は郭子儀や回紇兵によつて南京を回復せず、南京外圍の殘敵は未だ肅清せず、回紇勢力が中國に侵入する開端を造成した。

この戰亂と飢餓の時代に、杜甫も家族を連れて逃亡する難民であつた。彼は白水から鄜州の羌村に避難した。次年八月、肅宗が卽位したので、杜甫は肅宗のもとに赴かんとして安祿山の俘虜となつた。この長安に窮居していた時の詩篇は愛妻、愛人民、愛自由の熱情に充滿している。この當時の苦痛體驗、殘酷な現象を見て、彼の社會詩の題材は更に豐富となり寫眞の藝術は更に進步した。

久しからずして更に胡人の困鎖に耐えられず、鳳翔にある肅宗の下に行かんとして、生命の危險を冒して肅宗の下に至つて、左拾遺となつた。しかし側近のものたちに容れられず、肅宗は鄜州の妻子を看ることを論じた。この時の旅行が、「北征」「羌村」などの不朽の長編を生んだ。

十一月、官軍が長安洛陽を收復し、杜甫も長安に歸つた。次年八月、貶せられて華州司戶參軍となつた。冬末、洛陽に至つた。乾元二年春（七五九）洛陽から華州に歸つた。途中「新安吏」「潼關吏」「石濠吏」、「新婚別」「垂老別」「無家別」を作つた。これらの作品中は人民の苦痛を反映するだけでなく、深刻に作者關心の矛盾を表現してゐる。卽ち、そこに熱烈濃密な民族主義と濃密な反戰思想とがある。

四十八歳（七五九）華州司戶參軍を捨て、旱災兵禍の關內から邊塞な秦州の從姪杜佐のもとに家族を連れて赴いた。ここで四ケ月を過した。ここで思ふことは故友、故鄕、祖國政局の安危である。吐蕃、回紇など他民族との關係であつた。「秦州雜詩」は當時の彼の心情を吐露したものである。

四十九歳の年、成都に至つて友人の支援によつて浣花溪のほとりの草堂に定居した。この時期は晩年生活中において比較的平靜な安適なものであつた。「老妻畫紙爲棋局、稚子敲針作釣鈎」（江村）などに當時の生活感情がよく分る。この時、彼のよき友嚴武が彼を節度參謀槍拔工部員外郎とした。これが後人が杜外郎と稱するわけである。嚴武の幕下にあること六ケ月にして草堂に歸つた。代宗永泰元年（七六五）に嚴武死後、成都を離れて東に移り、重慶、忠州、雲安に至つた。

五十五歳、雲安から夔州に至り、三年間も住んだ。この時期の詩は、寫景詠物せしもの、古人を懷戀するもの、亡友を追悼するもの、童年生活を回憶するものである。

杜甫は九年間四川に住んでゐたが、氣候風土の關係上瘧疾肺病の外、更に風痺、糖尿症さへおこした。五十七歳（七六八）に四川を出て荊州に至つて杜位によつたがすでに「右臂偏枯耳半聾」していた。生活維持の方法もなく、又公安縣に至つた。公安より岳州へ、湘江に沿ひ潭州、衡州に溯つた。もともと北方に歸りたいと考へたが、兵亂のためそれもならず、江南に行きたいと考へたが、江南の友も死んだ。行くには行つたが、「親朋無一字、老病有孤舟」（「登岳陽樓」）その後各地を漂泊し、貧と病とのため遂に「風疾舟中伏枕書懷」の最後の詩を作つて、代宗大暦五年（七七〇）の冬、來陽で死んだ。
孫杜嗣業が岳州から靈柩を首陽山下の祖先の墓に葬つたのは、死後四十三年であつた。

現存せる彼の作品は千四百餘首ある。それは二十四歳から死に至るまでの間に作つたものである。彼も亦天才詩人ではあつたが、「讀書被萬卷」とか「文章千古事、得失寸心知」「語驚人死不休」（江上値水如海勢聊短體）とかいふ彼の言葉によつても分るように、内容を重視するとともに形式上においても刻苦精進したのである。彼は個人的に苦難の生涯——飢餓と病苦——を生き、戰亂苦難の當時の人民大衆の遭遇した苦惱を見、深い同情を起し、その眞摯な叫びを唱つたのである。それが詩人としての苦行によつて不滅の光を放ちすぐれた作品を殘すことになつたのである。彼の詩が「詩史」と呼ばれるのも、それが當時の社會の現實をいかに深刻に描き出し、當時の人々の心情を如實に反映してゐるからに外ならない。

彼の詩も、彼の生涯との關係によつて三つの時期に區分することができる。

第一は安祿山の前まで、この時期の詩は十分に彼の天才を顯露してゐる。その情調は當時の詩人李白、孟浩然等と殊なるものが多い。

第二期は安祿山の亂から蜀に入るまで（七五五—七五九）。彼の作風は非常に變つた。この五年間、彼の情緒それに因つて全く變つてしまつた。個人的利祿の打算を捨てて悲天憫人といふ心となつた。彼は李白や孟然浩達と離れて苦難時代の寫實の大責任を擔つた。そこには杜甫個人の悲苦、一般社會の苦難の情形が——殊に戰爭への咒詛が深刻に描かれてゐる。

第三期は乾元二年の冬から死ぬまで（七五九—七七〇）。その當時の作品は全集の十分の七、八を占めてゐる。比較的安定した生活であつたから、この時期の作品は前期のものとは異なり、工緻、■■なものである。もとより國家を忘れたのではない。
彼の影響は元和、長慶の頃大いに起つた。大暦、貞元頃の詩人たちで彼と關係のないものはないやうである。

第三節　中唐の文學

一　大暦の詩人

大暦時代の詩人も少數でなく、その盛況は開元・天寶に劣らない。その中最も著名なものは韋應物、劉長卿、顧況、釋皎然、李嘉祐たちであり、更にいはゆる大暦の十才子が詩壇上に活躍したのである。

韋應物は京兆長安の人。少くして三衞郎を以て明皇に仕へ、比部員外郎、滁州刺吏、左司郎中、蘇州刺吏となつた。性瘤潔、その詩閑淡簡遠、人陶潛に比し、陶韋と稱す。白樂天は「韋蘇州の五言高雅閒澹、自ら一家の體をなす。」といひ、蘇東坡も「樂天長短三千首、かへつて韋郎五字の詩に遜る」と稱揚した。

劉長卿、字は文房、隨州刺吏に終る。また時人に重んぜられる。その詩、意境幽窩なるもの甚だ多し。

顧況、字は逋翁、蘇州人。至德の進士。性詼諧、公貴人でも必ずこれを戲悔す。竟にこれに坐して饒州司戶參軍に貶せらる。後、茅山に隱れて卒す。俗語方言を詩中に用ひた。

釋皎然、名は淸晝、姓は謝氏、長城の人。湖州杼山に居し、文章俊麗。

李嘉祐、字は從一、趙州の人。大暦中、袁州の刺吏となる。その詩、齊梁の風趣あり。（七五七年前後）

いはゆる大暦の十才子は、「唐書」文藝傳によれば、盧綸（七七三前後）、吉中孚（?—七八六左右）、韓翃（七六六）、司空曙（七六六）、錢起（七六六）、苗發（七五六）、崔峒（七六六）、耿湋（七七三）、夏侯審、李端であり、江鄰幾の志す所では、郎士元（七六六）、李嘉祐、李益（七四九?—八二七?）、皇甫曾を加へて、夏侯審、崔峒、韓翃がなく十一人である。嚴羽の「滄浪詩話」の所載によれば、その上に冷朝陽（七七三）を加へてゐる。その中、錢起、郎士元、盧綸、韓翃、二李及び皇甫曾などがすぐれてゐる。

錢起と郎士元と名を齊しくて「前に沈宋あり、後に錢郎あり」と稱せられた。錢起の詩は「詩格清奇、理致淡遠」（高仲武）と稱せられ、郎士元の詩は流暢多趣、その作錢起の上にある。尚、十才子の外に戴叔倫（七三二—七八九）、戎昱（七六六）、張繼（七五六）、包何（七五六）、包佶等がある。

二　元和、会昌の詩人

韓愈、字は退之、南陽の人（七六八—八二四）。貞元八年（七九二）進士第に登り、貞元十七年四門博士、監察御吏となり、十九年事を以て陽山令に貶られ、憲宗卽位。國子博士となり刑部侍郎となる。元和十四年（八一九）憲宗佛骨を迎へんとしたので、上表切諫す。帝大いに怒り潮州刺史に貶せられる。穆宗立ち（八二一）國子祭酒となり、京兆尹、吏部侍郎となり、長慶四年卒す。

彼の詩はその散文の作風と非常に異なつてゐる。散文においては、艱深な駢儷から平易な古文に歸らんとするものであり、「自然に復歸」することを標榜した。しかし詩の作風はかへつて反對で、意識的に險を求め、深を求め、非凡を求め、詩壇上に一つの奇幟を樹立した。「唐書」に「爲詩豪放、不避麤隙、格之變、亦自愈始焉。」と述べているやうに、才氣の縱橫を以て、一つの新しい詩風を創りだしたのである。長詩において優れている。

彼と同じ行き方をするものに盧仝（?—八三五）、孟郊、賈島、劉叉（八一三）たちがある。盧仝は少寶山に隱居し自ら玉川子と號した。孟郊（七五一—八一四）、字は東野、性狷介不羈。年五十に近くして進士第に登つた。

賈島（七九三—八六五）、字は浪仙、初め僧となり、無本と名づく。島、孟郊と名を齊くし、時に彼等の詩を「郊寒島瘦」と稱した。ある日驢上で詠じた「鳥宿池邊樹、僧敲月下門」は、推敲の出展として知られる。

白居易、字は樂天、下邽の人。幼にして慧、五、六歳の時、已に作詩を知り、家貧にして苦學してやまず、進士第に登り祕書省校書郎を授く。元和三年（八〇八）左拾遺を拜す、元和九年（八一四）太子左贊善大夫となり、幾ばくもなくして事を以て江州司馬に貶せられ、忠州刺史に移る。長慶二年（八二二）杭州刺史となる。文宗開成元年（八三六）太子少傳となり、進んで馮翊縣開園侯となり、後刑部尚書を以て致仕す（七七二—八四六）。「白氏長慶集」あり。樂天はその作品に現實を反映し、人生を反映することを主張し、人生のための藝術を徹底的に主張するものであつた。彼はかつてその詩を四類に分類し、諷諭、閒適、感傷、雜律としたが、その中諷諭卽ち新樂府を自ら最も重視した。「秦中吟」、新樂府は中唐現實社會の一幅の解剖圖であり、彼は樂府の調子を用ひて統治者に對して人民の遭遇する悲慘な運命を控訴した。彼は獨善に貪官汚吏を攻擊した。重稅の苦惱を、戰亂の悲苦をその他を使つて、人民のために訴へた。

詩の形式上においては、詩三百篇の體例を繼承し、杜甫の社會的詩の影響を濃密に受け、更に當時の民間文學の優れた部分を吸取り、ここに一つの新しい詩風を樹立した。平易人に近く、明白流暢な詩體であり、韓愈が深隱に趣いたのに對して居易は平淺に趣いた。そこに彼の詩の大衆性がある。蓋し、居易の詩ほど廣く愛誦された作品も少ないであらう。

白居易と同時の詩人たちに元稹、李紳（?―八四六）、劉禹錫たちがあり、皆好友であつた。作風は必ずしも同じではなかつた。

元稹、字は微之、河南の人。詩名白居易と相伯仲し、「元和體」と稱した。工部侍郎國平章事、武昌軍節度使などになつた（七七九―八三一）。「元氏長慶集」等がある。

李紳、字は公垂、無錫の人。元稹、白樂天と友たり。紳の作つた「新題樂府」（凡そ二十番）すでに傳はらず。

劉禹錫、字は夢得、彭城の人（七七二―八四二）。彼は久しく蠻官に在り、その短歌は非常に蠻人の情歌の影響を受けてゐる。だから、異國の情調に富んでゐる。「竹枝詞」十餘篇は有名である。

劉禹錫と友交深かつた柳宗元は韓愈とともに古文を以て鳴るものである。字は子厚、江南の人。永州司馬に貶せられ、益々刻苦して文章を作り、雋鬱にして滿幽な作風を養成した。元和十年柳州刺史にうつり、四年にして卒した（七七三―八一九）。その詩精瑩數珠の如く韓愈と非常に異なつてゐる。

元和、會昌の間（八〇六―八四六）の詩人たちの中で韓白の二派に包含できないものがある。それは張籍、李賀、王建たちである。彼等は宮體の艷詩を復興し、その上に窈渺たる情思を加へたものである。彼等は別の道を開いて李商隱、溫庭筠たちに與へた。この一派の詩は關係既に大、影響もまた極めて大きい。唐五代以來の「詞」といふ一つの新詩體は、その作風ほとんどこれから衍繹して來るものである。彼等は繁縟細管の音樂であり、富麗■曖の宮寶であり、夏日晝光反映する所の海水であり、酒後模糊たる譫語であり、解すべきが如く解すべからざる如く、明らかなるが如く、味無きがごとく、それが彼等の作風である。

王建、字は仲初、潁川の人。彼は樂府に工みで張籍と名を齊しくて、宮詞百首は、尤も人口に傳誦してゐる。

張籍、字は文昌、蘇州吳の人。妻はいふ。和州烏江の人と。その詩作風甚だ王建に類す。往往喜んで怨女春情の事を描く。

李賀、字は長吉、彼の詩は句奇を尙び、絕えて畦徑を去る。但し大體は王建、張籍に近い。やや生硬である。

尙、一女流詩人薛濤がある。字は洪度、父官に隨ひ、流落して蜀中に妓女となる。詩に工みで、時人に愛せられた。暮年浣花溪に屛居し女冠服を着、好んで松花小箋を製した。その詩輕蒨にして艷麗、時に佳句あり。

題竹郎廟
竹郎廟前多古木、夕陽沈沈山更綠。
何處江村有笛聲、聲聲盡是迎郎曲。

三　古文運動

古文運動は魏晉六朝以來の駢儷文に對する一種の反動であり、自然に復歸する一種の運動であつたともいへる。この運動も決してその時代に至つて初めて起つたといふべきものではなく、旣に六朝の末頃からさうした動きはあつたのであるが、いまだ大なる效果をもたらすには至らなかつた。開元、天寶時代に蕭頴士、李華などが出て來て所謂古文に努力し追隨するものも少なくなかつたが、時代潮流となるには至らなかつた。それをして眞正の大きな運動として展開し、當時の文壇に大きな影響を及ぼしたのは實に韓愈であつた。それから古文は文學的散文となり、駢儷文はかへつて應用の公文程式のものとなつた。

韓愈は天性の扇動家であり、宣傳家であり、古文運動が彼の主宰の下に成立したのは決して偶然ではなかつた。彼は熱力を有し轉戰を有する散文を以て他人を動かした。一團の火のやうに、天然に人を引きつける本領を有してゐる。

彼は文學的運動の領袖であるだけでなく、また一個の衞道者たらんとした。淺近な常識を以て論じたその論は極めて大きい影響を及ぼした。「文以載道」といふことばは、古文運動は常に結びついてゐるのも彼から起つたことであり、すべての古文家がすべて「道統」を以て自任するやうになつたのも彼から始つたのである。韓愈の古文運動も實は蕭李の影響を受けたことは明らかである。而して韓愈とともに古文運動中の二大柱石と稱せられるのは柳宗元である。彼の古文は整鍊雋潔であつて自ら掩ひ得ない精老がある。柳宗元の文字は往往離騷に仿ひ又喜んで山水遊記を作つた。永柳二州で作つたものは尤も精絶であり、往往詩意畫趣があり、古文中の珠玉である。

韓退之の「三代兩漢の書に非れば敢へて觀ず」とか、柳宗元の六經に孟荀、老莊、離騷、太史を作文の淵源となせしが如く、その自然復歸の態度を知ることができる。同時に、一個の文學改革の運動ではあつたが、眞正の文學運動ではなく、六朝文といふ一つの範疇を去つて秦漢文といふ他の一つの範疇に趣いたのであつて、決して獨斷的なものではなく、何とも新しいものを創造したのでもなく、結局その成功に限度がある。ただ散文を六朝の駢儷體から解放したことにあつた。

柳宗元と韓退之は世に竝び稱せられたが、退之の影響は獨り大である。李翺、李漢、張籍、皇甫湜（八一三）、沈亞之（八二五）等は皆退之の徒である。劉禹錫、呂溫等も古文をよくした。

この古文運動の時代に、古文を提倡せず、應用的時代の對偶の文章をかいて驚くべき成就したものに陸贄（七五四―八〇五）がある。彼は決して文人たらんとなしえず、一政治家であるに過ぎない。しかし、彼の政治に關する文章はかへつて文壇上において不朽の地位を得た。駢儷文中の最高の成功であり、應用文中最好の文章である。彼の影響も甚だ大で、宋代の多くの才人たち、例へば蘇軾の如きその章奏は彼の作品を範式となしたものである。

四　伝奇小説

古文運動の創作における實踐として價値あるものは、柳宗元の小品文であり、その小品文よりも更に偉大な成就は、古文運動に從事するものが考へ及ばなかつた傳奇文の成就であつた。

傳奇文の始つたのは隋唐のころであつたが、その萌芽が開花したのは大曆、元和の時であり、その成長を促したものは古文運動であつたといへる。傳奇文の有名な作家沈既濟（七八〇前后）は蕭頴士の影響を受けたものであり、また沈亞之も韓愈の門人である。韓愈自身も「毛頴傳」などといふ遊戯的な文を書いたりした。その他、元稹、陳鴻、白行簡、李公佐なども古文運動と直接間接の關係がある。宋の洪邁がかつて、「唐人の小説は熟せざるべからず、小小の事情、悽惋絶えと欲す。洵に神遇あつて自ら知らざるものあり。詩律と一代の奇と稱すべし。」と評したことがあるが、それは正しい。傳奇文はただに初めて意識的に小説を書いただけでなく、また最初に古文で細かに面白く人間社會の狀態、人情より瑣屑たる情事を描いて、その新鮮な試作は成功した。

大曆時代に現れた傳奇作家に陳既濟（七五〇?—八〇〇?）があり、彼の作である「枕中記」、「任氏傳」は大いに世に傳へられた。「枕中記」は盧生の黄粱がにえない夢境の中で、人間の富貴榮華を遍歴し又逆境に遇ひ、功名の念急に失せたといふことを敍したものである。

元の馬致遠の黄粱夢の劇、明の湯顯祖の「邯鄲記傳奇」などはこの小説を敷衍したものである。「任氏傳」

は妖狐化して美女となり、鄭生に嫁す。後獵犬に遇つて原形を現して殺死せらる。鄭生その屍を購つてこれを葬つた。宋金間の清宮調に「鄭子遇妖狐」といふのがある。これに基くものである。

大暦間に又陳玄祐（七七九前后）といふものが、「離魂記」を作つた。張鎰の女倩娘と王宙と相愛中だが、鎰は女を他に嫁せんとす、宙うつうつとして別れ去る。倩娘これを追ふ。二子を生む。鎰は歸省して大いにおどろく、蓋し室中別に一倩娘がゐて、病臥すること久し。彼の至るを聞き、自ら起つて相迎へ、兩身合して一となる。離去るものはもともと倩娘の魂である。元の鄭德輝に「倩女離魂劇」がある。玄祐については詳しくわからない。

少し降つて、元和のころに沈亞之がある。韓愈の門人。彼の作、「湘中怨」は鄭生が龍女に遇つたこと、「異夢錄」は刑鳳が夢に美人を見、王炎が夢に吳王に侍し西施挽歌を作るのに二事を記し、「秦夢記」には自ら夢に秦に入つて官となり、秦の穆公の公主弄玉と結婚し、後弄玉死し、秦の穆公がおくり返したことを敍してゐる。李賀が「送沈亞之歌」の中で「吳興才人怨春風」と歌ひ、李商隱も「擬沈下賢」の詩がある。しかし、「秦夢」は「南柯」より劣り、「湘中怨」も「柳毅傳」に及ばない。

「南柯記」は李公佑の作である。南柯は淳于棼が夢に古槐穴中に入つて大槐國王の駙馬となり、南柯太守となる。後檀羅國と戰つて敗れ、公主また死し、王がおくりかへした。既に醒むれば、「斜日未隱於西垣、餘樽尚湛於東牖」に湛え、夢中倏忽として、一世を度るが如し、「枕中記」とこの種傳奇文の二大傑作である。明の湯顯祖に「南柯記傳奇」がある。公佐にはなほ「謝少娥傳」がある。小娥男に變じて父と夫の仇を討つことを述べたものである。

「柳毅傳」は李朝威の作。柳毅落序し、龍女のために書を傳へ、後結婚をする。元人戲曲、この事を述べたものが少なくない。尚仲賢に「柳毅傳書劇」、李好左に「張生者大海」があり、龍女のことを書いてゐる。これと關係がある。いはゆる龍女は古代中國においてはなかつた。印度から多くの故事を傳へて來たのであらうか。

以上の傳奇は、すべて夢幻の中に人世の榮華患憂を實現するものであり、表面上は淡漠な覺悟のやうであるが、その實は深刻な悲戀を含んでゐる。作者たちの多くは失意の人であり、夢の中に快意を求めんとするものであり、多少「遊仙窟」の影響を受けてゐるのであらう。

しかし、眞にすぐれた傳奇文は別の形式のものにある。眞實の人間世界の小さな戀愛悲劇の記述は更に人を動かすものがある。その代表的なものとして元稹（七七九―八三一）「鶯鶯傳」（「會眞記」）をあげなければならない。この後世文學に及ぼした影響はまことに大きい。詩歌に彼のもの李公笙の「鶯々歌」、鼓子詞となすもの、趙令時の「商調蝶戀花」、論實調となすもの「著西廂」、雜劇となすもの王實甫の「西廂記」、傳奇となすもの李白華、陸采たちの「南西廂記」、その外「翻西廂」、「續西廂」、「竟西廂」などの作が明清時代に出現したもの十餘種を下らない。

描寫の最もすぐれて美しいものは、蔣陽の「霍小玉傳」であらう。霍小玉、都の美妓であつた。李益と厚情を結んだ。ところが李益が背心して交はりを絶ち、別に盧氏と結婚した。小玉は病に臥して起き上られない。ある日、益出遊し、衫の豪士に無理に連れられて小玉の家に至つた。小玉は怨みを述べて慟哭して沒した。その情愛の悽楚讀者をして酸心せしめ、湯顯祖の「紫簫記」と「紫釵記」との二傳奇はこれを敷衍したものである。

白行簡に「李娃傳」がある。丁度「霍小玉傳」と好對照をなしてゐる。「小玉傳」は一つの悲劇であり、「李娃傳」は情昂ぶる複雑な喜劇である。行簡は居易の弟、李公佐の友人、李娃の多情、鄭子のよく悔ゆる、頗る俗情にあつてゐる。元の石君寶の「曲江池劇」、明の薛近兗の「繡襦記傳奇」はこれに基くもの。文章潔、描寫、教典、小玉傳とともに唐代傳奇文のすぐれたものである。また「三夢記」がある。近代心理學上のよき資料である。

陽鴻の「長恨歌傳」は白居易の長恨歌のために作つたものである。この傳をもとにして作られた清宮調、雜劇、傳奇は少なくない。最も有名なものは元の王伯成の「天寶遺事諸宮調」、白仁甫の「唐明皇秋夜梧兩劇」、清の洪昇の「長生殿傳奇」などである。

この前后に、許堯佐（八〇六）の「柳氏傳」（韓翃と柳氏のこと）、薛調（八三〇―八七二）の「無双傳」（王仙客と無双事）皇甫枚の「非烟傳」（趙象と非烟のこと）、房千里（八四〇前後）の「楊娼傳」（楊娼と某師の事）、などがあり、皆人間社會の眞實の戀愛事件を題材としたものである。

第四節　晩唐文學

この時代の詩人たちは多いが、その代表的な作家は、李商隱、溫庭筠、杜牧などである。溫李の作風は非常に似てゐる。以前の作家とは違つた作風をひらいたものである。しかもその影響は重要なものがある。溫李が提倡したのは、曖昧朦朧、精緻繁縟な作風である。白居易はわかり易いものを求めたのに對して、溫李はわかりにくいもの、白居易はいい意味での通俗を求めたが、溫李のはインテリ向き、好學の徒にして且つ努力を有するものを求めた。白居易は人生のための藝術を主張したが、溫李は藝術のための藝術を主張した。白派の詩は太陽の光に曝されている白晝のやうに物を情も明らかにされてをり、溫李派のものは、徵雲去來してやまない月夜のやうに、萬象皆朦朧としてはつきり見えないものである。白派はトルストイの一派であり、溫李は近代のフランス象徵派、高踏派の詩人たちマラルメ、コーティアたちと相似てゐる。そのいづれがすぐれてゐるかは別問題として（各々の立場によって異なるが）、かうした詩の出現は當然前代の反動的なものと當時の頹廢的な時代思潮とによるものである。かうした溫李たちの象徵詩が出現したことは中國文學史上重要なことであり、かつその影響が極めて大きいこと、故に五代と宋の絶妙な詞を生むに至つたことは特筆すべきものであらう。

李商隱、字は義山、懷州河内の人（八一三―八五八）。商隱は初め自ら玉溪子と號した。「玉溪生詩」三卷がある。商隱の詩は溫庭筠ほど曖昧でわかりにくくはない。彼はかつて女道士榮華陽姉妹、官女と簠飛鸞、輕鳳姉妹と戀愛し、彼の多くの難解な無題詩は、すべてこの祕密な不自由な戀愛を詠じたものである。後の人は無題を情詩の代名詞とするやうになつた。故に文辭、特別に豔麗人を蕩かすものがある。宋代の「西昆體」は李商隱、康彥潔などの流れを望むのである。なほ彼には「雜纂」一卷がある。淸少納言の「枕草子」はそれによるものといはれている。義山の詩のすぐれてゐる點と特長は粉蝶翩飛するやうな境地の中に尋ね出るべきである。

溫庭筠、本名は岐、字は飛卿、太原の人（八五九年前後在世）。他人のために詩作し、性浪漫、行爲輕薄にして世人にうとんぜらる。流落して死す。

溫詩は氣魄大、色調更に鮮明、綺靡なものである。彼の詩は難解である。初期詞壇上の第一の大作家である。いはゆる花間派は彼を教主となしてゐる。「花間集」中にその詞六十六首を收めてゐる。（蜀人、趙崇祚編、九四

〇年）

溫李の作風は、五七言詩の一つの道を開いて、その影響を受けたものは少なくない。その中最も有名なものは韓偓、吳融、唐彥謙などであり、皮日休、陸龜蒙などもこの派に加へることができよう。

韓偓、字は致光、又は致堯。京兆の人。好んで縟綬の詩を作つた。「香奩集」三卷がある。彼の作風は義山に近い。彼の無題の詩、數首はあきらかに義山の影響をうけてゐるものである。

吳融、字は子華、山陰の人。「唐英集」三卷。彼の作風は溫李を學んでゐるけれども溫李のやうな縟麗はなくかへつて時に悽楚の音を露してゐる。當時の社會の殘破を感じたからであらう。

唐彥謙、字は茂業、彼は博愛多藝、鹿門先生と號す。わかき時溫庭筠を師とし、その風格はそれに類す。無題の詩は義山に近し。

皮日休、字は襲美、一字逸少。鹿門に隱居す。自號間氣布衣（?―八八〇）。彼は樂天の影響を受け正樂府十篇を作つた。後に陸龜蒙と交をなし、彼の影響を受ける點が多かつた。

陸龜蒙、字は魯望。松江甫里に隱居し、自ら天隨子と號す。彼の詩は溫李に近い。

その他、李羣玉、劉滄（八六七前後）、馬戴、許渾（八四四ごろ）などがある。

女流作家、魚玄機もこの時代に出現し、頗る大膽に戀愛詩を作つた。初め李億の妾となり、後に女道士となり、傅婢を妒殺したため遂に京兆の尹溫璋に殺（死刑）された。女流作家の中で傑出したものといふべきであらう。

溫李派の影響の外に超然としてゐたものは杜牧（八〇三―八五二）である。字は牧之。京兆萬年の人。太和二年進士及第、牛僧孺の淮南節度府書記となり、その後御吏、刺史となつた。牧剛直奇節あり、敢へて大事に編列す。彼の詩も情致豪邁、時流の競うて枯瘠、或は繁縟溫馥の作をなすものと同じくない。人號して小杜といふ。「樊川集」あり。彼の作風は元白に類す、ただし時に頗る頽唐自放であり、かうした二つの矛盾した心理の表現は白居易の詩中にもよく見受けられる。牧之は李杜韓柳の作をよろこび、しかも韓杜を推崇した。故に彼は韓の奇、杜の精鍊においても頗る得るところがあり、その短詩はすぐれているものが少なくない。

同時に、張祜、趙蝦二人がある。

この時に張籍の影響甚だ大、司空圖、項斯、朱慶餘、任蕃、陳標、章孝標等、その陶冶を受けないものはない。しかし、籍の作風は頗る溫李に似てをり、時代風尚の赴むくところを見ることができる。

司空圖、字は表聖、河中の人。後田に隱居す、自ら知非子耐辱居士と號す。後哀帝弑せらると聞き、不食扼腕、血をはくこと數升し卒す。「一鳴集」がある。かつて詩品を著し、雋永の語を以て古今詩の風格を標擧し批評文學の中では空前の淸俊なものである。彼の詩の多いものは、亂を嘆き時を傷むものである。この不良社會、すべて描き出されている。環境の不用のため、もう張籍派の包含するところではない。

河湟有感

一自蕭關起戰塵。河湟隔斷異鄉春。
漢兒盡作胡兒語。却何城頭罵漢兒。

章孝標、彼は張籍の好友、この時代の老詩人である。

賈島の左右を逐うて力めてその作風を擬するものは李洞、唐求、喩鳧である。李洞は賈島に事へること神の如し、僻澀のそしりがある。

姚合と一羣をなし深くその影響を受けたものに、殷堯藩、李頻、關賀たちがある。咸通ごろ李威用、來鵬、陳陶、方干などがあり詩名一時重かつたが、みな薄命なること雲の如く流落して終つた。又、曹唐なるものあり「遊仙詩百首」を作つた。

同時に又いはゆる芳林十哲といはれたものがあり、自ら一派を成した。鄭谷、許棠、任𢈔、張蝀、李栖遠、張喬、坦喩之、周繇、溫憲（庭筠子）、李昌符。

鄭谷、字は守愚、彼の詩は淸婉明白である。齊己詩を攜へて谷に謁す。早春に、「前村深雪裏、昨夜數枝凮」、谷曰く、數枝は早くない、また一枝の方がよい。鄭谷の詩には警策の作が多い。また老を訴へ窮を談ずるものがある。

溫李、杜、韓の影響が唐末の詩壇上に影響してゐた時に、通俗の旗を打ちたて自ら以て是となす詩歌を作つて雅典秀緻の書室内に闖進し、一切の陳設をば叩きわり、意を任かせて放歌し意のままに舞踏し、粗豪諧作の意興に富んでゐた。王梵志から顧況へ、そして彼等への一すぢの道である。唐末は喪亂しきりに起こつた時代であり、科第はすでに人心をひきつける效力を失ひ、個個の才子はすべて自ら出自を考へ、自ら義展を求めた。そこにこの自由な歌聲が起つたのである。この一派の伏流の中に、三羅、杜荀鶴、李山甫及び胡曾がその代表である。彼等は俗意淺言を以て民間能くわかる詩を作つた。彼等の詩は、眞に大衆の言葉をもつて唱つた。眞の民間詩人といふことができよう。

三羅とは、羅鄴、羅隱、羅虬であり、その中でも羅隱が最も有名である。

杜荀鶴、字は彥之、自ら九華山人と號す（八四八―九〇七）。

胡曾の「詠史詩百篇」、歴史上の統べく、歌ふべき事を表現してゐる。唐の末葉に至つて、時勢日に非ずして、衆人益〻横暴、各々一地方を割據し、中央政府の命令を聞かず、民間苦を受くること甚だし、このいかんともすべきなき時代に、思想を有する文人たちは、斂俠の故事を作り出して、いささか自ら慰めた。直接に抵抗することができないが爲にかうした斂俠の故事を借りて、自分たちの惡無物を掃け滿することを考へた。清末の義和團などと同似た現象である。

段成式、字は柯古、宰相文昌の子。彼の「酉陽雜俎」(二十卷)は、張華の「博物志」に類するものとあるが、またその中に佳妙な傳奇文がある。その中に「盜仇」(卷九)一類のものがある。

裴鉶の傳奇中には、斂俠の故事を述べたものが少なくない。最も有名なものは「崑崙奴」、「聶隱娘」である。「崑崙奴」は非門のニグロ人であるとも考へられてゐる。明の梅鼎祚の「崑崙奴」(雜劇)、清の尤侗の「黑白衞」(雜劇)はこの二傳奇をもとにしたものである。

袁郊の「甘澤謠」の中に紅線があつて、また極めて流行した。紅線は典型的な女俠の一である。明の梁辰魚はこの事を雜劇につくつた。

杜光庭、字は賓至、唐末の道士、自ら東瀛子と號す。その後、「虬髯客傳」がある。明の梁辰魚の「紅拂劇」、張鳳翼の「紅拂記」、凌詎幼の「虬髯翁」、無名氏の「紅記」と「紅拂」とを一つにしたものである。

李復言の「玄怪續錄」(五卷、太和年間の異國佚事を記す)所載の「杜子春」(「太平廣記」、卷十六引)は印度の故事を襲ひ中國の衣裝に改裝したものである。

【随筆編】

疚心集

はじめに

私は昭和四十八年二月末日をもって、任期満了により、香川大学長の任を退くまで、香川県師範学校、香川師範学校時代から、三十有余年の長きにわたり、香川大学でお世話になりました。教職員各位の御懇情、御厚誼、学生諸君との数々の楽しい思い出、などがありがたくなつかしく、その間折にふれて書いたり、語ったりした存稿を整理して、学縁深い多くの方々に謝恩の微意を表したいと考えつつ、荏苒と日を過してまいりました。その後上戸学園女子短期大学でも七年間楽しい日々を過ごさせていただき、同様の感慨を覚えております。

さて整理に当ってみますと、同じことを繰り返し述べているところが多く、重複を避けたいと考えながらそれにも限度があり、そのままにしたところもあります。また文体も区々でありますが、多くはそのままにしました。なお、存稿の関係上、その取捨に迷ったり、感ずるところがあって、詩歌篇を省いたりしたので、素志とはほど遠いものとなりました。

ともあれ、これは中国文化の一研究者であり、長く教育の道にたずさわってきた私の雑感集ともいうべきものであります。「日中友好」「教と学」「告辞寄語」「回顧追慕」の篇に分かち、「年譜目録」を附し、「疚心集」と題しました。「疚心」の語は龔自珍の「已亥雑詩」「(注に言う、「近く平生の師友小記を撰すること百六十一則」と。)の次の詩句から採ったものであります。

夜思師友涙滂沱、　　夜師友を思ひて涙滂沱たり、

光影猶存急網羅　光影なほ存するがごとく急ぎ網羅す。
言行較詳官閥略、　言行はやや詳しく官閥は略す
報恩如此疚心多。　報恩此の如く疚心多し。

このたび、朝日出版の編集担当取締役の手塚守利氏のお勧めにより、二葉正枝さんに何かとお手数をわずらわして、やっと出版の運びとなりました。
なお、原稿の整理や校正の労はせがれ定宣がとってくれました。場合によってはその意見に従ったところもあります。

第一篇　日中友好

張香山君へ

張君。

あなたが今どこにおられるか、いや、生きておられるかどうかさえ、現在のわたしには知るよしもありません。われわれの国とあなたの国との間に戦争が始まってから、――あのころ、あなたはあなた自身の直接的感懐から、わたしは主としてあなたの国の文学作品を通してではありましたが、中国国民感情の反帝即抗日的深刻化は早晩ここに至るであろうという悲しむべき予想を、お互いによく憂慮しつつ語り合ったものでしたが、それにしても、あんなに早くそれが不幸な的中を見ようとは思いませんでした――急遽あなたが帰国されたことを、それも「風の便りに」といった程度で聞いたに過ぎません。それ以後、われわれの国のどれかの新聞で、新進文芸評論家として抗日人民戦線で指導的活躍をしていたあなたが、他の多くの文学者とともに、ペンを捨てて八路軍に参加されたという記事を見たのが、たった一つの、あなたについてわたしの知り得た消息でありました。戦争中も時折あなたの上に想いをはせたこともありましたが、殊にわれわれの国が敗戦の時運に遭遇し、平和的文化的な国家の再建に専念することとなり、わたしも素志にたちかえって、あなたの国の文学に再び親しむようになってからは――思えば、まことに長い中絶状態でありました――しきりとあのころが回顧され、あなたの姿が胸中を去来するのです。今も、あなたの深い友情の記念である、あなたが捜集して下さった書籍に囲まれて追憶の馬車に揺られつつ、あなたに呼びかけているのです。

張君。

初めてあなたにお目にかかったのは、もう十四五年も昔のことになりました。たしか、遅咲きの桜の花も散ってしまって、なにかこう、初夏らしい風の薫りが胸にしみいるような、そんなころではなかったでしょうか。あの殺風景な留学生諸君の控室で、つたないあなたの国の言葉で、それもわれわれの国の言葉をチャンポンにして、初対面の挨拶をするわたしの話を、ほほ笑まれつつ聞いていたあなたの温容が今もまざまざと思い出されます。

あれから後、わたしは度々あの教室にあなたを訪ねては、いろいろあなたの国の文学界の動向やら、個々の作家や作品についての所感を拝聴したものでした。思想的にはもちろん、文学に関する考え方にも相当の隔りがあることを常に感じながら。

『大公報』や『北平晨報』『上海申報』などのお国の新聞を読ませてもらったり、切抜いたりしたことでもありました。今も、その切抜きはわたしのスクラップブック「中国の部」二冊の内容として、得難い参考資料の一つともなり、あのころの思い出の種ともなっております。新聞といえば、あなたはよく「新聞が読めるのは百人中一人か二人程度ですから」とあなたの国の文化水準の低いことを慨嘆されましたね。「無知蒙昧」「目に一丁字無し」と、常にあなたが痛憤されていたあなたの国の多くの民衆は、殊に最近不断に襲来する戦乱の渦中を生きて、今何を考えているのでしょうか。自らの生活をのみ思念して、民族的自覚も社会的認識も甚だしく稀薄であるといわれた彼ら一般民衆が、現に最も真実に希求しているものは何でありましょうか。それについて、あなたが現実を直視して感得された所を、率直に聴かせていただけたら、まことにありがたいのですが。

あなたがたの祖先が黄河流域をその世界とされていたはるかな時代から、頻繁に継起する自然的人為的喪乱流亡の惨苦を経験して醸成され伝統された、あの順応と忍従の精神、現実的個人主義的な、あるいは出世間的現実逃避的な思想などを想起し、それらをも一つのより所として、現在を推し将来をトせんとすることは、余りにも見当外れの所為でありましょうか。

張君。

指ヶ谷町の聾唖学校前の坂を登って、あなたの下宿へお邪魔しましたことも一再ではありませんでした。あなたの下宿生活、下宿の人々に対するあなたの心情、そういったものに触れる度に、わたしは張資平の小説「木馬」、あの「瑞枝さん」一家をよく連想したものでした。そしてあの暗い坂道を下りながら、こんなことを考えたものでした。

「若し、われわれの国の人々が魯迅の『藤野先生』や『瑞枝さん』たちのように、中国の留日学生に深い理解と親愛の情をもって接したならば、お互いの国の関係ももっと異った道を歩んだのではないか。少なくとも、中国の対日感情をいま少し静穏なものとすることができたのではないか。中国に対する浅薄な認識、不当な弱国観、いわれなき軽侮の念、それらが多感な若き日の留日学生にとって、どんなに堪えがたいものであったことであろう。他の国々に赴いた中国の留学生が、それぞれの国に第二の故郷にも似た親敬の情を寄せるのを常としているにかかわらず、留日学生の多くが抗日的であり、しかもその急進的指導的な立場にさえ立っている。そこにはもちろん、両国間の外交・軍事、その他許多の直接的な要因が存在し、地理的歴史的関係に基づく宿命的なものをさえ感じさせられるのではあるが、その感情的な誘因の一つをここに見ることはできないであろうか」などと。

局部的にふるへてる私達の国
『国を思ふと腹が立つ』
この言葉にここの国の芸術家は不健康な嘲笑をするのだ！

と、黄瀛君がわれわれの国の言葉で、寂しくもうたった詩の句が、よく胸に浮かんだものでした。
われわれ、あなたの国の文化を研究したいと志しているものも、その認識はなお皮相的であることを免れず、あるいは余りにも過去にとらわれて、新しい姿にただ遺老的感慨を吐露するに止まり、あるいは一途に新奇なもののみに眩惑されて、その底に脈々と流れている伝統的なものを見失っているのではないか、などと深省したことでもありました。

張君

あなたの部屋にはわれわれの国の文学書が数多く飾られてありましたね。あのころ、あなたは島木健作の作品が、日本の作家のものの中で最も優れたものの一つであるとよく強調されましたね。島木氏に会った印象などについても、敬愛の熱情をこめて語られたものでしたね。雑誌『東流』に「癩」を翻訳されたのを初めとして、あなたの国の文壇へ、島木健作とその作品を紹介されたのも実にあなたでありました。
魏晋君に最初にお目にかかったのも、あの部屋ではなかったでしょうか。魏晋君といえば、あのころよく詩を作られたり、萩原朔太郎の『純正詩論』などを摘訳紹介されたりしていましたね。わたしは、あなたや魏晋君によっても、日本文学――広く日本文化といってもよいでありましょう――があなたの国の文学に及ぼした影響を考究する、一つの資料を提供されたものでありました。あなたのように日本文学を専攻された人はもちろん、多くの人々は初志を放棄されて文学の道に進まれたようでありますが、それらの人々の文学の芽を培い育てたものは、実にわれわれの国の文学の園であったといってよいでありましょう。いや更に広く、われわれの国の自然や社会の影響をも多分に受けているとさえ言い得るのではないでしょうか。あなたや魏晋君がロシア文学に関する幾篇かの論説や翻訳を発表されましたが、あれなども、日本に移植されたものを再びあなたの国に移し植えられたのではなかったでしょうか。

「日本が世界上に頭角を現わして後、中国文化の方針はすなわち日本に学ぶことであった。以来今日に到るまで、意識的無意識的にすべて日本に学んだのである」とは、あなたがたの崇敬していた郭沫若氏の言葉でありますが、「すべて」であるかどうかは問題であるにしても、日本文化の影響が甚大であったことは、あなたも首肯されることでありましょう。

張君

あなたの家郷は浙江寧波でありましたね。その故郷から送り届けられた香り高いお茶をごちそうになりながら、江南の風物について語られるあなたの話に耳傾けたものでありました。

あなたは、あんなにも故郷を想うの情を抱かれながら、しかも、あなたの国の古典については全くその価値を認めようとはされませんでした。いや、価値を認めないというより、すべての古いものを一概に排撃し、それを抹殺しようとされたといった方がより適切でありましょう。なるほど古いものの中にはもちろん幾多排除すべきものがあろうし、又それらの病根を剔出するためには、勢い健康な部分を多少犠牲にすることもやむを得ない場合があろう。それにしても、それが真に病原なりや否やを究めることなく、あるいは誤謬であったならば、病勢を更に悪化させ、はなはだしきは死に到らしめるのではないか。決して回生の道でもなく、新生は望み難いのではあるまいか。そんなふうにわたしは所思を述べたりしたこともありましたね。

同時に、民国六年ごろから提唱された新文化運動、文学革命運動、更に革命文学などが、あなたがたお国の若い人々に及ぼした影響を窺知し得ましたし、中国の伝統的精神、古典的教養がいかに稀薄になっているかについても、それが予想以上であることを、今更のように確認せざるを得ませんでした。

あなたの国の民族的信仰を母体として生れ育った儒教思想は、もはやあなたの国では臨終的様相を呈し、その広さにおいても、その深さにおいても、かえってわれわれの国の方にこそ伝統されているのではないか。そういったことを更につよく考えさせられたものでありました。いや、遠い昔から、一般民衆に対してはどの程度に普遍し滲透していたであろうか。それはいわゆる「士大夫の学」に過ぎず、一般民衆とはほとんど無縁の存在ではなかったか。道教的仏教的思想の方がより優位にあったのではないか。などとも思ったことでありました。ともあれ、わたしは「孔教打倒」を叫ぶあなたがたに対して、「知新」もとより切要ではあるが「温故」もまたゆるがせにすべからざるを力説したものでありました。「今日は昨日にあらず、明日は今日に異なる」をしみじみと味わいながら。

張君

あなたを想うの情のわき出るままに、とりとめもなく書き綴って来ましたが、言、意を尽くさざるを痛感いたしますし、語りたいと欲することは余りにも多く、且つは余情の豊かなことを尊びたい念慮もしきりに動きますので、なお多くの話題を後日に残して、今日はこの辺で筆をおきたいと思います。

（一九五〇、一〇、一〇）

懐旧思今――中国に対する国民的理解を――

最近、日中国交の問題が、日本の政治的・外交的重要課題として、いよいよ本格的に真剣に論議されつつある。多年、中国との正常な関係の回復を念願してきた者として、遅きに失したとはいえ、速やかな解決のため、更にいっそうの積極的な努力を望んでやまない。しかし、日本国民一般が、果たしてどれだけそれに深い関心を有しているかについては、遺憾ながらなおはなはだ低調といわざるを得ないように感ぜられる。

いうまでもなく、地理的・歴史的に極めて密接な関係に在る隣邦中国に対する、われわれ日本人の理解や認識は、昔から決して十分とはいえなかった。両国間の過去における種々の悲しむべき事件は、直接的には政治的・経済的・軍事的諸問題に起因するものではあったが、両国民族間の無理解に根源があるというべきではないだろうか。

かつて郭沫若氏（一八九二―）は一九二五年十月五日、東京中華基督教青年会で「中日文化の交流」と題して講演し、その中で、

資本主義以前の文化は、中国から日本へ流れこみ、資本主義以後の文化は、日本から中国へ流れこんだ。中国から日本へ流れこんだ資本主義以前の文化は、日本において多大の成功を収めた。日本から中国へ流れこんだ資本主義以後の文化は、十分な結果が現れず、失敗であるようだ。

とか、

甲午戦争（わが国でいう日清戦争）で、日本が世界上に頭角をあらわして後、中国文化の方針は日本に学習することであった。以後ずっと今日に至るまで、意識的無意識的にすべて日本に学習してきた。日本でも成功できた（西欧文化の摂取）のだから、中国でも成功できるという観念が心の中にあった。中国が日本に派遣してきた留学生は、前後幾十万の多数である。現在でも七八千あり、最盛期には一万余りあった。中国は日本に学習し、幾十年学習した。留学生は幾十万になる。しかも結果はどうであるか。

とも語っている（『東流』第二巻第一期）。

もとよりこれは当時日本に留学中であった祖国の青年たちに、「われわれ中国人は、われわれの優秀な頭脳を利用し、批判的に既成文化の精華を接受し、更に高い段階の新しい文化を創造するために努力することを希望し、その希望を表示したい」と考えてのものであり、その講演の内容には議論すべき多くの問題点を含んでいる。

また、周作人（一八八五—一九六六）も一九二五年に、

日本の新文学の如きも、われわれに少なからざる援助に供するに足るものである。日本文化の背景は前半は唐代式であり、後半は宋代式なものであり、現代に至ってまた欧州の影響を受けた。……近三十五年歩

むところの道はほとんど日本と同様で、現今に至ってやっと明治三十年（一八九七）ごろの状態である。……日本はわれわれのためによき古代の文化をよく保存し、またわれわれのために新興の文化を試験してくれ、すべてわれわれの利用に資するに足る。

などと述べている（「日本と中国」）。

日中文化の交流については、郭沫若氏自身も「多くの大学教授たちが終生の力を用いて研究すべきものである」と断っているように、学術的にはもっと精確な論考を必要とすることはいうまでもない。だが、ここで両氏の言を引用したのは、中国の人たちがいかに考えたことがあるかを紹介すること自体にも、また別の意義があり、われわれの自省の糧ともなろうかと考えたからである。日本の古い文化が中国の文化を摂取することによって生育発展し、現在においてもわれわれが感じている以上に、われわれの思想や生活の中に生きていることとは、深浅の差はあるにしても、国民のよく承知しているところである。

しかし、近代における日中文化の交流については、余りよく知らないのが実情ではなかろうか。中国文化を研究する人々の中にさえ、古い中国を尊崇し、その日本への影響を強調する人たちがあるかと思うと、古い中国文化は有害無益のものと考え、今日の新しい中国文化を最も進歩的にして学ぶべきものであると礼賛する人たちがいる。そこには、社会は不断に変化してやまないものであるという認識に乏しく、時代の変革を無視し、現代的意義を考えない「泥古」の弊がある。一方では、順逆両面において文化遺産を継承し、それが今日的にいかに生きているか、についての精察に欠けた「忘古」の弊がある。わたしは余りにも細分化し、偏執にして閉鎖的な学界の傾向が、ますますはなはだしくなりつつあるのではないか、と感じている。

康有為（一八五八―一九二七）たちの提唱した「変法維新」の運動も、日本の明治維新に学ぼうとしたものであった。明治二十九年（一八九六）清国政府が正式に日本へ留学生を派遣し、いわゆる「戊戌政変」（一八九八）によって康有為・梁啓超（一八七三―一九二九）たちは日本に亡命した。梁啓超たちが横浜で創刊した『清議報』『新民叢報』が、当時の中国の青少年たちの異常な歓迎を受け、いかに自由思想啓培の上で偉大な役割を果たしたかは、後年梁啓超たちを非難攻撃した人々もひとしく認めているところである。

留学生たちが日本で発行した『湖北学生界』『浙江潮』『江蘇』（一九〇三）などの同郷的雑誌の意義も決して軽視できないものがある。一九〇五年には孫文（一八六六―一九二五）・黄興（一八七四―一九一六）・宋教仁（一八八二―一九一三）たちが東京で「革命同盟会」を結成し、機関紙『民報』を創刊、「蘇報事件」で投獄されていた章太炎（一八六八―一九三六）が出獄来日して、長くその主筆として革命運動推進のために活躍した。

本年はあたかも辛亥の年に当たる。六十年前の同じく辛亥の年には、中国ではいわゆる「辛亥革命」が起こり、中華民国が生誕した。もとよりそれは名のみのものに過ぎず、その実を伴うものではなかった。袁世凱（一八五九―一九一六）の野望と、それに反対するいわゆる反袁運動が展開され、宋教仁を始め多くの人たちが殉難した。清朝遺老の人たちによる復辟運動も行われた。それはともあれ、孫文を始めとする多くの亡命人士や留学生たちによって、日本、特に東京が、辛亥革命の震源地的様相を呈していたということもできる。それに陰に陽に協力した日本人も決して少なくなかった。

留学生たちは、当初は「富国強兵」という時代的・民族的要請に基づいて来日したが、渡日後、その素志を変更する者も次第に多くなった。迷ったり悩んだりした結果、自らの好む道を選んだわけであるが、わたしはそこに彼らが留学した時代の日本の社会状態、時代思潮の動向などの影響を多分に受けたことも看過できないものがあると考える。彼らは西洋文化を吸収することを目的として来日したが、それは日本の新しい文化を通してであったし、彼らは日本の社会の中で生活を営んだ。学術的影響もさることながら、日本の社会的風潮の影響の方が、あるいはより大きかったのではないか、そう思われる人たちもいる。

例えば、李息（一八八一―一九四〇）・欧陽予倩（一八九〇―一九六二）など美術学校の留学生たちが一九〇六年に組織した劇団「春柳社」は、日本の新派劇に学んでいわゆる「文明劇」を創始した。それは民国初年前後中国で隆盛を極め、その後の中国劇団にも少なからず影響を与えたものである。

中国の新劇界・映画界に巨歩をしるした田漢氏（一八九八―?）が、東京高師留学中、いかに当時の日本の新劇を愛好したか、いかに島村抱月に傾倒したか、中国の新劇運動の指導者たるべき決意や素地がいかにして形成されたかは『三葉集』を見ても極めて明白である。

中国の文学界・思想界に多大の影響を及ぼした「創造社」が、郭沫若・郁達夫（一八九六―一九四五）・田漢・張資平（一八九三―?）たちによって実質的に結成されたのも、一九二一年東京においてであった。郭沫若は九大医学部、郁達夫は東大経済学部、張資平は同じく東大理学部に在学中であった。

さて、こうした多数の留学生は、初期には速成的――嘉納治五郎が創設した宏文学院はその代表的なものである――であったが、次第に長期にわたってその多感な青春の時代を、日本で過ごす者が多くなった。彼らは日本に対していかなる感懐をいだいて帰国したのであろうか。

郭沫若氏は、日本での生活を二期に分け、第一期を一九一四年から一九二四年までの留学期、第二期を一九二八年から一九三七年までの亡命期と称し、房州北条の海岸生活、岡山・瀬戸内海の自然、福岡・太宰府等についても、即景即物的口吟を記しながら、その追懐の情を語っている（「自然の追懐」）。

穆木天（一九〇〇―?）は不忍池畔、上野駅前、神田の夜店、赤門の並木道、井之頭公園、武蔵野の道をよくさまよい、伊東での二ヶ月間の夏休みの生活は永遠に忘れることのできない深刻な印象を与えた（「わが詩歌創作の回顧」）。郁達夫も多摩川のほとり、井之頭や武蔵野などの近郊へ散歩閑遊にでかけた（「遅桂花」）。京都の鮮美・温柔・幽静を愛し、三年間再三の慰藉を与えてくれ、内面にかくされていた傷をよくいやしてくれた、と深く感謝している人たちもいる（張定璜「路上」）。

以上、若干の例にも見られるように、ほとんどの留学生は日本の自然を愛し、生涯のなつかしい思い出としている。日本人の中にも個人的にはよい印象を与えた人も無かったわけではない。

例えば、魯迅（一八八一―一九三六）が「藤野先生」について、

彼のわたしに対する熱心な希望、倦まざる教戒は、小にしてこれを言えば、中国のためである。中国に新しい医学が生まれることを希望してである。大にしてこれを言えば、学術のためである。新しい医学が中国に伝えられることを希望してである。彼の性格は、わたしの眼中と心裏において偉大な存在である。

と、深い敬意と厚い感謝の情を寄せ、郭沫若氏が六高時代の教師立沢剛先生を最も敬愛し、二木ウタさんをなつかしがり（「三葉集」）、張資平が林瑞枝さん一家の理解と温情を描き、熊本での高校時代の下宿屋の人々に好感をもっている（「木馬」）が如き、その一例である。胡風（一九〇四―一九五九?）が神田にあった「芸術学研究会」に参加し、「七、八年まつわりついていた社会観と芸術観との矛盾を解消した」が、後年当時の日本の友人たちについて、「わたしの眼前に彼らの一人ひとりの顔が現われ、彼らをなつかしく思い出している」と

述懐している（「理想主義者時代の回顧」）。

だが、郁達夫は、

もともと日本人が中国人を軽視することは、われわれが豚や犬を軽視するのと同じである。日本人はみんな中国人を「支那人」と呼ぶ。この「支那人」の三字は、日本では、われわれが人をののしる「賤賊」よりもっと聴きがたい（「沈淪」）。

と憤激し、鄭伯奇（一八九五—？）も、京都の三高に入学できたことを幸福に思い、発憤して読書研究したいと考えていたが、

諸君、支那人を見よ。彼らはどこへ行っても人々が彼らをきらい、彼らを豚と呼ぶ。世界中最も多く至る所にいるものはねずみと支那人である。

などと、講義中に公言する「高等教育に従事する先生」の、中国に対する無理解と蔑視の言動に、幻滅の悲哀を痛感した（「最初之課」）。

張資平が上京して下宿を探した際、どの下宿屋も支那人は入れないと言う。彼が「傷心した」のは、「下宿屋の主人が、彼個人がいけないとは言わないで、ただ支那人がいけないと言う」ことにあった。特に東京人の中国人に対する「酷薄さ」を恨んでいる（「木馬」）。

黄瀛（一九〇六―?）は日本語の特集『瑞枝』の中で、

妹よ、国境ほど私を惹くものはない
局部的にふるへてる私達の国
『国を思ふと腹が立つ』
この言葉にここの国の芸術家は不健康な嘲笑をするのだ！（「妹への手紙　2」原文のまま）

と詠じている。

わたしは学生時代張香山君の紹介によって、市川に亡命中であった郭沫若氏を訪ね、中国の現代文学などについていろいろ教えを請うたことがある。先年中国訪日文化使節団団長として来日された時には、二日間お伴をすることができた。張香山君といえば、彼は当時東京高師に在学中で、日本文学を専攻していた。彼が帰省の機会に、わたしのために苦心して探索してくれた多くの資料は、今日ではまことに得がたい貴重なものとなっている。わたしが大学を卒業する時、送別の情をこめて清末の著名な詞人――日本では中国の「詞」については従来余り研究がなされていない――鄭文焯（一八五六―一九一八）の詩句を書いて贈ってくれた。同宿の若い満州の友人の色紙は、現在もわたしの応接室の壁間を飾っている。懐旧の念、師友の情、まことに深く切なるものがある。

そして、日中国交回復の速やかな実現を期待し、過去のような両国間の悲劇を繰り返さないためには、何よりも両国国民間の相互理解が最も切要ではないか。しかも現状はどうであるか。かつて中国の人々をして悲憤せしめたような国民感情が、今日もなお残存していることはないであろうか。余りにも無関心に過ぎはしないであろうか。などと、しきりに思うのである。しかも、最もその責を負うべき者は、中国文化研究者たるわたしたちである。「その術もって時を匡すに足り、その言もって世を救うに足る。これを通儒の学と謂う。」と言った古人の言葉を思い起こしては、自責の念堪えがたいものがある。

（一九七一、七、一〇）

日中国交に思う

最近中国との国交正常化が、各方面において活溌に議論され、いろいろの立場の人たちが競うて中国を訪れている。こうした積極的な機運は、中国文化の研究者として、日中国交回復の一日も速やかな実現を多年待望してきたわたしにとって、喜びに堪えないことは言うまでもない。

だが、今日のわが国のこのような風潮が、果たして真に両国民族間の国民的理解の上に立ってのものであるか。中国に対する真に正しい認識に基づくものであるか。東洋の平和、世界の平和を希求してのものであるか。などといった根本的な点において、遺憾ながら疑念や危怖なしとしない。

わが国が中国と何千年の昔から極めて密接な関係に在ったことは、だれでもよく承知している。それは歴史的・地理的に民族的宿命ともいうべきものであろう。

かつて日本は長い間中国を先進国として多くのものを学んできた。中国文化の摂取純化によって、日本文化は生れ育ってきたといっても過言ではない。今日のわれわれの文化にも、なお多く中国的なものが伝承されていることは、われわれの言語生活を顧みてもその一班をうかがうことができよう。

同時に、わが国が西洋文化を導入し、近代国家として急速に成長し始めてから、今度は中国が日本に学ぶことになった。明治中期以来戦前に至るまで、幾十万の中国の人たちが日本に来て新しい文化を吸収し、新しい中国の育成発展のために貢献した。今日の中国において活躍している人々の中にも、青春の数年間を留学生として日本で過ごした人たちも決して少なくない。

こうした深い関係に在る両国間に、なぜしばしば悲劇が繰り返されたか。なぜ戦後今日まで近くて遠い存在であったか。などについて、果たして深刻な究明や、真剣な反省がなされているであろうか。そうしたものを根基としての巨視的達識を、今こそ最も必要としよう。

わたしは学生時代に中国の現代文学を研究してみたいと思った。当時としては、殊にわたしたちの大学では、異端者的存在であった。しかし、古い中国文化の研究も大切だが、われわれと同じ時代を生きている中国民族の情思を知る事も重要ではないか。と考えたからである。

そのため、直接中国の人たちと交わることの必要性を痛感した。幸いにして、わたしが大学三年間やっかいになった下宿には、常に四五人の満州——今日中国でいう東北——の留学生がいた。その諸君から中国語を学ぶとともに、満州の人たちの真情、当時のいわゆる満州国なるものの実態を識ることができた。

また、東京高師に留学中であった諸君、特に張香山君には、研究上何かと随分世話になった。彼は日本文学を専攻していたが、島木健作の作品を翻訳したり、「ソ連農民文学の一考察」といった論文を発表したりしていた。よく彼の下宿を訪ねて、夜おそくまで語り合ったものである。この若い中国の友人から、率直な対日感、民族感情を聞くことができた。

当時市川に在住中であった郭沫若氏に会って、中国文学界の状況などについて種々教えを仰ぐことができたのも、張香山君の紹介によるものであった。その後、昭和三十年に郭沫若氏が訪日学術視察団団長として来日された際、岡山で二日間お供をすることができた。副団長の馮乃超——東大卒、当時中山大学副校長——と後楽園を歩きながら、かつて共に創造社の同人であり、共に留学時代に多くの象徴詩を作った穆木天氏の消息などを尋ねたりしたことであった。

わたしはこれまで郭沫若氏については、いろいろの機会に語りもしたし、書きもした。四国新聞にも氏に対する追懐談を載せたことがある。紫雲山に登って作った詩を紹介したこともあり、瀬戸内海の美を絶賛した言葉を伝えたこともある。

今、わたしは初めて氏にお目にかかった時にお借りした『現世界』創刊号のことを、特に感慨深く思い出している。同誌所載の「郭沫若詩作談」の最後に、「努力して個人的精神を除去し、思想上の立場を堅定し、時代の先駆となり、大衆を師友とする」ことを希望していた。雑誌には「作大衆的師友」(大衆の師友となる)と印刷されているのを、氏は鉛筆で「以大衆為師友」と二字訂正されている。なお同誌にも日中最大の悲劇勃発直前における対日感情が充満していた。

わたしは大学卒業前、卒業論文の一部を研究会で発表した。その時、中国文化を専攻している人たちさえ、文学作品を通して感得された反帝即抗日的中国民族の国民感情を憂えるわたしの言葉に対して、必ずしも十分な理解や関心を示さなかった。だが、不幸にも一年を経たずして、わたしの憂慮は現実となった。

かつて周作人氏——魯迅の弟、立教大学卒、随筆家——は、中国の人たちについて、「日本に対して二種の態度がある。親日の奴隷でなければ、排日の使徒である。その間に、更に第三の研究態度を執る独立派の存在を許容する余地がない」と嘆いた。中国に対する今日のわれわれの態度に、相似た傾向がないであろうか。そうでないことを切に念願している。

（一九七二、五、五）

再び張香山君へ

張君。

あなたがお国の重要な地位に就いて活躍されておられることを知って、喜んだり、一度会いたいと思ったりしたのは、数年前のことでした。同郷同窓の大平外務大臣がお国を訪れた時にも、森田秘書官にでもあなたへの伝言を依頼したいと考えながら、いろいろの事情のため、とうとうそれもできなくて、残念に思っておりました。

このたび、日中友好協会訪日代表団の副団長として来日されるとの報道があってから、何とかしてちょっとでもお目にかかりたい、昔話の一つもしたい。と考えて、在日中のあなたの日程などについて、あれこれとひそかに連絡もしてみましたが、四国の方で住んでいることでもあり、なかなか思うにまかせず、半ばあきらめていたところです。

それだけに、あなたが団長として四国へこられ、二日間高松で過ごされる、ということを知った時の、わたしの喜びは、あるいはあなたにも十分おわかり願えないかとさえ思います。

わたしは、さっそく前田県議会議長に電話して、あなたとの私的な関係を述べ、あなたたち一行の在県中の日程をうかがい、できれば歓迎レセプションにも列席したい旨を申しました。前田議長は心よく承諾され、わたしの希望をかなえるため、種々配慮してくれました。こうしてあなたに会え、あなたと語り得たというわけです。

張君。

高松空港にあなたたちの乗っている飛行機が到着し、タラップを降りてこられるあなたを見た時、わたしは思わずタラップの下に駆け寄り、あなたの手を固く握りしめました。あのころ随分とお世話になった感謝の心をこめて。お互いに歳をとりましたし、記憶もうすれておりますが、テレビや新聞などで、時々あなたのお顔を見ているせいでもありましょうか。三十数年前と変わらない温容に接して、ただ、昔のような気持であなたを迎えることができた、という感慨でいっぱいでした。

もちろん、公的な立場でこられたあなたに、個人的なことなど言うべき場合でないことは、十分承知のうえでした。二度三度と握手することさえ、慎しむべきでありましたでしょう。あなたに対しても、あなた方の歓迎を計画された人々に対しても。そう思いつつ、そうするように気を遣ってくれた人たちの厚意に甘えてしまったのも、懐旧の情禁じ得ないものがあったからともいえましょう。

張君。

あなた方を歓迎する国際ホテルでのレセプションの席上で、一九五〇年に書いた「張香山君へ」という拙文や、昔あなたからもらった蒲風君の詩集『六月流火』を見せたりしながら、多少でもあのころのこと、現在のことなどを語り得たのは、わたしにとっては、この上もないありがたいことでした。あなたは公式的なあいさつは終始お国のことばでさてましたが、私的には昔とちょっとも変わらない流暢な日本語で話されたのも、うれしいことでした。大きな使命を持っておられるあなたの貴重な時間を、こうしたことで費やすのは、はなはだ申しわけのないことだと思いながら、あえてそうせずにはおれませんでした。ただ、穆木天、馮乃超等諸氏のその後の消息をお尋ねしたが、はっきりと教えてもらえなかったのは、いささか寂しゅうございました。

栗林公園では、あなた方に、

郭沫若先生がここに遊ばれて作った詩をご存知ですか？

とお尋ねしたら、皆さん「知らない」ということでしたので、あるいはそうではないかと予想して、ポケットにしのばせていたその詩を皆さんにお見せしたりもしました。「掬月亭」について、

水を掬（すく）えば月は手に在り（于良史「春山夜月詩」）

に基づくものだと、言わずもがなの説明をつけ加えたりも、いたしました。栗林公園もお国と深い関係のあることを、少しでも多く知っていただけたらとの念願に因るものでありました。

張君。

空港であなたが最初にあいさつされた時のことばの中にありましたように、あたかも百花競い咲く好季節でもありましたし、幸い晴天にも恵まれた二日間でありました。

高松駅で別離の握手をし、一路平安を祈り、「再見」「再見」の叫びのなかで、徳島へおもむくあなたを見送りしました。日中両国国民がいっそう理解を深め、真の国交回復が一日も速やかに実現することを祈りながら。

あなた方が来日され、わたしたちがあなた方を歓迎したことを、ほんとうに意義あらしめなければと、しみじみ思ったことでした。

今、わたしの胸には、この「熱烈な」歓迎行事を通して、さまざまな感懐が起こっております。あなたが言われた「友好の花」を美しく養い育てることは、必ずしもそう容易ではないように思われます。わたしは全く個人的な立場で、あなたとの旧くからの友情によって、楽しい二日間をあなた方と過ごしました。しかし、こうした個人的な深い友情こそ、両国友好の基盤であると信じております。あなたがますますお元気で、中国のため、日中国交のため、貢献されることを祈り、かつ期待しております。

公的で短い日程であったあなたと、あれだけ語り得たことは、十分満足すべきでありましょう。いつか、昔のように、ゆっくりと二人だけで、語り合える機会が訪れることを夢みつつ、今日はこれで失礼します。

（一九七三、五、五）

郭沫若先生を憶う

一昨年の六月十三日のテレビは郭沫若先生が六月十二日逝去されたとのニュースを報じた。わたしはそれを聞いて、先生についてのいろいろなことを想い起こし、遥かに追慕の情をささげたことであった。

香川大学の卒業生の中には、「郭沫若さんが亡くなられて先生もさぞかしおさびしいことでしょう」などと便りを寄こした者もいた。何か郭沫若氏について書いてほしいと要望された知友もいた。それほどわたしは郭沫若先生について語ったものであった。

今更何を語るべきか、と思ったし、昔年の御教示に対する感謝の意をこめて、景仰の誠を表さなければ、との念も断ち難いものがあった。四国新聞社から「月曜随筆」の依頼を受けたので、今、この一文を草するゆえんである。

わたしが張香山君――現中日友好協会副会長――の紹介で、先生に初めてお目にかかったのは、昭和十一年の秋であった。

市川のお宅の前のたんぼには、たわわに実った稲穂が秋風に揺れていた。「佐藤寓」と書いた門の傍の柿の木には、赤い実が陽光に輝いていた。門のところで数人の人たちとすれ違ったが、後で先生のお話から特高警察の刑事たちであるとわかった。

わたしは先生の著作はかなり多く読んでいたが、直接先生から、創造社の同人のこと、中国文学界の状況などについて、詳しくお聴きしたいと考えてお訪ねしたのだった。たどたどしい中国語で話し出したわたしに、「神田の夜店ぐらいはひやかせますから、どうぞお国のことばで……」と言われて、安心したことであった。

先生の詩に対する考え方、詩作の体験などについてお尋ねしたところ、これにそんなことについて書かれてありますからと、『現世界』創刊号――民国二十五年八月十六日、上海現世界社発行――を貸して下さった。その中に当時日本にいた詩人蒲風君の訪問記事である「郭沫若詩作談」が載っていた。

それには中国の過去の詩人たちとの関係、外国の詩人たちの影響、『女神』『星空』『前茅』『瓶』『恢復』などの先生自身の詩集についての感懐、当時の詩壇の動向――写実主義と浪漫主義、風刺詩、劇詩、大衆合唱詩、長篇叙事詩などについての意見、詩人たちに対する希望などが述べられている。

「努力して個人的な気持を取り除き、思想上の立場を確立し、時代の尖兵となり、大衆を師友となす―以前わたしはこのように希望し、以後もこのように希望している」ということばで終わっている。「作大衆的師友」（大衆の師友となる）を鉛筆で「以大衆為師友」（大衆を師友となす）と訂正されていた。この二字の訂正の意味を、当時も今もしみじみと感じている。

昭和三十年十二月に、訪日文化使節団の団長として来日されることになった。請われるままに『四国新聞』『山陽新聞』『九大医報』などに、先生の岡山時代のことなどについて語り、書いたりした。

岡山に来られた時には、岡山大学の林秀一博士の特別の御配慮により、二日間お供をすることができた。昼食の席で『山陽新聞』所載の拙文を読まれて、団員諸氏に回されたりした。その際、借りたままになっていた前述の『現世界』創刊号を、往年の記念に頂きたいと申し出て、今も貴重な蔵書の一つとしている。岡山大学の講堂での講演はまことに印象深いものであった。「岡山大学の同窓の皆さん」と通訳のことばを日本語で訂正されたのもさることながら、

わたしがもしいささかでも現在の中国のために役立っているとすれば、それはここで日本の老先生方から教えを受けたお陰である。特に先生方から学んだものが二つある。それは愛国精神と科学精神であった。

そんなことを情熱をこめて述べられた。夕食会では主として操山・旭川など岡山の自然についての思い出を語られた。

その後、昭和三十八年五月に、スペインのサルバット出版社が『世界文学百科事典』を出すというので、その原稿執筆の依頼を受けた。その中に先生がいた。原稿の分量は、項目や人によってA（十枚）B（三枚）C

（一・五）にわかれていて、先生はAということであった。いかにして先生の全容を的確に十枚にまとめるかに随分と苦心したが、先生について全体的に考えさせて頂くありがたい機会でもあった。

あれから中国は幾度か大きく揺れ動いた。科学院院長、中日友好協会会長などとして活躍された先生も、そのあらしの中で、戦前の魯迅との論争が改めて厳しく批判され、時に「わたしの過去の著述はすべて焼いてしまいたい」と言われたと伝えられたりもした。

しかし、先生が現代中国の文学界・史学界・思想界に残された偉大な業績は永遠に不滅であろう。また、学生時代と市川亡命の前後合わせて約二十年間も日本で過ごされた先生は、日中友好、文化交流の歴史の上でも、忘れ難い人として銘記されるであろう。

先生は大正五年の春、栗林公園に遊ばれ、紫雲山に登って、一首の詩を遺留された。その詩をお書き願って、記念碑として建てられたら、などと心ひそかに考えたりしたこともあったが、それもむなしい夢となった。まことに残念である。

（一九八〇、三、九）

※　郭沫若の栗林公園の詩は、本書七七〇・七七一頁に掲載。

第二篇　教と学

漢文必修について

過般国会を始め一般社会をもにぎわした問題の一つに「漢文必修」是非論がある。今日では、「国語甲」に「平易な漢文」を含むこととなっており、既に週二時間程度必修的に漢文を課している高等学校も相当数にのぼっているように聞くので、過去の問題となった感もないではないが、求められるままに、いささか私見を述べてみたいと思う。

それには先ず「漢文」とはいかなるものであるか、ということから論を進めて行きたい。わが国でいわれている漢文は、形式の上では中国の古典的——文語体といった方がより適切であろう——文章によって表現されているもので、訓読というわが国独特の読み方をされてきたものである。訓読か、音読か、音読とすればいかなる音で読むか、いわゆる白話文を含むか含まないか、などということが論議されたし、今もされているが、一般的には訓読という伝統を保持してきているものである。すなわち、目で見る上では中国的原形を保ちながら、口耳の上では全く国語となっているものであり、世界にその比を見ない原文に忠実な一種の翻訳であるともいえよう。これを内容の上から考えてみても、もちろん、中国の思想を伝えているものもあるが、遠い昔から、われわれの祖先によって摂取純化され、わが国文化の形成発展に資するところが多大であったものであり、それはもはや日本文化そのものとして、今日に伝統されてきているものである。従って、中国の古典であるとともに、日本の古典であるともいえるであろう。いわんや、わが国人も長い間この漢文によって思想感情を表現してきたのであり、そうしたものがわが国の古典であることは今更言うまでもない。しかも、漢文は哲学・史学・文学・宗教、その他、いわば東洋的学問の全範囲にわたっているものであって、百科全書的存在であるともいえよう。

漢文が以上のようなものであるとすれば、漢文を必修せしめることは、わが国に伝承されている古典を、今日の高等学校の生徒に必修せしめることが適当であるか否かということになる。もし、古典教育が必要欠くべからざるものであるとすれば、その古典の一部として現存している漢文を必修せしめることは、当然過ぎるほど当然である。時代とともに、不断に変動し進展してやまないこの社会に生きるわれわれが、ただ過ぎた日の回憶の中にのみ意義を見いだそうとし、骸骨に迷恋して生きがいを感じたりすることは、愚かなことといわなければならない。同時に、新奇なもののみに幻惑され、自己の血肉の中に生きている偉大なものの存在を忘却して、一切の伝統を抹殺しようとすることも、はなはだ寒心すべき事態といわなければなるまい。「古い」ものの中にも、今日を生きるわれわれにとって切要なものがありはしないか、民主的新日本の建設のために、人類の発展のために、役立つものがありはしないか、厳正にして精密な批判検討によってのみ、文化遺産の現在的進化が発見されるであろう。「新しい」ものの中にも、真偽、善悪、美醜が混在しているであろうし、わが国土に適するもの、適しないものもあるであろう。「古い」ものと「新しい」ものとの発展的現実的融合調和こそ、正常な文化国家建設の出発点でありはしまいか。

率直にいって、敗戦後アメリカ式教育が新しい教育として全面的に採択されてから、漢文とは封建社会の遺物であって、封建思想打破のためには、かくの如き教科は棄擲すべきであるという考えが一部に起こった。今も行われていると言ってよいであろう。もとより、封建社会の所産であって、今日の社会と背馳する思想もあることはこれを認めなければならない。だからといって、全面的にこれを葬り去ろうとすることは、前代文化のすべての否定ということにもなろう。漢文の中にも人間の極めて自然な性情の流露したものもあり、封建社会の束縛を打破して自由を求めて生きようとする苦闘の跡も、自我解放の叫びも聞かされることを知らないものといえよう。一面、漢文必修問題が提起された直接的動因の一つとして、新しい教育に対する不満、青少年の道徳意識の低下に対する憂慮などが考えられる。修身科の復活、道徳教育の振興などと一連のものとして考えられる傾向が強いように感ぜられる。儒教をわれわれの「背骨」であると説く論者もあるようだ。わたしは中国において一九三三年に「読経救国」運動が起こった際にも、一九三五年に「中国本位文化建設」が叫ばれた時にも、相似た主張が闘わされたことを想起し、感はなはだ深いものを覚える。

漢文必修反対論の中には、「内容本位」ともいうべきものがある。すなわち、漢文的教養は必要であるが、なにも訓読漢文などというえたいの知れないものを教えなくても、書き下し文でも、平易な現代語訳にしたものでも、その目的を達することができるのではないか、という論である。これはちょうど、『源氏物語』などは読ませなくても、「谷崎源氏」でも「晶子源氏」でもよいではないかというのと同様な議論であって、そうなると、古典全般についての問題となる。漢文を学習させるということは、国語の古典に対すると同様に、古典読解の能力を養成することが第一の目的でなければならないと思う。われわれの祖先が精神的栄養としてきたもの、自らその思想を遺留しているもの、あるいは漢文的教養のにじみでているもの、等々を正しく理解する基礎を培うことが先ず重視されなければならない。同時に、その内容となっている思想、芸術などを理解賞味し、それを自らの教養の糧とすることももとより重要であるし、隣邦中国に対する認識を深めることも当然顧慮されなければならない。

隣邦中国の認識といえば、そんな古い中国ではなく、新しい現代の中国こそ、われわれが深い関心を持って研究すべきものであると力説する論者もある。わたしも、現在の中国、われわれの時代に、われわれと共に生きている中国をもっと理解しなければならないと痛感している者の一人である。かつて、わが国のいわゆる漢学者は、専ら古い中国文化を重視して新しい中国を軽視する傾向が強かったが、これは日中両国間の悲劇を醸し出す一因ともなったといえよう。敗戦後、現代中国の研究が盛んになったことは、一つの慶祝すべき現象であるといわなければならない。しかし、だからといって、古い中国を研究する必要がない。わが国文化形成の支柱ともなった古い中国文化を忘れてよい、というわけはない。そういうのでは、わが国の文化遺産を理解できないだけでなく、新しい中国を十分に理解することも困難である。漢文を廃して、中国語を学ばしめる方がよいと考えている人もある。それによって、中国の現代文はもとより中国の古典をも読ませるということは、一つの正しい方法とも考えられる。しかし、それはわが国の古典としての漢文とはおのずから異なって来るし、純然たる外国語として修得させるのであれば、他の外国語との比重が検討されねばならない。また、漢文をその内容によって、哲学とか史学とか文学に区分したらよいとの意見も出ているようであるが、大学においては概ねそう区分されておるけれども、高等学校では漢文読解の能力を養うのが第一の目的であるとすれば、かえってそうした区分のない方が適当であると考えられる。

次に、漢文を必修せしめると、漢字制限が崩れはしないかと憂える人がいる。言うまでもなく、言語や文字は時代とともに変遷するものであるし、社会が拡がりをみせ、あるいは変革が行なわれ、また他国文化との接触が盛んに行なわれる場合などには、そこに大きな変化がもたらされることは、過去の歴史が明示しているところである。

漢字について考えてみても、中国において、古い時代に幾度か国家的にも統一整理が行なわれたし、五万に近い文字があるといっても、実際には「死文字」と称すべきものがはなはだ多く、略字も盛んに使用されてきた。清朝末期からでも、注音字母の創造、漢字制限の提唱、簡体字手頭字の採用、国語ローマ字、ラテン化新文字の研究などが次々と行なわれた。中国の人々が、言語生活をより合理的、より能率的にしようとする苦心努力の現われである。最近では「識字運動」を強力に推進し、漢字修得に最大の努力が払われているようであるし、国語に対する愛と確信、伝統的民族文化の愛護が高唱されているようでもある。中国の国語国字問題経過の跡をたどってみても、文字の改革がいかに至難事であるか、それは常に国民の思想と不離な、というより全く一体的な存在であることを痛感する。

わが国の漢字問題については、漢語の問題を離れてこれを解決することは困難であり、その漢語がわれわれの言語生活にいかに生きているかを考える時、現在の社会の要求に応じて、正確に能率的に漢字を教えることが、真に要務であると思う。ともあれ、漢字制限——現行のが妥当であるか否かは別問題として——は自然な一つの道であるというべきものであろう。漢字制限を一応是認しつつ、漢文を必修させると、当用漢字以外の漢字が多く出てきて困りはしないか、自然漢字制限に逆行する結果を将来しはしないか、などという議論も出て来るであろう。しかし、それは教科書編集者や教授者の創意工夫によって、おのずから解決されることではないかと思う。国語の古典——必ずしも古典だけに限らないが——についても、量の多少はともあれ、同様のことがいわれるであろうし、最近の漢文の教科書においては、この点にも細心の注意と努力が払われて、既に解決済みであるといってもよいと考える。

英語や物理なども選択であるのに、漢文だけを殊更必修にする必要はないではないか。こんな意見を述べている人もある。漢文を英語や物理などと比較すること自体にも問題があろうが、英語が実質的に必修であることは周知の事実であるから、これは問題にならない。物理などは必修ではないが、それが当然であるという考え方には、にわかに賛同し難いものがある。現在のような選択のやり方で、果たして自然科学的教養が所期の如く得られるであろうか。はなはだ疑問とせざるを得ない。

ここで、アメリカにおけるラテン語教育と対比して考えてみたいと思う。ハイスクールのラテン語教科書に、「ラテン語学習の目的」として挙げている中から、二三摘訳して参考に供したい。

○ラテン語は英語を学ぶのに役立つ。ラテン語の学習は、われわれの文学、更に新聞や雑誌にさえも充満している古典的な名前や引喩や参照などを理解する助けとなる。
○ラテン語はローマンス語の学習に役立つ。
○ラテン語は科学の研究や職業、特に法律や医学を遂行するのに非常に助けとなるであろう。
○ラテン語はローマ人を知るのに役立つ。古代文明はローマに集まっていたし、現代文明はローマから出発している。われわれが理解しているよりもはるかにより高度に、われわれの文明はローマ的である。
○ラテン語の学習は諸君の教養を増すことによって、諸君の全生涯に満足を与えるであろう。
○ローマ人の生活や慣習や英雄伝や古代神話などを取扱っているラテン語読本の紹介や内容を通して、歴史的文化的背景を発展させるために甚大な糧が用意されている。
○諸君が目的の一つとしてラテン語を学ぶ時に、この偉大にして有名な国民の歴史や生活についてより多く学ぶことができるであろうし、いかにわれわれの言語において、われわれの理念において、彼らに負うているかを発見し得るであろう。

この「ラテン語」を「漢文」に、「英語」を「国語」に、「ローマ」を「中国」に読みかえても、そのまま多くは通ずるであろう。もちろん、中には若干訂正を要する箇所もあろうが。アメリカ人にとってのラテン語は、われわれにとっての漢文とある程度相似的関係を持っているといってもよいであろう。しかし、あくまでも「ある程度」であって、全く同様のもののように論ずるのは当らないと考える。漢文の方が質的にも量的にも、より密接に、より深く、われわれの生活の中に生きているといわなければならない。われわれの文化は、「われわれが理解しているよりもはるかにより高度に」中国的であり、「われわれの言語において、われわれの理念において、彼らに負う」ところは真に多大である。漢文の学習が国語の「学習に役立つ」というより、国語の学習そのものであるともいえるし、「教養を増すことによって全生涯に満足を与える」ことは、ラテン語がアメリカ人に与えるよりも一段と顕著なものがあるであろう。

最後に、漢文必修反対論の中には、過去の漢文教育の在り方についての非難が相当含まれている。現実と遊離した、無味乾燥な、生徒の興味を喚起し得ないものである。などという非難には、わたしどもの再思三省すべきものがある。漢文教育の今日的意義を十分に把握し、更に一層研究に精進して、必修の実をあげるように努力することこそ肝要であると痛感する。それによって、漢文必修の是非はおのずから解決されるものであると信じる。でなければ、制度の上での漢文必修が確立しても、その実は失われてしまうであろう。

（一九五二、九、五）

古典の現代的意義

緒言

今日われわれの社会は、驚くべき速度で変化しつつある。あるように見受けられる。特に科学的・技術的方面において、それははなはだ顕著である。果たしてそれは人類にとって喜ぶべき現象であるか、それとも悲しむべき現象であるかは、必ずしも一概に論断し難い。少なくとも個々の具体的な現実についての綿密な究明と、深遠な洞察力とを必要とするであろう。しかし、ともかく、激動の渦中に、われわれが生きていることだけは厳然たる事実である。

そこには保守と革新との対立があり、自由思想と共産主義との抗争がある。ある場合には極めて尖鋭的に、ある場合には柔軟に。民族主義を基調とするものがあり、世界的な立場に立脚するものがある。そしてその思想・立場を異にしながら、いずれも民主主義を強調し、平和を力説している。しかも、世界の各地に戦争が行なわれ、流血の惨事が繰り返されている。それぞれの理想とする明日の社会を実現するために、避けることのできない悲劇であるのかも知れない。

かくて、科学の進歩は、時として人類破滅の危懼を抱かしめ、知識の総合、真の英知の重要性が叫ばれている。新奇狂激な事象を、人類の堕落・混迷であると憂嘆している人々も多い。伝統を破壊し、先人の文化遺産廃棄の上に、新しいものを創造しようと熱情を傾けている人々がおる。新しい風潮を嫌悪し、過去に執着し、伝統を維持しようと努力している人々もいる。新旧交代の変革期ともいえよう。明治百年記念行事の是非、文化遺産の伝承、伝統と創造、などの問題が、いろいろの立場から論議されているゆえんである。

こうした背景の中から、古典的教養の重要性が提唱され、普通教育においても、従来よりも一層古典教育が強調され、質的にも量的にも改変が企図されている。それは道徳意識の向上や、民族精神の振起を目的とするもののように考えられる。一方、こうした動向を、保守反動的謀略による復古運動とみなして、論難反対するものも決して少なくない。

果たして伝統とはわれわれにとっていかなる意義を有するものであろうか。先人の遺留した文化遺産は、われわれにとっていかなる価値を有するものであろうか。いわゆる古典と呼ばれるものは、一般人の教養として、どういう意味で、どれだけの切要性を持っているものであろうか。そうした点について考えてみたいと思う。

一　不易と流行

われわれ人間は、過去から未来への道程の中で、あるひと時を生きるものである。われわれの世界には一瞬の断絶もあり得ない。われわれの過去がいかに忌まわしいものであろうとも、いかに悲しむべき事柄に満ちていようとも――決して必ずしもそうではないが――われわれはその過去を背負って、未来に向って、今日を生きねばならない。過去との連続を断ち切ることも、それから逃避することも不可能である。それこそ正に人間の世界であり、宿命である。

われわれの祖先もまたわれわれと同じように、平和で楽しい人生をできるだけ長く享受したいと念願し、努力してきた。ただ自分だけが、自分の家族だけが、そうありたいと願って、他人と争い、他人に犠牲を強いた時代もあった。自分たちの民族、自分たちの国家がそうあるために、他民族・他国家を侵略し、征服した時代もあった。現在もそうでないとはいえないであろう。

いかにすれば長寿を保てるかに苦心して、衣・食・住に多大の考慮を払い、山野に薬草を求めもしたし、不老不死の仙薬を探索した者もあった。しかし、それを愚かなこととして笑う資格がわれわれにあるであろうか。今日の医学・薬学の発達は、実にその延長線上に在るといえよう。一方、死を不可避の現象と諦観し、死を恐れる心を、永遠の生に置きかえ、この人生をより平和な、より美しいものとしようとする道を見いだそうと努力してきた。宗教の発生とその変遷である。原始宗教と今日の宗教との間に、どれだけ根本的な差違が存在するのであろうか。

更に家について考えてみても、われわれの家庭生活は随分変ったという。なるほど確かに変った。しかしいかに変ろうとも、夫婦が存在し、親子が存在する以上、その関係がどうあるべきかは、これまた人類永遠の課題である。封建的家庭道徳の桎梏の下に、永い間、女性はともすれば悲劇の主人公となりがちであった。時としてその束縛から脱し、自由を求めようと、反逆を試みる者も出現した。女性が男性の玩弄物視された時代から、一個の人間として、女権が主張され、男女平等の時代と変っても、男女の特性に変りはなく男女の関係がその特性に基づくことも変りがない。親子の関係においてもまたしかりである。「子を知るもの親にしくはなし」といえるかと思うと、「子ゆえのやみに迷」って、法の裁きを受ける教育ママも現存する。

もとより同じく人間といっても、それぞれ異なった気候風土の中に生まれ、生活する。当然その気候風土の影響を受け、それに順応する習性が培われる。民族的特色を有するゆえんである。また、同じ民族にしても、家族中心から、次第にその社会も拡大して行く。現在においては、国家とか民族とかいっても、世界的、いな宇宙的視野の中で生きているともいえる。われわれは一九七〇年代を生きる日本人である。世界の情勢は直接間接われわれに影響を及ぼしている。世界的趨勢から脱却することは、今や不可能である。かつての先人たちも、それぞれの時代を生きてきた。そこにはおのずから時代的特色がある。

しかし、それぞれの時代の特徴はあるにしても、その根底にあるものは変らない。人類の性情、人類の意欲に根源し、世界的な基準ともなるべきものは常に存在する。その生き方に、民族的・時代的特異性はあるにしても、人間としての普遍性が存在するはずである。いかに民族が異なり、時代は変ろうとも、この平和で楽しい人生を生きたいという、人類の一貫した念願を根幹として、常に理想を追求してきた。永遠に追求し続けるであろう。人間は常に明日への夢に生きるものであり、またそれ故にこそ不断の進歩というものもあるのだから。

以上のように、われわれの社会には常に変らないものと、変化するものとが存在する。いわゆる不易と流行とである。先ずそのことを考えて置きたいと思う。

二　古典の価値

言うまでもなく、人間は感情の動物であり、「考える葦」であり、社会生活を営むものである。その感じ、考え、集団の一人として生きた経験は、個人的なものから民族的なものへと発展して行く。そしてその民族がよく歴代相伝の特色を保持し、環境に適応させ、時代精神を反映し、その性情・嗜好・能力などに基づいて、次第に作り上げてきたものが、その民族の文化である。

日本には日本の文化があり、中国には中国の文化があり、西洋には西洋の文化がある。しかも、民族間の接触の拡大によって、お互いの文化は交流する。多くは高いところから低いところへ流れて行くが、必ずしも一概にそうとは限らない。他国の文化を模倣し、あるいは吸収する。そしてやがてそれはまた新しい伝統をつくりあげて行く。わが国は、かつては中国文化——印度文化をも含めて——を摂取純化し、近くは西洋文化から多くのものを学びとった。そうして今日のわが国の文化ができあがったのである。したがって、その源流を中国や西洋に求めることができる。日本の伝統的な文化という場合、それは西洋文化導入以前のわが国の文化を指すのが常であるが、そこには中国文化の日本化されたものが多分に存在する。

さて、その文化遺産は、いろいろな形において伝統されている。わが国でいえば、能楽・歌舞伎・茶の湯・生花などから、民謡・民話などのようないわゆる郷土芸能的なものに至るまで、心と形を保つことによって、文化遺産としての意義を持っている。古典という言葉は、広狭いろいろの意味に用いられており、古典芸術・古典音楽・古典落語などというように、現在のそれとは質的に違っているが、現在のものがそこから生まれて来たものなどについて使う場合もある。

ここでいう古典は、過去の時代に著わされた優れた内容の書物、長年月にわたる批判に耐えて伝えられ、現在でも文化的価値の高いと考えられる著述という意味である。必ずしも文芸作品には限らない。シカゴ大学のハッチンズ総長の提唱した「グレイト・ブックス」のようなものともいえよう。今日のわれわれにとって、日本の古典はもとより、中国の古典——それは既に日本の古典ともなっている——世界の古典が、古典と称すべきものであることは、今更言うまでもない。

そこには、誠実真摯に人生を生きたいと苦悩するものの自己反省の告白があり、平和を希求し人類の幸福を熱望するものの思索の結晶がある。社会の現実に対する凝視があり、民族の悲運に対する憂憤がある。人間愛に対する哀歓があり、自然美に対する讃歌がある。暗黒打破の苦闘があり、蹉跌の悲嘆がある。躍進の歓喜があり、幻滅の悲哀がある。権力闘争への厳しい批判があり、苛政・戦禍などによる民衆の惨状の記述がある。愛欲を中心とする葛藤の描写があり、禁欲的敬虔な祈りがある。それは正に人間の英知の集積であり、苦悩の所産であり、人生行路の記録である。人類の精神文明の宝庫である。

しかも古典は今日翻訳の形で示されているものが多い。わが国の古典さえも現代語訳されている。もちろん翻訳はあくまでも翻訳であり、原典そのものとは異なるものである。原典そのものを読むことができれば、それは最も望ましいが、一般人にとってははなはだ困難であるし、翻訳によって古典の精神、古典の内容を理解することは一向差支えない。いな、かえってその方が理解を深め得るゆえんでもあろう。民族を異にし、時代を異にする人々にも、言語・表現の障害を越えて、広く深い共感を呼び起こし、多大の示唆を与えるものこそ、真に古典の名に価するものともいえよう。

なお、古典に対する評価は必ずしも固定していない。極めて流動的であるということができる。ある時代に異常な歓迎を受けるかと思うと、ある時代には忘れられ、あるいは排撃される。しかもまた何十年か後に、時として何百年か後に、また再びその価値が発見され、称賛されたりする。その時代の時代潮流や時代精神の要請に基づいて、再検討され、新しい生命が与えられる。

わたしはここで一つの例を挙げて考えてみたいと思う。

孔子の言行録ともいうべき『論語』は、中国の古典であるとともに、わが国の古典ともいうべきものであることは、あまねく人の知るところである。孔子は今から二千五百年も昔、中国の封建時代に生まれた人であるが、彼の思想は中国において、ある程度の消長はあるにしても、封建制度下における支柱的指導原理であったし、わが国においても、特に江戸時代などはそうであった。
アメリカ人ラティモアは、

孔子の哲学は人間関係にかかわるものであった。かれは個人と家と国家とのために一定の倫理体系をうちたてようと努力した。かれは個人と家と国家との地位と機能がすべて変動しつつあった時代に生きていたのであり、またかれが古来の説や口碑を解釈しなおして、これにふきこんだ新しい傾向はついに傾向たることをやめて支配的な規準となったので、かれの教義は中国社会制度の古典的規範の地位を獲得したのである。(『中国』)

と言い、ドイツ人ヘルマン・ヘッセはドイツ語訳の『論語』を読んだ時の感激を、

私はどんなに驚き、うそのようにうっとりして、この本を受け入れたか。そのすべてが私にとってどんなによそよそしく、しかも同時にどんなに正しく、どんなに予感され、どんなに願わしくすばらしく聞こえたかを、私は忘れないであろう。

と述懐し、孔子を「体系家、道徳学者、立法家、道義の守護者」と称し、「世界の事件を観察する時に、またこの数年・数十年間世界を支配し、完全にしようと意図する人々の発言を聞くごとに」、『論語』の中の「多くの言葉を思い出す」と述べている(『世界文学をどう読むか』)。吉川幸次郎氏は、「中国の文明は、孔子の教えを

祖述することによって、幾分の畸型を生みつつも、素朴よりは文明に、神よりは人間に、独断よりは実証に、より多くの敬意を払いつつ発展して来た。」（『中国の知慧』）と論じている。これらの所説によっても、『論語』が一つのすぐれた世界的古典であり、孔子の思想がいかに永く広く大きな影響を与えたかを知ることができよう。

しかし、西洋の近代思想が輸入され始めてから、孔子の思想に対する批判が行なわれるに至り、中華民国の初年には、

孔子はもちろん当時の偉人ではあるが、その学を固執して天下・後世を束縛し、文化の発展を阻害して、専制の余焔を揚げたから、攻撃しないでおれないのは、当然のなりゆきだ。（呉虞）

儒術や孔道は、優れた点がないわけではないが、欠点の方がはるかに多い。特に近世の文明社会と全く相容れないのは、その倫理観や政治綱領・階級説である。これを攻め破らなければ、わが国の政治・法律・社会・道徳、みな暗黒から出て光明に入るすべがない。（陳独秀）

などと非難攻撃された。

それから二十年、「読経救国」が提唱され、「国粋保存」「固有道徳恢復」を緊急の要務として、儒教をもって青年たちの危険過激な思想、道徳の頽廃を矯正し、「民族復興」を図ろうとする者も出てきた。もちろんこれに対する反対運動も展開された。ひき続いて「文学遺産問題」が大いに論争され、現在においては、「愛国精神」「民族意識」の高揚のため、文化遺産は大いに重視され、孔子は中国の生んだ最も「偉大な教育者」と

して推称され、『論語』は――その解釈の仕方には従来と異なったところもあるが――重要な古典の一つとして高く評価されているようである。

佐藤春夫氏は愛読書として『聖書』『論語』『萬葉集』をあげ、

日本にも古典はすくなくない。そのなかで本当の古典、というのは民族の永久の書物で、同時に人類の書物に値するものとして、自分はまず指を萬葉集に屈したいと思う。萬集葉が個人の家集ではなくて、老若男女貴賤さまざまな作者によって成り立ち、われわれの祖先の生活をよく現わすところをこの集の特に有難く面白いところと思い、歌に関心が有る無しにかかわらず、国民全般がせめてこの集ぐらいは必ず読むぐらいな教養の水準に到達する日を自分は待っている。（『白雲去来』）

と言っている。『萬葉集』が日本民族の古典であり、人類の古典として、不朽の価値を有することを強調し、全国民が読むことを熱望したものである。

三　伝承と新生

人間もまた模倣の動物である。すべてその活動は模倣から始まる。嬰児の生長過程を見るがよい。その行為はすべてまねることから出発している。学ぶという言葉はまねるという意味である。いかなる天才といえども学ぶことなくしては、その才能を発展させることは困難である。何に学ぶか、いかに学ぶかに相違はあっても、すべて学ぶことから出発する。

しかし、人にはそれぞれ個性があり、環境の差異があり、時代の変移がある。その人がその人らしい生き方をするためには、ただ模倣に終ったのでは、その人の存在意義がない。先人に学びつつ、自分自身に最もふさわしい道を見いだすことが大切である。模倣は常に非難され、排撃される。それは模倣に終始することなく、先人に学んだものを自分自身の糧とし、より高い、より優れた、独自の境地に到達すべきことへの警告である。

俳人芭蕉を模倣者と称するものはいないであろう。しかし、彼は日本・中国の先人たちからいかに多くを学んだことか。中国の詩聖杜甫は多くの書物を読むべきことを強調し、実行した。しかし、それ故に彼を非難するものはいない。孔子は繰り返し学ぶことの重要性を説いた。同時に、学ぶこととともに考えることが大切であることを教えた。謙虚に学ぶという態度、反省深思するという心掛け、二者いずれの一つを欠いてもいけないことを説示した。

教養とはなんらかの特別の目的のために学ぶのではない。それ自身に意味がある。われわれの心と生活を豊かにするためである。真の教養は、われわれの生活に意味を与え、過去を反省し、未来への光明を見いだし、この人世を力強く生きさせようとするものである。うわべの見せかけであったり、口耳四寸の学であったり、他人に博識を誇ったりするようなものではない。あくまでも自分自身の人生を充実させようとするものでなければならない。

われわれの前には、日本の、中国の、西洋の、無数の古典が存在し、われわれの愛読するのを待っている。しかし、この無数の古典を読むことは不可能であり、またその必要もない。われわれ自身に親しめる、われわれ自身が教養として学びたいと思う内容を持っているもの、われわれの心に慰めと励ましとを与えてくれるようなもの、今日の自分の悩みに解決の示唆を与え、将来へ雄々しく生きる力を与えてくれるような、そうした思想書・哲学書・文芸作品などを精読したいものである。

これこそ自分の導きの星であると思うような、そんな古典を見つけ出して、再三再四、何度でも繰り返して読みたいものである。自分の年齢とともに、より深い意味を感得させてくれるような、生涯の指針ともいうべき古典に巡り会えたら、どんなに幸福であろう。それもわれわれの心掛け次第である。

週刊雑誌を読むのもよい。だがせめて少なくとも古典の一冊をその上に加えたい。パチンコやマージャンに費やす時間の一部を割いて、心静かに先覚者の言葉に耳を傾け、考えることが必要ではないであろうか。子供たちに勉強を強いる前に、子供たちのかたわらで古典をひもどくという心構えが欲しいものである。そうした親たちの姿勢は、おのずと子供たちによい感化を与えるであろう。今日われわれは新聞・雑誌・テレビなどから学ぶことも多いし、それもまた必要である。同時に、古典のために若干の時間を割くことも大切なことであろう。

毛澤東は、

われわれはすべてのすぐれた文学・芸術の遺産をうけつぎ、そのうちのすべての有益なものを批判的に吸収して、われわれのこの時この土地の人民生活における文学・芸術の素材から作品を創造するための手本としなければならない。

とか、

決して昔の人々や外国の人々をうけつぎ、これを手本とすることを拒むべきではない。いわんや封建階級やブルジョアジーのものはなお更である。しかし、うけつぎ、手本とすることは、決して自己の創造にとってかわらせてよいということではない。これは決してとってかえることはできないものである。（「延安文芸座談会における講話」）

と論じた。文芸に関して述べたものであり、中国における文芸創作の金科玉条となっているものであるが、古典伝承の仕方、その新生一般について語ったものともいえよう。われわれにとって有益なものを選び、批判的に吸収し、われわれの時代、われわれの民族の、今日の生活に新しく生かすための手本とすべきであり、そこからわれわれ自身のものを創造しなければならない。というのである。

既に述べたように、それぞれの古典は、それぞれの民族、それぞれの時代の所産である。今日のわれわれにとっては、無意味なものがあり、有害なものがあり、そのままでは今日適用できにくいものもある。われわれはその中から有用で今日も生命力を有するものを選び出さなければならない。われわれは広い視野に立って、近代的感覚、合理的な批判力をもって、古典を接受することが必要である。先人が歴史的制限の下で、いかに人生を生きたか、その精神活動を歴史発展の関連上において、客観的に教訓を吸収しなければならない。ただ直接的にその思想を伝承するのではなく、彼をしてわれわれの時代に生かさせたら、いかなる生き方をするであろうか、その精神を今日的に自分の中に新生させることでなければならない。またそうした永久の生命を持つものこそ、偉大な古典ということができよう。

文化遺産の批判的接受といい、古典の新生といったが、そのためにもわれわれが自分自身を知り、われわれが生きている現実の社会をよく認識することが必要である。古典を生かすも殺すも読者の手中に在る。その価値を決定するのも読者である。諸橋轍次博士は、かつて『論語講話』の序において、「要は見る人の知識の深浅と経験の多寡とがその味を決定する」と言われたが、『論語』だけでなく、古典全般に通ずる言葉といえよう。

結語

世には伝統精神の貫徹に基づかない保守があり、独見の信念に基づかない革新がある。伝統尊重を叫びながら、その実伝統の何ものなるかを真に理解していないものが多い。古典排撃を主張するものも、実は他国の古典に学んで、自国の古典を廃棄せんとする場合が多い。これらはすべて現実的便法的所論に過ぎない。われわれはわれわれ自身のために、この人生を豊かな意義あるものとするために、古典を愛し、その中から豊富な栄養を吸収するよう努力したいものである。過去を知って現在を考えることは、将来の予見ともなるであろう。伝統のうち、何を棄て何を取るべきかを明らかにし、古典をわれわれ自身のものとして、今日に生かしたいものである。

われわれは生涯の指針ともなるべき古典を選びたい。それは必ずしも世間で有名であるものとは限らない。われわれ自身にとって、最も好ましいものであればよい。そして多くをむさぼるまい。消化不良の原因ともなろうから。先ず一冊の古典を座右に置き、心静かにこれを読むひと時をもつところから始めたい。深く感ずるところがあれば、それをよく味わい、よく考えてみたい。古典はわれわれを欺くことのない誠実な師であり、友である。われわれに貴重な教訓や適切な助言を与え、必ずやわれわれの愛情に十分報いてくれるであろう。

（一九六八、八、一六）

誰か孔子の如く狂士を思う

帰らんか、帰らんか。わが党の小子狂簡、斐然として章を成せども、これを裁するゆえんを知らず。(論語・公冶長)

わたしは今日の大学、更に広く教育界の情態を思うにつけ、この孔子の言葉をよく想い起こすのである。わたしの郷里の青年たちは、高遠な理想と強固な意志を持ち、常に天下国家を論じ、大言壮語している。それはまことにすばらしい素質の持主であり、立派な人材がそろっている。ただ残念なことに、それをいかに裁制すべきかを知らない。国に帰ってこの青年たちを導いてやりたいものだ。といった意味である。

当時孔子は六十八歳、陳の国――今の河南省――にいた。自らの理想とする政治を実現しようとして、各国を歴訪し、いくたびか死の危険をも冒して、文字通り東奔西走、放浪の旅を続けたが、自分の主張を用いようとする者もなく、遂に政治的活動を断念し、郷党子弟の教育に専念しようと決意した時の言葉である。

大志を抱き、理想に向かって直進する青年たち、その行動には行き過ぎがあろうとも、そうした青年たちに、孔子は未来への発展の可能性を確信していた。孔子は「後生畏るべし」(論語・子罕)と言ったが、そうした後進に対する深い信頼や期待は、実に狂者たることに在ったともいえよう。何の理想も持たない青年、意志の薄弱な青年、そんな者は孔子ら見れば、教えるに価しない存在であった。「青年よ大志を持て」という言葉は・孔子の言を借りれば、「青年よ狂者たれ」ということにもなろう。

古の狂や肆、今の狂や蕩。（論語・陽貨）

とも、孔子は言っている。古の民にはいくつかの欠点があった。その一つが狂である。しかし、その狂は高い理想を持っていて、小節にこだわらず、言いたいことを言い、したいと思うことをしたが、現在ではそういう狂はいない。今の狂というのは、何らの理想もなく、ただでたらめにしたい放題のことをしているに過ぎない。という嘆きである。今日われわれの周囲にも、この二種類の狂者がいるのではないかと思われる。では、孔子はこうした青年たちをいかに教育しようとしたのであろうか。

中行を得てこれとともにせざれば、必ずや狂狷か。狂者は進んで取り、狷者はなさざる所あり。（論語・子路）

と、孔子は言っている。中庸の道を行なう人物がおれば、そうした人物と行動をともにしたいが、そうした者がなかなか得がたいとすれば、次は狂者か狷者である。狂者は進取の気象に富む者であり、狷者は固く守る所があり、不潔な行ないをいさぎよしとしない者である。という意味である。孟子は、弟子の万章が「孔子は陳に在ってなぜ魯の狂子を思ったのか」と尋ねたのに答えて、「孔子はどうして中道を欲しないことがあろうか。それはなかなか得られないから、その次を思うのだ」などと言っている。孔子が「狂簡」なる青年を指導したいと考えた根本方針は中庸の道であったといえよう。

中庸については、「中は天下の正道、庸は天下の定理」と説いた人もおり、「かたよらないのが中、かわらないのが庸」と説いた人もおる。「中は過不及のないこと、庸は常に行なうべき道」と説いた人もいる。それは単に両極端の中というよりも、最も調和のとれた状態というべきであろう。社会のアンバランスを解消する道ともいえよう。「時に中す」という言葉があるように、その時、その場に、最も適切妥当な道である。理想を現実に具現する最善の道である。それは決して折衷的なものでもなく、妥協的所産のものでもない。だからこそ、

中庸の徳たる、それ至れるかな。民すくなきこと久し。（論語・雍也）

と、孔子も嘆いたのである。それ自身が至極の道である。それはやさしそうでなかなか到達し難い道である。真に中庸の道を行ない得る人は極めて得がたい。殊にそれを青年に期待することは至難である。孔子はよくそれを認識し、それ故にこそ重視したともいえよう。それでは、いかにすれば中庸の道を行なうことができるようになるか。

学びて思わざればすなわち罔く、思いて学ばざればすなわち殆し。（論語・為政）

と、孔子は説いている。いろいろ学んでも、深く思索しなければ、本当にそれを理解することはできない。反対にいくら思索しても、ひろく学ぶということがなければ、独断におちいる危険性がある。と、広い教養と深

い思慮との必要性を強調したものである。単なるものしりや偏見の所有者は中正な判断や行動はできない、というわけである。つめこみ主義を排撃し、文学や音楽をも重視した孔子の態度は、この言葉にも十分うかがえよう。

孔子の生きた時代は、いわゆる春秋戦国の時代であった。周の王室の権威地に落ち、各国互いに抗争し、私利私慾に基づく権力の争奪、陰謀と殺戮が横行した。血なまぐさい混濁の時代であった。それだけに人々は社会の安定と平和を熱望し、懸命にその方途を探求した。ここにいわゆる九流百家が出現し、思想界は空前の活況を呈した。それらはそれぞれその由って起こる理由と、一面の真理を持っている。人間の生き方、国家社会の在り方の根本的な課題を解決しようとする思索の結果である。だがそこには極端な主張も生まれてくる。中庸主義はそうした思想界の情況に対して起こってきたともいえよう。

今日われわれの生きている世界は、もとより比較にならぬ程広大であり、複雑である。孔子の思想・行動を直ちに今日に生かしがたいことは論を待たない。同時に時代を越え、民族を越えた不易の道もまた見出し得るのではないか。それ故にこそ、今日においても孔子を偉大な教育者と推称するゆえんであろう。

現在科学の発達はまことに驚異的なものがあるが、果たしてそれは人類の真の幸福と一概にいえるであろうか。戦後わが国の経済的発展を誇称するむきも多いが、果たしてそれは野放しで喜ぶべき現象であろうか。教育界においても、ただ進学率を競い、知育を偏重する風潮は、何か重大なものを忘却しているのではなかろうか。人類の真の幸福、世界の真の平和、文化の正常な発展からいって、そこには憂うべき幾多の根本的な問題が存在するのではないか。大きな不調和、ひずみがますます深刻化しつつあるのではないか。孔子が強調した中庸の道――それは決していわゆる中道主義ではない――を真剣に考究する必要がありはしないか。それは大にしては人類の破滅を防止する英知であるともいえよう。

われわれ学問研究や教育事業にたずさわる者にとって、現実社会に対する正確な認識、深遠な洞察力や、強固な信念、不屈の意志などが要請されること、今日の如くはなはだしい時代はないのではないか、と痛感される。青年を愛すること孔子の如く、青年を理解すること孔子の如く、青年に期待すること孔子の如く、学を好み教えて倦まざること孔子の如くありたい、と私は願う。しかも身非力にして及ばざることははなはだ遠きを悲しむ。殊に「これを裁するゆえんを知らざる」に苦悩するものである。だがせめて孔子の如く「狂士」を思い、狂者、狷者とともに、できるだけ努力してみたいと考えている。

（一九七〇、一、一五）

温故知新――この子らの真の幸福のために――

全国各地から、この酷暑の候にもかかわりませず、予想以上の多数の方々が御参会なさいました、その御熱意に深甚の敬意を表し、御盛会をお喜び申しあげますとともに、多大の成果をあげられましたことと信じ、今後の御活躍を期待いたしております。

折角の御依頼でございましたのでお引受けはいたしましたものの、貴重な御時間に価するようなお話を申しあげられますかどうか。いささかでも御参考になれば、はなはだ幸いに存じます。

さて今日は大変革の時代といわれております。きわめて複雑、かつ激動の時代であります。そこには価値観・人生観に大きな変化が見られますし、人間いかに生きるべきかという課題――これは人類永遠の課題でもありますが――に対する解答はさまざまであり、決して容易でも簡単でもありません。しかし、わたしたちは、毎日毎日の生活そのものによって、具体的にそれに対する解答をなしつつ生きているといえましょう。

よく世代や親子間の断絶ということが言われます。それが思想や行動などにおける相違、距離の大きいことを意味することばとすれば、そういう現象のあることは事実であります。なぜそうした現象が起こったのか、起こるのか、その根本的な究明につとめ、時代の変転を認識し、青少年を理解しようと努力することによって、その距離は短縮され得るものと考えております。しかし、社会は時代とともにいかに変りましょうとも、断絶ということはあり得ない。少なくともわれわれ教育に従事するものが、真に断絶があると考えているとすれば、もはや教育は不可能である。すみやかに教育者たることを辞すべきである。と、わたしは信じております。

皆さんがたもよくご存知のように、「温故知新」ということばは『論語』の中の、「ふるきを温めて新しきを知らば、もって師たるべし」という孔子の言に基づくものであります。「ふるきをたずねて新らしきを知れば、もって師となすべし」と読む人もあります。だがいずれにしろ、要は先人の努力の跡や英知の結晶を、今日を生きる重要なかてとし、明日の新しい、よりよい社会を創造する根基となし得ると確信し、実行するものであって、始めて教師たるに足るものである。と、説いたものであります。

人間の社会は時代とともに変化いたします。人間の考え方、生き方も、時として徐々に、時として急激に、変ります。しかし、人間が人間であります以上、永遠に変らない、変ってはならないものがあることを、かたく信ずるものの言ともいえましょう。

何ヶ月か前に教育学部附属幼稚園長高橋茂雄教授から講演を依頼され、演題はとたずねられました時に、何をお話ししようかとの考えもまとまらないままに、「温故知新」といちおうお答えいたしました。それは、わたしの学究者としての立場、人生観は、何を具体的に語りましょうとも、この演題からそう逸脱することはあり得ないと考えたからであります。今日お話し申しあげたいと思うことからいえば、「子供らの真の幸福のために」という副題を付け加えることが、適当であろうかと考えております。

わたしはわたし自身の現在の立場、今日の教育界の実態、教育に関する種々の改革案などにかんがみまして、いろいろと深思熟考いたします時に、中国文化の一研究者でありますので、自然と東洋の先賢たちの言葉を想い起こしますし、それが今日も、あるいは今日こそ、われわれの自己反省の資料とするに足る、意義深いものがあるように感じております。

孟子は、「心に忘れてはならない。かといって助長してもいけない。宋の人のようなあんなことをしてはならない。宋の人にその苗が成長しないのを心配して、これを引き抜いたものがある。くたくたになって帰って来て、家の人に、今日は疲れた。自分は苗を助けて成長させた、と言った。その子があわてて走って行って見ると、苗はすっかり枯れていた。この世界に苗を助けて成長させないものは少ない。やっても無益であると考えて、ほうっておくものは、苗のために除草しないものである。これを助けて長ぜしめるものは、いたずらに益がないだけではなく、その上またこれを害するものである」といったようなことを申しております。

穀物をうえて、そのまま捨てておいては苗は順調に成長いたしません。草をとったり、肥料をほどこしたり、害虫を駆除したりしなければなりません。そうした人力とともに、自然の偉大な力も忘れてはならないでありましょう。大地の力、太陽や時雨の恵み、それらによって苗は成長いたします、風や雪なども、考え方によれば、強靭な力を養うための自然の試練であるともいえましょう。

しかし、苗の成長がおそいのを心配して、それを引き抜いたのでは、枯れるだけであります。今日、子供たちの学力が進まないのを憂えて、この助長の愚をあえてなしつつあるお母さんがたが多いのではないでしょうか。「教育ママ」ということばはそれを示しているともいえましょう。子供たちの能力に応じた自然の成長のために、よりよい条件、環境を整えてやることこそ、最も心すべき大切なことではないかと思います。

宋代――孟子の言った宋の人の宋とは違います――のある学者は、「人に三つの不幸がある。少年にして官吏登用試験に最高位で及第するのは、第一の不幸である。父兄の勢力をかりて高くて立派な官職につくのは、第二の不幸である。優れた才能があって文章をよくするのは、第三の不幸である」と言っております。自分の才能に誇って学問を修めず、勢力をたのんで努力をしない、志をほしいままにして世を軽んじて徳を修めなくなり、重い任務に耐えず、長く社会に貢献できないから、「不幸」の大なるものとして戒しめたのであります。

『菜根譚』――明の洪自誠の著――という書物の中に、「富貴名誉の道徳から来るものは、山林の中の花のようなものである。自然枝葉が伸び広がり、思う存分茂るものである。功業から来るものは、盆栽や花壇の中の花のようなものである。どこへでもいつでも移したり、はやりすたりのあるものである。権力で得たようなものは、花瓶の中の花のようなものである。根がないのだから、すぐにしぼんでしまう」などといった言葉があります。

今日、普段は子供の教育をほうっておいて、いざ入学試験ともなると、自分の地位や金の力で何とか進学させようと狂奔しているお父さんがたが多いのではないでしょうか。しかも、教養のあると考えられている人達にかえって多いのではないか、ということは日本の教育の根本的弊害を如実に示しているものともいえましょう。子ゆえの闇に迷った、いいえ、自分ゆえの闇に迷った、悲しむべき事件は、重大な社会問題としてマスコミの話題となったりいたします。しかし、世に報道されているのは、その氷山の一角に過ぎないのではないでしょうか。子供たちにとって何という不幸でありましょう。人生の暗い裏街道を歩むことなく、堂々と大道を歩む態度を、親自身が身をもって示すことこそ、子供らにとって敬愛に価する親でありましょうものを。

孟子は、「いにしえは子を易えてこれを教う。父子の間善を責めず、善を責むればすなわち離る。離るればすなわち不祥これより大なるはなし」と言っております。親の方では正しい道を教えようとする。それが実行できないと、「いうことを聞かないやつだ」と言って怒る。子供の方では「お父さんは正しい道を教えながら、自分自身ではいっこう実行していないではないか」とうらみごとを言うようになる。父の恩愛の情、子供の尊敬の念が、こうしてそこなわれてしまう。父子の情愛が離れ離れになること、これ以上の不幸はない。と、いうのであります。親がわが子を教えることの困難さ、家庭教育はあくまで親子の愛情を中心とすべきであることを説いたものであります。

『菜根譚』でも、「家人あやまちあらば、よろしく暴怒すべからず、よろしく軽棄すべからず。そのこと言いがたければ、他事を借りて隠にこれを諷せよ。今日悟らざれば、来日を待って再びこれをいましめよ。春風の凍れるを解くが如く、和気の氷を消すが如かれ。かくてこそこれ家庭の型範なり」と述べております。

家人に過失があっても、あらあらしく怒ってはならない。だからといって軽く見捨てておくべきものでもない。直接に言いにくいことがあったら、ほかの事に托してそれとなく言い聞かせるのがよい。それで今日悟らなければ、さらに時日を経てから再び言い聞かせるというふうにしなさい。ちょうど春風が凍っているのを解かすように、和気が氷を消すようにしなさい。こういうふうにできれば、まことに模範的な家庭である。と、いうのであります。子供のあやまちを愛情をもって辛抱強く説き聞かせて、その間違いをさとらせることが、家庭教育の在り方であることを強調したものといえましょう。

子供の教育に夢中になっている、そのくせ真に子供の能力や特性については余りよく理解していない母親、子供のことは母親まかせで、しかも人一倍自分を中心とした社会的体面、名誉や金銭を重視している父親。青少年の不良化、家出少年の多出などの憂うべき問題について、親たるものはよく反省してみる必要がありはしないでしょうか。いうことを聞かないからといって、子供を死に至らしめたという報道は、わたしたちの心を暗くさせますが、それに似た、少なくともそれに近い心情をいだいたことが絶無であると、自信をもって断言できる人は、果たして幾人あるでありましょうか。もとより今日の社会には、人間の生き方に関する重大にして根本的な問題が山積しておりますから、家庭にのみその責を負わせることはできません。だからといって、親は親としての立場において熟慮すべき点を、忘却していてよいとはいえないでありましょう。

最近、とくに幼時期教育、英才教育が盛んに論議されております。それには二つの形があるように思われます。その一つは、小さい時から特殊な技能を身につけさせようとするものであり、その一つはすぐれた能力のあるものはどんどん進学できるようにすべきである、とするものであります。しかし、それは果たして、真に子供らの幸福を願ってのものでありましょうか。またそれは、よりよい社会を実現するためのものとなり得るでありましょうか。

『論語』に、「苗にして秀でざるものあるかな。秀でて実らざるものあるかな」と言っております。苗で穂の出ないものがある。穂は出たが実らないものがある。花の咲かないもの、花は咲いても実を結ばないもの。学問の道に進みながら中途で挫折するもの、期待にこたえられないものが多いのを嘆いた言葉であります。そこに、その苗を育てた、育てようとした、親や教師の無限の悲哀を深く感ぜずにはおられません。

『菜根譚』には、「濃夭は淡久に及ばず、早秀は晩成にしかず」という言葉があります。美しくて一時は華やかであるが、早く散るものは、あっさりしていて目立たない存在ではあっても、ながく生きるものには及ばない。早く秀でるものはおそく成就するものにかなわない。と、いうのであります。

今日の教育は、何か知識偏重の弊が強いように感ぜられてしかたがありません。いうまでもなく、人間の能力には種々の面があります。その性格もその顔の異なるように千差万別であります。それぞれ長所もあれば短所もあります。その長所とするところを伸ばし、短所とするところを補ってやって、将来、社会人として立派に活躍できる基盤を培ってやることが、最も重要ではないかと思います。その人間の真の価値は、学校の成績などによって判定できるものではなく、生涯にわたって社会が評価するものであります。

幼時期こそ「三つ子の魂百まで」のことわざの示しますように、全人的人間形成の最も重要な時期ではないかと思います。その時代の教育は常に「子供らの真の幸福のために」を念頭において、先生がたも親たちも熟慮し努力すべきではないかと考えます。「子供らの真の幸福とは一体何であるか」それを考えるためには、わたしたち自身の人生観・社会観を確立することが必要でありましょう。人間の幸福とは一体何であるか、という問いに明確に答え得ることこそ、答え得る信念をもつように努力することこそ、わたしたち教育者にとって最も根本的なことでありましょう。

古来から人間はそれぞれ幸福を追求してまいりました。そのためにいろいろな思想が生まれ、文化が発達し、科学の進歩もみました。同時に、それが果たして人類にとって幸福かどうかという反省も、常に行なわれてまいりました。しかも今日ほど重要な時代はないでありましょう。人それぞれが、他を批判する前に、社会の責任にしたり、教育者のせいにしたり、親たちの無理解を理由にしたり、その責を他に転化することなく、根源にさかのぼって自己反省することこそ大切ではないかと考えます。

この子らの一人ひとりが、真に幸せになるために、未来の社会が百花競い咲く、本当の平和の園になるために、古今東西の世を憂え、人類の幸福のために苦闘した人々が、考え悩み歩んだ跡を心の糧とし、わたしたちはそれぞれの立場で、新しい道を求めながら、自分自身に忠実に、できるだけ今日を悔いなく生きたいものである。と、そう痛感いたします。

（一九七一、八、一二）

教学の原点

わが国教育制度の再検討が叫ばれ、種々の提案がなされているが、私はこうした教育に対する世論や、現今の教育界の実情を考えるとき、よく思い起こすのは、「記問の学は人の師となるに足らず」と、「教学相長ず」という『礼記』の「学記篇」の言葉である。「学記篇」がだれによっていつごろ作られたかは、現在なお必ずしも明確ではないが、少なくとも二千年以前ごろの作であることは、ほぼ確実である。

「学記篇」は、教学の意義、教授法、教える者と学ぶ者の態度、などについて述べたものである。当時の国家・社会等、民族的・時代的背景は、もとより今日とは大きな相違があるし、いうまでもなく単純素朴、論議すべき点もあるが、そこには、今日においても、むしろ今日においてこそ、いっそう味読思考すべきことも、決して少なくないように感ぜられる。

「君子もし民を化し俗を成さんと欲すれば、それ必ず学に由らんかな」とか、「古の王者、国を建て民に君たるに、教学を先となす」と言っている。為政者たる者が、その民を教化し、美俗をつくりあげようと望むならば、学問によらなければ不可能である。王者がその国を建設し、民のよき指導者たるためには、何よりも先ず教学を第一とすべきである、と力説したものである。

今日においても、教学は、常にその重要性が強調されている。政府は必ず重点政策としてこれを掲げ、一般の人々も多大の関心をいだいている。しかし、果たしてそれは教学の根本義に立脚したものであろうか。また、真の教育の振興のために、実質的に最大の努力を傾注しているといえるであろうか。殊に政治家は、口に教育の重要性を強調しながら、その実、これを軽視するのを常としなかったか。

教育者は、いつも社会の師表たるべき責務を課せられ、とかく一般人と異なった立場において論難されがちである。しかも、社会的地位は必ずしも高くなく、清貧に甘んじ、孤高絶俗的であることが、教師の姿として一般視されてきた。

真に教育の重要性を認識するならば、教育界に優秀な人材が集まり、十分にその能力が発揮できるような、そうした社会が実現するはずである。「でもしか先生」なる言葉が流行したことは、現実が全く相反するものであることを、最も端的に暴露したものではないであろうか。

目前の経済の高度成長を誇り、永遠の人類発展の基盤たる教育を、結果的に軽視するが如き国策が、やがて取り返しのつかぬ悔いを千載にのこすことは、極めて明白である。すべての人々が、この「学記篇」の言葉をよく玩味し、それを具現するために、協心努力することが切要であろう。

と同時に、教育に直接たずさわるわれわれとしても、その責任を深省しなければならない。中国の作家老舎は『猫城記』という小説の中で、

人々は言う——特に教育にたずさわっている人たちは——社会は暗黒であり、社会を明るくするのはだれの責任であるかと。教育者はただ社会の暗黒を怨んで、彼らの責任が社会を明るくさせるものであること

を考えていない。彼らの人格が暗夜の星の光であることを感じていない。そんなことでなお何の希望があるのだろうか。わたしが余りにもかたより、余りにも理想的であることを、わたしは知っている。だが教育にたずさわる者は、すべて理想を持っているべきではなかろうか。

などと、述べている。

現今の憂うべく悲しむべきさまざまの社会的風潮を造り出したのは、一体だれであるか。その最も大きな責任をだれが負うべきものであるか。それを政治や社会のせいにのみ帰することは許されないであろう。

人間性の喪失が憂慮され、人類の破滅が危怖されているが、諸種の要因が考えられるにしても、教育者たるものもその責を痛感すべきであろう。もし、現在の社会が暗黒だとすれば、その暗黒の中から明日への光明を導き出すべきものは、教育者ではないであろうか。「暗夜の星光」という老舎の教育者への希望は、一概に過当なものともいえないと思われる。少なくとも教育にたずさわる者は、こうした期待にこたえるべく、最善の努力をすべきではなかろうか。

しかも、その根本は、教学の原点に立ちかえることから出発すべきではないかと考える。何がゆえにすべてに優先して教育が重視されねばならないのか。教育はいうまでもなく人間を育成することである。その人間は、その天分と努力によって、それぞれの時代、それぞれの社会において、人類の幸福、世界の平和のために貢献すべき、なんらかの役割を果たし得るような、そんな人間を育てることを基調とすべきであろう。

そのためには、教育者自身が常にそうした信念を持ち、あるいは持つように心がけることが、要請されることは当然である。

「記問の学は、以て人の師となるに足らず」という言葉は、あれこれと雑多なむつかしい論説をただ暗記していて、それを学ぶ者たちに講義するに過ぎない、教師自身がその意義を真に理解していないし、教えられる者も質問することができないような、そんな学問は教育上無益であり、そんなことでは人の師たる資格はない、というのである。

今日われわれは、この「記問の学」をもって教育に当たっていないと、果たして自信を持って答え得るであろうか。殊に、人間いかに生きるべきであるか、という一見極めて平凡な、しかも深玄な問いに、確信を持って明快に答え得るであろうか。

いろいろ多くのことを学習させるが、いっこうその意味を理解しているかいないかを反省しない。教科書を読ませるだけで、学ぶ者の特性を考慮に入れて、その全才能を発揮させることに、心を用いない。したがって、学ぶ者はその学を苦痛として、その師を憎み、ただむつかしいのに苦しんで、その学問が有益であることを自覚しない。だからその業を終えても、すぐに忘れてしまうのである。教育の成果があがらないのは、こうした理由によるのである。

とも、「学記篇」では述べている。何千年も昔の中国教育界の弊風を慨嘆したものであるが、今日もこの失なしと言い得るであろうか。

学びて然る後に足らざるを知り、教えて然る後に困しむを知る。足らざるを知りて然る後に能く自ら反りみるなり。困しむを知りて然る後に能く自ら強むるなり。故に曰く、教学相長ずと。

とは、これまた「学記篇」中の有名な言葉であるが、こうしたことはいやしくも教育にたずさわる者は、だれでも常に体験していることであり、皆よく自覚しているはずである。ただ問題は、「能く自らかえりみる」こと、「能く自らつとめる」ことの実践の態度いかんに、深浅強弱の大きな差異が存在するということである。それは単に知識だけの問題ではない。世界観の問題であり、人たるの道の躬行の問題である。教学に根源する時弊救正の使命をいかにして達成するか、そのための堅忍不断の探究篤行にあるともいえよう。

こうした言葉によっても、幾千年の昔から、先人たちがいかに教学の重要性と困難さを認識していたか、いかに憂世求道、深慮力行してきたか、をうかがうことができよう。教学の根本にある不易の道を知ることもできよう。それをいかにすれば今日的に具現し得るかと、私は私なりに思索している。その平生の蓄念の一端を述べたが、いささかでも参考になれば幸いである。

（一九七一、一二、一）

伝承と新生

日本における伝統的な孔子に対する考え方に、私は必ずしも賛成しかねるところがあります。日本に伝えられてきた聖人君子としての孔子は、真実の人間孔子ではないのではないかという気がいたします。

孔子の生存中にも、孔子に反対する思想は多くありました。当時は、諸子百家といわれる多数の思想家が活発に思想活動を展開しており、儒家もその中の一つであったのです。その後、儒教は多くの為政者に取り入れられていったのですが、一般庶民の心の支えとなった最も大きな思想は、実は道教と仏教でありました。

約六十年ほど前、西欧の学問が日本を経由して中国に導入されたときに、新しい観点からの孔子批判が生じました。例えば、呉虞は「孔子は当時の偉人ではあったけれども、その学問に固執して天下後世を束縛し、文化の発展を阻害した」と主張した。また陳独秀も「その倫理観、政治綱領において、近世の文明世界と相容れない」と述べています。

その後、孔子に対する評価も変ってまいりました。一九二七年、馮友蘭は「孔子の中国歴史中における地位」(『燕京学報』第二期)という論文のなかで、「孔子は学術を民衆化させ、教育を職業とし、戦国講学遊説の風気を開き、士の階級の創立者である。孔子の行為とその中国歴史上における影響は、ソクラテスの行為とその西洋歴史上における影響とははなはだ似ている」と論じました。一九三八年ころ、中国青年たちの精神的、道徳的退廃を憂え、読経運動が唱えられたりしたこともありました。

中華人民共和国成立以後も、孔子観は変化しております。かつて毛沢東は「孔子から孫中山に至るまでの貴重な文化遺産を受け継がなければならない」と言ったことがあります。一九五七年、先に紹介した馮友蘭は「孔子研究についてのいくつかの問題(『人民中国』一月号)のなかで、「孔子の思想方法、つまり認識論は、唯物論的なものをもっていたといわなければならない」と言い、

孔子の哲学思想、社会・政治思想についてはいろんな意見があるにしても、いまのべた方面(ひじょうに学問を好んだ、博学多識の人であった、思想方法は当時としては進歩的であった、学問を庶民に解放した、古代文化の伝播と伝承)での孔子の功績をみとめることには、だいたいみんなが一致している。したがって、この

方面にかんするかぎり、孔子は、わが国の歴史のうえで高い地位につくことが約束されている。かつて彼の名で象徴された封建制度は、もはやよみがえることはない。しかしながら、彼の名そのものは、現在もまた将来も、わが国の歴史における敬愛すべき名のひとつとして残るであろう。

と結んでいます。

孔子に関する評論が一応固定したのではないかと考えられていたとき、今日の批林批孔運動が生じたのであります。これにはそれぞれ現実的な理由があると思われます。馮友蘭がもはやよみがえることはないといった封建思想が復活する危険性を感じる人たちがいるのかも知れません。

孔子批判の半面、秦の始皇帝を高く評価しようとしている点が、従来の孔子批判と今日の批孔との異なるところです。始皇帝の三十四年に焚書坑儒ということが行われたことはご存じだと思います。これは秩序維持の必要から、異なる思想を排撃するため、宰相李斯の考えによって実施されたものであるといわれておりますが、始皇帝の時代に限らず、変革の時代には同様の事件が多くの国で生じております。新しい国家が確固たる基盤を欠いているとき、李斯の取った行動もやむを得なかったのではないかと考えられます。そこに現代の中国が、秦の始皇帝に学べと叫ぶわけがあるように思われます。林彪が毛沢東を始皇帝になぞらえ、孔子の言葉を借りて非難したことに対して、おこされた運動と伝えられています。

毛沢東は、「われわれはすぐれた文化遺産を受け継ぎ、そのなかのすべての有益なものを批判的に吸収しなければならない。昔の人々や外国の人々を手本とすることを拒んではならないが、それは自己の創造に決して代わるものではない」といっております。このことは、文化遺産の伝承の仕方とそれを今日どう生かしていくかという問題としてとらえることもできます。

いずれにしましても、孔子は孔子であります。二千五百年ほど前に、中国の動乱変革の時代を生き、国を憂えて東奔西走し、学者教育者として後世に長く且つ大きな影響を及ぼした孔子に変わりはありません。後世の人々の孔子に対する評価を理解するには、その人の生きた時代の背景を考えなければなりません。

最近中国で、日本の近代化における明治天皇の役割を高く評価しようとする動きがあることは非常に意義深いものを覚えます。周恩来首相の明治天皇論は批林批孔と関係があり、秦の始皇帝の新しい評価の問題とも関連しているように伝えられています。かつて一九三五年十月五日、東京中華基督教青年会で郭沫若氏が「中日文化の交流」と題して講演したなかで、日本が西欧文化を接受して成功するに至った理由として四つを挙げ、その第四で、

日本は変革時代に明治天皇が生まれたことである。明治天皇は確かに一人のはなはだ得難い天子である。彼のもとで政治をした西郷隆盛、大久保利通、木戸孝允、伊藤博文等の、文化に対する指導は、すべてはなはだ合理的である。その時、日本は西欧文に対して、全熱情をもって接収したのである。その時代には、本国の固有文化に対しては一銭のねうちもないものと考えた。中国文化に対してはもとより言うまでもない。


と語ったことを想い起こすのであります。

私たち自身も、自分の国の歴史の真実を明らかにし、そこに学ばなければなりません。変革の時代には、信

念を曲げずに死んだ人もあり、生きながら新しい権力者に従わなかった人もありました。永遠に価値があるのは、その人の真実の声、信念に忠実に生きた姿であります。これが、後世の人々の心の糧、活動のエネルギーの源となり、真に民族の文化遺産の名に値するものであります。

人間は学ぶことで才能を発展させます。何をだれにどのように学ぶかが問題なのです。先覚者に学びながら、真に自分の生きる道をみつけることが大切です。私たちがどのような能崖で文化遺産を受け継ぎ、自分自身のものとして、どのように生かしていくか。それぞれの民族の文化遺産は、それぞれの時代の所産あります。そのなかには。私たちにとって無意味なもの、有害なものもあります。そのなかから、私たちは永遠の生命を持つものを選び出さなくてはなりません。そのためには、広い視野に立って、近代的感覚、合理的な判断力によって、伝統的文化を受け継がなくてはなりません。

（一九七四、八、二五）

借古説今

「古を借りて今を説く」――これは近ごろ中国でよく行われていることである。批林批孔問題もその一つであり、水滸伝批判もそうである。二十四史に新しく注釈を施し、近くその編集を完成するという。中国の新しい史観が確立された現れとも伝えられている。

もとより、こうしたことは今に始まったわけではなく、遠い昔からそうであった。例えば、「古をもって鑑となせば、興替を知るべし」（唐書）と言う。昔の事を鏡として現在の戒めとしようというのである。かと思うと「古をもって今を制する者は、事の変に達せず」（戦国策）とも言う。昔を理想として今の時代を治めようとするものは、時代の変遷に適応することができない、というのである。一は古を手本にせよといい、一は古に学ぶなという。しかしいずれも古今の関係を説いたものである。現在のために故事をいかに利用すべきかを考えたものである。結局「古を道う者はこれを今に稽う」（塩鉄論）、古の事をいうものは、今の世に合わせて考えるべきである、というわけである。自己の、自分たちの主張を正当づけ、強化し、多くの人々を説得する有力な資料として活用しようとするものである。自らの見解が、客観的、普遍的真理であることを立証しようとするためのものである。

今を説くことが目的である以上、先ず自分の、自分たちの思想信念が根幹となる。現在的思索、未来的洞察が重要かつ不可欠である。今日、あるいは将来の指導原理となし得るものを内容として持っていると思われるものでなければならない。

そうした態度をもって選択される故事にはおよそ三つが考えられる。その一つは故事そのものを伝承そのままに借りるものである。そこには時代を超えて伝統が生きている。その二は故事の一面を特に強調するものである。そこには全体的考慮を無視し、時として従来とかく軽視され勝ちであったものを、現在的に意義を新しく認識しようとする傾向を持つ。その三は故事に対する究明、価値評価を全く新しい観点からなそうとするものである。現実的政治的色彩が強く、必ずしも学術的精査に拠らない。拠るとしても時代思潮が中核をなしている。

しかし、いずれにしても、過去のことを研究するのは、そこに普遍的真理、現在的新しい意義を発見しようとするものであるが、それは個人的思想、ある時代を、ある民族の一人として生きているという背景を持つものであることから抜け出すのは困難である。例えば私の研究課題である近代中国文化についても、私はあくまで事実を正確に解明したいと努力した積りではあるが、私が現在に生きる日本人であることは厳然たる事実である。反面日本人であるがための客観性があると自負しているが、「ことにこうした研究は、今日では、わが国においてこそ、公平になし得ることと思われる」という拙著に対する目加田誠博士の書評の言も、そうした点を感じられてのことであろう。

カリフォルニア大学のシュナイダァ教授は「顧頡剛と中国の新しい歴史」――民族主義といま一つの伝統への探求――（Laurence A. Schneider. "Ku Chieh-kang and China's New History:Nationalism and The Quest for Alternative Traditions）という著書を贈ってくれたが、その巻頭に聞一多の「死水」の中の「祈禱」の詩の最初の二節を訳載している。

どうか告げてくれ、誰が中国人であるかを、
教えてくれ、どうすればしっかりと記憶していられるかを。
どうか告げてくれ、この民族の偉大さを、
告げてくれ、そろそろと、やかましく言わないで。

どうか告げてくれ、誰が中国人であるかを、
誰の心中に尭や舜の心があるか、
誰の血管に荊軻や聶政の血が流れているのか、
誰が神農や黄帝の子孫であるのか。（原典に拠って訳す）

また、序言の中で、

発展しつつあった中国の国家主義は、無防備で瀕死の状況にあった中国を、十九世紀から二十世紀にかけて、滅亡の淵に追い込んだと思われる、中国の伝統的知的態度や、伝統的な習慣を放棄し破壊することを情け容赦もなく要求した。同時に、他の、分離独立した（特に西洋の）国々と全く異った文化的にユニークな個性を新しい中国のために保持しようとする要求もあった。中国社会の急進的な近代化への変革の中で、近代の世界に適応し、育ち得ると考えられる固有の素材の中からこのユニークな文化的独自性を建設すべく献身した頑固な伝統主義的な勢力が存在した。

などと述べている。

なお彼は第一篇の冒頭に顧頡剛の「私がこのような主張ができる理由は、もともと私の時勢、私の個性、私の境遇の総合の結果である」という「古史辯自序」の言葉を掲げ、「彼の思想についてのこれらの観察は、『古史辯』の第一冊の自伝的序文から引き出したものである」とも言っている。

私はシュナイダー教授の依頼によって、『南社十四集』を香川大学図書館で複写して送ったが、南社についての研究が、私は文学的、彼は史学的に研究するとしても、私とどう違うか、楽しみにしてその成果を待っている。『南社小説集』を倉石武四郎博士に頼まれて、同じく複写してソ連の学者へ送ったが、どんな研究がなされたか。資料は全く同じでも、研究の結果は必ずしも同じとは限らない。どこがどう同じで、どこが違うのか。深い興味と関心を持っている。

さて顧頡剛は康有為の卓識に傾心しながら、感服できなくなったのは、「彼らが辯偽を手段とし、改制を目的とし、政策を運用するためであって、学問を研究するのではないことを悟った」からだと言っている。また「章太炎に遇わなければ、自覚的に学問を治めようとの意志は生まれなかった」と言い、その影響が多大であることを詳しく回顧している。だが、章太炎への敬愛の心が減退した理由として、「多くの点で、すべて彼の古を信ずるの情が是を求める信念に比較してより多く強烈で、学派を見ること真理より重く、書物を見ること実物より重いことを証明できる」からだと述べている。

先般、正式の日本政府派遣の学術文化訪中使節団の団長として中国を訪れた吉川幸次郎博士は帰国後ＮＨＫでも語られたし、朝日新聞に「中国に使して」と題して三日にわたりその所感を述べられた。その中で、日本文学と中国文学の相違点、一は恋愛を、一は政治を最も熱心な主題とするものであることを説き、「その同じきゆえんを知るとともに、その同じからざるゆえんを、お互いに知らねばならない」と力説された。また、「北京大学の聴講生として三年間ここにいたのは、四十何年か前のことである。大へんな変り方でしょうと、中国の人からも日本の人からも、問われる。その変らない面を、私はより多く感ずる。」といい、特に変らないと感ずる点、大きく変ったと感ずる点について述べていられる。

私はそれを読んで、短文よく意を尽し得ない憾みを感じたが、さすがに吉川博士らしく、訪中者の多くが語るところと異なるものであることに感銘した。同時にかつて周作人が、「親日派」について、「本当にこの名称に当り得る人はいない。」「中国が非常に憎み、日本が歓迎するところの親日派なるものは、決して本当の親日派ではなく、一種の利をむさぼり栄誉を求める小人であり、中国に対しても日本に対しても、同様に有害なものである――一面は中国の実利をそこない、一面では日本の名誉をきずつけている。」「中国には決して真の親日派はいない。それは中国にはなお日本国民の真の名誉を理解する人がないからである。」「日本国民はかつて一人の知己を得た、すなわち小泉八雲である。彼こそは真の親日派である。」などと嘆いたことを想い起こした。中国を理解する努力の必要性を痛感するとともに、いわゆる親中派と称する人々が、日本の実利をそこない、中国の名誉をきずつけんことを憂えるものである。

ところで、中国の知識階級は常に文学的教養を尊んだ。政治家も軍人も財界人も教育者もすべて文学者的一面を持っていたと言っても過言ではない。いな、文学的才能がなければ官吏登用試験たる進士にも及第できず、彼らの最大の念願であった政治家、官僚として活躍することは困難であった。不幸にして事志とちがい、政治家、官僚として満足すべき生き方ができなくて、その不平不満を文筆に託し、彼ら自身望まなかった文学者として伝えられる結果となった者が多い。したがって、いわゆる文学者、広く文化人として著名な人々の作品に政治性、社会性が濃厚なことは、また当然ともいえよう。

中国伝統の文学観に「載道派」といわれるものがある。「文は道を載せるゆえんである」という考え方であり、消長はありながらも、長く中国文学界を支配した。文学は先王の道を伝えるものでなければならない。儒教的思想を伝えるべきもの、儒教的王道政治の実現への信念を中核とするものであるべきだ。などということが強調されたりした。政治的道徳的内容を主とするものであった。

外国文学が輸入されて以後も、例えば魯迅が小説を作ったのは「この人生を改良したい」からであったし、沈雁冰（茅盾）は「未だかつて文学の社会的意義を忘れたことがない。」（「我的回顧」）と言っている。毛沢東は「文芸は政治に従属するものではあるが、逆に、また政治に偉大な影響を及ぼすものである。……この政治とは階級の政治、大衆の政治のことである」（「延安文芸座談会における講話」）と言っている。

文に載せる道の内容はもとより変ったけれども、「文は道を載せるものである」という主張は変っていないと言えないであろうか。

中国最古の詩集ともいうべき「詩経」についても、古来いろいろな解釈が行われている。道徳的に解したものがあり、作者の真情にも触れようと試みたものがあり、全く文学的に考えようとしたものがある。しかもそれは、それぞれの時代精神、それぞれの解釈者の個人的思想の相違に因由するものであるといえよう。郭沫若は『巻耳集』の序で、「あらゆる一切の古代の伝統的な解釈は、少しばかり参考にした外は、私は全く私個人の直観で、それぞれの詩の中にその生命を追求したのである」と言っている。

先年田中首相たちが訪中した際、毛沢東が「集注楚辞」を田中氏に贈った。「楚辞」は楚の屈原・宋玉たち及びその亜流の作品を集めたものであり、集注は宋の哲学者朱子の注したものである。屈原は愛国詩人として特に中国が変革困難に際会した時には、常に後世の人々に想起され、その人、その作品は熱愛敬慕されてきた。もとよりその作と伝えられているものの中には、後人の偽作と考えられるものもある。今次戦争中、郭沫若氏は戯曲「屈原」を作り、中国民衆が屈原の如く愛国者として生きるべきことを訴えた。毛沢東が田中氏に「楚辞」を贈った真意がどこに在るか、量り得べくもないが、親秦派のために讒言され、追放された親齋派屈原の如く、親ソの方針を捨てて親中たれとの意を寓したものであろうか。あるいは自らを屈原に比せんとするものであるか。果たしていかん。

批林批孔の問題はなお明らかでない点もあるが、林彪が「克己復礼」等孔子の言を強調し、毛沢東を秦の始皇帝にたとえたのに端を発したものの如く伝えられている。孔子は奴隷主義貴族の立場に立っており、仁は貴族階級間のみに通用する道徳であり、周礼の回復を主張するものであるとし、奴隷制度の擁護者と見なし、少正卯を誅したのを非難している。これらの説は必しも今に始まったものではなく、呉虞等も既に詳しく論じている。しかし秦の始皇帝を称揚し、焚書坑儒を是認すること今日の如きはない。もとより秦の始皇帝の革命事業を奴隷制解放の挙と見れば、旧制度旧道徳を伝える書を焼き、新政権に頑固に反対する思想家たちを抹殺するのは、またやむを得ないことと考えるのは当然であるともいえよう。呉虞は「わが国専制の局、始皇これを成し、李斯これを助け、荀卿これを啓き、孔子これを教えしなり。」と言い、秦の始皇帝の愚民政策も孔子に基づくものだ、と論じている。民国初年の「孔家店打倒の老英雄」呉虞の所説と今次批孔の論拠とを対比してみても、その差異の由って来たるところを強く思わずにはおられない。

それぞれの民族はその自然風土に順応したより幸福な生活を探求し、他民族の文化を吸収して自らの滋養となしつつ、いわゆる伝統を形成してきた。そこには永遠に変らないものと変るもの、変えてはならないものと変えなければならないものとがあるであろう。われわれは日本民族の現在及び将来の幸福な生活を希求して、その最善の道がどこにあるかを探索しなければならない。探索し続けるであろう。

われわれをして今日あらしめた先人の苦斗の跡は、いろいろな意味でわれわれの新しい道への指標となるであろう。われわれは常に過去に学んでいる。学ばなければならない。それによって、現在を考え、将来を予見することもできよう。問題は何を、どう学ぶか、何千年来の伝統をどう新しく生かすか、ということに在る。とすれば、われわれ自身がいかに生きようとし、いかなる社会を理想とするか、いかなる信念を持ち、いかに行動するか、ということになる。今を説く、その根底の問題である。しかし、その場合においても、過去と無関係ではあり得ない。伝統を軽視し、いわんや伝統に無知であっていいわけではない。もちろん伝統を墨守する者の手によっては改革は行われるはずがない。一般的には伝統の影響を受けることの少ない青年たちの手によって革新の業が始められるのが常である。そして間もなく、伝統に目覚めたその青年たちの反省によって、又その民族にふさわしい新しい道が開かれて行くものである。

民族個有の伝統的精神、伝統的文化というものは、常に国民の精神的支柱となり、現在のみならず将来の民族発展の力とならなければ、しなければ意味がない。先人の生きた、生きようとした道を探求しなければならない。

人はそれぞれある時代を、ある民族の一人として生きるものであるから、民族的時代的背景から抜け出すことは困難である。しかも中国では致用の学、学問の目的は実用にありとする学は、消長変容はあるにしても、昔からの一つの伝統であった。歴史的真実よりももっと切要なものがあるとすれば、その現実的要求に基づいて、古が考えられ語られることになろう。今日を生きる者が主観的に真実と確信することによって、初めて新しい生命力を持つことにもなる。さらに民族的共同意識となる時、国民的エネルギーの源泉として偉大な力を発揮することにもなる。そんなことが強く感ぜられる。

日本と中国とは現在置かれている世界的立場も、国情もおのずから異なっている。古を借りる借り方も、今を説く説き方も異なるところがあるのも当然であろう。そういう借り方をし、そういう説き方をする、あるいはせざるを得ないところに、現実の中国がある、と見るべきであろう。

残念ながら、急激に変転する中国の実態を精確に把握することは、外界に在るわれわれにとっては困難であるが、地理的歴史的に密接な関係にある隣国を、できるだけ理解するよう努力しなければならない。そして、そこにどういう形で中国独特の伝統的なものが、新しい力として生きているか、生かされようとしているか、をも見きわめたいと思う。それはまた私たち自身の問題でもある。

（一九七五、五、二九稿、一九七六、八、二〇補訂）

第三篇　告辞寄語

昭和四十四年度卒業式告辞

卒業生・修了生諸君おめでとう。今日の日を心待ちなさっておられた御父兄の皆様方にも、心からお祝辞を申しあげたい。

卒業ともなれば、今日までの学園生活への回顧やら、明日以後の新しい生活への期待やら、いろいろと感懐も多いことであろう。殊に今日のような変革期、一九七〇年代開幕の陽春に、学園を去られるということは、ひとしお感慨深いものがあろうと思われる。諸君を送るわれわれもまた同様である。

諸君はそれぞれ所定の課程を修了されたわけであるが、諸君自身が一番よく知っておられるように、諸君が大学で学んだことは、ほんの基本的な一部であり、学問をする態度を修得されたに過ぎないともいえよう。本当に身についた本格的な学問はこれからだ、ということにもなろう。今後、大学で修められたことを基礎として、それぞれの道に精進努力されんことを、切望し期待している。

さて、今日は変革の時代といわれている。旧いものが動揺し、新しいものが生まれ出ようと苦悩している。いろいろ異なった先賢の英知を継承し、それを今日的にいかに新生させるべきかに苦慮している。人類の真の幸福、世界の真の平和を希求し、よりよい社会を実現しようと、種々様々の主義・主張が提唱され、論難紛争、思想界はいわゆる百家争鳴の活況を呈している。

転変時代の初期においては、過去に迷恋し、現状に自足する者が多い。多くの人々はなお眠っている。混濁の中に酔っている。『菜根譚』という書物に、「群疑によって独見を阻むことなかれ」という言葉がある。多くの人が疑って信じないからといって、自分の正しいと確信する意見を曲げてはならない。断乎として自己の所信を遂行するという意欲が必要である。と、言うのである。もとよりその独見は博く豊かな学識や、深く切実な思索などの所産結実であって、決して独り善がりの偏見や独断であってはならないことは言うまでもない。世の先覚者・独醒者をもって自任する人々の生きた道であり、そうした人々の悲劇的な苦闘の生涯は、こうした生き方の困難さと偉大さを如実に物語るものといえよう。

近代中国における自由思想の啓蒙家として大きな役割を果たした梁啓超は、かつて、

　挙国皆わが敵、われ能く悲しむなからんや。われ悲しむといえどもわが度を改めず、われ自ら信ずる所ありて辞せず。

とか、「十年以前の大敵、十年以後皆知音」と歌ったが、こうした国魂喚起への強固な自信と熱烈な情志は、やがて多くの人々、特に青年たちの共鳴を得た。

時の経過に伴って、群疑は次第に解消し、独見は多くの理解者・同調者を獲得するものである。そしてそこに新しい世論が形成され、新時代到来の可能性はいよいよ顕著なものとなる。いかに優れた独見といえども、大衆の支持協力なくては社会革新の原動力とはなり得ない。

今日も「世論」「世論」と、常に民意の尊重が強調されている。世論はもとより尊重されなければならない。

しかし、そのいわゆる世論は果たして真に世論というに値するものであろうか。自由にして率直な国民の真情の反映であろうか。いろいろの圧力に屈従したり、無思慮の迎合盲従の徒も少なくないのではないか。金品によって買収された人々の行動が多数国民の支持として宣伝されているのではないか。

『菜根譚』に、「公論を借りて私情を快くすることなかれ」と戒しめている。世論の名を借りて私利私欲を満足させてはならない。私情を正当化するために公論を利用してはならない。と、いうのである。「世論の名において」とか、「国民の声」とか、「何々の総意に基づいて」とか称して、個人的な、あるいは少数人の私情・野望達成の具とする風潮は、現今の憂悲すべき現象ではなかろうか。

優れた独見の培養堅持と、正しい世論の醸成強化の必要性を痛感するが故に、あえて古人の言を引用して所懐の一端を述べ、卒業生諸君へのはなむけの言葉とした。常に自己を欺くことなく、自ら省みて恥じることなく、人間の弱さを克服するよう、心がけたいものである。こういう時代であればこそ、特に自己に忠実に生きたいものである。という、わたし自身への自戒の言葉でもある。

諸君の新しい場においての今後の健闘活躍を切に祈る。

（一九七〇、二、二〇）

昭和四十五年度入学式告辞

八百六十二名の新しい諸君をわが学園に迎えることができたことは、われわれにとってこの上もない喜びである。かねてからの念願がかなって、心から入学の歓喜に浸っている諸君も多いことであろう。中には必ずしも素志ではなかったと、いささか消極的な心境の人もおろう。最も喜ばれているのは、あるいは御父兄の方々であるかも知れない。そんなことを思いながら、新入生諸君に、御父兄の方々に、心からお祝いを申しあげたい。今われわれは、大学はいかにあるべきかについて、更に深く省察し、新しい香川大学を造り出そうと努力中である。それだけに、諸君に期待するところは大きい。

大学とはいかなる使命を有するものであるか、大学進学の真の目的は何であるか、などを考える時に、わたしはよく中国の現代作家老舎の『猫城記』という小説を想い起こす。学校はすべて大学、入学即卒業、卒業生は皆一番、といった火星上のある国の教育の状態を描いたものである。金もうけのための教育、卒業証書を得ることだけを目的とした大学進学、教育不在の学校、そうした風潮の赴くところを諷刺したものである。この「笑話」の苦渋を改めて深く感じる。

大学は言うまでもなく研究と教育を使命とする学問の府である。真理を探究する知性の府である。何が真であり、何が偽であるか。何が正であり、何が邪であるか。何が善であり、何が悪であるか。それらを正確に辨別する力を養成することが最も肝要ではないかと思う。それぞれ専門の知識を修得することも、もとより必要ではあるが、それらのものの基底をなす根本的な精神こそ、学問に志すわれわれの最も心すべきことではないかと考える。そのために、わたしは特に二事を強調したい。

その一つは、謙虚貪欲な求学心を持って、広く学術を摂取して欲しい。ということである。今日の学問の弊の一つは余りにも細分化したことではないかと思う。豊かな教養、広い視野が切要である。人間であることを忘却したかの感のある科学者は、人類を破滅に導く悪魔的存在となる虞れがある。科学の異常な発達が果たして人類にとって幸福をもたらすものであるのか、という深い危惧の念を禁じ得ない。すべての学問は、人類の幸福を熱望する先賢たちが、苦思探求した努力の結晶である。それらに民族的、時代的な特異性があることはもちろんだが、時空を越えた普遍性もあるはずである。今日まで世界の人々に伝承されているものは、何らかの意味で、永遠の生命力を有するからであるともいえよう。

われわれの大学にも、それぞれの学問の領域があり、先生方はそれぞれ先人の学説を究明され、独自の見識に基づいて、諸君と共に研究に精進されようとしておられる。それらを広く学び取ってもらいたいと思う。われわれが健康を維持増進するためには、いろいろな食物を食べることが必要である。偏食が保健上好ましくないことは誰でも知っている。食わず嫌いという傾向も喜ぶべきことではない。また空腹時には食欲が旺盛なものである。学問の上においても同様なことが言えよう。

しかし、食べた食物を真に滋養分とするためには、それを十分に咀嚼しなければならない。消化不良はただに滋養とならないだけでなく、健康を害する。と同じように、本当に理解しない、いわゆる物識りは決して学問をしたものとは言えない。昔の人は「口耳四寸の学」と言った。ただ耳で聞いて口に言うだけの学問、それは決して真の教養とはなり得ない。自分自身でよく思考することが必要である。常に深思熟考、真実を究明しないではおかないという態度を確立して欲しい。これが第二に諸君に望みたいことである。

古人は「慎んで思う」とか、「近く思う」と言っている。「慎んで思う」とは、真摯に深く考えることであり、「近く思う」とは、自分自身の問題として考えることである。往々、浅薄単純な思慮に基づく行動が見受けられるが、「慎んで思う」ことが必要であろう。国内的にも、世界的にも、悲しむべき、憂うべき、憤るべき現象が発生しているが、果たしてわれわれはそれを「近く思って」いるであろうか。

「学びて思わざれば則ち罔く、思いて学ばざれば則ち殆し」という古人の言は、多くの講義を聴いたり、いろいろな書物を読んでも、自ら真剣に思索することがなければ、真に理解することは困難であり、いかに深く思考しても、広く学ぶところがなければ、偏狭独断に陥る危険性がある。ということを説いたものである。今日においても、われわれにとって、十分に警告的意義のある言葉といえよう。

今日は一面からいえば、学問しようとする意欲さえあれば、必ずしも大学に入学しなくても容易に学問のできる時代である。大学生活においては、学縁によって結ばれた交友関係こそ、あるいは最も得がたい貴重なものではないかと思われる。それを大切にして欲しいと願っている。そのことについては、新入生歓迎実行委員会編集の冊子に載せた一文の中で、特に強調して置いたので、一読してくれるものと確信して、重ねて詳しくは述べない。

新入生諸君の多くにとっては、恐らく最後となるであろう学園生活、二度とは繰り返し得ないこの青春の数年間が、いろいろの意味で、充実した、有意義なものであることを、衷心より切に祈る。(一九七〇、四、一三)

昭和四十五年度卒業式告辞

この世事多難な時、一九七一年の陽春、六百六十有余名の諸君が、それぞれ所定の課程を終えられて、わが学園を巣立って行かれることとなった。わたしは諸君が今後それぞれの立場において、実社会で活躍されることに大きな期待を寄せ、今日の門出を衷心から祝福したいと思う。御父兄の皆さんがたにも心からお慶びを申しあげたい。

さて、諸君がこれから出て行かれようとしている現在の社会はどんな社会であるか。今更わたしが説明するまでもなく、諸君自身もある程度は承知しておられることであるが、いろいろの意味で、事実は予想以上に厳しいものであることを体験されることであろう。

今から五十五年前のちょうど今ごろ、すなわち一九一六年の春休みに、当時第六高等学校（現在の岡山大学）に在学中であった郭沫若氏は友人成仿吾氏とともに、瀬戸内海を巡遊して、この高松を訪れた。当時は栗林公園に遊び、紫雲山に登って、ただ一首の詩を記念として残したに過ぎなかったが、後年当時を追懐して、

> わたしは瀬戸内海の風景が、確かに日本の自然のプライドの一つと見なすべきものであることを認める。諸島の姿態、日光の向背によって起こる色彩の変化は、まことに「絢爛」などという言葉ではよく形容し尽せるものではない。日本の「錦絵」の類が生産されるゆえんも、大半はこの内海の存在に負うものであろう。中国の巫山三峡と日本の瀬戸内海は、ともに自然界の傑作である。三峡の奇峭・警抜・雄壮を、もし北欧的悲壮美ということができれば。瀬戸内海の明朗・玲瓏・秀麗は、すなわち南欧的優美であるといえるのではなかろうか。

などと賛美した。

しかし、その瀬戸内海の現状はどうであろう。各地で埋立てが行なわれ、続々と工場が増設され、いわゆる公害によって汚染されている。郭沫若氏は「遍野春草生ず」と詠じたが、その緑の山野も大きく変貌しつつある。自然は破壊され、われわれの生を楽しむべき環境は、日々生への恐怖を増大している。科学の進歩、経済の発展は、他面、人類の脅威となりつつある。氏は「蛮触の争いいまだおわらず」と嘆いたが、今日も争乱・戦禍による多数民衆の惨状は痛歎に耐えないものがある。

なお、当時は万を数える多数の中国留学生が、この日本において新しい文化を吸収していたが、戦後二十六年を経た今日においても、真の日中友好は必ずしも順調に進展せず、国交回復はまだその曙光さえも見出しかねている。歴史的・地理的にもはなはだ密接不離な関係にある隣国中国について、われわれ日本人はもっともっと深い関心と正しい認識を持つべきではないか。との年来の感懐をいっそう深く覚える。

こうした若干の例にも見られるように、国内的・世界的に、各種の極めて重大な問題の山積している現実の社会が、諸君を待っておる。価値観・人生観が激変し、人間はいかに生きるべきかに苦悩し、いろいろの道が探求されている。最近「生きがい論」が盛んに論議されているのも、その一つの証左といえよう。

かかる社会を人類にとって幸福で平和なものとすることは、青年である諸君の双肩にかかっていると言っても過言ではない。「行路難」——行く手は遠く、道は険しい、と考えられるが、常に現実の社会を直視し、現実から逃避することなく、また安易な風潮に流されることなく、よりよい社会の実現をめざして、積極的に努力して欲しいと切に願うものである。「行くに径によらず」という言葉があるが、大道を堂々と歩んで欲しいと思う。

かつて中国の先人は、「心は小ならんことを欲し、志は大ならんことを欲す。智は円ならんことを欲し、行ないは方ならんことを欲す」と説いた。今日の如き、複雑混乱、大変革の時代を生きるためには、殊にこうした心掛が必要ではないかと思われる。心が小さいとは決していわゆる気が小さいということではなく、細心慎重であれということである。憂患がまだ生じない前に深慮し、災禍がまだ起こらない前に防備し、過ちを犯さないように自戒し、よこしまな欲望を自制する。と、いうことである。

人間は常に理想を抱き、それを実現するために努力するものであり、そこにこそ明るい未来が到来するはずである。それでこそ社会の進歩もある。「日に新たにしてまた日に新たなり」である。現状維持はあり得ず、進歩がなければ退歩があるのみ。その進歩は遠大なる理想追求への努力によってもたらされる。「志の大ならんことを欲する」ゆえんである。「胆大ならんことを欲す」とも言っているが、大胆にして細心でありたい、との念願を述べたものである。

人類社会はますます複雑の度を加え、悲しむべき、憂うべき問題が次々と生起している。そうした大小さまざまの事態に対し、機に臨み変に応じて、適時適切な正しい判断力をもって善処するためには、円転滑脱、流通自在のすぐれた知恵が必要である。英知とは正にそういうものを指すともいえよう。偏狭短見、頑迷固陋、単なる知識のための知識であってはならない。「行ないは方ならんことを欲す」の方は方正の方である。自ら良心に恥じることをしない。自ら信ずる所に従って所信を曲げない。逆境に在っても節操を変えず、順境に在っても私利私欲をほしいままにしない。と、いうことである。

人間はいかに生きるべきであるか。人類始まって以来、常に一人ひとりの人間が、意識的・無意識的に、身をもってこの課題に答えてきた。本年はあたかも辛亥の年である。六十年前、中国ではいわゆる辛亥革命が行なわれた。わたしは今、当時の中国の人々が誠実に生きた姿を想望し、断腸血涙の声をしみじみと想い起こしている。

人には人それぞれの個性があり、思想や信条の相違があり、民族的にもそうしたものがあろう。時代的にももとより特異性がある。人は常に現在を生きるものであることはいうまでもない。われわれは先人の偉大な事跡に学びつつ、常に自らの足らざる所を憂え、欠くる所を省み、少しでも悔いのない今日を生きたいものと思念する。

わたしは惜別の情と憂世の念をもこめて、諸君へのはなむけの言葉とした。（一九七一、三、二〇）

昭和四十六年度入学式告辞

本日、ただ今入学を許可した八百六十余名の諸君を、新たに本学の学生として迎えることができたことは、わたくしたちの最も喜びとするところである。

この変革の時代、それぞれの人々が、それぞれの国家や民族が、より幸福で、より平和な社会を希求して、苦悩し、苦闘している時であるだけに、諸君の感慨もまた格別深いものがあるのではないかと思う。今日の日を、深い愛情をもって待望しておられた、御父兄の皆さんがたにも、衷心よりお祝いを申しあげたい。

さて、諸君が大学に進学されようとした真実の目的は、どういうところにあるのだろうか。一人ひとりその心境には差異があるであろう。果たして自主的に学問を研修し、人間的成長を期しておられるのか。率直に言って、その自覚や意欲の程度にも相当深浅があるのではないかと考える。

言うまでもなく、大学は学問の府であり、真理探究をその重要な使命としている。しかし、固い決意さえあれば、大学に入学しなくても、学問をすることは必ずしも困難ではない。現在各方面で活躍している人々の中には、言うべき程のいわゆる学歴のない人も決して少なくないであろう。殊に今日の如く、情報化社会と呼ばれ、放送大学などが提唱されたりしている時代においては、なおさらのことである。

しからば、大学教育の意義は特にどういうところに在るのであろうか。大学という特殊な環境の中で、直接先生がたに接し、多くの学友と交わることができる。ということにこそ、その重要な意義があると言えるのではないか、と思う。

大学には、わが国を始め、東洋・西洋のすぐれた先賢ののこされた文化を伝承し、普遍性や現代的意義の解明に精進しておられる先生がたがいる。最新の科学技術を研究し、更に未知の世界を開拓しようと実験に実験を重ねておられる先生がたがいる。情操の育成、健康の増進のために、心技両面の向上に努力しておられる先生がたもいる。大学は学問の広い領域にわたっての個性的・独創的な研究の場である。しかもそれは、究極するところ、人間の生きる道を究明し、実践することに帰着するといえよう。

「教学相長ず」とか、「教ゆるは学ぶの半ばなり」といった言葉があるように、諸君に教えることは諸君と共に学ぶことである。われわれにとって、学問の道は広大深遠にして、不断の努力が厳しく要請されている。しかも、批判や討論を内包しての協力こそ、学問の進歩、社会の発展への道であり、また思想や信条の相異を越えて、人間的に敬愛し、信頼することは、人間性の本質に根ざす心と心との結びつきによるものといえよう。

今日、世代の断絶ということがよく言われる。もちろん、古いものが動揺変革し、新しいものが萌芽成長しながら、まだ社会が安定するに至らない時代には、当然思想界は極めて活況を呈し、混乱・闘争が現出するものである。かかる現象は、世界の歴史上幾多の実例を見出すことができよう。

「後生畏るべし」という言葉は、青年を深く理解し、己れを越えて更に新しく躍進することを確信する者の言である。そこには青年に対する無限の信頼がある。直接個人的に接触し、努めて多くのものを学びとることが重要であるとすれば、その根底に信頼と愛情がなければならないであろう。師弟の関係がもしそういう風であり得れば、時代的相互の距離は少なくとも短縮されるはずである。世人のいわゆる断絶論をそのまま肯定することは、現実の事象の根源に在るものへの深い洞察力に欠けているか、相互理解への努力の不足を示すものではなかろうか。そう痛感せずにはおられない。

次に、大学生活のほとんどは常に学友と共にする生活である。「師を同じくするを朋といい、志を同じくするを友という」と古人は説明している。「文をもって友を会し、友をもって仁をたすく。」という言葉は、学問を中心とした交友関係が、自分の人間形成にとって極めて重要であることを、強調したものである。

「文字の縁は骨肉と同じく深し」とか、「兄弟有りといえども友生にしかず」などと言った人があるが、学問のえにしによって結ばれた友人は、肉親の兄弟と同様であり、あるいはより以上であるとの感懐を述べたものである。「独学にして友無ければ、孤陋《ろう》にして寡聞」とか、「人にしてその朋無ければ、孤往何をかもとめん」とも言っておる。友人の有形・無形の影響力がいかに大きいかを語るものである。良い友を得、厚い友情を培い、お互いに切磋琢磨されんことを切に望む。

春光天地に満ち、百花競い咲く、時まさに春。諸君また人生の春。これからの諸君の大学生活が、再びとは訪れない貴重な青春の日にふさわしく、いろいろの意味で、充実した意義深いものであることを祈ってやまない。

もとよりそのためには、全学的協力のもと、検討し、解決しなければならない課題も決して少なくない。殊に施設・設備を始め、諸君が快適で有意義な大学生活を送るための、環境の整備に一層の努力をいたしたいと考えている。

いささか所懐の一端を述べて、新入生諸君を歓迎する言葉としたい。

（一九七一、四、一三）

昭和四十六年度卒業式告辞

本日、この春分の日に、六百七十一名の諸君が、それぞれ所定の課程を終えられて、卒業あるいは修了され、こうして卒業式を挙行できることは、まことに感慨無量なものがある。先ず学業を終えられた諸君に対し、併せて御父兄の皆さんがたに対して、心からお慶びを申しあげたい。

さて、感慨無量であると申したのは、諸君を迎えようとしている、今日の現実の社会がどんな社会であるかを考えるからである。

国内的には経済的高度成長は、自然破壊、公害をますます拡大深刻化し、われわれ日本民族の生存を脅かすこと、いよいよ甚大なものがある。その根源を究明し、それを防止し、楽園を回復することは、日本民族にとって緊急の要務である。われわれはそのために現実を直視し、力を結集して努力しなければならない。昔の人は「自然に返れ」と言った。しかしわれわれは「自然を返せ」と叫ぶだけでなく、「自然を取りもどす」ために、協力することが何よりも大切であると痛感している。

対外的にも種々の重要な問題が山積し、日本民族自身の自主的な解決を迫られている。中でも中国との国交回復は最大の課題である。幾千年にわたってそうであったように、中国民族との関係は、日本民族にとって永遠の課題であるともいえよう。今日、中国との関係を積極的に改善しようとする風潮が強くなってきたことは、喜ぶべき現象ではあるが、そこに戦前的思考が残っていないであろうか。エコノミック・アニマル的発想がありはしないであろうか。隣国中国に対する深い認識と長期的展望に基づいての、真の解決が早急に実現することを切望するものである。

だが、現実の社会がいかに困難な問題をかかえていようとも、いかに矛盾に満ちておろうとも、われわれはそれを克服し、将来に望みを託して、今日をよりよく生きねばならない。常に理想を追求しつつ、しかも現実を離れて生きることは不可能である。それ故にこその混迷であり、苦悩であるともいえよう。

諸君は今後いろいろの職業、立場において、この複雑な激動する社会の中で、新しい生活を営まれることであろう。そのためには、先ず自己に忠実に生きて欲しい、自らを欺くことのない日々を送って欲しい。と考える。自らを欺くことがないということは、自分勝手に生きるということではない。自己の良心に恥じることのない生き方をするということである。

社会生活においては対人関係が極めて重要であることは、今更改めて言うまでもないであろう。『老子』の中に、「人を知る者は智なり。自ら知る者は明なり。人に勝つ者は力有り。自ら勝つ者は強し。足るを知る者は富む。強いて行う者は志有り」という言葉がある。

人を知ることもなかなか容易ではないが、それよりも自分自身を知ることの方がより困難である。人に勝つためにはよりすぐれた力が必要であろう。しかし、己れの私心に打ち勝つためには強固な意志がなければならない。それこそ真の強者というべきである。この世には経済的に富んで、なお且つ飽くことを知らない、心貧しい人々がおる。「心足らば身、貧にあらず」と言った人もあるが、自分自身が足るを知る者こそ、真に富める者といえよう。足るを知るためには、自分なりに己れの信条に基づいて最善の努力をしているのだという、自負がなければならないであろう。今日の自分はよし未熟であっても、将来に向って努力を積み重ねて行けば、それでよいのだという、自己に対する信頼がなければならないであろう。現在の自分に自信を持って、むやみにむだな背伸びをせず、自分を成長充実させるために、常に努力を怠らない。そうした心境であれば、心豊かな生活ということができよう。自ら信じるところを実行する者こそ、真に志を有する者といえる。いかに理想を持っていても、それへの努力をしない者は、志を有する者とはいえないであろう。

このたび、諸君を送るに当って一つの詩を作って諸君に献じたいと考えた。なかなか意に満つものはできなかったが、どうしてもその気持を捨て切れなかったので、あえて披露することにした。

花時世俗楽春遊　　花時世俗春遊を楽しむも
満地瘡痍真誰憂　　満地の瘡痍に誰か憂う
惜別傷春師友縁　　別れを惜しみ春を傷む師友の縁
諸君自愛路悠悠　　諸君自愛せよ路は悠々たり

今まさに百花競い咲こうとする季節が訪れようとしている。世俗的には春の遊びを楽しむころである。しかし、世界至るところにいろいろな「きず」——戦禍・疾苦・害毒——人類の惨苦が存在しているが、果たしてそれを憂憤し、解決しようと真剣に努力している人がどれだけ有るであろうか。別離を悲しみ、喜ぶべき春をもいたむのも、師であり友である深いえにしによる情である。かかる時代であればこそ、ますます自愛され、永い永い人生行路を力強く生きて欲しい、と念願しておる。こうしたわたしの感懐を詠じたいと考えたが、果たしていかがであろうか。

今日の社会の現実を思い、諸君の前途に多大の期待を寄せ、その多幸を祈るの情切なるものがあるが故に、古人の言葉を借り、つたない一首の詩を贈って、いささか所懐の一端を述べた。言、意を尽くし得ないが、これをはなむけの言葉として、諸君の新しい人生の門出を祝したいと思う。（一九七二、三、二〇）

昭和四十七年度入学式告辞

ただ今入学を許可した八百十二名の多数の諸君を、新たにわが学園に迎え得たことは、われわれにとってこの上もない喜びである。入学に当たっての諸君の心境には、個人的に差異もあろうが、心から歓迎の意を表したい。同時に、今日まで陰に陽に、何かと御心労なさった御父兄の皆さんがたにも、深甚の敬意を表し、お喜びを申しあげたい。

さて、現在は転変激動の時代である。世を憂える人々は、それぞれ信ずるところに従って、よりよい社会を実現しようと、苦悩し苦闘している。わが国教育制度の再検討論争も、こうした混迷の中から新しい道を見いだそうとする時代の要請に因るものであるともいえよう。

大学改革もその中の重要な課題の一つである。それが特に盛んに論議され始めてから既に数年を経過した。その間、各方面から種々の提案がなされているが、大学改革はあくまで大学人たるわれわれの反省と自覚に基づく、自主的なものでなければならない。各大学においてもそれぞれ独自な研究が進められているが、わが香川大学においても、大学問題研究委員諸氏の長期にわたる調査研究の結果、最終的な報告書が提出されている。われわれはそれを重要な参考資料として、いよいよ具体化すべき時を迎えた。わたしは教官・職員・学生の三者が、それぞれの立場において、新しい大学を創造しようとする熱意を傾注し、相互に信頼し合い、真に協力の実をあげることが、不可欠の要件であると考えている。

大学は言うまでもなく、研究と教育を使命とする学問の府である。しかし、果たしてわが学園は真に大学たるの実を具えている、具えるべく努力していると、自信をもって言えるであろうか。旺盛な学問研究の意欲が充満しているであろうか。教学の熱意に欠けるところがないであろうか。「学んで厭わず、教えて倦まず」と言った先哲の言葉の如く在りたい、在るべく努力したいと、自省自戒の念まことに深く切なるものがある。

また、学問には各種の領域があり、同じ分野においても、思想や信条による相違がある。われわれは常に思想の自由、大学の自治を強調してきた。しかもそれは多くの場合、学外からの不当な権力の介入や、思想統制に対してであった。今日においても、いいえ今日においてこそ、そうした態度を堅持することは極めて肝要である。しかし、大学内において、果たしてそれが実践されているであろうか。百家、説を異にすること、百花、妍《けん》を競うが如きこそ、自由の花園にふさわしい姿といえよう。あくまでも学に志す者としての理性的論議が尊重されなければならない。

中国のある変革期に生きた学者は、「学術を明らかにし、人心を正し、乱世をおさめて、大平を興さんと欲し」、「道を明らかにし、世を救う」ことを、その信念として述べている。人間いかに生きるべきかの道を探究し、真の平和をもたらすことが、学問を修める者の究極の目的であることを確信する者の言である。

われわれは遠大な志を持って理想を追求しなければならない。そのためには広い視野や確固たる信念を培うことが必要である。それには何よりも先ず謙虚に広く学ぶということが大切である。われわれが健康を保持するために、いろいろの栄養を摂取することに留意しなければならないのと同様である。偏狭固陋の弊に陥ってはならない。大学教育において一般教育が重視されているゆえんも実にそこに在る。だが、果たして今日の一般教育はその本来の目的を十分に達成しているであろうか。更に一層深い認識と努力を必要としよう。

しかも、多くの栄養を真に自分の血肉とするためには、それをよく消化しなければならないように、広く学んだことを、真に自己の成長充実の糧とするためには、自ら深く考えることが必要である。「ことごとく書を信ずれば書無きにしかず」とか、「学を絶てば憂い無し」という言葉がある。自ら深く思索することの重要性を説き、世俗のいわゆる学問が人類の不幸ともなる一面を強調したものともいえよう。盲信浅慮の弊を戒めたものである。

今日の憂慮に堪えない現実社会の種々相を思い、特に「博学深思」を諸君に要望したいと考えた。われわれは大学、殊に国立大学存立の意義を改めて熟考し、大学の最も根源的な病弊を除去することから、大学改革は遂行すべきであると痛感している。学問の府にふさわしい、研究・教育の場であると自負するに足る学園の風気を醸成することこそ、大学新生への出発点であり、根本精神でなければならないと確信するものである。

本日諸君を迎えて、大学の使命に基づく香川大学の現状にかんがみ、われわれの反省し努力すべきことについて、所感の一端を率直に述べた。それはひとえに諸君の大学人としての良識ある協力を得て、わが香川大学を更に充実発展させたいとの切実な念願を抱懐しているからである。今日の大学教育の在り方について、種々論難されている。それに対して、わたしは言うべき多くのものを持っているが、それは学外の人々に対して語るべきものであり、あえてそれには触れない。

時まさに春光天地に満ち、諸君また人生の春気に満つ。諸君にとって再びとは訪れない貴重な青春である。これからの諸君の大学生活が、よき学友に恵まれ、いろいろな活動を通して、楽しく且つ有意義なものであることを、あらしめてくれることを、深く祈念し期待してやまない。

（一九七二、四、一三）

近懐漫筆

今、わたしは、おかげで次第にからだの方も健康を回復しつつあり、同時に、いささか心の安らぎも感じている。

陶渊明のように「また自然に返るを得たり」というほどの心境でもなく、「憂思して独り心を傷ましむ」といった阮籍の「詠懐」の情がないわけでもない。彼らも生き難い時世を憂悲しつつ、自己に忠実に生きようとした人々であった。わたしが彼らを想起したのも、真の平和への道がなお多難であることを痛感しているからでもある。

だが、これまでの肩の重荷をおろし、自由に、のんびりと考える心のゆとりや、心静かに、自然の美しさを、しみじみと味わったりする一ときを持てるようになったことは確かである。といっても、これまでだってそうでなかったわけでないから、問題は程度の差ということでもあろう。人として生きることに、そう変りがあろうはずはない。「いささか」と言ったゆえんである。

長い間たいへんお世話になったMさんが贈ってくれた球根を中庭のささやかな花壇などに植えたが、その芽が日増しに伸びていくのを見るのも楽しい。そのうち美しい花を咲かせてくれることであろう。「あの種ももうまかなければ」などと妻も口癖のように言っている。咲く花を想うことも楽しみだが、それにもまして、それを贈ってくれた人の心を想うことは、何というられしいことであろう。

机に向かって、旧稿を整理しようと考えながら、いっこうにはかどらない。胸に去来する過ぎた日のことや、真に心の通った人々への想いにひたることの方が、とかく多い。随分と苦労をかけたものだと思う人も少なくない。今後も苦労の多いことであろうが、元気でやってほしいものだと願っている。必ずしも幸福とはいえない人生の生き方について、私的に相談にのった人もある。率直に、わたしはわたしなりの意見を述べたこともある。その幸福を祈るわたしの心は通じたと信じてはいるが、果たしてあれでよかったのか、などと考えたりもしている。疲れて一杯のコーヒが飲みたいと感じた時に、その心が伝わりでもしたように、いつも心に掛けてくれた人もあった。疲れをいやすのは、そのコーヒーではなく、そうした温かい人の心であった、との思いも深い。ほのぼのとした人生の喜びは、そんなところにこそあるのではあるまいか。

わたしは丸亀の新居ができた時、その書斎を「知足斎」と名付けた。「足るを知る者は富む」という老子の言葉を思ってである。人はそれぞれその生を異にし、その性情、その能力、その環境を異にしている。それは一つの宿命である。自らを知り、努力することによってわたしたちは充実し、成長する。むやみに背伸びすることのむなしさ、わびしさは自分自身が最もよく知っているはずである。足るを知って努め怠らないように心掛けたい。と、自省内観することによって、精神的安定を得たい。そんなふうに考えたからである。そして今、幸いにも何とか少しは「知足斎主人」にふさわしい自分を見いだしている。まことにありがたいことである。

しかし、それは過ぎた日の追懐のみに由るものではない。紅花緑葉にも似た乙女たちとの新しい生活の中に、また新しい知己を得た喜びを味わっているからでもある。

ここには心うるわしい乙女たちがいる。故郷を異にしながら、学縁に結ばれて、むつみあっている乙女たちがいる。青春の歓喜と青春の憂愁、人生の春気に満ちている。芳心・麗容・清香の花園である。かつて幾十年前にも、わたしは幸福そのもののような乙女たちと、この上もなく楽しい日々を過ごした。だが、わたしの愛した彼女たちは必ずしも幸福ではなかった。あの忌まわしい戦争のために。しかし、今は違う。わたしが祈らずとも、この乙女たちは、それぞれに、幸せに生きていくことであろう。幸せを自らの心、自らの力で築いて行こうと考え、努力するなれば。わたしはそれを願っている。わたしはそれを期待している。

現実の社会は、醜く、暗く、迷乱している。人の世は所詮常にこうしたものであるのかも知れない。心が清純であればあるほど、幻滅の悲哀も深く、時代の風潮に流され、動揺し、汚濁することを危怖している。そして人生行路の苦難に遭遇しても、なお且つ明るく、強く、それを克服し、明日への道を追求していってほしい、と念願してやまない。

古来の偉大な先覚者といわれている人々を想望しつつ、わたしもいつまでも青年性を失わないでいたいものだと思っている。明日への夢を持たない人生なんて、全く意味がない。大小多少の相違はあろうとも、人はだれでも、それゆえにこそ今日を生きている。と、わたしは信じている。言い難い苦悩もあり、断ち難い愛欲の念、禁じ難い憂憤の情もある。それでもなお——いいえ、それだからこそ、と言うべきであろう——明日への夢をいだき、その夢の実現に努力し、今日を生きることの意義と楽しさを、少しでも多く感得したいものである。

懐念がまとまらないことを予想して「漫筆」と題し、思い感じるままに、筆にまかせて書き綴ってきたが、案の定「漫筆」にしても意に満たないものとなった。というより、「漫筆」らしくないということであろう。それは、若葉にそよぐ薫風のせいでも、ツツジやバラの花に降りそそぐ雨のせいでもない。からだのことも考えず、調子に乗り過ぎて、疲れを覚えているせいであろう。などと、自戒している。だが、静養生活にはいってからの最初の拙文として、わたしにとっては一つの記念にはなる。と、自ら慰めるところもある。

（一九七二、五、二）

桃李門に満つ

今年の二月二日、文芸部の諸君十数名が、丸亀の拙宅にこられて、恒例のように、卒業生の送別会をいたしました。その時、応接間をバックに、記念の写真を中庭で撮りました。撮ってくれました、というべきです。私はその写真を見て、「桃李門に満つ」という言葉を想い起こしました。

春が訪れると、桃の花は紅く、すももの花は白く咲きます。桃の花はあでやかですし、すももの花は香ります。やがて葉も茂り、実がなります。桃の実は甘く、すももの実は少し酸っぱく。

そうした桃やすすももにたとえられる俊秀の人材がその門下にいっぱいしている。ということをたたえた言葉です。ですが、私がこの言葉を想起したのは、いささか意味が違います。第一、私は自らの不徳不才を恥じこそすれ、いにしえの賢人になぞらえようとする気などあるはずがありません。教え子たちをいわゆる英才と考えてもおりませんし、望んでいるわけでもないのです。

私を囲んで写っているこの娘たちを御覧下さい。桃の花のように華やかに笑っています。みんなみんな若さに満ちています。桃李の葉のように豊かな教養、桃李の実のような美しい心に輝いています。そして私は、父親のように――誕生日、父の日、バレンタインデーなど、優しい娘心が身にしみたこと幾度か――むつかしい顔をしてうれしがっています。

「桃李を植えると、夏は葉が茂ってその下に休息することができ、秋はその実を食うことができる。」という言葉もありますが、これは善い人物を育成すれば必ず幸せが得られる、という意味であります。報恩を期待するというのはわびしさを感じますが、当然の結果としてそれが社会に貢献するということになれば、喜ぶべきことでありましょう。

「桃李もの言わざれども下おのずから蹊を成す」という言葉もあります。桃やすももは来てくれとも何とも言わないが、美しいその花やおいしいその実があるために、人々がたくさんそこに集まってくるから、ひとりでにその下に小道ができる。本当に誠実な心を持った有徳の人は、黙っていても自然に多くの人々に敬慕されるものである。ということのたとえであります。反対に、いくら上辺を飾ったり、口先きでいいことを言っても、その内容が充実していなければ、真に人に敬愛されない。ということになりましょう。自らの教養を深め、人格を高めるよう努力することが一番大切である、というわけです。

中国では何千年の昔から若い女性を桃にたとえました。しかし、ただその容色の美しさを花にたとえただけではないのです。茂った葉、見事な実などをその徳行にたとえたのです。「花のかんばせ」だけでは誠の深い愛は得られないということです。

『荘子』という書物にこんな話があります。

楊朱という人が宋という国へ行って、ある宿屋に泊りました。その宿屋には二人の女の人がおり、一人はほれぼれするほど美しく、一人はまことに醜い。ところが、その醜い人が貴ばれ、美しい人がさげすまれている。楊朱がそのわけを尋ねると、宿の主人は、美しい者は自分は美しいとうぬぼれていますが、私にはその美しさがわかりません。醜い者は自分が不器量だと思っていますが、私はそれを醜いとは思わないのです。」と答えました。楊朱は弟子に、「よく覚えて置きなさい。善いことをして自分は善いことをしていると誇ったりしなければ、どこへ行ってもきっと愛されるにきまっている」と言いました。

美といい醜というが、それは果たして客観的な基準というものがあるのだろうか。またあるとしても、それは全く形の上のことに過ぎないのではないか。誇るにも悲しむにも足りないものである。それらを超越する境地、真の美醜を判別することこそ尊ぶべきではないか。要は心の問題だ。といったようなことを考えろ、ということでありましょう。

「桃李門に満つ」と感じた私の心情をもととし、関連する二、三の素懐を述べてまいりました。教え子たちの将来への期待や念願がこめられていることもわかってもらえるでしょう。さらに文芸部の諸君たちだけではなく、「桃李学園に満つ」といった意味であることも、全学生が感じてくれると信じています。ますます多くの桃李がわが学園に花開き、葉を茂らせ、立派な実を結ぶことを楽しみにしているのです。

（一九七五、一二、二〇）

上大祭に寄せて

未来の花はすでに芽ばえている

人生観・価値観などの相違はあっても、人は常に幸福を希求し、平和な社会を待望し、ひとしく理想を追求している。古今東西の先賢たちは、その理想が深遠広大であり、それを実現しようと積極的に努力した。われわれもそうありたいと願う。

いうまでもなく、現在は過去からの連続であり、未来は現在の延長である。今、われわれが早急に解決しなければならない重大な課題は少なくない。しかもそれはわれわれ自身の近視眼的偏狭な思考や愚行に因由するものが多い。われわれは現実を直視し、自らを深省し、人類の不幸をもたらすもの、人類滅亡への危惧をいだかせるものを除去しなければならない。

われわれ人類をはぐくみ育ててきたものが自然であることを忘却して、それを破壊してきた。大気の汚染、海の汚濁、各種の騒音、生活の苦悩はますます深刻となっている。われわれ自らの手によって、われわれ自身の生をおびやかしている。

人の生命を軽んじること、今日の如くはなはだしい時もないであろう。正義の名において他人を殺傷し、科学の進歩、経済の発展を誇称して害毒を流し、浅慮弱志ゆえに周囲の者を犠牲とする。何という憂うべく、悲しむべき風潮であろう。

われわれは先ず人の命の尊さ、人類の父母たる天地の恩恵、それらを改めて真剣に深く考えなければならない。悔悟してまさにその初心をたずぬべき時である。

しかし、この苦悩、この苦闘の中に、平和で幸福な明日が訪れつつある。美しい未来の花は、すでに芽ばえている。それがどんなに育ち、開花結実するかは、われわれ、特に若い人々の英知とたゆまざる努力いかんにかかっている。といえよう。それはもちろん決して容易であるとは思わないが、そうあることを信じたい。

（一九七三、一一、九）

わたしたちの道

上大祭に寄せて

「わたしたちの道」――狭い意味では、それは「上戸短大の道」と言ってもよかろう。わたしたちの大学祭のテーマとして選んだのだから、そう考えても無理ではあるまい。

いうまでもなく大学は研究・教育の府である。将来社会人として生きるための根基を培う場である。だが果たして真に学問を尊重し、研究を重視して来たであろうか。口先きばかりで実践しなければ、いわゆる口頭禅に過ぎない。

誠実な人間性、温厳な愛情、深博な学識、教学への熱意、そうしたものをもっての人間的接触こそ、基調とすべきものであろう。師弟・朋友間の敬愛の情、信頼の念も、これらを根幹として繁茂することを忘れないでいたい。

しかもそれは講義や実験や学習や、クラブ活動や自治会活動、寮生活などを通して、体得されるものである。そうした風潮が全学的に醸成されて来ているであろうか。

わたしたち、特に若い学生諸君は未来を志向するものである。より善い社会を創造するために、それぞれの立場で、なんらかの貢献をすべき責務を有するものである。明日を目指して、広く学修し、深く思索し、良き古いものを伝承しつつ、新しい道を開拓する力を身につけなければならない。人生行路の困難は昔から人々の嘆くところであるが、複雑混迷の現今の世相に対して、その感殊に深い。

貴重な青春の二年間が、学園生活全般にわたって、楽しく、充実した、有意義なもので、あるために、わたしたち全大学人がいっそう自省し自戒し、積極的に協力して、不断に努力しなければならない、と痛感している。

余りにも直接的な「わたしたちの道」について、所懐の一端を述べたが、「上戸短大の道」はわたしたちの

「人生の道」そのものでもある。そう思っている。現実を凝視することが将来への発展の原点となることを期待している。

（一九七四、一一、一五）

こんな私たちの大学祭を

年々歳々いろいろなテーマを掲げて大学祭が行われてきた。それはそれぞれに私たちの学園の歴史を物語る意義の深いものである。

いうまでもなく、大学祭は大学、殊に学生諸君にとって、極めて重要な最大の年中行事である。「大学の祭典」であるためには、その名にふさわしい実を伴ったものでなければならない。しかも「上戸短大の祭典」であるためには、私たちの学園としての特色がなければなるまい。

何といっても、先ず、学生諸君が平素研修した学芸の成果や、学園生活で体得した高い教養が、できるだけ如実に発揮され、地方文化の向上にも貢献するところが少なくない。そうした大学祭の第一義的な目的を達成するよう、全学を挙げて創意工夫を凝らし、総力を結集すること、少なくとも、そうした意欲が必要であろう。これが私たち上戸短大の大学祭である。ここに私たちの日ごろの精進努力の一端がある。学友協力の結実がある。もとより未熟であり、欠点も多いが、そう自らを慰め、ひそかに誇り得るものであって欲しいと願っている。

第一義的の目的といったが、大学祭といえども「お祭り」である。当然そこにはいわゆるお祭的色彩も不可欠のものであろう。

年ごとに充実しつつある私たちの学園の現状をお互いに盛大に祝福し、将来の一層の発展を心から祈念している。この私たちの真情が随所ににじみ出ることも、また一つの目的といえよう。いかにも乙女の学園に似合わしい、清純な情感があふれている。青春の賛歌が高鳴っている。限りない未来への希望が輝いている。

それらがどんな風にこの大学祭に具体化されるか、それを楽しみにしている。私たちの学園の「光り」は私たち一人ひとりの胸にある。

（一九七五、一一、八）

悔いなき青春を

本年は学園創立三十年、短大生誕十年の記念すべき年に当たる。この歳月、長いとも短いとも、えにしの深浅、感懐の多寡によって、必ずしも一様ではなかろう。だが、これを慶祝して、過去を回顧し、将来への飛躍の契機とすることは、極めて有意義なことである。

今年の大学祭はそうした重要な意味をも含んでいる。良い伝統を継承しつつ、明日への展開の序曲がどう奏でられるか。新しい第一歩をどんな風に踏み出そうとしているか。それを示すのが、例年とは異なるこの大学祭の特色ともいえよう。

学生諸君は再びとは訪れない貴い青春の日々をこの学園で送っている。諸君の青春の炎は常に燃えているはずである。あるいは静かに、あるいは激しく、個人個人によってその燃え方は違っても、学生生活を悔いなく生きようとしていることに変りはあるまい。

春は四季の初め、その方位は東、その色は青。草木が芽生え、百花が競い咲く時である。一口に春花と言っても、形も色も香りも異なるが、それぞれにふさわしく花開くのである。陰から陽に移る春の力、万物を生育する大自然の偉大な力をしみじみと感じさせる。

諸君また人生の春、その天賦の力を自覚し伸長させるべき時である。生涯にわたって指針ともなるべき何かを学び取ろう。豊かな心の糧を吸収しよう。今後の生活に必要な技能を身につけよう。学縁によって結ばれた友情を大切にしよう。世はいかに醜いことが多かろうとも、いかに濁ろうとも、自分だけは正しく、自分だけは清く生きよう。そう努力していると信じている。若い諸君を信じないで、だれを信ずべきであろう。

そうした諸君の青春の力が、この記念すべき大学祭にいかに結集され、いかに具象化されるか。わたしは、諸君たち自身のため、学園のため、期待している。切望している。

（一九七六、一一、一三）

創造への世界

今年もまたさわやかな秋が訪れ、わたしたちの大学祭を迎えた。学生諸君は「創造への世界」という統一テーマのもとに、いろいろと工夫を凝らしているようである。

新しいものを造り出すということは、何という楽しいことであろう。そして、また何という難しいことであろう。それを実現するためには、先ずそれを果たし得る力がわたしたちになければならない。どうすれば、そうした力を培うことができるのであろうか。

多くの栄養を摂取し、それを消化吸収して、わたしたちの心の糧とすることが大切であろう。広く学ぶことである。それを真に理解することである。だが、それだけでは先人の模倣に終ってしまう。それらを基として、わたしたち自身で深く思索しなければならない。

不断に学び、不断に考えるという営々たる努力の集積によって、初めて新しいわたしたちの世界が開けて来るであろう。小さな新しい芽が出、そしてそれが立派に成長して行くであろう。

しかし、そうした世界の実現は、個人の努力のみではなかなか容易ではない。創造への強い意欲と不屈の精神を持っている多くの人々の和衷協力が必要である。

学生諸君の日々がどんなに充実し、どんなに日々新たにして、また日に新たであるか、を大学祭の内容を通して、よく感味したいと考えている。わたし自身の課題でもあるから。

（一九七七、一一、一二）

強い翼が欲しい

わが学園の大学祭も本年で第十二回を迎えることになった。大学祭は学園にとって最大の年中行事であり、とくに学生諸君にとっては恐らく生涯忘れ得ない青春の祭典であろう。開学を記念慶祝し、学生諸君平素研究の成果を社会に公開し、学園の現状と将来への展望とを示そうとするものである。

学生諸君は「飛翔」をそのテーマとして選んだ。天空高く飛びかけりたいというのである。何を求めて、何に憧れて飛翔しようというのか。どんな風にはばたこうとするのか。その望みが果たせるほど、翼が強くなっているのであろうか。「どこまで飛べるか、どんなに飛べるか。その自分たちの力を試してみたいのです。わたしたちは青春の翼を持っていますから。」と答える声が聞こえて来る。

そうだ。飛んでみようとするのは、向上を求めてやまない積極的な意欲の現われであり、諸君の若さのあかしでもある。また、そうすることによって、翼はいよいよ強くなろうというものだ。

「絶え間のないあの飛翔と、あの奮躍。夜毎の没落はやがてまた朝紅の輝きにと進んで行くあの生気」と、太陽の力をたたえた人がある。諸君もまた太陽である、あり得る。自らの力を信じ、不断に努力すれば。

さて、翼を並べて「飛翔」する、しようとする、諸君の実態はどんなものであろう。それはまた学園の現実の姿でもあるのだが。

（一九七八、二、一二）

より深い心のふれあいを

「ふれあい」というテーマから、私は先ず「旅は道連れ世は情、そでふりあうも他生の縁」という言葉を想い起こした。道でそでが触れ合うといったちょっとした人とのかかわりも、単なる偶然ではなく、前世からの因縁である。と、いうのである。

しかし、学生諸君は「より深い心のふれあいを」という願いをこめて、このテーマを選んだのではないかと思う。

この世に生をうけて、私たちは常に人とのふれあいの中で生きている。一生の間どんなに多くの人々とふれあうことであろう。だが、本当に心の通い合う人たちは、どれだけいることであろう。より多くの人々と、より深くふれあいたいと願ってやまないゆえんである。

そこには深い愛がある。温かい情がある。理解があり、信頼がある。ふとしたことがきっかけとなって、お互いの心の琴線に触れて共鳴し、歓喜の曲を奏でることもあろう。時に哀怨、時には憂愁の音色となることもあろう。しかし、哀歓いずれであろうとも、そうした人に恵まれたことはまことに幸せである。そのためには、それを感じる、感じさせる真情がなければならない。この心の珠玉を大切にしたいものだとしみじみ思う。

（一九七九、一一、一〇）

第四篇　回顧追慕

香川大学学芸学部創立七十周年記念式典あいさつ

本日、来賓各位、卒業生の方々、多数のご来臨を得まして、香川大学学芸学部創立七十周年の記念式典をかくも盛大に挙行することができましたことは、まことに感謝と喜びに堪えないところでございます。

わが学芸学部の前身であります香川県師範学校が創立されましたのは明治二十二年の十月でありますので、昨年十月をもって七十周年を迎えたわけであります。いろいろの事情のため多少時期がおくれましたが、同窓会・父兄後援会のご協力を得て、この五月二十八日・二十九日の両日、記念行事を行うこととなりました。昨日は午前十時から物故された教職員卒業生の方々の慰霊祭を執り行い、午後一時から卒業生浅越貫一、中野佐三両博士を講師にお願いして記念講演会を開きました。本日はこの式典に引き続き祝宴を催すことになっております。

さて創立当初香川県尋常師範学校と称しましたのが、明治三十一年十月には香川県師範学校と改称し、明治四十五年四月には女子部が分離独立して香川県女子師範学校となり大正元年八月坂出に移転いたしました。さらに昭和十八年四月には官立の専門学校として香川師範学校男子部女子部となりました。一方、大正十四年三月、香川県立農事試験場に併設されました香川県立実業補習学校教員養成所は、昭和十年四月香川県立青年学校教員養成所と名を改め、昭和十六年四月、一宮に移転独立し、昭和十九年四月、官立の専門学校として香川青年師範学校となりました。昭和二十四年五月、香川大学が設置せられますするや、この香川師範学校と香川青年師範学校を母体として生まれましたのが、この学芸学部であります。

以上は変遷の全く概要に過ぎませんが、この七十年間には、時勢の進運に伴いまして、制度の改革、教育内容の刷新などがありました。殊に学芸学部はその名の示す通り、必ずしも教員養成のみが目的とは申せません。しかし常に変りませんことは教育者たらんと志す青年学徒が研究修養に努める学園であるということでありま す。時代の要請に基づき、世人の期待にこたえて優秀な教育者を養成することが、本学部の一貫した使命であったとも申せましょう。その間卒業生を世に送り出しますこと実に一万二千六百名の多数にのぼっておりますが、その多くは教育界に活躍せられ教育の振興に多大の貢献をなさいました。現に貢献されております。ことに香川県教育界はわが同窓先輩を中核として発展して来たとも申せましょうし、学部七十年の歩みを回顧いたしますことは、同時に明治大正昭和の香川県教育史をひもどくことであると申しても過言ではないと存じます。もちろん教育界以外、学界・政界・財界等各方面に活躍せられ輝かしい業績を残された方々も少しといたしません。今、七十年の歴史を回顧し、歴代の校長教職員の方々の多年にわたる努力経営の跡をしのび卒業生各位のご功績を思い、学内外諸氏の断えざるご支援を考えます時、心からの敬意と感謝の念を禁じ得ないのでありま す。同時にわたくしども現にこの学部に職を奉ずるものとしては、学生諸君とともに、この光輝ある伝統を継承しつつ、更に一層充実発展させるために、一段と努力精進いたしまして大方のご厚情ご期待にこたえなければならないと覚悟を新たにする次第であります。過去の追憶が単なる追憶にとどまることなく新しい躍進の大きな推進力となってこそこの式典をあげました意義があると考えます。

本日かくも盛大に七十周年の記念式典を行うことができましたことについてご参会の皆様方に重ねて厚くお

礼を申しあげますとともに、今後とも絶大なるご協力ご援助を賜わりますよう衷心よりお願いいたしまして、わたくしのごあいさつをおわりたいと存じます。

（一九六〇、五、二九）

香川大学教育学部創立八十周年記念式典あいさつ

わが香川大学教育学部の母体の一つである香川師範学校が香川県尋常師範学校として設置されましたのは明治二二年（一八八九）の一〇月でありました。したがって、昨年はあたかも創立八〇周年に当ります。そこで教育学部同窓会におかれましては記念事業として、同窓会館－かって女子部の卒業生の方々がお建て下さいました－の増築を計画され、多額の募金に努力なさいまして、昨年一二月二四日に立派に竣工いたしました。学園に勤め、あるいは学ぶ者たちが、今後長く最も恩恵に浴しますことを想いますと、まことに感謝に堪えません。

こうした同窓会員各位の母校を思われます御熱意に感激し、同窓会館の落成を待って、時季的には甚だ好ましくない時ではございますが、同窓会の御協力を得て、本日八〇周年の記念式典を挙行いたすことといたしました。寒気の厳しい折柄、学長さんを始めとする大学関係の方々、同窓会の方々、学生代表の諸君など、多数御出席いただきましてまことにありがとう存じます。なお今回は直接関係のある方々を中心として、ごく内輪でお祝いしたいと存じましたので、その点も御了承いただきたいと存じます。

顧みますると、香川県尋常師範学校から香川県師範学校となり、明治四五年には女子部が分離独立して香川県女子師範学校となり、昭和一八年には再び統合されて国立の専門学校となりました。教育学部の今一つの母体であります香川青年師範学校の前身である実業補習学校教員養成所が設立されましたのは大正一四年でありますから、本年で四五年となります。

昭和二四年に学芸学部となり、四一年には教育学部と改称して今日に及びました。その間初等・中等教員養成課程の外、養護学校教員養成課程・幼稚園教員養成課程・特別教科（理科）教員養成課程・教育専攻科等が増設されました。大学としては創立二〇周年に当ります。創立八〇周年と申しますが、それらをも含んでの記念式典というわけであります。

さて創立以来この八〇年の間に、一万四千名を越す卒業生を世に送り出しました。それらの卒業生各位は多くは教育界に活躍され、多大の功績を残されました。現に多数の方々が活躍しておられます。教育界以外においても偉大な足跡を印された方々も決して少なくありません。先輩の方々に対して深甚の敬意を表したいと存じます。

今や大学は学内外の要請にこたえて、過去を反省し将来への展望に立って、根本的な改革を行い、新しく生れかわろうと苦悩し、努力しています。こうした際に創立八〇周年の記念式典を挙行いたしますことは、また格別意義深いものがあろうかと存じます。先人の遺業をいかに継承し、いかに発展させるか、伝統をいかに新生させるか、ということがわれわれに課せられた責務であるとも申せましょう。今日の大学、更に広く教育界の諸問題については、先輩各位には各位としての御意見もおありのことと存じますが、母校の真実の発展のために、深い御理解と積極的な御協力を切にお願いいたします。

時まさに一九七〇年の新春、御参会の皆様方の御健康と、更に一層の御活躍御発展を祈りまして、ごあいさつを終りたいと存じます。

（一九七〇、一、一一）

『清末民初を中心とした中国近代詩の研究』後記

このたび、文部省昭和四十三年度研究成果刊行助成金の交付を受け、大修館書店の御好意、御努力によって、本書を刊行することができたことは、わたくしにとって、この上もない喜びである。

顧みると、東京文理科大学に入学して、漢文学を専攻することになったのは、昭和九年四月のことであった。旧い中国の文化について研究することも、もちろん切要ではあるが、われわれと同じ時代を生きている、現代の中国民族の新しい文化を理解することも同様に、あるいはより以上に重要ではあるまいか。そんな風に考えたりして、卒業論文のテーマに「中国現代詩の研究」を選んだ。

中国留学生諸君の控室で、『大公報』『北平晨報』『申報』などの新聞を読ませてもらったり、文芸副刊を切り抜かせてもらったりした。スクラップブック「中国之部」二冊は、当時の記念であり、民国二十三年（一九三四）前後の中国文学界に関する、得難い一つの資料ともなっている。

留学生諸君といえば、張香山君には格別お世話になった。よく指ヶ谷町の彼の下宿へ出掛けて行って、夜おそくまでしゃべりこんだものである。確か昭和十年の夏のことであった。上海あたりで古本をあさりたいから連れて行ってほしい、と頼んだところ、日中関係の険悪な情勢上、ひとり歩きは危険だし、いつもついていてあげるわけにもいかないから、と断念するよう忠告された。そのかわり、わざわざ帰省の時間をさいて、当時絶版になっていた姚蓬子の『銀鈴』を初め、多くの詩集などを探索してくれた。『六月流火』を著者蒲風君かららもらったからと、恵与してくれたりもした。日華事変後、「抗日人民戦線文化人」の一人として活躍しているとの報道を、わが国の新聞紙上で見たことがあるが、その後の消息を知り得ないのは、まことに残念である。

郭沫若氏を市川のお宅にお訪ねして、直接創造社の同人や、中国詩壇の動向などについて、種々教えを受けることができたのも、張君の紹介によるものであった。そのころ郭沫若氏からお借りしたままになっていた『現世界』創刊号――それには「郭沫若詩作談」が載っている――を、先年氏が訪日文化使節団団長として来日された機会に、往年の記念としていただいた。

昭和十二年三月大学卒業後、諸橋先生のお世話で福井師範に赴任したが、まもなく蘆溝橋事件が起こった。かねがね、民族主義文学・国防文学などが高唱されている中国文学界の状況から、反帝抗日運動の熾烈さを痛感し、一触即発の危機を憂慮していたが、その悲しむべき予見は、意外に早く現実となった。十二月、召集令状に接して、丸亀連隊に入隊した。翌年四月召集解除、九月再び入隊、十五年四月丸亀連隊区司令部に転じ、十七年二月召集解除、五月香川師範に転任した。十九年八月三たび召集され、終戦を高知で迎えた。前後三回五年有半、素志を捨て、本務を離れざるを得なかったわけである。

時運とはいえ、思えば長い研究の中絶であった。

新制大学発足以後、学生時代からの手持ちの資料を中心に、「現代詩の研究」を継続したいと思い、二三の論文を発表したりしたが、そのうち、その「醞醸期」ともいうべき清末民初詩壇の実態を、全面的に究明しようと考えるに至った。しかし、研究上不便な土地に居り、資料の探求・閲読はなかなか思うにまかせなかった。殊にこの時代の文献は、最近ではある程度複刻なども行われているが、以前にはそうしたものもなかったので、決して容易ではなかった。例えば『南社集』の如き、どこの図書館にも見当らず、山本書店で中山久四郎先生旧蔵の第一集を見出したのをきっかけに、中国から『南社叢選』を取り寄せてもらったり、店主敬太郎氏訪中の際、『南社集』十四冊と『南社姓氏録』とを持ち帰ってくれたりして、ようやく何とか研究もできた、といった有様であった。今日でもぜひ見たいと思いながら、なお見ることのできないものも少なくない。

こうした資料収集等の困難さに加えて、教務部長・学部長に併任されて他事に忙殺されたり、健康をそこねたりして、研究は遅々としてはかどらなかった。やっと一応まとめあげたので、自分でもなお不満に感ずる点もあったが、昭和四十二年一月、東京教育大学へ学位論文として提出した。審査委員各位からいろいろ御意見も承ったが、出版日時等の関係もあって、若干の補訂にとどめざるを得なかった。

道光末年以後の詩人——必ずしも詩人と称するに値しない人々をも含めて——で、本論文に関係のある者については、その略伝を注記し、本文において言及し得なかった諸点を補記したいと考えたが、その数五百五十名にのぼった。不詳な者もあり、精粗区々であるが、それも資料の多寡に因る場合も少なくない。附録として、阿片戦争から日華事変勃発までの、約百年間の「年表」を添えることとした。これまた意に満たぬ点もあるが、「注」とともに、本文の不備をある程度は補足することができるのではないかと考えている。殊に詩集等の出版年月は、重複を避けて、多く「年表」に譲った。民国六年以後の部分においては、張君のかつての厚意に、いささかでも報いたいという微意もある。

表記については、混乱を避けるために、漢字はすべて旧字体とした。かなづかいは文語文に訳した部分は歴史的かなづかい、その他は現代かなづかいを原則とした。ただし、できるだけ統一したいと考えたし、現代かなづかいについては、わたくしにはわたくしなりの意見もある。

さて、本論文の作成・公刊には、随分と多くの人々にお世話になった。

諸橋先生には大正十五年以来四十余年にわたって、御教導を仰いで来た。本書の出版に当っても、御所蔵の中国名士の墨蹟を写真として利用せよとおっしゃって下さったし、ありがたい序文もいただいた。ただ折角お貸し下さった貴重な資料も、紙面の都合で、その一部しか載せられず、大変申し訳がない。東京教育大学教授鎌田正博士の学生時代からの変らない厚い友情には、全く感謝のことばもない。本書成るに至ったのは、一に同君の不断の激励、深密な配慮、多大の尽力のお蔭である。「文字の縁は骨肉と同じく深し。」という龔定盦の詩句を想い起こしながら、この師、この友に恵まれた幸福感を、しみじみと味わっている。

京都大学人文科学研究所・静嘉堂文庫・東洋文庫・東京都立日比谷図書館でも、種々研究の便宜を計っていただき、写真の掲載も快諾して下さった。まことに感謝に堪えない。

大修館書店の佐伯俊雄・加藤高伸・小池勝利の各氏には、格別御配慮をいただき、直接本書の出版を担当された栗原美登氏には、何かとお骨折を煩わせた。深く謝意を表したい。

昨年はあたかも養父弥治郎生誕百年に当り、わたくしにとっても、いわゆる還暦であった。九月には初孫和美も出生した。感慨またひとしお深いものがある。不才痴愚わたくし如きものに寄せられた、いろいろの立場、いろいろの意味での多くの人々の愛に、こたえるを得ず、報いることの少なかったことを漸悔し、筆舌には尽しがたいくさぐさの思いをこめて、これらの人々に本書を捧げたい。

（一九六九年一月）

吉川幸次郎博士詩並びに書簡

倉田君貞美清季民初詩人紹述龔定盦考　　倉田君貞美が清季民初の詩人龔定盦を紹述する考

昭代嬋娟子　段玉裁外孫　　昭代嬋娟の子　段玉裁の外孫
詩句儘綺麗　無窮開法門　　詩句儘しいままに綺麗　無窮　法門を開く
瓣香尤公度　余波光宣繫　　瓣香するは尤も公度　余波は光宣に繫し
清京歌麦秀　南社復依藩　　清京麦秀を歌えば　南社復た藩に依る
一一画宗派　挙證溯厥原　　一一宗派を画き　證を挙げて厥の原に溯る
斯事今寂寞　丁寧乃見論　　斯の事今や寂寞　丁寧に乃ち論ぜらる
宜受衣冠拝　持此一招魂　　宜ろしく受くべし衣冠の拝　此れを持ちて一とたび魂を招かん

（『知非集』）

昭和五十二年六月十日、第二二回国際東方学者会議の休憩中この詩を拙著に載せたいと思っている旨申しあげたら、「どうぞ」ということであった。その先生今や既に亡し。往時を想い、ただ合掌して御冥福を祈るのみ。博士の書幾通かを蔵す。次に本書に関する一書を録す。

拙著再版吉川博士に献呈せしに賜わりし博士の書

拝啓　過日は鄭重の尊翰と共に大著中国近代詩研究拝到盛意万謝候　中国文学史の盲点となれる部分への非凡の御著眼兼てより佩服　御業績の大成を延佇候ひしに此大冊を得て欣快不一方候　鄙見によれば詩は竟に不祥の物なるにや　明詩の激情は其の亡国の後梅村に於て大成せし如く清詩の沈思も神韻の孱弱格調の陳真性霊の放蕩に彷徨せし後陳散原鄭太夷に到って始めて決論を得て清社乃ち屋せりと存候こと曽て陳氏の詩を論じて一端を発せし如くに候　此の鳥瞰を得られ候上は各詩人についてのモノグラフなど御示しを得ば学界一層の幸甚なるべしと望蜀候　早速に御礼状差し出す可き処体大物博仲〻畢業に至らずこのまゝ越年も如何と不取敢牋謝此状相達し候頃はもはや開歳なるべく併せて新禧万福を申納候　小生は注杜の日課陟らず日暮途遠を嘆候へ共幸に健康御放念被下度

甲寅十二月廿八日　　弟幸次郎

目加田誠博士書評

中国近代詩の研究を永年続けて来られた倉田氏が、今回その業績を世に問われて、その書評をたのまれたが、残念ながら私はその任ではない。私もかつては清末から民国初年の詩界に興味をもっていたけれども、それはただ物好きとしてふれただけで、全く学問的に研究したものでなく、従ってかかる本格的な研究に対して、批評めいたことをいう資格はないのである。

私は清朝の詩人では、黄仲則と襲自珍とを好んでいた。ことに襲自珍が段玉裁の外孫として生れ、段玉裁から大きな期待をもってその学問を仕込まれながら、やがて起る清朝の動乱をいち早く予感して、政治の改革を思い、今文学に心を向け、西北地理の研究の必要を説くなど、清末学界の流行の先鞭をつけたことと共に、その駢文や詩詞の浪曼的色彩は、最も私をひきつけた。写神思銘などは、難解ながら、いく度も筆写して、その文章の幽艶さにほれこんだものだった。三十数年前、北京に居た頃、私は清末詩人の詩集を時折手に入れた。露店で買った粗末な、中には謄写版刷りのものもあった。樊増祥、易順鼎などの晩唐風の詩の甘い情緒がこの上もなく好きだった。ことに易順鼎の詩の対偶の美しさを喜んだ。ところが、北京の先生方に言わせると、龔自珍なり、樊増祥、易順鼎なりは、いずれも学者の風上にもおけぬ軽薄な輩であり、樊増祥は才子ではあるが、放蕩流俗でとくに晩年は頽唐たる生活の中に、酒色優怜を詠ずるばかりであったし、易順鼎もその行いが卑く、仕途に在ってはいたずらに逢迎にたくみで、節を全うせず、晩年はまた樊増祥らとともに、北京の歌場酒肆に入りびたって、いわゆる「捧角詩」を作ることに浮身をやつしたではないか。その人物は全くとるに足らぬ、とのことであった。その点は私も全く同感であったが、それでも易順鼎のあの情緒てんめんたる詩風、実に巧みな対偶の句、李賀を思わせる奇巧な表現に深い愛着を覚えたことであった。その点は新詩派の人々の気負い立った生硬な措辞よりもずっと誦するに快よいものであった。

漢魏六朝派の王闓運の円明園の詩并序は有名ではあるが何しろむつかしく、宋詩派といわれる陳衍や陳三立らの詩は、少しも面白いと思わなかった、陳衍の石遺室詩話には、いろいろ智識を与えられたけれども、その頃、李慈銘の越縵堂日記が影印されていたけれども、これまた大部なもので、その草書体がよみにくく、辛うじて読んでみても、彼の強烈な個性に好感はもてなかったし、まず眺めるだけで、どうにもならなかったといった方がいい。蘇曼殊にも一応興味をもったが、彼の小説は全く読むに堪えず、ただ詩、訳詩、特に尺牘に感心した。それから南社について知りたいと思ったが、資料がなかなか手に入らず、うやむやになってしまい、そのほか清末の詩人たちのものを漠然と拾い読みしたばかりに終って、いつのまにか離れてしまった。

今この倉田氏の著書をみると、それらの詩人が、皆それぞれの位置を明らかにされて、清末から、民国初年に至る、詩界の動向、各詩人の業績、傾向が、実に詳細に調べられている。私がもの好きにあさっていたところを、氏は全く系統的、学問的に研究しつくされているのである。

氏は清末光緒二十年（一八九四、日清戦争勃発の年）から民国六年（一九一七、文学革命の年）に至る二十年間の、中国詩界の動向、新旧詩人の活躍をのべるに当って、その背景となる、当時大変換期にあった中国の情勢を分析し、そのはげしい潮流の間に、詩壇の様相を捕えてゆくことにつとめており、それがこの書物の意義を深くしているのである。従来この期間における新旧の小説、論文、詩界の革新などについては、いろいろ紹介する人があったが、当時中国の詩壇に、なお依然として大きな勢力をもちつづけていた一般の詩というものを代表する、旧派の詩人たちの業績について研究したものは殆どない。この人々の仕事については、今日から見れば、あるいはすでに意味のないものと言う人もあろうけれども、それは中国旧詩の最後の光芒であり、崩れゆく旧社会の挽歌でもあろう。しかもこれらの人々とても、この時世の転換を前にして、あるいは憂国憂世の至情、あるいは排満興漢の熱情を、多くその詩に詠出しているのである。ただ辛亥革命によって清朝が倒れた後は、続いて来る新らしくはげしい時代への適応もなく、理解もなかったために、急激な変化をいとい、むしろ新らしいものを白眼視して、だんだん頑固な殻にとじこもり、懐旧的、独善的になり、はては遊蕩な生活に陥るものさえあった。新詩が雲間をおし分けて東に昇る若々しい朝日であるなら、これら旧詩人の詩は、しだいに薄れていった暁の星の光でもあった。

この著者は、第一編を既成詩壇の詩風、として、第一章宋詩派に閩派の鄭孝胥、陳宝琛、陳衍、江西詩派の陳三立以下の人々を紹介し、第二章中晩唐派として、張之洞及びその門下の人々、樊増祥、易順鼎らを語り、第三章漢魏六朝派として湖南の王闓運とその一派、及び章炳麟、劉師培らを語っている。

　第二編は詩界革命運と新民派の詩。そして、詩界革命の先声として襲自珍、黄遵憲らをあげ、特に梁啓超の運動に多くの頁をさいている。新民派の詩人としては、この黄遵憲、康有為、梁啓超のほか、多くの人々をあげ、さらに戊戌庚子殉難烈士の詩など、革命の歌詠者をあげている。

　第三編は革命派の展開。ここには、南社の詩人たちの作詩態度、辛亥以前、民国以後の、革命詩における、種族的民族感情の充溢と、民主精神の昂揚を語り、終りに前清遺老の傷乱憂世、懐旧思君の詩をあげて結び、以上を本書の構成とする。

　第三編の中で、とくに南社について語っているところが、本書の最も大きな業績ではないかと私は思う。南社に関して実に得られる限りの資料をあつめ、南社に属した詩人の詩風が決して簡単に概括できぬことを明らかにした。そこに集った人々は、烈しい革命的思想の持ち主もおり、中にはただ綺思艶情を詠ずるだけの人もあったらしい。南社といっても、その実体はなかなかつかみにくく、畢竟、当時の詩匠たち、及びその流派に対する反対が、これらの人々に共通するところであった。さらに彼らに、一様に襲自珍の影響があることを細かに指摘しているところは、私の嬉しく思ったところである。南社は宣統元年（一九〇九）、陳去病、柳亜子、高旭らが発起人となり、「文学を研究し、気節を提唱するを以て宗旨とした」詩人の団体であった。

　同じく革命的であり、清朝打倒を叫ぶ中にも、民主的革命思想を抱き、近代国家の建設を理想とする人々はその多くは外国生活の経験者だったが外国文化への認識も比較的深く、新思想の熱心な吸収者であり、たとえ、康有為や梁啓超らの保皇党的な思想言動には反対しても、必ずしも詩界革命そのものへの反対ではなかった。

むしろ実質的にはこれを進展させたと見られる。又同じく革命的といっても、狭い民族主義、種族革命の立場をとる人々は、国粋的復古的となり、外国文化への理解も乏しく、外国思想の輸入のもたらす害毒を排撃し、殊に新名詞、殊に日本語をさかんに使用する詩界革命に反対した。それでも、無意識的に詩界革命の影響をうけていることは否めない。(本書四八三頁大意)

従ってすべての南社の詩人が、黄遵憲たちの詩界革命の精神を継承していたとか、進歩的な文学主張をもっていたとか、文芸は必ず革命のために服務すべきものと認めていた、などという、近来の中国における文学史家の南社に対する評価は疑わしい。「必ずしも確たる認識を有していたともいえないし、彼等の詩に表現したものが、すべて『新らしい革命内容』であったともいえない。だが、民主的な革命思想を有していた同人たちは、確かに梁啓超・蒋智由たちの『詩界革命』の影響を受け、『新らしい革命内容をも表現し』て、詩界革命への道を推進する役割を果したということができよう」(本書四八四頁)という著者の所論は、南社という詩人団体の実体を詳しく調査研究した上での、公平妥当な見解である。

だから「民国六年、文学革命論が提唱され、新文化運動が盛んになり、本格的な思想革命が叫ばれるようになると、南社の詩人たちの多くは、もはやこの新らしい運動についてゆけなくなった。殊に復古的国粋的な思想の持主は、反対の立場に立つようにさえなったのである。柳亜子は、『五四以来の新文学運動に、わたしは始めは反対し、ついで中立、終には賛成し、ここに南社から蛻変して新南社となった』と卒直に述懐しているが、比較的新らしい動向に理解を示した彼にして、なおかつこの通りである。南社社友の当時の立場は、この柳亜子の言によってもよく推察できよう。南社はここに至って、ひと先ず創立当初の使命を終了し、もはや新時代に即応し得る力を持たず、より新らしいものにその地位を譲らざるを得なかった」(本書四六二頁)。始め時代にさきがけ、やがて時代にとり残されてゆく自然の姿であるが、その間、南社の人々のそれぞれに果した役割は小さくない。このように著者の論評は、全体に亘って、きわめて妥当公正である。

本書においてありがたいのは、本論文に関係のある実に多数の詩人たちについて、一々略伝を注記したことである。これはまことに骨の折れる厄介な仕事であったろうと思う。本書の利用者を益するところが多い。なお清末の詞について、鄭文焯については、ほぼ述べられているが、欲を言えばもう少し手を伸ばしてもらいたかった。人も知るごとく、後に柳亜子と毛沢東の、詞のやりとりもあることだし。

始めにことわったように、この一文は結局書評にはならず、自分の喜びを語る感想になってしまった。しかしそれは自分一人の喜びではない。今後はますます得がたくなるであろう資料を積み上げて、清末から民国初年の詩界をこのように詳しく考えることは、やがて新らしいものが生れる胎動の時期を明確に把握するという点で、充分貴重なる研究であろう。ことにこうした研究は、今日では、わが国においてこそ、公平になし得ることと思われるからである。

（大修館書店「漢文教室」一九六九年十月号　第九三号）

讃岐の心

四国新聞が「住みよい郷土へ」を特集され、結局その根源が「心」にあるという結論に達し、いろいろの角度から広く、多くの人々の感想や意見を集録要約されること、すでに半年に及んだ。それは、わたしたち讃岐に生まれ育った者、現に香川に住んでいる者にとって、ともすれば忘れがちな自らを省み、将来を熟慮しようとする「郷心」の喚起であった。郷心とは故郷を思う心であり、郷土に培養された自分自身を顧念する心でもある。いうまでもなく、人間は気候風土、自然環境の中で、それに適応した最善の生活を営もうと苦心力行するものである。その知恵の集積が、長年の間におのずから伝統を形成し、それぞれの地方の特色を生んだといえよう。

わたしたち讃岐人は、温暖な気候、美しい自然に恵まれて育ってきた。われわれはこの天地という父母のふところで、はぐくまれた自然児であった。われわれを育てたものは、実にこの讃岐の自然であったということもできよう。

今日その美しい自然は破壊されつつある。清らかな自然はよごされつつある。われわれはまず、この美しい自然を保持するために努力しなければならない。しかも自然こそわれわれの命そのものであり、われわれの心をつちかうものであることを忘れてはならない。失われつつある人間の本源的な性情を、この自然の中からとり戻さなければならない。

次に、幼いわれわれの心をはぐくんでくれたものは、庶民生活の中から生まれ、伝承されてきた、郷土的な数々の行事であった。そこには狭い地域社会の濃厚な連帯感があった。豊かな人情美があった。その一つ一つの思い出は、常にわれわれの心の中に生きている。

しかし、今やそれらの行事は多くすたれてしまった。そこに時代的変化をみることもできよう。無形文化財的存在として、何とかしてその命脈を保たそうと、努力が払われている。だが、人々が真にその意義を理解しない限り、悲しい努力に終わるであろう。

戦後、ふるさとで新しい行事が盛んになっている。しかしそれは余りにも観光事業的色彩が強くないだろうか。本当に地域住民の中から生まれ、いつまでも郷心の、生涯のささえともなるような、そんな行事を大切にしたいものだと思う。

いわゆる県民性というべきものについても考えられてきた。一般的に性格が温和明朗で、順応性に富み、着実勤勉で、器用であるとか、といったことがその長所としてあげられている。半面、目先のことにとらわれて、とかく時代の風潮に敏感に反応し、流行を追いやすいとか、小利口で遠大な気宇、剛毅重厚、堅忍持久の精神に乏しいとか、利己的排他的であるとか、などが短所としてあげられている。

だが、そうも一概にはいえないように思われる。こうした短所を持っていない県出身の多くの人々を、わたしは知っている。それらの人たちが、もともと天性として持っていたものか、その後の環境、あるいは努力によってそうなったものか。それは簡単にはいえないであろうが、少なくとも郷土で養われた幼い心の芽が成長し、美しく開花した一面があるということはできよう。

今日は昔のような閉鎖的な社会ではない。急速な文化の発達、社会の発展に伴って、いわゆる県民性といわれるものも、次第に変化し、その特異性も希薄になってきている。もともと讃岐は古くから地理的に必ずしも閉鎖性が強くなかったし、狭い土地に多い人口、といった理由もあって、比較的開放的な地域性を持っていたともいえる。

今後はますますそうした傾向が強くなろう。讃岐を第二の故郷として、長く生活される人々も増大することであろう。それらの人々も讃岐に伝承されている良きものと、本来持たれている良きものとの融合調和の上に、新しいあすの「讃岐の心」を育てて行ってくれることであろう。

わたしも香川県に生まれ育ったが、七年間に及ぶ東京での学生生活、日本各地から集まった学友はもちろん、中国の人々との交友関係、その後の他国での生活などの影響もあるように感じられる。郷土香川を少なくとも人並み以上に愛しているつもりだが、讃岐の心の特色とは、と尋ねられると、そう単純には答えられないのが、偽らないわたしの心情である。

現にわが香川大学でも香川県出身者は四割に満たず、六割以上は県外からの入学者である。外国留学生もいる。わたしはそれらの諸君が、秀麗な讃岐の自然環境の中で、それぞれの長所を生かし、短所を補い合いつつ、意義深く楽しい学園生活を過ごしてほしいと、常に切望している。そこからも新しい讃岐の心が育って来ることであろうと期待している。

讃岐人の美点として今日も生きているものを、さらに維持発展させるとともに、その欠点と思われるものを克服するような、そんな人材を育成することが肝要である。それは広い意味での教育、自己修養によって可能となる。その実例をすでに郷土が生んだ多くの先賢たちが、身をもって示してくれている。

この意欲的な長期にわたる四国新聞の特集に、われわれがどれだけ深い関心を寄せたか。郷土とは、郷土の心とは、といった問題についていかに考えたか。それに対する現実的な解答と将来への展望を、われわれなりに持ち得たか。そしていかにしてそれへの努力を実行するか。せっかくのこの試みが、どんなに意義多いものであったかを実証するものは、実にわれわれであることを、わたしはしみじみと感じるものである。

（一九七二、六、一）

学園紛争の時代

私は昭和十七年五月、香川師範に転任してまいりましてから、三十年余、香川大学でお世話になりました。

香川大学創設準備の時代から、長い間先生方はもとより、事務職員の方々にも、随分と御厄介になりました。私ほど事務職員の方々といろいろの立場で、直接的なつながりが深かったものもいないのではないか、と思っております。学生諸君との懐かしい思い出が、限りなく多いことは、言うまでもありません。学外の方々からも何かと御協力御援助をいただきました。追思の念、懐旧の情、まことに切なるものがございます。しかし、「学長時代のことを」という編集委員の方の御意向もあり、紙幅にもおのずから限りがありますので、ここでは残念ながら、その多くを割愛しなければなりません。

私が不徳短才の身をもって学長に就任いたしましたのは、いわゆる大学紛争の波がわが香川大学にも打ち寄せてきました二年目、昭和四十五年の三月でありました。当時の他大学の状況などから、先ず懸念しましたのは、卒業式や入学式が無事できるかということでした。万一の場合をも顧慮して、告辞要旨をプリントにしたりしました。ところが、在任中一度もこれといった混乱もなく、平穏裏に予定の如く挙行することができました。教職員の方々の一方ならぬ御配慮もさることながら、ああした風潮の中で、学生諸君の良識を具体的に示してくれたものでもあったと考えております。

事務局部制反対、寮炊婦公務員化、大学予算の公開、学長選挙への学生参加、生協問題等々、さまざまの要求が出されました。そのため、学生代表との話し合いがたびたび行なわれ、全学集会——時に説明会の名において——も幾度か持たれました。学生諸君が満足するような回答をすることは至難でしたし、理解を得ることも決して容易ではありませんでした。なんど緊急評議会を開催したことでしょう。学生部長を初め、補導委員の先生方にどんなに御苦労をおかけしたことか。事務局の皆さん方にどんなに御心配をおかけしたことか。就任後半年ほどで、心労のため辞任された学生部長さんもおありでした。

大学問題研究委員会の委員の方々は、長期にわたって熱心に検討され、その結果をなんどか報告書として教職員や学生の前に提示されました。しかし、結局は全学的討議にまで進展させることは困難でした。一般教育の在り方、機構、専用建物等についても、種々論議されました。各学部の意見の一致をみることは簡単ではありませんでしたが、不満を残しながらも、全学年立場に立たれて、ともかく一応の解決をみることができました。

胃の手術後まだ健康が十分に回復していなかった私は、正直にいっていささか心身ともに疲れました。そんな私が、香川大学にとってあの重大な時期に、何とか人気を終えることができましたのは、ひとえに先生方、事務の方々の格別のお心遣い、積極的な御助力のおかげでありました。と同時に、いろいろと難しい要求はするが、学生諸君の胸奥には常に学縁の情が存在していたからではないかとも思います。

「全学集会に臨みて」と題して次のような拙い和歌のようなものを作ったこともありました。

若人は常にかくあり　あるべきとひそかに思う　心通ぜん
いつまでもいかなる時も、学生を愛し信じて　生きんと願う
この世をば革むるもの　ほかに無し　若人にこそ託せるものを

教育学部の学生が白昼下宿で殺されるという不幸な事件が起き、警察当局が学内外にわたって広く捜査を行いました。その二日前から左足が痛み、レントゲン検査の結果、針のようなものが筋肉にはいっているとのことで、入院手術ということになるのですが、痛む足を引きずって、トイレへ行ったりする私を、学生が両方から肩を支えてくれたりしました。これが学長として学生諸君との話し合いの最後でした。

私は終戦後「方円並用、寛厳互存」という『菜根譚』の言葉を処世訓の一つとしてきました。現在のような

世に処するには、身を持すること方正でなければならないことはもちろんだが、反面円転滑脱であることも必要である。人に接するにも、時により人によって、寛大であったり、厳格であったりすることも必要である。と、いうわけです。そうありたいと願い、努めた積りではありますが、果たしてどうであったか。よく自省したものであります。

当時を回顧し、感懐の一端を記しました。軽重精粗も区々、意を尽し難いことを痛感しますが、香川大学創立三十周年を衷心より慶祝し、今後の一層の発展を祈念して、筆をおきます。（一九七九、一二、一三）

恩師細川敏太郎先生を悵想す

わたしは中学一、二年のころ、細川先生のお宅の近くの姉の家に下宿していたし、その後も姉の家を訪れる機会が多い。そんな関係で、あの仮設のあぶなっかしい板橋を渡って通勤されていた、長身痩躯の飄々とした先生の姿を、いつもまざまざと想い起こすのである。お嬢さんの御結婚のことでたびたび御懇書をいただき、わざわざ大見の茅屋までお越し下さったこともあった。先生が還暦を迎えられたので、三豊中学の受業生で香川県内に在住している国漢の教師たちが、玉泉でささやかな祝賀会を催した時には、大変喜んで下さった。

先生からわたしたちが教えを受けたのは、中学の三年生の時からであった。当時のわたしたちには、もとより先生の深博な学識はうかがい得べくもなかったが——現在でも先生の学問の領域や研究の業績などについては、はなはだ残念ながら、実は余り多くは知らない——時として辛辣な皮肉を交えたあの明快な講義は、わたしたちにとって、大きな一つの魅力であった。

先生は世のいわゆる地位や名誉などは全く意に介されなかった。実力のないものが背伸びするの愚を憫笑された。ある同僚の教師が高等官待遇になった時に、「お稲荷さんから十四番目になって喜んでいる」と言われたこともあった。後年、談たまたま学界のことに及んだ際に、有名な某博士の著述について、学問の邪道であると指弾された。わたしは必ずしも先生の御意見に賛意を表し難かったが、学問の卑俗化を憂えられる御心情には、強く胸をうたれるものがあった。曲学阿世の徒は先生にとっては、まことに唾棄すべき存在であった。われわれの先生に対する深い敬慕の念は、こうした先生の学識や信念に由来するものであったといえよう。

わたしが国語・漢文に興味を持ち、国漢の教師たろうと志したのは、先生に漢文を学んだことが、一つの大きな動機であった。大学で漢文学を専攻することになったのは、直接的には諸橋先生に私淑したことに由るものではあるが、その基盤は中学時代に先生によって培われたものといえよう。塩谷先生の御指導を受けるに至って、中学時代の塩谷先生編集になる漢文の教科書をよく思い出し、遙かに先生を想望したことであった。学恩まことに深いといわなければならない。

わたしは大学時代に中国の現代文学を研究のテーマに選び、その後も中国の近代文学を中心に細々と研究を継続して来た。わたしの研学の道は、おそらく先生としては必ずしも喜ばれるものではなかったであろう。しかし、わたしの研究に関する独り善がりの言を、いつも静かに微笑まれつつ聞いて下さった。わたしが学位を得た時には、病床にあられながら、お心のこもった長文の御祝辞を賜わった。先生の長きにわたり変らない御温情に深く感激するとともに、いささか御恵訓におこたえすることができたかと、自ら慰めている次第である。

今、わたしは他事に忙殺されて、ほとんど研究を中絶している。先生からみれば、悲しむべく、あわれむべきものであろう。同時に、それもまたやむを得ないこととして、大道に精進せよと激励されているお声も聞こえて来る。懐旧思慕の情切なるものを持ちながら、心静かに先生を追念し得る心のゆとりに乏しい現状を、しみじみわびしくも思い、申しわけのないことだとも考えている。

心にかかりながら、すでに締切りの期日も過ぎてしまい、関係の方々に御迷惑をかけたことを深くおわびしたい。

（一九六九、一二、二九）

われらが師父中井先生

この四月にお見舞いにうかがった時には、大変お元気で、いつものように教え子のたれかれの旧況近況から、わたしどもの大学の数学の教員たちに関することなど、話題は尽きなかった。お耳に奥様即製のメガホンを当てがわれて、昔のままのにこやかな笑顔で、ウンウンとわたしの話にあいづちを打たれていた。そこには親愛の情と好学の念とを基とした、少しも衰えない記憶力があった。どれか一枚色紙をやろう、とおっしゃったが、結局二枚いただいて帰った。それには「和」と「文質彬々」の先生の書に、奥様の水仙とシクラメンの絵が描かれている。先生の容、目に在り、先生の言、耳に在れども、先生今や亡し、との嘆声おのずから生ずるを禁じ得ない。

顧みるに、先生に教えを受けてからすでに四十余年になる。先生に対する想い出は限りなく、到底筆舌に尽くしがたいが、そのうち二、三を記して、懐旧の蓄念を述べ、先生の遺徳を慕頌したい。

たしか中学の五年生の時であったかと思うが、模擬試験の成績が良かったというので、先生から数学の参考書を御褒美にいただいたことがある。数学が不得手であったわたしとしては、何か気恥ずかしい思いをしたことを憶えている。その後、どうなったものか。先生をしのぶ折角の記念品を、申しわけのないことをしたと残念で仕方がない。

戦時中、応召して連隊区司令部に勤務していたわたしは、青年学校教練の指導とか、簡閲点呼とか、戦没者の公葬などに、時々大野原村へ出掛けて行った。先生は村長をしておられたし、奥様は国防婦人会の会長をしておられた。小学校の応接室で繁忙中のひと時を、あれこれと歓談したものである。戦後追放の嵐が吹き荒れた時には、たしか先生も追放の身となられたと思うが、戦時中長く軍務に在ったわたしの身を格別深く案じて下さった。

終戦後、師範学校が丸亀の兵営跡に仮住いしていたころ、アメリカの数学の教科書を見せてほしいとおっしゃって、おいでになったことがある。御覧になってあれこれ批評されたりした。正直にいって、わたしは内心、このお歳で原書を読まれるとはと、ひそかに驚いたことであったが、師を識らざるもはなはだしいとのそしりを免れない。先生は亡くなられるまで学を好んで倦まれなかったから。

先生は授業中よく教え子のことを熱心に、ただもううれしくてたまらない、といった様子で語られたものである。われわれは先生の口を通して多くのすぐれた先輩のことを知った。わたしが学部長に併任されたり、学位を得たりした報道を、新聞などで御覧になると、いつもいち早く心から喜んで下さり、激励して下さった。御病床におつきになって以後もそれは変らなかった。時には奥様が代筆されたこともある。師恩に感激するとともに、先生の御寿康を祈ったものである。わたしのような不肖の弟子に対してさえそうであった。教え子の成長は先生にとって何よりの喜びであったように思われる。

先生の如く終生研学の喜びを持続された人も少なかろうし、教え子のことを文字通りわが子の如く考えられた人も少なかろう。先生の御期待に副うことはできなくても、その御恩愛にこたえたいと思って努力することは、教え子にとって何という幸いであろう。

今や大変革の時代である。大学はいかに新生すべきか、教育者はいかに在るべきか、といった課題の根本的な解決を迫られて苦悩している。学問、思想は異なり、時代的、社会的背景にも相違はあるにしても、先生が身をもって、学究者、教育者として示された道はわたしたちに永遠に生きつづけることであろう。

先生こそは、まさしく師父と呼ぶにふさわしい真の教育者である。

（一九六九、一二、三一）

恩師のご遺稿集に寄せて

恩師、細川敏太郎先生がご長逝されてから、すでに二年有余、このたび、柳田国男氏も推称されたと聞く民俗学に関するご研究や俳句などを収録したご遺稿集が、いよいよ上梓の運びとなりました。先生ご生前からのご熱望であったと承っておりますだけに、報恩の業成るの感じ、ひとしお探いものがあります。先生もさぞかしご満悦のことでありましょう。

長期にわたって整理・編集にご苦労された小出清、宮武志貴一、塩田清の諸氏、出版についてご尽力下さった佐野増彦先輩、藤田安彦、佐野剛の各位に対して、深甚の敬意と謝意を表したいと存じます。

細川先生が母校三豊中学（観音寺一高）に勤務されること三十有六年、その間先生の教えを受けた者が幾千人に達するか、わたくしはつまびらかにいたしません。しかし、わたしの知聞する範囲においても、社会の各方面で大いに活躍されている人々は決して少なくありません。母校の校長秋山敏夫君からご遺稿集に序を嘱せられ、わたくしなどよりもっと適当な人が他におられるはずであると考えましたものの、学縁深い者のひとりでもありますので、あえてお引き受けした次第であります。

思うに、先生は積学能文、隠れた学究者でありました。その広博深遠な学識は、中学生であったわれわれにもその一端はうかがい得ましたが、先生の蘊蓄はただに漢文学をもって尽くすべきものでなかったことは、余りよくは知りませんでした。このご遺稿集は、先生晩年のご研究や作品などを集録したものであり、それだけに格別意義深いものを覚えます。

先生は偉大な教育者でありました。博深な学問や確固たる信念を根基として、教えて倦まざる教育者でありました。先生がいかに俗人的名利に恬淡であられたか。いかに教え子たちを薫化されたか。先生の人となり、生平事跡、清徳高行については、多くの人々が『志のぶ草』に懐旧追慕の情をこめて語っておられますので、いまさら贅言を要しないでありましょう。

多くの受業生の中で、とくに先生と同じ学問の道をたどろうとした者が、どれだけあるかも、わたしは悉知いたしておりません。しかし、現に香川県内において国語・漢文の研究者、教師として、先生の後継者的立場で精進している人々は、先輩南一郎氏、藤川正数博士、藤原高男教授を初め多数にのぼっています。わたくしが中国文学の研究に志したのも、中学時代に先生から漢文を学んだことによるものであり、学恩ことに深きを常に銘肝いたしております。

ご遺稿集刊行に当たり、先生を痛念してやまず、慕道仰風、いささか感懐を述べて序といたします。

（辛亥晩春）

諸橋先生のお手紙

去る五月二十日の夜、畏友鎌田正博士から、諸橋先生のお手紙について、何か書いてくれないか、という電話があった。私は文理大卒業後、遠隔の地に赴任し、且つ五年有余応召していたという関係などもあって、あるいは私ほど先生からお手紙を頂いた弟子も少ないのではないかと、ひそかに考えたりしているので、あえて引き受けることとした。

ところで、先生のお手紙だけは、特に大切に保存して置きたいと心掛けてきた積りではあるが、戦中戦後という時代でもあったし、捜し出しかねているものもある。先生に対して申しわけないし、残念でならない。

いま私の手元にある最も古い先生のお手紙は、大学卒業前、昭和十二年一月二十五日付、下宿竹早館あてのものである。

拝啓三田校長より俸給之件につき別紙之事申来候に付一寸御相談申上度水曜日午前十一時頃一寸図書館に
御出下され度

などと認められている。

先生から福井師範への就職のお話があったのは、確か昭和十一年の秋ごろからではなかったかと思う。その後待遇の点について、先輩とのつながり上、当初の条件とは次々と変ってきた。先生のお手紙にある「別紙」

はいま見当たらないが、三田校長からやむを得ない事情の釈明があったものであろう。私は先生の御指示の日時に図書館長室に先生をお訪ねし、御相談の結果、というより先生の御意向によって、断わろうということになった。

その後、先生が金沢へ御講演に行かれた折に、三田校長がわざわざ金沢までこられ、重ねて詳細事情説明の上、是非ともよこしてほしいと頼まれたからと、御帰京されると早速御相談があった。もともと就職についでは万事先生にお任せしていた私は、先生のお言葉のまま、喜んで福井師範へ赴任することを承諾した。「喜んで」という私の心境にはいろいろの理由があったが、何といっても先生の深い御配慮、厚い御情誼に感銘したからであった。かくて楽しい、思い出多い福井での生活が始まるのである。

愈〻御安康軍務に御鞅掌奉賀候御出征来已に二三年御本務とは縁遠く相成候事幾分残念とも存候へども現下の時世已むことなし折角御精励希望申上候（昭和十四年六月七日付）

と、応召の身を慰め励まされたもの、

四年の長年月軍務に御鞅掌之処今度芽出度御除隊と可相成よし慶賀此事に御座候此上は本来之教育報国に御驀進切に奉願上候（昭和十七年二月十九日付）

といった、召集解除を喜んで下さったもの、郷里香川への転任についてお心遣い下さったもの、都留大学長として試験場御依頼のものなどもある。先生のお人柄そのままの御懇篤にして気韻豊かな墨跡は、いつも私をして自らの不文悪筆を恥じ入らせたものである。

私はそれらの中から二通を選び、扁額に表装して応接室と客間とに掲げてある。常に先生の御高恩御温情をしのぶよすがとしたいためではあるが、子供たちへの不言の教えに資せんとする存念もある。更に教え子たちを始め訪れる人々に、いささかでも師弟の情を感じてもらえたら、との願いも秘められている。

ここに載せた写真はその一つ、第一回の召集解除後、福井に帰任、日出中町に新居を構えたころ、昭和十三年七月十日付のものである。

拝復丁度けふ貴君に卑書相認め候時貴書を得候に付改めて此書差上申候爾来愈〻御清意欣賀の至然に小生八月十七日福井女学校にて朝八時より六時間の講演を致すことと相成居候貴君其頃御帰郷なくば拝晤を楽み可申候へども御帰郷の都合ならば一向御構被下間敷候汽車時間は如何に相定め候方可然候や直江津廻りとして帰途米原まわりと可致か其辺御調べ御願申上候今度は多分貴地へは一泊位と存候妻も同伴と可相成都合つかば永平寺丈は参詣せしめ度存候尚日置学務部長若くは三田校長等と御相談御願申上候

などとあり、八月九日付のお便りには、

拝呈度〻の御書難有奉拝謝候就ては金沢を一時に切上げ、三時十三分金津着芦原に向ひ可申其日の中に東尋坊見物いたし度存候不取敢右のみ如此御座候とある。

お手紙の時間に金津でお迎えし、東尋坊へお伴をした。そそり立つ岩壁を背景にした写真が、その時の記念として残っている。お疲れのところを、師範学校の職員のため、会議室で御講話をお願いしたりした。翌日私は奥様を御案内して永平寺にお参りした。御帰京の時には妻も福井駅でお見送りしたが、御無事御帰宅のお手紙の中に、妻が妊娠しているのではないか、と奥様がおっしゃっていられるとあって、驚いたりしたことを憶えている。

十一月二十七日に長男が出生した。そのころ私は二度目の応召で丸亀連隊にいたが、先生は伊勢丹から金時の人形を送って下さった。度々の移転でケースのわくは少し傷んでいるが、いまに孫たちまでも楽しませている。

お人形といえば、私たちの結婚を祝って、これも確か伊勢丹からであったと思うが、立派な花瓶を贈って下さった。その後、当時連隊区司令部部員であった私は、その立場上からも、妻の結婚指輪まで供出させたが、先生から頂いたこの花瓶だけはついに供出しなかった。今も応接室のマントルピースの上で、思い出を語りつつ輝いている。いずれも先生や亡くなられた奥様のありがたいお心を伝えるものである。

切に先生の御寿康を祈り、衷心より全著作集の御出版をお慶び申しあげて、筆をおくこととする。

（一九七五年六月四日、先生満九二歳の御誕辰を賀しつつ）

わが人生の師諸橋轍次先生

さる六月四日は、恩師諸橋先生満九十二歳の誕生日であった。二十一日、私は上京の機会に先生や奥様にお目にかかって、御健康と全著作集の御出版をおよろこび申しあげ、一時間近く御歓談いただけたことは、まことにうれしいことであった。

私はいろいろの機会に先生について語ってきた。しかし、中国文化の優れた学者としての先生、大漢和辞典の著者としての先生、文化勲章受章者としての先生、などについてというより、私の個人的な関係を主としての敬慕の情を吐露するのが常であった。

私は大学の卒業論文のテーマに「中国現代詩の研究」を選んだ。現在、中日友好協会の副会長として活躍している張香山君にも随分とお世話になったが、同君の紹介によって郭沫若氏を市川にお訪ねしたりした。そうした私の行動について、師友の多くは心配し忠告してくれた。郭沫若氏自身さえ、特高警察と出会ったりする私に、余り来ない方がいいのではないか、と注意してくれたりしたものである。ところが先生だけはそれについて何にもおっしゃらなかったし、私の卒業論文を審査されて、「一篇の詩史また一面の社会史と見るべし、文亦佳」などと評され、再考すべきいくつかの問題点を指摘された。

旧い中国文化、哲学・思想はもとより、文学や史学に対する造詣も深い先生が、同時に変革する新しい時代の動向、思潮の変遷等についての理解の持ち主であったことは、この一事によっても明らかであろう。またその学はそのまま先生の人生の道であった。まさしく先生こそは博学慎思篤行の人である。

先生に師事すること五十年、学恩もとより深いが、人生の師として景仰してやまないゆえんである。先生の学統を継こうとせず、新しい道を求めようとした私ではあるが、やはりその根基は先生の学的精神であった。ただ時代を異にし、研究の対象を異にし、個人的相違があるに過ぎないのではないか。と、考えたりしている。

「世に著名な学者は多いが、君たちのごとく真に心の通じ合う弟子を持っている私は本当に幸せである」と先日も述懐されたが、その言葉は特に私を感激させた。不肖にして、やや異色とはいえ、先生の愛弟子の一人であるとひそかに自負している私は、必ずしも勝手なひとりよがりでもないのだと、いささかやすらぎを覚えたことであった。

私はせがれや娘を連れて幾度か先生をお訪ねした。人間的に偉大な先生にお目にかからせること、学縁に結ばれた深い師弟の情を感得させることも、子供たちの人生にとって意義があろう。私の師はまた子供たちの師でもある。そう考えての親心である。先生に書いて頂いた色紙をそれぞれの家に掲額しているが、どれだけ人生訓となし得ていることであろうか。

私は先生から頂いた書、お手紙までも軸とし、額として朝夕ながめている。学位を得た時、お祝いにと頂いた楊鴻烈が先生に贈られた隷書の軸もある。学位論文の出版に当たっても、貴重な資料を利用させて頂いたし、先生の序文をもって巻頭を飾り得たことをありがたく思っている。先生の賛辞に価する内容でないことを恥じつつ、師情に感銘している。先生の著述は絶版になったものも多いが、このたび全著作集十巻が大漢和辞典と同じく大修館から発行されることとなり、第一回はこの六月に出版された。先生の専門的学術的業績もさることながら、一般の人々を対象とした平明達意な論著は、ただに中国文化研究者のための好著であるだけでなく、一般の人々のためにも人生の指針として有益な書であると確信する。多くの人々が座右に備えられんことを切望してやまない。

（一九七五、六、二四）

われらが師諸橋止軒先生を偲びて

昭和五十七年十二月八日午後二時頃、例の如く主治医の所へ参りましたところ、医師は私の顔を見るなり「諸橋先生がお亡くなりになられましたなあ、九十九歳だとか」といわれますので、私が「ええ！」といいますと、「今日のお昼のテレビで報道しておりました」とのことでした。そういえば今日は昼のニュースは見なかったと思い、帰宅後東京のせがれに電話して確かめようとしましたが会議中、午後五時過ぎせがれから電話がありましたが、せがれも昼のニュースは見なかったということでいろいろ調べて確かめてくれました。「鎌田先生などに連絡してよろしく頼む」と言って置きましたところ、今夜七時からお通夜、明日正午より密葬、本葬は二十五日と知らせて参りました。直ちに上京してお通夜にも参加いたすべき身でありながら、いささか健康を害しているとは申せ、せがれに代行させせなければならなかったのはまことに残念でもあり、申し訳のないことでありました。深く先生のお許しをお願いする次第であります。

諸橋先生は多くの人々も言って居られるように、最も漢学者らしい最後の漢学者であられたといえましょう。『朝日年鑑』の人名録にも専門の欄に「漢学」とあり、他にその例を見ません。先生御自身「漢学者」をもって自任して居られたと考えられます。

したがって先生にとって中国哲学も中国文学も中国史学も等しく生涯学んでいとわず、教えて倦まれなかった学問であり道でありました。身体必ずしも健であられたとはいえませんでしたし、時に病まれ、一眼遂に明を失せられましたが、書を廃せられることなく、遂に九十九歳の天寿を全うされました。まさに「仁者は寿し」であったといえましょう。先生は遺された多くの御著述によって長く後世の社会に貢献されるところが大でありましょう。殊に大漢和辞典はわが国はもとより漢字文化国家の国民にその文化の根基を培養する極めて貴重な宝として永遠に尊重されると確信いたしております。

私が先生の御教導を長く仰いで参りましたことにつきましては「中国近代詩の研究後記」、「諸橋先生のお手紙」、「わが人生の師諸橋轍次先生」などの諸文にいろいろ誌してきたところではありますが、この六十年になんなんとする先生のお教えの道を顧みて先生を偲ぶよすがとしたいと考える次第であります。

私は大正十五年四月から昭和四年三月まで東京高等師範学校に併設されていた第一臨時教員養成所の国語漢文科の生徒として先生のお教えを受けました。その頃は特に漢文を専攻しようという気もなく、平凡に授業を受けるという状況でしたし、先生は学位論文の作製に精魂を打込んでいられた頃ではなかったかと思います。淡々とした態度の授業であったという印象が残っております。

昭和九年四月に文理科大学に入学して漢文学を専攻するようになりましてから、先生は教室主任であられましたし、公羊伝注疏、漢学師承記、周易注疏、経学における特殊問題等の演習講義を受けました。毎週一回先生のお宅で夕食後読書会が行われ、会後しばらく雑談の時を過しましたが、私どもにとってこれはまことに有益な一時でありました。入学頃は雑司ヶ谷の菊池寛の隣にお宅があり、そこへ伺いましたが、三年生の冬休みに現在の遠人村舎に移転され、その引越しの差配を命ぜられたことも懐しい思い出となっています。昭和十三年福井へお越し下さったことなどについては「諸橋先生のお手紙」で詳しく回顧しておりますのでここでは割愛します。

高松市の栗林公園内にある掬月亭前の五葉の松の大樹を背景にして撮った一葉の写真が残っています。昭和三十二年六月の撮影になるものです。前列には向って左から奥様、諸橋先生、玉井幸助先生、玉井先生の奥様、後列は三菱電機高松支店長、間氏、小生と並んでいます。その前日神戸よりお電話を頂載し、「三菱の計画で明日貴地へ行く。三菱の立てたスケジュールに従うので自由は利かないが、できれば高松駅ででも会いたい」とのことでした。早速三菱電機高松支店へ連絡し、予定の中に加えてもらって屋島で一泊することになりましたが、その折栗林公園などを御案内したときに撮したものです。この時が今の奥様にお目にかかった最初でありました。

昭和四十年十一月二日文化勲章御受章の前日お祝に伺った際、むすめが先生のお宅の玄関前で先生と私を撮った写真もあります。昭和五十年六月二十一日、せがれと先生をお訪ねし、午前十時頃より約一時間、先生、奥様と懐旧思今、いろいろと談笑しました節、テープに録音し、写真を撮らせていただきました。先生のお席が最も遠く、奥様や私の声に比べてやや低いお声ではありますが、今日となっては又と得難い記念の品となっております。帰宅後先生の「全著作集」の紹介の意を含めて「わが人生の師諸橋轍次先生」の一文を草し四国新聞に掲載いたしました。その切抜きとお写真などをお送りしたのに対して同年八月九日附「貴書並ニ写真拝受ことに著作集ニついては情意切々の御紹介有りがたく拝見いたしました過褒不敢当其点ハ別として諸君等ニよって鄙名の伝はるは何よりも嬉しいことでありますす老生幸ニ健とりあへず御礼のミ時下暑安是祈る」これが先生からいただいた最後の直筆のお便りとなりました。

わが家には先生の御著書を始めとして、先生の記念となるものが数多く残っております。私の考えもあり先生をお訪ねする際子供たちをしばしば伴ったため、せがれもむすめも直接先生にお目にかかる機会が多く、色紙をいただいたり、先生の「論語の講義」などの見返しに一筆書いていただいたりもした。これらの品々は子々孫々に伝えて師恩学恩を偲び敬慕してやまないゆえんのもとなりましょう。

昭和五十五年春の叙勲で私も勲二等に叙せられ旭日重光章を賜わり、多くの方々から御祝辞をいただきましたが、先生からの「ジョクンオメデトウ、ワタクシモウレシイ」との御祝電は特に感銘深く、次のような拙い歌を作ったりしました。

わたくしもうれしいという
百歳近き先生のことば
ただありがたし

五月十二日午後宮中にて勲記勲章の伝達を受け天皇陛下に拝謁の栄に浴し、文部省にあいさつの後、せがれとともにお礼と御報告のために先生をお訪ねしました。一寸おみ足は悪いとのことでしたが、玄関までおでましになり、「勲記や勲章を見せなさい」などとせがれにおっしゃり、手にとられてじっと御覧になりながら過分なお祝いのお言葉を賜わり、大変喜んで下さいました。思えばあれが先生の音容に直接接する最後の時となってしまいました。

最後にどうしても鎌田正君について語らなければなりません。君ほど諸橋先生の身上について常に深甚の配慮をしてきた弟子はいないでありましょう。君からもらった書簡の中で先生の現況について触れていないことは一度もなかったといえます。先生のための幾多の行事も君の企画立案によるものが多く、東洋学術研究所長として先生の御遺業の完成に精励していることはもちろんですが、最後までよく弟子の情誼を十全に尽くされたことに対して、同門の一人として感慨格別深いものを覚えます。

（一九八三、四）

その他

活字化にあたって

一、本稿は生前に一部活字化されたものもふくめ、倉田博士没後に発見された自筆原稿を活字かした。

一、判読不能の文字は■であらわしている。

（田山記）

郭沫若高松に遊ぶ

一九一五年、すなわち大正四年の夏、郭沫若は一高の特設豫科から岡山の六高に進学した。その翌年の春休みに、成仿吾――後年沫若とともに「創造社」幹部の一人として中国文学界に活躍した文芸評論家――と、宮島から瀬戸内海を巡航して、高松に来遊したことがある。

沫若二十四歳の春である。仿吾は沫若より三歳年少であったが、六高では逆に一年上級生であった。当時の高等学校は三部にわかれており、第一部は文科、第二部は理工科、第三部は医科となっていた。そして、沫若は第三部に、仿吾は第二部に在学していた。医科と工科――彼等もまた、当時における中国の「富国強兵」という時代潮流の影響を強く受けたことが感取出来よう。文学愛好の精神は次第にその強度を増しつつあったが、そして間もなく、素志を貫徹するか、それを放擲して文学の道に進むかの岐路に立って、二人とも動揺し煩悶する時期を迎えるのではあるが、まだ、交筆をもって世に立とうなどとは夢にも考えていなかった頃である。

宮島から高松への船の旅は、彼等の心をこの上もなく楽しませた。「瀬戸内海の風景はたしかに日本の自然のプライドの一つであるということが出来よう。諸島の姿態、日光の向背によって起る色彩の変化は、まことに『絢爛』などという文字では形容し尽せるものではない。日本の『錦絵』の類が産出する所以の理由も、大半はこの内海の存在に負うものであるかも知れない。」こんな風に後年沫若は述懐している。

この内海の風光に接して、生れ故郷の沙湾や、小中学時代を過した楽山県、十幾年間朝夕仰ぎ見た――登ったことは一度もなかったが――峨眉山、更には巫山三峡の奇景など、故国の山河が懐しく思い出された。殊に、「巫峡中の奇景はおそらく全世界中に無いところのものであろう。江流の両岸に対立している甚だ奇怪な巌石は時には本当に刀で削ったようである。山頭はいつも白雲を戴いている。船が峡を進む時、前方に行く路が見えないし、後方に来た路も見えず、まるで四山環拱せる大湖のようである。だが、峡路が一転するのを待つと、また別に一洞の天地がある。昔の詩人が、その山中に美好絶倫の神女がいて、時には暮雨となり、時には朝雲となるといっているのは、一種の幻想にすぎないが、その地方に到ると人はどうしても一種の神韻が襲うのを覚え、心眼の間に自然にこんな暗示を生み出すことが出来る。」と、彼をして懐想せしめている巫山三峡と、内海とを対比して、どちらも自然界の傑作であると思った。三峡の奇峭、警抜、雄壮を、もし北欧的悲壮美であるということが出来れば、内海の明朗、玲瓏、秀麗は、すなわち南欧的優美であるということが出来はしないだろうか、などと考えたりした。

清晨入栗林　　清晨栗林に入る　　（「清」一本「侵」）
紫雲挿晴昊　　紫雲晴昊にさしはさむ
攀援及其腰　　攀援してその腰に及べは
松風清我脳　　松風わが脳を清うす
放観天地間　　放観す天地の間
旭日方杲杲　　旭日方に杲杲たり
海光蕩東南　　海光東南に蕩き

遍野生春草
不登泰山高
不知天下小
稊米太倉中
蛮触争未了
長嘯一声遥
狂歌入雲杪

遍野容草生ず
泰山の高きに登らざれば
天下の小なるを知らず
稊米太倉の中
蛮触の争い未だ了らず
長嘯す一声遥かに
狂歌雲杪に入る

この詩は、栗林公園に遊び、紫雲山に登臨した時の感懐を詠じたものであり、この時の極めて愉快であった巡遊の記憶を遺留している、たった一つの記念品である。よし、「弱年の未成熟な作品」であるとしても、沫若の「青年時代の鏡であり、日本の自然に対する追懐の最も適当な指南」の一つであるとはいえよう。若き日の郭沫若が、われわれの郷土で作った、この伝統的色彩の極めて濃厚な詩は、殊に、われわれにとってはひとしお感慨深きを覚えしめるものがある。

栗林公園の林泉の美は、どんな印象を与えたであろうか。早朝の静寂な公園を慢慢と歩みながら、何を思い何を語ったことであろう。熱情的に話しかける沫若、黙ってそれを聴きながら、時に湖南新化訛りのわかりにくい言葉で訥訥と語る仿吾。「空漠たるこの世界上で、君のように永遠に忘れることの出来ない人がまたとあろうか。」と沫若をして嘆ぜしめた深い友情は、こういうところから次第に醸成されて行ったものである。

当時、中国は辛亥革命の結果、既に中華民国となっていたとはいえ、それは全く実質を伴わず、相変らず旧軍閥相戦う争乱暴動の連続であり、袁世凱が皇帝と称したりしていた頃である。また、欧洲では二年前の夏勃発した第一次世界大戦は拡大の一途を辿り、丁度ドイツ軍がヴェルダン総攻撃の最中であった。蝸牛角上の争いに尊い人命を惜しげもなく犠牲に供している悲しむべき世のすがたを思う時、彼の心には、日頃崇拝する荘子や陶淵明や王維の境地が、殊更に尊いものに感ぜられた。

沫若は幼少の頃から多くの中国古典に親しんだが、楚辞、荘子、史記、唐詩は殊に愛読したものである。荘子を愛読したのは中学時代からであったが、その頃は「ただその文章の汪洋恣肆を喜んだだけで、そのうちに包含されている思想については甚だ茫昧たるものであった。」ところが、この頃になって西洋の汎神論の思想と接近したために、真に「一旦豁然として貫通する」程度に至った、と自ら信じていた。「荘周評論」をつくりたいという野心を起したりしたのも六高三年生の時であったし、この頃いかに荘子の思想に傾倒していたかを知ることが出来よう。

中国伝統の所謂旧詩についても相当深い教養を身につけていた。幼い時から詩を暗誦し吟詠することが好きであったが、それは母親の感化によるものであり、詩人としての芽を培い育てた最初の人は母親であったといってよかろう。比較的高古な唐詩が非常に彼の興味をそそった。唐詩の中でも王維、孟浩然、李白、柳宗元を喜び、杜甫は余り好きではなかった。韓退之の詩も文も嫌いであった。その思想が浅薄であると感じたからである。しかし、これはことによると後来の感情であったかも知れないのだが。白居易も好きではなかった。この大まかな回顧によっても、「詩の修養時代」、どんな詩人達の影響を受けたかを一応知り得るであろう。なかでも、特に深く且つ永く欣慕してやまなかったのは陶淵明や王維である。岡山を離れる頃、文学の書籍と絶縁して医学に専念しようと決心しつつ、最後まで手離すに忍びなかったのは、庚子山全集と陶淵明全集であった。

「荒山古木の中に自分で一棟の小屋を建築し、芋や粟を種え、鶏や犬を養い、仕事の暇には自分で作った詩歌を唱い、子供たちは猿や鹿と一緒に自由に跳舞するにまかせておく。」彼が夢みた理想の世界は、淵明の桃源郷に甚だ彷彿たるものがある。

「全く矜持せず、全く力を費さないで、極めて幽邃な一種の世界を描き出しているのが好きで、」よく愛吟したのは王維の「竹里館」の詩であった。

独坐幽篁裏　　　独坐す幽篁のうち
弾琴復長嘯　　　琴を弾じまた長嘯す
深林人不知　　　深林人知らず
明月来相照　　　明月来りて相照らす

「陶淵明や王維の如きは、大自然の優れた歌手である。」と評したこともあり、「陶淵明や王維の詩には深度の透明があり、その感触は玉のようである。李白等の詩はただ平明な透明があり、陶王のは立体的な透明がある。」と談じたこともある。彼が紫雲山上で狂歌放吟したのも陶淵明や王維の詩ではなかったであろうか。わたしは「竹里館」の詩を朗吟している彼等の姿を想見するのである。更に、沫若のこの詩は常建の「破山寺後禅院」の詩を想起せしめるものがある。

清晨入古寺　　清晨古寺に入る
初日照高林　　初日高林を照らす
曲径通幽処　　曲径幽処に通じ
禅房花木深　　禅房花木深し
山光悦鳥性　　山光鳥性を悦ばしめ
潭影空人心　　潭影人心を空しうす
万籟此倶寂　　万籟ここに倶に寂たり
惟聞鐘馨音　　ただ鐘馨の音を聞く

また「高校時代スピノザやグエーテを崇拝するようになっていたが、自然に対する感念は純然たる東洋情緒を基調としており、自然をば友人とも、愛人ともて母親とも、みなしていた」彼の当時の自然観を表現しておる。

この頃の沫若は、彼が受けた高等学校における外国語の教育や、その頃の日本文学界の刺戟などから、新奇な外国文学に強く吸引されながら、なお伝統的なもの、母国の遺産の中に、香気高い優れたもののあることを痛感していた。いな、詩人郭沫若の魂は、そこから多くの滋養分をなお摂取し続けていたといえるであろう。

（昭和二十七年五月　香川大学「文芸研究」第二号）

徒歩通学

私が比地尋常小学校を卒業して三豊中学校に入学したのは、大正十年（一九二一年）四月、兄白井利久が四年生に進級したときでありました。時の校長は、尋常小学読本唱歌（明治四十三年発行）所収の「ゐなかの四季」の作詞者であり、のちに「明治節」（昭和三年制定告示）の歌詞を作られもした堀沢周安先生でした。私は兄が当時わが家に一台しかなかった自転車で通学していたこともあり、姉コノヱが嫁いでいた高室村高屋（現観音寺市高屋町）の分家独立してほどない隈川家に下宿をして学校に通うことになりました。丁度、漢文の細川敏太郎先生のお宅の近くで、先生も歩いて通勤をされておりました。

二年生になって、学級主任の湯浅南海男先生が庭球部の部長であり、そんな関係で庭球部にはいりました。ところが庭球部員として放課後二時間程の練習があったほか、厳しい合宿訓練をしたりしたために、成績がたいそうさがったうえ、ひどい下痢症状が続いたこともあって、父に叱られ、夏休みに乳母車に乗せられて家に連れて帰られました。

それから、たしか三年生の新学期からだったと思いますが、比地二村大字比地字成行（今の高瀬町大字比地）の自宅から徒歩で通学することになったのです。家から下の県道に下り、唐頭池の下を通って比地大に出、それから桑山の尼寺のところを通り、桑山小学校の前を過ぎて鹿隈橋を渡り、財田川沿いに観音寺の街にはいるという七〜八キロの行程でした。同じ村の本家にあたる白井誠敬先生は、その頃外国製のオートバイに乗って通勤をされていましたが、当時としてはオートバイは非常にめずらしく、その頃三豊中学にオートバイで通っている人はもちろん、通学の途中でオートバイに乗っている人をみかけることもありませんでした。今では若い人が乗りまわしておりますので、まさに隔世の感あり、です。時間が遅いときには先生から、「今日は遅いぞ」とご注意をいただき、走って通ったりしたこともあります。また当時は時計なども持っていなかったため、大正二年暮に開通した汽車の通り過ぎるのをみて、時刻を推しはかったりしたものです。

桑山村では、田辺弥八・篤太郎（通称竹馬君）ご兄弟や大森季親・種雄ご兄弟、同期の滝本（のちの図子）光治郎君なども歩いて通っていました。本山の方からは、秋山（杜塚）巌先輩や本田益夫君、同期の筒井正一君や小西二三夫君のちの赤土君ですが、これらの人と一緒に通学しました。特に小西君とは特別に懇意で、私が本山の方へまわったり、小西君が桑山の方へまわったりして、よく一緒に通学したものです。またときには不動の滝の方へ登ったり、本山寺へ参ったりしたこともあります。本山近くの財田川の河原で仲間と一緒によく野球をやったのも懐かしい想い出の一です。通学時、学校の近くに着くと、近所の民家（お名前を失念しましたが）で仲間と一緒に、はいてきた朴歯の下駄を皮靴にはきかえて校門をくぐったものです。

卒業する頃に、習字や東洋史を教えておられた白川大吉先生が、「卒業するまでよく頑張ったね」とほめて下さったことが印象深く想いおこされます。卒業のときは大正も末の十五年、今や六十四年の茫たる彼方となりました。

所　感

「桑田変じて海と成る」という言葉がありますが、これは世の中の急劇にして甚だしい変遷を意味するものであります。この世に存在するすべてのものは、細かに観ますと、何一つとして変化しないものはないでしょう。所謂「無情」であります。勿論、それには緩急遅速があり、大小の差があります。しかも昔から自然の変化にくらべて人の世のうつりかわりのはげしいことは、常に人々の深く嘆くところでありました。それにしても、今日わたし達の生きて居るこの時代ほど変化の激しいものは、蓋しその類が少ないでありましょう。

かつての権威はその力を失い、新しい権威が出現しつつあります。昨日まで「善」と考えられたことは今日は「悪」とされ、「是」と信ぜられたことは「非」とされ、甚だしきはすべての旧いものは封建的とか反動とかのレッテルをはって一切これを抹殺しようとする人達もあります。然し、果たしてわたし達が先祖から受け継いだ精神的遺産はすべて一文の価値もないのでしょうか。今日まで身につけて来たものは一切合切捨て去らなければならないものでしょうか。勿論、わたくしも捨て去らなければならぬ多くのもののあることを痛感致します。と同時に、今更のようにその美しさ、その尊さを感じ、残して置きたい、いや益々それをしっかりと身につけなければならぬとしみじみと思うものがあります。ともあれ、今や旧いものと新しいものとが雑然として混在し、争闘し、中には旧いものが新しい衣裳をつけてさも新しいものの如く見せかけて居るものもあるようですが、かくて矛盾混乱を極めて居るのが現在の世のすがたとも云うことが出来るでしょう。勿論、敗戦以来の状況を回顧してみますと、最近は相当落ち着きを見出して来たように思われます。「内も、外も、嵐だ」と云った藤村の言葉がしきりと思い出されたのですが、わたし達自身の中に起こった大きな嵐も、次第に少しずつ静まりつつあるかに感ぜられます。勿論、こうした世相は厳粛な敗戦という現実に因るものでありますが、「恒産なければ恒心なし」とか、「倉廩実ちて礼節を知り、衣食足りて栄辱を知る」とか云われて居る通り、わたし達の日々の生の営みの上の困窮が直接的原因となって居ると云うことが出来るでしょう。何と云ってもわたし達は生きて行かなければならない。「生きて行くためには」ということは、まことに本能的な大きい力を持って居ることを否定することは出来ません。とは言え、この物の不足と云う面だけを考えようとすることは如何なものでありましょう。心の持ち方――わたし達自身の内なるものを深く省みることも極めて大切だと信じます。

わたし達人間は平和な楽しい生を希求して居ります。そのために日々営々として努力して居ると云ってもよいでしょう。しかも「人間は社会的動物である」と云われて居るように、わたし達は一人で生きて行くことは甚だ困難であります。小にしてはわたし達の家庭・部落・村から、大にしては国家・世界と、社会を離れてわたし達の生存は考えられません。わたし達はわたし達の周囲の人々とともにこの現世を「極楽」たらしめるために、お互いに手を取りあって進んで行かなければなりません。そうすることよってのみ、人生は陽春の如き和気あふるるものとなるでしょう。

自由主義とか、民主主義とか、社会主義とか云われるものは、実にこの理想を如何にして達成するかについての考え方、生き方であります。しかもこうした種々の生き方が考え出されたということは、それだけこの世の中の複雑さ、人生行路の難しさが痛感されますし、先覚者達が如何に苦悩したかを物語って居るとも云われましょう。これらの考え方にはそれぞれ差異がありましても「人が人とともに」生きて行くということを離れては成立ちません。自由自由と叫んでも、他人の自由を認めなければ真の自由主義とは云えないでしょう。暴力をもって他人の口を封じ、その他恐怖心を起こさしむるが如き言動をなす者があることをよく見聞しますし、またそれらの人々に附和雷同する者の如何に多いかを思います時、民主主義が全く口先ばかりのものに過ぎないことをしみじみと味わわされます。昔から「己れの欲せざる所、人に施すこと勿れ」とか、「己れをつめってひとの痛さを知れ」とかいう言葉がありますが、こうした態度は今日殊に大切ではないかと考えられます。

私慾のために人を殺傷したという記事の出て居ない新聞は、一日としてないと言っても過言ではありませんし、農家の人々が粒々辛苦した収穫物が一夜にして姿を消したという話は、わたし達お身近に始終聞くことでありま す。こうした事が平気で行われるとしたら、わたし達は安閑としては居られません。いつ殺されるか、いつ盗られるか、一分一秒と雖も安らかな気持で日を送ることは出来ないでしょう。しかもこれが今日の悲しむべき現実であります。

すべての人が他人の立場に立ってものを考えることが出来れば、この世の中は住み心地のよいものとなるでしょう。しかしそれは理想であって、なかなかそう云うふうにはなりかねます。そこで当然この世の中の秩序を維持するものが必要となります。所謂礼とか道徳とか云われるもの、法律などがそれであります。道徳というものは、云うまでもなく、それぞれの社会によって異なり、時代によって変化するものであります。しかし同時に元来道徳は人の天性、人情の自然から生まれてきたものでありますから、時と処とに拘わらず不変なもののあることも考えられます。

手近な例をわたし達の家庭にとって考えてみたいと思います。今年の夏の頃のことでありましたでしょうか。ラヂオで「親孝行は封建的であるか」と云う問題で某新制高等学校の生徒達が討論し、更にその討論を中心に大学の学生達が話し合って居るのを聴いたことがありましたが、その時わたしはつくづく思ったことでありました。わたし達の家庭にもなるほど「封建的」と云われるべきものが随分あり、それらは速やかに除去しなければなりません。民主化は先ずわたし達の家庭から始めるべきでしょう。親孝行は外から押しつけられたもの、親から強要されて居るもののように考えて居る者があるようですが、そう感ぜしめたことについては深く反省する必要があります。かくの如き考え方はその本を忘れて末にとらわれたものであり、その心を求めずして形をのみ論じて居るものとも云うことが出来るでしょう。「父子の道は天の道なり」という言葉は、言葉そのものは古いですがその内容は今日においても首肯すべきものであります。子たるの道は外から与えられたものではなく人情の自然の発露であります。

昔、中国に伯俞という人がありました。ある時、過ちをしでかしてお母さんにむちで叩かれた時、大変悲しそうに泣きました。そこでお母さんが「今まで一度も泣いたことがないのに、今日に限って泣くのは一体どういうわけですか」と尋ねました処、「今までは叩かれますと何時でも痛うございましたが、今日お母さんの力が弱くて痛くないのが悲しいのです」と答えたという話があります。

石川啄木の歌に

戯れに母を背負ひて
そのあまり軽きに泣きて
三歩あゆまず

というのがあります。

伯兪と啄木とは国を異にし、時代もまた遙かに隔たったて居り、殊にその思想に至っては甚だしくかけ離れて居ますが、母の衰えを嘆き悲しむ心は全く一であります。これは実は人の子の自然の情であるからです。

こうしたところから生まれ出た道徳も、時勢の推移に伴い、時を経過するに随って、形式的なものとなり煩わしいものとなるのが通例であり、そうなった場合にはこれを本来のすがたに返し、もっと自然な、もっと簡易なものにしようとすることも歴史の示すところであります。「自然にかえれ」という叫びが聞かれるのはもっともなことなのであります。

中国現代文学と日本文学

序

かつて我々の先祖が、遠い昔から長年月にわたって中国文化の摂取醇化に努力いたしまして、我が国の文化をつくりあげ、それが今日にまで伝統しておりますことは、皆様方の既によくご承知の通りであります。ところが、我が国が明治維新以来、西洋文化を取り入れまして急速に近代国家として発展いたしましてからは、今度は逆に先進国の位置に立って、中国に多くのものを与えたのであります。新しい中国の文化は、実は日本文化の影響を最も多く受けて生誕し、発展したということが出来るでありましょう。勿論、中国が吸収したいと考えたのは、日本文化を通して、日本文化の中に既に取り入れられている西洋文化そのものが目的であったのでありますが、即ち日本から間接的に西洋文化を吸収したいと考えたのでありますが、それはやがて現代の日本文化、更には伝統的な日本文化、中にはかつて中国から伝来し日本化されたものを逆輸入するということさえ生じたのであります。

郭沫若が「資本主義以前の文化は中国から日本へ流れ込み、資本主義以後の文化は日本から中国に流れ込んだ。中国から日本に流れ込んだ日本の資本主義以前の文化は、日本に於て莫大な成功を収めた。日本から中国に流れ込んだ中国の資本主義以後の文化は、結局、十分な現れを示さず失敗であったようである」とか、「甲午戦争（明治二十七、八年戦役）によって、日本が世界上に頭角を現した後、中国文化の方針は即ち日本に学ぶことであった。以来、今日に至るまで、意識的、無意識的にすべて日本に学んだのである」（「中日文化的交流—東流、第二巻、第一期）と論じておりますことによっても、中国人のこれに対する見解の一端を窮知することが出来るでありましょう。郭沫若の云うが如く、果して日本から中国へ流れ込んだ文化は充分な結実を見なかったであろうか。これに対する解答は、後述することによって与えられるであろう。

本講習会において、わたくしは現代の中国文学と日本文学との上において、そうした関係を考究してみたいと思うのである。即ち文字の世界においては、何時頃から如何にしてどの程度に日本文学が影響を及ぼしたかを明らかにしたいと思うのである。

さて、わたくしがここにいう「中国現代文学」とは、民国六年「文学革命論」が提唱され、五・四事件を直接的な契機として「新文学運動」が展開されてから以後、民国二十六年の日華事変勃発直前迄の中国の所謂「新文学」を意味するのであります。勿論、この「新文学」は突如生まれ出でたものでなく、その醞醸期を経て来ていることは云うまでもありません。「新文学」について語るためには少なくとも光緒二十二、三年頃（わが明治二十九、三十年）、梁啓超等が「詩界革命」「小説界革命」を高唱した頃にさかのぼって考えて見なければなりません。かつて外交官として多年日本に住んだ「人境廬詩草」の作者黄遵憲、外国文学の翻訳・紹介に努めた林琴南、もともと日本人であり、詩人、小説家として特異な存在であった蘇曼殊、西訳詩歌のいち早き紹介者馬君武（東大工科）等が、それらの人々の影響の下に「新文学運動」の提唱者達が育ったということを忘れては新文学を論ずることは出来ない。殊に梁啓超、林琴南の影響はまことに大なるものがあった。

又、「新文学」が提唱され、試作された以後に於ても所謂伝統的文学の世界に安住し、「新文学」の提唱者達から非難攻撃された所謂清朝遺老の人達の中にも、よしその表現形式は旧くとも、文学的稟才に於てすぐれ、香り高い作品を残した人々もあることを附言して置かなければなりません。我が国の明治初年（二十年頃迄）の文壇の様相を回顧すれば、その軌を一にすることを明確に知ることが出来る。

一、留日学生とその文学的活動

中国がアヘン戦争（一八三九〈天保十年〉）、太平天国運動（一八五〇）、さては英仏連合軍の北京占領（一八六〇〈万延元年〉）と、相次ぐ戦乱を経験して、次第に西洋各国の軍事兵器の優秀さを認識し、自国の実力を正当視し出した清朝要路の人達が、先ず応急の策として採用したのは、外国語の修得であり、外国軍事の輸入であり、留学生の派遣であった。殊に日清戦争によって、日本の実力を認識した。

かくて、我が国へも光緒二十二年（明治二十九年）、政府は正式に留学生を送ったのである。しかも留学国として我が日本は路の遠近、経費の多寡、文字の障碍、風俗の相異等において、西洋より遙かに便利であり、且つ日本人は既に「西学の切要ならざるものを刪節し改変している」故、「事半ばにして功倍し、これに過ぎるものなし」（張之洞「勧学篇」）と考えて、多くの学生を日本に留学せしめるに至ったのである。爾来、年とともにその数を激増し、光緒二十八年（明治三十五年）頃から光緒三十四年（明治四十一年）頃最高潮に達し、光緒三十二年（明治三十九年）にはその数、実に七千人を超過した。爾来、日華事変勃発直前まで多くの留学生が渡日したのである。

勿論、年とともにその数を減じ、また日華両国間の外交問題等のため、例えば五・四事件、満州、上海事変等のため甚だしく減少した年もあるにはあったが、しかし大体において留日学生が留学生数の最高を占めていた。一例を挙げますと、民国六年、官費留学生一三九六人中、留日学生は一〇八四人、第二位の留美（米）学生が一三一人でありました。最近においては民国二十三年度（昭和九年）、出国留学生総数八五九人中、留日学生三四七、留美学生二五四と「申報年鑑」は報じております。

かくの如く多数海を越えてまいりました留日学生は、民国初年頃迄においては、そのほとんどが富国強兵という時代潮流のままに訪れた者であるから、「文学」を研究し「文学者」たらんと志して国を出た者は甚だ稀である。彼等の多くが渡日後、日本の自然、日本社会の中で生活するうち、当時の日本の思想界、文学界の影響によって、日本文学者の作品をよみ、日本人によって翻訳された欧米文学者の作品に接し、或いは日本人の著述によって欧米文学への道を示唆され、かくて彼等は初志を抛棄して文学者として生きる道が決定されるに到ったのである。彼等がその最初に世間に問うた作品を創作したのは、多く日本においてであった。更に云えば彼等の文学意欲を涌きあがらしめたものは、日本の自然であり、社会的環境であったとも云い得るのである。

今、中国の新しい文学の世界に活躍し、大きな影響を及ぼした人々のうち代表的な留日学生をあげてみたい。先ず、デモクラシイとサイエンスをその思想的根幹として、新しい時代、新しい社会を建設せんと企図して民国四年生まれ出でた雑誌「新青年」を主編し、留美学生胡適とともに「文学革命論」を提唱して新文学運動展開に大きい役割を果たした陳独秀がいる。彼は東京高師において速成的教育を受けた者であるから、勿論、文学者ではなく「新文学運動」の提唱者として（というよりは実は広く新文化運動の提唱者、中国共産党の創始者として記憶されるべきであるが）考えられるべきである。

次に、文学的価値の乏しい文字通り嘗試者の域を出ない五・四時代の文壇において世界に喧伝された不朽の名作「吶喊」をもって現れ、爾来「彷徨」を始めとして小説に散文に幾多の佳品を残し、また外国の許多の名著の翻訳紹介につとめ、所謂「語絲派」の総帥として新文学の育成に文字通り全く巨歩を印した魯迅（周樹人）がある。彼の弟周作人は日本文学（古典をも含み）の研究深く、その翻訳紹介につとめると共に、或は初期の詩人として、又「自己的園地」「雨天的書」「看雲集」等、多くの散文集を以て兄魯迅とは異なった立場において、特筆さるべき文学者である。

周作人等の組織した北京の「文学研究会」に対して、中国文学界に浪漫主義の巨涛を起こさしめた上海の「創造社」同人はほとんど留日学生のみであった。そこには詩集「女神」「星空」、戯曲「三個叛逆的女性」の作者郭沫若、評論家成仿吾、「沈淪」を以て世論を沸騰させた所謂頽廃文学の郁達夫、「沖積期化石」を処女作として文壇に出でた長編作家張資平、象徴詩人穆木天、馮乃超等がいる。後に、民国十五年頃「革命文学」が盛んに唱えられた頃、その中心を為し後年のプロ文学の先達となったのも亦実に後期創造社の人々であった。

更に劇壇に目を転ずれば、勇敢に旧劇の革命を行い新劇建設の先鋒隊となった「春柳社」の曽孝谷（号は存吾、字は延年、美校西洋画科）、李哀（字は叔同、美校の同学）、欧陽予倩、陸鏡若、馬絳士があり、彼等の所謂「文明劇」は民国の初年において、空前の成功を収めたのである。民国十年、民衆戯劇社を組織したのも彼等が中心であった。次に、最初は創造社の同人として後に自ら南国社を組織し、「珈琲店之一夜」を始めとして多くの劇作を発表し五巻の劇曲集を持つ、中国新劇運動の第一人者田漢がいる。又、「琳麗」を以て詩劇作者として喧伝された黄白薇女士も亦東京女高師に学んだ人である。

以上はその主なる人々をあげたのであり、この外にも文学界に活躍した多くの留日学生がいたのであるが、それらの人々については省略する。

二、日本文学の影響

1、五・四より五・三十に至る（大正年間）

イ、文学界の概況

梁啓超等の自由思想の洗礼を受け、厳復の英国功利主義の訳書を愛読し、林琴南訳の許多の外国小説等を耽読した少年達が、富国強兵という時代思潮によって留学の幾年を過ごし、多分に外国文化の影響を受けて次第に帰国するに随い、デモクラシイとサイエンス謳歌の時代を現出しすべての旧きものを破壊せんと志した、これが民国六年頃の「新文化運動」である。やがてこの伝統的社会の一角に現れるべくして現れたこの新興の連中が五・四事件を契機として全国的な狂瀾怒濤と発展して行ったのである。これは外国資本主義の影響によって醸成し来たった中国の資本主義的文化が旧有の封建社会に対して挑んだ抗争であり、又、五・四運動の最大の成功は「個人の発見」であったとも云えるのである。

然しながら、中国の資本主義は極めて短命な花にも似て、やがて外国の帝国主義の侵入となり、内には軍閥相食み、又、共産党の組織となり、中俄協定の成定となり、次第に青年達を吸引し始めた。そして民国十四年、端を日本紗廠に発した所謂「五・卅事件」を迎えたのである。

これを文学界について見るに、民国六年雑誌「新青年」に掲載された胡適の「文学改良芻議」、陳独秀の

「文学革命論」を最初の一石として、「毎週評論」「新潮」「改造」「少年中国」等の雑誌、世にいで、やがて民国九年には最初の純然たる文学団体たる「文学研究会」が周作人、鄭振鐸、沈雁冰、葉紹鈞等を発起人として成立され、「小説月報」を革新し「文学旬刊」を創刊して、その活躍の第一歩を踏み出した。又当時日本留学中であった既述の郭沫若等によって創造社が成立され、「創造季刊」が世に現れたのは十一年のことであった。この二者は文壇の両横綱として、文学界は勿論、一般社会に絶大な影響を及ぼしたのである。

文学研究会をば「血と涙の文学」の鼓吹者とし「人生の為の芸術」の立場をとるものとし、創造社を浪漫主義の提唱者とし「為芸術而芸術」の立場をとるものとすることが、当時においても又その后も一般に行われている通論であるが、これは必ずしもそう区別されるべきものではなく、そこには自然主義的なものあり、人道主義的なものあり、浪漫的なものあり、各種のものが一時に芽生えたと見るべきであろう。

そして林琴南、学衡派、甲寅派等の駁論・反撃はあったけれども、それは却って新文学を更に隆盛ならしめる力とはなっても、それを抑圧する力とはならなかった。

かくて十三年には、魯迅等によって「語絲」が創刊され、田漢が南国社を組織して「南国月刊」を発刊し新劇運動を展開するに到ったのである。又新月派の徐志摩、聞一多等が所謂新格律詩を以て詩壇に君臨したのである。

ロ、翻訳と影響

この期における日本文学の影響をまず、文学理論について見ると、この時代に最も影響を及ぼしたのは、厨川白村、小泉八雲、白樺派の人々であった。

厨川白村の著述については、「近代文学十講」（羅迪先）「文芸思潮論」（樊仲雲）（汪馥泉）「苦悩的象徴」（魯迅）（豊子愷）、「出了象牙之塔」（魯迅）等を始めとして「文芸的進化」（朱希祖）、「文学創作論」「宣伝与創作」（任白涛）「病的性欲与文学」（樊仲雲）等がある。胡風が「めちゃくちゃに私を没頭せしめた書」と云っているが如く、随分と若き文学青年達に読まれたもののようである。尚、厨川白村に直接指導を受けてその文学観念を培った人々（鄭伯奇、穆木天）もあった。

小泉八雲、この帰化せる日本人のものでは、「文学入門」（楊開楽）、「論創作」（石民）、「文学与民意」（張文亮）等が翻訳され、「初めて西方文学を学ぶ人は小泉八雲を以て先導となし、正路を行くに非ずといえども、かえって捷径となる、文芸方面に於て学ぶものが、先ず求めるのは興趣であり、然も興趣は恰も小泉八雲がよくわれわれに与えるところのもののようである」（朱光潜「孟実文鈔」）と云っているのは、よく小泉八雲の興味ある文学案内書的な価値を云い現していると思う。

次に白樺派の人達の影響は最も大であったということが出来る。自然主義のあとを受けて、日本文壇に現れたこの人道主義的、社会改良への若々しい情熱は、旧き中国から新しい中国を建設せんとした彼等の心を捕らえたことは蓋し当然であったとも云えるであろう。

この白樺派の中でも最も多く翻訳されたのは、武者小路実篤、有島武郎の二人のものであった。

武者小路実篤のものでは、「論詩」（魯迅）、「文学者的一生」（魯迅）、「与支那未知的友人」（周作人）、「在一切芸術凡有芸術品」（魯迅）「芸術家的使命」（湯鶴逸）「一個青年的夢」（魯迅）、「一日裏的一休和尚」（周作人）、

「某夫婦」（周作人）「桃色女郎」（樊仲雲）「某画家与村民」（陳嘏）、「某日的事」（仲雲）等が翻訳され、「小説月報叢刊」として一九二五年「武者小路実篤集」「武者小路実篤戯曲集」（中華）が発行されている。周作人は彼の「新村運動」に深く共鳴し（「新村的精神」〈小説月報〉）、自ら日向に「新しい村」を訪ね、中国においても「新村運動」を行わんとした。詩人穆木天が三高在学中「周作人先生の『新村』に参加しているものであることを聞いた」と沫若は云っている。

有島武郎のものでは、「芸術的胎生」（魯迅）、「与幼少者」「阿末的死」（魯迅）、「朝霧」（周作人）、「文学与生活（文学と生活）」（孫俍工）等があり、詩人郭沫若をしてホイットマンの「草葉集」に接近せしめたのも彼の作品「反逆者」であった。殊に彼の劇的死は、一層彼を有名にし、更に藤森成吉の「犠牲」を通して五・三十以後に於ても愛読された。「世界文学家列伝」（孫俍工）に加えられていることによっても、彼が軽井沢の山荘に逝った時には、「北京晨報」を始め新聞、雑誌に、「談有島武郎」（岷江）、「有島武郎」（周作人）、「有島武郎」（張定璜）、「有島武郎年譜」（金溟若）、「美人青眼的有島武郎」（陳翔水）等が掲載されたことによっても、その点が知り得るであろう。「有島武郎幼き者に与うの中に無劫の世界の頂礼、幾度読んでもいつでも激動して涙を流した」のは胡風のみでなかったであろう。

その他、志賀直哉の「到網走去（網走まで）」（短編小説）、「清兵衛与壺蘆」（清兵衛と瓢箪、短編小説）（以上、周作人）、「和解」（張資平）、「老人」（湯鶴逸）「接吻」（大逸）、千家元麿の「深夜的喇叭」「薔薇花」（周作人）、長与善郎の「亡姉」、「山上的観音」、「西行法師」（周作人）等が訳されている。

所謂自然主義作家のものでは、国木田独歩のものが最も多く、「少年的悲哀（少年の悲哀、小説）」、「巡査」（周作人）、「夫婦」（夏丏尊）、「沙漠之雨」（文学週報、黎烈文）等があり、夏丏尊の編した「国木田独歩小説集」

（「夫婦」「疲労」「第三者」「女難」の四篇を収めている）も出ている。又、田山花袋の「棉被（蒲団）」、島崎藤村の「新生」（徐祖正）等がある。島崎藤村について徐祖正は「山中雑記」に於て「藤村はよく暗黒の自然主義の中から新生の道を開き、深秋熟果の如く円熟せる芸術品をわれわれに饗恵し、一面彼の詩人の深く湛えた情熱と、一面彼が自然の真摯の中から得会した芸術的技巧がある。わたしは先ず彼の技巧に羨慕し深く深く彼の真摯に歎服する」と述べている。夏丏尊は真の自然主義文芸を中国の文壇に教えたものは独歩の「女難」であるとさえ言っている。孫俍工の「世界文学家列伝」に国木田独歩のみが出ている。

夏目漱石については、魯迅が「当時最も愛読したものは……日本のものでは夏目漱石と森鷗外とである」と云い、「掛幅」、「克莱喀先生」を訳している。その外、「夢」（陳者）、「猫的墓」、「火鉢」（謝六逸）がある程度である。

次に漱石の門に出でた所謂「新理知主義」と云われた人達の作品では、菊池寛と芥川龍之介とである。われわれのこの高松が生んだ文人菊池寛ほど彼の国の人々に親しまれた名前も少ないであろう。

「三浦右衛門的最期」、「復讐的話」（魯迅）、「投票」（胡仲持）、「父帰」（田漢）、「屋上的狂人」（田漢）、「海之勇者」（同上）、「温泉場風景」（同上）、「恋愛病患者」（劉大傑）、「妻」（同上）、「摸倣」（同上）、「輿論」（同上）、「時間与恋愛」（文運）、「藤十郎的恋」（胡仲持）、「謡言的発生」（[redacted]）、「再和接個吻罷」（鷺鸞子）、「結婚二重奏」（浩然）、「文芸与人生」（周柏棣）、「歴史小説論」（洪秋雨）、「文学上的諸主義」（朱雲影）等が翻訳され、田漢訳の四篇の戯曲は「日本現代劇選」として中華書局から発行され、又、章克標訳の「菊池寛集」（開明）、黄九如の「菊池寛戯曲集」（中華、二十四年）が出ている。殊に彼の「父帰」、「屋上的狂人」は田漢等によって何回か上演され、就中「父帰」はその都度好評を博したものであった。新劇運動と菊池寛とはまことに深き関係をもっている。

芥川龍之介の作品には、中国の古い小説の翻案があり、題材を中国に採ったものもあり、中国的文人趣味もあるので、随分と豊富に翻訳紹介されている。

「鼻子」、「羅生門」（魯迅）、「秋」、「湖南的扇子」、「中国遊記」、「南京的基督」（夏丏尊）、「袈裟与盛遠」、「手巾」（方光寿）、「藪中（藪の中）」（章克標）、「絶筆」（沈端先）、「芥川龍之介集」（開明）、「一塊土」、「秋山図」、「黒衣聖母」、「阿格尼神」、「魔術」、「山鴨」、「金将軍」、「棄児（捨子）」、「女」、「蜘蛛絲」（黎烈文の訳もあり）、「致某旧友手跡」（以上、湯鶴逸）、「河童」（黎烈文）、「文芸鑑賞論」（凌堅）、「文芸一般論」（高明）等がある。これは次の時期のことであるが、彼が自殺した報が中国に伝わるや、各新聞・雑誌ひとしく彼の死を報じ、その親愛の情と敬悼の意を表した。

以上の外にも、小川未明、谷崎潤一郎、佐藤春夫、倉田百三（「出家とその弟子」、孫百剛訳）等もあるのであるが省略する。特に佐藤春夫については中国文学の紹介者として記憶しなければならない。

以上は主として小説等について考えて見たのであるが、次に日本詩歌の影響について簡単に述べて置かなければならない。日本の詩歌の中では、周作人が「日本的詩歌」「日本的小詩」等を紹介し、石川啄木、千家元麿、与謝野晶子、野口米次郎、堀口大学、白鳥省吾等の詩歌から古い時代の和歌・俳句（芭蕉、蕪村、一茶）等にも及んでいる。その中、石川啄木の和歌・詩が最も多く愛読されたようである。

「啄木短歌二十一首」、「呼子と口笛」「無結果的議論之後（はてしなき議論の後）」、「科科的一瓢（ココアのひと匙）」、「激論」、「旧的提包（古びたる鞄をあけて）」、「飛機（飛行機）」（周作人、以上の詩は北新版「陀螺」所収）、

「二条血痕（二筋の血、小説）」（周作人、「両条血痕」所収）、「我們的一団与他（我等の一団と彼）」（画宝、単行本）、「石川啄木的短歌」（周作人）、「石川啄木底歌」（汪馥泉）。田漢はかつて石川啄木の詩を読んだ時を追懐して、「彼の詩は現在見てみると別に希奇と感じないが、然し数年前に読んだ時には人を異様に興奮させた」と云っている。

中国の新しい詩に及ぼした影響は、何といっても西洋詩が中心であり、日本の詩歌の影響をそう重視するのは適当ではない。然し、叙上の周作人による翻訳紹介が印度の詩哲タゴールの詩の紹介と相俟って、ここに「小詩時代」を提出したことは特記しなければならない。「中国の新詩は各方面においてすべて欧州の影響を受けているが、独り小詩のみは例外であるようである。何となればその来源は東方に在るからである。そのうちに又二つの潮流がある。即ち印度と日本とであり、思想上に於ては冥想と享楽である」、「日本の歌はまことに理想的小詩と云うことが出来るであろう。中国新詩上に於てそれも亦略々影響がある」と周作人は云っており、成仿吾は「日本の短歌の如きどこに模倣の価値があるのか、私は全く分からない。然も紹介するもの之を云うこと神に入り、模倣者之に趨くこと若鶩此の如し」（「新文学之使命」）、「小詩の二字を講ぜんとすると、われわれはすぐ周作人が紹介せる所謂日本の小詩を連想する、最初わたしはこの名前を聴いた時、周君の指す所のものが如何であるか、どうもはっきりしないところがあった。後になってはじめて日本の短歌と俳句であることを知った、……日本語は多音節のものである、……和歌と俳句は日本において既に過去の骨董となった。ちょうどわれわれの律詩と絶句のようなものである。……羽のまだ豊かでない青年をして彼等をば詩の王道となし、終にわれわれの王宮を彼の蹂躙に任せたのである。これが私の周君が何故日本の小詩を紹介したか解らない第一の点である。その次に俳句は既に軽浮浅薄な詼諧であるものが多く、文芸上に於て多大の価値がない。少なくとも普遍的価値がない。俳句は日本文特長の表現法であり、少なくともわれわれの言語に応用することは出来ない」（「詩の防禦戦」）と云っていることを対比すれば、当時の小詩運動と日本の短歌・俳句との関係が分かるであろう。

最後に戯について一言すると、中国の所謂「新劇」は伝統的な旧劇から改良的旧劇へ、更に文明劇を経て生誕したものである。然も先ず旧劇改良を企てた夏月潤、潘月樵等は市川左団次らから暗示を受くる所多く、次いで既に述べた「春柳社」の人達は川上音二郎、川上貞奴の演劇によって、強い欲求が喚起され、後に藤沢浅二郎の帮助と指導を得て（曽孝谷は藤沢浅二郎の友人で、椿姫をやった時はその指導によった）「春柳社」を創設したのである。欧陽予倩は河合武雄、木下吉之助から少なからざる影響を受け、馬絳士は喜多村緑郎に学び、陸鏡若は常に藤沢浅二郎を師と拝し、日本の劇場に於て実地の経験をも得、又東大、早稲田に於て多くの薫陶を受け、坪内逍遥、島村抱月、小山内薫の演劇論は多大の影響を及ぼしたのである。

民国十年五月、民衆戯劇社が組織され、芸術的な新劇を提唱し、「戯劇」を上海中華書局から印行した。然し、彼等の多くは文明劇出身であり、彼等と殆ど時を同じうして純文学の畑から劇に向かった人達であった。田漢、郭沫若等の如きがそれである。この頃はまだ中国においては一般の人々に戯は文学の一部門として認められていなかったのである。田漢、郭沫若等の作品によって初めて戯劇が文学上における位置を確保したのである。田漢は「東京についた後、たまたま島村抱月と名優松井須磨子との芸術運動の盛期に逢い、上山草人と山川浦路の近代劇協会また活動甚だ多く、その上、五四運動の大潮また国内外に澎湃としていたので、わたしははじめて真正の戯劇文学の研究を開始した」と云い、「珈琲店之一夜」は「李初梨兄の経験を題材とした」ものだと云っている。尚、彼が佐藤春夫、秋田雨雀等とも交遊していたことは郭沫若の「創造十年」に述べられている。彼が菊池寛の多くの戯曲を翻訳して上演したことは既に述べた。郭沫若は田漢について「わたしの知れる処によれば、彼は日本文壇の影響を受けており、同時に云うまでもなく又間接的にロシア革命の影響を受けていた」（「創造十年」）と語っている。

女流劇作家黄白薇女士は田漢にやや遅れて渡日したのであるが、文学と関係を持つに到った「唯一の導師」は田漢であり、中村吉蔵によって英国の社会劇を指導され、中村吉蔵に「相見ることの甚だ晩きを恨み」としたと述懐している。

2、五卅——日華事変（昭和十二年頃）

この約十年間に於て所謂「五卅惨案」があり、国民革命等が北伐の軍を起こすあり、十六年には共産党の広州事変あり、「蘇維埃共党政府」の瞬間的樹立となり、国民政府討共の端を開き、十七には例の済南事変の勃発あり、国民感情はいよいよ排日へと推移して行き、満州事変、上海事変を経て反帝抗日の思想は高潮して行ったのである。かくて今茲の日華事変の悲しむべき日を迎えたのである。

かくの如き時代背景をもった文学の世界はどうであったか。かつて「自我の解放」を叫んだ人々はやがて「階級の解放」を高唱し、文学革命から革命文学へ、更にプロレタリア文学へと進展して行ったのである。同じく反抗を叫ぶ人々の中にも民族主義の立場に立つものと、世界主義の立場に立つものとがあり、創造社、太陽社の郭沫若、銭杏邨、蒋光赤等を始め多くの人々は革命文学を提唱し、一九三〇年三月、左翼作家聯盟の成立を見たものの国民政府の大弾圧を受けて、郭沫若、日本に亡命し、蒋光赤、上海に病死し、胡也頻、捕らわれて死し、プロ文学はやがて[redacted]文学へと変移して行った。一方、累次の対日事件は民族主義文学（前鋒社）の提唱となり、二十一年九月「中国詩歌会」設立し、所謂大衆文学の口号となり、一方には農民労働者の悲惨なる現実を刻写し、資本主義の打倒を叫び、一方には反帝抗日を怒号し民族の奮起を熱望し、所謂「現実主義」の文学が旺盛を極めるに到った。かくて民国二十四年「中国本位文化建設宣言」が行われ、「上海文化界救国会」が設立され、二十五年には「中国文芸家協会」生まれ、国防文学が叫ばれるに到った。これが日華事変前夜の状況である。

さて、この期に於ても前期にひきつづき概ね前述の人々の作品が一般に読まれ、殊に民国十六年、芥川龍之介の死に際して如何に敬悼の意を表したかは既に述べた処であり、この時期に翻訳されたものも包含して述べて置いたので、ここには一九三一年（二十一年）から一九三六（二十五年）までに出版された翻訳書目をあげるに止めて置きたい。

民国二十一年

○夏目漱石集　章克標選訳　開明

○正宗白鳥集　方光燾選訳　開明

○放浪記（林芙美子）　崔万秋訳　新時代

民国二十二年

○牧場道上（永井荷風）　方光燾訳　文学

○拿破崙与輪癬（横光利一）　黄源　文学創刊

民国二十四年

○有島武郎集　　　　　　沈端先　　中華
○志賀直哉集　　　　　　謝六逸　　中華
○三四郎　　　　　　　　崔万秋　　中華
○菊池寛戯曲集　　　　　黄九如　　中華
民国二十五年
○発揮智力喲（千家元麿）　　　　菡亭

これらによっても推量し得る如く、文壇の新しい方向は最早こうしたところにはなく、専ら革命文学、プロ文学、現実主義の方向にひたむきに進んで行ったことを見るべきである。

「革命文学」の提唱者郭沫若は、既に詩集「女神」の中で或はマルクスを讃美し、レーニンを歌い、「序詩」において「わたしは一個の無産階級者である」とか、「わたしは共産主義者となりたいと願う」などと共産主義的口吻を洩らしているが、彼自ら当時を回顧して「それは単なる文学上の遊戯であり、実際上は無産階級と共産主義の概念すらまだはっきり認識していなかった」（「創造十年」）と語り、又「当時、日本の新思想はすでに甚だ濃厚で、左傾雑誌もすでに擡頭していた。わたし個人においても当然非常に影響を受けた」（「現実界」創刊号、作詩談）とも述懐している。彼が根本的に思想転換を行い、完全に共産主義者となったのは、民国十二年、河上肇の「社会組織と社会革命」を翻訳した以後のことである。「この書の訳出はわたしの生活の中に於て個の転換の時期を形成した。半眠状態の中からわたしを引き出したのもそれであり、死の影の中からわたしを救い出したのもそれであり、わたしは作者に対して非常に感謝している」（「創造十年」）といっている。この沫若の回顧の言葉の中に文学革命から革命文学への道が窺われ、日華両国思想界の関係も具体的に示されているということが出来るであろう。

然らばこの期の主流たる革命文学、プロ文学の理論的方面について考察してみると次の如くである（これは必ずしもこの期に始まらないのであるが、便宜上ここでまとめて述べる）。

昇曙夢の「近代俄羅斯文学的主潮」（陳望道）、「最近的高爾基」（李可）、「新俄文学的曙光期」（雪峯）、「新俄的演劇運動与跳舞」（同上）、「新俄的無産階級文学」（同上）、「俄羅斯文学的社会主義」（逐■）、「革命俄羅斯底文学」（汪馥泉）、「芸術与階級」（魯迅重訳）、「最近蘇俄文壇之趨勢」（■）、「現代俄国文芸思潮論」（劉大傑）、「蘇俄的両種跳舞劇」（■）、「高爾基論」（凌堅）、「高爾基訊問記」（高明）、白鳥省吾の「俄国底詩壇」（夏丏尊）、西川勉の「俄国底童謡文学」（同上）、蔵原惟人の「新興芸術論的文献」（不文）、「帝国主義与芸術」（暁■）、「俄羅斯文学最高点的要素」（方■武）、「法兌耶夫底小説潰滅」（魯迅重訳）、「浪漫主義以後的俄国文学」（毛一波）、岡沢秀虎の「蘇俄十年間的文学論研究」（陳雲帆）、「最近蘇俄之文学哲学与科学」（徐翔）、「俄国無産階級文学発達史」（雪峯）、川口浩の「資本主義和芸術」、「報告文学論」（沈端先）、「到科学的美学之路」（鳴心）、「文学的党派性」（張若英）、「徳国的新興文学」（馮憲章）、平林初之輔の「民衆芸術底理論和実際」（海晶）、「自然主義文学底理論的体系」（陳望道）、「法国自由派的文学評論」（張我軍）、「芸術的離婚問題批評」（丁鴻勛）、石浜知行の「経済与文芸」（高明）、「日本無産階級文学発達史」（胡行之）、「機械与芸術」（汪馥泉）

以上は文学理論について述べたのであるが、創作家ついて見ることとする。

秋田雨雀については既に田漢のところでも述べた如く、留日学生にはよく親しまれた人であり、民国十二年、"Asparagus"（楊敬慈）、十三年に「牧神与羊群」（張暁夫）等が早く出て、「仏陀的戦争」（張暁夫）、「高爾基在蘇聯的地位」（適夷）、「我的五十年」（谷非）等が翻訳され、二十二年出版の「文学」（一巻二号）にはその近影が掲げられ、「秋田雨雀印象記」（谷非）も見えている。

藤森成吉には「馬車」（張資平）、「地主」（同上）、「創作的唯物弁証論」（葉沈）、「高爾基訪問記」（適夷）、「劇卡爾的故事（原名、「親友」）（[redacted]）があり、「一九三〇年の現代小説」において銭杏邨は「関於藤森成吉」において「犠牲」本事的説明と「光明与黒勝」とに分けて論評している。

葉山嘉樹には「般狗迦茵」（陳勺水）、「佃戸的和地主的狗」（同上）、「士敏土罎裏的一封信」（張資平）、「没有労働者的船」（馮斌）、「印度的鞋子」（沈端先、「日本新写真主義派作品集」所収）。

小林多喜二のものでは「蟹工船」（潘念之）、「母親們」（森堡）、「新女性的気質」（楊騒）、「新写真主義的根本態度」（式鈞）、「新写実主義与形式」（式鈞）があり、沈端先は「小林多喜二的一九二八、三、一五」を紹介している。彼が死した時には、「文学雑誌」は彼の像を載せ（「被日本統治階級殴殺的普羅文学作家」）、張露薇は「小林多喜二哀辞」の詩一篇を巻頭に飾っている。

村山知義は左翼劇運動と関聯して強い影響を及ぼしている。劇「最初的欧羅巴之旗」（袁殊）、「新興芸術解説」（呉承均）、「畢竟是奴隷罷免了」（陶晶孫）、「老茶坊」（？）。

江口渙には「峡谷白夜」（周作人）、「某女人的犯罪」（張資平）、「恋愛与牢獄」（銭歌川）、徳永直の「没有太陽的街」（何鳴心）、「不滅的印象」（林林）、平林たい子の「拋棄」（沈端先）、「在施療室」（沈端先「短篇集」）等があり、銭杏邨は「平林たい子的創作的考察」の一文を「現代小説」に載せている。

かくて、一九三六年（民国二十五年）には張香山によって「時代烙印作家島木健作」が紹介され「癩」が「東流」（三巻一期）に載せられ、張香山君の話によれば、親しく島木健作から指導を受け相当敬服していたようであり、次々彼の作品を翻訳する予定であるといっていたが、その機を得ずして日華事変と共に帰国し、やがて八路軍に身を投じたということである。

以上によって、ソヴィエートロシアの文学理論は多くわが国人を通して紹介され、日本文壇の動向は直ちに中国に響いたと云うことが出来るし、日本のプロ文学は彼の模範となったとも考えられよう。

倉田貞美年譜

年号	事蹟	年齢
明治四十一年（一九〇八）	○十二月一日　父白井亀太郎母コトの次男として香川県三豊郡比地二村大字比地（今の高瀬町大字比地）二二六四番地二二六三番地第二に生まる	一歳
大正　四　年（一九一五）	○四月　比地尋常高等小学校入学	八歳
十　年（一九二一）	○三月　比地尋常高等小学校尋常科卒業 ○四月　香川県立三豊中学校入学	十四歳
十五　年（一九二六）	○三月　三豊中学校卒業 ○四月　第一臨時教員養成所国語漢文科入学、学級主任松井簡治博士	十九歳

昭和四年（一九二九）	○三月十五日　第一臨時教員養成所卒業　師範学校・中学校・高等女学校国語・漢文の教員免許状を受く ○四月　東京高等師範学校研究科甲類入学　指導教官日下部重太郎教授	二十二歳
五年（一九三〇）	○二月一日　幹部候補生として歩兵第四十四連隊に入営 ○三月十五日　東京高等師範学校研究科卒業 ○十一月三十日　現役満期	二十三歳
六年（一九三一）	○四月二十三日　長崎県に奉職を命ぜらる ○四月三十日　長崎県立諫早高等女学校教諭に任ぜらる	二十四歳
七年（一九三二）	○八月十七日　歩兵曹長の階級に進め見習士官を命ぜられる　勤務演習のため歩兵第十二連隊に入隊 ○九月八日　召集解除 ○十二月二十八日　願に依り本職を免ぜらる。	二十五歳

八　年（一九三三）	○一月　香川県三豊郡大見村二四六番戸（今の三野町大字大見甲四一二八番地）倉田弥治郎同人妻カヤと養子縁組 ○三月三十一日　陸軍歩兵少尉に任ぜらる ○四月一日　正八位に叙せらる	二十六歳
九　年（一九三四）	○三月十日　倉田家に入籍 ○四月　東京文理科大学文学科漢文学専攻入学、教室主任諸橋轍次博士	二十七歳
十二年（一九三七）	○三月十五日　東京文理科大学卒業　卒業論文「中国現代詩の研究」。師範学校・中学校・高等女学校修身・教育の教員免許状を受く ○三月十七日　義母（実叔母）カヤ歿す、年六十一 ○三月三十一日　福井県福井師範学校教諭に任ぜらる ○十二月六日　臨時召集のため歩兵第十二連隊補充隊に応召	三十　歳

昭和十三年（一九三八）	○一月十七日　高等学校高等科国語・漢文の教員免許状を受く ○三月十七日　丸亀市中島政助長女和子と結婚す ○四月四日　召集解除 ○五月三十一日　福井県福井師範学校舎監に兼任せらる ○九月二十七日　臨時召集のため歩兵第十二連隊に応召 ○十月三十一日　願に依り兼職を免ぜらる。 ○十一月二十七日　長男定宣生まる	三十一歳
十四年（一九三九）	○十二月一日　陸軍歩兵中尉に任ぜらる ○十二月二十八日　従七位に叙せらる	三十二歳
十五年（一九四〇）	○四月十七日　歩兵第十二連隊留守隊付免ぜられ丸亀連隊区司令部部員に補せらる ○四月二十九日　支那事変の功に依り勲六等瑞宝章を授けらる ○六月五日　香川県青年学校教練指導を嘱託せられ、学務部社会教育課勤務を命ぜらる	三十三歳

十六年（一九四一）	○四月一日　軍備改変に依り高松連隊区司令部部員	三十四歳
十七年（一九四二）	○二月十二日　召集解除 ○五月九日　香川県青年学校指導員嘱託を解かる ○五月十五日　師範学校教諭に任ぜらる　高等官七等を以て待遇せらる　香川県師範学校教諭に補せらる ○七月二日　国民学校検定委員会常任委員を命ぜらる ○七月六日　昭和十七年度　香川県国民精神文化長期講習会講師を嘱託せらる	三十五歳
十八年（一九四三）	○四月一日　香川県師範学校教授に任ぜらる　高等官七等に叙せらる　生徒課長兼教務課長を命ぜらる ○七月一日　教務課長を免ぜらる	三十六歳
十九年（一九四四）	○五月三十一日　香川師範学校生徒主事兼香川師範学校教授に任ぜらる	三十七歳

昭和十九年（一九四四）	○八月三日　臨時召集のため歩兵第一一二連隊補充隊に応召 ○十一月一日　高等官六等に陞叙せらる ○十一月十五日　正七位に叙せらる	三十七歳
二十年（一九四五）	○一月十九日　長女美枝子生まる ○八月二十日　陸軍大尉に任ぜらる ○九月十四日　召集解除 ○十二月二十六日　本官を免ぜられ香川師範学校教授に専任せらる	三十八歳
二十一年（一九四六）	○四月一日　文部教官となる ○五月一日　香川師範学校総務課長兼教務部長を命ぜらる ○八月三十日　四国地区学校集団教員適格審査委員会において適格と判定せらる	三十九歳
二十三年（一九四八）	○五月一日　総務課長兼教務部長を免ぜらる　大学設置委員会の資格審査の結果、漢文の教授の判定を受く	四十一歳

二十四年（一九四九）	○二月十八日　実父白井亀太郎歿す　年七十六 ○七月一日　香川大学評議員を命ぜらる ○七月三十一日　香川大学教授に補せらる　兼ねて香川大学香川師範学校教授に補せらる	四十二歳
二十五年（一九五〇）	○七月三十一日　兼ねて香川大学教務部長を命ぜらる	四十三歳
二十六年（一九五一）	○三月二十七日　中央公職資格審査合格 ○三月三十一日　香川大学香川師範学校教授兼職を解除せらる　学芸学部勤務を命ぜらる ○七月一日　香川大学評議員を命ぜらる ○七月三十一日　香川大学教務部長の兼職を解除せらる ○九月一日　補導委員を命ぜらる	四十四歳
二十七年（一九五二）	○九月二十五日　香川中国学会結成され、会長に推さる	四十五歳

昭和二十七年（一九五二）	○九月二十五日　香川中国学会結成され、会長に推さる	四十五歳
二十八年（一九五三）	○五月十日　香川大学評議員に併任せらる ○九月一日　補導委員を命ぜらる	四十六歳
二十九年（一九五四）	○三月三十一日　補導委員を免ぜらる ○四月一日　補導委員を命ぜらる	四十七歳
三十　年（一九五五）	○四月一日　補導委員を命ぜらる ○五月十日　香川大学評議員に併任せらる ○十二月二十八日　日本中国学会評議員に選出せらる（昭和三十年・三十一年度）	四十八歳
三十一年（一九五六）	○二月十一日　日本中国学会理事に選出せらる（昭和三十年・三十一年度）	四十九歳

三十二年（一九五七）	○一月十四日　日本中国学会評議員に選出せらる（昭和三十二年・三十三年度） ○二月二十八日　同理事に選出せらる（同） ○五月十日　香川大学評議員に併任せらる	五十　歳
三十三年（一九五八）	○十二月二十五日　日本中国学会評議員に選出せらる（昭和三十四年・三十五年度）	五十一歳
三十四年（一九五九）	○一月四日　実母白井コト歿す、年八十一 ○五月十日　香川大学評議員に併任せらる ○十一月一日　香川大学評議員の併任を解除せらる ○同日　香川大学学芸部長に併任せらる　香川大学評議員に併任せらる	五十二歳
三十六年（一九六一）	○二月二十六日　日本中国学会評議員に選出せらる（昭和三十六・三十七年度）	五十四歳

昭和三十六年（一九六一）	○十月三十一日　香川県大学学芸学部長の併任終了　香川大学評議員の併任終了 ○十一月一日　香川大学評議員に併任せらる ○十一月二十五日　養父弥治郎歿す、年九十三	五十四歳
三十八年（一九六三）	○二月二十四日　日本中国学会評議員に選出せらる（昭和三十八年・三十九年度） ○三月二十六日　同理事に選出せらる（同） ○五月十日　香川大学評議員に併任せらる ○六月　文部省科学研究助成金（各個研究・総合研究）交付を受く ○十月十九日、二十日　日本中国学会第十五回大会を香川大学で開く　準備委員長となる	五十六歳
三十九年（一九六四）	○四月一日　岡山大学法文学部非常勤講師に併任せらる ○六月　文部省科学研究助成金（総合研究）交付を受く	五十七歳

四十年（一九六五）	○二月十九日　日本中国学会評議員に選出せらる（昭和四十年・四十一年度） ○五月十日　香川大学評議員に併任せらる ○八月二十五日　十二指腸潰瘍のため三宅病院にて手術 ○九月二十三日　退院	五十八歳
四十二年（一九六七）	○八月二十二日　丸亀別宅新築落成につき新居に移る ○十一月二十七日　長男定宣、多度津町亀山ウタ次女和務と結婚す　現に和美・宣弥の一女一男あり	六十歳
四十三年（一九六八）	○一月八日　高松工業高等専門学校講師に併任せらる ○二月十四日　東京教育大学より文学博士の学位を授けらる　学位論文は「清末民初を中心とした中国近代詩の研究」 ○十一月三十日　昭和四十三年度科学研究費補助金（研究成果刊行費）交付の決定を受く	六十一歳

昭和四十四年（一九六九）　六十二歳

○二月七日　日本中国学会評議員に選出せらる（昭和四十四年・四十五年度）
○三月二十五日　同理事に選出せらる（同）
○四月一日　香川大学教育学部長に併任せらる　香川大学評議員に併任せらる
○四月二十八日　学生との団交、学長・学部長・学生部長出席
○七月三日　一部学生により学長室占拠せらる
○十月十八日　主として他大学の学生により大学本部占拠せらる
○十二月二日　長女美枝子、琴平町三井真一三男誠一に嫁す　現に弘也・伸二の二男あり

四十五年（一九七〇）　六十三歳

○三月一日　香川大学教育学部長の併任を解除せらる　香川大学評議員の併任を解除せらる
○同日　香川大学長に任命せらる　香川大学評議員に併任せらる　香川大学商業短期大学部学長に併任せらる
○九月五日　国有財産四国地方審議会委員に任命せらる

年	事項	年齢
四十五年（一九七〇）	○十月五日　学生との交渉連日、早朝遂に倒れ入院 ○十月十八日　退院	六十三歳
四十六年（一九七一）	○十一月二十三日　永年勤続者として学長より表彰せらる	六十四歳
四十七年（一九七二）	○九月二十八日　自治会及び生協代表と交渉すること三日、肝不全のため入院 ○十月三日　退院 ○十二月二十八日　学生代表と交渉中午前二時入院	六十五歳
四十八年（一九七三）	○一月三十日　退院 ○二月二十日　再度入院 ○二月二十八日　任期満了により香川大学長を退職す ○三月一日　香川大学名誉教授の称号を授与せらる ○四月一日　上戸学園女子短期大学常任顧問兼教授に就任	六十六歳

昭和四十八年（一九七三）	○同日　香川大学教育学部講師に採用せらる　和歌山大学教育学部講師に採用せらる ○七月二十二日　国有財産四国地方審議会委員に任命せらる	六十六歳
四十九年（一九七四）	○四月一日　香川大学教育学部講師に採用せらる ○十一月十八日　愛媛大学法学部講師に採用せらる ○十二月二十二日　香川県教育委員会委員に任命せらる	六十七歳
五十年（一九七五）	○八月十六日　香川大学教育学部講師に採用せらる ○十月一日　国有財産四国地方審議会委員に任命せらる	六十八歳
五十一年（一九七六）	○九月二十九日　香川県三野町立大見小学校備品購入費を寄附したことにつき紺綬褒章を賜って表彰せらる	六十九歳
五十二年（一九七七）	○二月十二日　香川中国学会会長を辞任し、名誉会長となる ○四月一日　上戸学園評議員を委嘱せらる	七十　歳

五十二年（一九七七）	○九月一日　香川大学教育学部講師に採用せらる ○十月一日　国有財産四国地方審議会委員を命ぜらる	七十　歳
五十三年（一九七八）	○十二月二十二日　香川県教育委員会委員に再任せらる	七十一歳
五十四年（一九七九）	○九月三十日　国有財産四国地方審議会委員の任期終了	七十二歳
五十五年（一九八〇）	○四月二十九日　勲二等に叙せられ旭日重光章を授けらる ○四月三十日　上戸学園女子短期大学常任顧問兼教授を退職す	七十三歳
五十七年（一九八二）	○十二月八日　諸橋止軒先生薨去 ○十二月二十一日　香川県教育委員会委員の任期終了	七十五歳
平成　六年（一九九四）	○五月五日　逝去	八十六歳

編年著作・講演目録

昭和　十二年　三月　嘗試期の中国新詩壇〔東京文理科大学漢文学会会報五号〕
昭和二十四年　八月　中国現代文学と日本文学〔四国新聞社経済文化講座〕
昭和二十六年　二月　張香山君へ〔文芸研究(香川大学)創刊号〕
昭和二十七年　五月　郭沫若高松に遊ぶ〔文芸二号〕
　　　　　　　十月　漢文必修について〔国語(香川県高等学校国語研究会)五号〕
昭和二十八年　十月　臧克家の詩について〔諸橋博士古稀祝賀記念論文集〕
昭和二十九年　三月　象徴詩人戴望舒論〔香川大学学芸学部研究報告一の五号〕
　　　　　　　十月　詩界革命と南社の詩人〔第六回日本中国学会〕
昭和　三十　年　一月　岡山と郭沫若氏〔山陽新聞〕
　　　　　　　六月　南社文学と詩界革命〔東京教育大学漢文学会会報十六号〕
　　　　　　　十月　清末民初の詩壇と龔定盦〔第七回日本中国学会〕
　　　　　　十二月　六高時代の郭沫若先生〔九大医報二五巻三号〕
昭和三十二年　九月　日本留学時代の田漢と新劇〔国語漢文研究(香川大学)五号〕
　　　　　　　十月　呉虞の詩について〔香川中国学会報二号〕
昭和三十四年　八月　清末民初の詩壇に及ぼした龔定盦の影響〔香川大学学芸学部研究報告一の十五号〕
昭和三十五年　八月　飲冰室詩話について〔香川大学学芸学部研究報告一の十六号〕

昭和三十七年　四月　柳亜子〔平凡社アジア歴史事典九巻〕
昭和三十八年　八月　「王士禛」「郭沫若」「郁達夫」〔スペイン、サルバット社、世界文学百科辞典〕
昭和三十九年　十月　晩清の詩人袁昶について〔香川中国学会報五号〕
　　　　　　十二月　前清遺老の詩〔内野博士還暦記念東洋学論集〕
昭和　四十　年　十月　南社の詩人と「同光体」〔第十七回日本中国学会〕
昭和四十二年十一月　満洲の詩人穆木天〔上戸学園女子短期大学紀要創刊号〕
昭和四十三年　九月　古典の現代的意義〔香川大学教育学部公開講座〕
昭和四十四年　一月　中国近代文学の一先駆者王韜〔国語漢文研究十二号〕
　　　　　　三月　清末民初を中心とした中国近代詩の研究〔大修館書店〕
昭和四十五年　二月　行路難〔精神薄弱児研究一三七号〕
　　　　　　三月　誰か孔子の如く狂士を思う〔香川県中学校教育研究会研究紀要一巻六号〕
　　　　　　十月　恩師細川敏太郎先生を悵想す〔細川敏太郎先生志のぶ草〕
　　　　　　同月　われらが師父中井先生〔中井虎男先生志のぶ草〕
昭和四十六年　八月　懐旧思今—中国に対する国民的理解を〔国立大学協会会報五三号〕
　　　　　　同月　温故知新—この子らの真の幸福のために〔全国幼稚園教育研究大会〕
昭和四十七年　五月　日中国交に思う〔四国新聞〕
　　　　　　同月　教学の原点〔教育香川二七六号〕
　　　　　　六月　讃岐の心〔四国新聞〕
　　　　　　七月　恩師のご遺稿集に寄せて〔讃岐の民俗誌(細川敏太郎遺文集)〕

昭和四十八年 五月　再び張香山君へ〔四国新聞〕
　　　　　　六月　近懐漫筆〔上戸学園短大情報六号〕
　　　　　　七月　昭和十年ころにおける留日中国文壇について〔香川大学退官記念講演会〕
昭和四十九年 八月　伝承と新生〔香川県文化開発講座〕
昭和　五十　年 五月　借古説今〔香川県教育会〕
　　　　　　七月　わが人生の師諸橋轍次先生〔四国新聞〕
　　　　　　九月　諸橋先生のお手紙〔諸橋轍次著作集第九巻月報〕
昭和五十一年 一月　桃李門に満つ〔上戸学園短大情報十五号〕
　　　　　　九月　借古説今〔香川大学国文研究一号〕
昭和五十四年十二月　学園紛争の時代〔香川大学三十年史〕
昭和五十五年 三月　郭沫若先生を憶う〔四国新聞〕
昭和五十八年 六月　われらが師諸橋止軒先生を偲びて〔斯文第八十七号〕
昭和五十九年十二月　疚心集〔朝日出版〕

【倉田貞美博士の思い出】

倉田貞美先生の学恩

東京教育大学名誉教授　平岡　敏夫

昭和二十一年（一九四六）四月、私は香川師範学校予科に入学した。昭和五年三月生まれなので、年齢からすれば本科に入学可能であった。事実、丸亀第十二聯隊跡の兵舎に入寮したときの集まりでは、生年月日が同じ玉野中学校四年修了の本科入学生と出会ったことがあった。私は国民学校高等科から大津陸軍少年飛行兵学校に入校、一年半近くの軍隊生活を経て復員。中学校四年編入相当の証もあったが、私立中学校を考えず、丸亀中学校に編入学したかたった。善通寺にあった復員局の亀井大尉に出会い、履歴書の賞罰欄に陸軍航空総監賞受賞とあるのを見た亀井大尉は、私の希望を尋ねたわけでもないのに、翌日、母校丸亀中学校の校長室に私を連れて行った。結果は丸中復員生徒も入れぬほど机が廊下にはみ出している状況ゆえに断られたのだった。中学四年生に編入すれば、師範本科でも六高でも受験できたのであるが、香川師範学校予科に入学できたことにより、倉田貞美先生の漢文の授業を十分に受けることができた。これはまことに幸運であったと思っている。

倉田先生は、頂戴した年譜によると、次のように記されている。（摘記）

昭和十八年（一九四三）四月一日、香川師範学校教授に任ぜらる。生徒課長兼教務課長を命ぜらる。

倉田先生は昭和十二年三月、東京文理科大学（筑波大学の前身）卒業、福井県師範学校に赴任し、兵役を経て昭和十七年五月、香川県師範学校に転任している。翌年昭和十八年三月八日、改正師範教育令公布（師範学校を官立とし、専門学校と同程度に昇格）ということがあった（『日本文化総合年表』〈一九九〇年、岩波書店参照〉)。

この改正師範教育令により、倉田先生は昭和十八年四月、香川師範学校教授に任ぜられたのである。その翌年昭和十九年五月には「香川師範学校生徒主事兼香川師範学校に任ぜらる」とある。改正師範教育令により、昭和十八年、県立師範から官立の専門学校としての師範学校に昇格したことは全国の師範学校にとって画期的なことであった。四年制であった高等師範学校とも同格となり、香川師範から広島高師卒と共に広島文理科大学に入学した例もある。私の入学した昭和三十一年の年譜はどうか。

昭和二十一年(一九四六)四月　文部教官となる。五月、香川師範学校総務課長兼教務部長を命ぜらる。

八月三十日、四国地区学校集団教員適格審査委員会において適格と判定せらる。

来るべき香川大学設置に向けて適格審査である。昭和二十一年に入学して、早速、倉田先生の漢文の授業を受けたはずであるが、年譜をもう少し引いておこう。

昭和二十三年(一九四八)五月、大学設置委員会の資格審査の結果漢文の教授の判定を受く。

昭和二十四年(一九四九)七月、香川大学評議員を命ぜらる。

同月三十一日、香川大学教授に補せられる。兼ねて香川大学香川師範学校教授に補せられる。

昭和二十四年七月末に至って、香川大学教授となり、兼ねて香川大学香川師範学校教授となった。はじめて授業を受けたときは、倉田先生は香川師範学校教授であったのである。

倉田先生の年譜をうかがっていて、そこに生徒としての自身を重ねてゆくとき、先生がいっそう身近に感じられるようになるが、私の入学した香川師範学校予科も大学新設の関係から、予科がはじめて四年となり、倉田先生が昭和二十四年に香川大学教授兼香川師範学校教授となられた年に、予科四年、翌昭和二十五年四月には、むろん入学試験を受けて香川大学に通学することになるのである。

香川大学教育学部創立一一〇周年記念の講演を依頼された折、私は香川師範学校四年間、香川大学四年間、計八年間、この学園で過ごした歳月を、かつての先輩たちの二年、三年、長くて五年間に比して、その長きをひそかに誇ったものであった。


香川師範学校予科の四年間、漢文はすべて倉田先生に学んだ。また、大学に進学後も倉田先生の漢文学講義を受講した。のちに漢文学の藤川正数先生が赴任されたが、私は一度も受講の機会を得ていない。

私たちは昭和二十一年に入学し、すでに官立香川師範学校教授であられた先生に、大学進学前の旧制中学校・新制高等学校（一部）相当の生徒でありながら、講義を受けるという幸運を得たことになる。これは漢文に限らず、すべての教科についても言えることであるが、学力的には受講の熱心さに応じて力がついたことと思っている。

私は授業中、つねに倉田先生の教卓のすぐ前の座席に陣どり、つばきが飛ぶほどに熱心に講じている先生の講義を熱心に聴講した。漢文が好きだったこともあるが、先生の独特の語り口に引き込まれたのである。先生も時折、「平岡はいつも熱心に聞いている」とみんなに言われ、試験で答案をいち早く出し、机上を片づけて教室を出ようとすると、早速目を通された先生は、「よく出来ている」と呟かれることもあったと記憶している。

後年、大学入試センターの前身、共通第一次試験の国語問題作成中、東大のA教授に「平岡さんは何でそんなに漢文がよく分かるの？」と聞かれたことがあった。漢文の読みなどでは、教科書には載っていない慣用や、特殊な読みぐせなどがあって、教授との以心伝心でなければ体得できないこともあるように思う。A教授はそのあたりにふれて発言されたのだろう。これはむろんひとえに倉田先生のつばきの届くところで得たものにちがいない。と言っても、所詮、日本近代文学専攻、それほどの漢文力があると自負しているわけではない。今度の倉田先生の著作集に入る「中国現代文学雑考」に、「六高時代の郭沫若先生」がある。六高に在学していた郭沫若氏の日本人女性とのいたましい話もあって、心打たれる文章であるが、先生がこれとは別に、大学の文芸雑誌に寄稿された「郭沫若、高松に遊ぶ」というエッセイなども思い出される。著作集に入るのかどうか分からないが、そんなこともなつかしく思い出されるのである。

蛇足かも知れないが、先生が東京文理科大学で学ばれ、その後身の東京教育大学で文学博士号を受けておられることに関し、私自身のこともつけ加えさせていただこう。

すでに述べたように、私は香川師範学校四年、香川大学四年の八年間を学び、東京教育大学大学院文学研究科修士課程日本文学専攻に入学するが、万葉集から近代文学に至るまで各時代の専門科目試験、さらに外国語二科目（日本文学専攻は一科目を漢文で代替可能）の試験があった。英語は師範時代から好んで学び、大学では他の国立大学にさきがけて赴任したワシントン州立大学のブラウン教授のアメリカ文学、英会話を学んだこともあり、また漢文は倉田先生の仕込みであったわけである。専門試験も、師範学校時代から藤井公明教授の近代文学、近石・桂両教授の古典文学（近世・中古）、着任若い竹岡教授と、香川師範・香川大学の充実もあってこそと思っている。

さらに博士課程へ進学。修士論文の評価とさらに語学試験、口述試問があったが、いずれも好成績だったようで、三名（教育大学出身者二名）の合格者に入った。倉田先生と同じく、東京教育大学のさらなる後身、筑波大学より文学博士号を授与され、その数年前から筑波大学教授・大学院研究科長となっていた。倉田先生は香川大学学長となられたが、私もまた公立大学の学長を二期六年勤務したのである。まさに蛇足となったが、ひとえに倉田貞美先生の教え子、また後輩として、先生の学恩を綴る機会を与えられたことを切に感謝するのみである。

（二〇一七、九、二五）

〔追記〕平岡敏夫先生は平成三十（二〇一八）年三月五日に八十八歳で逝去されました。ご冥福をお祈りします。平岡先生文章中「郭沫若、高松に遊ぶ」は本著作集中に収録しました。（七六九～七七四頁）

（田山記）

倉田貞美先生と張香山、郭沫若たちとの往来、併せて先生の卒業論文「中国現代詩の研究」の先駆性、意義についていくつか

埼玉大学名誉教授　小谷　一郎

もう三〇年以上も前のことになるだろう。旧東京教育大学のE館で大塚漢文学会の懇親会が開かれていた。それは東京教育大学で開かれた最後の大塚漢文学会懇親会だったかも知れない。その時懇親会場にいる私のところに一人の年輩の方が近づいて来られた。その方は私の傍に来られると、「現代文学を勉強しているのですか。昔、ここには田漢もいたのですよ」と教えてくださった。私はその方のお名前を存じ上げなかった。やがて別のテーブルに移った時、学会委員長のMさんが、「先ほど、きみに話しかけられたのは、香川大学の学長をしておられる倉田貞美先生ですよ。戦前に張香山や郭沫若と繋がりがあってね、張香山から資料の提供を受けて卒論に中国近現代詩の研究をされた方で、きみの大先輩ですよ」、と教えてくれた。それが倉田貞美先生にお会いした最初にして最後だった。私は倉田先生と一度しかお会いしたことがない。私の中には先生のお名前だけが残った。

それから何年か経って、倉田先生が不慮の事故でお亡くなりになられたと聞いた。たぶん伊藤虎丸先生から伺ったのだと思う。私はその頃伊藤先生のご指導のもとに、創造社研究、日中近代文学の交流、中国人日本留学生と日本のことなどに関心を持つようになっていた。そうした時、先生が張香山から資料の提供を受け、東京高師、文理科大、教育大の歴史ではまったく異例である中国近現代文学、中国近現代詩で卒論を書かれてい

ることを思い出した。ならば、先生のご蔵書には私たちの知らないたくさんの同時代的資料が残されている違いない。そう考えた私は、厚かましくも一面識もない倉田先生のご子息倉田定貞氏に手紙を出し、倉田先生のご蔵書の整理、閲覧を願い出た。だが、蔵書を拝見、整理させていただくことは、その時定貞氏がご多忙だったため果たせなかった。ただ、先生の蔵書に対する関心は消えことはなかった。こんなこともあった。ある時、香川大学の友人故間嶋潤一君から「倉田先生の蔵書が大学図書館にある」との知らせを受け、香川大学を訪ねたことがあった。だが、先生の蔵書は香川大学にはなかった。

それからまた年月が流れた四年ほど前のある日、ご子息定宣氏のご友人田山泰三さんから突然お手紙を頂戴した。お手紙には、定宣氏と田山氏が倉田貞美先生の著作集の出版を考えている、ついては東京のどこかでお会い出来ないか、とあった。お手紙を受けて、私は都内のホテルで会合があったのを機に、お二人とお会いした。定宣氏と田山氏は著作集出版の計画を話され、出版の際にはぜひとも一文を頂戴したいと言われた。どこか空を掴むような気もしたが、それでも私に出来ることがあれば、とお受けした。

昨年三月私は埼玉大学教養学部を定年退職になった。雑事に追われてお二人との約束もとうに忘れかけていた時、大学の事務から連絡が来た。田山さんという方から小包が届いていると言う。あわてて受け取りに行ってみると、それは倉田貞美先生著作集の初稿校正の写しだった。そこに添えれた田山氏のお手紙には、是非とも一文を、枚数その他はお任せする、と認められていた。

私は倉田先生のことを先生の文章でしか知らない。先生がご専門の中国近現代詩が専門なわけでもない。にもかかわらず、田山氏が私に一文を求められたのは、私が先生の後輩で、中国近現代文学を学んでいるからだけであろう。任に耐えないのを承知で一文を認めた由縁である。

先生は昭和九年、一九三四年四月に東京文理科大学文学科漢文学専攻に入学され、昭和一二年、三七年三月に卒業された。その時の卒業論文が「中国現代詩の研究」である。その先駆性、重厚さは驚くばかりである。先に記したように私は詩を専門とする者ではない。私は拙文を草するに当たって、先生の「中国現代詩の研究」を、東京女子大学教授安藤信広氏に見ていただいた。安藤信広氏は六朝、唐時代の詩の専門家で、私の東京教育大学の先輩でもある。安藤氏のお手紙にはこう記されていた。

中国現代詩について、このように全体を見通した論文があったとは、全く知りませんでした。これだけの原資料をどのようにして、集めたのか、それをきちんと読みこなして、妥当と思われる時期・集団を区分して批評するという仕事をいったいどれほどの労　力を使って為しとげたのか、驚くことばかりです。現在の視点から見ても大きな価値を　有する仕事だと思います。第一、これだけの数の中国現代詩を通覧すること自体が、日本の他書はもちろん、中国本土の著作でも不可能ではないでしょうか。またこれだけの数の現代詩人の動向も知ることも、日中の他書では――現代に至るも――不可能ではないでしょうか。社会主義革命の側から論じるのではなく、逆の側への目配りもあり、いやむしろ、社会主義革命の側についても正当な注視をしていたと言うべきでしょうが、視点の公平性という点でも優れた論と思います。

私も安藤氏とまったく同感である。先生、時に三〇才の若さである。

先生の卒業論文「中国現代詩の研究」の先駆性、意義に触れるためには、どうしても先生と張香山、郭沫若たちとの往来からはじめなければならない。というのは、先生の卒業論文「中国現代詩の研究」の背景には、彼らとの往来、資料的援助、協力があったからである。

先生に一九五〇年一〇月に書かれた「張香山君へ」という一文がある。「張香山君へ」はこう書き出される。

張君。

あなたが今どこにおられるか、いや、生きておられるかさえ、現在のわたしには知るよしもありません。われわれの国とあなたの国との間に戦争が始まってから、――あのころ、あなたはあなた自身の直接的感懐から、わたしは主としてあなたの国の文学作品を通してではありましたが、中国国民感情の反帝即抗日的深刻化は早晩ここに至るであろうという悲しむべき予想を、お互いによく憂慮しつつ語り合ったものでしたが、それにしても、あんなに早くそれが不孝な的中を見ようとは思いませんでした――急遽あなたが帰国されたことを、それも「風の便りに」といった程度で聞いたに過ぎません。それ以後、われわれの国のどれかの新聞で、新進文芸評論家として抗日人民戦線で指導的活躍をしていたあなたが、他の多くの文学者とともに、ペンを捨てて八路軍に参加されたという記事を見たのが、たった一つの、あなたについてわたしの知り得た消息でありました。戦争中も時折あなたの上に思いをはせたこともありましたが、殊にわれわれの国が敗戦の時運に遭遇し、平和的な文化的な国家の再建に専念することとなり、わたしも素志にたちかえって、あなたの国の文学に再び親しむようになってからは――思えば、まことに長い中絶状態でありました――しきりとあのころが回顧され、あなたの姿が胸中を去来するのです。今も、あなたの深い友情の記念である、あなたが捜集して下さった書籍に囲まれて追憶の馬車に揺られつつ、あなたに呼び掛けているのです。

先生がこう記されている張香山は一九一四年の生まれ、浙江省寧波の人である。張香山は天津中日学院で学んだ後、三三年一〇月に来日、三四年四月東京高等師範学校留学生予科に入学し、翌年三五年に本科に進み、文科第二部で日本文学を学んでいる。

先生と張香山は東京文理科大学、東京高師の同期生である。文理科大学と東京高師は併設校だった。

先生が張香山と出会われたのは入学されてまだ間もない三四年初夏のことである。先生はその時ご自身の方から東京高師の中国人留学生控室を訪ねておられる。「張香山君へ」にはこう書かれている。

張君。

初めてあなたにお目にかかったのは、もう十四五年も昔のことになりました。たしか、遅咲きの桜の花もちってしまって、なにかこう、初夏らしい風の薫りが胸にしみいるような、そんなころではなかったでしょうか。あの殺風景な留学生諸君の控室で、つたないあなたの国の言葉で、それもわれわれの国の言葉をチャンポンにして、初対面の挨拶をするわたしの話を、ほほ笑まれつつ聞いていたあなたの温容が今もまざまざと思い出されます。

先生は大学時代を大学近くの下宿竹早館で過ごされている。竹原館には当時満州から来た留学生が5、6人下宿していた。先生は彼らと親しくなり、彼らから中国語を教えてもらい、彼らから満州国の実状についても聞かされていたという。先生は同時代的中国に強い関心をお持ちだったのであろう。だからこの時、張香山たちのいる学生控室を訪ねられたのだと思う。

張香山が東京高師に入学した時の留学生予科の同級生は全部で二五人で、予科の授業は週四四時間もあり、張香山は朝七時には下宿を出て学校に行き、夜も図書館で過ごすなどして、九時頃になって下宿に帰る毎日だった（張香山『回首東瀛』中共党史出版社　二〇〇〇年一一月）。

先生と張香山との往来はこのようにして始まる。先生はこの後何度も張香山に会うべく留学生控室を訪れている。先生は、張香山から中国の「文学界の動向」「個々の作家や作品についての所感」を聞き、『大公報』『北京晨報』『上海申報』などの新聞を見せてもらい、切り抜きまで取られている。

あれから後、わたしは度々あの教室にあなたを訪ねては、いろいろあなたの国の文学界の動向やら、個々の作家や作品についての所感を拝聴したものでした。思想的にはもちろん、文学に関する考え方にも相当の隔たりがあることを常に感じながら。『大公報』や『北京晨報』『上海申報』などのお国の新聞を読ませてもらったり、切抜いたりしたこともありました。今も、その切抜きはわたしのスクラップブック「中国の部」二冊の内容として、得難い参考資料の一つともなり、あのころの思い出の種ともなっております。

やがて先生は張香山の下宿を訪ねられるようになる。

張君。

指ヶ谷町の聾唖学校前の坂を登って、あなたの下宿へお邪魔しましたことも一再ではありませんでした。あなたの下宿生活、下宿の人々に対するあなたの心情、そういったものに触れる度に、わたしは張資平の小説「木馬」、あの「瑞枝さん」一家をよく連想したものでした。そしてあの暗い坂道を下りながらこんなことを考えたものでした。

「若し、われわれの国の人々が魯迅の『藤野先生』や『瑞枝さん』たちのように、中国の留日学生に深い理解と親愛の情をもって接したならば、お互いの国の関係ももっと異なった道を歩んだのではないか。少なくとも、中国の対日感情をいま少し静穏なものと　することができたのではないか。中国に対する浅薄な認識、不当な弱国観、いわれなき　侮蔑の念、それらが多感な若き日の留日学生にとって、どんなに堪えがたいものであったことだろう。他の国々に赴いた中国の留学生が、それぞれの国に第二の故郷にも似た親敬の情を寄せるのを常としているにもかかわらず、留日学生の多くが抗日的であり、しかもその急進的指導的な立場にさえ立っている。そこにはもちろん、両国間の外交・軍事、その他許多の直接的な要因が存在し、地理的歴史的関係に基づく宿命的なものさえ感じさせられるのではあるが、その感情的な誘因の一つをここに見ることはできないであろうか」などと。

こうした感懐にはこの文章が書かれた一九五〇年一〇月という、終戦からまだ五年しかたっていない時点での今次戦争に対する先生の思い、戦後の日中友好を願う思いが感じられる。

張香山の下宿先は、もしそれが張香山の帰国時まで変わっていなければ高師近くの「小石川区白山御殿町一〇七臼井方」だったはずである。

先生がここに引かれている張資平の「木馬」は一九二二年八月、創造社の機関誌である『創造』季刊第一巻第二期に発表された小説で、その当時中国人留学生に下宿を提供するのを厭う空気のあった中で、留学生である「私」に好意的に接してくれた「瑞枝」、「瑞枝さん」一家との触れ合いと、瑞枝の「父なし子」娘愛蘭の悲劇を描いたものである。

張香山が高師入学と同時に移った下宿先には、先妻を失った主人と二人の女の子がいて、上の女の子はある会社の事務員をしており、もう一人はまだ小学生で、後妻の名は「敏子」といい、いつも張香山の部屋を掃除してくれたという（張香山『回首東瀛』前出）。

こうした家族構成は張資平「木馬」の「瑞枝さん一家」を彷彿とさせる。先生が張香山の下宿を訪ねる度にこの作品を思い浮かべられていたことは、その時の先生の張香山への心遣いを物語っていると同時に、先生が中国近現代文学に親しまれていたことの証しでもある。

だが、ここでこの張香山についてどうしても話しておかなければいけないことがある。それはこの時張香山が中国共産党員で、東京左連で活動していたという事実である。

東京左連とは一九三〇年三月二日に上海で結成された中国の進歩的知識人の統一戦線的組織である中国左翼作家連盟、略称左連の東京支部のことである。東京左連は三一年九月満州事変、中国でいう九・一八事変の勃発までには間違いなく結成されている。

東京左連は三三年に起きた中国人留学生に対する大量検挙事件、いわゆる「華僑班」事件で壊滅的な打撃を受け、関係者では孟式鈞一人だけが残った。

この時東京左連再建の命を帯びて来日したのが林煥平たちである。林煥平は三三年一〇月に魏晋たちと一緒に来日した。来日した林煥平は、東京左連の再建を前に、生き残りである孟式鈞と江口渙の家を訪ね、助言を求めている。江口渙は日本プロレタリア作家同盟の初代委員長だった人である。江口渙はその時、日本のプロレタリア運動が弾圧によって頓挫を余儀なくされた経験に鑑み、これからは非公開だった活動形式を改め、同人形式による、公開での活動を提言する。公開の同人形式であれば、活動も自由で、伸縮も自在であり、にもかかわらず、運動の「核」ともなれるというがその主旨だった。

東京左連はこの江口の提言を受けて再建される。東京左連は三三年の冬に再建された。再建したのは林煥平、魏晋、陳一言、孟式鈞、林為梁、陳斐琴、欧陽凡海の七名である。再建後の東京左連は従来の非公開だった活動形態を改め、公開の同人形式で活動していくことになる。張香山が来日したのはまさにこうした時だった。

張香山は日本に来る前、すでに天津左連の活動に参加していた。天津左連とはいうまでもなく中国左翼作家連盟、左連の天津支部である。張香山は東京左連の生き残りである孟式鈞と天津中日学院時代からの知り合いだった。三三年一〇月張香山が来日した時、東京東中野に下宿を世話したのも孟式鈞である。

張香山が再建後の東京左連で活動し出すのは三五年頃からである。張香山が来日後すぐに活動していないのは、実家からの仕送りが難しかったためで、東京高師に入学し、官費奨学金を得て、生活が安定するまでは、と考えていたからである。

先生は張香山の下宿を訪れた時、そこのでたくさんの日本書があったのを目にしておられる。氏はこう書いておられる。

あなたの部屋にはわれわれの国の文学書が数多く飾られてありましたね。あのころ、あなたは島木健作の作品が、日本の作家のものの中で最も優れたものの一つであるとよく強調されましたね。島木氏に会った印象などについても、敬愛の熱情をこめて語られたものでしたね。雑誌『東流』に「癩」を翻訳されたのを初めとして、あなたの国の文壇へ、島木健作とその作品を紹介されたのも実にあなたでありました。

張香山は島木健作が好きだった。張香山訳の島木健作「癩」は『東流』第三巻第一期（一九三六年七月一五日）に掲載されている。この雑誌『東流』とは東京左連の最初の機関誌で三四年八月一日に創刊された。張香山が東京左連で活動し始めるのは、二つ目の機関誌『雑文』（のちに『質文』と改題）の創刊前後からである。『雑文』は三五年五月一五日に創刊されている。

先生の「『清末民初を中心とした近代詩の研究』後記」によると、先生は三五年の夏、中国に帰郷する張香山に上海で古本漁りをしたいので一緒に連れて行って貰えないか申し出られている。だが、張香山は、「日中関係の険悪な情勢上、ひとり歩きは危険だし、いつもついていてあげるわけにもいかないから、と断念するように」と、やんわりとそれを断っている。そこには東京左連で活動していた張香山の慮りのようなもの感じられる。

だが、張香山はその一方で、この帰省の時に、先生が求められた多くの中国現代詩に関する詩集などを探し、先生のために買い求めている。「『清末民初を中心とした近代詩の研究』後記」には、続けてこう記されている。

そのかわり、わざわざ帰省の時間をさいて、当時絶版となっていた姚蓬子の『銀鈴』を初め、多くの詩集などを探索してくれた。『六月流火』を著者蒲風君からもらったか　らと、恵与してくれたりした。

いうまでもなく、こうした詩集などは先生の論文に生かされている。この時張香山が買い求めてくれた絶版だったという姚蓬子の詩集『銀鈴』は、「中国現代詩の研究」の第四章第六節「『銀鈴』の詩人姚蓬子」という一節となって生きている。私の知るかぎり今日まで姚蓬子『銀鈴』に論究されたのは先生だけである。

先生が張香山から譲り受けられた詩集『六月流火』とは、三五年一二月二五日黄飄霞の名で東京の渡辺印刷所から自費出版された長編叙事詩で、蒲風の代表作の一つである。蒲風は広東省梅県の人で一九一一の生まれ、左連の外郭団体である中国詩歌会で活躍し、三四年冬胡一声と来日している。蒲風もまた東京左連のメンバーである。

東京左連のことでいえば、先生は張香山の下宿で魏晋とも会われている。先生は「張香山君へ」の中でこう書かれている。

魏晋君に最初にお目にかかったのも、あの部屋ではなかったでしょうか。魏晋君といえば、あのころよく詩を作られたり、萩原朔太郎の『純正詩論』などを摘訳紹介されていましたね。わたしは、あなたや魏晋君によっても、日本文学——広く日本文学といってもよいでありましょう——があなたの国の文学に影響を考究する、一つの資料を影響されたものでありました。

魏晋は一九〇七年の生まれで、江西省の人、蒲風と同じく左連の外郭団体中国詩歌会でのメンバーだった人で、三三年九月林煥平たちと来日し、林煥平等と東京左連を再建している。魏晋と張香山は東京高師の同期生である。魏晋も三四年に東京高師に入学している。魏晋と張香山は、三五年六月、それまで東京左連の機関誌『東流』の編輯をしていた林煥平が結核で療養生活に入った後を受けて、『東流』の編輯を受け継いでいる。

先生はさらに張香山を介して、その時日本に亡命中だった郭沫若とも会われている。孫文の提唱した国民革命に参加し、二七年四月に起きた蒋介石の反共クーデター、国民革命の挫折によって、蒋介石から逮捕状が出ていた郭沫若は、二八年二月家族と共に日本に亡命し、その時千葉県市川市真間に住んでいた。郭沫若の妻だった人は日本人佐藤をとみである。

先生は一九八〇年三月に書かれた「郭沫若先生を憶う」の中で、市川の郭沫若を訪ねて時のことをこう書かれている。

わたしが張香山君——現日中友好協会副会長——の紹介で、先生に初めてお目にかかったのは、昭和一一年の秋であった。

市川のお宅の前のたんぼには、たわわに実った稲穂が秋風に揺れていた。「佐藤寓」と書いた門の傍の柿の木には、赤い実が陽光に輝いていた。門のところで数人の人たちとすれ違ったが、後で先生のお話から特高警察の刑事たちであるとわかった。

わたしは先生の著作はかなり多く読んでいたが、直接先生から、創造社同人のこと、中国文学界の状況などについて、詳しくお聴きしたいと考えてお訪ねしたのだった。たどたどしい中国語で話し出したわたしに、「神田の夜店ぐらいはひやかせますから、どうぞお国のことばで……」と、言われて、安心したことであった。

先生の詩に対する考え方、詩作の体験などについてお尋ねしたところ、これにそんなことについて書かれてありますからと、『現世界』創刊号――民国二五年八月一六日、上海現世界社発行――を貸して下さった。その中に当時日本にいた詩人蒲風君の訪問記事である「郭沫若詩作談」が載っていた。

それには中国の過去の詩人たちとの関係、外国の詩人たちの影響、『女神』『星空』『前　芽』『瓶』『恢復』など先生自身の詩集についての感懐、当時の詩壇の動向――写実主義と浪漫主義、風刺詩、劇詩、大衆合唱詩、長編叙事詩などについての意見、詩人たちに対する希望などが述べられている。

日本亡命時代の郭沫若は、東京左連に対する支持を惜しまなかった。張香山、魏晋たち東京左連の人々もまた、文学の大先輩で、中国革命に心を砕いていた郭沫若に憧れ、たびたび市川の郭沫若宅を訪ねている。

「写真1」は、三六年に東京左連の人々が郭沫若を訪ねた時、どこかで取った記念写真である。前列左から東京左連の邢桐華、任白戈、隣が郭沫若、その右が東京左連の陳北鷗、魏猛克、後列左からが蔡代石、隣が張香山その人、次が姚潜修、張羅夫である。

「写真2」は市川の郭沫若宅で取られたものである。左に映っているのが魏晋、次が郭沫若、その右が張天虚である。

中国の近代詩は二一年六月に出版された郭沫若の詩集『女神』が始まりとされる。

先生にとってそうした郭沫若と直に会い、互いに詩について話を交わし、教えを受けたことは生涯忘れられない思い出となっている。先生はこの後も郭沫若について幾度となく語っておられる。

この時先生が郭沫若から借りた『現世界』半月刊創刊号所載の郭沫若談、蒲風記「郭沫若詩作談」は、「中国現代詩の研究」で郭沫若の詩などを論ずる際の重要な資料となっている。「中国現代詩の研究」には第三編第二章「革命詩」の箇所をはじめ、随所に「郭沫若詩作談」が引かれている。

　ところで、『現世界』半月刊とは創刊時から日本官憲のマークを受けていた雑誌だった。中国人留学生たちはこの雑誌を日本に取り寄せ、書店で依託販売をしていた。だが、この雑誌は「反日的、共産主義的」との理由でやがて留学生に対する弾圧、検挙事件を引き起こすことになる。三七年一月から二月にかけて起きた『留東新聞』事件、『現世界』半月刊事件がそれである。先生は『現世界』半月刊創刊号をこの後も大切に保管されていた。先生は七五年、昭和三〇年一二月訪日文化使節団の団長として来日した郭沫若が、六高時代を過ごした岡山を訪れた際、郭沫若と二日間同行され、記念にとこの雑誌を郭沫若から譲り受けておられる。

写真1

写真2

倉田貞美先生と張香山、郭沫若たちとの往来、……

　では、こうした先生が張香山、魏晋、郭沫若たちと往来されていた時、彼らが中国共産党員で、東京左連の関係者だということを知っておられたかといえば、決してそうではないだろう。それは先生が「張香山君へ」の中で「急遽あなたが

張香山を高松に迎えて

帰国されたことを「風の便り」といった程度で聞いたに過ぎません」と書かれ、その帰国の事情をご存じなかったからである。だが、実際はそうではなかった。

張香山、魏晋たちは、先生が東京文理科大学を卒業される直前、つまり張香山、魏晋が東京高師を卒業する直前の三七年、昭和一二年三月に、「左翼文化団体」を結成して『東流』、『雑文』などを発行し、「共産、反日的思想宣伝」をした咎で日本官憲によって逮捕、検挙され、強制送還になっていたのである。その時逮捕、検挙され、強制送還になったのは、林煥平、魏晋、邢桐華、魏猛克、そして張香山の五名である。この事件は、盧溝橋事変の勃発、日中全面戦争の全面化を前にした行われた一連の中国人日本留学生に対する弾圧事件である。東京左連はこれによって活動の停止を余儀なくされ、機関誌『東流』、『雑文』（『質文』）、『詩歌』も停刊に追い込まれる。

さらにこの後、盧溝橋事変後の三七年七月二四日には今度は郭沫若が単身亡命先の市川から脱出している。郭沫若はその日早朝寝間着姿のまま家を出て、手筈通りに背広に着替え、横浜から船で日本を脱出をした。郭沫若の日本脱出に慌てた日本官憲はその後手当たり次第に関係者を逮捕して、いわゆる人民戦線派事件を引き起こしている。

先生が張香山と再び会われたのは、張香山が中日友好協会の副団長として来日し、高松を訪れた時のことである。先生はその時張香山を高松空港に出迎えておられる。先生は先生がのちに書かれた「再び張香山君へ」の中でこう書かれている。

張君

あなた方を歓迎する国際ホテルでのレセプションの席上で、一九五〇年に書いた「張香山君へ拙文や、昔あなたからもらった蒲風君の詩集『六月流火』を見せたりしながら、

多少でもあのころのこと、現在のことなどを語り得たのは、わたしにとっては、この上もないありがたいことでした。あなた公式的なあいさつは終始お国のことばでされましたが、私的には昔とちょっとも変わらない流暢な日本語で話されたのも、うれしいことでした。大きな使命を持っておられるあなたの貴重な時間を、こうしたことで費やすのは、はなはだ申しわけないことだと思いながら、あえてそうせずにはおれませんでした。ただ、穆木天、馮乃超等諸氏にのその後の消息をお尋ねしたが、はっきりと教えてもらえなかったのは、いささか寂しゅうございました。

話をもとに戻したい。戦前に張香山、郭沫若たちと交流を持っていた人々としては竹内好、武田泰淳、岡崎俊夫たち中国文学研究会のことがよく知られている。だが、同じ時に東京文理科大学の学徒として、彼らとこれほどまでに親しく交流していた人を私は知らない。先生はその時、文学を愛する、中国現代詩を愛する一青年として、ひたむきに、率直に、真摯に彼らと接しておられたのであろう。だから、彼らもまた先生への協力、研究援助を惜しまなかったのだと思う。

先生の卒業論文「中国現代詩の研究」の意義、先駆性についてはもはや贅言を要するまでもないであろう。先生は『清末民初を中心とした近代詩の研究』後記」の中で、中国近現代文学、「中国現代詩の研究」に関心を持たれた理由についてこう述べられている。

私が東京文理科大学で漢文学を専攻してゐたころは、竹内好氏などが中国文学研究会を結成し、『中国文学』を発行したりしてゐた時代であったが、たまたま京城帝国大学助教授であった辛島驍氏が文理大の講師として来学され、中国現代文学の講義をされたりしてゐたので、それを聴講する機会に恵まれ、それによって中国現代文学に興味をいだき、また当時は高等師範学校の特設予科にまだ相当多数の中国留学生が入学してゐたし、内山嘉吉氏御夫妻が東京郊外に新たに内山書店を開店されて新刊の中国図書や雑誌の購読も容易になったりしたこともあって、卒業論文のテーマに「中国現代詩の研究」を選んだりしたことであった。

戦後の中国近現代文学研究の先駆けとなった竹内好等の中国文学研究会が結成されたのは、先生が東京文理科大学に入学された三四年、昭和九年のこと、機関誌『中国文学月報』が発行されたのは三五年三月、昭和一〇年のことである。その『中国文学月報』を見てみても、蘇曼殊など若干の詩人が取り上げられているだけで中国現代詩に関する記述は何もない。

辛島驍は東京帝大文学部支那文学科の出身で、昭和三年に京城帝国大学に赴任し、帰国した後、三九年、昭和一四年に東京帝大支那文学科では異例の中国現代文学研究で学位論文『支那現代文学の研究』を提出している。この学位論文は一九八三年に東大で発見され、汲古書院から出版されている。同時代的中国近現代文学研究の論著としてはこの辛島驍『支那現代文学の研究』があげられよう。先生も文理科大での講義には益するものの多々あったであろう。ただ、辛島驍『支那現代文学の研究』は、京城帝国大学時代に辛島驍が陸続きだった中国に行き、上海内山書店などから多くの雑誌を手に入れてまとめたもので、中国現代詩の専論ではない。先生はこうした時に、お一人で「中国現代詩の研究」をまとめておられるのである。その先駆性、意義のほどはこれだけでも十分であろう。

第一に驚かされるのは、安藤信広氏も述べておられるように、そこで中国現代詩全体に対し「妥当と思われる時期・集団」が区分され、分析が加えられていることである。

「中国現代詩の研究」の章立てはこうである。

序

第一編　醞釀期（光緒二十年頃——民国四年）と嘗試期（民国五年——「五四運動」）

第二編　浪漫期（「五四運動」——「五卅事変」）

第三編　極盛期（「五卅事変」——民国一九年）

結語

その上で各編は第一編が第一章「醞釀期」、第二章「嘗試期（五四時代前期）」、第二編が第一章「浪漫前期」、第二章「五四時代後期」、第三編が第一章「革命派新格律詩派象徴派の分立」、第二章「革命詩」、第三章「新

格律詩」、第四章「象徴詩」、となっている　先生のこうした時期・集団区分の原型となっているのは、本書「中国現代詩の研究」末に付されている「中国現代詩の研究　追記（補記）」に見える時期・集団の区分であろう。そこでは次のような時期・集団の区分がなされている。

1、清末民初の詩壇（一八九四——一九一六）
醞釀期、旧体詩と新派の詩
2、五四時代前期（一九一七——一九二〇）
嘗試期、新青年、新讀、自然主義
3、五四時代後期（一九二一——一九二五）
浪漫詩、文学研究会、前期創造社、自然主義、浪漫主義
4、五卅時代（一九二五——一九三一）
浪漫的革命詩、新格律詩、象徴詩、後期創造社、新月派、太陽社（革命浪漫主義、唯美主義、象徴主義）
5、一二八時代（一九三二——一九三七）
新月派、新詩歌派、現実主義、民族主義

そして、ここには「中国現代詩の研究」にはない「5、一二八時代（一九三二——一九三七）」までが入っているのである。先生はたぶんそこで張香山、魏晋、蒲風など同時代の中国現代詩について触れられるお考え

だったのであろう。

先生のこの集団・時期区分は今日から見ても何ら遜色はない。先生はこれを、日本で中国現代詩に関する研究がまだ何もない時代において、薛時進「現代詩歌選序」、趙景深「現代詩選序」、沈従文「我們怎麼様去読新詩」、蒲風「五四到現在的中国詩壇鳥瞰」、鄭振鐸「新文壇的昨日今日與明日」などの所論を比較、検討され、そこに先生の見解を加えることによって得られているのである。そのご努力、確さ、先駆性にはただただ驚くばかりである。

加えて、先生が「中国現代詩の研究」で取り上げられている詩人の多さに圧倒される。先の「中国現代詩の研究　追記（補記）」とは、「中国現代詩の研究」本文のいわば「注」に相当するものであろう。だが、ここだけでも前述のような、集団・時期区分がなされ、本文に出てくる各詩人に対する論究、詩人論になっている。

次に上げたいのは、「中国現代詩の研究」の資料の豊富さである。そこに張香山、郭沫若から得たものが生かされていることはすでに見てきた通りである。だが、ここにはその他にも多くの資料が使われている。先生はそれを一つ一つ丁寧に読み込まれるかたちで論究されている。それが「中国現代詩の研究」の所論の厚みとなっている。

注目すべきは、ここに象徴詩が取り上げられていることであろう。中国において象徴詩の研究がなされるになったのは、文化大革命など政治的理由もあって一九八〇年代に入ってからである。だが、「中国現代詩の研究」には「第三編　極盛期（「五卅事変」――民国一九年）」に新格律詩と並んで象徴詩が取り上げられている。第三編第一章、第四章がそれで、第四章は「象徴詩」という一章の章立てにまでなっている。その内容は次のようになっている。

第一節　仏国文学の輸入
第二節　象徴詩の最初の試作者李金髪
第三節　王独清の象徴詩
第四節　穆木天と馮乃超
第五節　戴望舒の芸術
第六節　「銀鈴」の詩人姚蓬子
第七節　其他の象徴詩人
第八節　純詩の作者化して革命の宣伝者となる

「中国現代詩の研究」ではここだけで五〇頁近い分量が割かれている。先生の象徴詩への拘り、愛着のほどが窺えよう。

私は先生の論文を駒沢大学の佐藤普美子氏に送り、象徴詩の記述に対する意見を求めた。佐藤氏は日本の数少ない中国近現代詩の専門家で、馮至等を中心とした象徴詩の専門家である。佐藤氏は「中国現代詩の研究」を読まれて、「これが本当に卒業論文ですか」、と驚きを示された後、断片的になりますがとお断りになられた上で、次のようなご返事をくださった。

まず論考が全体的に精緻であることに驚きました。また随所にみられる率直な物言い?が印象的で、同類の書にありがちなニュートラルな叙述をあえてしないところがとても大胆で新鮮に感じます。

新格律詩派への評価(曰く「象牙の塔」、「造花の製作者」など)はやや冷淡に思いましたが、それでも徐志摩の分析など丁寧で鋭いと思います。

象徴派についてもこれほど細かく丁寧な分析はほかに見たことがありません。

李金髪について「…新手法への試作の程度に過ぎなかったし、何でもない事に殊に神秘めかして飾った言葉の虚偽があった」(一五二頁)との記述には思わず笑ってしまいましたが(言い得て妙!)、それでもこういう詩人が出てくる背景をきちんと紹介しています。

王独清についても「世紀末的雰囲気」を纏いつつ、本質的には浪漫派であったことなど的確な指摘だと思います。

「真正の象徴詩人」穆木天については、やや肩入れしすぎのように感じました。

趙景深の評価(一六五～一六六頁)を「素人観」とまで決めつけるほど、穆木天の詩が象徴詩の本質を具え、成功しているとは思えないのですが……。私としては、これまで穆木　天の詩論も作品もかなり概念的で生気に欠けるように感じていました。倉田氏には何か　穆木天への強い思い入れがあるのでしょうか。

とはいうものの、穆木天については再考する必要があるのかもしれないと考え直したところです。特に「詩情より或いは中国言語の本質上から吟味すべきであろう」(一六七頁)の指摘は重要だと思いました。

戴望舒についての分析、特に、彼の詩に不満を感じるとして「私見」を述べる部分(一八七頁)は面白く読みました。

私にはこれ以上付け加えるべきことは何もない。先生の卒業論文「中国現代詩の研究」の先駆性、その意義は語り尽くせない。佐藤普美子氏もお手紙の最後で、「初めに述べましたが、テキストの丁寧な分析と変に客観的ぶらない叙述の生き生きしたスタイルが、学者であると同時に「現代人」であることを感じさせ、よくある平板で退屈な文学史とは一線を画しているという印象を受けました。資料的にもいろいろと参考になります」、と述べておられる。

先生は戦後のご研究を「中国現代詩の研究」から「清末民初を中心とした中国近代詩研究」の方に主たる研究を移された。先生は一九六九年学位論文「清末民初中心とした中国近代詩の研究」を東京教育大学に提出し、文学博士の称号を授与され、それを一九六九年、昭和四四年に大修館から『清末民初中心とした中国近代詩の研究』として出版されている。だが、私はいまその芽のようなものは、先生が張香山と往来されていたその時からすでにあったのではないか、という気がしている。それは先生が「張香山君へ」でこう書かれているからである。最後にもう一度先生の「張香山君へ」を引かせていただき、拙文の括りとしたい。

張君

あなたの家郷は浙江寧波でありましたね。その故郷から送り届けられた香り高いお茶をごちそうになりながら、江南の風物について語られるあなたの話しに耳傾けたものでありました。

あなたは、あんなにも故郷を想うの情を抱かれながら、しかも、あなたの国の古典については全くその価値を認めようとはされませんでいた。いや、価値を認めないというより、すべての古いものを一概に排撃し、それを抹殺しようとされたといった方がより適切でありましょう。なるほど古いものの中にはもちろん幾多排除すべきものがあろうし、又それらの病根を剔出するためには、勢い健康な部分を多少犠牲にすることもやむを得ない場合があろう。それにしても、それが真に病原なりや否やを究めることなく、あるいは誤謬であったならば、病勢を更に悪化させ、はなはだしきは死に到らしめるのではないか。決して回生の道でもなく、新生は望み難いのではあるまいか。そんなふうにわたしは所思を述べたりしたこともありましたね。……中略……。ともあれ、わたしは「孔教打倒」を叫ぶあなた方に対して、「知新」もとより切要ではあるが「温故」もまたゆるがせにすべからざるを力説したものでありました。「今日は昨日にあらず、明日は今日に異なる」をしみじみと味わいながら。

倉田貞美先生の思い出

香川大学名誉教授　佐藤　恒雄

『疚心集』の年譜によると、倉田先生が香川大学学長に就任されたのは、昭和四十五年（一九七〇）三月一日であった。それ以前の昭和四十三年二月、先生は東京教育大学より文学博士の学位を授与されたが、『清末民初を中心とした中国近代詩の研究』がその題目で、藤川正数先生によれば、本書の特色は、①テーマのパイオニア的な着想。②入手の困難な資料を八方探索収集して、それを駆使活用されたこと。③文学の動向をその背景となる社会的・政治的な情勢の中でとらえられたこと、の三点にあるという。倉田先生の当時としても誰も見向きもしなかった中国の近代文学を取り上げて追求された、特殊な内容に先見性が見られる。

私は、碩学近石泰秋先生の後任として、昭和四十六年（一九七一）四月一日付で、香川大学の助手として採用されたから、それ以前の倉田先生については、伝聞でしか知らない。しかし、『疚心集』の年譜を見てゆくと、それ以前の閲歴についても、十分に把捉することはできる。私の時代もまだ時間の定まらぬ臨時教授会は決して珍しいことではなかったが、一度だけ徹夜をして明かした教授会の経験がある。白みゆく朝の光の中でバスを待ち、下宿に帰って、また次の日の日常が始まるという経験である。地方大学とはいえ、まさしく紛争当時の学長職を経験された倉田先生の時代はいかばかりであったことか。

『疚心集』の「第三編　告示寄語」の項は、しかし、「昭和四十四年度卒業式告示」（一九七〇）以下、「昭和四十七年度入学式告示」（一九七二）まで、一度も欠けることなく六回分の文章が並んで収められていて、全く紛争のことがあったとは気付く由もないほどである。

先生が学長職を離れたのは、昭和四十八年（一九七三）二月二十八日の任期満了の時であった。四月一日に香川大学名誉教授の称号を授与せられ、同じ日に上戸学園女子短期大学常任顧問兼教授に就任しておられる。

その間の先生の日常は、病との戦いでもあったごとくで、これ以前昭和四十年八月二十五日には、十二指腸潰瘍のため手術を受け、九月二十三日に退院している。同四十四年には四月一日に教育学部長に併任され、四月二十八日学生との団交があり、学部長・学生部長が出席、また昭和四十四年七月三日（前学長時代）には一部学生により学長室が占拠され、十月十八日には、主として他大学の学生により大学本部が占拠されていた。そうした中で学長に就任され、四十五年十月五日からは、学生との交渉連日に及び、早朝ついに倒れて入院、十月十八日に退院している。翌四十六年（私の一年目）になると、九月二十八日、自治会及び生協代表と交渉すること三日、今度は肝不全のため入院、十月三日に退院している。十二月二十八日の年末には、学生代表と交渉中、午前二時に過労のため入院、一月三十日に退院、二月二十日再度入院を繰り返した後、そのまま任期満了の日を迎えられた、という推移を辿ったのであった（その他全学の評議会との団交など、多くの欠逸があると思われる。）最後は綱渡りのような状況の中で、やっと解放されて生還というに近い状況の連続だったと知れるのである。

そのような過酷な事態の連続の中ででではあったが、回復の時期を見計らってであろう、昭和四十八年（一九七三）七月八日を期して、倉田先生の定年退官記念講演会が催された。演題は「昭和十年ころにおける留日中国文壇について」であった。そしてこの際新制大学の第一回第二回の卒業生に主として呼びかけ、新しい卒業生名簿も整えて謝恩のための懇親会を開こうではないかと、これは藤川正数先生が強く主張された予てからの持論を実行に移されたごく早い時期の会合として実を結んだものであった。大学での講演会のあと、夏休みの最初の週を、五番町の東南角のビルの最上階にあった「香松会館」とかいったレストランで開いた謝恩の集いで、ねらい通り大勢の出席者の参加をえて、成功裏に会は終わり、先生にもお喜びいただけたのであった。

『香川大学国文研究』の第一号は、昭和五十一年（一九七六）九月に刊行されている。それまでの何年かの間は、いわば新しい態勢に移行するまでの準備期間で、『国語漢文研究』ほか不定期に刊行を続けてきた少数の雑誌も、それぞれの役目を終えて終刊に向かっていった。近石先生の会は、私が着任する以前に既に終わっていたようだった。それ以後の桂・藤井・藤川・竹岡・藤原の各先生へと続く、代々の定年退官教官たちを送る国語教室の新しい慣行は自然と出来あがっていった。藤川先生の智恵と事務能力の確かさに、驚嘆させられた事であった。

すでに述べたとおり、倉田先生は私が着任したとき、すでに学長職にあり、学部を離れておられた。新米の助手にとって、学長ともなればまるで雲の上の人であったが、その先生からある日学長室に来るようにとの連絡を受けた。昭和四十七年前半ころのことだったであろうか。何ごとかと恐るおそる参上したところ、私の出身地である川之江市妻鳥《めんどり》町の名が、かつて先生が少年のころ家に働いていたお手伝いさんの里の名と同じであることに気付かれ、その女性が元気なら消息を尋ねてほしいとの依頼のためであった。早速「つて」を頼って、その後の消息と、今も妻鳥町新浜《しんはま》にお住まいであることをつきとめてご報告申し上げたところ、先生は早速にその人とお会いになり、久闊を叙することができたと、大変お喜びくださった。今振り返ってみると、学園紛争の余燼さめやらぬ困難な事態の中でのことで、はじめて情誼に厚い先生のお人柄を垣間見る思いがした。

以下、『疚心集』の文章を引用しつつ、ご病気のこと、学縁の情その他について直接語っていただくことにしたい。
○「胃の手術後まだ健康が十分に回復していなかった私は、正直いっていささか心身ともに疲れました。そんな私が、香川大学にとっての重大な時期に、何とか任期を終えることができましたのは、ひとえに先生方、事務の方々の格別のお心遣い、積極的なご助力のおかげでありました。と同時に、いろいろと難しい要求はするが、学生諸君の胸奥には常に学縁の情が存在していたからではないかと思います。」（学園紛争の時代）
○「全学集会に臨みて」と題し次のような拙い和歌のようなもの作ったこともありました。
・若人は常にかくあり　あるべきとひそかに思う　心通ぜん
・いつまでもいかなるときも　学生を愛し信じて　生きんと願う
・この世をば革むるもの　ほかに無し　若人にこそ託せるものを（学園紛争の時代）
「学縁の情」に望みを託す、情誼に厚い学者としての倉田先生が際だっています。
○「教育学部の学生が白昼下宿で殺されるという不幸な事件が起き、警察当局が学内外にわたって広く捜査を行いました。その二日前から左足が痛み、レントゲン検査の結果、針のようなものが筋肉に入っているとのことで、入院手術ということになるのですが、痛む足を引きずって、トイレに行ったりする私を、学生たちが両方から支えてくれたりしました。これが学長として学生諸君との話し合いの最後でした。」（学園紛争の時代）
○「（諸橋）先生に師事すること五十年、学恩もとより深いが、人生の師として景仰してやまないゆえんである。」（中略）「私はせがれや娘を連れて幾度か先生をお訪ねした。人間的に偉大な先生にお目にかからせること、学縁に結ばれた深い師弟の情を感得させることも、子供たちの人生にとって意義があろう。私の師はまた子供たちの師でもある。先生に書いて頂いた色紙をそれぞれの家に掲額しているが、どれだけ人生訓となし得ていることであろうか。」（我が人生の師諸橋轍次先生）

○「私はそれら（気韻豊かな墨跡）の中から二通を選び、扁額に表装して応接室と客間とに掲げてある。常に先生のご高恩ご恩情をしのぶよすがとしたいためではあるが、子供たちへの不言の教えに資せんとする存念もある。更に教え子たちを始め訪れる人々に、いささかでも師弟の情を感じてもらえたら、との願いも秘められている。」（諸橋轍次先生のお便り）

『疚心集』の最後の辺りに並んでいる文章の中から何編かの部分を取り出して掲げたのであるが、ここに出てくる「せがれ」「子供たち」は、いまや七十代後半の後期高齢者となった倉田定宣氏ほかの親族たちである。ご父君の遺命を守り、誠心誠意編集に尽くしているお姿を目の当たりにして、感慨ひとしおのものがある。

倉田貞美先生「色紙」顛末など

広島県立大学名誉教授　石川　一

倉田貞美先生との邂逅は、昭和五七年四月の某短期大学一般教育会議の席上で、「君のことを言っているんだよ」と叱責されたことから始まる。一般教育・人文科学分野の同じ時間帯に倉田先生は文学を担当されていた。私は美学美術史専攻から大学院（日本文学専修）に進み、大学院を修了したばかりの新米教員。倉田先生は香川大学長を勤められた後に、同じ短期大学の常任顧問として同僚となっておられたので、格の違いは歴然としていた。私は緊張の余り学生の出席を取ることを怠っていたので、受講生数の偏りを腹に据えかねておられたのだろう。出席確認の話をされた時に、私が緊張の余り俯き加減で座っていたのを、憮然とした態度に見られたのかも知れない。その誤解は酒席ですぐ解けたのではないだろうか。

倉田先生はいつも「古拙の微笑」を湛えておられたが、鋭い眼差しは射竦められるようで、教育者として、いや人間としての基本的な何か「格調」を感じさせるものであった。先生の周りには自然と血の気の多い若者たちが集まることが頻繁にあり、お酒を酌み交わすと楽しそうに昔の話をされるのであった。時に若手教員が御自宅に押しかけることもあり、通常言われたことが「大学教員はひたすら研究せよ。それが学生に対する講話に活きてくるのだ」ということ。そして、客室に額装された恩師諸橋轍次先生の手紙を読んでくれるのであった。達筆の諸橋先生の手紙の内容ははっきりとは覚えていないが、品格のある書体だったことは記憶に残っている。

そういう先生を慕うことが学問を端から解しようとしない短期大学長の嫉妬心を煽ったのだろうか、嫌気を感じられ短期大学をお辞めになられた。

その当時、私は天保頃の多度津藩家老林良斎の著書『論語略解』勉強会に参加していた。大塩中斎と親交のあった良斎に拠る陽明学から見た論語の注釈書で、朱熹註を引き合いに出して自分の主張を語るものであった。「時習ノ要ハ只是愼獨ナリ。愼獨ハ即コレ良知ヲ致ナリ。良知即コレ樂ノ本体ナリ。」（巻一・學而篇）など、「良知ヲ致ス」はともかくとして「愼獨」という難解な語句をどうして使うのだろうかと、冒頭から初歩的な疑問を感じていた。それを倉田先生に聞くに聞けず（聞かなくて良かったが）、今になってみると、それを解明するために研究を続けてきたような気がしている。

手元に倉田先生から戴いた色紙がある。

戴いた折、この文句には間違いがあると言われた。

我ながら散漫な性格で申し訳ないが、常にこういう大切なことを聞き逃す癖がある。後から調べてみると、『礼記』祭義篇に「孝子之有深愛者、必有和氣。有和氣者、必有愉色。有愉色者、必有婉容。」であることが判明。「婉容」が「婉言」との間違いということであった。言うまでもなく、「婉容」はしとやかな姿、すなおな顔つきの意で、「婉言」はしとやか、しなやかな言葉の意である。

「婉容」も「婉言」も類似した意味内容を示すが、「文学を専門としている石川君だから、この間違いを許して貰えるだろう」と言われた。こんな重要なことを聞き流すなんて、何という愚かな自分であろうかとつくづく思う。

しかし、倉田先生から得難い色紙を戴いたことを自慢に思うと同時に、先生の御冥福を祈りたいと思う。

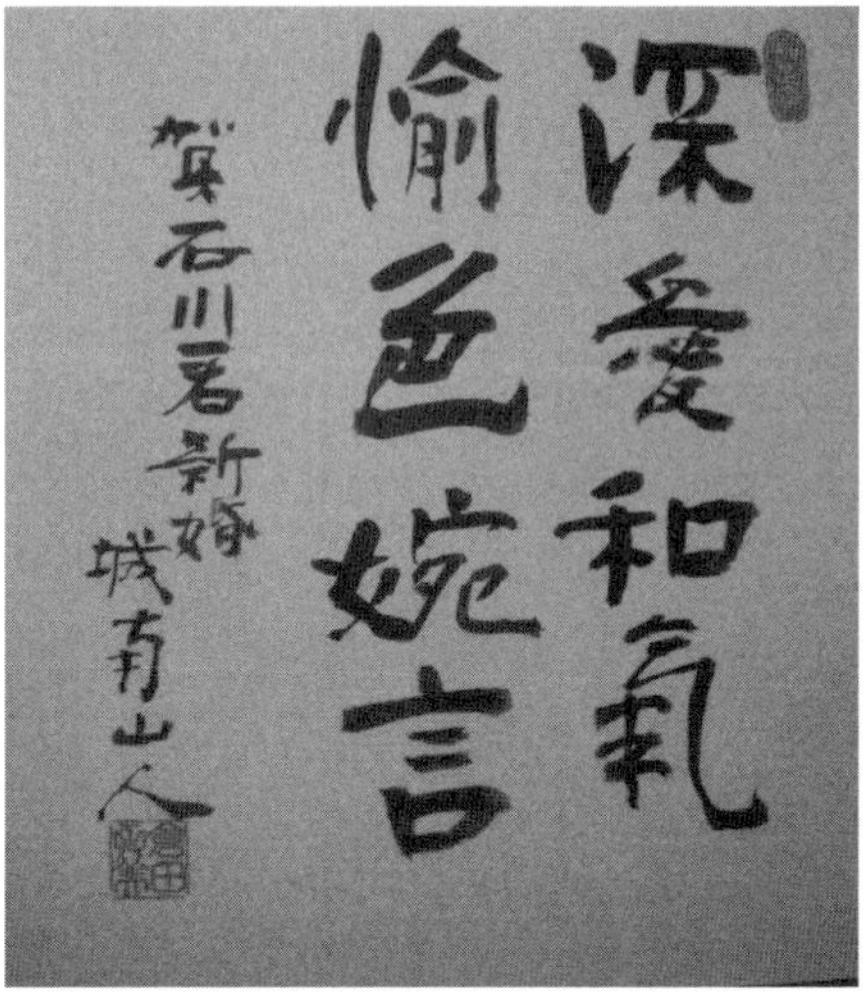

倉田貞美（城南山人）
揮毫色紙

知足齋（朱・陰刻）
深愛和氣
愉色婉言
賀石川君新婚
城南山人　倉田貞美（朱）

一期一会の御縁をいただいて

元香川県高等学校長会副会長　和田　浩

倉田貞美先生について述べる前に、先ず私事を記す失礼をお許しいただきたい。
私は、水戸黄門の隠居所西山荘や水戸家墓所瑞龍山のある常州常陸太田市の出身である。高校卒業後、昭和三十五年に、東京文理科大学の後身である東京教育大学漢文学科に入学した。昭和三十五年、つまり西暦一九六〇年は、いわゆる「六〇年安保騒動」の時であり、田舎から何の予備知識も無く東京に出向いた者にとって、落ち着いて古典を学ぶには相応しくない不安定な時期であった。そのような者の一人である私をゼミ担当として受け持ち指導してくださったのが、香川県三豊市出身で昭和七年東京文理科大学卒、東京教育大学教授であられた内野熊一郎先生であった。内野先生は中国思想の御専門で、明治書院新釈漢文大系の「孟子」を担当されている碩学であり、倉田貞美先生の大学同窓の先輩に当たられる。内野先生は、よく、中国思想は雑炊のようなものだよとおっしゃられた。一色ではない、俗なようで高、端倪すべからざるところに深い味があるという訓えは、当時の文革運動など、中国の世相も視野に入れた、単眼になるな、よく見よ、よく思えとの諭しであったように思う。

そのような先生のお導きで、無事所定単位を修得し、昭和三十九年、私は香川県の高校教員になることに御縁を感じ、高松第一高等学校就職を志すことになったわけである。その折始めて四国に旅立つ私のためにということではないと思うが、故郷に所用があるとのことで内野先生が同道してくださった。宇高連絡船のタラップを下りると、背広ネクタイ姿に艶のある革鞄を持たれた、落ち着きのある学者風の紳士が内野先生を出迎えておられ、久闊を叙する雰囲気で挨拶を交わされた。その後、その方が大学漢文学科同窓で内野先生の五年後輩の、香川大学教授で後に学長に成られる倉田貞美先生であることを紹介していただいた。また、私が内野先生のゼミ生で香川の高校教員になるため来たことなどを内野先生が話されると、倉田先生は、学生服姿で畏まっている私に鋭いなかに親しみのある眼を向けられ、君は何が専門?と言葉を掛けてくださった。卒論では聞一多をやりましたと答えると、そう と内野先生のゼミ生らしくない、漢籍研究でないことに対する戸惑いと、中国の近代文学も視野に収めておられるらしい頷きを返してくださった。聞一多は、米国留学を経験した近代詩人であり、中国古典の研究者として清華大学で教鞭を執った学者であるが、後に国民党から危険視され、昆明で暗殺された文学者である。同時代の、魯迅や郭沫若、胡適などに比し余り知られていないと思っていたが、そうではなかった。先生は何を?　との問いが一瞬頭に浮かんだが、若輩には恐れ多くて言葉に出来なかった。また、倉田先生に指導していただくといいよとの内野先生のお言葉を最後に両先生と別れ、栗林公園や屋島に行ったのを覚えている。

教員生活は高松市立の高松第一高等学校で出発したが、当時、全日制一学級五十名一学年十八クラスに定時制が加わる日本有数の大規模校で活気があり、漢文御専門の南一郎先生や、大学漢文学科倉田先生六年後輩の香川大学教授藤川正数先生が漢文の授業を持たれ、特に藤川先生には、史記「鴻門の会」でお面を作って項羽と劉邦のお芝居をやらせるなど、授業方法の面でも刺激を受けながら、高校国語科教員としての実践的学びに必死の日々が続いた。そして瞬く間に月日が過ぎ、「少年易老、学難成」の思いに駆られるたびに、学生時お世話になり、香川大学の集中講義に来られた史記の研究家水澤利忠先生や青木五郎先生との宴、また、卒論をご指導いただいた鈴木修次先生の励ましのお言葉などと共に、高松港桟橋における倉田貞美先生とのただ一度の邂逅の時を鮮明に思い起こすのであった。そういう私にとって、今を去る十年余り前の、倉田先生の御子息倉田定宣様との、後藤芝山先生顕彰会や柴野栗山顕彰会における出会いは、その「疚心」という号及び温厚恭謙なお人柄とともに、誠に心を温められ、力づけられるものであった。

以上、数年前の定宣様との約を果たす場を与えていただいた奥様に感謝申し上げるとともに、倉田貞美先生、定宣様の御冥福を　謹んでお祈り申し上げる次第である。

平成三十一年二月　謹識

倉田定宣氏をしのんで

全国漢文教育学会評議員・本書校訂担当　田山　泰三

この著作集の完成を心待ちにしていた倉田定宣氏は、二〇一八（平成三〇）年四月二四日に逝去されました。享年八一。謹んでご冥福をお祈り申し上げます。

倉田定宣氏は漢学者で香川大学学長を務めた倉田貞美博士の御長男として香川県三豊郡に出生。慶応義塾大学を御卒業後日本放送協会に勤務されました。定年後香川に戻り政界に進出。三豊郡三野町長を務められました。社交家で学術界および政財界等に人脈を有し年に何度も香川と東京を往復。精力的に交流を深められていました。

故　倉田定宣氏

私は定宣氏の紹介で、当時三菱商事の特別顧問をつとめていた諸橋轍次博士の御子息である諸橋晋六さんを東京丸の内の三菱本社貴賓室に訪ね、お話を伺ったことがあります。諸橋轍次博士のお宅と菊池寛の私邸が近くだったそうで、諸橋・菊池両家の漢学者の家風（菊池寛の実家高松菊池家は代々高松藩儒をつとめました）と両家の交流に関するお話を伺えました。

私個人の倉田貞美博士への思いを紹介させて下さい。倉田貞美博士は東京高等師範学校で諸橋轍次博士の優秀な門下生でした。研究分野は清国末期から中華民国にかけての中国および日本の漢詩文。大修館書店から刊行された『清末民初を中心とした中国近代詩の研究』で文学博士の学位を取得されました。この分野における研究者としては唯一無二といえる存在で、諸橋門下で有名な存在でした。私は生前の倉田博士に御挨拶申し上げることはかないませんでしたが、かつて自分が教えを受けた鎌田正・松下忠両博士に御挨拶に伺った際、初対面の私が香川の出身と知るや、両博士は申し合わせたように「君は香川か。香川には倉田君がいる。素晴らしい友だ」と言われたのは驚きに近い思い出となっております。

定宣氏のお宅には未出版の倉田貞美博士の貴重な論文が多く所蔵されていました。定宣氏は晩年、宇野直人先生の指導の下で貞美博士の論文集を出版する準備を進めていました。いまここで定宣氏の志を継承し、『倉田貞美著作集』の発刊が実現できましたことで、定宣氏から受けた恩義に少しばかりの御恩返しが果たせたと、私は思っています。

倉田定宣様、本当にお世話になりました。

合掌

倉田貞美

香川大学名誉教授
香川大学元学長
文学博士

ISBN978-4-89619-953-6

倉田貞美著作集

平成三十一年四月二十四日　初版印刷
令和　元年　五月　五　日　初版発行

著者　倉田貞美
編者　倉田定宣
発行者　佐久間保行
印刷所　㈱明徳
発行所　㈱明徳出版社

〒167-0052　東京都杉並区南荻窪一-二五-三
電話　〇三-三三三三-六二四七
振替　〇〇一九〇-七-五八六三四